EL PROFESOR

John Katzenbach nació en Estados Unidos en 1950. Es hijo del conocido abogado estadounidense Nicholas Katzenbach. Fue periodista hasta 1987, cuando decidió dedicarse por completo a la tarea de escritor. Ha trabajado como cronista para *The Miami Herald* y *Miami News* y ha sido colaborador, entre otras, de publicaciones periódicas como *The New York Times*, *The Washington Post* y *The Philadelphia Enquirer*.

Ha publicado once novelas, todas grandes éxitos de venta, y algunas han sido adaptadas al cine con igual éxito (tanto por parte del público como de la crítica, pues han merecido dos nominaciones a los premios Edgar): *Juicio final*, protagonizada por Sean Connery y Lawrence Fishburne; *Al calor del verano*, estrenada como *Llamada a un reportero*, con la participación de Kurt Russell y Andy Garcia; y *La guerra de Hart*, que contó nada menos que con Bruce Willis y Colin Farrell en la primera línea del reparto.

Su novela *El psicoanalista*, publicada en 2002, es su libro más popular, aunque todas sus obras se han instalado como referentes del thriller psicológico, entre ellas *Juicio final*, *Retrato en sangre*, *La sombra*, *Un asunto pendiente* y *Juegos de ingenio*.

Según el propio autor, sólo lo externo lo define como un hombre normal: le gusta la vida en familia, tiene dos hijos, un perro y le gusta pescar. Pero su paisaje interior está repleto de aventuras y conflictos.

www.johnkatzenbach.com

JOHN KATZENBACH
EL PROFESOR

Traducción de Julio Sierra

punto de lectura

Título original: *What Goes Next*
© 2010, John Katzenbach
Publicado por acuerdo con John Hawkins Associates, Inc., New York.
© Traducción: 2010, Julio Sierra
© De esta edición:
2011, Santillana Ediciones Generales, S.L.
Torrelaguna, 60. 28043 Madrid (España)
Teléfono 91 744 90 60
www.puntodelectura.com

ISBN: 978-84-663-0532-7
Depósito legal: B-27.601-2011
Impreso en España – Printed in Spain

Imagen de cubierta: Fine Pic®, München
Diseño de cubierta: Paso de Zebra

Primera edición: octubre 2011

Impreso por **blackprint**
A CPI COMPANY

El profesor

Capítulo
1

Adrian supo que estaba muerto en cuanto se abrió la puerta. Podía verlo en los ojos —que rápidamente evitaban la mirada—, en los hombros ligeramente encorvados, en el aspecto nervioso y apresurado del médico, mientras atravesaba velozmente la habitación. Las únicas preguntas verdaderas que de inmediato le venían a la mente eran: *¿Cuánto tiempo tenía? ¿Cómo de malo iba a ser?*

Observaba mientras el neurólogo revisaba los resultados de las pruebas antes de escurrirse detrás de su gran mesa de roble. El médico se echó hacia atrás en su silla y luego se balanceó hacia delante, antes de levantar la vista y decir:

—Señor Thomas, los resultados de las pruebas eliminan la mayoría de los diagnósticos de rutina...

Adrian había esperado esto. Resonancia magnética. Electrocardiograma. Electroencefalograma. Sangre. Orina. Ultrasonido. Escaneo cerebral. Una batería de estudios de las funciones cognitivas. Habían pasado más de nueve meses desde que había notado por primera vez que se estaba olvidando de cosas que eran normalmente fáciles de recordar: una visita a la ferretería en la que se sorprendió a sí mismo ante las estanterías de bombillas eléctricas sin tener *la menor idea* de lo que iba a comprar; una vez, en la calle principal del pueblo, cuando se encontró con un compañero de trabajo y al instante olvidó el nombre de aquel hombre que había ocupado la oficina junto a la suya durante más de veinte años. También, un mes atrás, había pasado toda una tarde conversando tranquilamente con su esposa, muerta hacía mucho tiempo, en el cuarto de estar de la casa que habían compartido desde que se trasladaron a Massachusetts. Ella incluso se había sentado en la silla estilo Reina Ana, su favorita, tapizada y estampada con diseño de cachemira, ubicada cerca de la chimenea.

Cuando pudo reconocer con claridad lo que había pasado, tuvo la sospecha de que nada relacionado con la estructura de su cerebro iba a aparecer en los informes impresos de los ordenadores ni en una fotografía a color. Sin embargo, había pedido una cita urgente con su médico de cabecera, quien lo derivó de inmediato a un especialista. Respondió pacientemente a todas las preguntas y permitió que lo auscultaran, lo pincharan y le hicieran radiografías.

En aquellos primeros minutos, cuando se dio cuenta de que su esposa muerta había desaparecido de su vista, supuso simplemente que se estaba volviendo loco. Una manera sencilla y carente de rigor científico de definir la psicosis o la esquizofrenia. Pero lo cierto es que no se había sentido loco. Se había sentido realmente muy bien, como si las horas pasadas conversando con alguien que estaba muerto desde hacía tres años fueran algo rutinario. Habían hablado sobre su cada vez más profunda soledad y de las razones por las cuales debía dedicarse algún tiempo a enseñar gratuitamente en la universidad, a pesar de haberse jubilado después de que ella muriera. Hablaron de películas estrenadas últimamente, de libros interesantes y de si ese año debían tratar de escaparse a Cape Cod en junio, para descansar un par de semanas.

Sentado delante del neurólogo, pensó que había cometido un gran error al pensar siquiera por un segundo que la alucinación formaba parte de una enfermedad. Debía haber pensado en ella como una ventaja. Estaba totalmente solo en ese momento y habría sido agradable volver a llenar su vida con las personas a quienes había querido alguna vez, sin considerar si todavía existían o no, sin importar el tiempo que hiciera que hubieran abandonado esta tierra.

—Sus síntomas indican…

No quería escuchar al médico, que tenía una expresión incómoda y penosa en el rostro y que era mucho más joven que él. Era injusto, pensó, que alguien tan joven fuera quien iba a decirle que iba a morir. Tenía que haber sido algún médico de pelo gris, con aspecto de dios y una voz sonora cargada de años de experiencia, no aquel hombre de voz aguda recién salido de la Facultad de Medicina que se balanceaba nerviosamente en su silla.

Odió el consultorio esterilizado e intensamente iluminado, con sus diplomas enmarcados y estanterías de madera llenas de textos médicos que seguro que el neurólogo nunca había abierto. Adrian sabía que el doctor era del tipo de hombre que prefería un par de clics rápidos en el teclado de un ordenador o en un Blackberry para encontrar información. Miró por la ventana, por encima del hombro del médico, y vio un cuervo posado sobre las ramas frondosas de un sauce cercano. Fue como si el médico estuviera parloteando en algún mundo distante del que él, en ese preciso momento, ya no era parte. Sólo una pequeña parte, quizá. Una parte insignificante. Por un instante imaginó que, en cambio, debía escuchar al cuervo, y luego sufrió un ataque de confusión, por el que creyó que el cuervo era quien le estaba hablando. Se dijo a sí mismo que eso era improbable, así que bajó los ojos y se esforzó por prestar atención al médico.

—… Lo siento, profesor Thomas —dijo el neurólogo lentamente. Elegía sus palabras con cuidado—. Creo que usted está sufriendo las progresivas etapas de una enfermedad relativamente rara llamada demencia de cuerpos de Lewy. ¿Sabe usted en qué consiste?

Lo sabía, vagamente. Había escuchado el término una o dos veces, aunque no podía recordar en ese momento dónde. Quizá uno de los otros miembros del Departamento de Psicología en la universidad lo había usado en una reunión del cuerpo docente tratando de justificar alguna investigación o quejándose de los procedimientos de solicitud de subvenciones. De todos modos, sacudió la cabeza. Era mejor escucharlo todo sin rodeos, de boca de alguien con más experiencia que él, aun cuando el médico fuera demasiado joven.

Las palabras cayeron en el espacio entre ellos como escombros de una explosión, ensuciando la superficie de la mesa: *Constante. Progresivo. Deterioro rápido. Alucinaciones. Pérdida de funciones corporales. Pérdida del razonamiento crítico. Pérdida de la memoria a corto plazo. Pérdida de la memoria a largo plazo.*

Y luego, finalmente, la sentencia de muerte:

—… Lamento tener que decirle esto, pero normalmente estamos hablando de cinco a siete años. Tal vez. Y creo que usted ha comenzando a sufrir el inicio de esta enfermedad… —el médico hizo una pausa y miró sus notas antes de continuar—… desde hace más de un año, así que ése sería el máximo. Y en muchos casos, las cosas avanzan más rápidamente…

Se produjo una pausa momentánea, seguida de un obsequioso:

—Si usted quiere una segunda opinión…

¿Por qué, se preguntó, *iba a querer escuchar malas noticias dos veces?*

Y luego llegó un golpe adicional y un tanto esperado:

—No hay ninguna cura. Hay medicamentos que pueden aliviar algunos de los síntomas, como los indicados para el alzhéimer, los antipsicóticos atípicos para tratar las visiones y las alucinaciones…, pero nada de esto es garantía de mejora y a menudo no ayudan realmente de manera significativa. Sin embargo, vale la pena probarlos para ver si sirven para prolongar el funcionamiento…

Adrian hizo una pequeña pausa antes de decir:

—Pero yo no me siento enfermo.

El neurólogo asintió con la cabeza.

—Eso, también, desafortunadamente, es característico. Para ser un hombre de sesenta y tantos años, usted está en excelente estado físico. Tiene el corazón de un hombre mucho más joven…

—Corro mucho y hago ejercicio…

—Bien, eso es bueno.

—¿Así que estoy lo suficientemente sano como para poder observar mi propia destrucción? ¿Como en un asiento en primera fila desde el que ver mi propia decadencia?

El neurólogo no respondió de inmediato.

—Sí… —dijo finalmente—. De todas formas algunos estudios muestran que haciendo muchos ejercicios mentales, además de seguir con una vida cotidiana activa y con ejercicio, se puede retrasar un poco el impacto sobre los lóbulos frontales, que es donde se encuentra localizada esta enfermedad.

Adrian asintió con la cabeza. Eso lo sabía. También sabía que los lóbulos frontales controlaban los procesos de toma de decisiones y la capacidad de comprender el mundo a su alrededor. Los lóbulos frontales eran las partes de su cerebro responsables de que él fuera quien era, y en ese momento iban a convertirlo en alguien muy diferente y probablemente irreconocible. De pronto no esperó seguir siendo Adrian Thomas por mucho más tiempo.

Ése fue el pensamiento que lo dominó, y dejó de oír al neurólogo hasta que escuchó:

—¿Tiene alguien que lo ayude? ¿Esposa? ¿Hijos? ¿Otros parientes? No va a pasar mucho tiempo antes de que empiece a necesitar un apoyo especial. A eso seguirá el control, las veinticuatro horas, de un centro de atención médica. En realidad debo hablar con esas personas muy pronto. Ayudarlos a entender lo que van a tener que atravesar…

El médico pronunció estas palabras mientras cogía el talonario de recetas y rápidamente empezó a escribir la lista de medicamentos.

Adrian sonrió.

—Tengo toda la ayuda que voy a necesitar precisamente en mi casa.

La señora Ruger nueve milímetros semiautomática, pensó. El arma estaba guardada en el primer cajón de la mesita de luz, junto a su cama. El cargador de trece proyectiles estaba lleno, pero sabía que iba a necesitar poner una sola bala en la recámara.

El doctor dijo algunas otras cosas sobre asistentes de salud de atención domiciliaria y pagos de seguro, poderes legales y testamentos, largos internamientos hospitalarios y la importancia de respetar todas las visitas al médico, de atenerse estrictamente a los medicamentos, que él no creía que pudieran disminuir la velocidad del desarrollo de la enfermedad, pero que debía tomar de todos modos. Adrian se dio cuenta de que ya no tenía ninguna necesidad real de seguir prestando atención.

* * *

Encajada entre antiguas tierras de cultivo que habían sido convertidas en modernas casas tipo mansión, en las afueras del pequeño pueblo universitario de Adrian había un área de protección del medio ambiente, donde una reserva natural abarcaba una modesta colina que la gente del lugar llamaba montaña, pero que en realidad era un simple saliente topográfico. Había un sendero para caminar que subía al monte Pólux y que serpenteaba a través de los bosques antes de aparecer en un mirador que daba al valle. Siempre le había molestado que no hubiera un monte Cástor cerca del monte Pólux, y se preguntaba quién habría bautizado la colina de manera tan pretenciosa. Sospechaba que habría sido algún académico de un cuerpo docente de hacía doscientos años que usaba trajes negros de lana y cuellos blancos almidonados para inculcar una educación clásica en los estudiantes matriculados en la universidad. De todas maneras, dejando aparte sus cuestionamientos acerca del nombre y la exactitud en general del título honorífico de «monte», seguía disfrutándolo a pesar del paso de los años. Era un sitio tranquilo, muy amado por los perros del pueblo, ya que allí eran liberados de sus correas. Y un lugar donde él podía estar solo con sus pensamientos.

Estacionó su viejo Volvo en un espacio en la base del sendero y empezó la excursión a pie. Normalmente se habría puesto botas para protegerse del barro de principios de primavera, y pensó que seguramente iba a arruinar sus zapatos. Se dijo que ya no importaba demasiado.

La tarde se iba desvaneciendo a su alrededor y podía sentir una caricia de frío por la espalda. No estaba vestido para una caminata y las sigilosas sombras de Nueva Inglaterra llevaban cada una consigo un soplo sobrante del invierno. Lo mismo que con sus zapatos, que se empapaban con rapidez, hizo caso omiso del frío.

No había nadie más en el sendero. Ningún perro golden retriever lanzándose por entre los arbustos bajos en busca de algún olor especial. Sólo Adrian, sin compañía, caminando con paso regular. Estaba feliz por esa soledad. Tenía la extraña idea de que si llegaba a encontrarse con otra persona se habría sentido obligado a decirle: *Tengo una enfermedad de la que usted nunca ha oído hablar y que va a matarme, pero antes me va a desgastar hasta convertirme en nada.*

Por lo menos con el cáncer, pensó, o las enfermedades cardíacas, uno podía seguir siendo quien era todo el tiempo, mientras el mal lo iba matando. Estaba enfadado y quería golpear, dar una patada a algo; en cambio sólo caminaba cuesta arriba. Escuchaba su respiración. Era estable. Normal. De ninguna manera alterada. Habría preferido con mucho un sonido tortuoso, áspero, algo que le dijera que era un enfermo terminal.

Así y todo, le llevó unos treinta minutos llegar a la cima. La luz del sol que quedaba se filtraba por encima de algunas colinas en el oeste. Se sentó sobre una roca de esquisto de la Edad de Hielo que se alzaba sobre el suelo y se quedó mirando hacia el valle. Las primeras señales de la primavera de Nueva Inglaterra estaban ya bastante avanzadas. Podía ver flores tempranas, principalmente azafranes amarillos y púrpuras que asomaban sobre la tierra húmeda, y un toque de verde sobre los árboles que comenzaban a echar brotes y oscurecían sus ramas como las mejillas de un hombre que no se ha afeitado en uno o dos días. Una bandada de gansos canadienses cruzó el aire por encima de él, volando en forma de V, rumbo al norte. Su ronco graznido resonaba en el cielo azul pálido. Todo era tan claramente normal que se sentía un poco estúpido, porque lo que estaba ocurriendo dentro de él parecía estar mal sincronizado con el resto del mundo.

En la distancia podía distinguir los chapiteles de la iglesia en el centro del campus de la universidad. El equipo de béisbol estaría fuera, trabajando en las jaulas de bateo porque el campo de juego todavía estaba cubierto con una lona impermeable. Su oficina había estado bastante cerca, de modo que cuando abría la ventana en las tardes de primavera, podía escuchar los ruidos distantes del bate contra la pelota. Al igual que algún petirrojo buscando gusanos en los rincones, aquello había sido una señal de bienvenida después del largo invierno.

Adrian respiró hondo.

Vete a casa, ordenó en voz alta. *Dispárate una bala ahora, mientras todas estas cosas que te dieron placer siguen siendo reales. Porque la enfermedad se las va a llevar.* Siempre se había considerado a sí mismo una persona decidida y recibió bien esa fuerte insistencia en suicidarse. Intentó buscar argumentos para una postergación, pero nada le vino a la mente.

Tal vez, se dijo, *simplemente quédate aquí mismo.* Era un sitio agradable. Uno de sus favoritos. Un lugar muy bueno para morir. Se preguntó si por la noche la temperatura bajaría lo suficiente como para hacerle morir congelado. Lo dudaba. Imaginó que sólo pasaría una noche desagradable temblando y tosiendo, y que viviría para ver salir el sol, lo cual sería bastante vergonzoso, dado que era la única persona en todo el mundo que iba a considerar el amanecer como un fracaso.

Adrian sacudió la cabeza. *Mira a tu alrededor*, se dijo a sí mismo. *Recuerda lo que valga la pena recordar. Ignora el resto*. Se miró los zapatos. Estaban llenos de barro y totalmente empapados, y se preguntaba por qué no podía sentir la humedad en los dedos de los pies.

No más demoras, insistió. Adrian se puso de pie y se sacudió un poco el polvo de esquisto de los pantalones. Podía ver las sombras que se filtraban a través de los arbustos y los árboles mientras el sendero que bajaba de la montaña se iba oscureciendo a cada segundo que pasaba.

Se dio la vuelta para mirar el valle. *Allí era donde yo enseñaba. Allá es donde vivíamos*. Deseó poder ver todo el camino hasta el apartamento en Nueva York donde conoció a su esposa y se enamoró por primera vez, pero no se podía. Deseó poder ver los sitios de su infancia y los lugares que recordaba de su juventud. Deseó poder ver la Rue Madeleine en París y el bistró de la esquina donde él y su esposa habían tomado café todas las mañanas durante los años sabáticos, o el Hotel Savoy en Berlín; se habían alojado en la suite Marlene Dietrich cuando había sido invitado a dar un discurso en el Institut für Psychologie y fue donde concibieron a su único hijo. Se esforzó mucho mirando hacia el este, hacia la casa sobre el cabo, donde había pasado los veranos desde su juventud, y las playas donde había aprendido a lanzar una mosca a las lubinas estriadas o a cualquiera de las truchas en los arroyos de la zona, por donde había caminado en medio de rocas antiguas y aguas que parecían estar llenas de energía.

Mucho para para echar de menos, pensó. *No puedo evitarlo*. Se apartó de lo que podía y de lo que no podía ver y empezó a descender por el sendero. Lentamente fue entrando en la creciente oscuridad.

* * *

Estaba a sólo un par de calles de su casa, atravesando las hileras de modestas casas de clase media, hogares de madera blanca ocupados por una ecléctica colección de profesores de otra universidad y gente del lugar, empleados de la compañía de seguros, dentistas, escritores por cuenta propia, instructores de yoga y entrenadores que componían su vecindario, cuando descubrió a la chica que andaba por la acera.

Normalmente no habría prestado mucha atención, pero había algo en la manera resuelta con que esa chica caminaba que le sorprendió. Parecía llena de determinación. Tenía el pelo rubio grisáceo recogido debajo de una gorra de los Boston Red Sox, y pudo ver que su abrigo oscuro estaba roto en un par de lugares, al igual que sus vaqueros. Lo que más llamó su atención fue la mochila, que parecía repleta de ropa. En un primer momento pensó que simplemente se dirigía hacia su casa después de bajar del último autobús del instituto de enseñanza secundaria, el autobús que llevaba a los alumnos que se tenían que quedar más tiempo en la escuela por razones disciplinarias. Pero vio que atado a la mochila había un enorme oso de peluche, y no pudo imaginar por qué alguien iba a llevar un juguete tan infantil al instituto. Eso la habría convertido de inmediato en objeto de burlas.

La miró a la cara cuando pasó junto a ella. Era joven, casi una niña, pero hermosa en la manera en que lo son todas las niñas al borde del cambio, o al menos eso pensó Adrian. Le pareció que la chica —tendría unos quince o dieciséis años, ya no podía calcular con precisión la edad de los jóvenes— daba muestras de una resolución que manifestaba algo más. Esa mirada lo fascinó, picó su curiosidad.

Ella miraba hacia delante con fiereza. A él le pareció que ni siquiera vio su coche. Adrian entró a su jardín, pero no se movió de detrás del volante. La miró en su espejo retrovisor mientras seguía caminando con paso rápido hacia la esquina.

Entonces vio algo que parecía apenas un poco fuera de lugar en su vecindario tranquilo y obstinadamente normal. Una furgoneta blanca, como una camioneta de reparto pequeña pero sin ninguna inscripción publicitaria de algún electricista o servicio de pintura, avanzaba lentamente por su calle. La conducía una mujer y había un hombre en el asiento del acompañante. Esto le sorprendió. Pensó que debería ser al revés, pero de inmediato se dijo que simplemente estaba siendo machista y estereotipado. Mientras miraba, la furgoneta disminuyó la velocidad y parecía estar siguiendo a la joven que caminaba. De pronto se detuvo, ocultándose de su vista.

Pasó un momento y luego la furgoneta aceleró repentina y bruscamente para doblar en la esquina. El motor bramó, y las ruedas traseras giraron enloquecidas. Le pareció extrañamente peligroso en su tranquilo vecindario, de modo que trató de ver la matrícula antes de que desapareciera en los últimos momentos de penumbra que quedaban previos a la noche.

Miró otra vez. La chica había desaparecido.

Pero en la calle había dejado la gorra de béisbol rosa.

Capítulo
2

Jennifer Riggins no giró inmediatamente cuando la furgoneta se le acercó con sigilo. Estaba totalmente concentrada en llegar rápido a la parada del autobús, apenas a unos setecientos metros, en la calle principal más cercana. En su plan de escape cuidadosamente diseñado, el autobús urbano la llevaría al centro del pueblo, donde podía coger otro autobús que la transportaría a una terminal más grande, a unos treinta kilómetros, en Springfield. Desde allí, imaginó, podía ir a cualquier lugar. En el bolsillo de los vaqueros tenía más de trescientos dólares, que había robado poco a poco, para no ser descubierta —cinco aquí, diez allí— del monedero de su madre o de la billetera del novio de su madre. Se había tomado su tiempo, juntando el dinero durante el último mes para ir guardándolo en un sobre dentro de un cajón debajo de su ropa interior. Nunca había cogido de una vez una cantidad tan grande como para que se dieran cuenta; sólo cantidades pequeñas que pasaran inadvertidas.

Su objetivo era juntar lo suficiente para llegar a Nueva York, o a Nashville, o incluso a Miami tal vez, o a Los Ángeles, por lo tanto, en su último robo, temprano aquella misma mañana, había cogido sólo un billete de veinte y tres de uno. Agregó también la tarjeta Visa de su madre. No estaba segura aún de adónde iba a ir. A algún lugar cálido, esperaba. Pero cualquier lugar lejano y muy diferente iba a estar bien para ella. En eso estaba pensando cuando la furgoneta se detuvo junto a ella. *Puedo ir a donde quiera...*

El hombre en el asiento del acompañante dijo:

—Eh, señorita..., ¿podría robarle un momento? Necesito orientarme.

Dejó de caminar y miró al hombre del vehículo. Su primera impresión fue que no se había afeitado esa mañana y que su voz sonaba extrañamente aguda y con más emoción de la que requería su muy común pregunta. Se sintió un tanto molesta porque no quería que nada la retrasara; quería irse de su casa y de su petulante vecindario, de su pequeño y aburrido pueblo universitario, lejos de su madre y del novio de su madre, de la manera en que él la miraba y de algunas de las cosas que le había hecho cuando estaban solos, de su horrible instituto y de todos los muchachos que conocía y odiaba y que se burlaban de ella todos los días de la semana.

Quería estar en un autobús yendo a cualquier lugar esa noche porque sabía que hacia las nueve o las diez su madre habría terminado de llamar a todos los números en los que podía pensar, para luego, tal vez, llamar a la policía, porque eso era lo que había hecho anteriormente. Jennifer sabía que la policía iba a estar por toda la terminal de autobús en Springfield, de modo que tenía que estar ya en marcha para cuando todo eso entrara en acción. Al escuchar la pregunta del hombre, todas estas ideas, amontonadas, se le vinieron a la cabeza.

—¿Qué es lo que está buscando? —replicó Jennifer.

El hombre sonrió. *Algo anda mal*, pensó. *No debería estar sonriendo.*

Su sospecha inicial fue que el hombre iba a hacer algún comentario vagamente obsceno y sexual, algo ofensivo o denigrante, algo desagradable, como: *Hola, preciosa, ¿quieres que nos divirtamos un poco?*, coronado por un chasquido de labios. Estaba preparada para seguir caminando y decirle que se fuera al cuerno, cuando miró por encima del hombro del tipo y vio a una mujer al volante. La mujer llevaba sobre el pelo una gorra de lana tejida y, aunque era joven, había algo duro en sus ojos, algo duro como el granito, algo que Jennifer no había visto nunca antes y que de inmediato la asustó. La mujer tenía en la mano una pequeña videocámara. Apuntaba en dirección a Jennifer.

La respuesta del hombre a su pregunta la confundió. Había esperado que preguntara por alguna dirección cercana o una salida directa a la nacional 9, pero lo único que dijo fue:

—A ti.

¿Por qué la buscaban a ella? Nadie estaba al tanto de su plan. Todavía era demasiado temprano para que su madre hubiera encontrado la nota falsa que había dejado pegada con un imán a la nevera, en la cocina. De modo que vaciló precisamente en el instante en que debió haber corrido a toda velocidad o gritado con fuerza pidiendo auxilio.

La puerta de la furgoneta se abrió abruptamente. El hombre saltó del asiento del acompañante. Se movió mucho más rápido de lo que Jennifer nunca habría imaginado que alguien pudiera hacerlo.

—¡Eh! —reaccionó Jennifer. Al menos, más tarde creyó que había dicho: «¡Eh!», pero no estaba segura.

Ante su asombro, el hombre la golpeó en la cara. El golpe había estallado en sus ojos, lo que envió una corriente de dolor rojo por todo su ser, y se sintió mareada, como si el mundo a su alrededor hubiera girado sobre su eje. Pudo sentir que perdía el conocimiento, que se tambaleaba hacia atrás y se desmoronaba, cuando él la agarró por los hombros para evitar que cayera al suelo. Sentía las rodillas débiles y la espalda como de goma. Cualquier fuerza que ella tuviera desapareció al instante.

Fue sólo vagamente consciente de que la puerta de la furgoneta se abría y de que el hombre la empujaba para meterla en la parte de atrás. Pudo escuchar el ruido de la puerta que se cerraba de golpe. La camioneta, que aceleró al girar la esquina, la empujó sobre su lecho de acero. Sentía el peso del hombre que la aplastaba, sujetándola contra el suelo. Apenas podía respirar y tenía la garganta casi cerrada por el terror. No sabía si se estaba resistiendo o estaba luchando, no podía distinguir si estaba gritando o llorando, ya no estaba con la conciencia lo suficientemente alerta como para saber lo que estaba haciendo.

Dejó escapar un grito ahogado cuando una repentina y completa negrura la envolvió, y en un primer momento creyó que se había desmayado, pero luego se dio cuenta de que el hombre le había puesto una funda negra de almohada en la cabeza, aislándola del diminuto mundo de la camioneta. Pudo sentir el gusto de la sangre en sus labios. La cabeza todavía le daba vueltas y fuera lo que fuese lo que estaba pasándole, sabía que era mucho peor que cualquier cosa de la que hubiera tenido noticia antes.

El olor traspasó la funda de la almohada. Era un olor aceitoso, denso, que venía del suelo del vehículo; el olor sudoroso y dulce del hombre que la sostenía contra el suelo. En algún lugar, en su interior, sabía que sentía un gran dolor, pero no podía precisar dónde. Trató de mover los brazos y las piernas, manoteando a la nada, como un perro que sueña que está persiguiendo conejos, pero escuchó que el hombre gruñía:

—No, no lo creo...

Y entonces hubo otra explosión en su cabeza, detrás de los ojos. Lo último de lo que fue consciente fue de la voz de la mujer que decía:

—No la mates, por el amor de Dios...

Capítulo
3

Sostuvo la gorra rosa suavemente, como si estuviera viva, haciéndola girar con cuidado en sus manos. En el borde de la parte interior vio el nombre «Jennifer» escrito con tinta, seguido por un gracioso dibujo de un pato sonriente y las palabras «es genial» como si fueran la respuesta a una pregunta. Ningún apellido, ningún número de teléfono, ninguna dirección.

Adrian estaba sentado al borde de su cama. A su lado, sobre la colcha multicolor hecha a mano que su esposa había comprado en una feria de colchas de parches poco antes de su accidente, yacía fríamente su pistola automática Ruger nueve milímetros. Había reunido una gran colección de fotografías de su esposa y de la familia, y las había desparramado por todo el dormitorio para poder mirarlas mientras se preparaba. En el pequeño despacho donde alguna vez había trabajado sobre conferencias y planes de enseñanza, había grapado a un informe del neurólogo una copia del artículo de Wikipedia sobre «Demencia por cuerpos de Lewy».

Pensó que lo único que le faltaba era escribir una nota de suicidio adecuada, algo sentido y poético. Siempre había adorado la poesía y hasta había tenido sus escarceos escribiendo algunos versos. Había llenado estanterías con colecciones que iban desde los modernos hasta los antiguos, desde Paul Muldoon y James Tate hasta Ovidio y Catulo. Hacía algunos años había publicado por su cuenta un pequeño volumen con sus propios poemas, *Cantos de amor y locura*. No porque pensara que fueran realmente buenos. Pero le encantaba escribir, versos libres o con rima, y creyó que eso podría ayudarle precisamente en aquel momento. *Poesía en lugar de coraje*, pensó. Por un momento, se distrajo. Se preguntó dónde habría puesto un ejemplar de su libro. Pensó que realmente debía estar sobre la cama, al lado de las fotografías y de la pistola. Las cosas quedarían totalmente claras para quienquiera que fuese el que llegara a la escena de su propio asesinato.

Pensó que justo antes de apretar el gatillo debía llamar al 911 —que es el teléfono de emergencias en Estados Unidos— e informar sobre disparos en su casa. Eso haría que los policías, preocupados, llegaran en pocos minutos. Sabía que debía dejar la puerta principal abierta de par en par como una invitación a entrar. Estas precauciones impedirían que pasaran semanas antes de que alguien encontrara su cuerpo. Sin descomposición. Sin olor. Haciendo que todo fuera tan ordenado y pulcro como resultara posible. No podía hacer nada, pensó, respecto a la salpicadura de sangre. Eso no se podía evitar.

Por un momento se preguntó si debía escribir un poema sobre su modo de planear las cosas: *Últimos actos antes del último acto*. Ése era un buen título, pensó.

Adrian se balanceó de un lado a otro, como si el movimiento pudiera aflojar las ideas atascadas dentro de él en lugares ennegrecidos que ya no podía alcanzar. Podría haber algunas otras pequeñas tareas previas al suicidio de las que tuviera que ocuparse: pagar algunas facturas extraviadas, apagar la calefacción o el calentador de agua, cerrar con llave el garaje, sacar la basura. Se encontró repasando mentalmente una pequeña lista de verificación, un poco como un típico habitante de un barrio de las afueras que repasaba las tareas del sábado por la mañana. Tuvo la extraña idea de que parecía tener más miedo al desorden producido al matarse y tener que dejar todo para que otros lo limpiaran que al hecho mismo de suicidarse.

Limpiar el desorden de la muerte. Más de una vez había tenido que hacer precisamente eso. Los recuerdos trataron de atravesar la muralla de su organización. Luchó para rechazar imágenes de tristeza que resonaban dentro de él, y se concentró en las fotografías a su alrededor sobre la cama y apoyadas sobre una mesa cercana. Padres, hermano, esposa e hijo: *Pronto estaré con vosotros,* pensó. Una hermana distante, sobrinas, amigos y colegas: *Os veré después.* Parecía estar hablándoles directamente a las personas que lo miraban. Se dio cuenta de que había muchas risas y sonrisas. Momentos felices en barbacoas, bodas y vacaciones. Todo ello registrado en imágenes.

Miró rápidamente a su alrededor. Los otros recuerdos estaban a punto de desaparecer para siempre. Los malos tiempos que habían llegado con demasiada frecuencia a lo largo de su vida. *Aprieta el gatillo y todo eso desaparece.* Bajó la vista y vio que todavía sostenía con fuerza la gorra rosa.

Empezó a colocarla a un lado para coger el arma, pero se detuvo. Peensó que eso les confundiría. Algún policía se preguntaría: *¿Qué diablos está haciendo con una gorra rosa de los Red Sox?* Podría enviarlos por alguna inexplicable y superflua tangente de novela de misterio. Sostuvo la gorra delante de él otra vez, directamente ante sus ojos, como se sujetaría una piedra preciosa a contraluz, tratando de ver las imperfecciones ocultas.

El algodón rústico debajo de sus dedos se sentía tibio. Recorrió con un dedo la distintiva B. El color rosa se había desteñido un poco y la cinta interior estaba deshilachada. Eso solamente pudo ocurrir si la joven rubia la hubiera usado con frecuencia, especialmente durante el invierno, en vez de una gorra de esquiar más abrigada. La gorra —vaya uno a saber la razón oculta— era una de sus prendas de vestir favoritas. Lo cual, le pareció a él, quería decir que no la habría abandonado en la calle.

Adrian respiró hondo y reconsideró todas las impresiones de ese anochecer, dándoles vueltas en su mente de manera muy parecida a como estaba girando la gorra de béisbol en sus manos: *La joven con la mirada decidida. La mujer al volante. El hombre a su lado. La leve vacilación al detenerse junto a la adolescente. La aceleración rápida y la desaparición. La gorra que quedó atrás. ¿Qué ocurrió?*

¿Fuga? ¿Escapada? Tal vez era una de esas intervenciones de algún culto o de algo relacionado con la droga, en las que aparecían los «salvadores» para luego sermonear al candidato en una habitación alquilada en algún motel barato hasta que el pobre niño admitía un cambio de actitud, de creencia o de adicción.

No le pareció que eso fuera lo que había visto.

Se dijo: *Revisa todo otra vez. Cada detalle, antes de que todo se escape de tu memoria.* Eso era lo que temía: que todo lo que recordaba y todo lo que dedujera se disipara rápidamente como una niebla matutina después de que la luz del sol empieza a comérsela. Se levantó, fue hacia la mesa, donde encontró una pluma y una pequeña libreta de cuero. Generalmente, había usado páginas blancas, gruesas y elegantes para redactar notas para poemas, escribiendo alguna idea ocasional o una combinación de palabras o rimas que pudieran prestarse para algún desarrollo posterior. Su esposa le había regalado la libreta, y al tocar la suave superficie, pensó en ella.

Así que repitió todo de nuevo; esta vez fue apuntando algunos detalles en una página en blanco: *La muchacha…* Ella iba mirando directamente hacia delante y a él le pareció que ni siquiera lo vio cuando pasó con el coche junto a ella. Ella tenía *un plan.* De eso estaba seguro, sólo por la dirección de sus ojos y el ritmo con que caminaba…, lo cual dejaba fuera todo lo demás.

La mujer y el hombre… Él ya había entrado en su jardín antes de que la furgoneta blanca se acercara, estaba seguro de eso. *¿Acaso lo vieron en su coche?* No. Era poco probable.

La breve vacilación... Parecían estar siguiendo a la joven, aunque sólo fuera por unos pocos metros. Estaba seguro de eso. *Fue como si la estuvieran evaluando. ¿Qué ocurrió luego?* ¿Hablaron? ¿Fue *invitada* a subir a la furgoneta? Tal vez se conocían y aquello no fue más que una amigable invitación a llevarla. Nada más. Nada menos. No. Arrancaron demasiado rápido.

¿Qué vio él antes de que terminaran de doblar la esquina? *Una matrícula de Massachusetts:* QE2D. Escribió eso. Trató de recordar los otros dos dígitos, pero no pudo. Pero lo que sí podía realmente recordar era el sonido agudo de la furgoneta cuando aceleraba.

Y luego la gorra quedó abandonada.

Tuvo dificultades para formular la palabra «secuestro» en su imaginación, y aun cuando lo hizo, se dijo que aquella conclusión sólo podía ser una tontería. Él vivía en un lugar dedicado a la razón, al aprendizaje y a la lógica, con zonas aledañas relacionadas al arte y la belleza. Era miembro de un mundo de escuelas y conocimiento. «Secuestro». Esta fea palabra correspondía a algún sitio oscuro, desconocido en su vecindario.

Sin duda, pensó, las hileras tranquilas de cuidadas casas residenciales que se extendían a su alrededor tenían algún crimen escondido..., violencia doméstica, infidelidades sexuales de los adultos, drogas entre los adolescentes del instituto de secundaria, fiestas de alcohol y sexo. Tal vez la gente no pagaba sus impuestos o sus prácticas comerciales eran turbias... Podía imaginar que esta clase de crímenes ocurrían detrás del barniz de vida de clase media. Pero no podía recordar haber escuchado nunca un disparo, ni siquiera ver sirenas de policía encendidas en ninguna calle cercana.

Esas cosas ocurrían en otros lugares. Estaban limitadas a los telediarios de por la noche, esos que lo dejaban a uno sin aliento, o a los titulares en el periódico matutino.

Adrian miró la Ruger automática. El legado de su hermano. Nadie sabía que la tenía. Sus amigos del cuerpo docente en la universidad considerarían que el hecho de que poseyera el arma era sumamente desagradable. Se trataba de un arma directa y fea cuyo verdadero propósito dejaba poco lugar al debate. Nunca la había registrado. No era cazador ni del tipo de gente que se hace miembro de la Asociación Nacional del Rifle. Rechazaba el modo de pensar que impulsaba aquello de «tenga un arma para defenderse». Estaba seguro de que con el paso de los años su esposa había olvidado que el arma estaba en la casa, si es que alguna vez lo supo realmente. Él jamás lo había comentado con ella, ni siquiera después de su accidente, cuando ella había resistido pero lo miraba a él anhelando una liberación.

Si él hubiera sido valiente, pensó, lo habría consentido. En ese momento esa misma pregunta y esa misma respuesta quedaban para él, y sabía que era tan cobarde como para ceder. Cuando colocara el arma en la sien o en la boca y apretara el gatillo, ¿sería la segunda vez que el arma habría sido disparada? Su piel negra y metálica parecía no tener corazón. Cuando sopesó el arma en su mano, la sintió pesada y fría como el hielo.

Adrian dejó el arma y volvió a la gorra. Parecía hablar tan fuerte en ese momento como la Ruger. Era como estar atrapado en medio de una discusión entre dos objetos inanimados, mientras debatían sobre lo que él debía hacer.

Hizo una pausa y respiró hondo. Las cosas parecieron silenciarse en la habitación, como si algún ruidoso alboroto relacionado con un autohomicidio hubiera sido hecho callar repentinamente. *Lo menos que podía hacer*, pensó, *es iniciar una modesta investigación*. La gorra parecía estar requiriendo tan sólo eso de él.

Cogió el teléfono y marcó el número de emergencias, el 911. Era consciente de que había una pequeña ironía en el hecho de que estuviera llamando primero por alguien a quien no conocía, ya que después haría más o menos la misma llamada por sí mismo.

—Policía, bomberos y rescates. ¿Cuál es su emergencia?

—No es realmente una emergencia —aclaró Adrian. Quería estar seguro de que su voz no vacilara, como la del anciano en el cual creía que se iba a convertir repentinamente durante las horas posteriores a la consulta con el neurólogo. Quería mostrarse enérgico y alerta—. Llamo porque creo que he sido testigo de un hecho que podría ser de cierto interés para la policía.

—¿Qué clase de hecho?

Trató de imaginarse a la persona en el otro extremo de la línea. El empleado en el teléfono tenía una manera de recortar cada palabra bruscamente para que su sentido resultara inconfundible. El tono de su voz tenía una fuerza muy ensayada, un timbre de sensatez. Era como si las pocas palabras que el hombre que se ocupaba de emergencias pronunciaba estuvieran vestidas con ceñidos uniformes de cuello alto.

—Vi una furgoneta blanca… Había una muchacha adolescente, Jennifer, está escrito en su gorra, pero no la conozco, aunque debe vivir en algún lugar del vecindario; en un momento estaba allí, y luego desapareció… —Adrian quería abofetearse a sí mismo. Todas sus intenciones de ser razonable y dinámico habían desaparecido instantáneamente en un mar de descripciones entrecortadas, mal concebidas y apresuradas. *¿Era la enfermedad que castigaba su capacidad de hablar?*

—Sí, señor. ¿Y usted exactamente qué cree que presenció?

La línea telefónica emitió una señal sonora. Estaba siendo grabado.

—¿… Han recibido algún aviso de una muchacha perdida en el sector de las colinas del pueblo? —preguntó.

—Ningún informe de momento. No ha habido ninguna llamada hoy —dijo el agente.

—¿Nada?

—No, señor. El pueblo ha estado muy tranquilo toda la tarde. Tomaré nota de su información y se la pasaré a la oficina de detectives en caso de que se reciba algún aviso. Lo investigarán si es necesario.

—Supongo que estaba equivocado —dijo Adrian. Colgó antes de que el agente tuviera tiempo de preguntar su nombre y dirección.

Adrian levantó la vista y miró por la ventana. La noche había caído y las luces se iban encendiendo por toda la calle. *Hora de cenar,* pensó. Familias que se reúnen. Hablan sobre lo ocurrido durante el día, en el lugar de trabajo, en la escuela. Todo muy normal y previsible. De pronto estalló con una pregunta en voz alta que resonó en el pequeño dormitorio, como si pudiera producir un eco en ese espacio pequeño; parecía que la hubiera gritado desde un cañón.

—No sé qué se supone que debo hacer ahora.

—Pero por supuesto que lo sabes, querido —respondió su esposa, sentada en la cama junto a él.

Capítulo
4

La llamada no llegó hasta poco antes de las once de la noche, y a esa hora la detective Terri Collins ya estaba pensando seriamente en irse a la cama. Sus dos hijos estaban en su habitación, dormidos, con los deberes del colegio hechos, con el cuento ya leído y arropados. Acababa de hacer esa última visita maternal de la noche, en la que asomó la cabeza por la puerta, dejando entrar la pálida luz del pasillo sólo para certificar, con la mínima iluminación necesaria en las caras de los dos niños, que estaban profundamente dormidos.

Sin pesadillas. La respiración tranquila. Ni siquiera un resuello que pudiera indicar la proximidad de un resfriado. Había algunos progenitores solteros, que conocía del grupo de apoyo que ocasionalmente visitaba, que apenas podían apartarse de sus hijos dormidos. Era como si durante la noche todos los males que habían creado sus circunstancias tuvieran rienda suelta. Un tiempo que debiera estar dedicado al descanso y la recuperación se había convertido en algo lleno de incertidumbre, preocupación y miedo.

Pero todo estaba bien esa noche. Todo era normal. Dejó la puerta entreabierta sólo unos pocos centímetros y empezó a caminar silenciosamente hacia el baño cuando escuchó sonar el teléfono de la cocina. Miró el reloj de pared mientras se apresuraba a responder. *Demasiado tarde para ser otra cosa que un problema,* pensó.

Era el agente nocturno de emergencias de las oficinas centrales de la policía.

—Detective, tengo una mujer muy alterada en la otra línea. Creo que usted ha atendido llamadas anteriores de ella. Aparentemente, tenemos otra joven que se ha fugado…

La detective Terri Collins supo inmediatamente quién era. *Quizá esta vez Jennifer realmente se largó,* pensó. Pero esto era poco profesional y «se largó» era solamente una forma taquigráfica e insensible de ocultar una serie conocida de miedos para cambiarla por otra potencialmente peor y de un tipo del todo diferente.

—Estaré allí en un momento —dijo Terri. Pasaba fácilmente del modo madre al modo detective de policía. Uno de sus puntos fuertes era su habilidad para separar las diferentes dimensiones de su vida en grupos bien definidos y ordenados. Demasiados años con trastornos habían creado en ella una necesidad compulsiva de sencillez y organización.

Puso al agente en espera mientras llamaba a un segundo número, uno que tenía en la lista junto al teléfono de la cocina. Una de las pocas ventajas de haber pasado por lo que pasó era la red informal de ayuda disponible.

—Hola, Laurie, soy Terri. Lamento molestarte a esta hora de la noche, pero…

—¿Te han llamado por un caso y necesitas que cuide a los niños?

Terri podía efectivamente escuchar el entusiasmo en la voz de su amiga.

—Sí.

—Estaré allí en un momento. No hay problema. Me encanta. ¿Cuánto crees que vas a tardar?

Terri sonrió. Laurie era una insomne de primer orden, y Terri sabía que a ella, secretamente, le encantaba que la llamaran en medio de la noche, especialmente para cuidar niños, ya que los suyos habían crecido y se habían independizado. Le proporcionaba algo para hacer en lugar de mirar, inútilmente, la programación nocturna de la televisión por cable o pasearse de un lado a otro nerviosamente por la casa a oscuras, hablando consigo misma sobre todo lo que le había salido mal en la vida. Ésa era, Terri lo había aprendido, una larga conversación.

—Es difícil decirlo. Al menos un par de horas. Pero probablemente tarde más. Tal vez incluso toda la noche.

—Llevaré mi cepillo de dientes —respondió Laurie.

Pulsó el botón de espera y volvió a conectarse con el agente de emergencias.

—Dígale a la señora Riggins que estaré en su casa dentro de media hora para hablar con ella. ¿Hay agentes uniformados allí?

—Han sido enviados.

—Avíseles de que estaré allí en unos momentos. Deben tomar nota de cualquier declaración preliminar para que podamos trazar una línea de tiempo. También deben tratar de tranquilizar a la señora Riggins.

Terri dudaba de que tuvieran éxito en eso.

—Entendido —respondió el agente, y colgó.

Laurie llegaría en unos minutos. Le gustaba pensar que era una parte importante de la investigación o de la escena del crimen a la que Terri estaba siendo llamada, tan importante como un técnico forense o un experto en huellas digitales. Se trataba de un orgullo inofensivo, y hasta útil. Terri regresó al baño, se echó un poco de agua en la cara y se pasó un cepillo por el pelo. A pesar de la hora, quería mostrarse fresca, presentable y excepcionalmente capaz de enfrentar el mundo de pánico desesperado al que sabía que estaba a punto de descender.

* * *

La calle estaba oscura y había pocas luces encendidas en algunas de las casas cuando Terri atravesó con el coche el vecindario de Riggins. La única casa con alguna actividad visible era su destino, donde la luz del porche brillaba intensamente y Terri podía ver siluetas que se movían por el salón. Un solo coche patrulla estaba aparcado en la entrada, pero los agentes habían apagado las luces de la sirena, de modo que simplemente parecía otro automóvil que esperaba el éxodo matutino al trabajo o a la escuela.

Terri detuvo su pequeño y traqueteado automóvil, que había adquirido hacía seis años. Se tomó un minuto para respirar profundamente antes de recoger su bolso con una grabadora de microcinta y una libreta encuadernada. Tenía la placa de policía sujeta a la correa del bolso. Su semiautomática estaba enfundada sobre el asiento, junto a ella. La enganchó al cinturón de sus vaqueros después de revisarla dos veces para cerciorarse de que el seguro estuviera puesto y no hubiera ningún proyectil en la recámara. Salió a la noche y caminó por el césped hacia la casa.

Era un camino que había hecho dos veces antes en los últimos dieciocho meses. Su respiración era como un humo que iba envolviéndola. La temperatura había bajado, pero no tanto como para que ningún habitante de Nueva Inglaterra hiciera otra cosa que abrocharse un poco más el abrigo y tal vez subirse el cuello. Había claridad en el frío, no era el indudable hielo del invierno, sino una sensación de que había fragmentos que todavía se movían en el aire, incluso con algo de primavera que a tropezones trataba de abrirse camino para empezar.

Terri deseó haber pasado por el despacho que compartía con otras tres personas en el Departamento de Detectives de la Oficina Central de Policía para sacar su archivo sobre la familia Riggins, aunque dudaba de que hubiera algún detalle o nota en esos informes que no hubiera memorizado ya. Lo que detestaba era la sensación de que estaba entrando en una escena que en verdad era algo muy diferente de lo que pretendía ser. *Un fugitivo menor de edad* era la manera en que lo iba a escribir para los registros del departamento y precisamente así era como iba a manejar el caso la oficina de detectives. Sabía exactamente qué pasos iba a dar y cuáles eran las pautas departamentales y procedimientos para este tipo de desapariciones. Incluso hasta tenía una conjetura razonable acerca del resultado probable del caso.

Pero eso no era realmente lo que estaba ocurriendo, se dijo. Había alguna razón subyacente para la perseverancia de Jennifer y probablemente había un crimen mucho peor que se ocultaba detrás de la firme insistencia de la adolescente para irse de su casa. Terri simplemente no creía que fuera a descubrirlo, por muchas declaraciones que tomara a la madre y al amante, o por mucho que trabajara en el caso. Detestaba la idea de que estaba a punto de participar en una mentira.

Ya en la entrada, vaciló. Se imaginó a sus dos niños en casa dormidos, sin saber que ella no estaba en su pequeño dormitorio, con la puerta abierta que daba al pasillo, con el sueño ligero en caso de que escuchara algún ruido extraño. Todavía eran tan jóvenes que cualquier pena o preocupación que les tocara vivir —y seguramente iba a haber algunas— seguía siendo parte del futuro.

Jennifer se había alejado siguiendo aquel camino. *Siguiendo más de un par de caminos,* pensó Terri. Dio una última bocanada profunda del aire frío de la noche, como quien toma el último trago de agua de un vaso. Golpeó una vez la puerta y luego empujó para abrirla y entró rápidamente en un pasillo pequeño. Sabía que había una fotografía enmarcada de una sonriente Jennifer cuando tenía nueve años, con un moño rosado en el pelo cuidadosamente peinado, colgada en la pared cerca de las escaleras que iban a los dormitorios del piso superior. Había un simpático espacio entre los dientes incisivos de la niña. Era el tipo de foto que los padres amaban y los adolescentes odiaban porque a ambos les recordaba la misma época, vista a través de lentes diferentes y distorsionada por distintos recuerdos.

A su izquierda, en el comedor, vio a Mary Riggins y a Scott West, su novio, sentado en el borde de un sillón. Scott había puesto un brazo distendido sobre los hombros de Mary y le agarraba la mano. Había cigarrillos encendidos en un cenicero sobre una mesa baja llena de latas de refrescos y tazas de café medio vacías. Dos agentes uniformados permanecían incómodos a un lado. Uno era el sargento del último turno de la noche y el otro era un novato de veintidós años que estaba en el cuerpo desde hacía sólo un mes. Terri hizo un movimiento de cabeza en su dirección, y vio un leve movimiento de ojos del sargento, justo cuando Mary Riggins estalló en un aullido.

—Lo ha hecho otra vez, detective… —Estas palabras terminaron en un torrente de sollozos.

Terri saludó con la cabeza a los dos agentes, luego se volvió hacia Mary Riggins. Había estado llorando y el maquillaje se le había corrido en dos líneas negras por las mejillas, dándole el aspecto de una máscara de Halloween. El llanto le había hinchado los ojos, haciéndola parecer mucho más vieja de lo que era. Terri pensó que las lágrimas eran injustas con las mujeres de edad madura, pues en un instante sacaban a relucir todos los años que tanto trataban de esconder.

En lugar de embarcarse en cualquier explicación adicional, Mary Riggins simplemente se enroscó y enterró su cabeza en el hombro de Scott. Era un poco mayor que ella, de pelo gris, de aspecto distinguido incluso con vaqueros y ropa de trabajo, una desteñida camisa a cuadros rojos. Era un terapeuta de la New Age, especializado en tratamientos holísticos para una gran cantidad de enfermedades psiquiátricas, y tenía una carrera próspera entre la comunidad académica, siempre abierta a técnicas diferentes, tal como esas personas que saltan de una dieta a otra. Conducía un Mazda descapotable, deportivo de color rojo brillante, y se movía a menudo por el valle en invierno con la capota abierta, envuelto en un abrigo y con un gorro de leñador de piel flexible. Parecía cruzar la línea de la simple excentricidad; era como una especie de desafío.

La policía del pueblo conocía bien a Scott West y su trabajo; él y el Mazda coleccionaban multas por exceso de velocidad con una frecuencia desalentadora, y en más de una ocasión la policía se había visto forzada a limpiar discretamente los problemas producidos por sus complicados tratamientos. Algunos suicidios. Un enfrentamiento con un esquizofrénico paranoide armado con un cuchillo a quien le había aconsejado sustituir el Haldol que le habían recetado en Saint John's Wort.

* * *

A Terri le gustaba considerarse a sí misma como pragmática, fría, razonable y ordenada en su manera de pensar, directa en sus enfoques. Si a veces este estilo hacía que pareciera antipática, pues bien, a ella no le molestaba. Ya había tenido su cuota de pasión, delirio y locura en su vida hacía años, y ahora prefería el orden y la estabilidad, porque, pensaba, la mantenían a salvo.

Scott se inclinó hacia delante. Habló con una voz estudiada de terapeuta, profunda, serena y razonable. Era una voz diseñada para hacerlo aparecer como un aliado en esa situación, cuando Terri sabía que lo contrario estaba mucho más cerca de la verdad.

—Mary está muy disgustada, detective. A pesar de todos nuestros esfuerzos, casi de manera permanente... —Se detuvo.

Terri se volvió hacia los dos agentes. El sargento le pasó una hoja suelta, de esas de un cuaderno de anillas que tiene cualquier estudiante de secundaria. La escritura era cuidadosa; alguien que quería asegurarse de que cada palabra fuera clara y legible, no garabateada rápidamente por un adolescente ansioso por salir por la puerta rápidamente. Era una nota que había sido trabajada. Terri estaba segura de que si buscaba realmente a fondo podría encontrar variantes descartadas en una papelera o en los contenedores de basura que estaban fuera, en la parte de atrás. Terri leyó la nota entera tres veces.

Mamá:

Voy al cine con unos amigos con los que he quedado en el centro comercial. Cenaré allí y tal vez pase la noche en casa de Sarah o en la de Katie. Te llamaré después de la película para avisarte, si no vuelvo directamente a casa. No llegaré demasiado tarde. Ya he terminado los deberes del instituto y no tengo nada pendiente hasta la próxima semana.

Muy razonable. Muy conciso. Una mentira total.

—¿Dónde dejó esto?

—Colgada en la nevera con un imán —explicó el sargento—. En un lugar donde no pasaba inadvertida.

Terri la leyó un par de veces más. *Estás aprendiendo, ¿no, Jennifer?*, pensó. *Sabías exactamente qué escribir.*

Cine. Eso quería decir que su madre iba a suponer que su móvil estaría apagado, y le daba por lo menos un espacio de dos horas de tiempo en que no podían comunicarse con ella.

Unos amigos... sin especificar, pero aparentemente inocente. Los dos nombres que daba, Sarah y Katie, probablemente estaban dispuestas a cubrirla, o eran difíciles de contactar.

Te llamaré..., de modo que su madre y Scott iban a esperar sentados a que el teléfono sonara mientras valiosos minutos se perdían.

Ya he terminado los deberes del instituto. Jennifer sacaba de la ecuación la justificación externa mayor de que su madre la llamara.

Terri pensó que era inteligente. Miró a Mary Riggins.

—¿Ha llamado a sus amigos? —quiso saber.

Respondió Scott:

—Por supuesto, detective. Después de que acabaran las últimas sesiones en los cines llamamos a todas las Sarah y las Katie que hemos encontrado. Ninguno de nosotros dos puede recordar que Jennifer haya hablado de alguna amiga con cualquiera de esos nombres. Luego llamamos a todos los otros amigos que recordamos que ella haya mencionado alguna vez. Ninguno de ellos había estado en el centro comercial, y ninguno había hecho planes para reunirse con Jennifer. Ni tampoco la habían visto desde que salieron del instituto por la tarde.

Terri asintió con la cabeza. *Una chica inteligente,* se dijo.

—Jennifer parece que no tiene muchos amigos —comentó Mary, melancólicamente—. Nunca ha sido buena para establecer relaciones sociales, ni en el colegio ni en el instituto.

Para Terri esa declaración era una repetición de algo que Scott había dicho en muchas discusiones «de familia».

—¿Pero ella podría estar con alguien a quien ustedes no conocen? —Tanto la madre como el novio negaron con la cabeza—. ¿Podría ser que tenga algún novio secreto que les haya ocultado?

—No —aseguró Scott—. Yo habría notado alguna señal.

Seguro, pensó Terri. Esto no lo dijo en voz alta, pero hizo una anotación en sus papeles.

Mary se recompuso un poco y trató de responder de manera menos lacrimógena. Pero su miedo hacía que la voz le temblara.

—Cuando finalmente pensé en ir a su habitación, ya sabe, para ver si tal vez había alguna otra nota o algo que pudiera darnos una pista, vi que su oso había desaparecido. Un osito de peluche llamado *Señor Pielmarrón.* Duerme con él todas las noches…, es como un amuleto que le da seguridad. Su padre se lo dio no mucho antes de morir, y jamás se iría a ninguna parte sin él…

Demasiado sentimental, pensó Terri. *Jennifer, llevarte ese osito de peluche ha sido un error. Tal vez el único, pero un error al fin y al cabo. De otra manera habrías tenido veinti-*

cuatro horas en lugar de las seis que has logrado conseguir en el mejor de los casos.

—¿Hay algo en particular que haya ocurrido en los últimos días que hiciera que Jennifer tratara de huir? —preguntó—. ¿Una gran pelea…, tal vez algo que pasara en el instituto?

Mary Riggins sólo sollozó. Scott West respondió rápidamente:

—No, detective. Si usted está buscando algún hecho externo por mi parte o por la de Mary que pudiera haber incitado este comportamiento en Jennifer, puedo asegurarle que no existe. Ninguna pelea. Ninguna exigencia. Ningún capricho de adolescente. No estaba castigada sin salir. Es más, todo ha estado totalmente tranquilo por aquí las últimas semanas. Yo pensaba, igual que su madre, que tal vez habíamos llegado a buen puerto y que las cosas iban a calmarse.

Eso era porque estaba planeando algo, pensó Terri. En la cascada de palabras pretenciosas con las que Scott se justificaba, Terri creyó que había al menos una mentira y tal vez más. Sabía que tarde o temprano la iba a encontrar. Si conocer la verdad iba a ayudarla a localizar a Jennifer o no, era algo completamente diferente.

—Es una adolescente con muchos problemas, detective. Es muy delicada e inteligente, pero está profundamente perturbada y confundida. Le he insistido en que debe buscar algún tratamiento, pero hasta ahora…, bueno, usted sabe lo terco que puede ser un adolescente.

Terri lo sabía. Sólo que no estaba segura de que la terquedad fuera el verdadero tema.

—¿Cree que puede haber algún lugar específico adonde podría haber ido? ¿Un pariente? ¿Un amigo que se haya mudado a otra ciudad? ¿Alguna vez habló de querer ser modelo en Miami, o convertirse en actriz en Los Ángeles, o trabajar en un barco pesquero en Louisiana? Cualquier cosa, por remota e insignificante que parezca, podría brindar una pista que intentaríamos seguir.

Terri había hecho estas preguntas las dos veces anteriores en que Jennifer se había escapado. Pero en ninguna de esas otras dos ocasiones Jennifer se las había arreglado para ganar tanto tiempo como esa noche. Tampoco había ido muy lejos las otras veces; unos tres o cuatro kilómetros la primera; al siguiente pueblo la segunda. Esta ocasión era diferente.

—No, no... —respondió Mary Riggins, retorciéndose las manos y buscando otro cigarrillo. Terri vio que Scott trataba de detenerla poniéndole la mano sobre el antebrazo, pero ella lo apartó con un ligero movimiento, cogió el paquete de Marlboro y encendió un cigarrillo de manera desafiante, aun cuando había un cigarrillo a medio fumar echando humo en el cenicero.

—No, detective. Mary y yo hemos tratado de pensar en alguien o en algún sitio, pero no se nos ha ocurrido nada que pueda ser de ayuda.

—¿Falta dinero? ¿Tarjetas de crédito?

Mary Riggins estiró la mano hacia abajo y levantó un bolso del lugar donde había quedado abandonado en el suelo. Lo abrió y sacó una cartera de cuero, de donde dejó caer tres tarjetas para la gasolina, una American Express azul y una tarjeta Discover, junto con un carné de socia de la biblioteca local y una tarjeta de descuento del supermercado del barrio. Las cogió una por una, luego registró nerviosamente cada compartimento de la billetera. Antes de que levantara la vista, Terri ya sabía la respuesta a su pregunta.

Terri asintió con la cabeza, pensativa.

—Voy a necesitar la foto más reciente que tenga —dijo.

—Aquí tiene —respondió Scott, mientras le alcanzaba algo que obviamente ya tenía preparado.

Terri cogió la fotografía y le echó un vistazo. Una adolescente sonriente. *¡Vaya mentira!*, pensó.

—También tengo que ver su ordenador —continuó Terri.

—¿Por qué quiere usted...? —empezó Scott.

Pero Mary Riggins le interrumpió:

—Está sobre su mesa. Es un ordenador portátil…

—Podría haber algún problema de invasión de la privacidad en esto —intervino Scott—. Quiero decir, Mary, ¿cómo le vamos a explicar a Jennifer que simplemente permitimos que la policía cogiera su…?

Se detuvo. Terri pensó: *Por lo menos se da cuenta de que parece tonto. Aunque tal vez, más que tonto, está preocupado por algo.* Entonces, abruptamente, hizo una pregunta que probablemente no debió haber hecho:

—¿Dónde está enterrado su padre?

Se produjo un breve silencio. Hasta el casi constante sollozo que venía de Mary cesó en ese momento. Terri vio que Mary Riggins se ponía tensa, estirándose como si lo que quería decir necesitara una inyección de fuerza o de orgullo entre los omoplatos que corriera por su espina dorsal.

—En North Shore, cerca de Gloucester. Pero ¿qué importancia tiene eso?

—Ninguna, probablemente —replicó Terri. Pero interiormente, se dijo: *Ése sería el lugar al que yo iría si fuera una adolescente enfadada y deprimida, inundada por una abrumadora necesidad de irme de casa. ¿No querría hacer una última visita para despedirse de la única persona que, según ella creía, realmente la había querido antes de comenzar su huida?* Sacudió un poco la cabeza, un movimiento tan leve que nadie en la habitación se dio cuenta. *Un cementerio,* pensó, *o si no, Nueva York, porque ése es un buen lugar para empezar el proceso de perderse de vista.*

Capítulo
5

Al principio, pocos de los invitados prestaron atención a las imágenes silenciosas de la enorme pantalla montada en la pared del lujoso ático que daba al parque Gorki. Era una repetición de un partido de fútbol entre el Dinamo de Kiev y el Locomotiv de Moscú. Un hombre que lucía un gran bigote estilo Fu Manchú alzó la mano, e hizo una seña para que todos en la sala callaran; alguien bajó el volumen de la vibrante música tecno que salía de media docena de bafles escondidos en distintas paredes. Llevaba un costoso traje negro, con camisa de seda color púrpura desabotonada y joyas de oro, incluido el indispensable Rolex en la muñeca. En el mundo moderno, donde los gánsteres y los hombres de negocios tienen con frecuencia el mismo aspecto, podía haber sido cualquiera de esas dos cosas, o tal vez las dos. Junto a él, una esbelta mujer probablemente veinte años menor que él, con el pelo y las piernas de una modelo, vestido de noche de lentejuelas suelto, que hacía poco por ocultar su figura andrógina, dijo primero en ruso, luego en francés y posteriormente en alemán: «Nos hemos enterado de que se va a presentar la nueva temporada de nuestra serie favorita en la web, y empieza esta noche. Seguramente va ser de gran interés para muchos de ustedes».

No dijo más. El grupo se amontonó frente al televisor, sentados en cómodos sillones o instalados en sillas. Un gran comando en forma de flecha que decía «play» apareció en la pantalla y el anfitrión movió un cursor sobre la flecha e hizo clic con el ratón. De inmediato se oyó música: La oda a la alegría de Beethoven se escuchó en un sintetizador. Esto fue seguido por una imagen de Malcolm McDowell muy joven con un cuchillo, en el papel de Alex en La naranja mecánica, *de Stanley Kubrick. La imagen dominaba la pantalla. Llevaba un traje blanco, el ojo maquillado, botas con tachuelas y un sombrero hongo negro, que la colaboración entre artista y director habían hecho famoso a comienzos de los años setenta. Esta imagen provocó aplausos de algunas personas mayores entre los asistentes a la fiesta, quienes recordaban el libro, recordaban la actuación y recordaban la película.*

La fotografía del joven Alex desapareció para ser reemplazada por una pantalla negra que parecía vibrar, expectante. A los pocos segundos, apareció un texto rojo fuerte, en cursiva, que atravesó el cuadro como un cuchillo, esculpiendo las palabras: What comes next? («¿Qué viene después?»). El texto se fundió dando paso a un nuevo título: Serie # 4.

La imagen cambió luego, mostrando una habitación con aspecto curiosamente granulado, casi unidimensional, un lugar gris y pobre. Sin ventanas. Sin ninguna indicación de dónde estaba ocurriendo la escena. Un lugar de anonimato total. Inicialmente, los espectadores sólo pudieron ver una vieja cama de metal. Sobre la cama había una mujer joven en ropa interior, con una capucha negra sobre su cara. Tenía las manos esposadas y atadas a argollas en la pared como en una mazmorra, detrás de la cabeza. Los tobillos estaban atados con sogas a la estructura de la cama.

La joven no se movía más que para respirar pesadamente, de modo que los espectadores podían darse cuenta de que todavía estaba viva. Podría haber estado inconsciente, drogada o incluso dormida, pero después de unos treinta segundos, realizó un movimiento rápido, como un tic, y una de las cadenas que la sujetaban hizo ruido.

Uno de los invitados dejó escapar un grito ahogado. Alguien dijo en francés:

—Est-il vrai?

Pero nadie respondió a la pregunta, salvo, quizá, por el silencio y por la manera en que estiraban el cuello hacia delante, tratando de ver con más precisión.

En inglés, otro invitado dijo:

—Es una actuación. Debe de ser una actriz contratada *específicamente para esta serie en la web...*

La mujer vestida con lentejuelas miró al hombre y negó con la cabeza. Su respuesta estaba teñida con su acento eslavo, pero fue pronunciada de manera impecable:

—Al principio de la serie anterior muchos pensaron eso. *Pero al final, a medida que pasan los días, uno se da cuenta de que no hay ningún actor que desee interpretar estos papeles.*

Volvió a mirar la pantalla. La figura encapuchada pareció temblar, y luego giró su cabeza bruscamente, como si alguien fuera de cámara hubiera entrado en la habitación. Los espectadores podían ver cómo ella tiraba de las cadenas que la sujetaban.

Entonces, casi tan rápidamente como llegó esa escena, se congeló en la pantalla, como si la imagen hubiera sido tomada de repente, igual que se fotografía un ave en vuelo. Fundió a negro y otra vez apareció una pregunta escrita en color rojo sangre: «¿Quiere ver más?».

Detrás de esta pregunta se pedían los datos de la tarjeta de crédito y un texto explicaba el sistema de pago de la suscripción. Se podía comprar unos minutos, hasta una hora, o un bloque de varias horas. Por último se podía comprar un día, o más. También había una cifra mayor de pago para «Acceso total a Serie # 4 con pantalla interactiva». En la parte inferior de los textos había un cronómetro electrónico grande, también de color rojo brillante, puesto en 00:00. Estaba junto a las palabras: «*Día uno*». *Todos los asistentes a la fiesta vieron que el reloj de pronto marcaba un segundo, luego dos, al comenzar a medir el tiempo. Era un poco como el reloj digital que marca el tiempo transcurrido de un partido de tenis en Wimbledon o en el Open de Estados Unidos.*

Al lado había un anuncio: «Posible duración de Serie # 4: entre 1 semana y 1 mes».

En la fiesta, alguien gritó en ruso:

—¡Vamos, Dimitri! ¡Compra todo el paquete... desde el principio hasta el fin! ¡Tú puedes pagarlo! —Esto fue acompañado por una risa nerviosa y gritos entusiastas y de aprobación. El hombre del bigote se volvió hacia los allí reunidos con los brazos bien abiertos, como preguntando qué debía hacer. Antes de sonreír, esbozó una ligera y teatral reverencia y marcó los números de la tarjeta de crédito. Apenas hizo esto, apareció una ventana que pedía una contraseña. El hombre hizo un gesto con la cabeza a la mujer de las lentejuelas y señaló el teclado de su ordenador. Ella sonrió y tecleó algo. Uno podría haber imaginado que escribió el apodo afectuoso de su amante, el que usaba en la intimidad. El anfitrión sonrió e hizo una seña a un camarero de chaqueta blanca que esperaba en la parte de atrás del lujoso ático para que volviera a llenar los vasos mientras sus adinerados invitados se acomodaban para la serena y fascinante espera. Faltaba una última confirmación electrónica de la operación.

Otros, en todo el mundo, estaban esperando lo mismo.

* * *

No había ningún usuario típico de whatcomesnext.com, aunque probablemente el porcentaje era mucho menor de mujeres que de hombres. La naturaleza pública de la fiesta en Moscú era una excepción; la mayoría de los clientes se hacían miembros de whatcomesnext.com en lugares privados donde podían ver el drama que se desarrollaba en *Serie # 4* en soledad. La página web controlaba el acceso de sus miembros con la identificación por medio de contraseñas ciegas, con doble y triple sistema de seguridad, seguidas por una secuencia de transferencias de alta velocidad a varios motores de búsqueda en Europa oriental y en India. Era un sistema que había sido creado por una sofisticada mente electrónica y había sobrevivido a más de un intento policial de violarlo. Pero dado que no tenía connotaciones políticas —es decir, el sitio no era frecuentado por organizaciones terroristas— y no se metía abiertamente en la pornografía infantil, había sobrevivido a esas modestas y sólo ocasionales intrusiones. A decir verdad, esos poco frecuentes esfuerzos hechos por la policía le daban al sitio cierta distinción, o lo que podría haber sido considerado como una cierta respetabilidad propia de Internet.

Whatcomesnext.com estaba dirigido a un tipo diferente de público. La lista de clientes estaba formada por personas que podían pagar muy bien por una mezcla de experiencia sexual y producción de ficción que estaba al borde del delito. Usaba los chats electrónicos y el veloz boca a boca de Internet para enviar invitaciones a suscribirse a sus servicios.

Los diseñadores del sitio no se consideraban delincuentes, aunque habían cometido muchos delitos. Ni tampoco se identificaban como asesinos, aunque habían asesinado. Nunca habrían considerado que lo que hacían era una perversión, aunque muchos argumentaban que era precisamente eso. Ellos se consideraban empresarios modernos que ofrecían un servicio especial, poco frecuente, muy demandado por los hombres y que generaba un enorme interés en oscuros lugares en todo el mundo.

Michael y Linda se habían conocido cinco años antes en una fiesta sexual clandestina en una casa de las afueras de Chicago. Él era un licenciado en Ciencias Informáticas que preparaba su doctorado; era un tanto tímido y de voz suave; ella era una joven ejecutiva en una poderosa agencia de publicidad y ocasionalmente desempeñaba una segunda actividad en una agencia de compañía femenina para equilibrar el presupuesto. Ella tenía gustos que iban más allá de los límites; él tenía fantasías que jamás se habría permitido convertirse en realidad. Ella tenía afinidad con los BMW y los estimulantes como la dexedrina y estaba al borde de la dependencia; cuando era adolescente, él había sido arrestado por robar el perro a un vecino. Una mañana, al pasar camino del instituto, el animal le había mordido el tobillo. La policía llegó a la conclusión de que Michael había vendido el perro, un pequeño bichon frisé, a un hombre de la zona rural de Illinois que abastecía de cebo a personas que hacían luchar a perros pitbull. Veinticinco dólares en efectivo. Los cargos contra Michael habían sido retirados cuando el informante confidencial que había suministrado su nombre a las autoridades resultó estar involucrado en peores delitos que el secuestro de perros. Más de un policía vio salir libre de un juzgado, sin antecedentes, al adolescente Michael y pensó que no sería la última vez que pasaría por allí. Hasta ahora, estos policías habían estado equivocados.

Ambos venían de historias cuestionables, pasados complicados y violentos que el barniz de lo que estaban haciendo lograba esconder. Un estudiante brillante, el primero de su clase, y una prometedora mujer de negocios. Ambos eran intelectualmente sofisticados y tenían talento. En lo exterior, parecían ser la clase de personas jóvenes que habían logrado superar sus orígenes humildes. Sin embargo, ésas eran impresiones externas, y cada uno, por separado, pensaba que eran mentiras, porque sus verdaderas identidades estaban ocultas en lugares a los que sólo ellos tenían acceso. Pero descubrieron estas cosas el uno del otro mucho más tarde. La noche en que se conocieron se estaban dedicando a un tipo diferente de educación.

Las reglas de la reunión eran simples: cada uno tenía que llevar una pareja del sexo opuesto; sólo se podían usar nombres de pila; no podía haber ningún intercambio de números de teléfono ni de direcciones de correo electrónico al finalizar la fiesta; si alguien llegaba a encontrarse por casualidad con otro asistente en un contexto diferente, prometía actuar como frente a un desconocido total, como si no hubieran participado juntos en reuniones de sexo grupal, duro y pornográfico.

Todos aceptaban las reglas. Salvo la primera, nadie les prestaba realmente atención. La primera tenía que ser cumplida, porque de lo contrario no se podía entrar. Era un lugar de citas secretas, y hablaba de deslealtad y de excesos. Nadie de los que entraban en la sofisticada vivienda de dos plantas situada en las afueras estaba particularmente interesado en las reglas.

Las contradicciones abundaban. Había dos bicicletas infantiles tiradas en el jardín de delante. Había un estante lleno de libros del doctor Seuss. Las cajas de varios tipos de copos de cereales para el desayuno habían sido amontonadas en un rincón de la cocina para dejar espacio a un espejo ubicado horizontalmente sobre la encimera, con rayas de cocaína preparadas como gentileza de la casa. Un televisor en el comedor mostraba material sólo apto para adultos, aunque pocos de los treinta y tantos invitados prestaban atención a versiones filmadas de lo que ellos estaban haciendo en ese momento. La ropa era descartada rápidamente. El licor era abundante. Pastillas de éxtasis eran ofrecidas como entremeses. Los invitados más viejos tenían probablemente cincuenta y tantos años. La mayoría rondaba los treinta o los cuarenta, y cuando Linda atravesó la puerta y empezó el proceso de dejar caer su ropa, más de un hombre la miró apreciativamente y de inmediato hizo planes de acercarse a ella.

Michael y Linda habían llegado a la fiesta con otras personas, pero se retiraron juntos. La acompañante de Michael esa noche había sido otra estudiante que preparaba su doctorado de Sociología, obviamente interesada en investigar la vida real, que había abandonado la fiesta poco después de que tres hombres desnudos totalmente excitados la acorralaran, indiferentes a sus preguntas de estudiosa acerca de por qué estaban allí; no se mostraron dispuestos a escuchar sus débiles protestas mientras se inclinaban sobre ella. Había un requisito tácito en la fiesta que sugería que nadie fuera forzado a hacer algo que no quisiera. Ésta era una regla que se prestaba a interpretaciones muy diferentes.

La pareja de Linda para esa noche había sido un hombre que había pedido sus servicios, y luego, después de invitarla a una costosa cena, había preguntado dónde quería pasar el resto de la noche. Había ofrecido pagarle más de los mil quinientos dólares que ella cobraba habitualmente. Ella había aceptado, siempre y cuando el dinero fuera en efectivo y por adelantado, sin decirle que probablemente lo habría acompañado sin cobrarle más. La curiosidad, pensaba ella, era como un excitante juego preliminar. Después de llegar a la fiesta, su pareja había desaparecido en una habitación lateral con un látigo de cuero y una ajustada máscara de seda negra en la cara, dejando a Linda sola, pero no sin atención.

Su encuentro —como todos los encuentros esa noche— fue casual. Fue una conexión de miradas de un extremo a otro de la habitación, en el arco lánguido de sus cuerpos, en los tonos sedosos de sus voces. Una sola palabra, un leve movimiento de la cabeza, un encogimiento de los hombros —algún pequeño acto de intensidad emocional en una habitación oscura dedicada al exceso y al orgasmo, llena de hombres y mujeres desnudos copulando en todos los estilos y posiciones imaginables— era lo que los había unido. Cada uno estaba con otra persona cuando sus ojos se encontraron. Ninguno de los dos estaba realmente disfrutando lo que estaba haciendo en ese preciso momento. En una habitación llena de lo que la mayoría de las personas habrían considerado actos desenfrenadamente diferentes, ambos se sentían un poco aburridos.

Pero se vieron el uno al otro y algo profundo y probablemente espantoso resonó dentro de ellos. Es más, no tuvieron relaciones sexuales entre ellos esa noche. Simplemente se observaron mutuamente mientras copulaban con otros, y vieron alguna misteriosa unidad de propósitos en medio de los gemidos y gritos de placer. Rodeados por despliegues de luju-ria, realizaron una conexión que casi estalla. Mantenían los ojos fijos en el otro, aun cuando desconocidos exploraban sus cuerpos.

Michael finalmente se abrió camino por entre figuras sudorosas hasta llegar junto a ella, sorprendido por su propia agresividad. Habitualmente él no avanzaba y se enredaba con palabras y presentaciones, todo el tiempo empujado por de-seos irrestrictos dentro de sí. Linda estaba siendo baboseada por un hombre cuyo nombre no conocía. Vio por el rabillo del ojo que Michael se acercaba desde un rincón y supo ins-tintivamente que no se acercaba a ella en busca de algún ori-ficio.

Se apartó bruscamente de su pareja, cuyas torpes manio-bras la habían aburrido de todos modos, dejándolo sorprendi-do, insatisfecho y un poco enfadado. Puso fin a sus fervorosas quejas con una sola mirada feroz, se puso de pie, desnuda, y cogió la mano del desnudo Michael como si fuera alguien a quien conocía desde hacía años. Sin mucha charla, abandona-ron la fiesta. Por un instante, cuando fueron a buscar la ropa tomados de la mano, parecieron una representación de Adán y Eva al ser expulsados del Jardín del Edén realizada por al-gún artista del Renacimiento.

En los años que llevaban juntos desde entonces, no ha-bían vuelto a pensar en cómo se conocieron. No les había lle-vado mucho tiempo descubrir en el otro pasiones oscuras, electrizantes, que iban más allá del sexo.

* * *

El olor a gasolina llenó las narices de Michael. Estuvo a punto de tener arcadas y giró la cabeza, tratando de conseguir aire fresco, pero parecía que había poco dentro de la furgoneta. El olor lo dejó mareado por un momento y tosió una o dos veces mientras se salpicaba. Cuando el piso ondulado brilló con los colores del arco iris, se lanzó con desesperación afuera por la puerta para tragar aire del exterior, bebiéndose la oscuridad.

Cuando su cabeza se aclaró, volvió a la tarea. Echó más gasolina por fuera, fue hacia el frente de la furgoneta y se aseguró de que los asientos delanteros estuvieran empapados. Satisfecho finalmente, arrojó el envase rojo sobre el asiento del acompañante. También tiró dentro un par de guantes quirúrgicos. Había preparado una botella de plástico con detergente y remojado una mecha de algodón con gasolina, con lo que hizo un sencillo cóctel molotov. Metió la mano en un bolsillo buscando un encendedor.

Michael aprovechó la oportunidad para mirar a su alrededor. Estaba detrás de una vieja fábrica de papel, cerrada desde hacía mucho tiempo. Se había asegurado de aparcar la furgoneta bien lejos del edificio; no quería iniciar un incendio que atrajera la atención demasiado pronto. Sólo quería destruir completamente la furgoneta robada. Había adquirido cierta experiencia en eso. No era muy difícil.

Hizo un último control, asegurándose de que no había olvidado nada. Apenas le tomó unos segundos desatornillar las matrículas. Pensaba tirarlas en una laguna cercana. Luego se quitó toda la ropa. La amontonó, la empapó con combustible y la arrojó al interior de la furgoneta. Tembló cuando el frío lo envolvió y luego encendió su bomba casera y la lanzó por la puerta abierta de la furgoneta. Dio media vuelta y empezó a correr. Sus pies aplastaban la grava y la tierra apisonada mientras rogaba no encontrar algún trozo de vidrio que le lastimara la planta de los pies. Detrás oyó un ruido sordo cuando la bomba casera estalló.

Disminuyó la velocidad, miró una sola vez por encima del hombro para asegurarse de que la furgoneta robada estuviera envuelta en llamas. Amarillas lenguas de fuego salían en rizos por las ventanillas y las primeras nubes de humo gris y negro se elevaban al cielo. Satisfecho, Michael retomó el ritmo. Quería reírse a carcajadas… Le habría encantado escuchar a algún testigo accidental, conmocionado y casi sin poder hablar, mientras trataba de explicarle a un policía escéptico que había visto a un hombre desnudo corriendo en la oscuridad y alejándose de una furgoneta que acababa de explotar.

Todavía podía sentir el fuego con su embriagador e inevitable olor a quemado flotando en la brisa ligera de la noche. *¿Quién era en la película?*, se preguntó de pronto. *El coronel Kilgore: «Me encanta el olor del napalm por la mañana»*. Bien, pensó, por la noche resultaba igualmente atractivo y significaba lo mismo: *Victoria*.

Sus ropas lo estaban esperando en el asiento del conductor de su maltrecha y vieja camioneta. Las llaves estaban debajo del asiento, donde las había dejado. Arriba había un pequeño paquete de toallitas desinfectantes. Él prefería las que usan los ancianos con hemorroides. Estaban menos perfumadas que otras, pero eliminaban rápidamente los restos de olor a gasolina. Abrió la puerta, y a los pocos segundos se había frotado todo el cuerpo con las toallitas húmedas. Tardó sólo un minuto en ponerse los vaqueros, la camiseta y la gorra de béisbol. Echó una última mirada alrededor. Nadie. Tal como esperaba. A cien metros, oculta detrás del edificio, pudo ver una espiral de humo, como un color más pálido de la noche, que subía al cielo mientras un fuego brillaba abajo.

Se sentó detrás del volante, puso la camioneta en marcha. Inhaló profundamente olfateando el interior... Como era de esperar, el olor de la gasolina había desaparecido, aniquilado por las toallitas higiénicas. De todas maneras, sacó de la guantera un aerosol para quitar los olores y roció todo el interior. Probablemente aquélla era una precaución que no necesitaba tomar, pensó. Pero si era detenido por un policía por exceso de velocidad o por no parar en alguna señal de stop, o por no ceder el paso, o por cualquier otra razón, no quería tener el olor de un incendiario.

Pensar a fondo las cosas, ver todos los ángulos con anticipación, imaginar cada variable en un mar de posibilidades era lo que Michael disfrutaba casi por encima de todo lo demás. Hacía que su corazón latiera más rápidamente.

Metió la primera en la camioneta, se bajó la gorra hasta los ojos y maniobró con los dedos para acomodarse los audífonos de un iPod. A Linda le gustaba hacerle selecciones especiales de melodías cuando iba a hacer algunos de los trabajos desagradables relacionados con su negocio. La pantalla del menú tenía una nueva lista de melodías: «Música para gasolina». Esto lo hizo reír a carcajadas. Se echó hacia atrás cuando algo de Chris Whitley que tenía un fragmento de guitarra sucia llegó por los audífonos. Escuchó al cantante que pulsaba algunas cuerdas: «… Como una caminata por una calle de mentiras…». *Bastante cierto,* pensó mientras salía del estacionamiento del depósito abandonado. Linda siempre sabía lo que a él le gustaba escuchar.

En una bolsa de plástico sobre el asiento junto a él estaba la tarjeta de crédito que había cogido de la cartera de la Número 4 y su teléfono móvil. La camioneta se había calentado y el calor entraba por los conductos de ventilación que enviaban el aire hacia él. Todavía hacía un frío desagradable y húmedo fuera, pensó. Decidió que la próxima transmisión de la web debía hacerse desde Florida o Arizona. Pero eso era adelantarse a la serie en curso, lo cual él sabía que era un error. Michael se enorgullecía de concentrarse en una sola cosa; una vez en marcha, nada se interponía en su camino, no permitía que nada le obstruyera en su avance, que nada lo desviara o distrajera de lo que estaba haciendo. Creía que cualquier artista u hombre de negocios con éxito diría lo mismo sobre sus proyectos de trabajo. *No se puede escribir una novela o componer una canción, no se puede acordar una adquisición o ampliar una oferta sin una completa dedicación a la tarea que se tiene entre manos.* Linda pensaba lo mismo. Por eso se querían tanto el uno al otro.

Soy increíblemente afortunado, pensó.

Michael se preparó para el viaje de dos horas hasta la ciudad. Allá en la granja alquilada, ella tendría todo funcionando. Pensaba que probablemente ya eran casi ricos. Pero no era el dinero lo que realmente les interesaba. El comienzo de *Serie # 4* lo excitaba y podía sentir la tibieza abrumadoramente placentera que lo recorría por dentro, una tibieza muy diferente del calor que provenía del sistema de calefacción de la camioneta. Se movía al ritmo de la música que llenaba el interior del vehículo.

Capítulo
6

Dentro de la capucha negra que cubría su cabeza, el mundo entero de Jennifer se había acotado solamente a lo que podía escuchar, lo que podía oler y lo que podía saborear, y cada uno de estos sentidos era limitado por el golpeteo de su corazón, el dolor de cabeza que palpitaba persistentemente por detrás de las sienes, la oscuridad claustrofóbica que la envolvía. Trató de calmarse, pero por debajo de la tela negra de seda sollozaba de manera incontrolable, lágrimas saladas que caían sobre sus mejillas, la garganta seca y áspera.

Quería gritar con desesperación pidiendo ayuda aunque sabía que no había nadie cerca. La palabra «mamá» se deslizaba por entre sus labios, pero más allá de la oscuridad sólo podía ver a su padre muerto de pie, sin lograr llegar a él, como si estuviera del lado de fuera, sin escuchar sus gritos porque éstos no podían traspasar una pared de vidrio. Por un instante se sintió mareada, casi como si estuviera tambaleándose en el borde de un precipicio, apenas manteniendo el equilibrio, y una fuerte ráfaga de viento amenazara su estabilidad.

Se dijo: *Jennifer, tienes que mantener el control…*

No estaba segura de si había pronunciado estas palabras en voz alta o si simplemente se las gritó interiormente a todas las confusiones y los dolores encontrados que se movían veloces dentro de ella, abrumando sus emociones, impidiéndole pensar y razonar. Le resultaba casi imposible saber si sufría algún dolor. Sus manos y piernas estaban atadas, pero aun tumbada y vulnerable, sabía que tenía que entender algo de lo que estaba ocurriendo más allá de la capucha.

Se dijo a sí misma que debía respirar hondo. *¡Jennifer, inténtalo!*

Había algo curiosamente alentador en el hecho de hablarse a sí misma en segunda persona. Reforzaba la sensación que tenía de estar viva, de ser quien era, de tener todavía un pasado, un presente y tal vez un futuro.

Jennifer, ¡deja de llorar! Tragó el aire viciado y caluroso dentro de la capucha. *Está bien. Está bien...*

Pero no era tan fácil como parecía. Necesitó varios minutos para calmarse; los quejidos entrecortados y los sollozos de miedo finalmente disminuyeron el ritmo y casi se detuvieron, aunque no había nada que ella pudiera hacer para detener el incontrolable temblor que dominaba cada uno de sus músculos, especialmente en las piernas. Tenía espasmos que hacían que todo su cuerpo pareciera gelatina. Era como si hubiera algo desconectado entre lo que podía pensar, lo que podía percibir y cómo estaba reaccionando su cuerpo. Todo estaba desenfocado, fuera de control. No podía encontrar ningún anclaje mental que la ayudara a comprender qué había ocurrido y qué podría ocurrir todavía.

Tembló, aunque no tenía frío; a decir verdad, hacía mucho calor en la habitación. Sentía que la tibieza la envolvía, y por primera vez se dio cuenta de que estaba casi desnuda. Otra vez su cuerpo entero se estremeció. No podía recordar haberse desnudado, ni tampoco podía recordar que alguien la hubiera traído a la habitación. Lo único que recordaba era el puño del hombre que fue hacia ella como una bala, y que fue arrojada en la parte posterior de la furgoneta. Todo la confundía; no estaba segura de si había ocurrido realmente. Por un segundo, imaginó que estaba soñando y que lo único que tenía que hacer era mantener la calma, y entonces se iba a despertar en su cama, en su casa, y podría bajar a la cocina a prepararse un poco de café y unas galletas y recordar todos sus planes de fuga.

Jennifer esperó. Apretó los ojos para cerrarlos debajo de la capucha y se dijo: *¡Despierta! ¡Despierta!* Pero sabía que era un deseo sin esperanza. No iba a tener la suerte necesaria como para que todo se disolviera en un sueño. *Muy bien, Jennifer*, se dijo. *Concéntrate en una cosa. Sólo una cosa. En una cosa real. Después parte de ahí.*

De pronto sintió una sed terrible. Se pasó la lengua por los labios. Estaban secos, resquebrajados, y podía sentir el gusto de la sangre. Apretó la lengua contra los dientes. Ninguno estaba flojo. Arrugó la nariz. Ningún dolor. *Muy bien, ahora sabes algo útil. La nariz no está fracturada. Ningún diente perdido. Eso es bueno.*

Jennifer podía sentir algo que le picaba cerca del estómago. También tenía una sensación rara en el brazo que no podía precisar. Esto la confundió más.

Sabía que tenía que hacer dos inventarios diferentes: uno de sí misma, otro de dónde estaba. Tenía que tratar de dar un cierto sentido a la oscuridad y llegar a tener algo de claridad. ¿Dónde estaba? ¿Qué le estaba pasando?

Pero las respuestas se le escapaban. La negrura dentro de la capucha parecía estar metiéndose dentro de ella, como si la capucha hiciera algo más que simplemente impedirle ver fuera, le impedía ver *hacia dentro;* lo único que podía imaginar era un terror feroz a la nada. Y entonces, mientras la desesperación se apoderaba de ella, comprendió una idea realmente horrible: *Jennifer, todavía estás viva. Sea lo que sea lo que te está pasando, no va a ser algo que ya hayas conocido antes, ni siquiera algo que hayas imaginado que podría ocurrir alguna vez. No va a ser rápido. No va a ser fácil. Éste es sólo el comienzo de algo.*

Podía sentir que descendía en espiral. Un vórtice. Un remolino. Un agujero en el vacío del universo. Sus piernas temblaban y le resultaba imposible impedir que los sollozos regresaran. Cedió ante el miedo, y su cuerpo entero se vio dominado por tremendos espasmos precisamente hasta el momento en que escuchó el sonido amortiguado de una puerta que se abría. Se volvió hacia el sonido. Alguien estaba en la habitación con ella.

Pensó, en esa fracción de segundo, que el hecho de estar sola creaba el terror que resonaba dentro de ella. Pero en verdad estar sola era mucho mejor que saber que no lo estaba. Su espalda se arqueó, sus músculos se tensaron; si pudiera haberse visto, habría imaginado que su cuerpo reaccionaba ante el sonido de la misma manera que lo haría ante una corriente eléctrica.

* * *

Me he convertido en un viejo, se dijo Adrian cuando se miró en el espejo encima de la mesa de su esposa. Era un espejo pequeño, con marco de madera, y a lo largo de los años ella lo había usado más que nada para un control final de su aspecto antes de salir los sábados por la noche. A las mujeres les gustaba ese examen de último momento para asegurarse de que las cosas combinaban, de que las cosas hacían juego, de que las cosas se complacían unas a otras, antes de ponerse en marcha. Él nunca fue tan preciso en cuanto a la manera en que se mostraba al mundo. Había adoptado un aspecto mucho más azaroso —camisa arrugada, pantalones holgados, corbata ligeramente torcida—, más de acuerdo con su vida académica. *Siempre me parecí a una caricatura de un profesor, porque era un profesor. Era un hombre de ciencia*. Subió la mano, se tocó las franjas de pelo gris blanquecino, frotó la mano por la crecida barba con manchones grises en la barbilla. Pasó un dedo por una arruga en su carne. La edad lo había marcado, pensó; la edad y todas las experiencias de la vida.

Desde detrás de él, otra vez escuchó una voz familiar:

—Tú sabes lo que viste.

Miró al espejo.

—Hola, Zarigüeya —saludó Adrian sonriendo—. Ya has dicho eso. Hace algunos minutos. —Se detuvo. Tal vez había sido una hora. O dos. ¿Cuánto tiempo había estado de pie en el dormitorio, con un arma en su mano, rodeado de imágenes y recuerdos?

Había usado el apodo de su esposa, uno que sólo era compartido por los miembros más cercanos de la familia. Lo había adquirido cuando era una niña de nueve años. Un grupo de animalitos apenas más grandes que los roedores se había instalado en el ático de la casa de veraneo de la familia. Había insistido ante sus hermanos, hermanas y padres en que cualquier intento de expulsar a los invasores no deseados sería respondido con todos los recursos vengativos que una decidida niña podía utilizar, desde lágrimas hasta berrinches.

Así que, durante ese verano, su familia había aguantado los nocturnos ruidos de traqueteo de patas con garras correteando por los aleros, las amenazas indeterminadas de enfermedades y el desagrado general por esos bichos que tenían el inquietante hábito de mirar fija y atentamente a los miembros de la familia desde las sombras. La familia de zarigüeyas, por su parte, no tardó en descubrir las muchas atracciones maravillosas de la cocina, sobre todo cuando instintivamente parecieron comprender el estatus especial que su protectora de nueve años les había otorgado. Cassandra era así, pensó Adrian. Una defensora feroz.

—Adrian, tú sabes lo que viste —repitió ella, esta vez mucho más enérgicamente. Su voz tenía una insistencia rítmica habitual en ella. Cuando Cassie, en todos los años de su matrimonio, había querido realmente que algo se hiciera, lo había expresado por lo general en un tono adecuado para una canción protesta de la década de los sesenta.

Volvió a la cama. Cassie estaba tumbada, lánguida, con un provocativo aspecto de artista. Era la alucinación más hermosa que podía haber imaginado. Llevaba puesta una túnica azul suelta, sin nada debajo, y a él le pareció que una brisa la empujaba provocadoramente ciñéndola a su cuerpo aunque no había ninguna ventana abierta, ni siquiera había rastros de viento dentro del dormitorio. Adrian podía sentir su pulso acelerarse. La Cassie que lo miraba desde su sitio en la cama no podría tener más de veintiocho años, la edad que tenía cuando se conocieron. Su piel mostraba el brillo de la juventud, cada curva de su cuerpo, sus pechos leves, las caderas estrechas y las piernas largas parecían recuerdos que podía sentir. Sacudió la melena de pelo oscuro y frunció el ceño al mirarlo, con la boca que descendía en las comisuras, un leve gesto que él reconoció; quería decir que hablaba en serio y que tenía que prestar atención a cada palabra. Él había aprendido pronto, en su vida juntos, que esa mirada anunciaba algo importante.

—Estás hermosa —le dijo—. ¿Recuerdas cuando fuimos al cabo en agosto y una noche nos bañamos desnudos en el mar, y luego no pudimos encontrar la ropa en las dunas después de que la corriente nos arrojara a la playa?

Cassandra movió la cabeza.

—Por supuesto que me acuerdo. Fue el primer verano que estuvimos juntos. Lo recuerdo todo. Pero ésa no es la razón por la que estoy aquí. *Tú sabes lo que viste.*

Adrian quería pasar la punta de los dedos por su piel para poder recordar cada contacto electrizante de su pasado. Pero tenía miedo de que si extendía la mano ella desapareciera. No comprendía del todo cuál era su relación con esa alucinación, cuáles eran las reglas. Pero sabía que no quería que ella se fuera, era como una inmensa electricidad interna lo que sentía.

—Eso no es del todo verdad —respondió él lentamente—. No estoy para nada seguro.

—Sé que no es exactamente tu campo —dijo Cassie—. No precisamente. Tú nunca fuiste uno de esos forenses aficionados, esos tipos a los que les gustaba deconstruir asesinos en serie y terroristas para luego entretener a sus alumnos con historias sangrientas. A ti te gustaban todas esas ratas en jaulas y laberintos para calcular lo que iban a hacer con los estímulos adecuados. Pero sin duda conoces lo suficiente de Psicología Clínica como para evaluar este caso.

—Podría haber sido cualquier cosa. Y cuando llamé, la policía me dijo…

Cassie lo interrumpió:

—No me importa lo que te dijeran. Ella estaba ahí, al lado de la calle, y luego ya no estaba. —Echó la cabeza hacia atrás, buscando las respuestas en el techo o en el cielo, otro gesto familiar. Esto ocurría cuando él se ponía obstinado. Ella había sido artista, y veía las cosas como una artista: *Traza una línea, dale un golpe de color al lienzo… y todo se aclarará.* Después de esa mirada al cielo siempre venía algo directo y exigente. Era un hábito que él había adorado porque ella había sido siempre completamente segura—. Se trata de un delito —continuó—. Tiene que ser un delito. Tú lo presenciaste. Por accidente. Por suerte. Por lo que sea. Sólo tú. Así que ahora tienes algunas piezas sueltas de un rompecabezas muy difícil. Depende de ti resolverlo.

Adrian vaciló.

—¿Me vas a ayudar? Estoy enfermo. Quiero decir, Zarigüeya, que estoy realmente muy enfermo. No sé por cuánto tiempo más las cosas van a funcionar para mí. Las cosas ya empiezan a moverse. Las cosas comienzan ya a desmoronarse. Si me ocupo de esto, sea lo que fuere, no sé si voy a sobrevivir…

—Hace unos minutos estabas por pegarte un tiro —dijo Cassie enérgicamente, como si eso lo explicara todo. Levantó su mano e hizo un gesto hacia la Ruger de nueve milímetros.

—Me pareció que no tenía ningún sentido esperar más tiempo…

—Salvo que tú viste a la muchacha en la calle y ella desapareció. Eso es lo importante.

—Ni siquiera sé quién es.

—Sea quien sea, todavía merece tener una oportunidad de vivir. Y tú eres el único que puede brindársela.

—Ni siquiera sé por dónde empezar…

—Las piezas de un rompecabezas. Sálvala, Adrian.

—No soy detective de policía.

—Pero puedes pensar como uno de ellos, incluso mejor.

—Estoy viejo y enfermo. Ya no puedo pensar bien.

—Todavía puedes pensar lo suficientemente bien. Sólo esta última vez. Después todo habrá terminado.

—No puedo hacerlo solo.

—No estarás solo.

—Nunca he podido salvar a nadie. No pude salvarte a ti, ni a Tommy, ni a mi hermano ni a ninguna de las personas a las que realmente quise. ¿Cómo puedo salvar a alguien a quien ni siquiera conozco?

—¿Acaso no es ésa la respuesta que todos tratamos de encontrar? —Cassie estaba sonriendo en ese momento. Él comprendió que ella sabía que había ganado la discusión. Siempre ganaba, porque Adrian había descubierto en los primeros minutos de sus años juntos que le daba más placer coincidir con ella que pelear.

—Eras tan hermosa —dijo Adrian— cuando éramos jóvenes… Nunca pude comprender cómo era posible que alguien tan hermosa como tú quisiera estar conmigo.

Ella se rió.

—Las mujeres lo saben —replicó—. A los hombres les parece un misterio, pero a las mujeres no. Nosotras lo sabemos.

Adrian vaciló. Por un momento pensó que las lágrimas comenzaban a brotar de sus ojos, pero no sabía por qué llorar, aparte de por todo.

—Lo siento, Cassie. No quería volverme viejo. —Eso parecía descabellado, pensó. Pero también tenía un curioso sentido. Ella se rió. Él cerró los ojos por un momento para escuchar el sonido de su risa. Era como una orquesta en busca de la perfección sinfónica—. Odio estar completamente solo —dijo—. Odio que estés muerta.

—Esto hará que estemos más cerca.

Adrian asintió con la cabeza.

—Sí —dijo—. Pienso que tienes razón. —Miró hacia la mesa. Las recetas del neurólogo estaban amontonadas en una pila. Había pensado en tirarlas a la basura. En cambio, las cogió—. Tal vez —dijo lentamente— algunas de estas medicinas me sirvan para ganar un poco más de...

Se volvió, pero Cassie había desaparecido de la cama. Adrian suspiró. *Manos a la obra,* se dijo. *Queda muy poco tiempo.*

Capítulo
7

Ella cerró la puerta detrás de sí y se detuvo. Podía sentir una ráfaga de excitación en su interior y quiso saborearla por un momento.

Linda por lo general organizaba las cosas con un orden preciso, incluso sus pasiones. A pesar de ser una mujer con deseos extravagantes y gustos exóticos, estaba muy apegada a la rutina y a la reglamentación. Le gustaba planear sus excesos, de modo que a cada paso del camino sabía exactamente qué esperar y cómo iba a saborearlo. En lugar de embotar las sensaciones, esto las agudizaba. Era como si estas dos partes de su personalidad estuvieran en constante batalla, tirando de ella en diferentes direcciones. Pero le encantaba la tensión que se creaba dentro de ella, hacía que se sintiera única y la convertía en la criminal realmente extraordinaria que ella —al igual que Michael— creía ser.

Linda se imaginaba a sí misma como la Bonnie de Faye Dunaway y a Michael como el Clyde de Warren Beatty. Se consideraba sensual, poética y seductora. Esto no era arrogancia por su parte, era más bien una honesta evaluación de cuál era su aspecto y cuál el efecto que producía en los hombres.

Por supuesto, no prestaba atención a nadie que la mirara. A ella sólo le importaba Michael. Linda creía que ellos dos estaban conectados de una manera que se definía como especial.

Dejó que sus ojos recorrieran aquel sótano lentamente. Paredes simplemente blancas. Una vieja cama de metal marrón, una sábana blanca que cubría un sucio colchón gris. Un inodoro portátil en un rincón. Grandes luces arriba iluminaban con brillo implacable hasta el último rincón. El aire quieto y caliente olía de manera desagradable a desinfectante y a pintura fresca. Michael había hecho su acostumbrado buen trabajo. Todo estaba preparado para comenzar *Serie # 4*. Ella siempre se sentía un tanto sorprendida por lo útil que se había vuelto él. Su verdadera especialidad eran los ordenadores y las operaciones en la web, que había estudiado en la universidad y en la escuela de postgrado. Pero era también hábil con un taladro eléctrico, un martillo y clavos. Era un factótum perfecto.

Se detuvo y comenzó a hacer el inventario que haría un detective. ¿Qué podía ver en la habitación que le diera al sótano algún tipo de identidad reconocible? ¿Qué podría aparecer en segundo plano de la producción de la web que indicara algo acerca de dónde estaban o de quiénes podrían ser?

Sabía que algo tan simple como una instalación de cañerías, un calentador de agua o una lámpara podían llevar a un oficial de policía emprendedor a apuntar hacia ellos, si uno en algún momento decidiera prestar atención. La cañería instalada podía ser medible en pulgadas y no en centímetros, lo cual le diría a este detective astuto —a Linda le gustaba tratar de imaginar a esa persona— que estaban en Estados Unidos. El calentador de agua podía estar fabricado por Sears y ser un modelo solamente distribuido en la parte este de Estados Unidos. La lámpara podría ser identificable como parte de un lote enviado al Home Depot de la zona.

Esos detalles podrían hacer precisamente que este detective de ficción se acercara demasiado. Éste tendría un poco de señorita Marple y una parte de Sherlock Holmes con apenas un toque de la ingeniosa y falsa realidad descarnada de la televisión. Podría fingir un aspecto encogido como el de Colombo, o tal vez un Jack Bauer elegante, rapado y que usa alta tecnología. Entonces se recordó a sí misma que él en realidad no estaba allí afuera. No había nadie, salvo la clientela. Y éstos estaban puestos en fila, listos, a la espera de que sus operaciones con tarjeta de crédito fueran aprobadas, y ansiosos por ver whatcomesnext.com.

Linda sacudió la cabeza y aspiró profundamente. Observar el mundo a través de la estrecha lente de la paranoia la excitaba; la pasión generada por *Serie # 4* provenía en gran medida del completo anonimato de la situación, el lienzo más blanco posible sobre el que podían exponer su espectáculo. No había manera alguna de que alguien que estuviera mirando pudiera en ningún momento decir lo que estaba a punto de ocurrir, lo cual era su verdadero atractivo. La pornografía trata de ser totalmente explícita, imágenes que no dejaban duda alguna sobre lo que estaba ocurriendo; el arte de ellos era exactamente lo contrario. Se trataba de lo súbito. Lo inesperado. Se trataba de la visión. Se trataba de la invención. Se trataba de la vida y la muerte.

Le llevó un momento ajustar la máscara sobre su cara; para este primer momento, había escogido un simple pasamontañas negro que ocultaba su pelo rubio desgreñado y tenía solamente una abertura para los ojos. Era el tipo de pasamontañas preferido por los terroristas, y era muy posible que lo usara con frecuencia durante toda *Serie # 4* aunque la hiciera sentirse un poco encerrada. Sobre el resto del cuerpo llevaba un traje protector blanco hecho de papel procesado que se arrugaba y crujía cada vez que daba un paso. El traje ocultaba su figura; nadie podía decir si era grande o pequeña, joven o vieja. Linda sabía que tenía una voluptuosidad considerable debajo del traje, usarlo era como burlarse de sí misma. El material le pellizcaba la piel desnuda, como un amante deseoso de brindar breves instantes de dolor junto a mayores momentos de placer.

Se puso guantes quirúrgicos. Sus pies también estaban cubiertos por las pantuflas estériles azules y flexibles que eran obligatorias en un quirófano. Sonrió por debajo de la máscara al pensar: *Esto realmente es un quirófano.*

Dio unos pasos adelante. *Soy nuevamente hermosa,* pensó. Se volvió hacia la silueta sobre la cama. *Jennifer,* recordó. *Ya no más. Ahora es Número 4.* Edad: 16 años. Una muchacha cualquiera de una enclaustrada comunidad académica, arrancada de una típica calle de un barrio residencial. Conocía la dirección de Número 4, el teléfono de su casa, sus pocos amigos y en ese momento mucho más, por todos los detalles que había conseguido al examinar con cuidado el contenido de la mochila de la niña, su teléfono móvil y la billetera.

Linda se dirigió al centro de la habitación, a varios metros de la vieja cama de hierro. Como el director de una serie de televisión, Michael había dibujado con tiza algunas tenues líneas en el suelo para indicar qué cámara iba a tomar su imagen y había marcado los puntos clave donde debía detenerse pegando cinta en forma de X. Perfil. Directamente frontal. Por encima de la cabeza. Ya habían aprendido que era importante recordar siempre qué cámara estaba disponible y qué iba a mostrar. Los espectadores esperaban muchos ángulos y un movimiento de cámara profesional. Como *voyeurs* que pagaban, esperaban lo mejor, una intimidad constante.

Había cinco cámaras en la habitación, aunque sólo una estaba claramente a la vista: la cámara principal Sony de alta definición fija sobre un trípode apuntaba hacia la cama. Las otras eran minicámaras ocultas arriba en el techo y en dos rincones de paredes artificiales. Solamente una registraba la puerta —y ésa estaba reservada para efectos dramáticos— por donde entraban Michael o Linda. Eso estimulaba a los espectadores, porque algo iba a ocurrir. Linda sabía que todo se paralizaba en ese momento. Esa primera visita era preliminar, sólo el primer movimiento en el proceso de revelar sensaciones con los dedos.

En su bolsillo había un pequeño mando a distancia. Apretó el dedo sobre un botón que sabía que congelaría la imagen que estaba siendo enviada electrónicamente. Esperó hasta que la niña encapuchada se volvió nerviosamente hacia ella. Entonces apretó el botón.

Sabrán que ha escuchado algo, pero no sabrán qué. Ella y Michael habían aprendido mucho antes las ventajas de despertar la curiosidad para mejorar las ventas.

Caminó despacio hacia delante mirando a la Número 4, que trataba de seguir sus movimientos. No había dicho nada todavía. El miedo hacía que algunas personas hablaran sin parar, sin saber adónde iban, impotentes, rogando, suplicando, volviendo a la infancia; mientras que otras adoptaban un silencio hosco, resignado. No sabía cómo iba a reaccionar la Número 4. Era el sujeto más joven que habían usado, lo cual convertía aquello en una aventura para Michael y también para ella.

Linda se ubicó al pie de la cama. Habló en un tono tranquilo que ocultaba su propia excitación. No levantó la voz ni destacó ninguna palabra. Permaneció completamente fría. Tenía experiencia en el arte de proferir amenazas, y era igualmente experta en llevarlas a cabo.

—No diga nada. No se mueva. No grite ni se resista. Sólo preste atención a todo lo que yo le diga y no saldrá herida. Si quiere salir con vida de esto, hará exactamente lo que le diga en todo momento, sin importar lo que se le pida que haga, o lo que usted pueda sentir por hacerlo.

La muchacha en la cama se puso dura y se estremeció, pero no habló.

—Ésas son las reglas más importantes. Habrá otras después. —Hizo una pausa. Esperaba en parte, en ese momento, que la joven le suplicara, pero Jennifer se mantuvo en silencio—. Desde ahora, su nombre es Número 4. —Linda creyó escuchar un leve gemido amortiguado por la capucha negra. Eso era aceptable, incluso era esperable—. Si se le hace una pregunta, debe responder. ¿Comprende?

Jennifer asintió con la cabeza.

—¡Responda!

—Sí —dijo rápidamente, con la voz ahogada por la máscara.

Linda vaciló. Trató de imaginar el pánico debajo de la capucha. *No es como el instituto de secundaria, pequeña, ¿verdad?* No dijo esto en voz alta. En cambio, simplemente continuó con su voz monocorde:

—Déjeme explicarle algo, Número 4. Todo lo que fue su vida anterior ahora se ha terminado. Quién era, lo que quería ser, su familia, sus amigos…, *todo lo que alguna vez le fue familiar* ya no existe. Sólo existe esta habitación y lo que aquí ocurre.

Otra vez, Linda observó el lenguaje corporal de Jennifer, como si buscara alguna pista que pudiera comprender sobre los efectos de sus palabras.

—Desde este momento, nos pertenece.

La niña pareció endurecerse, pareció quedar paralizada. No gritó. Otras habían gritado. La Número 3, en particular, había combatido casi a cada paso —peleando, mordiendo, gritando—, lo cual, por supuesto, no había sido del todo malo, una vez que Michael y ella establecieron cuáles iban a ser las reglas. Eso creaba un tipo de drama diferente. Linda sabía que eso era parte de la aventura y parte del atractivo. Cada sujeto requería un grupo diferente de reglas. Cada uno era único desde el principio. Podía sentir el calor de la excitación que recorría su cuerpo, pero lo controló. Miró a la muchacha en la cama. *Está escuchando atentamente*, pensó. *Una joven inteligente.*

No está mal, decidió Linda en ese momento. *Nada mal, por cierto. Ésta será especial.*

* * *

Jennifer gritó interiormente, como si pudiera de pronto soltar algo dentro de sí que reflejara su terror y que viajara más allá de la máscara, más allá de las cadenas que la retenían, más allá de cualquier pared y techos, afuera, a algún sitio donde pudiera ser escuchada. Pensó que si sólo pudiera hacer algún ruido, eso la ayudaría a recordar quién era y que todavía estaba viva. Pero no lo hizo. Para el exterior, ahogó un sollozo y se mordió con fuerza el labio. Todo era una pregunta, nada era una respuesta.

Podía percibir que la voz se acercaba. ¿Una mujer? *Sí.* ¿La mujer de la furgoneta? *Tenía que ser ella.* Jennifer trató de recordar lo que había visto. Tan sólo un vistazo de alguien mayor que ella, pero no tanto como su madre; con un gorro negro en la cabeza. *Pelo rubio.* Imaginó la cazadora de cuero, pero eso fue todo. El golpe recibido en la cara, que la había derribado, oscurecía todo lo demás.

—Tome... —escuchó, como si le estuviera ofreciendo algo, pero no supo qué era. Oyó un sonido metálico de tijeras y no pudo evitar echarse hacia atrás—. No. No se mueva.

Jennifer se quedó paralizada.

Pasó un instante... y luego pudo sentir que los pliegues holgados de su máscara eran tironeados hacia delante. Todavía no estaba segura de qué era lo que estaba ocurriendo, pero podía escuchar el ruido de unas tijeras. Un trozo de la máscara cayó. Estaba sobre su boca. Una pequeña abertura.

—Agua.

Un tubo de plástico atravesó la hendidura, tropezando con sus labios. De pronto se sintió terriblemente sedienta, tan reseca que cualquier otra cosa que estuviera ocurriendo ocupó un segundo lugar detrás del deseo de beber. Cogió el tubo con la lengua y los labios y sorbió con fuerza. El agua era salobre, con un sabor que no podía reconocer.

—¿Mejor? —Asintió con la cabeza—. Ahora dormirá. Después aprenderá qué es exactamente lo que se espera de usted.

Jennifer percibió un sabor a tiza en la lengua. Pudo sentir que su cabeza daba vueltas debajo de la capucha. Los ojos se le cerraron y mientras descendía otra vez hacia una oscuridad interna, se preguntaba si habría sido envenenada, lo cual no tenía sentido para ella. Nada tenía sentido salvo la sensación horrible de que sí tenía todo sentido para la mujer que hablaba y el hombre que le había dado un puñetazo dejándola inconsciente. Quería gritar algo, protestar, al menos escuchar el sonido de su propia voz. Pero antes de poder formar alguna palabra para empujarla más allá de sus labios resecos y resquebrajados, sintió que se estaba tambaleando sobre alguna repisa angosta. Luego, cuando las drogas torpemente ocultas en el agua realmente hicieron efecto, sintió que caía.

Capítulo
8

Era bastante después de la medianoche cuando regresó a su oficina, casi empezaban las primeras luces de la mañana. Aparte del agente que atendía el teléfono de emergencias y un par de policías de servicio nocturno, había poca actividad en el edificio. Los policías que velaban por los cercanos edificios universitarios y las calles de las afueras estaban todos fuera en sus patrulleros o metidos en un Dunkin' Donuts atiborrándose de café y rosquillas.

Se dirigió rápidamente a su mesa de trabajo. De inmediato marcó los números de las delegaciones de policía de la terminal de autobuses de Springfield y de la estación de tren del centro de la ciudad. También se puso en contacto con los puestos de policía de la autopista de peaje del Estado de Massachusetts y la policía de tráfico de Boston. Estas conversaciones fueron precisas: una descripción general de Jennifer, una solicitud rápida de estar atentos a ella, una promesa de enviar luego por fax una foto y un boletín de personas desaparecidas. En el mundo oficial, la policía necesitaba copias de los documentos para poder actuar; en el mundo no oficial, hacer algunas llamadas telefónicas y por radio a los últimos turnos de la noche que trabajaban en las estaciones de autobuses y las autopistas podría ser todo lo que se necesitara. Si tenían suerte, era la esperanza de Terri, un patrullero, circulando por la autopista del Este, podría ver a Jennifer haciendo dedo sola cerca de una rampa de entrada. O un policía que pasara por la Estación del Norte podría descubrirla en la fila para comprar un billete y todo terminaría más o menos tranquilamente: una conversación severa, un viaje en la parte de atrás de un coche patrulla, la reunión de una cara con ojos llorosos (o sea la madre) con una cara sombría (o sea Jennifer), y luego todo lo que había funcionado de una cierta manera antes continuaría funcionando otra vez así, hasta la próxima vez que decidiera escaparse.

Terri trabajó rápidamente para crear las circunstancias que podrían dar como resultado el optimista grito de *la encontramos*. Dejó su bolso, su placa de policía, su arma y su libreta sobre su mesa, dentro de la pequeña madriguera de oficinas que el Departamento de Policía de aquel pueblo universitario llamaba Departamento de Detectives, pero que dentro del cuerpo era conocido sarcásticamente como la Ciudad de Escudo de Oro. Marcó los números rápidamente, habló con los agentes de emergencias y los jefes de turno directamente, usando su mejor voz, la que significa *traten de moverse rápido*.

Sus siguientes llamadas fueron a la oficina de seguridad de Verizon Inalámbricos. Le explicó a la persona del centro de atención telefónica, en Omaha, quién era ella y la urgencia de la situación. Quería que la informaran inmediatamente de cualquier uso del móvil de Jennifer y que le facilitaran la localización del repetidor que procesara la llamada. Jennifer podría no saber que su teléfono móvil era como un rayo que podía ser seguido hasta llegar a ella. *Es inteligente*, pensó Terri, *pero no tanto*.

Terri también notificó al turno de noche de seguridad del Bank of America que debía informar si Jennifer trataba de usar su tarjeta ATM. No tenía una tarjeta de crédito. Mary Riggins y Scott West se habían puesto firmes en cuanto a que semejante extravagancia era para otros que fueran ricos, no para Jennifer. Terri no había creído del todo eso.

Trató de pensar en otra cosa que pudiera disminuir la invisibilidad de Jennifer. Ya había ido más allá de las pautas formales de su departamento, porque técnicamente un informe de personas desaparecidas no podía ser presentado antes de las 24 horas, y escaparse de casa no era considerado un delito. No todavía. No hasta que ocurriera algo. La idea era encontrar a la niña antes de eso.

Después de hacer las llamadas, Terri fue hasta un rincón de la oficina a buscar una caja grande de acero negro. El archivo de la familia Riggins documentaba los dos intentos previos de fuga. Después del último intento, hacía más de un año, Terri había dejado la carpeta de cartulina marrón en la sección de casos abiertos. Debió haber sido almacenado con los demás casos cerrados, pero Terri había sospechado que era inevitable que sucediera lo que había ocurrido esa noche, aunque desconocía cuál era la causa.

Sacó la carpeta del armario y regresó a su mesa. Tenía la mayor parte de la información relevante guardada en su memoria —Jennifer no era el tipo de adolescente a quien uno olvida fácilmente—, pero sabía que era importante revisar los detalles, porque quizá ya había aparecido en uno de sus intentos previos una pista de adónde se estaba dirigiendo en ese momento. El trabajo de un buen policía consiste en insistir con precisión, y depende en gran medida de prestar atención a las nimiedades. Terri quería asegurarse de que todos sus informes acerca de este caso que ascendieran por la burocrática cadena de mando presaran atención a todas las posibilidades de éxito, aun cuando las posibilidades «de éxito» fueran tan leves.

Suspiró profundamente. Encontrar a Jennifer iba a ser difícil. Pensó que lo mejor que podía ocurrir era que la adolescente se quedara sin dinero antes de ser arrastrada a la prostitución, o engancharse a las drogas, o ser violada y asesinada, y que llamara a casa y todo se quedara en eso. El problema, Terri se daba cuenta, era que Jennifer había planeado esta fuga. Era una adolescente resuelta. Terca e inteligente. Terri no creía que rendirse a la primera cuando surgieran los problemas estuviera en el ADN de Jennifer. El inconveniente era que el primer problema podía ser también el último.

Terri abrió el archivo del caso y lo puso junto al portátil que se había traído de la habitación de Jennifer. Jennifer había puesto en la parte de fuera dos pegatinas de flores rojas brillantes y una de «Salvad las ballenas» de las que se usan en los parachoques. Normalmente, Terri habría esperado hasta el día siguiente antes de ponerse en contacto con la oficina del fiscal para hacer que uno de sus técnicos forenses examinara el ordenador. Burocracia satisfecha. Pero había asistido como oyente a un curso para graduados en la universidad local sobre delitos cibernéticos, y ya sabía lo suficiente como para abrir el disco duro y crear una imagen *fantasma* de lo que había guardado allí y transferir todos los datos a un *pen drive*. Estiró la mano hacia el ordenador y lo abrió.

Echó una rápida mirada hacia la ventana. Pudo ver la luz del amanecer que se colaba por entre las ramas de un majestuoso roble en el perímetro del aparcamiento del departamento. Miró hacia fuera por unos momentos. La luz parecía querer salir y penetrar los brotes de las hojas y la áspera corteza del árbol, apartando con fuerza las sombras. Sabía que debería sentirse exhausta después de la larga noche, pero su adrenalina le daba todavía energía para continuar un poco más. El café podría ayudar, pensó.

Debía acordarse de llamar pronto a su casa para asegurarse de que Laurie hubiera despertado a los niños, les hubiera preparado el bocadillo para que se lo llevaran a la escuela y los hubiera puesto en la calle a tiempo para que cogieran el autobús. Detestaba no poder estar con ellos cuando se despertaban, aunque los niños seguramente iban a estar encantados de ver a Laurie. Siempre les parecía excitante que su madre tuviera que salir para alguna misión policial en medio de la noche. Por un segundo, Terri cerró los ojos. Tuvo un repentino ataque de ansiedad: *¿Laurie se quedaría con ellos hasta que subieran al autobús? ¿No los dejaría esperando en la calle...?*

Terri sacudió la cabeza. Podía confiar en su amiga. *El miedo siempre es algo escondido justo debajo de la piel,* pensó, *a la espera de poder salir en cualquier momento.*

Tocó el interruptor del ordenador y la máquina brilló intermitentemente para cobrar vida. *¿Estás aquí, Jennifer? ¿Qué vas a decirme?* Sabía que cada minuto que pasaba era más valioso que el anterior. Sabía que debía haber esperado el visto bueno oficial para explorar el portátil. Pero no lo hizo.

* * *

Michael estaba extremadamente contento consigo mismo.

Después de quemar la furgoneta robada, se había detenido en un área de descanso de la autopista. Tomaba lentamente un vaso de café solo, sentado en la zona de comidas entre un McDonald's y un puesto de helados de yogur cerrado, mirando a los ruidosos viajeros que pasaban por el lugar, a la espera de estar seguro de que el baño de mujeres estaba vacío. Un rápido control le había asegurado que no había ninguna cámara de seguridad en el vestíbulo que llevaba a las puertas marcadas con los letreros «Hombres» y «Mujeres». De todas maneras, en ningún momento se quitó la arrugada gorra de béisbol azul de la cabeza, pues con la visera impedía que alguna cámara pudiera captar su perfil.

Aplastó el vaso de café, lo tiró en un una papelera y se dirigió a la puerta en la que ponía «Hombres». Pero en el último instante viró bruscamente hacia el servicio de mujeres. Sólo estuvo allí un momento. Lo necesario para dejar caer el carné de la biblioteca de Jennifer Riggins boca arriba junto a un inodoro, donde seguramente iba a ser descubierto por el siguiente equipo de limpieza que entrara a fregar el suelo. Sabía que había muchas posibilidades de que simplemente tiraran el carné a la basura. Pero también era posible que no lo hicieran, lo cual le resultaría muy útil.

Fuera, de regreso en su camioneta, Michael se sentó en el lugar del conductor y sacó un pequeño ordenador. Le encantó ver que el área de descanso disponía de conexión inalámbrica a Internet.

Al igual que la furgoneta que habían usado, el ordenador era robado. Lo había cogido en una mesa en un comedor universitario tres días antes. Aquél había sido un robo excepcionalmente fácil. Se llevó el ordenador cuando un estudiante lo dejó para ir a buscar una hamburguesa con queso. Con patatas fritas, suponía Michael. Cuando lo cogió, lo importante era no salir corriendo. Eso habría llamado la atención. En cambio, lo metió en una funda de ordenador de neopreno negra y se dirigió a una mesa en el lado opuesto de la sala, donde esperó hasta que el estudiante regresó, vio que le habían robado y empezó a gritar. Michael había ocultado el ordenador robado en una mochila. Entonces se acercó al pequeño grupo que se había formado alrededor del estudiante indignado.

—Amigo, tienes que llamar al servicio de seguridad del campus ahora mismo —había dicho con su mejor voz de estudiante de postgrado ligeramente mayor que él—. No esperes, hazlo ya. —Esta sugerencia había sido acogida con muchos murmullos de asentimiento. En los momentos que siguieron, mientras los teléfonos móviles salían súbitamente de los bolsillos y reinaba la confusión, Michael sencillamente se alejó con sigilo del grupo de estudiantes con el ordenador portátil metido en la mochila. Había pasado con gran serenidad por entre los grupos de estudiantes hasta un aparcamiento que había en el exterior, donde Linda lo estaba esperando.

Algunos robos, pensó, eran increíblemente fáciles. Después de unos segundos pulsando el teclado, Michael había llegado a una página de venta de billetes de los autobuses Trailways de Boston. Siguió tecleando en la computadora, introduciendo los números de la tarjeta de crédito Visa que había cogido de la cartera de Jennifer. Supuso que «M. Riggins» era su madre. Compró un billete de ida en un autobús de las dos de la mañana a Nueva York. La idea era crear un leve rastro de Jennifer, por si alguien decidía ponerse a buscarla. *Un rastro que no conduce a ninguna parte,* pensó.

Luego puso la camioneta en marcha y abandonó el área de descanso. Sabía que había un contenedor grande de basura detrás de un edificio de oficinas en las afueras de Boston donde muchas furgonetas descargaban temprano todas las mañanas y quería tirar el ordenador allí, debajo de los montones de basura. Alguien lo suficientemente astuto como para rastrear la reserva y llegar a su origen se iba a encontrar con una dirección IP de lo más curiosa.

La siguiente parada sería la estación terminal de Boston: un edificio cuadrado sin gracia, con una neblina de humo de motor diésel y empalagoso olor a aceite, iluminado por implacables luces de neón. Siempre había un ir y venir de pasajeros y autobuses que se dirigían a las calles de la ciudad para posar delante de las atracciones turísticas antes de salir por la carretera 93 Norte o Sur, o la 90 Oeste. Aquello le recordaba cuando un termómetro cae al suelo y las pequeñas gotitas plateadas de mercurio se desparraman en todas direcciones.

La estación de autobuses tenía venta de billetes electrónica, pero esperó hasta que algunas personas se juntaran alrededor de una máquina expendedora parecida a un cajero automático. Se acercó a ellas, pasó la tarjeta Visa y recibió el billete. Tenía el nombre «M. Riggins» impreso en él. Mantuvo la cabeza agachada. Sabía que había cámaras de seguridad que cubrían gran parte de la estación de autobuses, e imaginó que existía la posibilidad de que un policía comparara la fecha del billete con el vídeo de seguridad de la máquina expendedora y viera que no había ninguna Jennifer a la vista. *Cuidado,* pensó.

Apenas obtuvo el billete, fue hacia el baño de caballeros. Una vez dentro, comprobó rápidamente que estaba solo, y luego se encerró en un compartimento. Abrió la mochila y sacó un abrigo diferente, un sombrero flexible de pescador y una barba y un bigote falsos. Sólo le llevó unos segundos transformar su apariencia y regresó afuera para esperar en un rincón oscuro.

La estación tenía una presencia policial constante pero rutinaria. Su trabajo principal consistía en descubrir a gente sin hogar que buscaba un lugar tibio y seguro para pasar la noche y que desdeñaba los muchos refugios disponibles. Otra tarea de los policías parecía ser impedir los asaltos que pudieran dar como resultado un titular poco alegre en los diarios. La estación de autobuses era un sitio tenso, se podía percibir que estaba en el límite entre la normalidad, la respetabilidad y el delito, uno de esos lugares donde mundos diferentes se rozan incómodos unos con otros. Michael pensaba que su aspecto lo colocaba en el grupo de la gente respetable, lo cual era un buen camuflaje, opuesto a la verdad.

Entonces esperó, sentado en una incómoda silla de plástico rojo, moviendo nerviosamente las puntas de los pies, tratando de pasar inadvertido, hasta que vio lo que necesitaba: tres muchachas de edad universitaria con un amigo de aspecto distraído. Todos llevaban mochilas y no parecían preocupados por lo tarde que era. Pero también parecían ser de los que realizan buenas acciones, dispuestos a hacer lo más correcto si encuentran algo que no es suyo. Llamarían a alguien. Eso era lo que él quería. *Una capa de misterio sobre otra capa de misterio.*

Lentamente se puso en fila detrás de ellos, con el cuello levantado y el sombrero encasquetado porque esta vez sabía con certeza que había cámaras de seguridad que grababan todo. *La maldita Ley Patriótica que aprobaron después de los atentados de las Torres Gemelas*, bromeó consigo mismo. Sólo que no era difícil encontrar información en Internet sobre dónde estaban ubicadas esas cámaras y de qué manera realizaban la vigilancia. Esperó hasta que el grupo de jóvenes en edad universitaria se amontonara delante para intentar que el abrumado vendedor de billetes nocturnos respondiera a todos a la vez. En ese momento, disimuladamente alargó la mano y deslizó la tarjeta Visa en el bolsillo abierto de una de las mochilas.

Un juego de manos, pensó, *digno de Houdini.* Esta idea le hizo sonreír, porque en cierto modo lo que él y Linda habían hecho era magia: Jennifer había desaparecido.

En su lugar, esposada y encapuchada, una imagen congelada de la Número 4 entraba en el cibermundo.

Capítulo
9

Adrian estaba delante de la farmacéutica, quien eficientemente ponía pastillas en recipientes. Ocasionalmente le miraba y sonreía lánguidamente. Él podía darse cuenta de que ella tenía un comentario en la punta de la lengua, pero se lo tragaba cada vez que amenazaba con salir. Era una mirada vacilante con la que estaba familiarizado por su experiencia en clase. Por un instante se sintió otra vez como un profesor. Sintió deseos de apoyarse sobre el mostrador y susurrar algo como: *Sé qué es lo que significan todas esas pastillas, y sé que usted lo sabe también, pero no tengo miedo a morir. De ninguna manera. Lo que sí me preocupa es ir desvaneciéndome y estas pastillas se suponen que ayudan a disminuir la velocidad de ese proceso, aunque sé que no será así.*

Quería decir eso, pero no lo hizo. La farmacéutica debió notar algo, pero lo malinterpretó. Se le acercó.

—Éstas son muy caras —dijo—, a pesar de la amplia cobertura del seguro de la universidad. Lo siento mucho.

Era como si al disculparse por el coste escandaloso del tratamiento pudiera decirle en realidad cuánto lamentaba que estuviera tan enfermo.

—Está bien —replicó él. Pensó en añadir algo como: *No las necesitaré durante mucho tiempo,* pero tampoco lo hizo.

Buscó en la cartera, le entregó una tarjeta de crédito y observó que varios cientos dólares eran cargados a su cuenta. Tuvo una idea ligeramente graciosa: *No lo pagues. Veamos cómo esas sanguijuelas tratan de conseguir el dinero de un viejo tonto que babea y que no sabe en qué día vive, y mucho menos si gastó o no ese dinero.*

Adrian se llevó de la farmacia una bolsa de papel llena de medicamentos, afuera, a una mañana brillante. Abrió un recipiente y dejó caer en la palma de su mano un Exelon. A éste se agregaron Prozac y Namenda, que se suponía que le iban a ayudar con la confusión; él no creía que fuera necesario todavía, aunque estaba dispuesto a admitir que eso podía ser una señal de lo que la pastilla debía mejorar. Apenas echó un vistazo a la larga lista de efectos secundarios desagradables que acompañaban a cada medicamento. Fuera lo que fuesen, difícilmente podrían ser peores que lo que le esperaba. También había un antipsicótico en la bolsa, pero no abrió esa ampolla y se sintió tentado de tirarla. Se metió rápidamente en la boca la selección de pastillas y tragó con decisión. *Es un principio,* pensó Adrian.

—Está bien, ahora ya has hecho eso, volvamos al trabajo —le dijo su hermano en tono vivaz—. Es hora de averiguar quién es Jennifer.

Adrian se volvió lentamente hacia el sonido de la voz de su hermano.

—Hola, Brian —lo saludó. No pudo evitar sonreír—. Estaba esperando que aparecieras tarde o temprano.

Brian estaba sentado sobre el capó del viejo Volvo de Adrian, con las rodillas recogidas, fumando un cigarrillo. El humo ascendía sobre ellos hacia el cielo azul. Tenía puesta ropa militar. Era caqui, estaba hecha jirones, sucia y manchada con salpicaduras de sangre. El chaleco antibalas estaba rasgado. El casco estaba a sus pies, con el símbolo de la paz dibujado con tinta negra gruesa y una pegatina de la bandera estadounidense con las palabras «Comerciante de muerte y ladrón del corazón» escritas debajo. Su M-16 descansaba entre las piernas, y mantenía la culata apoyada en el suelo, junto a sus botas de andar por la selva. El sudor marcaba la cara de Brian; estaba pálido y delgado, esquelético, apenas tenía veintitrés años. Parecía el soldado de una foto que Larry Burrows había tomado en un trabajo para la revista *Life* poco antes de que lo mataran. Brian había guardado una copia enmarcada sobre el escritorio en su oficina. *Es un recuerdo,* le había dicho a Adrian, aunque no especificó de qué recuerdo se trataba. La foto estaba en ese momento en una caja polvorienta en el sótano de Adrian, junto con muchas otras cosas de su hermano, incluida la Estrella de Plata, la condecoración militar que había ganado y sobre la que nunca le dijo nada a nadie.

Mientras Adrian observaba, Brian bajó del capó con un movimiento lento y dolorido, como si estuviera exhausto, pero que también revelaba una pereza complaciente que Adrian le conocía desde su infancia. Brian nunca se apresuraba, ni siquiera cuando las cosas estaban estallando a su alrededor. Era una de sus mejores cualidades, la habilidad de ver con claridad cuando a los demás les entraba el pánico; Adrian siempre había valorado a su hermano por la calma que transmitía. Mientras crecían juntos, se llevaban sólo dos años, cuando algo —cualquier cosa— ocurría, Adrian siempre había mirado primero a su hermano para evaluar cuál debía ser su propia reacción.

Por este motivo, la muerte de Brian le resultaba tan incomprensible a Adrian.

Brian se sacudió como un perro que se levanta con tristeza de un sueño profundo y señaló su brazo derecho, donde la manga de la chaquetilla de combate estaba enrollada, dejando sólo una única insignia a la vista, la franja compacta y el perfil de una cabeza de caballo en amarillo y negro del Primero de Caballería del Aire. Brian estiró sus delgados y musculosos brazos y se colgó el arma al hombro. Levantó la vista hacia la luz intensa del sol, y se protegió por un momento los ojos.

—Un pueblo universitario, oh, hermano mío —comentó—. Muy tranquilo. No como Vietnam —continuó, medio bromeando.

Adrian sacudió la cabeza.

—Ni como la Facultad de Derecho de Harvard o de Columbia. Ni como esa gran empresa de Wall Street en la que trabajaste. Ni como el enorme departamento en el Upper East Side donde tú... —Se detuvo—. Lo siento —se disculpó rápidamente.

Brian se rió.

—Ni como un montón de cosas. Y no te preocupes por eso. Tú quieres hablar sobre por qué me maté; bien, todavía queda mucho tiempo para eso. Ahora mismo me parece que tenemos bastante trabajo que hacer. Al comienzo de cualquier investigación es cuando hay que realizar los mayores esfuerzos. Hay que avanzar mientras las cosas todavía están relativamente frescas. Ponte en marcha antes de que el rastro se enfríe. Creo que ya te has retrasado demasiado. ¿No has oído a Cassie? Te ha dicho que empieces a hacer algo. Así que comencemos. No hay más tiempo que perder.

—No sé exactamente por dónde empezar. Todavía estoy muy... —vaciló.

—¿Asustado? ¿Confundido? —Su hermano lo interrumpió con una risa. Se rió en medio de asuntos muy inquietantes, como si pudiera aliviar las preocupaciones que los acompañaban—. Bien, las pastillas ayudarán, creo. Tal vez sólo sirvan para mantener las cosas bajo control un poco de tiempo mientras revisamos lo que sabemos...

—Pero no sé nada realmente.

Brian sonrió otra vez.

—Por supuesto que sabes. Pero es una cuestión de pragmatismo. Tenemos que trabajar con paso firme, ver cada cuestión como un hoyo que tiene que ser llenado.

—Tú siempre fuiste bueno para organizar las cosas.

—El ejército me entrenó bien. Y la Facultad de Derecho me entrenó todavía mejor. Eso no era un problema para mí.

—¿Me ayudarás?

—Para eso estoy aquí. Lo mismo que Cassandra.

Adrian hizo una pausa. Esposa muerta. Hermano muerto. Cada uno vería las cosas de una manera un tanto diferente. No le importaba si alguien lo descubría justo en ese momento hablando animadamente al aire. Él sabía con quién estaba charlando.

Brian había sacado el cargador del M-16 y lo estaba golpeando contra el capó del Volvo para asegurarse de que estuviera lleno. Adrian quería estirar la mano y tocar su ropa desgastada. Podía sentir el olor a sudor seco, a humedad tropical y un leve aroma a alguna sustancia explosiva. Todo parecía muy real, y sin embargo sabía que no lo era, pero eso no le disgustaba.

—Siempre pensé que yo también tenía que haberme ido, tal como hiciste tú.

Brian resopló.

—¿A Vietnam? Una guerra desacertada en el lugar equivocado. No seas viejo y estúpido. Yo fui por razones todas erróneas. Romanticismo, emoción y sentido del deber…, tal vez ésas no fueron razones equivocadas…, sino la lealtad, el honor y todas esas hermosas palabras que atribuimos a los hombres que van a la batalla. Y me costó una enormidad. Tú lo sabes.

Adrian se sentía un poco castigado. Siempre se le trababa la lengua y tartamudeaba cuando trataba de hablar de asuntos emocionales con su hermano menor. Todo en Brian siempre le había parecido tan perfecto, tan admirable… Guerrero. Filántropo. Hombre de leyes racional. Incluso cuando ya eran adultos y los estudios de Adrian le daban una comprensión clínica del trastorno de estrés postraumático y de las oscuras depresiones que Brian sufría continuamente, usar los conocimientos que había adquirido en el aula para aplicarlos de manera práctica en alguien a quien amaba había sido difícil. Había muchas cosas que quería decir, pero siempre tropezaban con sus labios y caían en las grietas del olvido.

Brian tocó el casco que estaba sobre su cabeza y lo empujó un poco para que sus ojos azules pudieran recorrer rápidamente el aparcamiento frente a la farmacia.

—Buen lugar para una emboscada —comentó con desgana—. Bueno, no puede evitarse. Primera pregunta: «¿Quién es Jennifer?». Hay que conseguir una respuesta para eso. Luego podemos seguir con la búsqueda del porqué.

Adrian asintió con la cabeza. Dirigió su mirada hacia la gorra rosa de los Red Sox, que estaba sobre el asiento del coche. Brian siguió su mirada.

—Correcto —reconoció el hermano con suavidad—. Alguien podrá reconocer la gorra. ¿Dices que la muchacha iba a pie?

—Sí. Se dirigía con paso rápido a la parada de autobús.

—Entonces, venía de algún sitio de tu barrio, ¿no?

—Eso tendría sentido.

—Bien —aceptó Brian—. Empieza por ahí. Traza un perímetro mental. Escoge un amplio círculo, de seis calles, un par de kilómetros, y luego hay que ser sistemático. Anota los sitios a los que vas, cuál es la dirección, lo que dice la gente. Alguien verá esa gorra, escuchará el nombre y te orientará bien.

—Pero debe haber…, no sé, cincuenta, tal vez setenta y cinco casas… Son muchos los timbres que hay que tocar.

—Y tú vas a llamar a todos. —Adrian asintió con la cabeza—. Mira, Audie —explicó Brian, usando el apodo de su infancia—, la mayor parte del trabajo de la policía es usar las piernas. No es Hollywood y no es demasiado excitante. Es sólo trabajo duro. Trabajo pesado. Convertir las posibilidades en detalles y en datos para luego encajar todas las piezas. La mayoría de los casos son rompecabezas. A los autores de novelas de misterio y a los productores de televisión les gusta imaginar que son como esas grandes reproducciones de mil piezas de la *Mona Lisa* o un mapamundi que hay que reconstruir. Pero lo más frecuente es que los casos sean como esos rompecabezas de bloques de madera que les dan a los niños en edad preescolar. Poner la silueta de una vaca o de un pato en el espacio recortado con la forma de la vaca o del pato. En cualquiera de los dos casos, algo se puede ver cuando uno termina. Eso es lo que en última instancia hace que resulte tan atractivo.

Brian vaciló.

—¿Recuerdas cuando te conté sobre un caso que tuve allí? Fue en el verano después de volver, cuando estábamos en el cabo. Teníamos una fogata encendida en la playa y tal vez llevábamos algunas cervezas de más. Yo te conté aquel asunto…, cuando tuve que entrevistar a todos los miembros de dos pelotones diferentes al menos cuatro veces antes de que la historia empezara a aparecer…

Adrian se acordaba. Brian rara vez había hablado de su vida de servicio y de los combates que había visto mientras trabajaba en la justicia militar. Éste había sido un caso de violación. En 1969. Un caso lleno de ambigüedades preocupantes. Tanto Brian como los hombres acusados de la agresión tenían la certeza de que la víctima pertenecía al Vietcong. Así pues, aquella mujer era una enemiga —todos estaban seguros de eso—, aunque no había pruebas concretas. Por eso, cualquier cosa que le ocurriera, pues bien, probablemente se lo merecía, o por lo menos ésa fue la justificación dada por cinco hombres alcoholizados que se turnaron para hacerlo hasta que ella estuvo casi muerta, lo cual tampoco les dejaba otra opción de justificarse. Fue uno de esos casos en los que sencillamente no había ningún lado moralmente bueno, en el que encontrar la verdad de lo que había ocurrido en un pequeño escenario secundario de la guerra no había generado ningún bien. Había tenido lugar una violación. El oficial al mando ordenó a Brian que investigara. Había culpables. Pero nada ocurrió. Presentó su informe. La guerra pasó. Aquellas personas murieron.

Brian se echó al hombro su rifle y señaló la carretera con el dedo.

—En esa dirección —ordenó Brian—. Puede ser tedioso, pero hay que hacerlo. ¿Crees que podrás recordar todo lo que se supone que debes preguntar? No quieres olvidar...

—Tendrás que recordármelo permanentemente —advirtió Adrian—. Los pensamientos de alguna manera se escapan de mi mente cuando no estoy prestando suficiente atención.

—Estaré ahí cuando me necesites —aseguró Brian.

A Adrian le hubiera gustado responder lo mismo. Él no había estado ahí cuando su hermano le necesitó. Tan sencillo como eso. Quiso llorar, y eso, se dio cuenta, significaba que estaba teniendo dificultades para controlar sus cambiantes emociones. Sabía que no podía, efectivamente, echarse a llorar en medio de una mañana brillante, clara y templada, allí, en el aparcamiento de una farmacia en el pequeño y activo centro comercial de su pueblo universitario. Llamaría la atención, y no quería eso. No sería apropiado. No para el detective en que se había convertido.

Adrian se sentó detrás del volante y empezó a conducir de regreso a su barrio, que de pronto le pareció, aun bajo el brillante sol de primavera, mucho más oscuro y misterioso de lo que nunca había creído que pudiera ser.

* * *

Del primer grupo de puertas a las que llamó, casi en la mitad no respondieron, y los otros no fueron de gran ayuda. Las personas que abrían se mostraban educadas pero cortantes —suponían que estaba vendiendo algo o que iba de puerta en puerta recaudando fondos para alguna causa como luchar contra la contaminación del planeta o haciendo proselitismo como los Testigos de Jehová—, y cuando les mostraba la gorra y mencionaba el nombre, se sorprendían.

Iba solo y Brian caminaba un poco más adelante. Su hermano se había puesto gafas de sol estilo aviador para protegerse de la fuerte luminosidad de la mañana y caminaba con la energía de un joven, lo cual por lo general hacía que estuviera unos pasos por delante de Adrian. Adrian se sentía muy viejo mientras andaba, aunque no se encontraba cansado y estaba secretamente encantado de sentir los duros músculos de las piernas firmes, tensos y sin quejas, mientras le seguía el ritmo al fantasma de su hermano.

Se detuvo para dejar que el sol matutino le iluminara la cara, dirigiendo la mirada hacia arriba, a los rayos de luz que bailaban con las sombras. Siempre era un combate entre hacer la luz y encontrar la oscuridad. Esto le hizo pensar en un poema; sus autores favoritos siempre trabajaban sobre un imaginario que se movía en la línea entre el bien y el mal.

—Yeats —dijo en voz alta—. Brian, ¿has leído alguna vez *La lucha de Cuchulain con el mar*?

Brian descolgó el rifle y se detuvo un poco más adelante. Se agachó para poner una rodilla en tierra, con la mirada al frente, como si estuviera inspeccionando un sendero en la selva, no un barrio de las afueras.

—Sí. Seguro. Seminario de segundo año sobre tradiciones poéticas en la poesía moderna. Creo que hiciste el mismo curso que yo y sacaste mejor nota.

Adrian asintió con la cabeza.

—Lo que me gustó fue cuando el héroe se da cuenta de que ha matado a su único hijo… El único recurso era la demencia. Así que estaba encantado y se puso a pelear con espada y escudo contra las olas del mar.

—«… La invulnerable marea» —recitó Brian. Alzó un puño, como si ordenara disminuir la velocidad a un pelotón de hombres en fila detrás de él, en lugar de a su único hermano. Los ojos de Brian se centraron en un sendero de ladrillo rojo—. Ve al frente, Audie —susurró—. Prueba en esta casa. —Estas palabras fueron dichas en voz muy baja, pero Brian las invistió con un tono imperativo.

Adrian levantó la vista. Otra típica casa de madera, como casi todas las demás. Como la suya.

Suspiró y fue hasta la puerta, dejando a su hermano atrás, sobre la acera. Tocó el timbre dos veces, y justo cuando estaba a punto de darse vuelta y marcharse, escuchó unos pasos apresurados dentro. La puerta crujió al abrirse y se quedó cara a cara con una mujer de edad madura, con un paño de cocina en las manos, los ojos enrojecidos y un fino pelo rubio. Olía a humo, a preocupación, y parecía que no había dormido en un mes.

—Lamento molestarla… —empezó a decir Adrian.

La mujer lo miró sin prestarle atención. Le temblaba la voz, pero trató de ser educada:

—Mire, sea lo que sea, no estoy interesada. Gracias, pero no… Gracias…

Con la misma rapidez con que había abierto, la mujer estaba cerrando la puerta.

—No, no —reaccionó Adrian. Desde atrás, escuchó que su hermano le gritaba una orden: *¡Muéstrale la gorra!* Le mostró la gorra rosa.

La mujer se quedó paralizada.

—Encontré esto en la calle. Estoy buscando…

—¡Jennifer! —exclamó la mujer.

Se echó a llorar.

Capítulo
10

Para cuando Terri Collins logró entrar en el disco duro del ordenador de Jennifer y copiarlo sin destruir nada, ya era media mañana y, a pesar de una pequeña siesta en la silla de la sala de interrogatorios, todavía estaba exhausta. La oficina había despertado alrededor de ella. Los otros tres detectives del pequeño equipo estaban en sus mesas, haciendo llamadas, revisando detalles de varios casos abiertos.

Ella también había recibido una citación de la oficina del jefe, que quería una reunión al mediodía para que le informara de los casos que estaba llevando, de modo que Terri se apresuró a elaborar una especie de análisis sobre la desaparición de Jennifer. Para poder seguir con el caso, tenía por lo menos que dar la impresión de que estaban ante un delito. De cualquier otra manera, ella lo sabía, el jefe le iba a decir que hiciera lo que ella ya había hecho —difundir una fotografía y la descripción de la joven por los cauces habituales a nivel estatal y nacional— y que se centrara de nuevo en casos que pudieran efectivamente conducir a arrestos y condenas.

Miró con culpabilidad la pila de carpetas de casos que se amontonaban en una esquina de su mesa. Había tres casos de agresión sexual, un asalto simple (era una pelea de sábado por la noche en un bar, puñetazos entre hinchas de los Yankees y los Red Sox), una agresión mortal con arma (¿qué estaba haciendo, de todos modos, ese estudiante de segundo año de Concord, el elegante barrio residencial de Boston, con una navaja?) y una media docena de casos de droga que iban desde una bolsa con cinco dólares de marihuana hasta un estudiante universitario arrestado en el campus cuando intentaba vender un kilo de cocaína a un policía camuflado.

Cada uno de esos archivos necesitaba atención, especialmente las agresiones sexuales, porque eran todos más o menos lo mismo: jovencitas que habían bebido demasiado en alguna fraternidad estudiantil o una fiesta en una residencia de estudiantes y luego se habían aprovechado de ellas. Invariablemente, las víctimas se echaban atrás, porque creían que ellas eran culpables de alguna manera. Quizá, pensaba Terri, lo eran. Las inhibiciones habían sido eliminadas por el exceso de cerveza bailando provocativamente, tal vez habían obedecido a los gritos de «¡Muestra las tetas!» que eran habituales en las reuniones del campus.

Pero no eran tan culpables. Todos esos casos estaban aguardando los resultados de toxicología y sospechaba que, sin excepción, darían positivo en éxtasis. Todos estos casos comenzaban con un: «Hola, guapa, deja que te invite a una copa» en una habitación llena de gente, música fuerte, cuerpos amontonados y una joven que no advierte el sabor ligeramente raro al beber de su vaso de plástico. Una parte de vodka, dos partes de tónica y un toque de droga para violar a la compañera de cita.

Odiaba ver cómo algunos violadores se salían con la suya cuando las muchachas avergonzadas y ya sobrias con sus padres igualmente avergonzados retiraban las acusaciones penales cuidadosamente preparadas. Sabía que los muchachos involucrados terminarían jactándose de sus conquistas cuando llegaran a Wall Street, a la Facultad de Medicina o a cualquier otra importante profesión. Pensaba que era el deber de toda mujer policía asegurarse de que ese ascenso no tuviera lugar sin un poco de sudor y algunas cicatrices.

Terri se sirvió el cuarto café de la larga noche convertida en un largo día. Bebió de la taza, dejando que el sabor amargo reposara sobre sus labios. Terri conocía muy bien las estadísticas de las fugas del hogar. Se recordó a sí misma que conocía la necesidad de escapar con una cercanía que nunca iba a olvidar. *Tuviste que huir alguna vez. ¿Por qué supones que esto es diferente?*

Respondió a su propia pregunta: *Yo no tenía dieciséis años. Era una adulta con dos bebés. O casi adulta. Un marido maltratador no es lo mismo. Pero también tuve que huir, ¿no? Tenía que escaparme. Igual que Jennifer.*

Se desplomó y se balanceó en la silla reclinable, tratando de imaginar adónde se había ido Jennifer. Se inclinó hacia delante y bebió un largo trago de la taza de café, que tenía impreso un gran corazón rojo y las palabras «La mejor madre del mundo» escritas en un lateral; había sido un predecible regalo de sus hijos para el Día de la Madre. No creía que esa frase fuera verdadera, pero estaba haciendo el mayor esfuerzo por tratar de serlo.

Después de un segundo suspiro, cogió la copia fantasma del disco duro del ordenador de Jennifer y la conectó al suyo. Luego se recostó y empezó a revisar la vida de la joven de dieciséis años, esperando que apareciera en la pantalla alguna señal que la orientara.

Terri encontró un archivo de contraseñas que le permitió el acceso a la página de Facebook de Jennifer. Se sorprendió. Jennifer había «agregado como amigos» a un número muy pequeño de sus compañeros de clase del instituto de secundaria y a varias estrellas del rock y del pop, que iban desde, sorprendentemente, Lou Reed, que era más viejo que su madre, hasta un grupo de rock tex-mex llamado Seis Juanes, además de unas bandas de rock de garaje llamadas FugU y MomandDadHateUs que —a juzgar por los fragmentos de música disponibles— parecían decididas a hacer los ruidos más inadmisibles que se pudiera. Terri había esperado encontrar a los Jonas Brothers y Miley Cyrus, pero los gustos de Jennifer estaban muy lejos de los habituales. Debajo de la categoría de «Cosas que me gustan» había escrito «Libertad» y en lo que no le gustaba había puesto «Farsantes». Terri supuso que esa palabra podía ser aplicada a un gran número de personas en el mundo de Jennifer.

En su perfil, Jennifer había citado a alguien llamado Hotchick99, que había escrito en su página de Facebook sobre ella: «… Todos en el instituto odian a esta chica…».

Jennifer había respondido: «Es casi un honor ser odiado por personas así. No me gustaría nunca ser la clase de persona que a ella le gusta».

Terri sonrió. *Una rebelde con numerosas causas,* pensó. La muchacha perdida le provocó un respeto muy poco policial, por lo que se entristeció más aún cuando pensó en lo que podría ocurrirle a Jennifer en la calle. La huida no le iba a parecer tan grandiosa entonces. *Tal vez tenga el buen juicio de llamar a su casa…, por terrible que eso le parezca.*

Siguió revisando la memoria del navegador en el disco duro buscando marcadores. Jennifer había probado algunos juegos para el ordenador, había hecho varias consultas en Wikipedia y búsquedas en Google que parecían corresponder a temas que estaba estudiando en el instituto. Había incluso una investigación en «Traduzca esta página», donde había presentado algo que Terri sospechó que podría ser un trabajo para la clase de Español. Aparte de lo habitual, Jennifer no parecía particularmente dependiente de su ordenador. Tenía una cuenta de Skype, pero no había ninguna lista con nombres ahí. La mayor parte de la información importante estaba probablemente en el teléfono móvil de Jennifer, y éste había desaparecido junto con ella y no había sido utilizado desde que comenzó la fuga.

Terri recorrió un trabajo de Historia Norteamericana sobre ferrocarriles clandestinos y otro para el curso de Literatura Inglesa titulado *Grandes esperanzas* que encontró en la carpeta «Documentos». Sospechaba que descubriría que esos trabajos habían sido escritos por algún vendedor de deberes escolares en Internet, pero se alegró cuando vio que no era así. Su impresión fue que Jennifer hacía la mayor parte de los trabajos que le encargaban en el instituto, lo que la convertía en una excepción a la regla.

También le gustaban las rimas populares. Había descargado ejemplos de Shel Silverstein y Ogden Nash, que parecían una rara elección para una adolescente de hoy en día. Descubrió un archivo llamado «Seis poemas para el *Señor Pielmarrón»;* eran rimas pareadas y haikus escritos para su osito de peluche. Algunos —había muchos más de seis— eran muy graciosos, e hicieron que Terri sonriera. *Una muchacha inteligente,* pensó otra vez.

Continuó buscando. Había visitas frecuentes a sitios web vegetarianos y blogs relacionados con la New Age, y Terri suponía que eran esfuerzos por comprender a su madre y a su casi padrastro.

Terri esperaba encontrar un diario con algunas sentidas ansias adolescentes equivocadas, pero no fue así. Quería un documento que le diera alguna idea general de en qué consistía el plan de Jennifer, pero no halló nada de eso. Encontró fotografías archivadas, pero la mayoría eran de Jennifer con algunos amigos riéndose, abrazándose, haciendo tonterías para pasar la noche, o en fiestas, aunque siempre parecía que Jennifer estaba justo al borde de la foto.

Siguió revisando los archivos de fotografías, y finalmente encontró una media docena de fotos de desnudos que Jennifer había tomado de sí misma. No podían tener más de un año. Terri supuso que había puesto su cámara compacta sobre una pila de libros para luego posar delante de ella. No eran particularmente sensuales; más bien parecía que Jennifer había querido documentar los cambios en su cuerpo. Era esbelta, con senos que apenas formaban una curva sobre su pecho.

Sus piernas eran largas, y las cruzaba de modo que apenas una sombra de su pelo púbico era visible, como si estuviera avergonzada de lo que estaba haciendo, a pesar de que se encontrara a solas en su habitación. Dos de las fotografías parecían retratar la versión adolescente de un aspecto seductor de *Te deseo* en el rostro, pero en realidad la hacían parecer más joven e infantil.

Terri revisó cada una cuidadosamente. Las abrió varias veces en la pantalla, esperando localizar a un muchacho desnudo que entraba inesperadamente en esas imágenes. Quería creer que los jóvenes de esa edad no eran sexualmente activos. Ésa era su parte de madre. Su parte dura de detective sabía que todos ellos tenían mucha más experiencia que la que cualquier padre imaginaba. Sexo oral. Sexo anal. Sexo grupal. Sexo clásico. Los jóvenes lo sabían todo, y en gran parte lo habían experimentado. Terri estaba contenta de que las únicas fotografías provocadoras en el ordenador de Jennifer fueran de ella sola.

Se detuvo y pensó que había algo triste en esas fotografías. Jennifer estaba fascinada por ver en quién se estaba convirtiendo; pero desnuda se la veía más sola todavía.

Casi había terminado su inspección cuando un par de búsquedas en Google atrajeron su atención. Una era para *Lolita* de Nabokov, que Terri sabía que no estaba en ninguna lista de lecturas recomendadas del instituto. La otra era para «Hombres que se muestran».

Jennifer sólo había entrado en dos sitios, las respuestas de Yahoo y una web con un foro de debate psicológico que era un enlace a una serie de trabajos del Departamento de Psiquiatría de la Facultad de Medicina de la Emory University sobre las ramificaciones psicológicas de mirones y exhibicionistas. Este segundo resultado contenía jerga médica que era demasiado sofisticada para una joven de dieciséis años, aunque, aparentemente, eso no había detenido a Jennifer.

Terri se reclinó en su asiento. Pensó que no necesitaba saber más. Justo delante de ella había un crimen que no podía ser probado. Sería la palabra de Jennifer contra la de Scott e incluso su madre seguramente se iba a equivocar creyéndole a él, pero todo encajaba para explicar que ella hubiera decidido coger sus cosas y huir de casa.

Terri volvió a los poemas para el *Señor Pielmarrón*. Había uno que comenzaba así: «Tú ves lo que yo veo…».

Tal vez fuera cierto, pensó Terri, *pero un osito de peluche seguro que no puede testificar en un tribunal*.

Sonó el teléfono sobre su mesa. Era el jefe, que le pedía que le pusiera al día en los casos en los que estaba trabajando. Sabía que tenía que ser muy cuidadosa con lo que decía. Scott era muy conocido y tenía muchos amigos poderosos en la corporación municipal. Probablemente había tratado a la mitad de los miembros del ayuntamiento en algún momento u otro, aunque «tratar» era una palabra que Terri usaría con cautela.

—Subo en un momento —dijo.

Terri recogió algunas notas y estaba saliendo de la habitación cuando su teléfono sonó otra vez. Con un taco ahogado, volvió rápidamente y descolgó el auricular antes del quinto tono de llamada, justo antes de que entrara el contestador automático.

—Detective Collins —respondió.

—Soy Mary Riggins —escuchó Terri. Sollozos. Una voz ahogada.

—Sí, señora Riggins. Precisamente estaba yendo a ver al jefe…

—No se escapó. Jennifer ha sido secuestrada, detective. —La madre en el otro extremo de la línea sollozaba un poco y gritaba otro poco.

Terri no pidió inmediatamente los detalles de cómo o por qué Mary lo sabía. Escuchó los sonidos de la angustia materna que chorreaban en la línea de teléfono. Tuvo la sensación de que algo parecido a una pesadilla estaba ocurriendo. Sólo que no sabía exactamente en qué consistía.

Capítulo
11

Jennifer se despertó con la sensación de que había algo diferente, pero le llevó un rato darse cuenta de que sus manos estaban desatadas y los pies ya no estaban sujetos a la cama. Mientras salía de la niebla inducida por la droga, se sentía como si estuviera subiendo una colina empinada, trastabillando para llegar pronto a la cima, aferrándose a la tierra y a las piedras sueltas, a la vez que la fuerza de la gravedad amenazaba con arrastrarla hacia abajo.

Comprendió de manera instintiva que el pánico de poco le iba a servir, pero todavía necesitó un tremendo esfuerzo de voluntad para luchar contra las olas que la amenazaban. Estaba respirando agitada y el ritmo del pulso estaba subiendo. Sintió sudor y lágrimas y todo lo que se asocia con el miedo. Tuvo que luchar para impedir que sus manos temblaran. Su cuerpo era atormentado por movimientos involuntarios, espasmos, tics, estremecimientos, todo lo cual le resultaba imposible de controlar. Pensó que era como si hubiera dos Jennifer justo en ese momento: una que estaba luchando para poder entender lo que estaba ocurriendo, otra que quería abandonarse a la negra agonía.

Para mantenerse con vida, sabía que la primera era la que tenía que prevalecer.

Levantó sus manos hasta la cara y tocó la capucha de seda. Quería agarrarla, arrancársela, ver dónde estaba, pero tuvo el sentido común de controlar su deseo. Respiró hondo y sintió que algo la ahogaba. Bajó las manos lentamente y tocó un collar. Era de cuero barato y estaba lleno de puntas afiladas. Estaba bien abrochado alrededor de su cuello. Podía sentir el final de una cadena de acero inoxidable que la ataba a algo, pero le daba un poco de libertad para moverse.

Se tocó la piel buscando heridas o lesiones, pero no pudo encontrar nada. Lo único que tenía puesto era su fina ropa interior. Se movió lentamente sobre la cama hacia atrás, mirando desde dentro de la capucha hacia donde suponía que estaba el techo, luego un tejado y más allá el cielo.

Ya no tenía las piernas abiertas y sus manos estaban libres, pero sus movimientos estaban restringidos. Podía moverse hasta donde la cadena se lo permitiera, pero todavía no quería aprovechar esta nueva libertad. Repentinamente se dio cuenta de que tenía que ir al baño desesperadamente y todavía tenía sed. Sabía que debía estar hambrienta, pero el miedo le llenaba el estómago. Donde la habían golpeado sentía la magulladura y todavía le dolía.

Su pensamiento parecía empañado con el residuo de cualquiera que fuera el narcótico con que la habían drogado. Pero estaba viva. O algo así. Recordaba vagamente la breve conversación con la mujer. La mujer había hablado de reglas. A Jennifer le parecía que la conversación se había producido otro día, otro año, tal vez incluso en un sueño.

Toda clase de posibilidades inundaban su imaginación, pero cada una era más espantosa que la anterior, de modo que se esforzó mucho para dejar la mente en blanco. Se dijo a sí misma que dentro de la capucha todo podría parecer vacío e imposible, pero todavía estaba respirando y eso significaba algo.

Con cautela pasó los dedos a lo largo de la cadena, siguiéndola hasta donde estaba asegurada a la pared, arriba y detrás de la cabeza. Sintió un tremendo impulso de tirar de la cadena, ver si era posible arrancarla. Pero luchó contra él. Jennifer lo sabía, eso iba a estar contra las reglas.

* * *

—¡Está despierta!

En Londres, el hombre inclinado sobre la pantalla de su ordenador se puso tenso. Estaba solo en la pequeña oficina cerca de la parte posterior de su departamento, sentado ante una mesa atestada de propuestas, figuras y dibujos esquemáticos. Era dibujante y cerca de donde estaba había una mesa alta en la que ocasionalmente realizaba ilustraciones a pluma con tinta, aunque la mayor parte de su trabajo en estos tiempos lo hacía digitalmente con sofisticados programas de ordenador. Deseaba que hubiera alguien con quien poder compartir su asombro, pero pensó que seguramente frustraría el propósito. Serie # 4 era para ser disfrutada, analizada y digerida de forma privada en completa soledad.

La Número 4 parecía deliciosamente joven, casi una niña, poco mayor que sus hijos. Él tenía hijos de un matrimonio fracasado, pero rara vez los veía, y en ese momento estaban muy lejos de sus pensamientos. Admiró la figura esbelta de la Número 4 y sintió que una corriente de excitación lo atravesaba. Imaginó que su piel tenía la suavidad de una perla y su mano izquierda se estremeció, deseosa de acariciar a la Número 4 a través de la pantalla del ordenador. Como si alguien estuviera leyéndole la mente, la imagen cambió a una cámara más cercana. La Número 4 estaba estirando una mano, como una persona ciega que busca algo. Cada vez que tocaba la nada —el aire delante de ella— o algo, como la pared a la que estaba encadenada, el dibujante sentía que un agradable escalofrío lo recorría.

—*Está tratando de saber dónde está —dijo, otra vez en voz alta sin dirigirse a nadie—. Pero no podrá darse…*

La Número 4 permaneció cerca de la cama, jugando a la gallinita ciega. Cada vez que se movía, aunque sólo fuera lige-

ramente, el hombre en Londres se inclinaba para estar más cerca de la pantalla. En cierto modo, pensó, estaba tan solo como ella, sólo que él sabía que muchas otras personas en todo el mundo estaban mirando a la Número 4 con la misma intensidad.

Dudaba que ella hubiera visto alguna vez a Patrick Mc-Goohan en El prisionero en televisión o entrado a una biblioteca para leer El coleccionista de John Fowles. Probablemente no sabía nada de Barbara Jane Mackle ni de los artículos de prensa publicados sobre ella, ni del libro y la telenovela que se hicieron después. El dibujante pensó que tal vez había visto Saw y sus secuelas, tan admiradas por los varones adolescentes a los que les gustaba la combinación de sangre derramada, tortura y pechos desnudos, o quizá la visión más benigna expresada en El show de Truman. Pero no estaba seguro de si la Número 4 podía relacionar estas imágenes con sus circunstancias, y sabía que ella nunca había visto a sir Alec Guinness sudando dentro de una cabina de metal arrugado por haberse negado a ordenar a sus oficiales trabajar junto a los soldados rasos que levantaban el puente sobre el río Kwai. Eso no existía para ella. Sospechaba que ella no sabía nada del arte, la literatura y los delitos de la reclusión. Se preguntaba si ella alguna vez había tenido una mascota, incluso un pez dorado nadando en una pecera, constantemente presionando contra el vidrio, midiendo los límites de su mundo.

Vio que la Número 4 se estremecía. Sacudió la cabeza. Ninguna mascota.

Luego sonrió.

Se dio cuenta de que la Número 4 era la prisionera que cumplía todas sus fantasías.

* * *

Jennifer trató de darse instrucciones a sí misma, obligándose a recordar que tenía algunos instintos que le daban una cierta fortaleza. Se dijo que tres veces había tenido la suficiente valentía para fugarse de casa. Esto sería otra oportunidad siempre que luchara contra el impulso de hundirse en el terror. Inspiró y expiró lentamente, tratando de calmarse.

Tocó los lados de la cama. Por debajo de la negrura de la capucha, se imaginó una cama de metal y un colchón. Había una sábana de algodón áspero —la imaginó simplemente blanca— en la cama sobre la que estaba. *Muy bien*, pensó. *Veamos qué podemos tocar*. Con suma cautela, sacó los pies por el borde de la cama y tocó el suelo con los dedos. Era de cemento, sintió frío al tocarlo con las plantas de los pies. *Parece el suelo de un sótano*.

Movió los pies hasta donde alcanzaba para ver si había algún obstáculo. Nada. Jennifer se ordenó intentar ponerse de pie, y luego lo repitió. Quería escuchar su propia voz. Así que dijo en voz baja:

—Ponte de pie, muchacha. Puedes hacerlo. —Percibir la diferencia entre las palabras habladas y las palabras pensadas le dio un poco de confianza. Se esforzó por ponerse de pie.

Casi instantáneamente sintió que se mareaba. Su cabeza giró dentro de la capucha, como si la oscuridad delante de sus ojos fuera repentinamente líquida. Se tambaleó un poco, casi cayéndose hacia atrás sobre la cama o sobre el suelo de cemento. Pero pudo mantener el equilibrio como un acróbata sobre un cable en las alturas y poco a poco su cabeza dejó de dar vueltas y sintió que tenía un cierto control sobre sus débiles músculos. Deseó tener más fuerza, como algunos de los atletas de su instituto obsesionados por el levantamiento de pesas.

Siempre con la respiración agitada, dio un paso de prueba hacia delante. Mantenía las manos delante de ella. No podía sentir nada. Las movía a derecha e izquierda, y una de sus manos chocó con la pared. Se volvió a medias y, usando la pared a manera de guía, empezó a moverse como un cangrejo, sintiendo la capa de yeso que cubría el muro debajo de los dedos. Pudo escuchar una especie de repiqueteo que, se dio cuenta, provenía de la cadena alrededor de su cuello moviéndose. Supuso que estaba golpeando contra la cama.

Su rodilla tropezó con algo y se detuvo. Parte del espeso olor a desinfectante traspasó la capucha de seda. Con mucho cuidado, estiró la mano hacia abajo y, como un ciego, pasó las manos sobre el obstáculo.

Le llevó unos segundos hacerse una imagen mental de qué podía ser aquello, y pudo sentir el asiento y el trípode de apoyo. Era un inodoro portátil. Que lo reconociera fue sólo cuestión de suerte. Su padre la había llevado de campamento cuando era pequeña y ella había manifestado una serie de quejas por tener que usar algo tan primitivo al aire libre. Pero en ese momento se sintió casi rebosante de alegría. Le dolía la vejiga, que, al reconocer lo que estaba a sus pies, empezó a enviar exigentes dolores a través de su estómago.

Se detuvo. No tenía ni idea de quién la estaba mirando. Sólo podía suponer que las reglas le permitían usar el inodoro. No sabía si tenía alguna intimidad. Se sintió casi dominada por una sensación adolescente de violación. El decoro luchó contra la vergüenza. Odiaba la idea de que alguien pudiera verla.

La entrepierna clamaba alivio. Comprendió que no tenía más opciones. Se colocó encima del asiento y con un solo movimiento rápido se quitó las bragas y se sentó.

Odió cada segundo de alivio.

* * *

En los monitores de la habitación que estaba encima de donde Jennifer se encontraba encerrada, Michael y Linda observaban cada movimiento que ella hacía. Las torpes y ciegas maniobras resultaban agradables en su ritmo. Podían percibir las ondas de intriga y las oleadas de fascinación en el inframundo de su transmisión. Sin necesidad de decirse ni una palabra, ambos sabían que para cientos de personas mirar a Jennifer se iba a convertir en una droga.

Como cualquier buen traficante, sabían cómo mantener la cantidad exacta de suministro para mantener la demanda.

Capítulo
12

Terri Collins miró al anciano sentado en el rincón del comedor y pensó: *Él no puede ser la razón de que yo esté aquí.*

Adrian Thomas se movió incómodo bajo esa mirada fija. La detective tenía una mirada implacable, una mirada que implicaba algo que iba más allá del escepticismo. Él podía sentir que los pensamientos tiraban de él en diferentes direcciones y esperaba no aturdirse como le había ocurrido cuando habló por teléfono con el agente de emergencias del 911. Repasó las pocas observaciones y los mínimos detalles que tenía en su cabeza, como un actor que ensaya su papel. Trató de organizar todas esas impresiones en una evaluación coherente de lo que había visto, para que la detective no pensara que era simplemente un anciano confundido, aunque eso era precisamente lo que era.

Cuando se volvió para observar a Mary Riggins y Scott West, Adrian echó una rápida mirada furtiva a su alrededor con la esperanza de que Brian estuviera oculto en un rincón, para que le dijera cómo hablar con la mujer policía. Pero en ese momento Adrian estaba solo... o por lo menos no estaba acompañado.

—Señora Riggins —explicó Terri lentamente—, los secuestros son delitos complicados. En general, se trata de pedir un rescate; otras veces un miembro de una pareja separada le roba un hijo al otro miembro.

Mary negó con la cabeza, aunque no había hecho ninguna pregunta.

—Además hay un tercer tipo de secuestros —agregó Scott mirándola con una desagradable mirada de enfado—. Cacería sexual.

Terri asintió con la cabeza.

—Sí. Es poco frecuente. No más habitual que ser alcanzado por un rayo.

—Creo que usted tendría que concentrarse en este tipo de secuestro —sugirió Scott.

—Sí, pero me gustaría descartar estos otros…

—¿Y perder tiempo? —la interrumpió Scott.

Terri se detuvo para volver su mirada hacia Scott. Había supuesto que ésa era la dirección en la que él quería que ella investigara. Sólo le molestaba ser forzada a esa línea de investigación por alguien que ella pensaba que había estado al borde de cometer algún abuso sexual. Decidió revertir esa situación.

—Tal vez haya algún elemento en este sentido que usted no ha tenido en cuenta. Quizá en su consultorio… —empezó lentamente, pero luego las palabras comenzaron a salir amontonadas—. Algún paciente tal vez. Alguien enfadado o descontento. Tal vez psicótico, incluso, que trata de hacerle daño a usted y escoge a Jennifer con ese objetivo.

Scott de inmediato alzó la mano.

—Eso es muy improbable, detective. Conozco muy bien todos los asuntos a los que mis pacientes se enfrentan y ninguno de ellos es capaz de ese tipo de cosas.

—Bien —continuó Terri—. Seguramente usted tiene algunos… casos que han tenido resultados poco satisfactorios, ¿no?

—Por supuesto —reconoció con un soplido Scott—. Todo terapeuta que tenga un mínimo de autoconocimiento comprende que no es el remedio ideal para todos los pacientes. Inevitablemente hay fracasos…

—Así que no parece demasiado descabellado pensar que tal vez uno de esos casos con menor fortuna albergue algún tipo de rencor.

—Es descabellado, detective —dijo ceremonioso—, imaginar que uno de mis pacientes podría inventar un complicado plan de venganza… No. Imposible. Yo me habría dado cuenta de tanto resentimiento.

Seguro, pensó Terri. Se obligó a recordar que no debía permitir que sus opiniones sobre Scott —o lo que había vislumbrado en el disco duro del ordenador de Jennifer— influyeran en su interrogatorio. Pero interiormente esperaba con ansiedad hacer esas preguntas en el futuro.

—De todos modos, podría necesitar en algún momento que usted me proporcione una lista de nombres.

Scott hizo un leve gesto desdeñoso. Podría significar que estaba de acuerdo o que no lo estaba. Ambas cosas eran posibles. O ninguna. Terri no esperaba que él colaborara. Volvió a Mary Riggins.

—Veamos ahora… Familiares… ¿Qué hay de los parientes de su marido fallecido?

Mary se mostró confundida.

—Bueno, mi relación con ellos no ha sido espléndida, pero…

—¿Jennifer ha sido causa de algún conflicto con ellos?

—Sí. Sus abuelos se quejan de que no la llevo a verlos lo suficiente. Dicen que es lo único de su hijo que les queda. Y yo nunca me llevé bien con las dos tías de Jennifer. No sé, es que siempre parece que me culpan a mí por la muerte de su hermano. Pero eso no ha llegado al punto de…

Terri notó que Mary Riggins no usaba el nombre de su marido fallecido. *David*. Era un detalle sin importancia, pero le pareció raro. Respiró hondo y continuó:

—También quisiera tener esos nombres y algunas direcciones.

Entonces Terri vaciló. Había escuchado algunos datos que apuntaban a que la familia podría ser una razón para la desaparición de Jennifer, pero no era suficiente.

—¿Y el rescate? —preguntó—. Supongo que ustedes no han tenido ningún contacto con nadie que les haya pedido dinero, ¿verdad?

Mary Riggins negó con la cabeza.

—No tenemos mucho… Quiero decir que esos casos son de hijos o hijas de hombres de negocios. O de políticos. O alguien con acceso a grandes cantidades de dinero en efectivo, ¿verdad?

—Tal vez. —Terri percibió un cierto agotamiento en su propia voz. Pensó que eso era poco profesional.

—Delincuentes sexuales —repitió Scott airadamente—. ¿Cuántos viven cerca?

—Algunos. Conseguiré una lista. Usted sabe que las posibilidades de que Jennifer haya sido sencillamente raptada en una acera por algún criminal que ella no conociera…, un asesino en serie o un violador, son infinitesimalmente pequeñas, ¿no? Esos actos aleatorios normalmente sólo ocurren en las películas y la televisión…

—Pero ocurren —agregó Scott.

—Sí.

—Incluso en zonas como ésta —continuó.

—Sí, incluso en sitios como éste —replicó Terri.

Scott tenía una expresión petulante en su cara. Había muchas cosas desagradables en él, pensó Terri. Se preguntó cómo alguien podía siquiera imaginar que él podía darle ayuda.

—Deben de desaparecer estudiantes de la universidad… —insistió.

—Sí. Se trata de jóvenes con adicción a la bebida, a las drogas o con problemas emocionales. Invariablemente…

—¿Y qué me dice de esa niña, la del pueblo de al lado cuyo cuerpo fue encontrado en el bosque seis años después de que desapareciera?

—Conozco ese caso. Y también al delincuente sexual fichado que fue finalmente arrestado a dos estados de distancia y que confesó su homicidio. Creo que nunca hemos tenido un crimen como ése en nuestra jurisdicción.

—No que usted sepa —volvió a interrumpir Scott.

—Eso es, no que sepamos.

—Pero, detective, escuche lo que dice el profesor Thomas —intervino Mary.

Terri se volvió hacia el anciano. Estaba mirando al vacío, como si estuviera en algún otro lugar. Le pareció ver una cierta niebla gris detrás de sus ojos. Eso la preocupó.

—Cuénteme otra vez lo que vio —le dijo—. No olvide ningún detalle.

* * *

Adrian le habló de la mirada resuelta en el rostro de Jennifer. Le habló sobre la furgoneta que surgió de la nada y disminuyó la velocidad, siguiendo los pasos de la muchacha. Describió lo mejor que pudo el aspecto de la mujer al volante y del hombre a su lado. Le habló de la breve detención, y luego de la partida haciendo chirriar los neumáticos. Y finalmente le contó lo de la gorra rosa que encontró a un lado de la calle, la que lo había traído hasta la calle donde Jennifer vivía, a su casa y finalmente a esa habitación en la que se encontraba. Trató con esfuerzo de ser conciso y claro; intentó que pareciera algo sencillo y oficial. No mencionó ninguna de las conclusiones que los fantasmas de su esposa y de su hermano habían insistido que él sacara. Eso se lo dejó a la detective.

Cuanto más hablaba, más veía que la madre se desesperaba, más imaginó que el novio se iba enfadando. La mujer policía, al contrario, parecía tranquilizarse con cada detalle adicional. Adrian imaginó que era como los jugadores de póquer profesionales que ocasionalmente veía en la televisión:

fuera lo que fuese que estaba pensando en realidad, lo ocultaban con astucia.

Cuando se detuvo, vio que ella bajaba la cabeza para
examinar las notas que había tomado. En ese momento escuchó un susurro.

—No creo que la hayas convencido —comentó Brian.
Adrian, en un primer momento, no se volvió hacia la voz.
Mantuvo los ojos sobre la detective—. Lo está pensando, eso es
bueno. Pero simplemente no se lo cree. No todavía —continuó
Brian. Su voz sonaba enérgica y confiada.

Adrian echó furtivamente una mirada rápida a su lado.
Su hermano estaba sentado en el sillón junto a él. El joven soldado de Vietnam había desaparecido para ser reemplazado
por el maduro abogado corporativo de Nueva York en el que
Brian se había convertido. Su pelo rubio rojizo se había redu-
cido un poco, y había distinguidos mechones grises tiñendo
los rizos que caían sobre sus orejas y sobre el cuello de la camisa. Brian siempre había llevado el pelo largo…, no largo a
lo hippy con cola de caballo, sino con un aire descuidado contrario a las formalidades sociales. Vestía un caro traje azul de
raya diplomática, y una camisa hecha a medida, pero la corbata la llevaba floja.

Brian se reclinó y cruzó las piernas.

—No, señor. Yo he visto esa manera de apartar la mirada demasiadas veces. Por lo general ocurre cuando tu cliente
quiere empezar a mentirte, pero se siente un poco culpable
por ello. Ella se está acordando ahora mismo de que en un primer momento pensó que este asunto, la fuga de una adolescente, podía tratarse de algo más grave. Pero no está realmente
segura, de ninguna manera, y quiere asegurarse de hacer lo correcto, porque un error en este caso podría costarle ese próximo aumento de sueldo.

Brian hablaba en tonos musicales, casi como si su evaluación de la detective Collins fuera uno de los poemas que
Adrian amaba tanto.

—¿Sabes, Audie? —continuó—. Esto va a ser complicado.

—¿Qué debo hacer ahora, entonces? —susurró Adrian. Se dijo a sí mismo que no debía girar la cabeza, pero lo hizo, sólo un poco, porque quería ver la cara de su hermano.

—¿Perdón? —dijo Terri levantando la vista justo a tiempo de ver esa mirada de soslayo.

—Nada —respondió Adrian—. Sólo pensaba en voz alta.

La detective continuó mirándolo, hasta que él se puso nervioso. Ni la madre ni su novio terapeuta se habían dado cuenta de aquel pequeño incidente. Estaban demasiado concentrados en su propia pesadilla como para participar de la de otros.

—Es lista la detective —comentó Brian con un cierto tono de admiración en la voz—. Creo que sabe lo que está haciendo, sólo que no sabe qué es lo que tiene que hacer. No todavía. Tienes que explicárselo, Audie. La madre y el novio zalamero…, ésos no importan. Ni un poquito. Pero esta detective sí importa. Recuérdalo.

Adrian asintió con la cabeza, pero no tenía ni la menor idea de lo que iba a hacer, aparte de decirle exactamente lo que había visto y dejar que ella sacara sus propias conclusiones.

—Ahora te va a hacer un par de preguntas que van al detalle —le susurró Brian en la oreja—. Necesita más información para llevarle a su jefe. Y te está probando. Quiere saber hasta qué punto eres un testigo creíble.

—Profesor Thomas... —dijo de pronto Terri—, ¿o prefiere que le llame doctor?

—De las dos formas está bien.

—Usted tiene un doctorado en Psicología, ¿verdad?

—Sí, pero no soy terapeuta como el doctor West. Yo era del tipo de doctores que estudian ratas en los laberintos. Un loco de laboratorio…

Ella sonrió, como si esas palabras hubieran distendido un poco la tensión en la habitación, lo cual no era exacto.

—Por supuesto. Ahora bien, sólo quiero aclarar un par de cosas. Usted no vio que Jennifer fuera obligada contra su voluntad a entrar en el vehículo, ¿verdad?

—No, no lo vi.

—Usted no vio en ningún momento a nadie que la agarrara o la golpeara o realizara cualquier otro movimiento que usted considerara violento, ¿verdad?

—No. Ella sólo estaba ahí. Y luego ya no estaba. Desde donde yo estaba sentado no pude ver exactamente qué le pasó.

—¿Escuchó usted un grito? ¿O tal vez ruido de una pelea?

—Lo siento, pero no.

—Así que, si hubiera subido a esa furgoneta, ¿podría haber sido por su propia voluntad?

—No daba esa impresión, detective.

—¿Y cree usted que podría reconocer al conductor o a la acompañante si los viera otra vez?

—No lo sé. Sólo los vi de perfil. Además fueron sólo unos segundos. Había poca luz. Estaba casi oscuro.

—No, Audie, eso no es verdad. Tú viste lo suficiente. Creo que podrías reconocerlos si volvieras a verlos. —Adrian comenzó a girarse para discutir con su hermano, pero se detuvo a medio camino; esperaba que la detective no hubiera notado la manera en que se había movido.

Terri Collins asintió con la cabeza.

—Gracias —dijo ella—. Esto ha sido realmente muy útil. Volveré a hablar con usted después de investigar un poco más.

—Es buena —insistió Brian. Estaba inclinado hacia delante, casi tocando el hombro de Adrian, y parecía entusiasmado—. Es muy buena. Pero todavía te está rechazando, Audie.

Antes de que Adrian pudiera decir algo, Scott intervino:

—¿Cuál será su próximo paso, detective? —Habló con el tono de voz de *nada de tonterías, y esperamos ver re-*

sultados. Adrian imaginó que la gente le pagaba por oírle hablar.

—Déjeme ver si puedo encontrar algo sobre el vehículo sospechoso que el profesor Thomas ha descrito. Eso es algo concreto sobre lo que puedo trabajar. También voy a examinar las bases de datos del Estado y las federales en busca de casos similares de secuestros. Mientras tanto, no deje de avisarme si alguien trata de ponerse en contacto con usted.

—¿No quiere llamar al FBI? ¿No quiere poner un micrófono en nuestra línea telefónica?

—Eso es un poco prematuro. Antes tenemos que saber si alguien está tratando de conseguir un rescate. Pero iré a las oficinas centrales y se lo consultaré a mi jefe.

—Creo que Mary y yo debemos estar presentes —resopló Scott.

—Si quiere…

—¿Ha trabajado usted alguna vez en un caso de secuestro, detective?

Terri vaciló. No iba a responder a esa pregunta con sinceridad, que en ese caso habría sido «No». Eso sólo podría empeorar las cosas, lo cual en el libro de procedimientos de cualquier policía era un grave error.

—Creo que debo ir con usted, detective, y ver cómo reacciona su jefe… —Se volvió hacia Mary—: Y tú deberías quedarte aquí. Por los teléfonos. Debes estar atenta a cualquier cosa fuera de lo habitual.

Mary sólo sollozó a manera de respuesta, pero fue un gesto de aceptación.

Adrian se dio cuenta de que para ellos —Scott y la detective— su función acababa de terminar. Escuchó a Brian moviéndose junto a él.

—Te lo dije. —Hablaba en voz muy baja—. El estúpido novio piensa que eres sólo un viejo tonto que vio algo importante por casualidad y la mujer policía cree que ya ha oído todo lo que tenías que decirle. Típico.

—¿Qué debo hacer? —preguntó Adrian. Por lo menos, pensó que había preguntado. Se tranquilizó cuando escuchó que su hermano respondía.

—Nada. Y todo —explicó su hermano muerto—. No es que todo dependa sólo de ti, Audie. Pero de alguna manera sí. En cualquier caso no te preocupes. Tengo algunas ideas…

Adrian respondió asintiendo con la cabeza. Buscó su chaqueta; estaba seguro de haberla dejado en el sillón, o tal vez se había caído detrás de una silla al quitársela cuando entró en la casa. Su cabeza giró y entonces se dio cuenta de que todavía tenía puesta la chaqueta.

Capítulo
13

Adrian había pasado buena parte de su vida académica estudiando el miedo. Le atrajo el tema hacía ya casi cincuenta años. Después de su primer semestre en la universidad, cuando regresaba a casa, el vuelo había sido realmente terrible. Le fascinó ver las reacciones de los otros pasajeros mientras el avión temblaba y se sacudía en medio de un negro cielo de tormenta; estaba tan fascinado que se olvidó de su propia ansiedad. Plegarias. Gritos. Nudillos blancos y sollozos. En una caída como para revolver el estómago, en la que el ruido del motor había amenazado con ahogar todos los gritos, miró a su alrededor y se imaginó a sí mismo como la única rata atenta en un laberinto aterrador.

Como profesor, había realizado innumerables experimentos en el laboratorio tratando de identificar los factores de la percepción que estimularan respuestas previsibles del cerebro. Pruebas visuales. Pruebas auditivas. Pruebas táctiles. Algunos de los fondos de su universidad provenían de subvenciones oficiales —financiación militar burdamente disfrazada— porque las fuerzas armadas siempre estaban interesadas en entrenar a los soldados para quitarles el miedo. De modo que Adrian había pasado sus años de docencia saltando de un aula a otra, dando conferencias y pasando largas noches en un laboratorio rodeado de asistentes mientras preparaba sus estudios clínicos.

Todo había sido satisfactorio, a menudo fascinante y extraordinariamente gratificante…, pero cuando llegó el momento de jubilarse comprendió que sabía mucho y al mismo tiempo muy poco acerca de su especialidad. Entendía cómo y por qué ver una serpiente provocaba una aceleración de la respiración, aumento del pulso, sudor, alteraciones en la visión y casi pánico en algunos sujetos —estudiantes de Psicología invariablemente—. Había realizado estudios de desensibilización sistemática mostrando a los sujetos imágenes de serpientes del *National Geographic*, serpientes de peluche y, finalmente, serpientes reales, para medir de qué manera habituarse a verlas hacía disminuir el miedo. También estaban los llamados estudios por «inundación», en los que los sujetos son enfrentados abruptamente con una gran cantidad del objeto temido. Un poco como cuando Indiana Jones cae en el pozo subterráneo de las serpientes en la primera de las películas de la serie de Spielberg. A Adrian no le gustaba ese tipo de pruebas. Demasiado sudor y muchos gritos. Él prefería el ritmo más lento del examen.

Su hermano —antes de suicidarse— a menudo se burlaba amistosamente del trabajo de Adrian.

—Lo que aprendí en la guerra —le había dicho a Brian una vez— es que el miedo es lo mejor que tenemos a nuestro favor. Nos mantiene a salvo cuando lo necesitamos, nos da una manera de ver el mundo que, aunque un poco sesgada, se excede por el lado de la precaución, lo cual, hermano, por regla general, te mantiene vivo un día más, y con el culo alejado de los problemas.

Mientras caminaba a través del viejo campus, Adrian sonrió pensando en lo mucho que echaba de menos la manera de hablar de su hermano. En un momento, Brian podía parecer un filósofo de Oxford con una chaqueta de tweed, y al siguiente, un rudo matón callejero con tendencia a soltar groserías. Le gustaba adoptar cualquier papel que considerara necesario para el caso que tenía entre manos. Su hermano había dividido su tiempo entre clientes corporativos que pagaban mucho y el trabajo voluntario en la Unión Americana para las Libertades Civiles y el Centro Legal del Sur para pobres. Éstos eran casos en los distritos rurales en los que los acusados con pena de muerte —muchos de los cuales habían sido injustamente inculpados— tenían pocas posibilidades de evitar la silla eléctrica hasta que llegó Brian.

Brian, recordó, tenía la habilidad de hacer pensar a todos que él era como ellos. Tal vez esa cualidad de camaleón no era algo tan grandioso, ya que una mañana su hermano, del que él pensaba que era el hombre más fuerte del mundo, se puso la nueve milímetros en la sien y apretó el gatillo. No dejó ni una nota. Eso estuvo mal, se lamentó Adrian. Él debería haber dado una explicación.

La vida de Adrian había estado dedicada a desentrañar misterios. *¿Por qué tenemos miedo? ¿Por qué nos comportamos como lo hacemos? ¿Qué nos hace sentir lo que sentimos? ¿De dónde viene el miedo?* Y sin embargo, en ese momento, con su capacidad racional disminuyendo, pensó que no tenía respuestas a todas las grandes preguntas de su vida y que su enfermedad hacía que encontrarlas fuera cada vez más difícil.

Adrian se movía deliberadamente con lentitud. La edad, en parte, determinaba su velocidad. Pero también estaba recorriendo sus recuerdos, mientras trataba de planear su próxima jugada.

—¿Brian? —se le escapó en voz alta—. Creo que necesito tu ayuda en esto.

Un par de estudiantes universitarias sonrieron mirándole y enseguida volvieron a concentrar la atención en sus móviles. Caminaban juntas, una al lado de la otra, pero conversaban con amigos invisibles. Pensó: *No son tan diferentes a mí. Salvo porque la persona al otro lado de la conversación en mi caso está muerta.*

Pequeños grupos de estudiantes seguían su camino entre las aulas, y un campanario lejano daba las tres de la tarde. Adrian recordó que su hermano había llamado a esa misma hora el día en que había tenido lugar el ataque accidental de artillería que le salvó la vida. Era una historia que su hermano contaba ocasionalmente después de beber un poco, cuando las luces estaban bajas y había muy poca gente escuchando, porque era una historia que compartía sólo con aquellos que lo amaban. Fue mientras patrullaban en el valle de Ashau.

Estábamos tan sólo a dos kilómetros de distancia de la base. Última etapa de marcha al final de un día largo y aburrido. Con calor, sedientos, tremendamente cansados. Adrian miró a su alrededor. Esperaba ver a Brian junto a él porque la voz que resonaba en su oído repitiendo una historia contada muchas veces parecía venir desde muy cerca. Pero Brian no estaba a la vista. *En otras palabras, Audie, era el momento perfecto, la situación ideal para no prestar la debida atención.*

Veinte eran los hombres de la patrulla, y la semana anterior habían recorrido el mismo camino tres veces sin incidentes. Brian había descrito la escena: un espeso grupo de oscuros árboles de la selva a setenta y cinco metros de distancia a la derecha de un cultivo de arroz despejado, unas cuantas chozas y un sendero que llevaba hacia el pueblo a la izquierda. Una pareja de agricultores estaba trabajando en los cultivos aquella tarde. Era un lugar lleno de imágenes familiares, benignas. No había absolutamente nada fuera de lo normal.

Cuando contaba la historia, Brian repetía esto al menos tres veces. «Normal. Normal. Normal». La palabra había sonado como una maldición. Estaban agotados y querían volver a la base de artillería, comer, descansar, limpiarse, al menos un poco. No había ninguna razón para detenerse.

Pero aquel día —Brian siempre se acordaba de que era un martes— se detuvo. Los hombres a los que conducía se dejaron caer al suelo. Mochilas de veinticinco kilos, más de cuarenta grados de temperatura, minaban el proceso de toma de decisiones, como le gustaba decir a Brian. «Tal vez puedas estudiar eso», le sugería. Hubo algunas quejas…, a menudo es mucho más agotador detenerse que seguir adelante. Los hombres bebieron agua de las cantimploras casi vacías, hoscamente, y fumaron cigarrillos mientras Brian dirigía sus prismáticos a la línea de árboles. Estaba muy concentrado recorriendo lentamente con la vista cada forma y cada sombra. No había visto nada. Absolutamente nada. Eso sólo conseguía que se sintiera peor.

«Audie, a veces uno puede creer que todo está bien y no ser así en realidad. Y eso fue lo que ocurrió ese día. Todo estaba demasiado bien. Demasiado bien a medias». Lo que Brian hizo fue trazar toda la línea de árboles en su mapa cuadriculado y luego llamar para dar las coordenadas a la base después de mentirle al oficial de artillería diciéndole que había visto movimiento en los árboles.

El primer disparo se quedó corto y mató a los dos agricultores; también envió volando por el aire sangrientos trozos de un búfalo de agua. Brian ignoró estos asesinatos. Con voz calmada corrigió por la radio las coordenadas y unos segundos después lanzaron grandes explosivos que destrozaron la selva. La tierra se había sacudido. El aire se había llenado con el ruido de succión que producen las bombas al caer. Las explosiones destruyeron la línea de árboles haciéndolos pedazos, enviando ráfagas mortales de madera y metal al cielo. En unos pocos momentos, el ataque terminó.

Los hombres del pelotón no estaban deseando inspeccionar los daños, pero eso fue lo que él les ordenó hacer. Habían caminado en silencio pasando junto a los cuerpos de los agricultores. Vísceras brillantes y pedazos de cuerpos yacían desparramadas por entre los brotes verdes del cultivo de arroz. Sangre con aspecto de aceite parecía deslizarse por la superficie acuosa de los arrozales. La gente estaba saliendo de la aldea y los primeros y distantes lamentos de desesperación se elevaron en el calor de la tarde. Entonces llegó algo que parecía una pesadilla.

Tenía que haber más de una compañía del Ejército de Vietnam del Norte esperándolos en la línea de árboles, precisamente adonde Brian había dirigido el ataque de artillería. En cualquier dirección en la que miraran había cadáveres y fragmentos de cuerpos. Estaban destrozados, enredados en troncos de árboles. Cabezas. Brazos. Piernas. Torsos despedazados. Resultados apenas reconocibles pero inconfundibles de impactos directos de proyectiles de obús de 75 mm. Había rastros de sangre por todas partes, equipos rotos y un paisaje empapado de sangre. Unos pocos hombres heridos gemían. Otros tal vez se habían arrastrado hacia lo más profundo de la selva, ya fuera para reagruparse o para morir, Brian no lo sabía con seguridad. No le importaba.

Ninguno de sus hombres dijo nada. Unos pocos silbidos y la respiración agitada mientras atravesaban charcos de sangre. Ellos simplemente siguieron el ejemplo de Brian: sistemáticamente se acercaron a cada emplazamiento oculto y dispararon a todos los enemigos heridos. Dijo que no recordaba haber dado esa orden, pero debió de hacerlo. Luego había contado los muertos: más de setenta y ocho. Una victoria importante en algo que no había sido realmente una pelea. Sólo una masacre. Todos los hombres del pelotón habían comprendido que si hubieran hecho lo mismo que las otras veces que habían llegado a ese cultivo de arroz en particular, todos habrían muerto en la emboscada. Después de eso, nunca nadie más cuestionó los instintos de Brian. Eso era lo que le había dicho a su hermano.

El mando militar le concedió una medalla. Adrian pensó que no lo decía con orgullo, sino con tristeza. Su hermano estaba atrapado por su propia historia. Se preguntó si él podía decir eso acerca de sí mismo.

«Creo que puedes, Audie». Se dio la vuelta, pero sólo pudo escuchar a su hermano, no verlo.

Aceleró el paso. El Departamento de Psicología se encontraba en el campus, en uno de los modernos edificios de los años cincuenta. Era un espacio cuadrado de ladrillo y mortero, con amplias puertas en una fachada sin ninguna gracia, aunque cubierta de hiedra. A Adrian siempre le había gustado la idea de que fuera un edificio tan poco notable. Carecía de la relevancia del diseño que tenían la Escuela de Negocios o el Departamento de Química. Pensaba que la ventaja de un lugar tan anodino era que daba rienda suelta a las ideas que se desarrollaban en su interior. Escondía —en vez de pregonarla— su inteligencia.

Adrian subió las escaleras hasta el tercer piso. Se recordó a sí mismo que se dirigía a la oficina 302, y sus labios se movían mientras repetía el nombre de la persona a la que tenía que ver. Era un viejo amigo y colega, pero él no quería dar ninguna muestra de su enfermedad en los pasillos de su departamento. *Mantén todo en orden*, se dijo. *Todos los detalles*. Llamó a la puerta y luego la abrió.

—¿Roger? —dijo, y entró.

Un hombre flaco, desgarbado, calvo y con la altura de un jugador de baloncesto estaba inclinado delante de la pantalla de un ordenador; una atractiva joven de mirada nerviosa estaba sentada cerca de él. La oficina estaba llena de libros amontonados en estanterías de acero negro. También había una gran cantidad de carteles de «Se busca» distribuidos por el FBI, lo que hacía que esa pared pareciera una oficina de correos. Al otro lado había un póster enmarcado de la película *El silencio de los corderos* y firmado con rotulador negro por el director y el guionista.

—¡Adrian! El famoso profesor Thomas. ¡Entra! ¡Adelante! —El profesor Roger Parsons abandonó su asiento y apretó la mano de Adrian saludándolo.

—No quiero interrumpir una reunión con tu alumna...

—No, no, en absoluto. La señorita Lewis y yo estábamos revisando su trabajo de mitad de curso, que es excelente...

Adrian le dio la mano a la joven.

123

—Me preguntaba, Roger, si podría recurrir un poco a tu experiencia…

—¡Por supuesto! Dios mío, hace meses que no se te ve por aquí… y ahora este inesperado placer. ¿Cómo te va? ¿En qué puedo ayudarte?

—¿Quiere que me vaya, profesor? —intervino la estudiante. Roger Parsons miró a Adrian en busca de una respuesta. Adrian se alegró porque así no tendría que responder a la primera de las preguntas de su viejo amigo.

—¿Acaso la joven señorita Lewis sabe algo acerca de patrones inusuales de comportamiento criminal?

—De hecho sabe mucho —replicó animadamente Roger Parsons.

—Entonces debe quedarse.

La joven se revolvió en su asiento un poco desconcertada, pero claramente encantada de que le pidieran que se quedara. Adrian se preguntó si ella sabría quién era él, pero su ex colega le dio de inmediato esa información.

—Es un profesor muy distinguido…, una referencia para todos nosotros… De hecho se ha bautizado con su nombre la sala de profesores —explicó—. Y nos honra que haya venido a visitarnos, incluso con una o dos preguntas.

—Me gustaría saber más sobre psicología anormal —se excusó Adrian.

—Bueno, creo que te subestimas, profesor. Pero lo que no sepas, estaré encantado de explicártelo —replicó Roger—. ¿Y cuál es tu pregunta?

—Parejas criminales —dijo Adrian en voz baja—. Asociaciones de hombres y mujeres…

Roger asintió con la cabeza.

—Ah…, fascinante. Hay varios perfiles característicos diferentes. ¿De qué tipo de delito estamos hablando?

—Un secuestro al azar. Un rapto de alguien desconocido en la calle de un barrio.

Las cejas de Roger Parsons se curvaron hacia arriba.

—Muy inusual. Muy raro. ¿Y el propósito de este secuestro?

—Incierto por el momento.

—¿Dinero? ¿Sexo? ¿Perversión?

—No lo sé. Todavía no.

—Probablemente los tres. Y más —se explayó Parsons, reflexionando en voz alta—. Ciertamente, nada bueno, probablemente todo lo contrario. —Adrian asintió con la cabeza, y su ex colega pasó inmediatamente al tono de profesor universitario—: Eso lo hace mucho más difícil. Con mucha frecuencia, lo que sabemos sobre este tipo de delincuentes es lo que conseguimos después de que han sido descubiertos. Es como encajar las piezas del rompecabezas psicológico de manera retroactiva. Todo tiene sentido después.

—No puedo hacer eso ahora. Tengo que avanzar con pequeños trozos de información.

Roger Parsons estiró sus largas piernas y se puso a pensar.

—¿Se trata de alguien a quien conoces…? No se trata sólo de una investigación académica, ¿verdad?

—No exactamente. La misma respuesta a la segunda pregunta. Se trata de una persona joven con la que tuve un breve contacto. Estoy tratando de ayudar a unos vecinos. —Adrian vaciló, y luego añadió—: Tu discreción es importante. Y la suya también —dijo mirando a la joven, que parecía un poco asustada por el giro que estaba tomando la conversación—. Es un delito que parece… —Adrian volvió a vacilar—… estar desarrollándose. No puedo decir exactamente cómo.

—La secuestrada…, ¿qué sabes de ella?

—Joven. Adolescente. Con muchos problemas. Muy inteligente. Muy atractiva.

—¿Y la policía…?

—Está tratando de revisarlo todo. Son tremendamente minuciosos buscando pruebas, lo cual no sé si va a ser una gran ayuda.

Roger volvió a asentir.

—Sí. Tienes razón en ese aspecto. Los hechos podrían resolver un crimen cuando hay un cuerpo. Pero éste no es el caso, ¿verdad?

—Todavía no.

—Bien. ¿Y estás absolutamente seguro de que fueron un hombre y una mujer desconocidos quienes la secuestraron, y no necesariamente personas que la conocían?

—Sí. Seguro. O tan seguro como lo puedo estar.

El profesor más joven pensó de nuevo.

—¿Quieres que especule? Eso es lo que sería, pura especulación... —Adrian no respondió. Sabía que no era necesario—. Bueno, tiene que ver con sexo, por supuesto, muy probablemente. Pero se trata también de control. La pareja probablemente obtendrá placer erótico teniéndola como esclava. Alimentarán su propia excitación con el placer que obtiene el otro. Son muchos los factores posibles. Voy a necesitar mucha más información para poder darte un perfil más preciso...

—No tengo mucho más. No todavía.

Roger siguió pensando profundamente.

—Bueno, una cosa, Adrian..., y no me tomes demasiado al pie de la letra..., pero creo que yo, si estuviera en tu lugar, me concentraría en el propósito, tratando de dar sentido a una situación como la que describes.

Adrian se encontró mirando a la galería de criminales de los carteles de «Se busca» del FBI que estabam colgados en la pared. Por un momento, pensó que le estaban hablando, como un coro griego, antes de darse cuenta de que era el profesor Parsons quien seguía diciendo:

—Bueno, ¿cómo es que la víctima genera sentimientos de grandeza, importancia y sensación de poder en la pareja criminal? Más allá del juego sexual, ¿qué es lo que esperan ganar...? Porque algo debe de haber. Puede que esté oculto, puede que no. Poder. Control. Muchos factores psicológicos en este tipo de delito. Ninguno de ellos, por desgracia, es muy agradable.

—¿Y cómo tratará la policía de hallar la solución…?

Roger sacudió la cabeza.

—Es poco probable que lo hagan. Por lo menos no hasta que se encuentre un cuerpo. Sin embargo, en el caso de los seguidores del mormón con varias esposas el niño logró escapar. Sólo que por lo general eso no ocurre. Escapar es muy difícil para este tipo de rehenes. Desde la comodidad de nuestros hogares nos gusta pensar: *Bueno, ¿por qué no escaparon y llamaron a la policía?*, pero eso requiere pasos psicológicos que son muy difíciles de dar. No, no es nada fácil…

—Así que la policía…

Parsons agitó su brazo en el aire como si atrapara una pelota que hubiera rebotado en el vidrio.

—Cuando finalmente tienen un cuerpo, vivo o muerto, entonces pueden comenzar a investigar hacia atrás. Tal vez. Probablemente no. En ambas situaciones, no me permitiría esperar un resultado satisfactorio.

Adrian asintió con la cabeza. *Hay algo más*. Oyó la voz de su hermano que resonaba en su oído.

—Hay algo más —dijo Roger Parsons en voz baja, como si el muerto también le hubiera hablado a él. Adrian esperó una respuesta—. Hay un reloj funcionando en este tipo de crímenes.

—¿Un reloj?

—Sí. Mientras la víctima esté proporcionando emoción, excitación, pasión, lo que sea, es excepcionalmente valiosa para la pareja. Pero en cuanto eso cesa, o se cansan de ella, o bien agotan el fondo de estímulo que ella trae, entonces ya no vale nada. Y será descartada.

—¿Liberada?

—No. No necesariamente. —Hubo un silencio momentáneo, mientras los dos profesores meditaban las circunstancias expuestas. En este breve momento, ambos oyeron a la joven estudiante inhalar con fuerza, como si una brisa fría hubiera entrado en la pequeña oficina. Se volvieron hacia la señorita Lewis.

Tenía la cabeza agachada, como si sintiera timidez por lo que iba a decir, y sus mejillas habían enrojecido, casi como si tuviera vergüenza por la idea que le había venido a la mente. Su voz era suave y vacilante.

—Ian Brady y Myra Hindley —dijo—. En 1966. Inglaterra. Los asesinatos de Moors.

Roger Parsons aplaudió con entusiasmo.

—Sí —confirmó. Su voz llenó súbitamente la pequeña oficina—. Por supuesto, señorita Lewis. Bravo. Una espléndida observación. Adrian, podrías comenzar por ahí.

La estudiante logró esbozar una sonrisa al oír la alabanza de su profesor, aunque Adrian pensó que debía de ser duro, en cierto modo, conocer los nombres y los actos depravados de célebres asesinos en serie a tan tierna edad.

Capítulo
14

El joven pasó apresuradamente por la librería *Negra y Criminal*, cerca de una de las principales arterias de Barcelona. *Un autor de novelas policiales estaba leyendo fragmentos de una de sus obras en un recinto abarrotado de público. Se sintió tentado de quedarse a escuchar la charla. Pero había sido un día terrible en la agencia de viajes donde trabajaba...*, sólo quejas indignadas y cada vez menos negocios. Estaba cansado, frustrado después de intentar solucionar un problema tras otro sin que ninguna de sus intervenciones hubiera tenido éxito y lo único que quería para el resto de la jornada era estar solo con la Número 4.

Estaba tan dedicado a ella como lo había estado a sus antecesoras. Tal vez, pensaba, todavía más. Se preguntaba cómo era que había podido enamorarse tan rápidamente de una imagen que le llegaba a través del ordenador. Durante los primeros días de la nueva serie, se había encontrado con que fantaseaba con ella, tratando de imaginar lo que estaba haciendo, lo que estaba pensando, qué le iba a ocurrir ese día. Sentado en la mesa de su pequeña oficina, se había resistido a la tentación de entrar en whatcomesnext.com y seguirlo hora por hora; sus jefes no aprobaban el uso «personal» de los ordenadores Dell de la empresa, lo cual no impedía que algunos de sus compañeros de trabajo se permitieran juegos on line y ocasionales visitas a webs pornos cuando los supervisores no estaban atentos. Pero lo más importante era que no había nadie de los que trabajaban cerca de él con quien quisiera compartir a la Número 4. No quería que ninguno de ellos —los odiaba a todos— supiera de su existencia.

De modo que atravesó rápidamente la noche que se acercaba, ignorando a la gente que llenaba los cafés, que paseaba por las amplias calles, que se encontraba en las esquinas para hablar de los más recientes chanchullos de un club de fútbol, para quejarse de los políticos. Debió haberse detenido para comer algo —habían pasado horas desde su última comida— pero no tenía hambre. Podía sentir la urgencia en cada paso que daba, casi como si regresar a la soledad de su modesto apartamento fuera una emergencia.

Se dijo a sí mismo que tenía que ponerse al día. En realidad no importaba si no había pasado nada. Para el joven en aquella calle de Barcelona, hasta el menor movimiento de la Número 4 era algo asombroso. Se sentía un poco como si estuviera en el centro de la primera fila de una función de teatro, y una vez que las luces se apagaban y los artistas entraban al escenario, le resultaba imposible retirarse.

Cuando llegó al edificio tuvo un raro recuerdo: su propia madre sentada pacientemente junto al lecho de su abuelo moribundo, con las cuentas del rosario en la mano, murmurando plegarias una y otra vez durante horas y horas, día tras día. Él era un niño de no más de nueve años, y una de sus tías le había llevado a aquella habitación oscura y silenciosa. Recordó que ella lo empujaba con la mano con firmeza por la espalda, dirigiéndolo a un lateral de la cama. Recordó la respiración lenta, ronca y la piel que parecía translúcida cuando su abuelo alzó su mano a la luz y le dio su bendición.

Fue su primera experiencia con la muerte, y había creído que los avemarías y los perfectos actos de contrición que su madre había repetido con voz monótona y baja habían sido *por el anciano moribundo a quien él llamaba «abuelo». Pero en ese momento, después de tantos años, los comprendía de otra manera. Todas las plegarias habían sido por los vivos.*

La Número 4 necesitaba plegarias, pensó. Necesitaba que él dijera: «Padre nuestro que estás en el Cielo...» y lo repitiera muchas veces mientras la observaba en la pantalla del ordenador.

Tal vez esas palabras sirvieran de consuelo para ambos.

* * *

Aun en la oscuridad que constituía su mundo, Jennifer iba construyendo una imagen azarosa del lugar donde se encontraba. Sabía que estaba en una especie de habitación o sótano en el subsuelo y suponía que la mantenían con vida por alguna razón. Sabía que nada en sus dieciséis años de vida la había preparado para lo que le estaba ocurriendo. Entonces tuvo la esperanza de estar equivocada.

Entrelazó los dedos sobre su regazo; luego, con la misma lentitud, los separó y apretó los puños. Cuando se aferraba a lo real —la cama, la cadena y el collar en el cuello, el inodoro portátil—, se sentía capaz de dibujar en su cabeza una imagen deforme de su entorno. Pero cuando permitía que su imaginación analizara lo que le estaba ocurriendo, el miedo la vencía. Estaba constantemente al borde de deshacerse en lágrimas, o incluso de desmayarse de terror. Pasaba como rebotando de lo racional al sufrimiento.

Interiormente se repetía: *Todavía estoy viva. Todavía estoy viva.* Cuando tenía esos momentos de serenidad, se esforzaba por agudizar el oído y su sentido del olfato. El tacto, suponía, era limitado, pero al final podría aportar algo.

Estaba sentada en el borde de la cama. Debajo de los dedos del pie podía sentir el cemento frío del suelo. Su estómago gruñía de hambre, pero no sabía si realmente podría comer. Estaba otra vez muy sedienta, pero no estaba segura de tener la suficiente valentía como para probar otro vaso de agua, aunque se lo ofrecieran. La habitación estaba en silencio, salvo por su respiración.

Se dijo que en realidad había dos habitaciones. La habitación negra dentro de la máscara y la habitación en la que estaba encerrada. Sabía que tenía que aprender todo lo que pudiera de cada una de ellas. Si no lo hacía, si simplemente esperaba a que las cosas le ocurrieran, no le quedaría nada más que la desesperación.

Y esperar el fin, cualquiera que fuera.

Jennifer luchaba contra el pánico cada segundo de vigilia. Se decía a sí misma que no le hacía bien pensar en lo que había ocurrido, aparte del intento de formarse una imagen mental de las dos personas que la habían secuestrado en la calle de su barrio. Pero cuando se imaginaba caminando en la penumbra del atardecer de primavera, por una acera que conocía desde que era un bebé, se hundía en una oscuridad más profunda que la que creaba su capucha. Había sido arrancada de todo lo que conocía, y hasta el más leve recuerdo del lugar de donde venía hacía que su corazón casi se detuviera. Se sentía mareada, pero no dejaba de insistirse a sí misma que debía concentrarse. Era precisamente de eso de lo que sus profesores, en el instituto que tanto odiaba, se habían quejado: *Jennifer, tienes que concentrarte en la materia. Serías muy buena estudiante con sólo que te...*

Está bien, dijo como si respondiera a esas críticas. *Ahora me concentraré.*

De modo que permaneció sentada sin moverse y lo intentó. Los ojos del hombre. La gorra de la mujer echada hacia delante. *¿Qué altura tenían? ¿Cómo estaban vestidos?* Respiró hondo y fue como si todavía pudiera sentir el olor del hombre y ella estuviera aprisionada sobre el suelo de la furgoneta, sin poder respirar, aplastada por él y su fuerza. De pronto, no pudo evitar frotarse la piel, tratando de quitarse la impresión de que algo la había marcado. Le picaba y se rascó los brazos, como si alguna hiedra venenosa la cubriera. Pero cuando notó que tenía ronchas que estaban sangrando, se obligó a detenerse, lo cual requirió más fuerza de la que creía que tenía.

Muy bien. La mujer... Su inexpresiva voz había sonado aterradora. La mujer había entrado en la habitación del sótano para hablar de reglas, pero sin decir cómo había que obedecerlas. Jennifer trató de recordar cada palabra que la mujer le había dicho, pero la droga, que la había hecho desmayarse, hacía que todo se perdiera en una neblina.

Estaba segura de que sí había ocurrido. Estaba segura de que la mujer se había estado moviendo por encima de ella, de que le había dado de beber, de que le había dicho que obedeciera. Todo esto había tenido lugar. No era un sueño ni una pesadilla. No iba a despertarse de pronto en su cama en medio de la noche para escuchar los sonidos de las relaciones sexuales furtivas de su madre y Scott a través de las delgadas paredes. Recordó cuánto odiaba estar ahí en esos momentos y cuánto anhelaba estar otra vez allí ahora. Jennifer se sentía como si estuviera atrapada en medio de un sueño; lo discutió consigo misma, y por primera vez se preguntó si ya estaba muerta.

Jennifer se balanceó un poco. *Estoy muerta*, se dijo. *Esto debe de ser muy parecido a la muerte. No hay Cielo. No hay ángeles ni trompetas, ni puertas doradas que se alzan por encima de enormes nubes. Sólo existe esto.*

Contuvo con fuerza la respiración. *No. No.* Podía sentir el dolor donde se había rascado. Eso quería decir que estaba viva. Pero cómo de viva era una pregunta sin respuesta y cuánto tiempo era una pregunta imposible de responder.

Todavía sentada, cambió de posición y trató de recordar exactamente lo que había dicho la mujer, como si en las palabras hubiera alguna pista que pudiera decirle algo importante. Pero cada frase, cada tono, cada orden, todo parecía distante y débil y se descubrió alargando la mano, como si pudiera agarrar una palabra en el aire delante de ella.

Obedece... y seguirás con vida. Eso era lo que la mujer había dicho. Si no se oponía a nada de lo que ocurriera, Jennifer podía seguir con vida. *¿Obedecer qué? ¿Hacer qué?* Su imposibilidad de recordar qué era lo que se suponía que debía hacer le hizo contener el aliento y un solo sollozo atravesó con fuerza sus labios, brotando repentinamente en su interior para estallar más allá de cualquier control que pudiera haber ejercido.

Esta idea la aterrorizó y se estremeció profundamente.

Jennifer luchaba dentro de sí misma. Una parte de ella quería hundirse en una montaña de desesperación, y simplemente entregarse a la atrocidad de su situación —*sea lo que sea*—, pero luchaba con fuerza contra este deseo. No sabía qué sentido tenía esa pelea, pero se dijo que el hecho de luchar servía para recordarle que todavía estaba viva y por lo tanto probablemente era bueno. Pero contra qué iba a pelear era algo que escapaba a su conocimiento.

Soy la Número 4. Han hecho esto antes. Deseaba haber sabido más sobre las prisiones y cómo conseguía la gente aguantar dentro de ellas. Sabía que algunas personas habían sobrevivido a secuestros durante meses, incluso años, antes de escapar. Algunas personas se perdían en la selva, quedaban abandonadas en las cumbres de las montañas, naufragaban en el mar. *Algunas personas pueden sobrevivir,* se repetía. *Lo sé. Es verdad. Es posible.* Este pensamiento le permitió calmar el deseo casi abrumador de hacerse un ovillo sobre la cama y esperar cualquier cosa terrible que fuera a suceder.

Entonces se dijo a sí misma: *Te encontrabas en una prisión y por eso estabas escapando. Pudiste hacer eso. Así que... tú sabes más de lo que crees saber.*

Se movió en el borde de la cama. *El inodoro. Si simplemente fueran a matarme ahora mismo, no habrían traído el inodoro.* Jennifer sonrió. Pensó que debía medir constantemente todo lo que realmente pudiera tocar, escuchar u oler. El inodoro estaba a seis pasos de la cama. Cuando se sentó en él, la cadena alrededor de su cuello se tensó, de modo que ése era un límite. Todavía no había buscado en la otra dirección, pero sabía que tendría que hacerlo. Imaginó que la cama era el centro de la habitación. Como el compás de un dibujante, podía recorrer una distancia fija en un semicírculo.

Prestó gran atención a todo, levantando un poco la cabeza como un animal en el bosque que encuentra un olor, un ruido que avisa a los instintos más profundos que estén alerta. Contuvo la respiración para que cualquier sonido fuera claro.

Nada.

—¿Hola? —llamó en voz alta. La capucha amortiguó su voz, pero de todos modos se proyectó lo suficiente como para que cualquiera que hubiera entrado pudiera escucharla—. ¿Hay alguien ahí?

Nada. Exhaló un poco y se puso de pie. Como antes, extendió las manos hacia delante, pero esta vez concentró en contar los pasos que daba. *Desde los talones hasta los dedos del pie,* pensó, *¿cuántos pasos de Jennifer son cada distancia?*

Con las manos apretadas contra la pared, se dirigió hacia el inodoro. *Uno. Dos. Tres...* Contó quince pasos de Jennifer antes de tocar el asiento con la rodilla, e hizo un cálculo rápido: *entre dos metros y dos metros y medio.* Se agachó y pasó los dedos sobre la superficie. Como esperaba, sintió que la cadena se tensaba al inclinarse hacia delante. *Muy bien,* siguió pensando. *Ahora muévete lentamente.*

Jennifer dio un paso y de pronto sintió miedo. Había una cierta seguridad cuando sentía la pared debajo de las palmas de sus manos, como si eso la ayudara a mantener el equilibrio. El hecho de apartarse la ponía en un vacío, ciega, atada solamente por la cadena alrededor de su cuello. Inspiró y se obligó a apartarse de la solidez de la pared y la nueva confianza que le daba el inodoro. Esto parecía importante. Era lo que cualquiera debería hacer. Y concentrarse en las distancias le daba la sensación de que estaba tratando de ayudarse. Suponía que iba a tener que hacer más después. Pero por lo menos esto era un principio.

*   *   *

Michael y Linda estaban tumbados desnudos en la cama de arriba, todavía sudorosos después de haber copulado, brillantes de excitación. Había un ordenador portátil sobre la colcha delante de ellos y observaban atentamente la pequeña pantalla. El ordenador era un Mac de última generación. Tenía una conexión inalámbrica al estudio principal, que estaba en una habitación adyacente.

Su habitación tenía una cama de matrimonio con las sábanas manchadas y enroscadas por la pasión. Un par de maletas robustas y algunos bolsos de lona desparramados sobre el suelo, que estaban llenos de ropa. Una simple bombilla desnuda cologada de sus cabezas iluminaba la habitación, que, al estilo monástico, estaba vacía de muebles salvo por una sola mesa de madera pulida en un rincón. Sobre ella había gran variedad de armas de mano: dos revólveres Magnum 357 y tres armas semiautomáticas de nueve milímetros. Junto a ellas había una escopeta del calibre 12 y se distinguía la conocida forma de una AK-47. Se veían cajas de balas y cargadores con municiones de repuesto desparramadas por ahí. Había suficiente armamento como para equipar a media docena de personas.

—Envíales a todos una señal sonora de advertencia —pidió Linda. Se inclinó sobre la pantalla, estudiando la imagen mientras Jennifer se alejaba tambaleándose de la pared junto al inodoro portátil—. Esto es realmente magnífico —añadió Linda con admiración.

Michael no estaba mirando a Jennifer. Se concentraba, en cambio, en la curva de la espalda de Linda. Pasó un dedo a lo largo de la columna, desde el trasero hasta la parte superior de la espina dorsal, para luego rodear los hombros, echándole el pelo a un lado y besándole la nuca. Linda casi ronroneó cuando le recordó:

—No te olvides de los clientes, que pagan…

—Tal vez puedan esperar unos segundos —replicó él. Luego le pasó la lengua por la oreja.

Linda dejó escapar una risita tonta y se movió para sentarse con las piernas cruzadas sobre la cama. Cogió el ordenador y con gesto teatral se lo puso entre las piernas, ocultando así su sexo. Luego se inclinó ligeramente sobre la tapa, haciendo bailar sus pechos descubiertos por encima de la pantalla.

—Aquí —dijo con una gran sonrisa—. Tal vez si hago esto… prestarás más atención a nuestro trabajo.

Michael asintió con la cabeza y se rió.

—De ninguna manera —replicó.

Tocó una serie de teclas, que enviaron un ligero ruido electrónico a todos los abonados de whatcomesnext.com. El aviso —había una selección de las canciones, sonidos y alertas que los abonados podían elegir descargarse— indicaba que la Número 4 estaba despierta y haciendo algo. Michael supuso que había una gran cantidad de conexiones a la Número 4; algunas personas estarían observando sin quitarle ojo, minuto a minuto. Otras podrían querer señales para saber cuándo debían prestar atención. Quería complacer a los interesados de todo tipo. Muchas personas habían aprovechado el servicio adicional que ofrecía, por el que la señal de advertencia era enviada a su número de teléfono móvil privado.

—Listo —aseguró con una gran sonrisa—. Ya lo saben todos. ¿Ahora recibo una recompensa?

—Luego —respondió Linda—. Tenemos que ver qué hace ella ahora. —Michael hizo un gesto como si estuviera a punto de empezar a llorar, y Linda se rió otra vez—. No tardará mucho —lo consoló.

Michael regresó a la pantalla y miró a Jennifer durante unos momentos.

—¿Crees que lo encontrará? —preguntó Michael.

—Lo he puesto donde pueda alcanzarlo, si sobrepasa el límite.

—Supongo que depende de qué clase de exploradora sea —comentó Michael, y Linda asintió con la cabeza.

—Detesto cuando simplemente se quedan sentadas —dijo Linda—. La Número 3 me sacaba de mis casillas todo el tiempo...

Michael no respondió a esto. Sabía muy bien cuánto se había enfadado Linda con algunos de los comportamientos de la Número 3, lo que había llevado a cambios inesperados en el desarrollo del espectáculo.

—Voy a girar la cámara de arriba para asegurarnos de que todos puedan ver que está ahí.

Linda asintió con la cabeza.

—Pero gira lentamente... porque no se darán cuenta al principio. Lo puse así para que no sea fácil darse cuenta de lo que ocurre a menos que uno se esfuerce mucho en verlo. Pero entonces, cuando lo descubran... —No necesitó terminar lo que estaba diciendo.

Michael se tumbó y suspiró.

—Debo ir a la otra habitación. A jugar con los ángulos de la cámara.

Linda dejó el ordenador portátil a un lado. Fue el turno de ella de estirar la mano y pasarle a él las uñas por el pecho. Luego se inclinó hacia delante y le besó el muslo.

—Trabaja primero, juega después —le recomendó.

—Eres insaciable —respondió él—. Lo cual me gusta.

Linda se puso las manos encima de su cabeza, y se echó provocativamente hacia atrás. Él se inclinó hacia delante y la besó.

—Tentador —confirmó él.

—Pero primero el trabajo —insistió ella, cerrando lentamente las piernas hasta juntarlas.

Se rió. Ambos se arrastraron fuera de la cama y se dirigieron descalzos escaleras abajo hacia el comedor, como niños en la mañana de Navidad. Allí era donde Michael había instalado el estudio principal. Al igual que en las otras habitaciones de la granja alquilada, había pocos muebles. Lo que dominaba aquel espacio era una mesa larga con tres grandes monitores de ordenador. Los cables serpenteaban por el suelo y desaparecían a través de agujeros perforados en las paredes. Había sistemas de altavoces y diversas palancas, junto con teclados, una consola de edición y una placa de sonido. Al otro lado de la ventana había una antena convexa portátil. La habitación tenía el aspecto de una operación militar o de un decorado de cine: mucho equipo costoso, cada cosa con su función específica, todas manejadas cómodamente desde un par de sillones de oficina negros ubicados delante del ordenador principal.

La habitación estaba fresca y Linda cogió del pasillo para cubrir su desnudez un par de abrigos L. L. Bean, iguales, de piel artificial. Se puso uno y echó el otro sobre los hombros de Michael mientras éste se inclinaba sobre la pantalla. Miró fuera, hacia la noche, más allá de la ventana. No se podía ver nada, salvo un oscuro aislamiento, que era, por lo menos en parte, la razón por la que habían alquilado esa granja en particular.

—¿Crees que la Número 4 sabe siquiera qué hora es? —preguntó ella.

—No. —Michael pensó, y luego añadió—: ¿Eso quiere decir que tenemos que asegurarnos de ayudarla? Tú sabes…

Linda lo interrumpió:

—Dándole un desayuno por la mañana o algo que sea evidentemente la cena por la noche. Hay que mezclar las comidas todo el tiempo…, hay que darle tres tazones de cereales y después unas hamburguesas. Eso ayudará a mantenerla desorientada.

—Desorientada…, eso es bueno —confirmó Michael. Sonrió. Hablar de las maneras en que la Número 4 podía ser manipulada no era solamente una parte del juego que él disfrutaba, sino que también excitaba a Linda, lo que hacía que sus propias relaciones sexuales fueran más desenfrenadas y fogosas. El sexo era una de las maneras en que medían la duración de cada *Serie*. Cuando sus propias pasiones empezaban a apaciguarse, ése era el momento en que él sabía que había que terminar con todo.

Cogió una palanca marcada con una cinta blanca que decía: «Cámara 3» y la movió ligeramente. En la pantalla de uno de los monitores, el ángulo cambió, revelando un objeto colocado cerca de la cama, al otro lado del inodoro. Movió la palanca hacia delante, para verlo más de cerca.

Linda estaba a su lado, trabajando rápidamente en un teclado. Sus uñas hacían ruido. En el monitor principal, el que mostraba lo que estaban viendo los abonados, apareció lo que Linda escribía en letras rojas superpuestas a la imagen de Jennifer, que se movía cautelosamente, con las manos extendidas.

«Hay algo que la Número 4 debe encontrar. ¿Qué es?».

Michael dirigió la cámara 3 a un pequeño y deforme montoncito sobre el suelo de cemento. Estaba justo al borde de donde llegaba la cadena. Linda continuó en el teclado:

«¿Debe la Número 4 conservarlo?».

Michael se rió.

—Sigue, sigue —susurró.

«¿Debemos quitárselo?».

Linda escribía furiosamente en el teclado.

—Pregúntales ahora —sugirió Michael. Un cuadrado apareció en la pantalla cuando Linda golpeó ciertas teclas.

La palabra «Conservar» aparecía en un cuadrado donde se podía marcar una respuesta.

«No conservar» estaba acompañada por otro cuadrado igual.

Linda escribió una pregunta más: «¿Ayudará a la Número 4 o le hará daño?», luego se retiró a un lado.

Un contador electrónico estaba sumando números en una pantalla diferente.

—Parecen estar divididos —observó ella, mientras los números crecían en varias columnas y las respuestas llenaban la fila de comentarios—. No saben si la va a ayudar o a hacer daño. —Linda sonrió otra vez—. Sabía que era una buena idea —se congratuló—. Son muchos los que están votando. Supongo que están más que fascinados.

Observaban mientras Jennifer se dirigía lentamente hacia la cámara. Sus manos estaban extendidas delante de ella, los dedos estirados hacia delante, sin tocar nada salvo el aire. Su imagen se hizo cada vez más grande en la pantalla. Sus manos parecían estar a sólo unos pocos centímetros. Entonces se detuvo. Había llegado al límite de la cadena, con las puntas de los dedos casi tocando la cámara principal.

—Les encantará eso… —susurró Linda.

La cámara exploró el cuerpo de Jennifer, se quedó sobre sus pechos pequeños y luego la recorrió hacia abajo, enfocando a su entrepierna. Su ropa interior era provocadora. Linda imaginó que alrededor del mundo había espectadores estirando la mano hacia la Número 4, deseando tocarla a través de las pantallas de sus ordenadores. Michael supo instintivamente que eso era lo que estaba ocurriendo y manipuló las cámaras con mano experta para crear una danza con las imágenes. Fue majestuoso, como un vals.

Jennifer retrocedió y se movió un poco a la izquierda.

—Ah, ahí tiene alguna posibilidad… —comentó Linda. Echó un vistazo a los contadores, que aumentaban rápidamente—. Creo que lo alcanzará.

Michael negó con la cabeza.

—De ninguna manera. Está en el suelo. A menos que lo toque con el pie… No está pensando completamente de manera vertical. Tiene que subir y bajar, como si estuviera montada en el caballito de un tiovivo. Es la única forma en que puede realmente explorar el espacio.

—Eres demasiado científico —señaló Linda—. Lo alcanzará.

—¿Quieres apostar?

Linda se rió.

—¿Qué quieres apostar? —lo desafió.

Michael se alejó del monitor un momento. Sonrió, como podría hacerlo cualquier amante.

—Lo que quieras —respondió.

—Pensaré en algo —replicó Linda. Puso su mano en la palanca, sobre el dorso de la de él, acariciándole los dedos. Aquello fue algo así como una promesa y Michael se estremeció de placer. Luego volvieron a ver si la Número 4 tenía éxito. O no.

* * *

Jennifer contaba cada paso en silencio. Se movía con cautela. La cama estaba detrás de ella, pero quería llegar hasta donde la cadena se lo permitiera, para de esa manera entender por lo menos los límites de su espacio. Conservaba las manos delante de ella, casi sin moverlas, pero no tocaba nada, salvo el espacio vacío.

Mantuvo una tensión constante sobre la cadena, tratando de imaginarse a sí misma como si fuera un perro atado, pero sin querer lanzarse sobre el límite, como haría un perro. Jennifer llegó a dieciocho en su cuenta cuando el dedo de su pie izquierdo tocó algo en el suelo. Fue algo repentino, inesperado y casi se cae.

Parecía algo suave, como peludo y con vida, lo que la hizo trastabillar hacia atrás. Su mente se llenó de imágenes. *¡Una rata!*

Quiso correr, pero no pudo. Quería saltar hacia atrás, hacia la cama, creyendo que eso la pondría a salvo. La dominó el pánico. Dio un paso y cayó en un absoluto estado de confusión. Ya no podía asegurar dónde estaba la pared ni la cama. Movió los brazos extendidos, dando puñetazos a la nada, y se dio cuenta de que había gritado una vez, tal vez dos, y en ese momento, dentro de la capucha, tenía la boca muy abierta. Todas las cuentas que había hecho desaparecieron. La oscuridad dentro de la capucha parecía más negra, más limitadora, y gritó con toda la fuerza que puedo:

—¡Vete!

El sonido de su voz pareció resonar en la habitación, hasta que fue reemplazado por la adrenalina que bombeaba en sus oídos como el rugido de un río desbordado. El corazón palpitaba dentro su pecho, y podía sentir que su cuerpo entero se estremecía. Tocó la cadena… Pensó que debía usarla como lo haría si le lanzara una cuerda a alguien que se está ahogando: regresaría a la cama recogiéndola con la mano poco a poco hasta llegar y entonces podría levantar los pies y evitar que eso, fuera lo que fuera, pudiera alcanzarla.

Empezó a hacerlo, pero pronto se detuvo. Escuchó con atención. No había ruido de pequeñas patas escapando. Jennifer respiró hondo nuevamente. Una vez, una familia de ratones se metió en las paredes de su casa, y su madre y Scott habían diligentemente puesto trampas y veneno por todos lados para eliminarlos. Pero lo que Jennifer recordó en ese momento fue el inconfundible ruido que hacían por la noche corriendo por los huecos detrás de las maderas de las paredes. Sin embargo, ahora no oía ningún ruido.

Su segundo pensamiento fue: *Está muerto. Sea lo que sea, está muerto.*

Se quedó paralizada en la posición en la que estaba, aguzando los oídos para percibir cualquier ruido. Pero sólo podía oír su pesada respiración. *¿Qué era?* Dejó de pensar en una rata, aun cuando estaba encerrada en un sótano.

Volvió a imaginar la sensación fugaz en el dedo del pie; se esforzó por formar una imagen en su mente, pero le resultó imposible. Jennifer volvió a respirar hondo. *Si te vuelves a la cama,* se dijo a sí misma, *te quedarás allí sentada, aterrorizada porque no sabes qué es.*

Sintió que era una decisión terrible. La incertidumbre, por un lado, o volver y tocar eso, para tratar de determinar qué podría ser. Se estremeció. Sus manos temblaban. Podía sentir los temblores que subían y bajaban por la espina dorsal. Sentía calor y frío a la vez, estaba sudando y al mismo tiempo helada. *Regresa. Descubre de qué se trata.* Tenía la boca y los labios más secos todavía, si eso era posible. La cabeza le daba vueltas con la decisión que debía tomar.

No soy valiente, pensó. *Soy casi una niña.* Pero pensó también que ya no había más lugar dentro de la capucha para ser una niña.

—Vamos, Jennifer —susurró hablándose a sí misma. Sabía que todo era una pesadilla. Si no volvía y descubría qué era lo que había tocado con el dedo del pie, la pesadilla se volvería cada vez peor.

Dio un paso. Luego un segundo paso. No sabía hasta dónde había retrocedido. Pero esta vez, en lugar de medir, estiró la pierna izquierda y la apuntó hacia fuera, moviéndola de un lado a otro como una bailarina de ballet, o como un nadador probando la temperatura del agua. Tenía miedo de lo que podía encontrar, pero también tenía miedo de que hubiera desaparecido. Algo muerto, algo inanimado era, por supuesto, preferible a algo vivo.

No sabía cuánto tiempo le había llevado localizar el objeto con el pie la vez anterior. Podrían haber sido segundos. Podría haber sido una hora. No sabía a qué velocidad estaba avanzando. Cuando el dedo del pie tocó el objeto, luchó contra el impulso de darle una patada. Reunió coraje y se obligó a arrodillarse. Sintió el cemento áspero contra sus rodillas. Extendió la mano hacia el objeto. Era pelo. Era sólido. No tenía vida.

Retiró las manos. No era una amenaza inmediata. Sintió el impulso de simplemente dejar eso donde estaba. Pero entonces, algo diferente, algo sorprendente, resonó en su interior, y extendió la mano otra vez. Esta vez dejó que sus dedos permanecieran sobre la superficie del objeto.

Envolvió con sus manos aquella forma y se la acercó. Pasó sus dedos por encima del objeto, como si estuviera leyendo Braille. *Un ligero desgarro. Un borde deshilachado.*

Apretó el objeto con fuerza contra el pecho y gimió en silencio al reconocerlo: *Señor Pielmarrón*.

Jennifer sollozó de manera incontrolada y acarició la superficie gastada del único objeto de su infancia que amaba tanto como para llevarlo consigo en su fuga del hogar.

Capítulo
15

Terri Collins pensó que debía atenerse a los hechos sin hacer especulaciones y mantener el tono profesional. Pero no tenía nada más que dudas. De regreso a su oficina, empezó por el vehículo que Adrian había descrito. Desafiaba la lógica habitual de un pueblo pequeño y parecía *demasiado* conveniente para Scott, que era del tipo de los que ven gigantescas conspiraciones gubernamentales o planes demoniacos en cualquier clase de acontecimientos rutinarios.

Le sorprendió la respuesta electrónica de la Policía del Estado de Massachusetts: un juego de matrículas que empezaba con las letras QE había sido robado de un sedán que se encontraba en el aparcamiento del Aeropuerto Internacional Logan casi tres semanas antes. Se inclinó hacia delante, sobre la pantalla, como si el hecho de acercarse sirviera para determinar el valor de esa información.

Había habido un retraso en la notificación del robo porque el ladrón se había preocupado de colocarle al sedán un juego diferente de matrículas. Ese segundo juego había sido robado un mes antes, en un centro comercial a cientos de kilómetros al oeste de Massachusetts. El hombre de negocios dueño del sedán probablemente no se habría dado cuenta de que su matrícula estaba cambiada —¿con qué frecuencia uno mira la matrícula de su propio coche?— si no hubiera sido detenido por conducir borracho. Lo embrollado de la situación —un robo denunciado en una parte del Estado, luego encontrado en un vehículo diferente conducido por un borracho prepotente y arrogante que, además de una serie de insultos lanzados contra el policía de tráfico que lo había detenido, no había podido dar ninguna explicación comprensible de dónde podrían estar sus matrículas— produjo un nudo de trámites burocráticos en el Departamento de Vehículos Motorizados.

Alguien estaba tomando precauciones.

—Bien —dijo—, eso ya es algo. —Adrian había confundido el número y la tercera letra de la matrícula. El dato parecía correcto en esencia, pero Terri también pensaba que para un catedrático universitario de su categoría era fácil sacar conclusiones de un hecho y argumentarlas con lógica.

Amplió sus averiguaciones en las bases de datos de Massachusetts, New Hampshire, Rhode Island y Vermont, buscando alguna furgoneta robada recientemente. Si alguien estaba involucrado en este secuestro al azar y se había tomado el trabajo de robar dos juegos diferentes de matrículas, dudaba que usara algo que no fuera un vehículo robado.

Encontró tres: una flamante furgoneta sustraída en el aparcamiento de un vendedor de automóviles en Boston, un cacharro de doce años robado de un cámping para remolques en New Hampshire y una furgoneta de tres años que se ajustaba a la descripción de Adrian, robada una semana antes en una agencia de alquiler de coches en Providence, en el centro de la ciudad.

Este último robo era interesante. Una gran flota. Veinte, tal vez treinta vehículos, todos con la misma configuración y apariencia básica, y todos estacionados en hileras en la parte de atrás de alguna deteriorada área urbana. Si la persona que se llevó la furgoneta no dejó señales obvias de su intrusión —una reja de tela metálica rota o un candado cortado con una cizalla—, la agencia de alquiler de coches podría haber tardado veinticuatro horas en hacer un inventario y darse cuenta de que faltaba algún vehículo. Y si los tipos que trabajaban en el lugar fueran menos eficientes, podría llevar más tiempo, pensó Terri.

Ninguno de los tres vehículos perdidos había sido recuperado, lo cual no era sorprendente. Había varios delitos que requerían sólo un uso de la camioneta robada: un rápido robo en una tienda de equipos electrónicos, un cargamento de marihuana trasladado a Boston... Era probable que nada más terminar el trabajo el vehículo fuera descartado, y ella lo sabía.

Amplió su búsqueda. Una anotación atrajo de inmediato su atención. El Departamento de Bomberos en Devens, Massachusetts, había informado de que fue llamado a una fábrica abandonada donde un vehículo de la misma marca y modelo que la furgoneta robada en Providence había sido incendiado. Se esperaba una confirmación. El vehículo sospechoso había quedado totalmente destruido por el fuego. No era el tipo de caso al que la policía le otorgara una prioridad alta, de modo que el investigador de seguros iba a dejar pasar algún tiempo antes de acercarse al depósito de vehículos accidentados cerca de Devens, revisar toda la sucia chatarra carbonizada hasta encontrar, en algún resto que hubiera sobrevivido al fuego, el número de serie grabado y luego comparar eso con el vehículo perdido. Sería entonces cuando sus jefes extenderían un cheque a la agencia de alquiler de coches.

Todo eso podría ir mucho más rápido —por supuesto— si Terri se ponía en contacto con la policía del Estado y les decía que la camioneta había sido usada en el secuestro de una menor. *Si es que de verdad se había cometido ese delito*.

Todavía no estaba convencida del todo, pero sí mucho más cerca de imaginar que algo fuera de lo normal ocurría. Se levantó de su escritorio para acercarse a un mapa colgado en la pared. Recorrió con el dedo las distancias de un sitio a otro.

Providence hasta la calle donde Jennifer desapareció, y de ahí a una parte vacía y olvidada de Devens. Un triángulo que abarca muchos kilómetros y también muchos caminos que atravesaban las zonas rurales del Estado. Si alguien hubiera querido viajar anónimamente, difícilmente podría haber escogido rutas más aisladas.

Volvió a su ordenador y presionó algunas teclas. Quería comprobar otro detalle, la fecha de la llamada al Departamento de Bomberos.

Observó la pantalla de su ordenador. Tuvo una sensación de vacío en el estómago, como si no hubiera comido ni hubiera dormido y acabara de correr una gran distancia. El Departamento de Bomberos había respondido a una llamada anónima al 911, el teléfono de emergencias, poco después de la medianoche, lo cual conducía al día después de que Jennifer desapareciera. Pero cuando llegaron, encontraron un vehículo ya quemado del que sólo quedaba una estructura carbonizada. Quienquiera que lo hubiera incendiado lo había hecho muchas veces antes.

Trató de hacer algunos cálculos en su cabeza. La llamada al servicio telefónico de emergencias. El agente encargado da una alarma que suena en los dormitorios de los voluntarios de la brigada de incendios. Se dirigen al cuartel de bomberos, se ponen la vestimenta adecuada y parten rumbo al lugar del incendio. *¿Cuánto tiempo llevaría todo esto?*

Terri se planteó las preguntas una tras otra. Así era como ella trabajaba: intentaba ver cada posible prueba desde dos perspectivas: la suya y la del delincuente. Cuando lograba meterse en la cabeza del malhechor, las respuestas venían a ella.

¿Alguien estaba al tanto de ese retraso? ¿Ésa es la razón por la que escogieron ese sitio en particular para incendiar el vehículo? Tal vez. Si yo quisiera deshacerme de un vehículo después de utilizarlo sólo una vez, no escogería un lugar al que los bomberos pudieran llegar antes de que las llamas hubieran hecho su trabajo.

En el informe del incidente, el teniente de bomberos había llamado la atención sobre ciertos *aceleradores del proceso*. Pensó que no quedaría ningún pelo, ninguna huella digital, ninguna fibra ni nada de ADN en esa camioneta. Atravesó la hacinada oficina hacia la muy usada y manchada máquina de café, que era una necesidad en cualquier oficina de detectives de la policía. Se sirvió una taza de café solo y luego hizo una mueca ante su sabor amargo. Normalmente le gustaba con dos cucharadas de azúcar y más de una de crema, pero aquel día no parecía adecuado para poner un sabor dulce en su boca.

Regresó a su mesa un momento después. Su bolso estaba colgado en el respaldo de su silla. Metió la mano, sacó una caja de cuero pequeña y la abrió. Dentro, protegidas por fundas de plástico, había media docena de fotografías de sus dos hijos. Miró detenidamente cada instantánea, tomándose su tiempo para reconstruir en su mente las circunstancias de cada fotografía. *Ésta fue una fiesta de cumpleaños. Ésta fue en las vacaciones que fuimos de campamento a Acadia. Ésta fue la primera nieve que calló hace dos inviernos.* A veces la ayudaba recordarse a sí misma por qué era una mujer policía.

Cogió la octavilla que había confeccionado para difundir la desaparición de Jennifer. Sabía que era un error unir el trabajo y sus emociones. Una de las primeras lecciones que uno aprendía mientras iba ascendiendo por el escalafón de la policía era que el hogar era el hogar y el trabajo era el trabajo, y cuando ambos mundos se mezclaban nada bueno podía esperarse, porque no se podían tomar las decisiones con la frialdad y la calma necesarias.

Miró la fotografía de Jennifer. Recordaba haber hablado con la adolescente después del segundo intento de fuga. Había sido infructuoso. A pesar de lo preocupada que estaba la joven, se veía que era inteligente y resuelta y, sobre todo, dura. Aunque había crecido en un pueblo lleno de pretenciosos y excéntricos, Jennifer había sido implacable.

Y no era una falsa y superficial dureza. No se trataba de actitudes adolescentes del tipo *Quiero un tatuaje* o *Qué genial que soy: le he dicho a mi maestra de Inglés en la cara que era una puta*, o *Fumo cigarrillos a espaldas de mis padres*. Terri creía que Jennifer se parecía mucho a como era ella a esa misma edad. Lo que ocurría era que Jennifer había reaccionado partiendo de las mismas emociones con las que Terri había salvado su vida cuando había huido de un hombre maltratador.

Terri suspiró profundamente. *Deberías alejarte de esto ahora mismo*, pensó. *Dale el caso a otro policía y aléjate, porque no vas a ver las cosas con claridad*. Eso estaba bien, pero estaba mal al mismo tiempo. De alguna manera no del todo definida, había llegado a pensar que Jennifer era su responsabilidad. No sabía por qué pensó eso, pero lo pensó, y no estaba dispuesta a pasarle el caso a otro y olvidarse del asunto.

Llena de ideas contradictorias acerca de lo que debía hacer, escribió un rápido correo electrónico a su jefe, con una copia al supervisor de turno: «Algunas pruebas que están siendo analizadas señalan que éste no es un caso rutinario de fuga. Se necesita investigación adicional. Es posible que se trate de un caso de secuestro. Le pondré al corriente con más detalle en cuanto reúna más información. Se necesita evaluación posterior».

Firmó el correo electrónico con su nombre, pero antes de enviarlo se lo pensó mejor. No quería alarmar al jefe, al menos no por el momento. También estaba preocupada por que alguna información pudiera filtrarse a la prensa local, pues si eso ocurría de inmediato los canales de televisión, periodistas y fanáticos de los blogs de crímenes se amontonarían frente a las oficinas de la policía exigiendo entrevistas y novedades, y les impedirían conseguir algo importante…, incluyendo la recuperación de Jennifer. *Si es que eso era posible*.

Pensó en todos los cartones de leche con publicidad, en los sitios web sobre niños perdidos y secuestrados, en los reportajes de televisión, los titulares de periódicos y en que nada de eso logra recuperarlos. Terri respiró hondo. *Generalmente, no. Pero a veces...* Se detuvo. No era bueno caer en especulaciones en un sentido u otro mientras no supiera con certeza a qué se estaba enfrentando.

Borró «Es posible que se trate de un caso de secuestro» del correo electrónico. Sabía que tenía que encontrar algo concreto. Sabía cuál sería la primera pregunta de su jefe: «¿Cómo puedes estar segura?».

Había mucho más que hacer en el ordenador. Tenía que tomar los pocos detalles de los que disponía y compararlos con otros delitos en busca de semejanzas. Tenía que hacer una revisión minuciosa de todos los delincuentes sexuales conocidos dentro del triángulo que había identificado. Tenía que ver si había algún informe de abusos sexuales no esclarecidos en la zona. ¿Había falsas alarmas? ¿Algún padre había llamado a las fuerzas de seguridad locales quejándose de que un hombre sospechoso recorría el vecindario? Terri sabía que se enfrentaba a mucho trabajo de investigación, que tenía que ser manejado de manera rápida y eficiente.

Porque si Jennifer había sido secuestrada, el reloj estaba funcionando. *Si es que tenía la suerte de que hubiera un reloj. Tal vez era sólo un caso de violación prolongada seguida de homicidio. Eso era lo que ocurría generalmente. Desaparecida, luego usada y por último muerta.* Trató de no pensar en eso. *Pero había habido dos personas en esa furgoneta. Eso fue lo que el anciano dijo que vio.* Eso sencillamente no tenía sentido para ella. Los hombres que cometían abusos sexuales trabajaban solos, tratando de crear en torno a sus deseos tanta oscuridad y niebla como pudieran.

Se movió un poco en su asiento. Tal vez en Europa o en América Latina había secuestros que formaban una parte organizada del comercio internacional del sexo, pero no en Estados Unidos, y menos aún en los pueblos universitarios de Nueva Inglaterra. ¿Qué opciones tenía?

Terri pensó en Mary Riggins y Scott West y supo que no serían de ninguna ayuda. Scott seguramente iba a complicar las cosas con más opiniones y exigencias de las que ya había planteado. Mary seguramente iba a caer en un estado de pánico mayor apenas escuchara la palabra «violador». Sólo quedaba un camino que seguir.

No sabía cuál era el problema con Adrian Thomas. Se parecía un poco a una luz que parpadea. Reprodujo en su mente sus impresiones sobre él: parecía distraído, como si estuviera desconectado de la habitación en la que estaba y de la historia que le contaban, como si estuviera en otro lugar. *Decididamente algo no le funciona bien,* pensó. *Tal vez simplemente está viejo y así es como nos vamos a ver todos algún día.* Mientras recogía sus cosas y decidía hacer una visita al profesor, pensó que ésa era una idea caritativa en la que en realidad no creía.

Capítulo
16

P ensó: *Fueron realmente terribles.*

Por supuesto, la palabra «terrible» apenas reflejaba lo que en efecto habían hecho. Ese término era aséptico. Adrian miró detenidamente las distintas fotografías de Myra Hindley e Ian Brady que adornaban la cubierta de la *Enciclopedia del crimen* que Roger Parsons le había prestado. Estaba tan fascinado como asustado. El libro contenía tantos detalles horrendos que se volvían insignificantes, casi rutinarios, al estar agrupados en un implacable volumen. *Esta víctima fue asesinada con un hacha. Los gritos de la víctima fueron grabados en cinta. Tomaron fotografías pornográficas. La niña fue abandonada en una tumba poco profunda en Moors.* Leer las descripciones era como atravesar un campo de batalla. Si uno ve un cuerpo muerto, es algo espantoso e impresionante, algo de lo cual resulta difícil apartar los ojos. Si uno ve cien, comienzan a no significar nada.

Como cualquier buen científico, Adrian se había sumergido en su tema. Estaba encantado de que esa capacidad de absorber mucho en corto tiempo todavía no lo hubiera abandonado, como tantas otras de sus capacidades intelectuales. Después de pasar gran parte de la noche y la mañana siguiente rodeado de libros y haciendo averiguaciones con el ordenador, Adrian sabía que podía hablar de manera inteligente sobre las curiosas conexiones en las asociaciones criminales formadas por un hombre y una mujer. *¿Qué es lo que el amor nos empuja a hacer?*, se preguntó. *¿Cosas maravillosas? ¿O cosas horribles?*

Al mismo tiempo esperaba que nadie llegara y le pidiera sumar seis más nueve o le preguntara cuál era el día de la semana, la semana del mes o el mes del año, o incluso en qué año estaba, porque dudaba de poder responder correctamente, aun cuando tuviera la ayuda invisible y sutil de alguien a quien había amado alguna vez y que ya estaba muerto. Los fantasmas, pensó Adrian, eran útiles, pero sólo hasta cierto punto. Todavía no estaba seguro de en qué medida la información que compartían podría resultar práctica.

Tenía todavía la suficiente inteligencia como para saber que toda alucinación provenía de la memoria, de la experiencia, de la proyección de algo que Cassie o Brian u otra persona podría haberle dicho alguna vez, o de lo que ellos podrían decir en ese momento si estuvieran con vida. Comprendía que todas esas cosas que parecían reales eran en realidad procesos químicos que reaccionaban entre sí dentro de sus propios lóbulos frontales, haciendo cortocircuitos y ruidos de fondo, pero de todas maneras parecía que estaban ayudando, que era todo lo que se les pedía.

Una voz interrumpió su ensoñación:

—¿Qué es lo que dicen?

Adrian miró al otro lado del despacho y vio a Cassie en la puerta. Parecía pálida, vieja, magullada. Había tristeza detrás de sus ojos, una mirada que él recordaba de los días anteriores a su accidente, cuando estaba distraída por la pena. La Cassie sexy, esbelta y seductora de sus primeros años juntos había desaparecido. Ésta era la mujer cansada y enferma que desesperadamente necesitaba que le llegara la muerte. Verla de esta manera hizo que Adrian contuviera la respiración y extendiera la mano, deseoso de encontrar alguna manera de consolarla, cuando sabía que ni siquiera una sola vez en los meses finales que pasaron juntos había podido ofrecerle tal cosa.

Podía sentir sus propias lágrimas y, por lo tanto, hizo caso omiso de su pregunta y trató de decir algo que pensaba que debía haber dicho antes de que ella muriera. O tal vez lo había dicho cien veces, pero nunca encontró eco.

—Cassie —le dijo lentamente—, lo siento tanto... No había nada que tú o yo, ni nadie, pudiera hacer. Él estaba haciendo exactamente lo que quería hacer...

Ella rechazó esta excusa con un solo gesto de su mano.

—Odio eso —replicó enérgicamente—. La mentira de «No se podía hacer nada». Siempre hay algo que alguien podría haber dicho o hecho. Y Tommy siempre te escuchaba a ti.

Adrian cerró los ojos. Sabía que si los abría, se iban a dirigir de manera automática a la esquina de la mesa en la que había otra fotografía: su hijo con toga y birrete, el soleado día de su graduación, las paredes cubiertas de hiedra en segundo plano. Todo era esperanza.

Oyó la voz de Cassie que se lanzaba por el camino de los recuerdos dolorosos. Lentamente se abrió hacia ella. Era insistente y enérgica, como siempre que sabía que tenía razón. A él rara vez le había molestado eso. Consideraba que era su derecho como artista. Quien sabía dónde poner la primera línea inequívoca de color sobre un lienzo en blanco —algo que él siempre había sido demasiado tímido como para siquiera intentarlo— tenía derecho a expresar sus opiniones de manera dramática.

—Todos esos libros y consultas con el ordenador, ¿qué es lo que dicen? —volvió a preguntar.

Adrian se ajustó las gafas de ver de cerca que estaban en el extremo de su nariz. Ésa era una idea académica de lo que significa actuar.

—Dice que juntos mataron a cinco personas. —Vaciló—. Cinco personas que el puesto de la policía inglesa rural consiguió identificar. Podrían haber sido más. Ocho era el número que algunos criminalistas consideraban más exacto. Los periódicos, al ocuparse del tema —fue durante 1963 y 1964—, lo llamaron «el fin de la inocencia».

—¿Personas?

Adrian sacudió la cabeza.

—No, tienes razón. Tengo que ser más concreto: *muchachas*. Entre doce y dieciséis o diecisiete años.

—Ésa es casi la edad de Jennifer.

—Correcto. Pero es una coincidencia, espero.

—Cuando enseñabas, odiabas las coincidencias y jamás creías que realmente se dieran. A los psicólogos les gustan las explicaciones, no las coincidencias casuales.

—Tal vez a los freudianos.

—Adrian, tú lo sabes.

—Lo siento, Cassie. Se suponía que eso era una broma. —Le sonrió lánguidamente a su esposa muerta. Se había quedado apoyada en la puerta, como solía hacer cuando no quería perturbarlo en su trabajo, pero de todas maneras tenía una pregunta que necesitaba respuesta. Ella se quedaba en ese espacio de transición, como si lo que le preguntara desde ahí le molestara menos por venir desde una cierta distancia—. ¿No vas a entrar? —le preguntó. Con un gesto señaló un asiento.

Cassie sacudió la cabeza.

—Tengo mucho que hacer.

Él debió de parecer un tanto consternado, porque el tono de ella se ablandó.

—Audie —dijo lentamente—, sabes bien que no queda mucho tiempo. Ni para ti ni para Jennifer.

—Sí —coincidió—. Lo sé. —Vaciló—: Es sólo que…

—¿Sólo qué?

—Se trata de convertir la información en acción. Estos dos, Hindley y Brady, «los asesinos de Moors», tropezaron cuando trataron de atraer a otra persona a su perversión y el tipo al que querían asociarse llamó a la policía. Mientras fueron sólo ellos dos, retroalimentándose el uno al otro, estaban seguros de verdad. Fue justo cuando trataron de impresionar a otra persona, alguien que resultó ser ligeramente menos perverso y homicida que ellos, cuando fueron atrapados.

—Continúa… —pidió Cassie. Su cara mostraba una pequeña sonrisa, apenas un ligero movimiento hacia arriba de las comisuras de los labios. Lo estaba empujando hacia delante. Adrian sabía que así era como se comportaban ambos en su relación. La artista hacía que la cabeza de él saliera de las nubes académicas, que encontrara una aplicación práctica a todo su trabajo de laboratorio. Adrian sintió una corriente de pasión. *¿Por qué no habría amado a la mujer que hacía que lo que él imaginaba fuera relevante?* Las emociones lo inundaron, y como en tantas conversaciones después de cenar en el jardín trasero, o reunidos delante de la chimenea, retomó el ritmo:

—La dinámica psíquica de las parejas homicidas es difícil de entender. Evidentemente hay un componente sexual abrumador. Pero la conexión parece más profunda. Eso es lo que estoy tratando de comprender. Estas relaciones consisten en un equilibrio de poder que sólo tiene sentido, aparentemente, si se procesan esas relaciones, se habla de ellas, se ponen en cuestión… Por lo menos parece que funcionan así. Pero aparte de eso, Cassie, existe esa especie de acción de *habilitación*. Quizá el macho no haría lo que hace sin una mujer junto a él que le dé una cierta idea de qué es realmente aterrador. Va más allá de la autorización…, se trata de llevar algo a un lugar muy profundo y oscuro.

Cassie resopló, pero su sonrisa no se borró. Permaneció en la puerta, pero hizo un gesto señalando los libros.

—No intelectualices, Adrian —dijo. Otra vez, él se vio forzado a sonreír. El eco del tono de voz de ella resonó por encima de todos los años que habían pasado juntos—. Ésta no es una situación académica. No hay que entregar ningún ensayo escrito, ni hay que dar una conferencia al final. Sólo hay una muchacha joven que vivirá o morirá.

—Pero tengo que comprender…

—Sí. Pero sólo para que puedas actuar —sentenció Cassie.

Él asintió con la cabeza y luego le hizo una seña.

—Entra —susurró Adrian—. Hazme compañía. Este asunto... —movió la mano hacia la enciclopedia— me asusta.

—Debe asustarte. —Cassie se quedó en la puerta.

—Este caso... ocurrió allá por los años sesenta...

—¿Y qué? ¿Qué ha cambiado?

Él no respondió. Sin embargo, pensó: *Somos menos ingenuos de lo que éramos entonces.*

Pareció como si Cassie le hubiera escuchado, hubiera percibido de alguna manera lo que él había pensado, porque rápidamente lo interrumpió:

—No. Las personas no han cambiado. Sólo los medios han cambiado.

Adrian estaba exhausto, como si conocer a fondo una serie de asesinatos lo fuera agotando poco a poco.

—¿Cómo convierto un tipo de comprensión..., me refiero a los libros..., en el tipo de conocimiento que sirva para encontrar a Jennifer? —quiso saber.

Cassie sonrió. Él pudo ver que su cara se suavizaba.

—Ya sabes a quién tienes que preguntárselo —le dijo.

Adrian se balanceó un poco en su asiento, y supo que ella se refería a Brian. Se preguntó de qué manera exactamente podía convocar a una de estas alucinaciones cuando necesitara una guía en la dirección correcta.

Echó un vistazo a todo el material reunido sobre homicidios y de pronto lo apartó, no demasiado lejos, sólo unos centímetros sobre la mesa, como si pudiera evitar la infección no tocándolo. Se volvió hacía una estantería, y pasó la mano sobre textos y guías de estudio de una de las baldas de poesía. En las muchas estanterías distribuidas por la pequeña casa en cada habitación había al menos una balda dedicada a libros de poesía, porque realmente nunca sabía cuándo iba a necesitar una inyección de elocuencia.

Los dedos de Adrian recorrieron los lomos de los libros. No sabía qué estaba buscando, pero sentía una tremenda compulsión por encontrar el poema adecuado. *Algo que se ajuste a mi estado de ánimo y mi situación,* pensó.

Su mano se detuvo en una antología de poetas de guerra. Todos los hombres jóvenes condenados de la Primera Guerra Mundial. Lo cogió y dejó que las páginas se abrieran solas. *Dulce et Decorum,* de Wilfred Owen, fue el primero que descubrió. Leyó: «Muchos habían perdido sus botas / pero avanzaban cojeando / con herraduras de sangre». Sí, pensó, ése era él.

Leyó las palabras del poema tres veces, luego cerró los ojos y respiró hondo. Fue el olor lo que le vino primero. Petróleo oscuro y espeso, y un gusto a metal oxidado en la lengua, con mucho humo e increíblemente caliente, como si todo en el mundo estuviera en el quemador de una cocina encendida al máximo y fuera a comenzar a hervir.

Tosió con fuerza. Detrás de sus ojos cerrados podía oler algo tan espeso y horrible que el hedor casi le hizo vomitar. Se dijo a sí mismo que tenía que despertarse, como si estuviera dormido, y luego sintió que todo su cuerpo se tambaleaba hacia delante, para más tarde volver hacia atrás, y de pronto escuchó un ruido agobiante que se alzaba sobre él como una cantinela, o como el rugido de un motor funcionando. Se sintió salvajemente hundido en su asiento, como si hubiera sido arrojado a un mar violento, y estiró la mano en el aire para tratar de calmarse, cuando escuchó una voz que estaba a su lado, justo en la oreja, un tono tan familiar que habría sido musical si no fuera por el terrible olor, el abrumador ruido y las feroces sacudidas hacia atrás y hacia delante.

—Aguanta, papá, se va a poner mucho peor. —Los ojos de Adrian se abrieron de golpe. Ya no estaba sentado en su mesa, rodeado de libros y papeles, poesía y fotografías, lleno de recuerdos. Iba saltando en la angosta parte de atrás de un Humvee todoterreno.

Se oyó el ruido de una explosión y el motor aceleró. Se volvió hacia la persona que se apretaba en el asiento junto a él.

—Tommy —dijo. Seguramente se atragantó, porque su hijo se rió con ganas al mismo tiempo que se aferraba a una barra que había en el techo con una mano y trataba de estabilizar la cámara con la otra. Su casco negro de un material resistente a las balas se deslizó hacia abajo casi cubriéndole los ojos. Su chaleco antibalas azul marino estaba arrugado alrededor de su cuello. Parecía joven, pensó Adrian. Estaba guapo.

—Tengo que hablar rápido, papá, estamos llegando al lugar donde me muero.

Desde el asiento delantero el conductor —un joven infante de marina con ropa de camuflaje y gafas de sol oscuras— dijo con amargura:

—Malditas minas enterradas en la arena. No hay ninguna manera de descubrirlas. Siempre nos van a joder. Maldita Faluya.

Debía de estar bromeando, porque se oyeron algunas risas tensas. Adrian miró a los demás hombres a su alrededor metidos apretadamente en la parte posterior del vehículo. Iban mirando por las ventanillas hacia un árido paisaje ocre con las armas preparadas, hicieron gestos de estar de acuerdo.

—Como si éste no fuera un maldito lugar perfecto para una emboscada… —señaló uno de ellos. Adrian no podía verle la cara, pero su voz tenía un tono de dureza y a la vez de premonición, como si supiera que no había nada que nadie pudiera hacer para remediar lo que estaba a punto de ocurrir.

El artillero que se ocupaba del calibre 50, que sobresalía a través del techo, se agachó. No podía tener más de veintiún años y se estaba riendo detrás de los anteojos protectores cubiertos por la arena. Sus dientes estaban manchados con tierra y polvo.

—Nunca debimos haber salido a esta misión —gritó por encima del rugido del motor y del viento que les azotaba a través de las ventanillas abiertas—. Ya desde el primer kilómetro estaba claro que iba a haber problemas.

Desde el asiento del cañón delantero, un teniente negro de mirada dura que hablaba por un radioteléfono dejó el auricular y se volvió hacia el grupo que se amontonaba detrás de él.

—¡Basta! —ordenó bruscamente—. Mirad, las cosas no son así. Tú, Masters, y tú, Mitchell, saldréis de esto con un par de rasguños y la nariz sangrando. Y tú, Simms, con mierda seca en las piernas, pero vivirás y podrás volar en un gran avión a casa. Y los haremos mierda a todos esos idiotas con turbantes en la cabeza cuando llame para que empiecen los ataques aéreos antes de que me quemen, de modo que dejad de lloriquear.

Entonces el teniente repentinamente se puso alegre, con una gran sonrisa que le fruncía toda la cara mientras señalaba con el dedo a Tommy.

—Y el muchacho de las noticias, ése os hará famosos a todos ¿No es así, Tommy?

Tommy sonrió.

—Por supuesto que sí —replicó.

Uno de los infantes de marina se inclinó hacia delante, palmeó a Tommy en el muslo y dijo:

—Nos ha convertido en malditas estrellas de Internet. —Se rió mientras bajaba la vista hacia su arma.

Adrian se sintió impulsado hacia un lateral en su asiento cuando el vehículo aceleró y saltó sobre los escombros. Alcanzó a ver edificaciones de barro y adobe, las paredes negras, arrasadas por el fuego, con perforaciones de metralla de armas pesadas. Palmeras destrozadas cubrían la cuneta del camino. Automóviles calcinados y un tanque que estaba retorcido hasta formar un casco casi irreconocible estaba metido a medias en una zanja, todavía echando humo. Parte de un cuerpo carbonizado colgaba de una escotilla. Escuchó que alguien decía:

—Nunca os metáis con los héroes del aire. —Se oyó el rugido de los aviones.

Tommy se había inclinado hacia delante, la enorme cámara de vídeo Sony levantada como un arma, tratando de conseguir una toma sobre el hombro del conductor, mientras se dirigían veloces hacia un miserable grupo de edificios medio derruidos. Parecía haber polvo y humo por todas partes y el olor persistía en las narices de Adrian. Tommy estaba filmando, pero le dijo a su padre:

—Lo sé. Es muy feo. Pero uno se acostumbra. Y de todos modos, esto es sólo el olor de los explosivos y tal vez un poco de petróleo ardiendo. Espera a que percibas el hedor de los cuerpos muertos dejados al calor un par de días.

Bajó la cámara.

—Gané un premio, tú lo sabes —continuó—. Tengo todo filmado, exactamente desde el lugar donde nos alcanzaron, está grabado todo el tiroteo. E incluso después de recibir un disparo dejé mi dedo sobre el botón, de modo que la cámara siguió filmando. Antes de que pusieran la secuencias en Internet (¿sabías que tuvo casi tres millones de visitas?), el presentador de *The Nightly News* llamó a todos y pronunció un bonito discurso. Ya sabes…, habló de ser un corresponsal de guerra, de Frank Capra, de Ernie Pyle y de contar la verdadera historia. Habló de los tipos de Vietnam…, algunos de ellos probablemente fueron de patrulla con el tío Brian. Esos tipos iban al combate sólo con sus Nikon colgadas del cuello, o con un cuaderno en la mano, sin ningún tipo de protección. El presentador habló de tradición y dedicación, e hizo que el hecho de contar la historia sonara un poco como una vocación más elevada, como el sacerdocio. Pero tú y yo, papá, sabemos que estaba aquí porque me encantaba sacar fotografías y me gustaba toda esa excitación, y nada combina ambas cosas mejor que seguir a un grupo de valientes infantes de marina, aunque eso te cueste la vida.

—Correcto. ¡Definitivamente valientes! —intervino el artillero del calibre 50, gritando por encima del ruido del viento.

—Tommy… —dijo Adrian con dificultad.

—No, papá, tú tienes que escucharme, porque las cosas van a ocurrir rápido ahora. Trataré de volver a ti después, cuando no sea todo tan confuso. Pero tengo que decirte algo…

—Tommy, por favor…

—No, papá, escucha…

El Humvee aceleró. El infante de marina que estaba al volante lanzó un breve grito y dijo:

—Tormenta de mierda a punto de caer, muchachos. Agarraos de los testículos, subíos los calzoncillos y estad preparados. —Adrian no comprendía cómo era posible que gente que estaba muerta pudiera hablar sobre su muerte antes de que ocurriera, aunque sabía que ya había ocurrido hacía media docena de años. Se agarró con fuerza del lateral del Humvee cuando viró bruscamente sobre un montículo de arena polvorienta. Junto a él, Tommy estaba hablando tranquilamente.

—Vuelve a lo que ya has visto leyendo la enciclopedia. Todo lo que tienes que saber está precisamente allí. Sólo tienes que pensarlo de una manera más moderna.

—Pero Tommy… —empezó Adrian.

Su hijo giró hacia él con un gesto de preocupación en su cara.

—¡Papá! Piensa en por qué vine yo aquí…

—Eras un cineasta de documentales. Te dieron permiso para embarcarte con los infantes de marina. Recuerdo lo entusiasmado que estabas…

—No hagas que parezca más de lo que fue.

—Tommy, te echo de menos. Y tu madre nunca fue la misma después de… Eso la mató.

—Lo sé, papá, lo sé. Sé que perder a un hijo… en cualquier momento… lo cambia todo. Ésa es la razón por la que Jennifer es tan tremendamente importante.

—Pero me estoy muriendo, Tommy…

Uno de los infantes de marina, con una ametralladora apuntando por la ventana del Humvee, se dio la vuelta.

—¡Eh, viejo, todos estamos muriendo desde el día en que nacemos! ¡Acéptalo! Escucha a Tommy. Está hablando con rectitud. —Hubo un murmullo general de asentimiento por parte de los otros hombres. Estaban todos apoyados sobre las armas.

—Jennifer, papá, concéntrate en Jennifer. Yo estoy muerto. Mamá está muerta. El tío Brian está muerto. Y hay otros. Amigos. Familiares. Perros... —Se rió, aunque Adrian no supo qué era lo gracioso—. Estamos todos muertos. Pero Jennifer no está muerta. Todavía no. Tú lo sabes. Puedes sentirlo. Es algo de toda esa educación, de todas esas clases..., algo que te dice que no ha muerto. No todavía.

—Mierda, ya vamos... —exclamó el conductor abruptamente.

Tommy se agarró a la rodilla de su padre. Adrian pudo sentir la presión. Quería desesperadamente lanzar sus brazos alrededor de su hijo; encontrar una manera de protegerlo de lo que él sabía que estaba a punto de ocurrir. Extendió la mano, pero de algún modo, no pudo comprender por qué, sus brazos se quedaron cortos, moviéndose inútilmente en el aire.

—Se relaciona con el hecho de ver, papá. Se trata de poder mostrar lo que uno está haciendo. De ahí proviene la excitación. Y el ponerlo donde cualquiera pueda verlo te da poder, te da fuerza. Te hace duro. De ahí viene la pasión. ¿No lo recuerdas? Cuando estabas leyendo acerca de esa pareja en Inglaterra hace cincuenta años. *Fotografías*. *Cintas*. Ahora bien, ¿por qué harían eso? Vamos, papá, ése es tu terreno. Tú debes saber...

—Pero Tommy...

—No, papá, queda muy poco tiempo. Está a punto de ocurrir. ¿No te acuerdas de que una vez yo te dije por qué quería filmar las cosas? Porque es la verdad más pura. Cuando yo sacaba mis fotografías nadie podía decir que no era real o que no era verdad. Ésa era la razón por la que todos lo hicimos. Nos convertía en algo más grande de lo que realmente éramos. No hay mentiras detrás de una cámara, papá. Piensa en eso. ¡Dios mío, aquí acaba todo!

Adrian quiso responder, pero la explosión partió el aire. El Humvee pareció elevarse, como si ya no estuviera conectado con la tierra o con el mundo. El interior de la camioneta de inmediato se llenó de humo y llamas. La fuerza de la explosión lanzó a Adrian hacia atrás. Pensó que perdía el conocimiento debido a la oscuridad que lo envolvía. Todos los olores, todos los sabores parecían intensificarse, y sus oídos resonaban con un ruido muy agudo, como el de una campana. Estaba mareado. Su cuerpo parecía atascado en la arena y el polvo. Trató de buscar a Tommy, pero al principio todo lo que pudo distinguir fueron extrañas formas y perfiles retorcidos que unos segundos antes habían sido infantes de marina, pero en ese momento eran cuerpos enredados, desmenuzados y destrozados por una mina escondida en el camino.

Y entonces, como si alguien hubiera hecho avanzar milagrosamente un fragmento de película, se encontró fuera. Arriba un cielo azul pálido, el incesante calor, el ruido y algo que él creyó que era un enjambre de insectos; luego comprendió que era fuego de armas ligeras. A sus pies, un infante de marina al que le faltaba una pierna gritaba y se arrastraba hacia una pequeña pared de tierra. Adrian giró sobre sí mismo, todavía buscando a su hijo, y vio al teniente de los infantes de marina volcado sobre el radioteléfono que gritaba con fuerza, pero Adrian no podía entender lo que estaba diciendo. El ruido pareció aumentar, y se oyó un estruendoso sonido de fuego de armamento pesado, mientras otros Humvees todoterreno se desplegaban. Adrian se puso las manos sobre las orejas, tratando de aislarse del ruido, y gritó:

—¡Tommy! ¡Tommy!

Giró y descubrió a su hijo. Tommy estaba sangrando profusamente por las orejas. Tenía una pierna fracturada; la arrastraba inútilmente detrás de sí. Pero estaba filmando, tal como dijeron que había hecho. Tenía la cámara en su hombro, como si fuera su única arma, y estaba tomando fotografías del tiroteo.

Adrian se dio cuenta de que su boca estaba abierta y estaba tratando de gritar el nombre de su hijo, pero no salió ningún sonido. Vio a Tommy girar la cámara hacia el teniente de los infantes de marina, que yacía tendido en un charco de sangre y polvo. Adrian pudo escuchar los chillidos de los cazas a reacción que se acercaban, y miró hacia arriba para ver las inconfundibles formas de dos jabalíes africanos que descendían, con el sol detrás de ellos, de modo que aparecieron sus oscuras siluetas por encima del horizonte. Adrian estaba inmóvil en medio de las balas y las explosiones, pero de pronto todo pareció lento. Giró otra vez hacia donde había descubierto a Tommy y trató de gritarle: «¡Cúbrete!». Pero Tommy estaba expuesto, en un espacio abierto. Adrian intentó correr hacia él; quería arrojarse sobre su hijo para protegerlo de lo que estaba ocurriendo, pero sus piernas no se movían.

—Tommy —susurró. Vio las pequeñas flores de polvo que corrían hacia él. Sabía que eran balas de ametralladora, que venían desde una cabaña a cincuenta metros de distancia, directamente en el sendero de los jabalíes africanos. *Ojalá fueran un poco más rápidos,* pensó Adrian. *Ojalá los pilotos hubieran abierto fuego uno o dos segundos antes. Ojalá...* La línea de balas se dirigía inexorablemente hacia su hijo. Adrian miró cuando Tommy filmó su propia muerte. Ésta vino unos instantes antes de que la cabaña desapareciera en una enorme explosión de fuego.

El tiempo, pensó Adrian, *era demasiado cruel.* Se puso las manos sobre la cara, tratando de impedir que todas las imágenes que corrían hacia él atravesaran su vista, rumbo a su imaginación. Y en toda esa repentina oscuridad, el ruido y el terror se disiparon, se desvanecieron como el final de una canción en la radio, y cuando retiró las manos y abrió los ojos, estaba solo, de regreso en la tranquilidad de su estudio, rodeado de libros sobre homicidios.

Adrian sintió que él también había muerto un poco.

Quería decirle algo a su hijo. Buscó a Cassie, pero no estaba ahí. Por un momento, pensó que la fuerza de las explosiones le había dañado la capacidad de audición, tenía los oídos invadidos por un ruido resonante. Persistía, más y más fuerte, hasta que quiso gritar debido a lo doloroso que era y luego, de pronto, se dio cuenta de que era el sonido del timbre de la puerta de su casa.

Capítulo
17

Se había quedado dormida. No sabía por cuánto tiempo —*¿minutos, horas, días?*—, pero el sonido de un bebé que lloraba la despertó.

No supo qué hacer. Era un ruido tenue, muy distante, y le costó reconocer precisamente qué era. Apretó al *Señor Pielmarrón* fuerte contra su pecho. Movió la cabeza primero en una dirección, luego en otra, tratando de determinar de dónde venían los gemidos. Se prolongaron por mucho tiempo, o eso le pareció a ella —pero podría haber sido un segundo o dos solamente— antes de desvanecerse. Se preguntó qué significaba aquello. Jennifer tenía una muy limitada experiencia en el cuidado de niños, era hija única, de modo que sus conocimientos sobre bebés no iban más allá de aquellos instintos básicos que existen para todo el mundo. *Levanta al bebé. Acuna al bebé. Alimenta al bebé. Sonríe al bebé. Pon al bebé de nuevo en su cuna para que duerma.*

Jennifer se movió, temerosa de hacer cualquier ruido que pudiera oscurecer aquel sonido. El sonido del niño —incluso de un niño desdichado, llorando en busca de atención— la llenó con sensaciones encontradas. Significaba algo, y trató de analizarlo para saber lo que era, forzándose a ser analítica, ordenada, racional y perspicaz.

Luchó contra el deseo de dormir que todavía la dominaba. Por un momento se preguntó si los gritos no serían parte de un sueño. Le llevó unos segundos determinar que no. *Son reales.* Pero algo no marchaba bien. Sacudió la cabeza, un sentimiento de aprensión se deslizó por entre los sobrantes de pesadillas. *¿Qué es? ¿Qué es?* Quería gritar con fuerza. Algo había cambiado.

Podía percibirlo. Los pelos de la nuca se le erizaron. Su respiración se hizo áspera, nerviosa. Inhaló bruscamente y de pronto, como si hubiera sido sacudida por una descarga eléctrica, gritó. El sonido de su voz resonó en la habitación. Eso la aterrorizó aún más. Tembló. Sus manos se estremecieron. Su espalda se agarrotó. Se mordió los labios agrietados y rajados.

La capucha había desaparecido.

Pero todavía seguía en la oscuridad. Al principio, creyó que podía ver, que era la habitación la que estaba oscura. Luego se dio cuenta de que se había equivocado. Algo todavía le cubría los ojos.

La confusión la envolvió. No comprendió por qué le había llevado tanto tiempo darse cuenta de que la capucha había sido reemplazada, pero así había sido. Tenía que haber una razón detrás del cambio, pero no podía decir cuál era. Sabía que el cambio significaba algo importante, pero fuera lo que fuese lo que ese cambio significaba, se le escapaba.

Se reclinó cuidadosamente, levantó sus manos hasta la cara. Dejó que sus dedos jugaran sobre las mejillas, y luego se los llevó a los ojos. Una máscara de seda atada alrededor de la cabeza y anudada atrás había reemplazado la capucha. Palpó el nudo. Estaba enredado con mechones de su pelo. Tocó la cadena alrededor del cuello. Eso no había cambiado. Se dio cuenta de que podía quitarse la máscara. Le costaría un poco de pelo tal vez, cuando la arrancara, pero entonces podría ver dónde estaba. Jennifer puso con cuidado al *Señor Pielmarrón* sobre la cama a su lado, levantó las manos, empezando a mover los dedos por debajo de la tela blanda. Entonces se detuvo.

Desde algún sitio distante llegó otra vez el gemido del bebé. No tenía sentido. *¿Cómo podía estar relacionado un bebé con lo que le estaba pasando a ella? Un bebé que lloraba quería decir que estaba en algún lugar. ¿Un apartamento? ¿Una casa adosada a otra? ¿Acaso el hombre y la mujer que la habían raptado en la calle tenían un bebé?* Un bebé implicaba paternidad, responsabilidad, algo normal… y nada de lo que le estaba pasando parecía normal en lo más mínimo. Un bebé significaba monovolúmenes, cunas, cochecitos y paseos por el parque, pero todo eso parecía algo de otro mundo. *La capucha ha desaparecido. Ahora tengo puesta una máscara. Podría quitármela. Tal vez sea eso lo que quieren. Tal vez no. No lo sé. Quiero hacer lo que se supone que debo hacer, pero no sé qué es lo que debo hacer.*

Entonces se sobresaltó e inspiró rápido y con fuerza, como si la hubieran golpeado en el estómago. *Estaban aquí. En la habitación. Cuando yo dormía. Me quitaron la capucha y la reemplazaron con esta máscara sin que yo me me haya despertado. Oh, Dios mío…*

Jennifer repasó las posibilidades: *Alguna de sus escasas comidas contenía droga. El miedo había hecho que durmiera tan profundamente que no se despertó cuando entraron para desatarle la capucha y reemplazarla por la máscara. ¿Qué más le habían hecho mientras estaba inconsciente?*

Una vez más, le pareció que eran más de cien, no pudo contener las lágrimas. Un suspiro entrecortado. Un sollozo. Pudo sentir las lágrimas que mojaban la tela de su nueva máscara. Estiró la mano buscando al *Señor Pielmarrón* y le susurró: «Gracias a Dios que tú estás todavía conmigo, porque eres lo único que me hace pensar que no estoy sola».

Jennifer se balanceó hacia delante y hacia atrás, dolida y sintiéndose sola hasta que pudo recuperar el control de su pecho, que subía y bajaba. Su respiración se tranquilizó y los gemidos entrecortados que habían atormentado su cuerpo se calmaron. Precisamente cuando sus sollozos se calmaron, el bebé se hizo escuchar con un gemido largo y desgarrador. Resonó en la oscuridad de su mundo. Estaba distante.

Una vez más, inclinó la cabeza, tratando de localizar el sonido, pero no percibió nada que fuera inmediatamente identificable. Era como si, durante uno o dos segundos nada más, los gritos del bebé le hicieran recordar el mundo que existía fuera de la oscuridad que le cubría los ojos. Luego —con la misma rapidez con que habían penetrado en su conciencia— desaparecieron, dejándola en el mismo limbo oscuro de incertidumbre.

Jennifer luchó contra sus emociones. *No más lágrimas. No más llanto. No eres un bebé.* No se permitió a sí misma pensar que tal vez sí era un bebé. Por un momento aterrador pensó que ella era quien estaba gritando, que de algún modo aquellos llantos y aullidos eran suyos y que se estaba escuchando a sí misma mientras retrocedía a través de muchos años hacia la infancia.

Inspiró con fuerza. *No*, se dijo a sí misma. *No son míos. Yo estoy aquí. Ellos están allí.* Se reprendió: *Recupera el control.* Aunque se había dicho lo mismo antes, y no sabía aún de qué iba a recuperar el control.

También era lo suficientemente lista como para reconocer que cada vez que había insistido en su interior para controlar sus emociones, algo había ocurrido que afectaba a sus esfuerzos, volviendo a hundirla en la desesperación vana que existía dentro de la oscuridad.

Eso es lo que quieren.

Una vez más, trató de agudizar el oído. Jennifer no estaba segura de si los ruidos del bebé la alentaban o la dejaban consternada. Estaba claro que significaban algo importante, pero no sabía qué era. Esto la frustraba casi hasta el punto de las lágrimas, pero también se daba cuenta de que todo lo que le había ocurrido hasta ese momento le había provocado sollozos, y llorar no la ayudaba en lo más mínimo.

Se recostó sobre la cama. Tenía sed, tenía hambre, tenía miedo y sufría dolores, aunque no podía decir que ninguna parte de ella en concreto estuviera herida. Era como si le hubieran hecho un corte en el corazón. Comprendía que estaba encarcelada…, pero la naturaleza de su cárcel era algo que existía más allá de su visión. Pensó: *Hasta los peores asesinos condenados a prisión perpetua saben por qué están ahí*. Tenía una imagen, robada de alguna película que había visto alguna vez, que no tenía título, ni estrellas, ni trama, pero lo que ella recordaba era un preso que hacía cuidadosamente una marca en la pared por cada día que pasaba. Ella ni siquiera podía hacer eso. El conocimiento, comprendió, era un lujo.

Cualquier tipo de entendimiento permanecía oculto para ella. La mujer le había ordenado obedecer. Pero todavía nadie le había pedido que hiciera algo.

Cuanto más sopesaba estas cosas, más frotaba los dedos nerviosamente en el peluche gastado del *Señor Pielmarrón*. En cierto modo, pensó para sí, él era lo único que quedaba de la vida que había llevado hasta el momento en que la puerta de la furgoneta se abrió de pronto y aquel hombre la golpeó. Estaba casi desnuda en una habitación que no podía ver. Había una puerta. Eso lo sabía. Había un inodoro. Eso lo sabía. En algún lugar, había un bebé. Eso lo sabía. El piso era de cemento. La cama chirriaba. La cadena en su cuello se tensaba a quince pasos de Jennifer a la derecha o a la izquierda. El aire era caliente.

Estaba viva y tenía su oso. Dentro de la oscuridad, Jennifer respiró profundamente. *Muy bien*, Señor Pielmarrón, *ahí es donde empezaremos. Tú y yo. Tal como ha sido desde que papá murió y nos dejó solos con mamá.*

* * *

Jennifer se preguntó entonces, por primera vez, si alguien la estaría buscando. Mientras se le ocurría esta idea, escuchó otro gemido del bebé. Un solo grito agudo y desesperado. Entonces —como anteriormente— desapareció, dejándolos solos al *Señor Pielmarrón* y a ella. No se dio cuenta, pero el sonido la ayudó, porque la distrajo de la idea más desesperante de todas: *¿cómo podría saber dónde buscarla?*

* * *

—Ponlo otra vez —dijo Michael. Estaba manejando la cámara principal a la vez que pensaba que tal vez iba a tener que hacer algunos ajustes de reparación en el sistema de seguimiento electrónico—. No tenemos que exagerarlo. Sólo un poquito...

Linda pulsó algunas teclas en el teclado del ordenador. El bebé lloró otra vez.

—¿Estás seguro de que ella lo oye?

—Sí. Sin la menor duda. Mira cómo mueve la cabeza. Seguro que lo escucha.

Linda se acercó a la cámara principal.

—Tienes razón —confirmó—. ¿Estás seguro de que los clientes también pueden escucharlo?

—Sí. Pero tendrán que hacer un gran esfuerzo para darse cuenta.

Esto hizo sonreír a Linda.

—No te gusta hacerles fáciles las cosas, ¿verdad?

—No es mi estilo —respondió Michael riéndose. Puso las manos detrás del cuello, entrelazó los dedos y se estiró como podría hacer cualquier oficinista que trabajara para una gran empresa después de demasiadas horas delante de una pantalla de ordenador—. Tú lo sabes, a todos ellos les va a encantar cuando la Número 4 grite de ese modo. Sólo lo hace aún más real para ellos.

Sorprendentemente, Michael sentía desprecio por las muchas personas que se habían suscrito a whatcomesnext.com. Consideraba que su fascinación era una especie de debilidad compulsiva, aunque estaba dispuesto a coger su dinero y suministrarles lo que querían. Pensaba que la manera en que satisfacían sus fantasías sólo ponía de relieve sus propios defectos. La gran mayoría de las miles de personas que pagaban por lo que brindaba su cámara en la web eran hombres solitarios, bastardos que no tenían vida propia y por eso tenían que engancharse al relato que él inventaba.

Linda, por su parte, apenas pensaba en su clientela… o por lo menos no de la manera en que Michael lo hacía. Para ella no eran personas con oscuras pasiones que los llevaban al sitio web; eran sólo tantas cuentas en tantos países. Muchas autorizaciones de quince números para diferentes tarjetas de crédito. Tenía el sentido del cálculo de una mujer de negocios: tantas suscripciones significaban tantos dólares depositados en cuentas en paraísos fiscales que había abierto para ellos. Rara vez pensaba en quién estaba mirando del otro lado, salvo para procesar números y cifras y para asegurarse de que Michael estuviera suministrando la tensión correcta al programa para que *Serie # 4* tuviera su propio dramatismo.

Michael estaba encargado de la historia de la Número 4. Ella estaba encargada de los negocios. Ambos aspectos eran fundamentales para su éxito. Era una relación que, según creía ella, definía al verdadero amor. En su tiempo libre y entre una serie y la siguiente, le gustaba leer revistas de clubes de fans y publicaciones con cotilleos sobre estrellas de cine, y prestaba atención especial a quién andaba con quién y quién rompía con su pareja, semana tras semana. Se permitía la fascinación de tratar de adivinar cuál sería la siguiente jugada de Brad, Angelina, Jen o Paris, y cuándo serían descubiertos en alguna situación comprometedora. Pensaba que ése era su mayor defecto, tomarse en serio todas aquellas uniones y separaciones de las celebridades. Pero a la vez consideraba que se trataba de un defecto leve.

Muchas veces Linda anhelaba ser famosa. Sabía que si sólo importara el éxito de whatcomesnext.com estarían escribiendo sobre ellos dos en *Us* y en *People*. Lamentaba que la naturaleza delictiva de la empresa les impidiera ser famosos. Le parecía que lo que ellos hacían era mucho más importante que la persona a la que se lo hacían, que debería haber algún tipo de exención. Eran vendedores de fantasías. *Eso merecería algo más que dinero,* se dijo a sí misma. Eran estrellas, según creía ella. Pero el mundo no lo sabía.

Michael sabía que Linda soñaba con ser famosa. Él prefería el anonimato, aunque también quería complacerla de todas las maneras posibles.

—Es hora de darle algo de comer —dijo.

—¿Tú o yo? —preguntó Linda.

Michael estiró el brazo por encima de los ordenadores y revisó un grupo de hojas de papel sueltas. Ése era un guión muy flexible. Michael era muy organizado en sus preparativos, se había tomado el tiempo de escribir varios de los elementos de *Serie # 4* mucho antes de que hubiera empezado. Había listas de asuntos que había que comprobar, detalles de cosas para hacer y párrafos en sus hojas que él llamaba «Impacto en espectador / Impacto en # 4». Le gustaba creer que era meticuloso en sus planes, y que tenía la agilidad mental necesaria para crear.

Una vez, cuando estaba en la universidad, había asistido a un curso de cine, y había escrito un ensayo sobre el momento en que Eva Marie Saint en *La ley del silencio* deja caer su guante blanco y Marlon Brando lo recoge. El director, Elia Kazan, decidió, con acierto, mantener las cámaras funcionando sobre algo que no estaba en el guión y que se convirtió en un momento clásico del cine. *Yo habría hecho lo mismo,* pensaba con frecuencia Michael. Él no era de los que gritarían «¡Corten!» para refugiarse en algo predecible. Le gustaba fluir. Mientras miraba la pantalla delante de él, vio a la Número 4 agarrada a su osito de peluche sollozando, y pensó que todos los grandes directores no tenían nada que ver con él, porque él estaba esculpiendo algo único, algo real y mucho más dramático e imprevisible de lo que ellos habían imaginado en toda su vida.

—Creo que debes ir tú… —sugirió él después de un momento—. Todavía parece muy asustada. Cuando yo entre en la habitación debemos aprovechar para lograr una conmoción de máximo nivel.

—Tú eres el jefe —aceptó Linda.

—Por supuesto que lo soy —respondió Michael riéndose. Se apartó de los ordenadores y se dirigió a la mesa donde estaban las armas. Buscó un momento antes de sacar una Magnum Colt 357. Linda la tomó de sus manos mientras Michael volvía a sus papeles, hojeándolos rápidamente—. Toma —dijo—. Lee esto…

Linda recorrió la página con sus ojos.

—Sí, señor —obedeció ella con una sonrisa. Miró un reloj. Era un poco después de medianoche—. Creo que le daré el desayuno —informó.

* * *

Linda abrió la puerta lentamente y se dirigió al sótano. Estaba vestida como la vez anterior: un traje protector blanco que se arrugaba produciendo un sonido sibilante y un pasamontañas negro que cubría toda la cara, excepto sus ojos. Llevaba una bandeja como las que se usan en cualquier cafetería. Sobre la bandeja había una botella de plástico, sin ninguna etiqueta, que contenía agua. Había preparado un tazón de avena instantánea, usando una receta estadounidense. También había una naranja. No había cubiertos.

La Número 4 giró sobre sí misma en dirección a Linda. Se puso tensa cuando escuchó el ruido de la puerta que se abría. Linda se dirigió a una de las X que Michael había marcado en el suelo. Escuchó un leve zumbido cuando Michael ajustó la dirección de la cámara.

—Quédese sentada donde está. No se mueva —ordenó Linda. Luego repitió la orden en alemán, francés, ruso y turco.

Su dominio de esas lenguas era superficial. Había memorizado algunas frases, algunos improperios, porque resultaban útiles de vez en cuando. Sabía que su acento era malo, pero no le importaba. Al hablar en inglés, usaba ocasionalmente algunos términos propios del Reino Unido —para referirse al ascensor decía *lift* en vez de *elevator*, o para referirse al capó del coche decía *bonnet* en lugar de *hood*. No creía que estos pequeños cambios en el lenguaje pudieran engañar de verdad a un investigador experimentado, con acceso a complejos sistemas de reconocimiento de voz, pero Michael le había asegurado que la probabilidad de que cualquier organismo policial con ese tipo de refinamientos se ocupara de ellos era insignificante. Michael —como el eterno estudioso que era— había examinado cuidadosamente los dilemas jurisdiccionales que toda su serie de dramas en Internet creaban. Confiaba en que ningún organismo tuviera la paciencia de investigar lo que estaban haciendo realmente. Estaban operando, pensaba ella, en el más gris de los terrenos.

—Mire hacia delante. Ponga las manos a los lados. —Otra vez, repitió las órdenes en varios idiomas, confundiéndolos entre sí. Estaba segura de que había dicho mal algunas palabras. Daba lo mismo—. Pondré una bandeja sobre su regazo. Cuando le dé permiso, podrá comer.

La Número 4 asintió con la cabeza.

Linda se acercó a un lado de la cama y bajó la bandeja. Se quedó quieta, esperando. Podía ver que la Número 4 había empezado a temblar, y que sus músculos se anudaban con los espasmos. *Eso debe de ser doloroso,* pensó. Pero la Número 4 se las arregló para permanecer con los labios cerrados y, aparte de los movimientos involuntarios provocados por el miedo, obedecía a cada una de las órdenes.

—Muy bien —dijo Linda—. Puede comer.

Se aseguró de no estar bloqueando la visión de ninguna de las cámaras. Sabía que la clientela estaría fascinada por el simple acto de ver comer a la Número 4. Ésta era una de las razones por las que sus transmisiones resultaban tan atractivas: habían tomado las partes más simples, más rutinarias de la vida para convertirlas en especiales. Si cada comida de la Número 4 podía ser la última, todo adquiría un nuevo significado. Los espectadores lo comprendían, y eso, inexorablemente, los acercaba cada vez más. La incertidumbre rodeaba el destino de la Número 4, y las cosas más comunes se imponían con mayor fuerza. Linda sabía que en eso consistía la genialidad de lo que habían diseñado.

Observó cuando la Número 4 levantó las manos hacia la bandeja para descubrir el tazón, la naranja y la botella de agua. Primero se ocupó del agua y se la bebió con ansiedad, tragando el líquido sin freno alguno. *Eso va a hacer que se descomponga,* pensó Linda. Pero no dijo nada. Observó también que la Número 4 puso freno a su bebida al darse cuenta de que podría querer guardar algo de líquido para beber al terminar la comida. La Número 4 luego tocó el tazón con avena. Entonces vaciló y sus dedos revisaron la bandeja en busca de algún utensilio. Al no encontrar nada, la Número 4 abrió la boca, como para hacer una pregunta..., pero luego se detuvo. *Está aprendiendo,* se dio cuenta de inmediato Linda. *No está mal.*

La Número 4 levantó el tazón hasta su boca y empezó a tragar la avena, bocado a bocado. Sus primeros lengüetazos fueron vacilantes, pero después de sentir el sabor, devoró el resto, lamiendo el tazón hasta dejarlo limpio.

Un toque agradable, se dio cuenta Linda. *A los espectadores les va a gustar eso.* Todavía no se había separado de la cama. Pero cuando la Número 4 empezó a quitarle la piel a la naranja para llegar a la fruta que estaba dentro, Linda sacó lentamente el Magnum 357 del interior del traje protector. Trató de coordinar sus movimientos con los de la Número 4 para que el arma apareciera en el mismo momento en que la Número 4 mordía la naranja.

Levantó el arma mientras la naranja entraba en la boca de la Número 4. Observó mientras un poco de jugo caía de la boca de la Número 4. Bajó el percutor con el pulgar para amartillar el arma.

El ruido hizo que la Número 4 se detuviera en medio de un bocado. *No sabrá exactamente de qué se trata,* pensó Linda, *pero comprenderá que es mortal.* La Número 4 pareció quedar inmovilizada por ese ruido. La naranja estaba a unos pocos centímetros de sus labios, pero sin moverse. El cuerpo de la Número 4 temblaba. Linda dio un paso adelante, poniendo el cañón de la pistola a unos milímetros del espacio entre los ojos de la Número 4, casi tocando la máscara. Esperó un instante antes de apoyar el arma directamente sobre el rostro de la Número 4.

El olor a aceite del arma, la presión del cañón, todas estas cosas le iban a resultar inconfundibles a la Número 4, calculó Linda. Se mantuvo en esa posición. Pudo escuchar que el ruido de un gemido salía del pecho de la Número 4. Pero la adolescente no dijo nada y no se movió, aunque cada músculo en su cuerpo parecía a punto de estallar por la tensión.

—¡Bang! —susurró Linda. Lo suficientemente fuerte como para que fuera recogido por el audio, pero no más. Luego volvió a poner el percutor en posición de descanso. Exageró sus movimientos, mientras retiraba lentamente el arma alejándola de la cara de la Número 4 y volvía a colocarla dentro de su traje.

—La hora de comer ha terminado —anunció Linda con energía. Retiró el resto de la naranja de la mano de la Número 4 para luego recoger la bandeja de su regazo. Vio que el cuerpo de la Número 4 comenzaba otra vez a tener convulsiones, de los pies a la cabeza. Esperó que las cámaras hubieran captado eso. *El pánico vende,* se dijo mentalmente. Con movimientos estudiados, haciendo el menor ruido posible, con los pies sobre el cemento duro, Linda salió de la habitación, dejando a la Número 4 sola en la cama.

Arriba, en la sala de control, Michael sonreía. El panel interactivo de respuestas se estaba activando. *Muchas opinio-*

nes, muchas respuestas. Sabía que iba a tener que revisarlas todas más tarde. Era siempre particularmente cuidadoso en su evaluación de los intercambios que se producían entre los clientes en el panel que había creado para *Serie # 4.*

Linda respiró hondo, cerró los ojos y se quitó el pasamontañas. *Soy una actriz,* se dijo interiormente.

* * *

Ni Linda, ya del otro lado de la puerta del sótano, ni Michael, arriba con los monitores, se dieron cuenta de lo que ocurrió después. Algunos de sus clientes sí se percataron de ello, inclinados sobre sus ordenadores. La Número 4 se había echado hacia atrás después de escuchar el ruido de la puerta al cerrarse, dejándola otra vez sola en la habitación. Había cogido su osito de peluche para sostenerlo contra su cuerpo, acomodando al gastado juguete entre sus pequeños pechos, acariciándole la cabeza como si fuera un bebé, repitiendo todo el tiempo algo en silencio a ese objeto inanimado. Ninguno de los que la miraban estaba seguro de lo que decía, aunque algunos pudieron conjeturar, con suerte, que estaba repitiendo una y otra vez las mismas palabras. Pero no pudieron distinguir que esas palabras eran: «Mi nombre es Jennifer mi nombre es Jennifer mi nombre es Jennifer mi nombre es Jennifer».

Capítulo
18

Terri Collins caminaba de un lado a otro en la entrada de la casa de Adrian mientras éste le mostraba dónde estaba situado cuando descubrió la furgoneta. Arrastró los pies por el suelo y dio una patada a una piedra suelta mientras él se deslizaba detrás del volante de su automóvil para mostrarle dónde había aparcado.

—¿Y ahí exactamente es donde usted estaba la noche en que Jennifer desapareció? —le preguntó ella.

Adrian asintió con la cabeza. Se dio cuenta de que la detective medía ángulos de visión y distancias, imaginando las sombras que caían sobre la calle aquella noche.

—Ella no puede verlo —le dijo Brian. Estaba sentado en el asiento del acompañante. Él también estaba mirando el sitio de la calle donde la furgoneta había disminuido la velocidad para detenerse y luego acelerar.

—¿Qué quieres decir? —susurró Adrian.

—Lo que quiero decir es —respondió Brian con enérgica jactancia— que no se permite imaginar el delito. Todavía no. Está mirando directamente el sitio, pero todavía está tratando de ver las razones por las que no ocurrió, no las razones por las que sí ocurrió. Aquí es donde entras tú, hermano. Persuádela. Haz que ella dé el siguiente paso.

Tienes que ser lógico. Tienes que ser enérgico. Vamos, Audie.

—Pero...

—Tu tarea es hacer que ella vea lo que tú viste aquella noche. Eso es lo que cualquier investigador hace..., aunque podría no querer admitirlo porque parece una locura. Ella imagina todo lo que ocurrió tal como si hubiera estado presente... y eso le dice hacia dónde mirar después.

Brian estaba vestido otra vez con su desteñida ropa de militar. Había apoyado sus gastadas botas de andar por la selva sobre el salpicadero y, echado hacia atrás, fumaba un cigarrillo. Brian joven. Brian mayor. Brian muerto. Adrian se dio cuenta de que su hermano era un camaleón de la memoria alucinatoria. Desde Vietnam hasta Wall Street. Lo mismo ocurría con Cassie, y con Tommy, y con cualquier otra persona de su pasado que decidiera llegar al poco presente que le quedaba. Adrian inspiró, y pudo sentir el olor acre del humo que se mezclaba con la espesa, húmeda, sofocante y tropical sensación que lo envolvía, como si Brian hubiera traído la selva y sus vapores consigo. La limpidez de principios de primavera en Nueva Inglaterra estaba ausente. O, pensó Adrian, por lo menos no estaba en ningún lugar donde él pudiera encontrarla.

—¿Por qué nadie más vio nada? —quiso saber Terri Collins. Adrian no estaba seguro de si se suponía que debía responder a esa pregunta, porque ella la pronunció con una voz queda dirigida más bien a las franjas de luz diurna que a él.

—No sé —dijo Adrian—. La gente vuelve a su casa. Quiere su cena. Quiere ver a su familia. Cierran la puerta de la calle y dan por terminado el día. ¿Quién está mirando lo que ocurre en la calle a esa hora del día? ¿Quién está buscando algo fuera de lo común? No mucha gente, detective. Las personas buscan la rutina. Buscan la normalidad. Eso es lo que esperan. Un unicornio podría pasar trotando por la calle y probablemente nadie se daría cuenta. —Adrian dijo esto y cerró los ojos un instante, esperando que sus palabras no hicieran aparecer a un mítico animal blanco, con un cuerno en la cabeza, trotando por la calle, al que sólo él pudiera ver.

—Alguien tendría que haber notado algo —continuó Terri, como si no hubiera escuchado nada de lo que Adrian había dicho.

—Pero no fue así. Sólo yo lo vi —replicó él.

La detective se giró.

—Entonces ¿cómo avanzamos? —preguntó. No esperaba realmente que él respondiera. Miró cuando Adrian se movió en su asiento antes de bajar del coche. Una vez había entrevistado a un esquizofrénico en medio de un episodio psicótico que constantemente se giraba hacia un lado y hacia el otro porque oía sonidos que no existían, pero al final, con paciencia, había obtenido una sensata descripción del ladrón. Y también hubo muchas ocasiones en las que había sondeado los recuerdos de estudiantes universitarios que sabían que había ocurrido algo malo —usualmente una violación— pero no estaban exactamente seguros de qué era lo que habían visto o escuchado, o presenciado. Demasiadas drogas. Demasiado licor. Toda clase de sustancias que alteraban la capacidad de observación.

Pero su piel se erizó ligeramente, una sensación de picazón, cuando conoció a Adrian. Era lo mismo, pero era diferente. Su aspecto era liviano, esbelto, delgado, como si algo le estuviera devorando segundo a segundo cada vez que ella se encontraba cara a cara con él. Tenía la rara sensación de que se estaba desvaneciendo poco a poco, infinitesimalmente, a cada segundo que pasaba. Le estaba ocurriendo algo, pero ella no sabía qué.

La detective Collins parecía absorta en sus pensamientos. La voz de Brian estaba llena de vigor. Adrian pensó que sonaba tal como debió de haber sido cuando estaba al mando de hombres en la guerra, o como cuando llegaba el momento de sacar la verdad a un testigo reticente en la sala de un tribunal.

—Ahora —le urgió su hermano— piensa en lo que Tommy te dijo.

Adrian vaciló. Quería acercarse a Brian y preguntarle: *¿Qué? ¿Qué me dijo Tommy antes de ser destrozado?* Y entonces recordó las palabras apresuradas de su hijo: *Se trata de algo para ver.*

—Jennifer, detective… *Alguien la necesita para algo.* Cualquier otra explicación es inútil porque todas conducen a la misma conclusión: *está muerta.* Así que no tiene sentido seguirlas. El único curso a seguir es imaginar que todavía está viva, por una razón específica y bien definida. Si no, ambos estamos perdiendo el tiempo.

Brian resopló.

—¡Derecho al grano! —estalló. Fue como un grito demasiado cerca de su oreja, y Adrian se estremeció un poco.

Terri pensó que todo aquello era una locura y que el viejo profesor —cuyos ojos parpadeaban rápidamente, como si fuera un bicho, y cuyas manos temblaban eléctricamente— estaba loco, aun cuando ella no pudiera dar un diagnóstico médico al respecto. Miró a su alrededor recorriendo todo el vecindario, como si esperara tener la suerte de ver aparecer la chirriante furgoneta, que disminuyendo la velocidad arrojaría a Jennifer por la puerta, un poco magullada, incluso sexualmente agredida, pero con nada que un poco de amor, un poco de terapia y algunos calmantes no pudieran solucionar.

El atardecer se convirtió en oscuridad alrededor de ella. El viejo profesor parecía un pájaro, como si se hubiera posado en la delgada rama de una idea. Ella pensó: *¿Qué opciones tengo?*

—Muy bien —anunció Terri—. Voy a escucharle.

* * *

Adrian sostuvo la puerta de la calle abierta para que entrara la detective. Al hacerla entrar la sacaba de la noche que caía. Vaciló como esperando que Brian pasara junto a él, pero su hermano muerto se quedó en los escalones, un poco alejado.

—No puedo entrar ahí —aseguró enérgicamente, como si fuera obvio. Adrian seguramente se mostró sorprendido, porque Brian añadió con rapidez—: Hasta las alucinaciones tienen sus reglas, Audie. Cambian un poco, según las circunstancias, según los datos que se ingresan en ellas, lo cual es algo que tú probablemente ya sabías. Pero de todos modos, hay que obedecer.

Adrian asintió con la cabeza. Eso le pareció sensato, aunque no podría haber explicado por qué.

—Mira, tú puedes manejar lo que sigue. Estoy seguro. Sabes lo suficiente acerca de ese comportamiento, sabes lo necesario acerca de los crímenes y tu amigo en la universidad te señaló la única dirección en la que tienen alguna probabilidad de éxito, de modo que de eso es de lo que tienes que persuadir a la detective. Puedes hacerlo.

—No sé…

Escuchó el susurro de la voz de su esposa en su oreja. *Sí, tú puedes, querido…* Cassie parecía tener total confianza, y cuando Adrian volvió a mirar a Brian, vio que el fantasma mostraba un poderoso puño cerrado, como un estímulo, pues él también debía de haber escuchado la voz de Cassie.

—¿Aquí? —preguntó Terri Collins.

Adrian sacudió la cabeza para alejar sus recuerdos.

—Sí. A la derecha. Podríamos sentarnos en el salón. ¿Quiere un café? —Lo ofreció sin pensar. Y de pronto se dio cuenta de que probablemente no tenía café en la cocina, y no estaba exactamente seguro de cómo hacerlo, en caso de que hubiera. Por un segundo, se sintió inestable, como si no supiera siquiera dónde estaba la cocina. Respiró hondo, recordó que había vivido en esa casa durante años y la cocina estaba al otro lado del comedor, antes del baño de visitas de la planta baja. Las escaleras conducían a su dormitorio y a su despacho arriba y todo estaba donde se suponía que debía estar.

La detective negó con la cabeza.

—No. Vamos directamente al asunto.

* * *

Ella entró en el salón. Estaba atestado de libros, tazas de café a medio terminar llenas de leche cortada y cereales, platos con restos de comida y cubiertos sucios. Había papeles amontonados por todos lados, un televisor encendido, pero sin sonido, sintonizado en un canal de deportes, y un olor rancio a espacio cerrado llenaba el aire inmóvil. Estaba al borde del desastre, pensó ella. Aunque todavía no. Aquel desorden acumulado no era nada que una sola tarde dedicada a limpiar y organizar no pudiera solucionar. La habitación, y la casa en general, supuso, exhibía las mismas cualidades compartidas por niños pequeños a los que no les afectan los juguetes desparramados y ropa dejada en cualquier parte y por personas ancianas rodeadas por objetos que significaban recuerdos valiosos y otras curiosidades. A ninguno de esos dos grupos les preocupaba demasiado el orden.

—Vivo solo ahora —explicó Adrian—. Disculpe el desorden.

—Tengo hijos pequeños —respondió la detective—. Así que estoy acostumbrada a ello —mintió con delicadeza. Quito unos periódicos de una silla y se sentó después de notar que encima de los ejemplares del *Boston Globe* de tres semanas atrás había unos formularios de algún médico que sólo habían sido parcialmente rellenados. Trató de leer de qué eran, pero no pudo—. Bien —comenzó—, dígame qué le parece que podemos hacer.

Adrian también cambió de lugar algunos libros y se dejó caer en un sillón. Tuvo una oleada momentánea de confusión, como mareas que cambiaran dentro de él, y vio que la confianza desaparecía de su voz. Había estado contento con la presentación que había hecho del caso mientras estuvieron fuera.

Creía haberse mostrado enérgico. Pero en ese momento, podía escuchar la indecisión que se deslizaba en sus palabras.

—Mire, detective… —Vaciló—. Realmente deseo que ella esté viva. Jennifer, quiero decir…

La detective Collins alzó la mano para interrumpirlo.

—Querer… y poder hacer algo al respecto son cosas muy diferentes.

Adrian asintió con la cabeza como respuesta.

—Es importante. Es importante para mí. Tengo que encontrarla. Quiero decir, para mí ya está todo casi terminado, pero ella es joven. Tiene toda la vida por delante. No importa lo terrible que pueda haber sido para ella, eso no quiere decir que deba terminar prematuramente…

—Sí —aceptó Terri—. Pero eso es una obviedad. Tiene poco que ver con el trabajo de la policía.

Adrian se sintió incómodo. En realidad nunca había tratado con un policía. Cuando Brian se suicidó, la brigada de homicidios de Nueva York fue rápida, eficiente y discreta, debido a que todo era muy obvio. Cuando Cassie sufrió el accidente, el agente de policía local que había llamado había sido solícito, directo y pertinente. No estuvieron involucrados en las largas semanas que ella necesitó para morir finalmente. Y Tommy…, bueno, aquélla había sido una llamada rutinaria de un portavoz militar que le había dado los detalles de la muerte y la fecha y hora en la que el vuelo internacional le traería el ataúd de su hijo. Cerró los ojos con fuerza, y detrás de la oscuridad oyó una cacofonía de ecos, como si más de una persona estuvieran tratando de hablar con él al mismo tiempo y él tuviera dificultad para poner en orden el revoltijo de palabras, tonos y urgencias varias.

—¿Está bien, profesor?

Él abrió los ojos.

—Sí, lo siento, detective…

—Parecía que se estaba desvaneciendo.

—¿En serio?

—Sí.

Adrian la miró con curiosidad.

—¿Cuánto tiempo ha sido…?

—Más de un minuto. Tal vez dos.

Adrian pensó que eso era imposible. Había cerrado los ojos un segundo solamente. No más que eso.

—¿Se siente bien, profesor? —preguntó Terri otra vez. Trató de quitar de su voz todo tono chillón de mujer policía y que sonara más como una madre que se inclinaba sobre un niño con fiebre.

—Sí. Estaré bien.

—No parece que esté bien. No es asunto mío, pero…

—Me han recetado algunas medicinas nuevas. Todavía me estoy acostumbrando a ellas. —No creyó que la detective Collins aceptara esa explicación.

—Quizá deba usted hablar con su médico. Si estuviera conduciendo un coche…

Adrian la interrumpió:

—Lo siento. Déjeme poner en orden mis ideas. ¿Dónde estábamos?

Terri quería terminar su disertación acerca de los peligros de ponerse detrás del volante fuera cual fuese la condición en la que estaba el profesor Thomas. Pero se tragó sus palabras y volvió al tema más importante.

—Jennifer… y por qué…

—Por supuesto, Jennifer. El asunto es éste, detective, casi toda situación con la que usted o yo podríamos estar familiarizados termina con un simple resultado después de un largo razonamiento: *muerte*. Así que, desde el punto de vista del científico, tiene poco sentido lógico avanzar por esos senderos, aun cuando tengan grandes probabilidades de éxito, porque la respuesta es demasiado terrible como para ser tenida en cuenta. Así que demos la vuelta a las cosas. ¿Cuál es la ecuación que termina en *vida*?

—Sigo escuchando.

—Sí, por supuesto. Esto es lo que sabemos... —Adrian se detuvo, preguntándose qué era lo que sabía. Miró hacia donde estaba Terri Collins y vio que se había adelantado un poco en su asiento. En el mismo momento, sintió algo que le presionaba en el costado, y deseó mirar en esa dirección. Entonces se dio cuenta de que no tenía que hacerlo, porque su esposa había puesto un brazo alrededor de sus hombros y le susurró con firmeza: *No es Jennifer. Es lo que ella es, no quién es. Dile...*

Así que Adrian lo hizo.

—Mire, detective —le dijo—, tal vez esto pertenezca a una categoría de delitos en la que no se trata de una persona en particular, sino de un tipo de persona.

Terri sacó lentamente su libreta. Le pareció que el viejo profesor se había movido, incómodo, en su asiento y se inclinaba hacia delante como si hubiera perdido el equilibrio, pero lo que estaba diciendo tenía sentido.

—¿Qué es lo que sabemos? Una joven de dieciséis años es raptada en la calle. Todo lo que usted sabe sobre Jennifer o su familia no es muy relevante, ¿verdad? Lo que tenemos que descubrir es por qué alguien necesitaba el tipo de persona que ella es, y por qué estaban recorriendo este vecindario. Y entonces tenemos que imaginar por qué la quisieron a ella cuando la descubrieron. Y sabemos que se trataba de un varón y de una mujer. Así que estamos hablando de un muy estrecho margen de delitos, y predominantemente del tipo de los que terminan en homicidio.

La voz de Adrian había regresado al estilo enérgico, académico y seguro que recordaba después de cien millones de horas pasadas en las aulas. Le resultaba tan familiar como sus poemas favoritos, como los sonetos de Shakespeare o los versos de Frost. Hizo que se sintiera mucho mejor el hecho de reconocer el regreso de esa parte de sí que estaba desapareciendo.

—Pero si termina en homicidio...

—Sólo he dicho que generalmente termina así.

—Pero...

—Debemos interrumpirlo.

—Pero ¿cómo...?

—Sólo hay una manera, detective. Es como si el secuestro de Jennifer tuviera otro propósito aparte del homicidio. Como si su presencia tuviera un significado diferente del que tiene el modo en que ella va a terminar. Y para que nosotros tengamos alguna esperanza de éxito, tiene que ser un propósito que podamos identificar, y luego rastrearlo hacia atrás, hasta su origen. En caso contrario sólo podríamos esperar a que se descubra un cuerpo. —Vaciló y luego se corrigió—: No un cuerpo. El cuerpo de Jennifer.

—Muy bien. ¿Cuál podría ser ese propósito?

Adrian sintió que su esposa le daba un ligero codazo y luego le apretaba el hombro. Miró a un lado y fue como si el ejemplar de la *Enciclopedia del crimen* que su amigo le había prestado repentinamente flotara en el aire justo ante sus ojos y las páginas empezaran a pasar, empujadas por una súbita brisa turbulenta. *Macbeth,* pensó. Cuando lady Macbeth tuvo la alucinación del arma asesina. *¿Es una daga lo que veo ante mí?* Sólo que aquí lo que flotaba en el aire delante de él era un artículo en un libro que documentaba una serie interminable de episodios de homicidio y desesperación.

—Tengo una pequeña idea —dijo Adrian—. Tal vez la única idea.

Capítulo
19

Para cuando Terri Collins llegó a su casa, tarde esa noche, estaba convencida de que Adrian estaba totalmente loco y que estar loco era probablemente su única salida realista.

En cuanto abrió la puerta, sus dos hijos, que estaban sentados frente al televisor, saltaron hacia ella. Terri se vio inundada por una súbita catarata de exigencias infantiles —la mayor parte de las cuales se referían al colegio, con lo ocurrido en el patio durante el recreo o en la clase de lectura—. Era un poco como entrar en un cine con la película comenzada y una vez allí tratar de recoger silenciosamente suficientes observaciones y escuchar suficientes detalles de la trama que le faltaba como para llenar los espacios vacíos.

Laurie, revoloteando en la cocina sobre el fregadero lleno de platos sucios, gritó un saludo que era a la vez una bienvenida a casa y una pregunta sobre si tenía hambre. Terri respondió con una negativa. Su hijo de ocho años, con la energía de un varón de esa edad, le preguntó:

—¿Has arrestado a alguno de los malos hoy?

Su hermana pequeña, dos años menor que él, tan silenciosa como él era ruidoso, simplemente se aferraba a la pierna de su madre con una mano mientras agitaba en el aire un colorido dibujo con la otra.

—No. Hoy no —respondió Terri—. Pero creo que mañana sí, o tal vez pasado mañana.

—¿Malos de verdad?

—Siempre. Sólo los realmente malos.

—Bien —aceptó el niño de ocho años. Se alejó de su lado y regresó al televisor. Terri observaba cada gesto que hacía, cada tono dado a cualquier palabra que pronunciara, cada expresión en su cara en busca de señales que le recordaran a su padre. Era como vivir con una granada de mano a la que se le había quitado la anilla de seguridad. No sabía qué parte de su ex marido había pasado a su hijo, pero la asustaba. La genética puede ser aterradora, pensó.

El niño ya tenía la sonrisa despreocupada y la relajada seducción de su padre, y era sumamente conocido en el colegio y en el barrio. Ella temía que todo fuera una mentira, que al igual que su padre, fuera encantador y malvado al mismo tiempo. Su ex marido siempre tenía una sonrisa en público, contaba chistes, hacía que todos se sintieran bien consigo mismos, pero en el momento en que se quedaban solos, se volvía oscuro y recóndito y empezaba a golpearla despiadadamente. Ésa era la parte oculta que nadie había visto nunca, salvo ella. Era un misterio, y cuando ella huyó, sabía que dejaba atrás a mucha gente querida, familia, amigos, compañeros de trabajo que estarían preguntándose: *¿Cómo puede ser?* y diciendo: *No tiene sentido*.

El problema era que sí tenía sentido. Sólo que ellos no lo sabían. Seguía observando cuando su hijo se desplomó en un sillón, ignoró la televisión y cogió un libro ilustrado. Ella se preguntó: *¿Me fui a tiempo?* Se las había arreglado para huir, haciendo las maletas y corriendo cuando sabía que él iba a estar ocupado durante unas horas. Había tomado muchas precauciones, sin dar la menor señal de huida en las semanas previas a su fuga, destacando, cada vez que podía, los asuntos más aburridos y rutinarios, de modo que cuando huyera, fuera algo inesperado. Dejó todo atrás, salvo un poco de dinero y los niños. Él podía quedarse con todo lo demás. No le preocupaba. Tenía un único mantra que había repetido en su interior sin cesar: *Comenzar de nuevo. Comenzar de nuevo.*

En la época que siguió a la fuga obtuvo una orden de alejamiento y el acuerdo de divorcio que limitaba su acceso a los niños y depositó todos los papeles necesarios en la base del Primer Escuadrón Aerotransportado, donde estaba el jefe de su marido, en Carolina del Norte. Había soportado más de una sesión con consejeros militares, que trataron de convencerla —de manera sutil y a veces no tanto— de que volviera con su marido. Ella se había negado, por mucho que le repitieran que él era «un héroe norteamericano».

Tenemos demasiados héroes, pensó ella.

Pero no existía nunca una huida absoluta y completa —por lo menos no una que no implicara esconderse, identidades falsas y moverse de un lugar a otro tratando de ser anónimo en un mundo que parece dedicado a divulgar todo sobre todos—. Él nunca estaría del todo fuera de sus vidas. Ésa era, en parte, la razón por la que había vuelto a estudiar, y se había esforzado tanto para convertirse en una mujer policía. El arma semiautomática en su bolso y la placa que llevaba eran un mensaje explícito de que ella esperaba servir de barrera entre él y cualquier veneno que quisiera administrar.

Abrazó a los dos niños y, al mismo tiempo, elevó una breve plegaria: otro día a salvo. Terri puso a los niños a hacer sus tareas infantiles —dibujar, leer, mirar la televisión— y luego fue a la cocina. Laurie le estaba preparando la cena.

—Pensé que no estabas diciendo exactamente la verdad —se justificó.

Terri dirigió su mirada al pastel de carne recalentado y la ensalada fría. Cogió el plato, buscó tenedor y cuchillo y, siempre de pie, se apoyó en la encimera y empezó a comer.

—Deberías ser detective —le dijo entre bocado y bocado.

Laurie asintió con la cabeza. Eso era un cumplido importante para alguien como ella, que pasaba mucho tiempo con Raymond Chandler, sir Arthur Conan Doyle y James Ellroy.

En la otra habitación, los dos niños se mantenían ocupados y en silencio, lo cual era una especie de victoria. Terri empezó a servirse un vaso de leche, luego lo pensó mejor y encontró una botella medio vacía de vino blanco. Cogió dos copas de un estante.

—¿Te quedas un rato más?

Laurie asintió con la cabeza.

—Sí. Vino blanco y meter a los niños en la cama. No se me ocurre una velada mejor, siempre y cuando pueda volver a la televisión antes de que empiece *CSI: En la escena el crimen*.

—Esos programas… ya sabes que no son reales.

—Sí. Pero son como pequeñas lecciones morales. En los tiempos medievales, todos los campesinos se reunían delante de las escalinatas de cualquier iglesia para ver a los actores interpretando historias bíblicas del Antiguo Testamento con las que les daban lecciones, como por ejemplo: «Si no eres un buen creyente, Dios te castigará». Hoy encendemos el televisor y vemos a Horatio como-quiera-que-se-llame en Miami o a Gus en Las Vegas para que nos informen más o menos de lo mismo de manera más moderna.

Ambas se rieron.

—¡Diez minutos! —les gritó Terri a los niños desde la cocina, una noticia que fue recibida con predecibles quejas.

Terri sabía que Laurie estaba ansiosa por preguntar por el caso en el que estaba trabajando, pero era demasiado educada como para abordar el tema sin un preámbulo. Comió un bocado de pastel de carne.

—Una fuga —dijo a manera de respuesta a la pregunta no verbalizada—. Pero no podemos estar seguros. Tal vez sea un secuestro. O tal vez alguien la ayudó a escapar. No está claro todavía.

—¿Y tú qué piensas? —quiso saber Laurie.

Terri vaciló.

—La mayoría de los jóvenes que desaparecen lo hacen por alguna razón. Y por lo general aparecen otra vez. Por lo menos eso es lo que nos dicen las estadísticas.

—Pero…

Terri miró hacia la otra habitación para asegurarse de que sus hijos no podían oírla.

—No soy optimista —respondió en voz baja. Comió un poco de ensalada con el tenedor y bebió un largo trago de vino—. Soy realista. Tengo esperanza de que sea lo mejor. Espero lo peor.

Laurie asintió con la cabeza.

—Los finales felices…

—Si quieres un final feliz, mira la televisión —concluyó Terri enérgicamente. Sonó mucho más severa de lo que pensaba que debía ser, pero su conversación con el profesor la había dejado viendo sólo las posibilidades grises y oscuras—. Es más posible encontrarlo allí.

* * *

Era, pensaba, una manera poco usual de investigar un crimen. Se había hecho tarde y Laurie se había ido con su acostumbrado ofrecimiento:

—Llama en cualquier momento, de día o de noche.

Los niños estaban dormidos y Terri iba por su tercera copa de vino blanco, rodeada de libros y artículos, y un ordenador portátil cerca del codo. Estaba en el extraño reino existente entre el agotamiento y la fascinación.

«Como puede ver, detective, el delito que ocurrió justo delante de mí era solamente un principio. Escena primera. Primer acto. Entran los antagonistas. Y lo poco que sabemos acerca de ellos probablemente no conduce a ninguna parte. Especialmente si los criminales son expertos en lo que hacen». Podía escuchar la voz del viejo profesor que resonaba en el santuario de su pequeña y recargada casa desordenadamente llena de juguetes. Expertos. Ella no le había contado nada acerca de la camioneta robada y del fuego que muy probablemente eliminó todas las pruebas que pudieran haber dejado sin querer. Ciertamente, sólo alguien que sabía lo que estaba haciendo tomaría tantas precauciones.

Tenemos que tener en cuenta el crimen que está ocurriendo, incluso mientras hablamos.

El profesor estaba lleno de suposiciones salvajes, enloquecido por las ideas, pensaba ella. Pero, ocultas por todo eso, algunas ideas tenían sentido para ella. Lo había escuchado cuidadosamente tratando de ver un sendero entre dos misterios. El primero era el obvio: *¿Qué tenía de malo él?* El segundo era mucho más complicado: *¿Cómo encontrar a una Jennifer que ha sido arrebatada de este mundo?*

Había decidido que simplemente iba a tener paciencia con el profesor. Era inteligente, perspicaz y sumamente educado. El hecho de que su capacidad de atención se fuera y regresara con la misma rapidez, de que pareciera flotar hacia otras tierras y de que respondiera a preguntas y afirmaciones que no habían sido expresadas…, bien, en lo que a Terri concernía, se trataba de cosas bastante benignas. En algún sitio en medio de todas sus andanzas mentales podría haber un sendero que ella pudiera seguir.

Sobre su regazo estaba la *Enciclopedia del crimen*. Había leído dos veces el artículo entero sobre los asesinatos de Moors, para luego hacer un examen minucioso del crimen en Internet. Nunca dejaba de asombrarle todo lo que uno podía descubrir oculto en raros rincones del cibermundo. Encontró fotografías de autopsias, planos de escenas del crimen y documentos originales de la policía, todos hechos públicos en varios sitios web dedicados a los asesinos en serie y a la depravación sexual. Estuvo tentada de pedir alguno de los muchos libros que había sobre Myra Hindley e Ian Brady, pero no quería que ese tipo de material ocupara espacio en una balda junto a *El gato en el sombrero*, *El viento en los sauces* o *Winnie the Pooh*.

Tenía la precaución de borrar de la memoria de su ordenador el acceso a cada uno de los sitios web relacionados con homicidios que ella visitaba. No tenía ningún sentido dejar allí nada que su hijo pudiera llegar a abrir. *Los niños son naturalmente curiosos,* pensó, *pero toda curiosidad debe tener sus límites.* Ella lo sabía, era una postura sumamente razonable y maternal. Pero incluso después de utilizar el ratón y el teclado para enviar todo al purgatorio del ordenador, lo que había leído se quedaba en su interior.

Hasta donde ella entendía, lo que el profesor quería decir era que lo que estimulaba a la pareja homicida era la necesidad de compartir sus excesos.

«Ésa es la clave. Tenían que ir más allá de ellos dos. Si hubieran compartido su amor por la tortura sólo entre ellos, bueno, podrían haber continuado más o menos indefinidamente». Terri había tomado algunas notas mientras el profesor le hablaba como un catedrático. «Salvo que cometieran un error en la planificación o fueran descubiertos por alguna persona al azar..., podrían haber continuado durante años».

Ella sabía poco acerca de este tipo de crímenes, a pesar de haber hecho algunos cursos sobre homicidios célebres y asesinos en serie, pero la mayor parte de sus conocimientos al respecto se habían esfumado después de varios años dedicados a la rutina de los delitos de un pueblo universitario, con su muy limitado espectro.

«Si cojo dos ratas blancas idénticas y las pongo en la misma situación psicológica..., bien, es posible evaluar sus diferentes respuestas a estímulos idénticos. Pero todavía habría una línea básica de similitudes sobre la que podríamos medir».

Parecía que había recobrado su vigor. Ella supuso que mientras hablaba podía verse a sí mismo rodeado por estudiantes, amontonados en un laboratorio a oscuras, observando el comportamiento de los animales, evaluándolos cuidadosamente.

«Cuando ratas similares en una situación idéntica empiezan a desviarse de esas normas es cuando las cosas se ponen interesantes».

Pero la desaparición de Jennifer no era un experimento de laboratorio. Por lo menos, pensó, reclinada en su silla, ella no creía que lo fuera. Respiró hondo y se preguntó si no estaría equivocada.

Estaba en una posición difícil. Se recordó a sí misma que debía ser cautelosa. Adoraba su trabajo, pero se daba cuenta de que cada caso podía definir su carrera. Si llegaba a fallar con una violación en el campus, tendría que volver a conducir un coche patrulla. Si estropeaba una investigación de drogas o un robo con allanamiento de morada, en un departamento policial pequeño como el suyo, la mancha negra en su historial sería magnificada. En lugar de agitar su placa dorada ante rateros y estudiantes que habían bebido tanto como para cometer un delito, estaría respondiendo llamadas telefónicas.

Una parte de ella estalló en cólera contra Jennifer. *¡Maldita sea! ¿Por qué no podías simplemente fumar marihuana y quedarte toda la noche fuera de casa como hace cualquier adolescente con problemas? ¿Por qué no ponerte a beber y a practicar sexo demasiado pronto y sin protección y pasar de ese modo la adolescencia? ¿Por qué tenías que huir?*

Estaba exhausta. Ya se habría quedado dormida si no fuera por las imágenes combinadas de dos asesinos muertos hacía medio siglo y de Jennifer. Quería prometer que la iba a encontrar, pero sabía que eso todavía era poco probable.

* * *

El jefe de su departamento estaba sentado detrás de su mesa. Había una fotografía sobre la pared detrás de él: el jefe con uniforme de béisbol rodeado de niños. Una temporada de campeonato de la Liga Menor. No muy lejos había un trofeo barato pero brillante y un diploma enmarcado que lo declaraba «el mejor entrenador de todos los tiempos» rubricado por muchas firmas apenas definidas. El resto de la pared estaba dedicado a diplomas de numerosos cursos de entrenamiento, un programa de desarrollo profesional del FBI del

Fitchburg State College y un título de postgrado del John Jay College en Nueva York. Ella sabía que este último era bastante prestigioso.

Al jefe le gustaba llevar uniforme para trabajar, pero aquel día vestía un traje que parecía demasiado ajustado para su vientre expandido y para sus brazos de levantador de pesas. Ella tuvo la impresión de que estaba a punto de reventar en varias direcciones, como un personaje de dibujos animados que estuviera siendo inflado como un globo. Estaba tomando lentamente el café y tamborileando con un lápiz sobre el escueto informe que ella había presentado.

—Terri —le dijo lentamente—, aquí hay más preguntas que respuestas.

—Sí, señor.

—¿Estás sugiriendo que llamemos a los tipos de la policía del Estado o al FBI?

Terri había previsto esta pregunta.

—Creo que debemos informar de la situación, hasta donde podemos saber. Pero sin ninguna prueba firme, sólo van a estar tan frustrados como yo.

Él usaba gafas. Tenía el hábito de ponérselas y luego quitárselas —se las quitaba cuando hablaba, se las volvía a poner cuando leía— de modo que estaba constantemente en movimiento.

—Entonces lo que estás diciendo...

—Una adolescente con una historia confirmada de fugas se escapa por tercera vez. Un testigo poco fiable dice que vio que era raptada en una calle. Investigación adicional revela que un vehículo robado similar al que él vio podría haber sido incendiado horas después de la desaparición.

—Sí, ¿y?

—Sí, y eso es todo. No hay una petición de rescate. Ningún contacto con la muchacha desaparecida ni con nadie más. En otras palabras...: si hubo un delito, ahí termina todo.

—Jesús. ¿Qué piensas tú?

—Yo pienso... —Terri vaciló. Estaba dispuesta a precipitarse con su respuesta, pero se dio cuenta de pronto de que lo que dijera podía ser peligroso. Quería asegurarse de proteger cautelosamente su puesto—. Pienso que debemos proceder con cautela.

—¿Cómo?

—Bien, el testigo, el profesor Thomas, emérito de la universidad, pongo sus antecedentes en el informe, piensa que debemos revisar casos de posibles secuestros con abuso sexual. Analizar a todos los potenciales delincuentes sexuales. Tratar de encontrar por ahí algún camino a seguir. Al mismo tiempo, debemos aumentar los requerimientos sobre personas desaparecidas. Si usted quiere informar a su enlace con la oficina del FBI de Springfield, eso podría ayudar. Mire a ver si quieren involucrarse.

—Lo dudo —dijo el jefe—. No sin algo más concreto para empezar. —Terri no continuó. Sabía que el jefe lo haría—. Está bien, sigue trabajando en el caso. Mantenlo en el primer lugar de tu bandeja. Sabes que la mayoría de estos adolescentes fugados al final aparecen. Esperemos que con suerte las personas a quienes el profesor vio sean unos amigos que la madre no conoce. Sigamos reuniendo información mientras esperamos una llamada del tipo *Se me acabó el dinero y quiero volver a casa*.

Terri asintió con la cabeza. El jefe veía los mismos problemas que ella. Quería asegurarse de que nunca tuviera que ponerse de pie delante de un montón de cámaras y periodistas para decir: *Bien, no pudimos aprovechar las oportunidades que tuvimos...* Ella había visto a policías en otras jurisdicciones enfrentarse a esa situación y ver cómo sus carreras se desvanecían. Dudaba de que su jefe —aun con el sólido apoyo del alcalde y del ayuntamiento— quisiera ser el próximo en enfrentar la dura mirada de la publicidad negativa.

Era fácil para ella suponer que tampoco querría levantarse delante del concejo municipal, ni siquiera en sesión secreta, y decir: *Bueno, tal vez tenemos un violador o asesino en serie en nuestro agradable, tranquilo y pequeño pueblo universitario...*, porque eso sería igualmente explosivo. Así que, tal como lo sospechaba, lo que le estaba diciendo realmente era: *Haz todo lo posible. Cubre todas las bases. Sigue todos los procedimientos. Pero no corras riesgos. No te vuelvas loca. Sólo sé firme y prudente...*, porque si algo sale mal, tú serás la culpable.

Ella asintió con la cabeza.

—Lo mantendré informado si logro desarrollar algo que sea de interés.

—Hazlo —replicó él. Se arregló el nudo de la corbata. Un discurso, supuso Terri, tal vez con los masones o en el Club de Leones local. El tipo de público dispuesto a escuchar detalles estadísticos sobre delincuencia y sobre cómo el Departamento de Policía había manejado cada caso con destreza y profesionalidad. Ésa era una impresión que al jefe le gustaba dar, y era bueno en eso.

Terri decidió que iba a hacer dos cosas. En primer lugar, revisar casos sin resolver. Tal vez había otra Jennifer de la que no estaba al tanto. Y luego planeaba identificar a cada delincuente sexual fichado que estuviera a su alcance. *Muchas visitas*, pensó. Pero necesarias.

Se levantó y salió de la oficina del jefe. No había dicho una sola palabra sobre las teorías del profesor Thomas. La mayoría de los crímenes se ajustan a patrones, se ajustan a normas estadísticas, se ajustan a esquemas que pueden ser enseñados en las aulas para luego ser aplicados en situaciones de la vida real. *Él quería salirse de esos parámetros,* pensó ella.

También pensó que no tenía sentido hacerlo realmente. Pero tampoco lo tenía no hacerlo.

Capítulo
20

Michael estaba contento. Las respuestas para *Serie # 4* estaban llenas de ideas, sugerencias y peticiones. Éstas iban desde un sutil «Necesito ver sus ojos», hasta el considerablemente más predecible «Penetradla-penetradla-penetradla-penetradla» o el complejo «Matadla. ¡Matadla ya!».

Michael sabía que sus respuestas eran importantes y dedicó un tiempo a elaborar cada una. Estaba siempre alerta ante las necesidades de los abonados enganchados a whatcomesnext.com. Le gustaba imaginarse como un escritor de la nueva era, un poeta del futuro. Pensaba que los escritores tradicionales que dedicaban meses y años a desarrollar historias en papel eran dinosaurios y evidentemente estaban en vías de extinción. Él hablaba una lengua diferente, una que no estaba limitada al inglés, al ruso o al japonés. No era un pintor confinado a las barreras de un lienzo. Sus pinceladas cambiaban y se modificaban constantemente. A diferencia de un director de cine, que trabajaba dentro de un presupuesto estricto, él elaboraba imágenes llenas de incertidumbre y sorpresa. No estaba atado a ningún dialecto ni a ningún medio. Era un artista que combinaba cine y vídeo con Internet, palabras y actuación en una mezcla de medios que hablaba de los tiempos venideros, no de los tiempos antiguos que ya habían pasado. Se pensaba a sí mismo en parte como un documentalista, en parte productor y totalmente perteneciente al futuro. El suyo era el diseño de la espontaneidad.

No le molestaba en lo más mínimo que su creación estuviera basada en un crimen. Pensaba que todos los grandes avances en el arte tenían que aprovechan sus oportunidades.

Linda estaba dormida, envuelta en sábanas enredadas sobre la cama, produciendo pequeños y tranquilos sonidos al respirar. Sus piernas largas estaban descubiertas y su piel brillaba. Estaba medio boca abajo, con una almohada apretada contra el vientre, y la curva de su pecho se delineaba por debajo de la sábana que se había echado alrededor de la espalda y los hombros. Él imaginó que sus sueños eran felices, llenos de visiones simples y mágicas.

A veces, cuando ella dormía, él se quedaba mirándola y era como si pudiera verla envejecer, ver que su piel perfecta se desvanecía y se arrugaba, ver que la tersura de su cuerpo se aflojaba. Se imaginaba a ambos haciéndose viejos juntos, y luego pensaba que eso era imposible. Ellos serían jóvenes para siempre.

Ocasionalmente echaba un vistazo hacia los monitores de las cámaras para controlar a la Número 4. En ese momento, ella también parecía dormida. Por lo menos apenas se había movido durante la última hora. Sospechaba que los sueños de ella eran mucho menos tranquilos. La Número 1 y la Número 2 con frecuencia habían gritado en sueños. La Número 3 había gemido mientras forcejeaba con las ataduras. Había sido precursora por la manera en que había luchado contra las ligaduras cuando estaba despierta. Había acortado *Serie # 3* más de lo que a él le hubiera gustado porque la Número 3 era demasiado difícil y exigía demasiada atención para manejarla. Pero había aprendido muchísimo de la Número 3 antes del final de la función, y ésas eran las lecciones que estaba aplicando con la Número 4.

Pulsó algunas teclas del ordenador y acercó la imagen de una cámara hasta un primer plano. Los labios de la Número 4 estaban ligeramente separados y su mandíbula parecía esculpida en cemento. *Pronto va a gritar,* calculó él.

Hay gritos provocados por lo que uno sueña. Hay gritos provocados por lo que le pasa a uno cuando está despierto. No estaba seguro de cuál era peor. *La Número 4 lo sabe,* pensó.

Suspiró, se pasó las manos por su pelo largo y se ajustó las gafas. Se preguntó si tendría tiempo de darse una ducha rápida. Cuando miró, vio que la Número 4 temblaba, y su mano se dirigió involuntariamente hacia la cadena alrededor del cuello. *Sueña que se ahoga,* supuso. *Tal vez sueña que se queda sin aire. O tiene pesadillas sobre estar enterrada.*

Esperó, porque pensaba que la Número 4 probablemente se despertaría en los siguientes minutos. Los sueños eran tan vivos, tan espantosos, que con frecuencia hacían que los sujetos se despertaran. Por lo menos eso era lo que él creía.

Uno de los problemas de asegurar su desorientación —que Michael sabía que era un elemento clave en todo el espectáculo— era que podía despertarse a horas extrañas, al no estar ya atada a la vigilia diurna y al sueño nocturno. Esto tenía una ventaja, como *Serie # 4* llegaba a tantos husos horarios en tantas partes del mundo, en un momento u otro, cada huso horario iba a tener algo indudablemente vivo y visualmente atractivo. Al final, todos iban a quedar satisfechos. Pero eso quería decir que él y Linda tenían que turnarse en la vigilancia para que el otro durmiera un poco. Parte de la pasión de ambos por el proyecto provenía de compartir lo que veían y la propia excitación sexual por lo que estaban creando. Pero frecuentemente estos momentos se producían cuando sólo uno estaba observando, lo que era un poco frustrante.

En los primeros dos proyectos de whatcomesnext.com esto resultó ser un tremendo problema. Estaban constantemente exhaustos, y al final apenas tenían energía para terminar el espectáculo. Después de largos debates, Michael y Linda habían solucionado esto electrónicamente. Grababan momentos de acción, grababan los momentos del sueño, crearon espectáculos dentro del espectáculo, de modo que el hilo narrativo de *Serie # 4* constantemente era reanudado, rebobinado y vuelto a poner. Se había hecho un experto con el Final Cut y otros programas de edición, y había aprendido a pegar secuencias diferentes, de modo que cuando las cosas parecían ponerse aburridas, podía enviar algo más atractivo.

Michael había estudiado a los pornógrafos modernos y había aprendido que la gente puede mirar el mismo vídeo de actores apareándose una y otra vez como si cada gemido y cada movimiento estuvieran ocurriendo por primera vez. Pero Michael tenía el buen sentido de comprender que sin importar lo explícita que fuera la pornografía, al final se hacía aburrida. Era, en última instancia, predecible. Llegó a un punto en que pudo medir efectivamente la duración de los vídeos que se veían por Internet, tantos minutos por cada elemento de cada acto sexual, uno después del otro, todos en formación militar hasta la conclusión final con la boca abierta. Michael estaba decidido a romper con esos moldes.

La belleza en whatcomesnext.com era el arte de lo impredecible. Nadie sabría nunca lo que podía ocurrir en la pantalla. Nadie nunca podía anticipar la siguiente jugada. No podían medir cuánto tiempo iba a durar, ni el verdadero tema. Una adolescente casi desnuda encadenada a una pared en una habitación anónima era un lienzo preparado para cualquier posibilidad.

Estaba enormemente orgulloso de esto. Y orgulloso de Linda. Había sido ella quien había insistido en encontrar «a alguien joven y nuevo» para *Serie # 4*. Ella había argumentado que si bien el riesgo era mayor, estaba compensado por el boca a boca de Internet, que haría aumentar la base de clientes que pagaban. Se había mostrado insistente y decidida, usando todos sus conocimientos de escuela de negocios y de experiencia empresarial para reforzar sus argumentos.

Michael admitía que en esto —como en tantas otras cosas— Linda había tenido razón. La Número 4 iba a ser el espectáculo más interesante que habían creado.

Detrás de él, Linda se movió. En su sueño, estaba sonriente. Él le devolvió la sonrisa y ansió poder tocarle la pierna, pero cuando acercó la mano, se detuvo. Ella necesitaba descansar, pensó, y no debía molestarla.

Volvió al ordenador. Había un mensaje de correo electrónico de alguien cuyo nombre en la web era Magicman88 que decía: «La Número 4 debe hacer ejercicio, así podemos ver mejor su figura».

«Sí», escribió Michael como respuesta, «a su debido tiempo».

Le gustaba dar a los abonados la impresión de que estaban ayudando a controlar la situación, y escribió una nota en el guión para hacer que la Número 4 hiciera algunas flexiones de brazos y de piernas y tal vez corriera un poco por la habitación. Se sentó en su silla y se preguntó: *¿Si la obligo a hacer ejercicio, qué le hará pensar eso?*

Siguió preguntándose: *El cordero al que le dan más comida ¿se da cuenta de que lo están engordando para matarlo?*

—No —susurró Michael en voz alta—. Creerá que todo es parte de otra cosa. No podrá ver la escena completa.

Linda dio una vuelta en la cama. A él le gustaba ver que ella reaccionaba incluso a sus susurros.

De vuelta en el monitor de vídeo, vio que la Número 4 levantaba la mano hasta su cara y sus dedos tocaban la máscara que escondía sus ojos. Pero sus movimientos parecían involuntarios y estaba seguro de que todavía estaba dormida. Él creía que eso era parte de su genio, que podía imaginar las ramificaciones psicológicas de cada movimiento que tenía lugar en la pantalla de vídeo. Consideraba no sólo la manera en que esto afectaría a la Número 4, sino también cómo lo verían quienes estaban mirando. Quería que ellos se identificaran con la Número 4 y que a la vez quisieran manipularla. El control lo era todo.

Otra vez echó un vistazo al monitor primero, y luego dejó que sus ojos permanecieran sobre Linda. Cuando diseñaron las primeras ideas que habían conducido a *Serie # 1*, él se había sumergido en el mundo del cautiverio. No había trabajo escrito sobre el síndrome de Estocolmo que no hubiera leído. Había devorado las memorias de los prisioneros de guerra y obtenido informes militares desclasificados en los que se describía la vida en el Hanoi Hilton, el centro de torturas del Vietcong llamado así irónicamente por los prisioneros. Incluso se las había arreglado para obtener algunos de los manuales de interrogatorio y evaluación de riesgos de la unidad de operaciones psicológicas de la CIA para objetivos de alto valor. Había leído los relatos de los carceleros y las biografías de los hombres a quienes habían mantenido encarcelados. Conocía la verdad sobre el Birdman de Alcatraz y podría haberle explicado a cualquier profesor de historia del cine minuciosamente hasta qué punto la famosa actuación de Burt Lancaster se había apartado de la realidad.

Pensaba que sabía tanto sobre la privación de libertad como cualquier experto. Este seguro conocimiento de sí mismo siempre lo hacía sonreír. La diferencia entre él y los profesionales era que ellos buscaban información, o querían infligir dolor, o simplemente necesitaban medir el paso del tiempo. Linda y él estaban haciendo arte. Eran únicos.

Ella se movió otra vez y él se levantó tranquilamente para dirigirse al baño. Se dijo a sí mismo que una ducha lo renovaría. Necesitaba estar alerta para el próximo momento dramático con la Número 4.

Había un espejo pequeño encima del lavabo y se tomó un segundo para mirarse en él. Flexionó sus músculos fibrosos y pensó que parecía delgado como un asceta, como un monje, o tal vez tan en forma como un corredor. Se apartó los mechones de pelo que le caían sobre la cara y pasó los dedos por su barba descuidada. Tenía dedos largos que alguna vez pensó que serían adecuados para bailar por el teclado de un piano. Ahora la música que hacían se tocaba sobre las teclas del ordenador. Se echó un poco de agua en la cara. Le pareció que estaba un poco pálido. Pensó que él y Linda tenían que salir un poco más, no mantenerse tanto tiempo encerrados. O tal vez después de que terminara *Serie # 4* debían ir al sur para descansar un poco y disfrutar. Tal vez a algún sitio cálido, húmedo y tropical como Costa Rica, o quizá uno exótico como Tahití.

Tendrían dinero más que suficiente para cualquier extravagancia de lujo que desearan. *Serie # 4* era, de lejos, la que más éxito había tenido hasta ese momento. Todavía había abonados que entraban al sistema con nuevos números de tarjeta de crédito, enviando fondos electrónicamente. Recordó que tenía que hacer una actualización para que los espectadores más nuevos estuvieran tan al día como los que habían estado desde el comienzo. Michael decidió afeitarse, y abrió al máximo el agua caliente, cubriendo casi instantáneamente el espejo de vapor. Se enjabonó la cara con crema de afeitar; estaba preparado, con la maquinilla de afeitar en la mano.

—¡Es hora de comenzar la función! —susurró con confianza.

* * *

Como antes, Jennifer no estaba segura de si todavía estaba soñando o si ya se había despertado. Detrás de la cortina negra que cubría sus ojos podía percibir que las cosas estaban empezando a deslizarse, como si nada estuviera unido y fijo en todo el mundo, la gravedad había disminuido, y todo estaba suelto y desconectado. No sabía si era de día o de noche, si era por la mañana o por la tarde. No recordaba cuántos días llevaba cautiva. El tiempo, la posición, quién era ella, todo se desmoronaba minuto a minuto. Dormir no significaba descanso. La comida que le llevaba la mujer de manera azarosa no aplacaba su hambre. Beber no reducía su sed. Permanecía sepultada detrás de la venda, encadenada a una pared.

Sus dedos se cerraron por millonésima vez sobre el *Señor Pielmarrón*. Las puntas de sus dedos sintieron cosquillas al tocar el gastado oso sintético. Se preguntaba por qué le permitían conservarlo. Se daba cuenta de que no podía ser para ayudarla. Tenía que estar ayudándolos *a ellos* y por un segundo se preguntó si debía lanzar el juguete familiar al vacío, donde nunca más volvería a encontrarlo. Sería un desafío. Sería un acto que demostraría a la pareja que ella no iba a quedarse quieta y dejarles hacer con ella lo que pensaban.

Apretó con fuerza su mano alrededor de la cintura del animalito de peluche y sintió que sus músculos se ponían tensos, como un jugador de béisbol que se prepara a lanzar una pelota al bateador. *¡No lo hagas!*, se dijo de pronto a sí misma con un grito. Prestó atención esperando el eco, pero no escuchó nada.

Se llevó el oso hasta el pecho y lo acarició, pasando sus dedos por la espalda del juguete.

—Lo siento —susurró en voz alta—. No quería decir eso. No sé por qué me dejaron encontrarte, pero lo hicieron, así que ahora estamos juntos en esto. Como siempre.

Jennifer giró la cabeza hacia un lado, como si esperara escuchar la puerta o el grito del bebé llorando otra vez, pero no hubo nada. Lo único que pudo escuchar fue el latido de su corazón, e imaginó que estaba compartiendo eso con el juguete. El hecho de escuchar su propia voz hizo que se sintiera un poco mejor, aun cuando ésta se desvaneció rápidamente. Eso sirvió para recordarle que todavía podía hablar, lo cual quería decir que seguía siendo quien era; aunque fuera poco, era importante.

Casi empezó a reírse. Habían sido muchas las noches en las que ella había estado echada en su cama, en su casa, con las luces de su habitación apagadas, envuelta por la noche, hecha un ovillo con el *Señor Pielmarrón,* dejando caer todos sus dolores y lágrimas sobre el peluche, como si sólo él en todo el mundo comprendiera lo que ella estaba sufriendo. Fueron muchas conversaciones, a lo largo de muchos años, sobre muchos problemas. Él había estado allí para ella todo el tiempo, desde el primer instante en que había roto el papel brillante del paquete de cumpleaños que su padre había preparado con cierta torpeza para envolver el juguete. Él ya estaba muy enfermo y fue lo último que había podido regalarle antes de ir al hospital. Le regaló un juguete y luego murió; odiaba a su madre porque no había podido hacer nada contra el cáncer que lo asesinó.

Jennifer respiró hondo y acarició al oso. *Tal vez son asesinos,* especuló con dureza, como si pudiera hacer pasar las palabras de su cabeza directamente al osito de peluche, *pero no son cáncer.* Se dijo que eso era lo único en el mundo a lo que realmente le tenía miedo: *cáncer.* Otro suspiro hondo y se movió en la cama.

—Tenemos que poder ver —susurró Jennifer en la oreja gastada del oso—. Tenemos que ver dónde estamos. Si no podemos ver, bien podríamos estar muertos.

Vaciló. Probablemente estas palabras la pusieron nerviosa porque eran verdad.

—Tú mira con atención este sitio —continuó en voz muy baja—. Memoriza todo y podrás decírmelo después. —Sabía que esto era una tontería, pero eso no le impidió girar la cabeza del oso de un lado a otro para que las pequeñas cuentas de vidrio que eran sus ojos pudieran examinar el lugar donde la mantenían cautiva. Era algo estúpido e infantil, pero le hizo sentirse mucho mejor y un poco más fuerte, de modo que cuando escuchó el ruido de la puerta que se abría, no se puso tensa tan rápidamente, ni su respiración se hizo áspera. En cambio se volvió hacia el ruido, esperando que fuera algo tan rutinario como una comida o una bebida, pero nerviosa porque también podía anunciar algo peor.

Supo en ese preciso momento que fuera lo que fuese lo que le esperaba, no iba a ser rápido ni repentino. Esta idea hizo que su mano temblara de miedo. Pero era lo suficientemente astuta como para darse cuenta de que cada segundo que pasara y cada nuevo elemento que fuera introducido en el mundo oscuro que habitaba podría servir tanto para ayudarla como para dañarla.

Capítulo
21

Adrian estaba acurrucado en su cama, con la cabeza apoyada en el regazo de su esposa desnuda, embarazada de seis meses. Aspiraba profundamente, separando los diferentes olores, como si cada uno expresara algo único acerca de la personalidad de Cassie. Ella tarareaba una melodía de Joni Mitchell que parecía venir de un tiempo olvidado hacía mucho. Le acariciaba lentamente el pelo gris enredado al ritmo de la música, empujándoselo sobre su frente, y luego pasaba los dedos alrededor de sus orejas, masajeándolas con delicadeza. La sensación iba más allá de la seducción.

Permaneció inmóvil y pensó que eso le hacía recordar los ya remotos momentos después de hacer el amor. El cansancio que crecía. Adrian quería cerrar los ojos, dejarse caer indefinidamente en las profundidades de su interior y morir, precisamente en ese momento. Si hubiera una manera de obligar al propio corazón a dejar de latir, lo habría hecho sin vacilar.

Cassie inclinó su cabeza sobre la de él, y dijo susurrando:

—¿Recuerdas cuántas horas pasaste acostado de esta manera, Audie, esperando sentir las patadas de Tommy?

Él recordaba. No había olvidado ni un segundo de aquello. Fue la época más feliz de su vida. Todo parecía lleno de posibilidades. Había obtenido su doctorado y su nombramiento en la universidad. Cassie ya había hecho su primera muestra, en una prestigiosa galería del Soho, en Nueva York, y las críticas —*Art World* y el *Times* de Nueva York— habían sido respetuosas, casi entusiastas. Su adicción por la poesía —más de una vez había pensado este tema con términos generalmente reservados a los drogadictos— estaba empezando a echar raíces. Estaba descubriendo a Yeats y a Longfellow, a Martin Espada y a la joven Mary Jo Salter. El hijo de ambos estaba a punto de nacer. Había estado lleno de entusiasmo todos los días, recibiendo los primeros rayos del sol matutino con energía ilimitada. Había empezado a correr apenas salía el sol, recorría nueve kilómetros a paso rápido, gastando energías sólo para mantener todo su entusiasmo bajo control. Incluso el equipo de cross de la universidad, que consideraba al atletismo la obsesión más positiva de la tierra, pensaba del recién nombrado profesor de Psicología que los batía todas las mañanas que era algo más que un simple chiflado.

—Había tanto para amar entonces... —rememoró Cassie. Su voz tenía un tono lírico—. Pero ya todo ha desaparecido.

Abrió los ojos y se dio cuenta de que estaba solo y de que su cabeza estaba apoyada sobre una almohada y no sobre su esposa. Estiró la mano, como si pudiera recuperarla tal como era en su memoria. Podía sentir la mano de Cassie en la suya, pero no podía verla.

—Tienes trabajo que hacer —le recordó ella en tono enérgico. Su voz parecía llegar desde atrás, desde arriba, desde abajo, desde su interior, todo a la vez—. Vamos, Audie, cada segundo cuenta.

Cassie estaba ahí. Cassie no estaba ahí. Adrian se incorporó.

—Jennifer —dijo.

—Correcto, Jennifer.

—Apenas puedo recordar su nombre —respondió.

—No es verdad, Audie, sí que lo recuerdas. Puedes verla en tu mente. Y puedes ver quién era. ¿Recuerdas su habitación? ¿Sus cosas? ¿La gorra rosa? Tú recuerdas todo eso. Y yo estoy aquí para hacerte recordar. Encuéntrala.

Esto último resonó como si lo repitiera el eco en un desfiladero. Lo había escuchado antes y, como antes, abrió a medias los labios para protestar diciendo que era demasiado viejo, que estaba demasiado enfermo y demasiado confuso, y luego supo que Cassie no iba a prestar atención a esas excusas. Nunca lo hacía.

Miró afuera y vio que la noche todavía dominaba al mundo. *Hará frío,* pensó. *Pero no tan despiadado como en invierno. Si saliera, podría sentir la primavera. Estaría escondida en la oscuridad, pero de todos modos estaría ahí.*

Se puso de pie con la idea de dirigirse a la puerta de la calle, pero no lo hizo. Miró hacia un espejo en el viejo dormitorio de Cassie y le pareció que estaba delgado, kilos que eran consumidos por la enfermedad. Trató de recordar que debía comer apropiadamente. Se preguntaba si había dormido horas o sólo unos minutos. *Toma alguna de las medicinas,* se sugirió a sí mismo. *Tienes que dejar de entrar y salir de las alucinaciones.* Se daba cuenta de que había pocas posibilidades de que eso sucediera, por muchas pastillas que tomara. Además, le gustaban esas visitas. Eran un aspecto de su vida que disfrutaba mucho más que la parte de estar muriéndose.

Se sentía como un anciano terco, lo cual, imaginaba, no era tan *terriblemente* malo. Pero, aun así, se dirigió a su mesa, encontró algunas de las pastillas que se suponía que iban a ayudarle a luchar contra su demencia, ignoró el hecho de que no podía recordar cuándo había sido la última vez que las había tomado y se tragó un puñado. Luego salió del dormitorio para ir a su despacho y apartó diarios y libros para sentarse delante del ordenador. Lo único que puso a su lado fue un mapa del área de los seis Estados. Massachusetts. Connecticut. Vermont. Rhode Island. New Hampshire. Maine. Luego volvió al ordenador y abrió el Registro de Delitos Sexuales de cada Estado.

Presionó algunas teclas del ordenador y luego hizo clic en un nombre. Una foto de archivo policial apareció en la pantalla frente a él. Un hombre con ojos pequeños y maliciosos, poco pelo y aspecto amarillento y huidizo. Tal como Adrian podría haber esperado. Había un listado de arrestos, condenas y presentaciones en el tribunal. También había una dirección y un relato simple que describía las predilecciones del hombre. Había una escala de *peligrosidad* y descripciones de su modus operandi. Todo era minucioso y claro, escrito en estilo policial, sin adornos y con pocas observaciones acerca de la realidad de lo que el hombre había hecho. Había sido exhibicionista junto a un centro comercial. Ése fue un arresto que Adrian marcó. Pero no había nada que indicara cómo afectó esto al agresor ni a las personas que fueron víctimas.

Adrian se echó hacia atrás en su silla, suspirando profundamente. Supuso que quizá las anotaciones en la pantalla podrían significar algo para un profesional. Pero él se había pasado la vida interpretando el comportamiento. Cuando veía algo —ya fuera una rata de laboratorio o a una persona— su trabajo había sido extrapolar el significado de las acciones. Cualquiera podía identificar una acción, no había ni arte ni comprensión en el reconocimiento. Su trabajo había sido siempre descubrir lo que significaba, lo que eso decía acerca de otros y lo que indicaba para el futuro.

Hizo clic en otra imagen. Otro hombre, esta vez corpulento, barbudo, con abundante pelo rizado y el cuerpo cubierto de tatuajes. La página mostraba primeros planos de muchos de éstos —dragones exhalando fuego, valquirias blandiendo espadas e insignias de motocicletas— antes de incluir el mismo tipo de información sobre el delito. Como con el hombre de rostro amarillento antes, Adrian miró la fotografía y pensó que no podía llegar a ninguna conclusión sólo con ver la imagen del delincuente. Supuso que nada de lo que apareciera en la pantalla del ordenador le daría información sobre la clase de personas que se habían llevado a Jennifer.

—Bien, si eso es así —comentó Cassie, inclinada sobre su hombro mientras leía la información en la pantalla con él—, parece que se puede hacer una cosa solamente. —Podía sentir la cálida respiración de ella sobre su mejilla.

Asintió con la cabeza.

—Pero…

—¿No has dicho siempre que tenías sentimientos encontrados cuando leías los resultados de los experimentos de otras personas? Sólo has confiado realmente en los experimentos que tú mismo habías hecho. Cuando estudiabas el miedo y sus impactos emocionales, ¿acaso no decías siempre que tenías que verlo por ti mismo?

Cassie estaba haciendo preguntas para las que ya conocía las respuestas. Adrian estaba familiarizado con esa forma de argumentar. Ella la había usado con éxito durante años.

Vaciló. Preguntas corrosivas parecían consumir su imaginación. Antes de que pudiera detenerse, preguntó algo que había estado resonando en su interior desde hacía años.

—No fue un accidente, ¿verdad? —preguntó a su vez—. Con el automóvil, el mes después de que Tommy muriera. No fue un accidente en absoluto, ¿verdad? Sólo querías que lo pareciera. Perdiste el control y chocaste contra ese árbol en una noche lluviosa. Sólo que no perdiste realmente el control, ¿verdad? Supongo que tu objetivo era un suicidio que ningún policía ni ninguna agencia de seguros pudiera considerar un suicidio. Pero no funcionó, ¿no es cierto? No esperabas despertar herida en el hospital, ¿verdad? —Adrian contuvo la respiración. Había espetado sus preguntas como un escolar demasiado entusiasta, y en ese momento se sintió avergonzado. Pero también quería escuchar las respuestas de Cassie.

—Por supuesto que no —bufó Cassie—. Y si siempre supiste la verdad, ¿por qué resulta importante decirla ahora en voz alta?

No supo qué responder a esto.

—Nunca hablamos sobre el tema —se justificó Adrian—. Siempre quise hacerlo, pero no sabía cómo preguntártelo cuando estabas viva...

—Muy poco viva...

—Sí. Herida...

—Herida más por la muerte de Tommy que por cualquier maldito roble a cien kilómetros por hora. Así es como son las cosas, Audie. Tú lo sabes.

—Me dejaste completamente solo.

—No. Nunca. Sólo me morí, eso es todo, porque tuve que hacerlo. Me había llegado la hora. Realmente no pude enfrentar la muerte de Tommy. Y tú nunca esperaste que yo pudiera hacerlo. Pero estás equivocado...

—¿Equivocado?

—Nunca has estado solo.

—Me siento así también ahora, que me estoy muriendo.

—¿De verdad? —Las manos de Cassie le frotaron los hombros, masajeándole los músculos. Parecía más vieja, deshilachada por dentro, tal como estaba después de recibir las noticias sobre la muerte de su único hijo. Había pasado días mirando su fotografía, y luego más días en el ordenador buscando obsesivamente noticias sobre otros cámaras y periodistas en Irak. Él pensó entonces que había deseado que todos ellos murieran, para que de algún modo la muerte de su propio hijo no fuera tan exclusiva y que eso la hiciera menos terrible. Él se vio a sí mismo actuando del mismo modo en ese momento, sólo que estaba tratando de encontrar algo que le dijera dónde buscar a Jennifer. Se inclinó sobre el ordenador y marcó una nueva respuesta.

—Bien, mira eso... —exclamó en voz baja, sorprendido. Había entrado en la base de datos del registro oficial de su pequeño pueblo universitario, y éste le había devuelto una lista de los diecisiete delincuentes sexuales condenados que vivían en un radio de pocos kilómetros alrededor de la universidad y todos los colegios e institutos.

—Cuando metía una rata en un laberinto, le inyectaba… —comenzó. Cassie estaba cerca, podía sentirla, y veía su reflejo en la pantalla del ordenador, pero tenía miedo de darse la vuelta, porque creía que eso iba a alejar a su fantasma, y le gustaba tenerla a su lado. Hizo un pausa y se rió un poco. Era algo que ya había dicho muchas veces—: Siempre quería preguntarle a la rata…

—¿Qué sientes? ¿Qué piensas? ¿Por qué hiciste eso? —Cassie completó su reflexión con una ligera risa melodiosa que él reconoció de otros tiempos mejores. Le palmeó la espalda ruidosamente, como si le anunciara el fin del masaje—. Entonces… —la escuchó decir con energía—, ve y pregúntale a una rata.

Capítulo
22

Adrian sólo tuvo que esperar una media hora antes de que el hombre al que había elegido de la lista de diecisiete delincuentes sexuales fichados apareciera en la puerta de su casa y se dirigiera rápidamente a su automóvil. Ese día aquel hombre estaba saliendo más temprano que de costumbre y lucía una corbata roja barata y una chaqueta azul de punto.

Desde donde había aparcado, al otro lado de la calle, Adrian observó a aquel hombre subirse a un pequeño automóvil japonés color beis. La casa de un solo piso donde el hombre vivía con su madre —según los datos que figuraban en la hoja que Adrian había impreso— era meticulosamente mantenida en buenas condiciones; se encontraba apartada de la calle y estaba recién pintada. Había flores azules y amarillas de principio de temporada en macetas de terracota roja puestas en hilera junto a la puerta principal.

El hombre —Mark Wolfe— llevaba un desgastado maletín de cuero negro y tenía el aspecto desaliñado de un oficinista. Podría ser perfectamente un vendedor de automóviles usados o estar clasificando cartas en correos. Casi de mediana edad, no era muy alto, de contextura frágil, con pelo rubio rojizo y gafas de montura negra. A Adrian le pareció como cualquier otra persona que va por la mañana a un trabajo aburrido pero regular, que asegura un sueldo pequeño pero necesario. Pero el hombre al que Adrian estaba observando no parecía pertenecer a ningún mundo que Adrian conociera. Se le veía apartado de todo. Vaciló, sin saber muy bien qué se suponía que debía hacer a continuación.

—¡No, vamos, acércate, rápido! Sigue al hijo de puta ese —lo urgió Brian—. Tienes que ver dónde trabaja. ¡Tienes que comprender quién es!

Adrian miró por el espejo retrovisor y vio la imagen de su hermano muerto. Ahora Brian era el abogado de edad madura, inclinado hacia delante, agitando las manos como si pudiera empujar a Adrian para que entrara en acción, instándole a ponerse en marcha. Su pelo largo estaba despeinado, descuidado, como si hubiera pasado la noche despierto en la mesa de trabajo. Llevaba en el cuello, floja, la corbata de seda a rayas de Brooks Brothers, y su voz sonaba decididamente impaciente, a urgencia.

De inmediato Adrian puso el automóvil en marcha y partió detrás del delincuente sexual. Vio a su hermano, que se dejaba caer en el asiento, agotado y aliviado.

—Bien. Maldición, Audie, tienes que dejar de ser… inseguro. Todo este asunto de Jennifer requiere actuar rápido. Tú lo sabes. Así que, a partir de ahora, cada vez que quieras observar a alguien, alguna cosa, algo que sirva de prueba, algún dato, con ese estilo lento, firme y cauteloso de un profesor y de un académico, bien, sólo recuerda decirte que debes acelerar el maldito ritmo. —La voz de Brian sonaba casi chillona, débil, como si estuviera reuniendo todas sus fuerzas desde muy adentro para poder hablar. En un primer momento Adrian se preguntó si su hermano no estaría enfermo… y luego recordó que su hermano estaba muerto.

Condujo el viejo Volvo hacia la calzada.

—Nunca he seguido a nadie antes —se excusó Adrian. El motor del Volvo hizo un ruido quejoso y reacio cuando apretó el acelerador.

—No es nada del otro mundo —replicó Brian con un suspiro, relajándose, como si el simple acto de ponerse en marcha hubiera hecho que disminuyera un poco la tensión que lo embargaba—. Si realmente quisiéramos permanecer ocultos, bien lo sabes, y hacer esto como profesionales, tendríamos que tener tres automóviles..., cuando uno lo pasa, el otro lo sigue..., y así sucesivamente. Funciona igual cuando se va a pie por la calle. Pero no vamos a ser tan pretenciosos. Sólo síguelo hasta donde vaya.

—¿Y entonces qué?

—Entonces veremos lo que haya que ver.

—¿Y si se da cuenta de que lo estoy siguiendo?

—Entonces veremos lo que haya que ver. No tiene demasiada importancia, de todos modos. Tarde o temprano vamos a hablar con ese tipo. —Adrian vio que Brian estudiaba la hoja impresa con el ordenador—. Ya veo por qué escogiste a este canalla —señaló Brian. Se rió un poco, aunque, hasta donde Adrian sabía, no había ningún chiste en ninguna de las páginas del sitio web del registro oficial.

—Es por las edades similares —explicó Adrian en voz alta, mientras giraba en una esquina y luego aceleraba para no perderlo—. Ha sido condenado o se ha declarado culpable por tres delitos distintos, en todos los casos con niñas jóvenes de entre trece y quince años.

Brian habló con la certeza del abogado que tiene los hechos y las pruebas de su lado:

—Un novio, sin duda alguna.

Eso fue exactamente lo que Adrian se dijo a sí mismo, con idéntico sarcasmo. La clave consistía en considerar científicamente a ese grupo de diecisiete hombres, concentrarse en la perturbación subyacente. La mayoría de ellos eran violadores condenados. Algunos estaban involucrados en problemas domésticos. Este hombre era diferente. Había habido un arresto por posesión de pornografía infantil. La acusación había sido retirada por una ex esposa respecto a una hijastra. *Todas ratas. Pero una rata diferente.*

—Él se exhibió ante ellas.

—Un «muestra el pito». Así es como los policías los llamaban —explicó Brian—. Por lo menos en la ciudad, ésa era la expresión que usaban. Dudo que sea muy diferente aquí, en este lugar perdido.

—Correcto, probablemente no sea diferente. Pero, Brian, mira la última condena y verás… —Adrian se detuvo. Miraba alternativamente al automóvil color beis frente a él y a Brian, que leía en el asiento trasero.

—Ah, estuvo un tiempo preso por… Bien, Audie, estoy impresionado. Parece que ya le estás tomando el pulso a este asunto.

—Retención indebida de persona.

—Sí —dijo Brian—. Te das cuenta de que se trata de una acusación menos grave que la de secuestro… pero está en el mismo orden de cosas, ¿no?

—Creo que sí.

Brian resopló.

—Niñas jóvenes, adolescentes. Y él quería apoderarse de una, ¿no? Me pregunto qué quería hacer luego. Bien, esto dice muchísimo. —Se rió otra vez—. Pero una cosa…

—Lo sé. No hay cómplice. Eso es lo que necesito comprender…

—No lo pierdas, Audie. Se dirige al pueblo.

El tráfico había aumentado. Algunos coches y una camioneta se interponían entre ellos y el automóvil color beis. Detrás de Adrian, un autobús escolar se había detenido cerca de su parachoques. Adrian maniobró hábilmente el automóvil para mantenerse cerca del hombre.

—Recuerdo cuando tenías aquel lujoso coche deportivo…

—El Jaguar. Sí. Era hermoso.

—Sería mucho más fácil seguirlo si estuviéramos en él.

—Lo vendí.

—Lo recuerdo. Nunca comprendí por qué. Parecías feliz de tenerlo.

—Conducía demasiado rápido. Siempre demasiado rápido. Demasiado imprudente. No podía estar detrás del volante sin lanzarlo no sólo más allá de los límites de velocidad, Audie, más allá de los límites de la cordura. Me volvía un salvaje a ciento cincuenta por hora, a ciento ochenta me volvía loco y realmente psicótico a doscientos. Y me gustaba eso de ir tan rápido. Me sentía en libertad. Pero evidentemente iba a terminar matándome. Estuve a punto de perder el control muchas veces. Sabía que estaba corriendo un riesgo demasiado grande, era demasiado peligroso, así que lo vendí. El error más grande que cometí. El automóvil era hermoso, y hubiera sido una manera mejor para... —Brian se detuvo.

Su hermano se cubrió la cara con las manos.

—Lo siento, Audie. Me olvidé. Eso es lo que Cassie hizo. —La voz de Brian parecía distante, suave—. Ella y yo no éramos parecidos en absoluto. Sé que crees que no nos llevábamos bien, pero no es verdad. Nos llevábamos bien. Sólo que veíamos algo el uno en el otro que nos asustaba. ¿Quién habría imaginado que ambos nos iríamos de la misma manera?

Adrian quería decir algo, pero no podía formar las palabras. Las lágrimas comenzaron a brotar de sus ojos. Lo único que podía escuchar era el dolor en la voz de su hermano, que se correspondía con el dolor que recordaba en la voz de su esposa.

—Tenía que haberme dado cuenta. Yo era el psicólogo. Yo era como un terapeuta. Tenía la preparación...

Brian se rió.

—¿Cassie no te absolvió de esa culpa? Debió haberlo hecho. ¡Eh, presta atención! El tipo va a entrar ahí. Bueno, bueno... ¿No es acaso el tipo de lugar en el que uno esperaría que trabaje un bicho raro como él?

Adrian no respondió. Vio que el automóvil beis estaba entrando en una enorme tienda de electrodomésticos y materiales de construcción que ocupaba casi una manzana entera, justo en las afueras del pueblo. Observó mientras que el hombre condujo hacia la parte posterior, más allá de un cartel que decía: «Aparcamiento para empleados».

Adrian aparcó enfrente. Esperó quince minutos en silencio. Brian parecía dormido en la parte de atrás. Adrian trató de pensar en algo que pudiera comprar dentro para hacer parecer que su viaje tenía otro propósito. Pero sabía que lo único que realmente quería era asegurarse de que aquel hombre trabajaba allí.

—Vamos —ordenó Brian—. Tenemos que estar seguros de que es aquí donde estará todo el día.

Adrian salió y atravesó la enorme explanada, arrastrando los pies contra el asfalto. Contratistas, fontaneros, carpinteros y agobiados padres de familias del extrarradio, una muestra completa de los habitantes del pueblo, se dirigían hacia dentro. Siguió la corriente constante de gente, sin volverse para ver si Brian iba detrás, aunque se sentía solo, incluso en medio de la multitud.

Tuvo un momento de desesperación dentro de aquel enorme y caótico espacio. El sitio era inmenso, dividido en docenas de secciones. Adrian empezó a recorrer de un lado a otro los pasillos con azulejos, paneles de madera, lavabos de acero inoxidable, grifos, masilla, martillos y taladros eléctricos. Estaba a punto de rendirse cuando descubrió al hombre, trabajando en la sección dedicada a electrodomésticos. Observó durante un momento mientras Wolfe hablaba enérgicamente con un hombre y una mujer que parecían tener, ambos, alrededor de treinta años. El hombre estaba sacudiendo la cabeza, pero la mujer parecía animada, como si estuviera persuadida de que ellos dos, con las herramientas adecuadas y un correcto asesoramiento, pudieran cambiar la instalación eléctrica de su casa. El hombre tenía la mirada que los maridos jóvenes ponen a veces, cuando saben que se están metiendo en algo que les va a desbordar y a la vez son incapaces de impedirlo. Si la pareja supiera con quién estaba hablando, habría retrocedido horrorizada.

Observó durante algunos segundos más, y entonces, convencido de que podía regresar cuando terminara la jornada laboral de Wolfe, dio media vuelta y se fue. Se sentía como si hubiera conseguido algo, pero no estaba seguro de qué se trataba. Quizá sólo era el hecho de estar cerca de alguien que podía decirle qué debería estar buscando.

Pero arrancarle eso a aquel hombre era todo un desafío, y Adrian no sabía cómo iba a lograrlo.

* * *

Pasó el resto del día con gran expectativa. Más trabajo de investigación que lo condujo más adentro de lo que él consideraba una perversión. Más análisis de los motivos y los elementos que constituían la personalidad desviada. Pero nada que le dijera dónde encontrar a Jennifer. No tenía que prestar atención a Cassie o a Brian, que insistían en que debía moverse más rápido, que el tiempo se iba acabando, que cada segundo que pasaba quería decir que ella estaba más cerca de morir…, si todavía estaba con vida. Todas estas admoniciones eran verdaderas. O tal vez no lo eran. No tenía ninguna manera de saberlo y, por lo tanto, simplemente supuso que la oportunidad de salvarla todavía existía, porque la otra alternativa era demasiado horrible.

Pensó: *Sálvala. Ah. Nunca has salvado a nadie, excepto a ti mismo.* Sintió un miedo repentino de que si dejaba de buscar, Cassie, Brian e incluso Tommy desaparecerían y lo dejarían solo, sin nada más que los recuerdos desordenados, inconexos y la enfermedad que los iba retorciendo dentro de él hasta que parecieran una goma, estirándose hasta romperse.

En ese momento estaba solo, se preguntó dónde estaría Brian, se preguntó por qué Cassie no podía dejar la casa, por qué Tommy lo había visitado solamente una vez, y con la esperanza de que su hijo volviera, se encontró fuera de la tienda de artículos para el hogar otra vez. El día iba desapareciendo a su alrededor y temía tener dificultades para ver al hombre cuando saliera de su trabajo, pero el automóvil beis salió de la parte trasera de la tienda casi en el momento que había calculado. Adrian se colocó un automóvil más atrás y siguió vigilando al hombre a través del parabrisas, aunque eso se iba haciendo cada vez más difícil a medida que oscurecía.

Esperaba un regreso a la elegante casa. Tal vez una parada en una tienda de alimentación, pero eso sería todo en cuanto a retrasos. Se equivocó. El hombre salió de la carretera principal y entró al pueblo por una calle lateral. Esto sorprendió a Adrian y tuvo que girar peligrosamente en medio del tráfico, haciendo que alguien —probablemente un estudiante— hiciera sonar un grosero bocinazo.

El automóvil beis iba unos treinta metros por delante, en la calle posterior a la calle principal. El viejo Volvo se esforzaba por mantener la velocidad. Era una calle con algunas oficinas y edificios de apartamentos y una o dos galerías de arte, una iglesia congregacionalista y una tienda de reparación de ordenadores. El automóvil se metió rápidamente en un aparcamiento pequeño, deslizándose entre media docena de automóviles en el único hueco disponible.

—¿Qué está haciendo? —se preguntó Adrian en voz alta. Esperaba que Brian respondiera, pero no apareció—. ¡Maldición, Brian! —gritó—. ¡Necesito tu ayuda ahora mismo! ¿Qué debo hacer? —El asiento trasero permaneció mudo.

Sin dejar de maldecir, Adrian aceleró por la calle. El pueblo universitario tenía toda clase de restricciones de estacionamiento, pensadas para impedir que los estudiantes dejaran sus automóviles obstruyendo las aceras. En verano estaba vacío. Durante el curso escolar, estaba lleno de gente. Le llevó varios minutos encontrar un lugar libre en un aparcamiento situado a una calle de distancia.

Adrian se empujó para bajar del coche y cerró con un golpe la puerta al salir. Caminó lo más rápido que pudo hasta el lugar donde había visto al hombre por última vez. Encontró el automóvil beis, pero no había ni rastro del delincuente sexual. El aparcamiento estaba detrás de una casa majestuosa de madera blanca de dos pisos que había sido subdividida en consultorios. Supuso que el hombre estaba dentro, en algún lugar, de modo que se dirigió a la entrada principal, donde en otro tiempo había estado la puerta principal. Junto a la puerta, sobre la pared, había un cartel: «Servicios de Salud Emocional Valle». Tres médicos doctorados y tres terapeutas. Uno de ellos era Scott West.

—Mira qué bien —dijo Brian en tono pedante, susurrando en la oreja de Adrian, como si hubiera sabido todo el tiempo lo que éste iba a encontrar dentro del edificio—, el novio de la madre de Jennifer está tratando a un conocido delincuente sexual. Ésa es una conexión curiosa. Me pregunto si se tomó la molestia de mencionar eso a la detective Collins cuando lo interrogó el otro día.

Adrian no se giró hacia su hermano. Podía sentirlo rondar detrás. Ni tampoco le dijo: *¿Dónde estabas cuando te llamé?* En cambio asintió con la cabeza, pero replicó de manera vacilante:

—Podría estar en uno de los otros consultorios.

—Podría ser —repitió Brian—. Podría estar en otro consultorio, pero no lo creo. Y tampoco lo crees tú.

Capítulo
23

Cuando la detective Collins levantó la vista, se sorprendió al ver a Adrian Thomas en la puerta del Departamento de Detectives. Estaba acompañado por un oficial uniformado, que se encogió de hombros y le dirigió una mirada de «no me ha quedado más remedio que traerlo» a la vez que señalaba al anciano.

Terri terminaba en ese momento de hablar por teléfono con Mary Riggins, quien, a su manera constantemente lacrimosa, perturbada e insegura, le había dicho que acababa de recibir una llamada del departamento de seguridad de Visa diciéndole que su tarjeta perdida había sido devuelta en un banco en Maine.

—Y la han utilizado —agregó Mary Riggins amargamente—para comprar un billete de autobús a Nueva York.

Terri había apuntado detalladamente la información y el teléfono de contacto de la gente de seguridad de la tarjeta de crédito. Pensó que era ilógico que la tarjeta viajara en una dirección cuando el billete iba en otra. Pero estaba buscando el número de teléfono del puesto de policía de Boston en la terminal de autobuses cuando vio a Adrian.

Su mesa estaba llena de documentos y notas relacionadas con el caso de Jennifer y rápidamente juntó todo en una pila y la puso boca abajo. Supuso que el profesor se iba a dar cuenta de lo que hacía y por lo tanto preparó una respuesta educada que desviaría cualquier pregunta. No iba a mencionar la tarjeta Visa. Pero sin saludar, Adrian simplemente preguntó:

—¿Ha recibido ya la lista de los pacientes actuales de Scott West? Recuerdo que usted la pidió.

Se sintió ligeramente sorprendida. No sabía que él había estado prestando tanta atención cuando estuvo reunida con Scott y Mary en su casa.

Adrian llenó el momento de silencio con una segunda pregunta:

—¿No dijo que se la daría y rechazó la idea de que alguien al que él hubiera atendido alguna vez pudiera estar relacionado con la desaparición de Jennifer?

Terri asintió con la cabeza. Esperó otra pregunta del profesor, pero él simplemente se inclinó hacia delante y la observó con una mirada que ella sospechaba que había reservado para estudiantes díscolos o mal preparados en otros tiempos, era una mirada que decía: «Inténtalo con otra respuesta». Ella se encogió de hombros. Se mantuvo distante.

—Se supone que va a traer esa lista mañana. Será confidencial, profesor, de modo que no podré compartir ninguna información con usted.

—¿Y una lista de conocidos delincuentes sexuales? Pensé que había quedado claro que ése era el próximo paso.

Adrian estaba siendo enérgico de una manera que Terri no había visto antes. Se sintió desconcertada. Había pensado que el profesor quería trabajar en los terrenos poco definidos de la especulación, la teoría y las suposiciones. Había esperado al tipo de académico con chaqueta de tweed y parches de cuero en los codos, fumando en pipa, feliz de estar sentado en una oficina rodeado de libros y sesudos ensayos, interviniendo de manera ocasional con un comentario o alguna opinión, tal como había hecho cuando le había dado una clase sobre

Myra Hindley, Ian Brady y los crímenes de Moors. Ella nunca pensó que él se presentaría en su oficina. Tenía un aspecto diferente, como una camisa holgada que se había encogido en el lavado. Lo mismo, pero apenas reconocible.

—He estado mirando esas listas, profesor. Y he leído mucho sobre el caso británico de los años sesenta que usted mencionó. Conectar en concreto estas cosas con la desaparición de Jennifer podrá parecer obvio para un profesor de universidad, pero para un oficial de policía…

Esto lo dijo con el estudiado tono de un policía que quiere responder sin decir nada. Él la interrumpió:

—¿El nombre Mark Wolfe tiene algún significado para usted?

Ella vaciló. El nombre disparaba alguna chispa, algo hacía ruido en algún recoveco de su memoria. Pero no podía ubicarlo inmediatamente.

—Un delincuente sexual condenado. Un exhibicionista con una predilección especial por niñas adolescentes. No vive lejos, en las afueras de pueblo. ¿Eso la ayuda?

El ruido aumentó. Ella sabía que el nombre estaba en una de las hojas de papel que había ocultado a los ojos de Adrian sobre su mesa. Asintió con la cabeza, mientras interiormente trataba de bosquejar una imagen de aquel hombre. Gafas. Gruesos cristales con montura negra. Recordó eso de una foto del archivo policial.

Se balanceó hacia atrás en su silla y le hizo un gesto a Adrian para que tomara asiento. Pero él permaneció de pie. Ella lo vio rígido y se preguntó adónde había ido a parar la mirada distraída. Se preguntó también cuándo iba a retornar.

—Lo he visto hoy…

—¿Lo ha visto?

—Sí. Y…

—¿Cómo supo usted quién era? —Adrian metió la mano en el bolsillo de su chaqueta y le entregó un montón de papeles arrugados. Terri vio que se trataba de listas impresas de delincuentes sexuales locales sacadas de la web—. Y Wolfe…, por qué lo eligió a él…

—Parecía lo más lógico. Desde el punto de vista de un psicólogo.

—¿Y cuál es exactamente esa perspectiva, profesor?

—Los exhibicionistas viven en un curioso mundo de fantasía. A menudo obtienen excitación y satisfacción sexual al exhibirse y desatan la fantasía de que las mujeres que los vean (en el caso de este hombre, mujeres muy jóvenes) se sentirán mágicamente atraídas hacia ellos, en lugar de sentir repulsión, que es lo que ocurre realmente. El acto de exhibirse les desata la fantasía.

Terri podía escuchar los tonos mesurados de una clase en cada palabra.

—Sí. Todo está muy bien y claro, pero ¿qué tiene que ver él…?

Adrian la interrumpió otra vez:

—Esta noche al salir de su trabajo le he visto entrar en el consultorio donde Scott West recibe a sus pacientes.

Terri no reaccionó de inmediato. Ésa era la primera lección que recibía un policía: mantener la cara inexpresiva. Interiormente, ella estalló. *¿Cómo ha sabido el profesor que ha ido después del trabajo? ¿Por qué lo estaba siguiendo?* Frunció los labios y decidió hacerse la tonta.

—Sí, ¿y…? —preguntó.

—¿Esto no le parece raro, detective? ¿Tal vez relevante?

—Sí. Así es, profesor.

Ése fue un renuente gesto de honestidad.

—Recuerdo que se mostró muy firme al asegurar que ninguno de sus pacientes, actuales o del pasado, podría tener algo que ver con…

—Sí. Yo también escuché eso, profesor Thomas. Pero usted está haciendo suposiciones que todavía no… —Adrian pareció concentrar su mirada para enfocarla directamente a ella. Ella se detuvo. No quería parecer tonta.

—¿No le parece que eso requiere alguna investigación?

—Creo que sí.

Hubo una pausa momentánea entre ellos dos. Luego Adrian dijo:

—Usted lo sabe, detective: si usted no la busca, lo haré yo.

—La estoy buscando, profesor. Esto no es como levantar una piedra, o abrir un cajón, o mirar detrás de una puerta y encontrarla. Se ha ido y hay datos contradictorios... —Otra vez ella interrumpió sus propias palabras. Metió la mano debajo de los papeles amontonados en su escritorio y retiró el volante que había preparado. Tenía la fotografía de Jennifer arriba, debajo de la palabra «Desaparecida», y había una lista de sus datos personales y teléfonos para ponerse en contacto. Era el tipo de octavilla que se podía ver todos los días en las oficinas de policía y en los edificios del gobierno. Era ligeramente más exhaustivo que las octavillas hechas a mano buscando un perro o un gato perdido que la gente clava en los troncos de los árboles y en los postes de teléfonos de los barrios periféricos—. La estoy buscando —repitió—. Eso ha sido repartido en oficinas locales de la policía y en los cuarteles de la policía del Estado en toda Nueva Inglaterra.

—¿Con cuánta atención va a buscarla esa gente?

—Usted no espera que yo responda a esa pregunta, ¿verdad?

—Usted sabe, detective, que hay una diferencia entre buscar a alguien y esperar a que alguien diga: «Acabo de encontrar a alguien».

Los ojos de Terri se entrecerraron. No le gustaba que un profesor la sermoneara sobre su trabajo.

—Ésa es una diferencia con la que estoy familiarizada, profesor —respondió fríamente.

Adrian observó la octavilla. Miró la fotografía de Jennifer. Estaba sonriendo, como si no tuviera ninguna preocupación en el mundo. Ambos sabían que esa imagen era una mentira. Adrian vio que su mano se ponía tensa y empezaba a arrugar la octavilla de papel, como si necesitara agarrarla con fuerza para que no escapara de su mano. Dio un paso hacia atrás. Podía escuchar ruidos raros que resonaban en su cabeza…, no las voces que ya conocía, sino ruidos como de papel rasgado o metal retorcido. Se sentía vacío por dentro, como si el hambre estuviera royéndole el estómago, aunque no podía pensar en la comida que deseaba comer. Los músculos de sus brazos se pusieron tensos, y enderezó la espalda, como si hubiera estado inclinado en la misma posición durante demasiado tiempo o padeciera de la rigidez propia de un corredor o hubiera hecho demasiado esfuerzo en un día de calor. Luchó contra el deseo de descansar. No podía detenerse, no podía hacer una pausa, no podía cerrar los ojos por un instante porque ése sería el momento en que perdería a Jennifer para siempre.

Pensaba que Jennifer era exactamente igual a todas las alucinaciones en su vida. Existió alguna vez, y en ese momento tenía que esforzarse mucho para evitar que se desvaneciera. Todavía era real, pero sólo levemente, y cualquier cosa que pudiera identificar que le diera sustancia era un paso para encontrarla. Deseó no haber devuelto la gorra de béisbol rosa a la madre de Jennifer. Eso era algo real, algo que podía tocar. Se preguntó si podría percibir su olor de la gorra, como un sabueso, y luego seguir la pista. Respiraba rápidamente. *Un conocido delincuente sexual relacionado con la familia de Jennifer.* Eso tenía que significar algo, pensó Adrian. Pero no sabía qué.

—¿Profesor?

Él siguió ensimismado.

—¿Profesor?

Iba a enfrentar al hombre. Iba a obligarle a decirle algo que le ayudara a llegar a Jennifer.

—¡Profesor!

Bajó la vista y vio que estaba agarrado al borde de la mesa de la detective Collins y que sus nudillos se habían puesto blancos.

—¿Sí?

—¿Está usted bien?

Terri vio que la cara enrojecida de Adrian recuperaba lentamente su color normal. Él respiró hondo.

—Lo siento. ¿Hay algo…?

—Parecía que estaba en otra parte. Y luego ha sido como si tratara de levantar la mesa o algo así. ¿Se siente bien? —volvió a preguntar.

—Sí —respondió—. Lo siento. Es sólo la vejez. Y ese nuevo tratamiento que le mencioné el otro día. Me distraigo.

Ella lo miró y pensó dos cosas: *No es tan viejo* y *Está mintiendo*.

Adrian exhaló lentamente.

—Mis disculpas, detective. Me siento muy comprometido con este caso de la niña desaparecida. Jennifer. Me…, me fascina. No puedo quitarme de la cabeza la idea de que mi experiencia y mis conocimientos de psicología son útiles. Entiendo que ustedes tengan que atenerse a los procedimientos y que haya protocolos que seguir. Esas cosas eran en otro tiempo muy importantes en mi tipo de trabajo. El conocimiento sin los procedimientos establecidos es a menudo inútil, sin importar lo valioso que parezca.

Otra vez, aquello parecía una lección a Terri, pero esta vez no la molestó. Tuvo la impresión de que el anciano tenía buenas intenciones. Aun cuando su mente fuera y volviera cada vez que se ponían a hablar. Y estaba segura de que no sólo por la medicación. Observó a Adrian como si pudiera diagnosticar qué era lo que le volvía tan errático sólo por la intensidad de su mirada.

Él pareció entender su mirada de otra manera. Se encogió de hombros.

—Como usted quiera. Yo simplemente seguiré adelante por mi cuenta…

Eso era lo que ella no quería que hiciera.

—Debería dejar que la policía se ocupe de los casos policiales.

Adrian sonrió.

—Por supuesto. Pero desde mi perspectiva éste no es el tipo de caso que se presta del todo al enfoque de la policía.

—¿Cómo dice?

—Detective —respondió Adrian—, usted todavía está tratando de descubrir cuál fue el delito que se cometió para poder categorizarlo y así seguir algún procedimiento establecido. Yo no tengo ninguna de esas restricciones. Yo sé lo que vi. También conozco el comportamiento humano y me he pasado la vida estudiando respuestas identificables tanto en animales como en seres humanos. De modo que su comportamiento en esta situación en realidad no me sorprende tanto.

Terri se quedó muda por un momento.

—Supongo que fue una ingenuidad por mi parte suponer que la policía haría algo —continuó Adrian. Terri lo miraba atentamente mientras hablaba. No podía comprender cómo en un momento el viejo profesor estaba completamente centrado, decidido y lúcido para luego, un instante después, dar la impresión de haber sido llevado a otro lugar por un viento que ella no podía ver, ni sentir, ni escuchar—. Mejor me voy…

—Espere —lo detuvo ella—. ¿Adónde va?

—Bueno, no he hablado con frecuencia con delincuentes sexuales, por lo menos que yo sepa, porque uno nunca sabe realmente todo sobre las personas con las que entra en contacto de manera cotidiana, pero creo que este tipo es un buen punto de partida.

—No —se opuso Terri—. Va a obstruir mi investigación.

Adrian sacudió la cabeza y sonrió irónicamente.

—¿De verdad? No lo creo. Pero usted no parece querer mi ayuda, detective, de modo que yo seguiré mi propio camino, por así decirlo.

Terri estiró la mano y cogió a Adrian por el antebrazo, no tanto para coaccionarlo, sólo para impedir que se fuera.

—Espere —le dijo—. Creo que tenemos que entendernos mejor. Usted sabe que yo tengo un trabajo, y...

—Yo tengo un interés. Estoy involucrado en todo esto, sin importar lo que usted pueda decir. No estoy muy seguro de que su trabajo supere mi fascinación.

Terri suspiró. Un buen policía tiene un modo de percibir si la gente será un problema o una ayuda en su trabajo. Para ella, Adrian daba muestras de ser un poco de cada cosa. El problema era que vivía y trabajaba en una comunidad académica, donde todos creían que conocían los asuntos de los demás mejor que nadie.

—Profesor, tratemos de hacer las cosas como es debido —sugirió ella. Se dio cuenta de que acababa de entreabrir una puerta que quizá no debió abrir, una que tal vez era mejor haber dejado cerrada, pero en ese momento no veía alternativas. De verdad no quería que este ex profesor universitario medio loco entorpeciera el caso, de un modo u otro, si es que había un caso. Calculó: *Mejor consentirlo con una dosis de realidad y listo.*

Miró los documentos sobre su mesa. Lo que quería hacer era llamar a la policía de la estación de autobuses de Boston y obtener las cintas de seguridad de la noche en que Jennifer desapareció y el momento en que el billete fue comprado. Suspiró. Eso iba a tener que esperar un par de horas.

—Muy bien, profesor —dijo—. Yo iré a hacer algunas preguntas y usted puede venir conmigo. Pero después de eso, quiero que se limite en todo caso a llamarme por teléfono con sus ideas antes de presentarse de improviso por aquí. Y nada de ponerse a investigar por su cuenta. No quiero que se ponga a seguir personas. No quiero que interrogue a nadie. No quiero que siga con esto de ninguna manera. Tiene que prometérmelo.

Adrian sonrió. Deseó que Cassie o Brian estuvieran ahí para escuchar a la detective haciendo aquella mínima concesión. No estaban. Pero se dio cuenta de que tal vez no necesitaban escuchar las cosas para comprenderlas.

—Creo —replicó él con toda calma— que eso tiene bastante sentido.

No era realmente una promesa lo que él estaba haciendo, pero pareció satisfacer a la detective. También le gustó usar la palabra «sentido». No creía que fuera a poder encontrarle sentido a las cosas por mucho tiempo más, pero mientras todavía pudiera, aunque sólo fuera un poco, estaba decidido a hacerlo.

* * *

—Mire —dijo Terri—, mantenga la boca cerrada a menos que yo le pregunte algo directamente. Usted está aquí sólo para observar. La única que va a hablar soy yo. —Miró al anciano en el asiento de al lado. Él se mostró de acuerdo asintiendo con la cabeza, pero realmente no esperaba que él se atuviera a las reglas impuestas. Ella miró la casa con el pequeño automóvil beis aparcado delante. La oscuridad de la tarde hacía que las sombras fueran más largas. Las pocas luces de dentro luchaban contra la noche que caía. El brillo gris metálico del televisor venía desde una habitación y pudo ver una forma que se movía detrás de la delgada cortina que bloqueaba la ventana del comedor.

—Muy bien, profesor —dijo resueltamente—. Esto es trabajo de detective en su forma más simple. No hay ningún actor guapo con dones de clarividencia a cargo del caso. Yo hago preguntas. Él responde. Probablemente me dice algunas verdades y algunas mentiras. Sólo lo suficiente en cada caso como para no meterse en problemas. Sólo preste atención.

—¿Simplemente vamos a llamar a la puerta? —preguntó Adrian.

—Sí.

—¿Podemos hacer eso?

—Sí. Es un delincuente condenado. Su oficial de libertad condicional ya nos ha dado permiso para entrar. No hay nada que Wolfe pueda hacer al respecto sin meterse en problemas. Y créame, profesor, si hay algo que él no desea es el tipo de problemas que puedo causarle.

Adrian asintió con la cabeza. Miró a su alrededor esperando que Brian estuviera cerca. Por lo general siempre que había algo relacionado con las leyes, aunque sólo fuera remotamente, Brian aparecía, o su voz resonaba en la oreja de Adrian con su consejo de abogado. Se preguntó si Brian se habría puesto del lado de la detective o si su defensa exacerbada del individuo y sus derechos sin restricciones le habría hecho ponerse del lado del delincuente sexual.

—Vamos —ordenó Terri—. Elemento sorpresa y todas esas cosas. Quédese detrás de mí. —Abrió la puerta del coche y caminó rápidamente en la oscuridad. Se daba cuenta de que Adrian se esforzaba por no dejar de pisarle los talones. Se detuvo en la puerta principal y golpeó con el puño cerrado—. ¡Policía! ¡Abra!

Adrian pudo escuchar ruidos de pies arrastrándose que venían desde detrás de la puerta. En pocos segundos se abrió y una mujer, quizá una docena de años mayor que él, observó en la oscuridad a la detective y a su compañero. La mujer estaba gorda, con un pelo gris despeinado que parecía grueso y exuberante en algunos sitios y ralo en otros. Usaba una gafas gruesas, igual que su hijo.

—¿Qué pasa? —preguntó la mujer, y luego, sin esperar una respuesta, agregó—: Quiero ver mis programas de televisión. ¿Por qué no pueden dejarnos en paz?

Terri la empujó para pasar directamente al pequeño porche de entrada.

—¿Dónde está Mark? —preguntó.

—Está dentro.

—Tengo que hablar con él. —Terri le hizo un gesto a Adrian para que la siguiera y entró enérgicamente en la pequeña sala de estar.

Había un ligero olor rancio, como si rara vez se abrieran las ventanas, pero la habitación misma estaba limpia y ordenada. Pequeñas piezas de ganchillo tejidas a mano adornaban cada elemento del mobiliario viejo y gastado. Por contraste, un moderno televisor de pantalla grande de alta definición sobre un soporte de diseño sueco dominaba la mitad de la sala de estar. Directamente frente a él había dos sillones reclinables de segunda mano. La pantalla proyectaba *Seinfeld*, con el sonido bajo. Adrian pudo ver una bolsa de tela grande llena de hilos y agujas de hacer punto junto a uno de los sillones. Había algunas fotografías enmarcadas en una pared: una pareja con un único hijo, desde la infancia hasta el presente. Madre-padre-hijo, madre-padre-hijo, madre-padre-hijo hasta que, alrededor de la edad de nueve años, el padre desaparecía. Adrian se preguntó si aquello se debía a una muerte o a un divorcio. De todas maneras, todo parecía totalmente normal y rutinario, común y corriente en todos los sentidos excepto uno. Por alguna razón oculta en el carácter común de la casa, el hijo único se había convertido en un delincuente sexual.

Consideró que ése era el misterio más grande en esa habitación. Se preguntó si la detective Collins habría observado lo mismo. Se daba cuenta de que ella se mostraba enérgica, exigente, y que sus órdenes severas estaban pensadas para producir impresión de autoridad.

Detrás de ellos, la anciana salió tambaleándose en busca de su hijo. Sobre la pantalla, Kramer y Eileen trataban con entusiasmo de convencer a Jerry para que hiciera algo para lo cual él se mostraba reciente, como era de prever. Sobre el sillón reclinable, donde la mujer las había dejado, estaban las agujas de hacer punto. Podía oler que algo se estaba cocinando, pero no estaba seguro de lo que era.

—Manténgase alerta —susurró Terri. Giró y vio a Mark Wolfe en el pasillo que conducía a una pequeña cocina-comedor en la parte de atrás.

—No he hecho nada malo —fue lo primero que dijo. Lo segundo fue, señalando con el dedo a Adrian—: ¿Quién es ése?

Capítulo
24

F uera de la cama!

Cuando escuchó que la puerta se abría, Jennifer había esperado otra comida horrible, pero la orden de la mujer era inequívoca. Se apresuró a obedecer, buscó el suelo con los pies y se levantó, rígida.

—Muy bien, Número 4. Ahora quiero que haga algunos saltos. Cincuenta. Cuéntelos.

Jennifer se puso de inmediato a hacer ejercicio, marcando el ritmo en voz alta como un soldado en una plaza de armas. Apenas terminó con eso, la mujer le ordenó flexionar las piernas, luego ejercicios abdominales y después trotar. Jennifer pensó que era como una clase de gimnasia del colegio.

Podía sentir el sudor que le corría por la frente y respiraba agitada, sin entender por qué le habían ordenado hacer gimnasia, pero dándose cuenta de que probablemente le iba a sentar bien. Jennifer no podía imaginar por qué querían hacer algo que pudiera mejorar su estado, pero estaba dispuesta a aceptar lo bueno que pudiera acompañar a lo malo. A decir verdad, después de que la mujer dijera: «Eso es suficiente por ahora», en un momento de desafío, Jennifer se había inclinado para tocarse los dedos del pie cinco veces rápidamente.

La mujer había permanecido en silencio mientras Jennifer terminaba. Hubo una pausa momentánea, y luego la mujer habló.

—¿No me ha escuchado, Número 4?

Jennifer se quedó paralizada. Detrás de la venda, apretó con fuerza los ojos, esperando un golpe. Pasó otro momento y la mujer habló con severidad:

—Cuando digo «Ya es suficiente», eso es exactamente lo que quiero decir, Número 4. ¿Quiere usted realmente ponerme a prueba?

Jennifer sabía que eso era algo que no quería de ninguna manera. Sacudió la cabeza de un lado a otro enérgicamente.

—Regrese a la cama, Número 4.

Jennifer trepó de vuelta a la cama mientras la cadena en el cuello hacía un poco de ruido.

—Coma, Número 4. —La mujer puso una bandeja sobre su regazo.

Jennifer terminó su comida —un frío tazón de espaguetis cocinados con albóndigas grasosas sacadas de una lata— y se tomó el agua de la botella, todo el tiempo consciente de que la mujer estaba en la habitación mirándola en silencio y esperando. No hubo más conversación mientras comía, ninguna amenaza, ninguna exigencia. Nada había cambiado en su situación, hasta donde Jennifer podía darse cuenta. Seguía vestida con su escasa ropa interior y con los ojos vendados, limitada por el collar de perro y la cadena en el cuello. Se había acostumbrado a trasladarse unos cuantos centímetros desde la cama hasta el inodoro de campamento que alguien debía de haber vaciado mientras dormía, por lo cual estaba agradecida. Un aroma fuerte a desinfectante superaba cualquier olor que la comida pudiera haber tenido.

En cualquier otra circunstancia habría apartado la nariz para empujar a un lado la repugnante comida. Pero la Jennifer que habría hecho eso pertenecía a una vida anterior que parecía no existir ya. Era una Jennifer de fantasía o una Jennifer recordada que tenía un padre muerto de cáncer, una madre con un novio pervertido que pronto iba a ser su padrastro, una aburrida casa en las afueras y una habitación pequeña donde se escondía a solas con sus libros, su ordenador y los peluches, y soñaba con una vida diferente y más excitante. Esa Jennifer iba a un instituto aburrido donde no tenía amigos. Esa Jennifer odiaba prácticamente todo de su existencia cotidiana. Pero esa Jennifer había desaparecido. La nueva Jennifer, la Jennifer encarcelada, se daba cuenta de que tenía que aferrarse a la vida. Si ellos le decían que hiciera ejercicios, ella iba a hacer ejercicios. Iba a comer cualquier comida que le dieran sin importar el gusto que tuviera.

Lamió su tazón hasta dejarlo limpio, tratando de aprovechar todo rastro de alimento y de proteínas, algo que pudiera darle fuerza. Se detuvo cuando escuchó que la puerta se abría.

Hubo un ligero ruido como de crujidos cuando la mujer estiró el brazo y retiró la bandeja. La cabeza de Jennifer giró en dirección al ruido y esperó algún intercambio de palabras. Escuchó susurros sin poder distinguir qué se estaba diciendo. Escuchó ruido de agua en movimiento. Trató de imaginar de qué podría tratarse. Era como una ola que se acercaba.

Pudo sentir que alguien atravesaba la habitación. Jennifer no se movió, pero sintió la cercanía de la presencia de otro, y percibió en el aire el olor del jabón.

—Muy bien, Número 4, tiene que higienizarse. —Jennifer se sobresaltó. Era la voz del hombre, no la de la mujer. Él también daba las órdenes con voz fría, monótona e inexpresiva—. A sesenta centímetros del borde de la cama hay un cubo de agua. Aquí tiene una toalla y un paño para lavarse. Aquí está el jabón. Póngase de pie junto al cubo. Dese un baño. No intente quitarse la venda. Yo estaré cerca.

Jennifer asintió con la cabeza. Si ella hubiera sido una muchacha del tipo de las del Cuerpo de Paz, o alguien con entrenamiento militar, o incluso una ex girl scout o una graduada de esas escuelas para vivir al aire libre, habría sabido exactamente cómo higienizarse por completo con sólo una pastilla de jabón y una pequeña cantidad de agua. Pero los pocos cámpings a los que había ido con su padre antes de que muriera habían sido a lugares que tenían baños y duchas, o un río o un lago en los que uno podía zambullirse. Esto era algo diferente.

Con cautela sacó los pies de la cama. Tanteó con el pie y encontró el cubo. Se agachó y sintió el agua. Tibia. Tiritó.

—Quítese la ropa.

Jennifer se quedó paralizada. Sintió que una oleada de calor la atravesaba. No era vergüenza precisamente. Era más bien humillación.

—No, yo... —empezó a decir.

—No le he dado permiso para hablar, Número 4 —la interrumpió el hombre.

Pudo sentir que se acercaba. Imaginó que había cerrado el puño y que ella estaba a centímetros de ser golpeada. O peor. Una confusión eléctrica se apoderó de ella. Inhibiciones que ya no debía haber tenido, deseos de mantener un poco de sentido de sí misma, dudas acerca de dónde estaba y de lo que se esperaba de ella y la duda constante de *¿cómo hago para mantenerme viva?* la inundaron por completo.

—El agua se está enfriando —informó el hombre.

Nunca se había desnudado delante de un chico ni delante de un hombre. Pudo sentir el rubor en su cara, su piel enrojecida por la vergüenza. No quería desnudarse, aun cuando ya había estado cerca de estarlo, y sabía que probablemente había sido observada mientras usaba el inodoro. Pero había algo en eso de quitarse las dos prendas delgadas de ropa que le quedaban que la asustaba más allá de la vergüenza. Le preocupaba que una vez que se las quitara no pudiera encontrarlas de nuevo o que el hombre se las llevara, dejándola totalmente expuesta. *Como un bebé*, pensó.

Entonces, en ese mismo instante, se dio cuenta de que no tenía opciones. El hombre había sido específico. Cosa que subrayó al gruñir:

—Estamos todos esperando, Número 4.

Lentamente se desabrochó el sujetador y lo puso en el borde de la cama. Luego se quitó las bragas. Eso fue casi doloroso. Instantáneamente una de sus manos descendió más allá de la cintura, tratando de cubrirse la región del pubis. La otra la puso encima de sus pechos pequeños. Detrás de la venda, podía sentir los ojos del hombre que la quemaban, recorriendo su cuerpo, inspeccionándola como un trozo de carne.

—Vamos, higienícese —ordenó el hombre.

Se agachó tan pudorosamente como pudo y metió el paño en el agua para luego frotarlo con jabón. Luego se puso de pie y empezó a limpiarse, sistemáticamente, lentamente. Los pies. Las piernas. El vientre. El pecho. Las axilas. El cuello. La cara, con cuidado de no sacar la venda, tratando de mantener toda la dignidad que pudiera.

Para su sorpresa, el contacto de la espuma sobre su piel fue casi erótico. En pocos segundos se dio cuenta de que nunca hasta entonces había sentido algo tan maravilloso como la sensación de lavarse. La habitación, la cadena alrededor del cuello, la cama, todo desapareció. Fue como quitarse el miedo y de pronto las inhibiciones quedaron a un lado. Se pasó el paño enjabonado sobre los pechos y luego en la entrepierna y los muslos. Sintió como si alguien estuviera acariciándola. Pensó en una ocasión cuando se bañó desnuda y se zambulló en las olas saladas de principios de verano en el cabo, o cuando jugaba en el agua fresca y rápida de un río en una calurosa tarde de agosto, ésas eran sensaciones que se acercaban a lo que estaba experimentando ahora.

Luego se frotó con fuerza el cuerpo, como si quisiera arrancar una capa, igual que una serpiente que muda su vieja piel, para así poder brillar. Era consciente de que el hombre la estaba mirando, pero cada vez que sentía que la cohibición por su cuerpo trataba de oscurecer el placer de lavarse, ella simplemente se repetía a sí misma: *Jódete, jódete, jódete, bas-*

tardo, como si se tratara de un mantra oriental. Eso hacía que se sintiera todavía mejor.

Estiró la mano para lavarse el brazo y de pronto oyó:

—No. Ahí no.

Se detuvo. La voz del hombre continuó, sin estridencias pero de manera insistente:

—En la parte más baja del abdomen, junto a la cadera y cerca de la entrepierna va a sentir algo como un apósito adhesivo ligeramente levantado. No lo toque.

Jennifer se tocó ese lugar y sintió lo que la voz había descrito. Asintió con la cabeza.

—El pelo —dijo. Quería desesperadamente lavarse el pelo.

—En otro momento —ordenó el hombre.

Jennifer continuó, metiendo el paño en el cubo y luego usando el jabón. Volvió a lavarse la cara. Tomó un borde de la tela y aunque el sabor era horrible, lo frotó sobre los dientes y encías. Recorrió cada parte de su cuerpo a la que alcanzaba una vez, dos veces.

—Bien. Terminado —indicó el hombre—. Ponga el paño de lavarse en el cubo. Use la toalla para secarse. Vuelva a ponerse la ropa interior. Regrese a la cama.

Jennifer hizo exactamente lo que se le decía. Se frotó con la áspera toalla de algodón. Luego, como un ciego, tanteó la cama hasta que encontró las dos prendas y volvió a ponérselas, cubriendo ligeramente su desnudez. Escuchó el ruido del cubo al ser levantado, y luego pasos sordos que atravesaban la habitación hacia la puerta.

Jennifer no supo qué fue lo que se apoderó de ella precisamente en ese instante. Quizá fue la energía que el ejercicio le había dado a su corazón y a sus músculos, o tal vez fue la fuerza que la comida le había proporcionado, o la sensación de renovación que le dio el baño. Lo cierto es que inclinó la cabeza hacia atrás, se llevó la mano hasta la cara y, de manera impulsiva, levantó el borde de la venda, sólo por un instante.

*   *   *

Cuando Michael se quitó su ropa interior, negra, larga y ajustada, junto con el pasamontañas, para ponerse un par de vaqueros gastados, Linda ya estaba escribiendo furiosamente en el teclado. Todavía estaba vestida con su arrugado traje de seguridad.

—¡Mira! —dijo sin levantar la cabeza—. ¡El panel se ha encendido!

La pantalla de mensajes interactiva que acompañaba a whatcomesnext.com se estaba llenando con mensajes simultáneos de todas partes del mundo. La pasión, la emoción y la fascinación se redoblaban. A los espectadores les había encantado la desnudez de la Número 4, habían adorado los ejercicios, se habían enamorado de su manera casi animal de devorar la comida. Eran testimonios de amor.

No eran pocos los que querían saber más acerca de la Número 4. «¿Quién es? ¿De dónde es?». Desde Francia un hombre escribió: «Siento que es una posesión mía». Linda puso el mensaje en un servicio de traducción de Google antes de leer las palabras «como mi automóvil, o mi casa, o mi trabajo… Tengo que tener más intimidad con la Número 4. Me pertenece».

Otro espectador de Sri Lanka escribió: «Más primeros planos. Primeros planos extremos. Necesitamos estar todavía más cerca de ella todo el tiempo».

Ésa era una petición que técnicamente, pensó Michael, podía ser satisfecha fácilmente con cualquiera de las cámaras de la habitación. Pero también era lo suficientemente listo como para entender que ese «primer plano» significaba algo más que sólo un ángulo de cámara.

—Creo que tenemos que hablar de la dirección en la que todo esto podría ir —le dijo a Linda—. Y creo decididamente que tendría que hacer algunos ajustes en los guiones.

Michael seguía mirando. Cada vez llegaban más mensajes a sus ordenadores.

—Es importante —observó— que nosotros tengamos siempre el control. Atenernos a los guiones. Atenernos a lo planeado. A ellos les tiene que parecer espontáneo... —hizo un gesto hacia la pantalla—, pero nosotros siempre tenemos que saber hacia dónde vamos.

Linda estaba a la vez indecisa y excitada. Ambos sabían que había un delgado límite entre el anonimato y el hecho de quedar expuestos. Sabían que tenían que ser cautelosos con las peticiones que vinieran desde lugares ocultos. La voz de Linda se hacía más entusiasta a medida que hablaba.

—Creo que la Número 4 puede ser el sujeto más querido por la gente que nunca hayamos tenido —exclamó—. Eso va a traer dinero. Mucho dinero. Pero es también peligroso.

Michael asintió con la cabeza. Le tocó el dorso de la mano.

—Tenemos que tener cuidado. Ellos quieren ver y saber más. Pero tenemos que tener cuidado. —Se rió, aunque nadie había dicho nada gracioso—. ¿Quién hubiera supuesto que una adolescente haría que la gente...? —vaciló—, no sé..., ¿se fascinara? ¿Es la palabra correcta? ¿El mundo entero está formado por personas que quieren seducir a jóvenes de dieciséis años?

Linda dejó escapar una carcajada.

—Tal vez tengas razón —dijo—. Sólo que «seducir» no es la palabra adecuada. —Miró a Michael, que estaba sonriendo. Había algo en la manera oblicua en que él torcía su labio superior cuando consideraba que algo era divertido que ella encontraba absolutamente atractivo. Estaba segura de que ellos dos eran los únicos sujetos puros que quedaban en todo el mundo. Todos los demás eran retorcidos y perversos. Ellos se tenían el uno al otro. Le temblaron los hombros y un escalofrío le recorrió la espalda. Estaba convencida de que cada minuto que *Serie # 4* estaba en el aire hacía que ella y Michael estuvieran más cerca. Era como si ellos dos estuvieran en un plano de existencia totalmente diferente. Todo era erótico. Todo fantasía. El peligro la excitaba.

Linda regresó a la pantalla y terminó de escribir un mensaje, que se limitaba a decir: «La Número 4 hoy está viva, pero ¿qué ocurrirá mañana?». Apretó la tecla de enviar y la frase partió a través de Internet a miles de abonados.

Se levantó del asiento que estaba frente a los ordenadores y echó una última mirada a la Número 4. La joven se había vuelto a la cama, y estaba abrazada a su osito de peluche. Linda podía ver que los labios de la Número 4 se estaban moviendo, como si estuviera hablando con el animal de juguete. Aumentó el volumen de los micrófonos interiores, pero no se escuchó nada. La Número 4, Linda se dio cuenta, en realidad no estaba hablando en voz alta. Señaló la pantalla del ordenador con la transmisión en vivo.

—¿Ves eso? —le dijo a Michael.

Asintió con la cabeza a manera de respuesta.

—Es realmente muy, pero que muy diferente de las otras —observó él.

—Sí —confirmó Linda—. No llora, ni se queja, ni grita, ni... —Se detuvo para volverse y mirar la imagen de la Número 4—. O por lo menos ya no lo hace.

Michael parecía estar sumido en sus pensamientos.

—Tenemos que ser más creativos con ella, porque es tan... —También se detuvo. Ambos eran conscientes de que la Número 4 era mucho más *algo,* pero no estaban seguros de qué era ese algo.

Linda giró y de pronto se puso a caminar de un lado a otro de la habitación.

—Tenemos que tener cuidado —repitió, cerrando un puño—. Tenemos que darles más para que la aprecien. Pero no podemos darles demasiado, porque entonces, cuando lleguemos al final, será muy duro...

No necesitaba terminar. Michael conocía perfectamente bien el dilema que ella estaba describiendo. *Uno no puede ha-*

cer que la gente se enamore de algo que va a ver morir después, pensó.

—Es porque es joven —dijo—. Es porque es tan... —vaciló y luego añadió—:... fresca.

Linda sabía exactamente lo que él estaba diciendo. Ella había exigido a *alguien sin asperezas,* pero había esperado que la Número 4 fuera —dentro de lo razonable— como las demás. En ese momento, por primera vez, pensó que la Número 4 era mucho mejor, mucho más avanzada, y mucho más impresionante, por razones que en ese momento estaba empezando a comprender. Dio un paso adelante y envolvió a su amante con los brazos. Sintió que se le aceleraba el pulso. Pero no era como la sensación que tenía cuando Michael se deslizaba por entre las sábanas de la cama, por la noche tarde, aunque los dos estuvieran exhaustos, de todos modos podía sentir su insistencia, ni tampoco era como la sensación de victoria que la invadía cuando sumaba sus ingresos.

Eso era algo fuera de lo normal. Estaban realmente al borde de algo especial con la Número 4, algo que ella no había imaginado, y no había previsto. Linda tembló de la emoción. El riesgo, se decía a sí misma, era como el amor.

Michael parecía sentir lo mismo. Se agachó repentinamente e hizo pasar sus labios sobre los de ella, suavemente, sugestivamente. Ella de inmediato lo arrastró a la cama. Eran como adolescentes, riéndose casi tontamente por la emoción, casi sobrecogidos por la sensación de que eran artistas que estaban creando algo que iba mucho más allá de la verdad.

La pasión pronto eclipsó su atención, porque si hubieran estado alerta, habrían visto un mensaje que llegaba desde Suecia. Un cliente con el alias cibernético de Blond9Inch escribió una sola línea en su propia lengua, que ninguno de ellos comprendía: «Se ha levantado la venda. Creo que pudo espiar...».

Éste fue seguido por docenas de muchos otros mensajes más predecibles, en muchas lenguas, todos con comentarios sobre varios aspectos del cuerpo de la Número 4, y llenos de sugerencias respecto a qué deberían hacer ellos, Linda o Michael, en un futuro próximo. La astuta observación de Blond9Inch quedó sepultada.

Capítulo
25

Q ue Mark Wolfe, delincuente sexual condenado tres veces, exhibicionista en serie, se mostrara de manera tan
normal, sorprendió a Adrian, pero no a la detective que estaba junto a él.

—No he hecho nada —repitió Wolfe—. ¿Y éste quién es?
—Siguió haciendo un gesto señalando a Adrian mientras dirigía
sus preguntas a Terri Collins. Desde el otro lado de la habitación, la madre de Wolfe intervino:

—¿De qué se trata esto? Es la hora de nuestro programa.
Marky, diles a estas personas que se vayan. ¿Es hora de cenar ya?

Mark Wolfe se volvió impaciente hacia su madre. Cogió
un mando a distancia de la mesa y apagó el televisor. Jerry, Eileen y Kramer y lo que sea que estuvieran maquinando desaparecieron.

—Ya hemos cenado —explicó—. El programa vendrá
enseguida. Ellos se irán en uno o dos minutos.

Miró furioso a la detective Collins.

—Bien, ¿de qué se trata?

—Creo que mejor me voy a poner a tejer —decidió su
madre. Dio un paso hacia el sillón reclinable donde estaban
las agujas. Adrian vio que había una bolsa grande llena de hilos y muestras de tela junto al sillón.

—No —la detuvo Mark Wolfe abruptamente—. No en este momento.

Adrian miró a su madre. Tenía una media sonrisa torcida en la cara. Su voz sonaba preocupada, incluso molesta, pero seguía sonriendo. *Primeros síntomas de alzhéimer,* calculó repentinamente. El rápido diagnóstico le resultó perturbador, su propia enfermedad afectaba la misma parte del cerebro y destruía muchos de los procesos de pensamiento igual que la enfermedad de alzhéimer. Simplemente era más insidioso, más lento, y por lo tanto mucho más difícil de manejar. Su enfermedad era despiadada y rápida. La mujer, sin saber si reír o echarse a llorar, fue dominada por algo tan inexorable como las mareas matutinas que suben regularmente sobre la playa arenosa. Mirar a la madre era un poco como mirarse en un espejo distorsionado. Podía verse a sí mismo, pero no con toda claridad. Amenazaba con aterrorizarlo, y apenas pudo apartar sus ojos de la mujer de pelo salvaje hasta que escuchó a la detective Collins que decía:

—Éste es el profesor Thomas. Me está asistiendo en una investigación en curso. Tenemos algunas preguntas para usted.

Otra vez se oyó la voz de disco rayado de Mark Wolfe:

—No he hecho nada... —pero esta vez añadió—: nada malo.

La voz firme de la detective pareció hacer volver a Adrian de algún borde lejano, y se concentró en el delincuente sexual. Había pasado horas observando el comportamiento de animales de laboratorio y de estudiantes voluntarios, evaluando diferentes tipos y grados de miedo. Ese momento, insistió, era igual. Miró detenidamente a Wolfe, buscando señales delatoras de pánico interior, de engaño, de falta de sinceridad. Un tic del ojo. Un movimiento de la cabeza. Un cambio en su tono de voz. Un estremecimiento en su mano. Sudor sobre su frente.

—Los requerimientos de su libertad condicional exigen que usted tenga empleo permanente...

—Yo tengo un trabajo. Usted lo sabe. Vendo equipos electrónicos y grandes electrodomésticos.

—Y no se le permite ir a patios de recreo ni estar cerca de las escuelas…

—¿Me ha visto usted violar alguna de esas reglas? —quiso saber Wolfe.

Adrian notó que no había respondido: «No he estado en ningún patio de recreo ni cerca de ninguna escuela». Esperaba que Terri Collins hubiera advertido lo mismo.

—Y también se le exige presentarse ante su oficial de libertad condicional una vez al mes…

—Así lo hago.

Por supuesto que lo haces, comprendió Adrian. *Hacer esa visita te mantiene libre.*

—Y también se le exige que se someta a una terapia…

—Sí. Gran cosa.

Terri vaciló.

—¿Cómo va eso?

—Eso no es asunto suyo —espetó Wolfe.

Adrian creyó que la detective iba a responder con ese tono autoritario que tanto la caracterizaba, pero se quedó impresionado cuando Terri Collins mantuvo una voz burocrática, serena, inexpresiva:

—Se le exige que responda a mis preguntas, le gusten o no; de otro modo estaría violando los términos de su libertad. Estoy más que dispuesta a llamar a su oficial de libertad condicional ahora mismo y preguntarle de qué manera evalúa su negativa a responder. Da la casualidad de que tengo su número de teléfono en mi libreta. —Adrian supuso que aquello era una fanfarronada, pero escuchó un tono de intransigencia que indicaba que, en realidad, la detective no necesitaba recurrir a ninguna otra cosa aparte de la amenaza de una llamada telefónica y que tanto ella como el delincuente sexual lo sabían.

Wolfe dudó.

—El doctor dice que se supone que mi terapia es confidencial. Ya sabe, entre él y yo.

—En la mayoría de los casos es así. Pero no en el suyo.

Wolfe vaciló. Miró a su madre, que se había sentado en un sillón delante de la enorme pantalla como si Adrian, la detective Collins y su hijo no estuvieran en la habitación. Estaba a punto de coger el mando a distancia.

—¡Mamá! —reaccionó él rápidamente—. Ahora no. Vete a la cocina.

—Pero ya es la hora —se quejó.

—Pronto. Todavía no.

La mujer se levantó de mala gana y salió de la habitación. Se la podía escuchar haciendo ruidos en la cocina. A esto siguió el ruido de un vaso que se hacía añicos en el fregadero y un aullido de frustración interrumpido por un torrente de obscenidades. El hijo miró hacia allí con el ceño fruncido, pero, como anticipándose a su respuesta, la madre gritó:

—Ha sido sólo un accidente. Yo lo recogeré.

—Maldición —exclamó Wolfe—. Eso es lo único que tenemos: accidentes. —Se volvió y miró furioso a Terri Collins—. Usted ya ve lo difícil que es esto. Ella está enferma y yo tengo que… —Se detuvo. Comprendía que a Terri no le preocupaban en lo más mínimo las dificultades de vivir con alguien en las redes de esa enfermedad.

—Su terapia —insistió ella bruscamente.

—Voy todas las semanas —respondió Mark Wolfe sombrío—. Estoy mejorando. Eso es lo que el doctor me dice.

—Dígame qué quiere decir con eso —ordenó Terri.

Wolfe pareció un poco inseguro.

—Mejorar es estar mejor —respondió.

—Va a tener que ser más preciso, Mark —insistió Terri.

Apaciguador, pensó Adrian, *eso de usar el nombre de pila.*

—Bien —comenzó a decir Wolfe—, no estoy seguro de qué…

Terri lo miró con dureza. Una inconfundible mirada de detective que quería decir: *Tienes que mejorar tu respuesta.* Adrian pensó que aquello no era demasiado diferente de la mirada silenciosa que él había usado con estudiantes prometedores que no habían satisfecho todas sus expectativas.

—Me está ayudando a controlar mis deseos —explicó Wolfe.

Deseos, creía Adrian, era un pobre sustituto de *ganas.*

—¿De qué manera?

—Hablamos.

—¿Cómo ha dicho que se llamaba su terapeuta?

—No lo he dicho.

—¿Por qué no?

Wolfe se encogió de hombros.

—Veo al doctor West en el pueblo. ¿Quiere su número de teléfono y dirección?

—No —respondió Terri—. Ya los tengo.

Adrian escuchaba atentamente. Terapia de conducta cognitiva. Terapia de aversión. Terapia de realidad. Terapia basada en la aprobación. Programas de doce pasos. Estaba familiarizado con la variedad de programas de tratamiento y la poca probabilidad de éxito con una parafilia como el exhibicionismo. Lo que él quería oír era cómo un terapeuta de la New Age como Scott West trataba a alguien que padecía una enfermedad tan antigua como la propia vida.

—¿Dónde conoció al doctor West?

—En su consultorio.

—¿Alguna vez se han encontrado en otro lugar?

El delincuente sexual cometió el error de vacilar brevemente.

—No.

Terri hizo una pausa. Mirada severa.

—Probaré de nuevo… ¿Alguna vez…?

—Una vez me llevó en su automóvil.

—¿Adónde?

—Dijo que era parte de la terapia. Dijo que era muy importante para mí demostrarme a mí mismo que tenía control sobre…

—¿Adónde lo llevó?

El delincuente sexual apartó la mirada.

—Me hizo pasar por delante de un par de colegios.

—¿Qué colegios?

—El instituto de secundaria. Un colegio de primaria a dos calles. No recuerdo el nombre.

—¿No lo recuerda?

Otra vez el delincuente sexual vaciló.

—Colegio Kennedy —respondió.

—¿No el colegio Wildwood, ni el Fort River?

—No —espetó Wolfe—. No pasamos por ésos.

Terri Collins hizo otra pausa.

—Pero se sabe los nombres, y apuesto a que también sabe las direcciones.

Wolfe volvió la cabeza, pero no trató de moverse. No respondió a la pregunta porque estaba claro que los sabía. Adrian imaginaba que también podría decirles los horarios de todos los días, a qué hora llegaban los estudiantes, a qué hora se iban, cuándo llenaban el patio a la hora de los recreos. La detective escribió lentamente un par de notas antes de continuar.

—Así que pasaron por delante de esos centros de enseñanza. ¿No se detuvieron?

—No.

Adrian supo que estaba mintiendo.

—Usted fue acusado de retención indebida de una persona… —comenzó Terri, pero el delincuente sexual la interrumpió.

—Mire, sólo llevé en el coche a esa niña. Eso es todo. Jamás la toqué…

—En el coche con la bragueta abierta. —Wolfe frunció el ceño y no respondió—. ¿Alguna vez ha ido a la casa de su médico?

Esto debió de sorprender al delincuente sexual.

—¡No! —espetó.

—¿Sabe usted dónde vive?

—No.

—¿Alguna vez ha visto a su familia?

—No. Eso no forma parte de la terapia.

—Dígame de qué hablan.

—Me pregunta qué es lo que pienso y lo que siento cuando veo… —Se detuvo en ese punto para respirar hondo—. Quiere que hable de todo lo que se me cruza por la cabeza. Le digo la verdad. Es difícil, pero estoy aprendiendo a controlarme a mí mismo. No necesito… —Otra vez se detuvo.

Adrian se sentía casi hipnotizado por la manera en que Terri interrogaba a fondo al delincuente sexual sin darle ninguna indicación de lo que realmente estaba buscando. Pero cuando escuchó el último comentario de Wolfe, algo se alzó en el fondo de su propia imaginación. Trató de recordar sus propios estudios, los momentos clínicos en el laboratorio. *Un estímulo,* pensó. Un sujeto podía tener una serie normal de respuestas ante una situación hasta que un estímulo extra era introducido en la ecuación. Entonces la capacidad de controlar las emociones cambiaba, y a veces se perdía.

En un cine, cuando el malo armado con un cuchillo salta fuera de la oscuridad, todos gritamos. Cuando un automóvil derrapa fuera de control sobre el asfalto mojado, el ritmo cardíaco, la actividad glandular, las ondas cerebrales, todo aumenta a medida que luchamos contra el pánico. *Fuera de control.* Se preguntó si su esposa había tenido miedo cuando condujo su automóvil contra aquel roble. *No,* pensó, *sentía alivio porque estaba haciendo lo que creía que quería.* Adrian inclinó la cabeza, tratando de escuchar la voz de su esposa. No estaba allí, pero había algo.

Tenía la sensación de que había una mano sobre su hombro, tratando de hacer que se diera la vuelta y mirara algo. La sensación se agudizó, como si lo estuvieran agarrando apremiantemente. Sin embargo, miró al exhibicionista. Ponle frente a una escena normal en la que hay escolares y su fantasía se desatará. Otras personas ven a niños jugando donde Mark Wolfe veía objetos de deseo. Adrian quería odiar en vez de comprender. *El odio es mucho más fácil.*

—Mire, detective, estoy mucho mejor. El doctor West me ha ayudado realmente. Usted tal vez no lo crea, pero es verdad. Pregúntele a él.

Terri asintió con la cabeza.

—Lo haré. ¿Comprende usted que fue una infracción pasar en automóvil frente a esos centros de enseñanza incluso con su terapeuta?

—Él me dijo que no lo sería. Dijo que mi oficial de libertad condicional lo había aprobado. Y no nos detuvimos.

Terri asintió con la cabeza otra vez. *Ella no se lo cree,* se dio cuenta Adrian. *Y tiene razón en no hacerlo.*

—Muy bien, voy a verificarlo. Hemos terminado con esto. —Cerró su libreta, le hizo un gesto a Adrian, pero entonces se detuvo y le preguntó abruptamente—: ¿Quién es Jennifer Riggins?

Mark Wolfe se mostró perplejo.

—¿Quién?

—Jennifer Riggins. ¿Dónde está?

—No conozco a ninguna…

—Si me miente, volverá a la cárcel.

—No conozco ese nombre. Nunca lo he oído antes.

Terri sacó su libreta otra vez y escribió algo.

—¿Sabe usted que es delito mentirle a un oficial de policía?

—Le estoy diciendo la verdad. No sé de quién está hablando.

Adrian vio muchas cosas en la cara del delincuente sexual. *Es extraordinario,* pensó, *cómo mezcla verdades y mentiras.*

—Creo que volveré a hablar con usted otra vez —anunció Terri—. No tiene planes de viajar, ¿verdad? —Ésa no era realmente una pregunta. Era una orden. Se volvió hacia Adrian—. Está bien, profesor, hemos terminado aquí por esta noche.

Adrian sabía que tenía cien preguntas para hacer, pero no podía pensar en ninguna en ese momento. Dio un paso adelante y sintió como si alguien a su lado estuviera susurrándole en la oreja. *Brian, tiene que ser él.* Se detuvo.

—¿Tiene usted ordenador? —espetó.

Terri se detuvo en la puerta. Pensó que ésa era una buena pregunta.

—Respóndale, Mark. ¿Tiene usted un ordenador?

El delincuente sexual asintió con la cabeza.

—¿Para qué usa el ordenador?

—Nada especial. Correo electrónico y para enterarme de los resultados deportivos.

—¿Quién le envía correos electrónicos?

—Conozco a algunas personas. Tengo amigos.

—Seguro que sí —replicó Terri—. Me lo llevaré.

—Necesita una orden judicial.

—¿En serio?

Wolfe vaciló.

—Lo traeré. Está en mi habitación.

—Iremos con usted.

Siguieron a Wolfe por la cocina.

—¿Puedo hacer ganchillo ya? —preguntó la anciana—. ¿Quiénes son tus amigos? —Él miró furioso a su madre y abrió la puerta de su dormitorio. Adrian vio alguna ropa de trabajo desparramada. Algunas revistas pornográficas usadas, un par de libros y una mesa pequeña con un ordenador portátil. Wolfe atravesó la habitación, se acercó al portátil, lo desenchufó y se lo entregó a Terri.

—¿Cuándo podré…?

—En uno o dos días. ¿Cuál es su contraseña?

Wolfe vaciló.

—¿Cuál es su contraseña? —preguntó ella otra vez.

—El-hombre-de-los-caramelos —respondió.

Terri cogió el ordenador.

—Sí. Ya veo —dijo—. Está mejorando.

Mientras ella se ponía el ordenador bajo el brazo, Adrian pensó que se lo había entregado sin demasiada resistencia. No tenía sentido. De todas maneras, se volvió rápidamente y trató de retener lo más que pudiera acerca de lo que la habitación podría decir del hombre que la ocupaba. Deseó haber podido leer los títulos de los libros. También sospechó que podría haber un cajón lleno de DVD. Pero la habitación tenía aspecto de sencillez, de vacío. Una cama individual, una cómoda, la mesa y una dura silla de madera. Nada que dijera demasiado.

Sólo que, supuso, tal vez significara algo. Cuando giró para retirarse, inmediatamente detrás de la detective y el exhibicionista, escuchó un susurro: *Sustituto*. La idea llegó tan rápidamente que se deslizó a través de su mente casi como arena por entre sus dedos. Dio media vuelta, pero no había nadie ahí. No comprendía la palabra, pero le siguió molestando mientras seguía los pasos de la detective y del delincuente sexual hacia la puerta de calle.

* * *

El viejo profesor y la detective viajaban en silencio.

Ella había dejado el ordenador en el asiento de atrás, sabiendo que no era realmente una prueba de nada y probablemente no iba a ser más que una pérdida de tiempo revisar sus archivos. La relación entre el delincuente y Scott West era lo que la preocupaba, pero no podía dejar de ver la firme posibilidad de que se tratara de una simple coincidencia. Sabía que había mentiras en lo que Mark Wolfe le había dicho, pero sus antenas no habían recogido el tipo de mentira que pudiera conducirla en una dirección u otra. Tamborileó con los dedos sobre el volante, mientras conducía por la oscuridad hacia la casa del anciano.

Él se mostraba excepcionalmente silencioso.

—¿Qué es lo que le inquieta? —preguntó ella de repente.

Él pareció guardar los recuerdos o imágenes que estaba procesando antes de responder.

—Jennifer —respondió en voz baja—. ¿Cuáles son las posibilidades de que la encontremos, detective?

—No muchas —replicó ella—. En nuestra sociedad no es tan difícil desaparecer como la gente piensa. O que hagan que uno desaparezca.

Adrian pareció pensar profundamente.

—¿Usted cree que hay algo en ese ordenador...?

Lo interrumpió:

—No.

Él se giró a medias en su asiento, como si la respuesta necesitara alguna ampliación. Ella lo complació.

—Tendrá algunas cosas preocupantes. Tal vez algo de pornografía común. No me sorprendería encontrar algo de pornografía infantil escondida en algún archivo. Tal vez alguna otra cosa que indique que el buen doctor West no está haciendo un trabajo de terapia del todo eficaz como probablemente él imagina. Pero ¿algo sobre Jennifer? ¿Cuál sería la conexión? No. No lo creo. Buscaré. Pero no soy optimista.

Adrian asintió lentamente con la cabeza.

—Me pareció que toda la conversación fue provocativa —dijo. Su voz era apenas poco más que un susurro—. Nunca antes había hablado con un hombre de esta manera. Fue instructivo.

—¿Escuchó algo que pueda ayudar? —Terri hizo esta pregunta más por educación que porque creyera que él pudiera en realidad haber notado algo importante.

—¿Eso es lo que hacen los detectives? —preguntó Adrian—. ¿Procesan la información muy rápidamente?

Ella se rió.

—No es como una clase, profesor. A veces no hay mucho tiempo y uno tiene que ver las respuestas con mucha rapidez. En los casos de homicidio les gusta hablar de las primeras cuarenta y ocho horas. A decir verdad fue un maldito programa de televisión el que dijo eso. El margen es más pequeño en algunos delitos, un poco más grande en otros. Pero uno tiene que ver con mucha rapidez, si no las respuestas, por lo menos el lugar donde encontrarlas. —Terri suspiró—. Ya hemos llegado mucho más allá de esos márgenes en el caso de Jennifer.

Adrian pareció pensar en eso.

—Jennifer necesita más tiempo —dijo—. Espero que lo tenga.

Terri se dio cuenta de que el anciano no le desagradaba. Estaba persuadida de que era sincero en sus esfuerzos por ayudar. Esto le llegó como una suerte de revelación; por lo general los civiles sólo logran interponerse torpemente en el camino de la ejecución de la ley. Es mucha la gente que ha visto demasiada televisión y cree que efectivamente sabe algo. *Obstáculos, no ayuda,* pensó ella. Esto era una parte de su entrenamiento y de su experiencia. Pero, por otra parte, el anciano que estaba sentado a su lado —que parecía pasar de la observación aguda a la insistencia absorbente y luego a un planeta diferente— no era como la mayor parte de los entrometidos y bienintencionados a los que estaba acostumbrada. Detuvo el vehículo delante de la casa del profesor.

—Servicio de puerta a puerta —anunció ella.

—Gracias —dijo Adrian al bajar—. Quizá usted quiera llamarme con cualquier información que pueda conseguir…

—Profesor, déjeme el trabajo policial a mí. Si hay algo en lo que yo crea que usted puede ayudar, lo llamaré.

Le pareció que el anciano estaba alicaído. *Jennifer ha desaparecido,* pensó ella, *y él se culpa a sí mismo.* Hay una di-

ferencia entre el policía —para quien las más grandes tragedias son una parte de su rutina diaria— y las personas que
sienten que han sido convertidas en algo especial al verse involucradas en un delito. Es algo que sobrepasa tanto su vida
cotidiana que no solamente los fascina, sino que puede vol-
verlos obsesivos. Pero para una policía como Terri aquello no
era más que algo normal. Trágico, pero normal.

Adrian se alejó del automóvil y miró cuando desapareció calle abajo.

—Es una buena policía —comentó Brian—. Pero está limitada. El detective superinteligente, innatamente instintivo
y pseudointelectual es un truco de los autores de novelas de
misterio. Los policías en realidad se dedican directamente a
resolver problemas. Pim, pam, pum, no *La dama o el tigre*.

Adrian caminó con dificultad hacia la puerta principal.

—¿Estabas en casa? —preguntó.

—Por supuesto —admitió Brian. Su tono era de modes-
tia, como si estuviera esperando otra pregunta. Adrian giró
hacia su hermano muerto. Era el abogado Brian, jugueteando
con su corbata de seda, colocándose la raya perfecta del traje
de dos mil dólares. Brian levantó la vista—. Aprendiste algo.

—Pero la detective dijo...

—Vamos, Audie, desde el principio esto no era para encontrar al culpable. Por lo menos no todavía. Se trata de descubrir dónde buscar a Jennifer. La única manera de hacer eso
es imaginar quién se la llevó. Y por qué.

Adrian asintió con la cabeza.

—Sí.

—Y ésa no es, seguramente, la manera en la que piensa
una agradable detective de un pequeño pueblo universitario,
aun cuando parezca muy competente.

A Adrian le pareció que eso era verdad. Hacía frío. Se
preguntó dónde se escondía la calidez de la primavera. El aire
parecía engañoso, como si prometiera una cosa y entregara algo diferente. Pensó que era una época del año poco de fiar.

—¡Audie!

Se giró hacia Brian.

—Se está haciendo más difícil —dijo—. Es como si con cada hora, con cada día, algo de mí se escapara.

—Por eso estamos aquí.

—Creo que estoy demasiado enfermo.

—Diablos, Audie —se burló Brian—, yo estoy muerto y eso no me detiene.

Adrian sonrió.

—¿Qué viste en la casa de ese canalla?

—Una anciana que sufre... —se detuvo. ¿Qué fue lo que vio?—. Vi a un hombre que actuaba dócilmente, como si no tuviera nada que esconder, que probablemente quiere esconderlo todo.

Brian mostró una gran sonrisa y le dio una palmada en la espalda a su hermano.

—¿Qué quiere decir eso?

—Quiere decir que me faltó ver algo.

Brian se llevó la mano a la frente, al lugar exacto donde debió haber puesto el cañón del arma que Adrian guardaba dentro del cajón superior de su mesa. Movió la mano como si disparara, pero no pareció pensar que eso fuera irónico.

—Creo que ambos sabemos qué hacer —dijo Brian.

* * *

Adrian se encogió sobre su asiento en el automóvil, con la esperanza de que su visita anterior no hubiera hecho que Mark Wolfe estuviera más alerta ante la idea de que alguien pudiera estar observándolo. Había sombras matutinas que dibujaban espacios oscuros donde el sol naciente era bloqueado por árboles que acababan de empezar a llenarse de hojas. A Adrian le pareció que el mundo más allá de su ventanilla no estaba del todo desnudo, pero tampoco vestido. A veces pensaba en el cambio de las estaciones como un momento en el que la fuerza natural aguardaba un permiso, un visto bueno, para tomar forma y convertir el día de invierno en primavera.

No sabía cuántos cambios había dejado atrás. Ni sabía tampoco por cuánto tiempo más iba a poder percibirlos. Se movió en su asiento para hacerle una pregunta a Brian, pero su hermano ya no estaba con él. Se preguntaba por qué no podía hacer aparecer sus alucinaciones cuando las necesitaba. Sería alentador tener a alguien con quien hablar y deseaba que el tono confiado de su hermano le ayudara a tomar sus propias decisiones.

Creía que lo que pensaba hacer era de dudosa legalidad. Si no era contra la ley, debería serlo. Inmoral, también, cosa en la cual su hermano, el famoso abogado, iba a ser de gran ayuda. Los abogados estaban siempre más cómodos en los matices grises de la moral.

—¿Brian?

Silencio. Esperaba esto. Se quedó observando la puerta principal. Pensó que Mark Wolfe debía de estar a punto de salir. Estaba temblando.

Pensó en su hermano. Cuando eran pequeños, siempre le había sorprendido que Brian fuera tan intrépido. Si Adrian y sus amigos estaban haciendo algo —nadando, jugando a la pelota, armando lío—, Brian siempre se unía a ellos y era el primero en ofrecerse para cualquier travesura que estuvieran preparando. Adrian recordó una vez en que sus padres les regañaron a los dos juntos. Brian recibió una bronca y le enviaron a su habitación. A Adrian le sermonearon. «Se supone que debes cuidar de tu hermano menor» y «Adrian, cómo pudiste dejar que él…». Le había resultado imposible explicar que, incluso con su diferencia de edad, Brian era el líder. *Al revés,* pensó. *Nuestro crecimiento fue al revés.* Y luego dijo en voz alta:

—Pero eso todavía no me explica el tiro que te pegaste.

Adrian pensaba que todo en su vida era un misterio excepto su trabajo. ¿Por qué lo amaba Cassie? ¿Por qué murió

Tommy? ¿Cuál había sido el problema de Brian? ¿Por que él no había podido ver lo que iba a hacer? Pensaba también que su enfermedad tenía un aspecto bueno. Todas estas dudas, toda la tristeza que lo había acechado, iban a desaparecer en una niebla de pérdidas. Dejó escapar un suspiro. *Ya estoy muerto,* pensó.

Oyó que se cerraba la puerta de un automóvil. Una mirada rápida y vio que Mark Wolfe salía por el sendero de entrada de su casa, como había hecho el día anterior. El delincuente sexual partió.

Adrian miró su reloj. Había sido un regalo de su esposa cuando cumplieron veinticinco años de casados. Sumergible, aunque rara vez lo metía en el agua. A prueba de golpes, aunque nunca se cayó. Pila para toda la vida… *Bien,* se dijo a sí mismo, *muchas probabilidades de que siga dando la hora después de que yo me haya ido.* Adrian tenía planeado esperar quince minutos. El minutero resultaba casi hipnótico mientras recorría de manera implacable la esfera del reloj.

Cuando estuvo seguro de que Mark Wolfe se había alejado de camino a su trabajo, a la tienda de artículos para el hogar, Adrian se bajó del automóvil y caminó rápidamente hacia la casa. Llamó con fuerza a la puerta y luego tocó el timbre. Cuando la puerta se abrió un poco y los ojos ligeramente ausentes de la madre miraron por la rendija, Adrian se acercó.

—Mark no está aquí —dijo de inmediato.

—Está bien —replicó Adrian. Empujó con insistencia la puerta—. Él me ha pedido que viniera y pasara un rato con usted.

—¿En serio? —Confusión. Adrian aprovechó. Le pareció que conocía la enfermedad de la mujer mejor que la suya propia.

—Por supuesto. Somos viejos amigos. Se acuerda, ¿no? —No esperó una respuesta. Simplemente entró en la casa y de inmediato se dirigió a la sala de estar; se quedó de pie casi en el mismo lugar donde había estado la noche anterior.

—No lo recuerdo a usted —dijo la mujer—. Y Mark no tiene muchos amigos.

—Ya hemos hablado antes.

—¿Cuándo?

—Ayer. Recuerde.

—No…

—Y usted dijo que volviera porque había muchas cosas de las que hablar.

—Yo dije que…

—Hablamos de muchas cosas. Como de su ganchillo. Usted quería mostrarme algunas labores de ganchillo.

—También me gusta hacer punto. Me gusta hacer mitones. Se los regalo a los niños del barrio.

—Apuesto a que es Mark quien sale a regalárselos.

—Sí. Él los distribuye. Es un buen hijo.

—Por supuesto que sí. Es el mejor hijo que se puede tener. Le gusta hacer felices a los niños.

—Con mitones en invierno. Pero ahora…

—Estamos en primavera. No más mitones. No hasta el próximo otoño.

—Me olvidaba, ¿cómo es que son amigos usted y Mark?

—Me gustaría que usted me hiciera unos mitones.

—Sí. Hago mitones para los niños.

—Y Mark los distribuye. ¡Qué buen hijo!

—Sí. Es un buen hijo. ¿Cuál era su nombre?

—Y ve la televisión con usted.

—Tenemos nuestros programas. A Mark le gustan los programas especiales. Vemos todos los programas cómicos temprano, juntos, y nos reímos, porque se meten en tantos problemas en todos esos programas… Y luego me hace ir a la cama porque dice que sus programas empiezan después.

—Así que ven los programas que a usted le gustan juntos y luego ve los programas que a él le gustan en ese televisor grande.

—Él lo compró para nosotros. Es como tener personas reales de visita aquí. No vienen muchos amigos.

—Pero yo soy su amigo y he venido.

—Sí. Usted parece viejo como yo.

—Lo soy. Y ahora somos amigos, ¿no?

—Sí. Supongo.

—¿De qué tratan los programas que él ve?

—No me deja verlos.

—Pero a veces usted no puede dormir, ¿no es cierto? Y usted viene aquí...

Ella sonrió.

—Sus programas son... —Dejó escapar una carcajada—. No debo decir esas palabras.

Ella tenía una mirada tímida e infantil en su cara. Adrian la observó mientras rebotaba en su asiento en un movimiento que era a la vez de anciana, de enferma y de niña. Él se daba cuenta de que se había enterado de algo y se esforzaba por precisarlo interiormente. Podía sentir a su esposa, a su hijo, a su hermano, todos rodeándolo, todos allí, pero sin estar allí, tratando de decirle de qué se trataba, estimulando su capacidad de percepción. Miró a la mujer. *Dos locos*, pensó. *Yo puedo comprenderla a ella, pero ella no puede comprenderme a mí.*

Adrian pensó que todo aquello era una lengua extranjera y esto lo llevó hacia Tommy, que murió en algún lugar lejano. Apenas podía pensar en él, sólo veía imágenes a través de una pantalla. Y esto le hizo volverse hacia la enorme pantalla de televisión y recordar algo que la mujer había dicho y algo que recordó que su hijo le había dicho a él, sólo que no era realmente su hijo, sino el fantasma de su hijo. *Tejer*, pensó. *Ella teje.*

—¿Dónde está el ordenador que usa usted? —le preguntó—. ¿Lo guarda con la labor?

La mujer sonrió.

—Por supuesto. —Fue y cogió la bolsa con hilos y muestras de tela que estaba junto al sillón reclinable, precisamente donde Adrian la había visto la noche anterior. La llevó donde estaba él. Debajo de una madeja de hilo rosa y rojo había un pequeño ordenador portátil Apple. Había cables conectados.

Miró hacia el televisor. *Utiliza el ordenador con esa enorme pantalla de televisión después de haber mandado a su madre a la cama.*

—Le voy a llevar esto a Mark —dijo él—. Lo necesita en su trabajo.

—Él lo deja aquí —informó ella—. Siempre lo deja aquí.

—Sí, pero la mujer policía que vino va a querer verlo, de modo que él se lo va a llevar después del trabajo. Eso es lo que quiere.

Adrian sabía que todas sus mentiras iban a funcionar, aun cuando la anciana se mostraba reticente. Sentía que era una maldad lo que estaba haciendo. La frase infantil «Como quitarle un caramelo a un niño» cruzó por su mente.

Cogió el ordenador y se dirigió hacia la puerta. *¿La contraseña?* Mark Wolfe no le había parecido estúpido a Adrian. Y recordó la mirada despectiva que la detective Collins tenía en su cara cuando cogió el ordenador que el delincuente sexual le había entregado tan fácilmente. *«El-hombre-de-los-caramelos».* *¡Qué obvio!*, pensó para sí. Una contraseña tan cargada de connotaciones que cualquiera que examinara el ordenador creería que lo iba a conducir a alguna prueba delatora, cuando lo único que iba a recorrer era un inocente y oscuro callejón sin salida.

Con el ordenador en sus manos —el ordenador de la madre, el verdadero—, miró a la mujer de pelo gris y mirada salvaje.

—¿Mark tuvo alguna vez una mascota cuando era un muchacho…?

—Teníamos un perro llamado *Butchie*…

Adrian sonrió. *«Butchie». Ésa es una posibilidad.*

—Mark tuvo que hacer que lo mataran. A *Butchie* le gustaba cazar cosas y morder a las personas.

Igual que a su hijo. De pronto pareció que la anciana se iba a poner a llorar. Adrian pensó un momento, y luego, con sumo cuidado, le hizo otra pregunta:

—¿Y cuál era el nombre de la hija del vecino, se acuerda, la que vivía en la casa de al lado? ¿O era más allá en esta misma calle? Cuando Mark era adolescente.

La cara de la anciana cambió en un instante. Frunció el ceño.

—Esto es como un juego de memoria, ¿no? Ya no puedo recordar muchas cosas, me olvido todo…

—Pero a esa niña usted la recuerda, ¿no?

—No me gustaba.

—Su nombre era…

—Sandy.

—Ella fue la que metió a Mark en problemas por primera vez, ¿no? —La mujer asintió con la cabeza. Se preguntaba si Mark Wolfe tenía sentido de la ironía. Adrian se dirigió hacia la puerta con el ordenador bajo el brazo, pero se detuvo antes de abrir la puerta, y preguntó—: ¿Cómo se llama usted?

Ella sonrió.

—Me llamo Rose.

—Como una hermosa flor.

—Solía tener las mejillas muy rojas cuando era joven y me casé con… —Se interrumpió. Se llevó la mano a la boca.

—¿Adónde se fue?

—Nos dejó. No recuerdo. Fue un mal momento. Estábamos solos y fue difícil. Pero ahora Mark se ocupa de mí. Es un buen hijo.

—Claro que lo es. ¿Quién la dejó?

—Ralph —respondió la mujer—. Ralph nos dejó. Siempre fui la Rose de Ralph y él decía que estaría en flor para siempre, pero se fue y ya no florezco más.

«*Ralphsrose*», pensó Adrian. *Tal vez.*

—Esto ha sido muy divertido, Rose. Volveré y podremos hablar de labores de punto otra vez. Tal vez usted me teja un par de mitones.

—Eso estaría muy bien —replicó ella.

Capítulo
26

Jennifer le estaba cantando en voz baja al *Señor Pielmarrón* cuando la puerta se abrió. No era una canción específica, ya que estaba mezclando todas las canciones de cuna y canciones infantiles que podía recordar, de modo que *Rema, rema, rema en tu bote* y *Estaba la paloma blanca* se unían a *Un elefante se balanceaba* y *Me dijeron que en el reino del revés*. Mezclaba también de vez en cuando un villancico. Murmuraba y cantaba silenciosamente cualquier letra, cualquier estrofa, cualquier melodía que pudiera recordar. No recurrió al rap ni al rock and roll porque no creía que pudieran darle consuelo. Contuvo la respiración cuando el ruido de la puerta la interrumpió, pero con la misma rapidez continuó, levantando la voz, aumentando el volumen.

—Dios os bendiga, alegres caballeros, que nada os haga sufrir, recordad que Cristo, Nuestro Salvador, nació en esta Navidad…

—Número 4, por favor, preste atención.

—Un elefante se balanceaba sobre la tela de una araña, como veía que no se caía…

—Número 4, deje de cantar ahora mismo o la voy a castigar.

Jennifer no tuvo ninguna duda de que la amenaza era en serio. Dejó de cantar.

—Bien —dijo la mujer.

Jennifer quería sonreír. *Pequeñas rebeliones,* se dijo. *Haz lo que ellos quieren, pero...*

—Preste atención —dijo la mujer.

Sé dónde estás, pensó Jennifer. No sabía por qué eso era importante para ella, pero lo era. Los pocos segundos que había logrado espiar por debajo de su venda le habían servido mucho para aumentar su fortaleza. La habían orientado en la habitación. Había visto la cámara de vídeo dirigida hacia ella. Había visto las paredes muy blancas, el color gris del suelo. Había medido rápidamente el tamaño del espacio y, sobre todo, había visto su ropa apilada cerca de la entrada. Estaba cuidadosamente doblada, colocada junto a su mochila, como si hubiera sido lavada y estuviera esperándola. No era lo mismo que estar vestida en realidad, pero la mera posibilidad de volver a ponerse sus vaqueros y la camiseta le había dado una sensación de esperanza.

La cámara, con su ojo infalible mirándola, le había proporcionado mucho en qué pensar. Jennifer comprendió qué quería decir: *No hay intimidad.* Al principio, eso había hecho que su cara se sonrojara y se sintió avergonzada. Pero, casi con la misma rapidez, se dio cuenta de que quienquiera que fuera que la estaba mirando, no la estaba viendo realmente a ella, sino más bien a una prisionera. Todavía era anónima. Tal vez su cuerpo había sido expuesto, pero no Jennifer. Era como si hubiera una diferencia entre lo que ella era y lo que ella hacía. Alguna doble de Jennifer llamada Número 4 estaba haciendo cosas, mientras que la Jennifer verdadera abrazaba a su oso, cantaba canciones y trataba de darse cuenta de dónde estaba encerrada. Sabía que tenía que esforzarse mucho para proteger a la Jennifer verdadera mientras hacía que la falsa Jennifer pareciera verdadera a los ojos del hombre y de la mujer. Sus carceleros.

Y había otra cosa que se las arregló para comprender a partir de la cámara. Eso quería decir que la necesitaban. Fuera cual fuese el drama que estaban interpretando, ella era la actriz principal. No sabía por cuánto tiempo esta necesidad la mantendría con vida. Pero eso significaba que tenía algún tiempo y estaba decidida a usarlo.

—Número 4, voy a poner una silla en el extremo de la cama. Debe caminar hasta ella y sentarse.

Jennifer sacó las piernas de la cama. Se puso de pie. Luego se estiró, levantando una pierna primero, luego la otra, flexionando los músculos. Se puso de puntillas y bajó varias veces con rapidez. Luego llevó un brazo a la espalda, para estirar el torso. Repitió ese movimiento con el otro brazo. Podía sentir que sus músculos se contraían para luego relajarse, y la rigidez se fue retirando de su cuerpo.

—No es el momento de hacer gimnasia, Número 4. Por favor, haga lo que le digo sin demora.

Jennifer hizo girar su cabeza para aflojar el cuello, luego caminó cautelosamente hacia el pie de la cama, apoyando una mano sobre el colchón para mantener el equilibrio. Extendió la mano hasta sentir el respaldo de madera de una silla y la rodeó para ponerse enfrente. Se sentó remilgadamente, con las manos plegadas sobre el regazo, las rodillas juntas, apretadas, un poco como una escolar traviesa en una clase de catecismo, temerosa de la maestra monja. Podía notar que la mujer se acercaba a ella. Se volvió un poco hacia ella, a la espera de nuevas órdenes.

El golpe fue inesperado y violento. La mano abierta que impactó sobre su mejilla casi la hace caer al suelo. La sorpresa fue tan dolorosa como el golpe. Detrás de la venda, vio las estrellas y su rostro gritó de dolor, como si las terminaciones nerviosas por todo el cuerpo hubieran sido sometidas a una corriente eléctrica. El mareo mezclado con dolor hizo que su cabeza diera vueltas.

Estuvo cerca de perder el equilibrio y casi se cae de la silla; abrió la boca en busca de aire, como si se estuviera ahogando. Sabía que había producido un ruido como el gemido de dolor de algún animal, pero no podía precisar si resonó en la habitación o solamente dentro de su cabeza. Se aferró al asiento de la silla, tratando de recuperar el equilibrio, sabiendo, aunque desconocía por qué, que si se caía recibiría algunas patadas y le harían todavía más daño. Quiso decir algo, pero ni una palabra pudo salir de sus labios. Sólo podía emitir sollozos ahogados.

—¿Tenemos las cosas un poco más claras ahora, Número 4? —preguntó la mujer.

Jennifer asintió con la cabeza.

—Cuando le doy una orden, usted debe obedecer. Creo que ya le dijimos esto antes.

—Sí. Yo trataba de… No me di cuenta…

—Deje de lloriquear.

Se detuvo.

—Bien. Tengo algunas preguntas para usted. Las va a responder con sumo cuidado. No dé más información de la que se le pide. Quiero que mantenga la cabeza firme y no deje de mirar hacia delante.

Jennifer asintió con un gesto. Notó que la mujer se inclinaba hacia delante, acercándose más a ella, y escuchó un susurro que parecía más bien un zumbido.

—La respuesta a la primera pregunta es dieciocho —le dijo.

Detrás de la máscara, Jennifer parpadeó, como si estuviera sorprendida. Comprendió que eso era sólo para ella. Podía escuchar el ruido de papel arrugado de la ropa de la mujer cuando se movió hacia atrás para quedarse a una corta distancia. Hubo una pausa, y Jennifer se acomodó, como un robot, otra vez en la posición de la escolar y miró fijamente hacia delante, aunque en realidad sólo veía la oscuridad de la venda.

—Bien. Número 4, díganos qué edad tiene.

Jennifer vaciló, y luego espetó:

—Dieciocho años. —Una mentira, pensó, que le ahorraría algún dolor.

La mujer continuó:

—¿Sabe usted dónde está?

—No.

—¿Sabe usted por qué está aquí?

—No.

—¿Sabe usted qué le va a ocurrir?

—No.

—¿Sabe usted qué día es hoy? ¿O quizá la fecha, la hora o incluso si es de día o de noche?

Sacudió la cabeza, y luego se detuvo.

—No —respondió. Esta vez su voz se quebró un poco, como si la palabra «No» fuera una costosa porcelana que podía hacerse añicos al menor desliz.

—¿Cuánto tiempo ha estado aquí, Número 4?

—No lo sé.

—¿Está asustada, Número 4?

—Sí.

—¿Tiene miedo de morir, Número 4?

—Sí.

—¿Quiere usted vivir?

—Sí.

—¿Qué haría usted para sobrevivir?

Jennifer vaciló. Sólo había una respuesta disponible.

—Cualquier cosa.

—Bien.

La voz de la mujer llegaba desde una distancia de no más de un metro. Jennifer sospechó que se había colocado detrás de la cámara, de modo que sus respuestas estaban directamente dirigidas al objetivo. Sintió una ligera oleada de confianza. *Me están filmando*. La posibilidad de comprender, aunque sólo fuera ligeramente, lo que le estaba ocurriendo era una ayuda. Sabía que su imagen estaba yendo a algún lugar. Alguien en algún lugar la estaba viendo en ese preciso momento. Sintió que sus músculos se ponían tensos. *No saben lo fuerte que puedo ser,* se dijo a sí misma. Luego la duda se deslizó en su imaginación. *No sé lo fuerte que puedo ser.* Quería llorar, ceder a los sollozos y perder las esperanzas. O si no, tenía que defenderse, pero no sabía cómo.

—De pie, Número 4. —Hizo lo que se le decía—. Bájese las bragas.

No pudo evitarlo: la vacilación se manifestó en sus manos. Pero Jennifer intuyó que el puño de la mujer se cerraba, listo para golpearla otra vez; hizo lo que se le ordenaba. Se dijo a sí misma que era como ir al consultorio del médico, o como estar en un vestuario después de una agotadora sesión de gimnasia. No había vergüenza en su desnudez. Pero detrás de su venda incluso ella sabía que eso era una mentira. Podía percibir que la cámara la exploraba y se sintió humillada. Las lágrimas estaban cerca cuando la mujer habló.

—Puede volver a su asiento.

Se subió las finas bragas, las volvió a poner en su sitio y se sentó. Era como si le hubieran cortado algo. Fue peor que cuando el hombre la había obligado a bañarse desnuda. Esto había sido una inspección. Una inspección de la carne.

—Antes de llegar a esta habitación, ¿cuál era su miedo más grande?

Tuvo que pensar. Su mente estaba llena de vergüenza.

—¡El miedo más grande, Número 4! —La voz de la mujer era insistente.

Jennifer luchó por encontrar una respuesta.

—Las arañas. Odio las arañas. Cuando era pequeña me mordió una araña y se me hinchó la cara y desde entonces…

—Eso es algo a lo que usted le tiene miedo, Número 4. Pero ¿cuál es su mayor miedo?

Jennifer vaciló.

—A veces me daba miedo quedarme encerrada en una habitación llena de arañas.

—Puedo hacer que eso ocurra, Número 4…

Jennifer tembló involuntariamente. Sabía que la mujer podía hacerlo. Se imaginaba que apenas había sospechado las posibilidades de crueldad de aquella mujer. Y calculaba que las del hombre serían peores.

—Pero ¿cuál es su mayor miedo, Número 4?

La misma pregunta retumbó sobre ella. Se preguntó: *¿Cuál es el problema con mi respuesta?* Una o dos palabras se le atascaron en la garganta, y tosió. Tuvo otra idea.

—No salir nunca del pequeño pueblo donde vivía y quedarme allí para siempre.

La mujer hizo una pausa. Jennifer pensaba que tal vez había sorprendido a la mujer con su respuesta.

—Así que, Número 4, usted odiaba su casa, ¿no?

La cabeza de Jennifer se movió hacia arriba y hacia abajo al responder.

—Sí.

—¿Qué era lo que usted odiaba?

—Todo.

Otra vez la mujer habló con cuidado. Su voz planeaba machaconamente sobre Jennifer. El ritmo constante de las preguntas hacía que parecieran una lluvia que caía sobre su corazón.

—Entonces usted quería escaparse, ¿verdad?

—Sí.

—¿Usted todavía quiere escapar, Número 4?

Jennifer sintió que los sollozos le aplastaban el pecho. No estaba segura de si la mujer quería decir escapar de su casa o escapar de su celda. Esta incertidumbre le dolía.

—Sólo quiero vivir —respondió. Le tembló la voz.

La mujer hizo una pausa antes de continuar. Las preguntas eran implacables.

—¿Qué es lo que usted ha amado en su vida, Número 4?

Se vio inundada con recuerdos de la infancia. Podía ver a su padre muerto, erguido en medio de la oscuridad de la venda, sólo que estaba vivo y tenía la cara iluminada por su habitual sonrisa, haciéndole señas para que ella se acercara. Pudo recordar fiestas y patios de recreo. Pudo recordar momentos que eran comunes, como los picnics y un viaje de familia a Fenway Park para jugar a la pelota y comer perritos calientes una tarde de verano. Una vez, durante una visita del colegio a una granja cercana, había atravesado gateando un cercado donde había cachorros recién nacidos que eran alimentados por su madre, y se había maravillado ante la diminuta energía y la delicadeza de la vida. Pudo ver una fotografía suya y de su madre, a quien realmente creía que ya no tenía razones para amar, nadando en un río en un parque del Estado, donde una pequeña cascada de agua fría caía sobre sus cabezas y ambas habían tenido que luchar contra la piel de gallina porque la sensación era maravillosa. Todas esas imágenes se movían aceleradamente a su alrededor, como si estuviera atrapada en una película en cámara lenta dentro de la oscuridad. Estaba agitada. Todas estas imágenes le pertenecían y sabía que debía protegerlas.

—Nada —respondió.

La mujer se echó a reír.

—Todos aman algo, Número 4. Repito: ¿qué es lo que usted ha amado?

Jennifer sintió que las imágenes corrían hacia ella. Toda clase de imágenes se amontonaban en desorden. Un torrente de recuerdos. Era como si tuviera que luchar contra ellas para mantenerlas escondidas. Vaciló antes de decir enérgicamente:

—Tenía una gata… En realidad encontré a una gatita extraviada. Estaba mojada, escuálida y perdida. Me permitieron conservarla. Le puse de nombre *Zoquete* porque tenía las patas blancas. Le di leche y dormía en mi cama todas las noches. Durante años fue mi mejor amiga.

—¿Qué le pasó a *Zoquete,* Número 4?

—A los siete años, enfermó. El veterinario no pudo salvarla. Se murió y yo ayudé a enterrarla. Hicimos un hoyo en el jardín y la pusimos en él. Después lloré durante varios días, y mis padres me ofrecieron traerme un nuevo gatito, pero no quería algo nuevo, quería a la que había tenido hasta que se murió. —Vaciló. Luego añadió con voz firme—: Eso es. Eso es algo que amaba.

—Conmovedor, Número 4.

Jennifer estaba a punto de decir: *Usted ha preguntado,* pero no quería que la golpeara otra vez. Se endureció para esconder una sonrisa burlona, pero se permitió un sarcástico regocijo interior. La historia de *Zoquete* era una total y absoluta mentira. *Jamás hubo un gato, maldita bruja. Nada de gatos muertos. Jódete.*

—Una última pregunta, Número 4. —Jennifer no se movió. Esperó—. ¿Es usted virgen, Número 4?

Pudo sentir algo espeso en la lengua, un sabor ácido en los labios. Estaban secos y se los lamió varias veces. No sabía cuál era la respuesta correcta. La verdad era «Sí» pero ¿ésa era una respuesta buena o mala? Podía sentir el miedo que trepaba en su interior. La insinuación vaga acerca del sexo era sofocante. *Quieren violarme,* pensó.

—¿Es usted virgen, Número 4?

Si respondiera que no, ¿era eso una especie de invitación? Si decía que ya había tenido relaciones sexuales, ¿era como darles permiso? ¿Era su ingenuidad algo bueno o algo malo? Odiaba tener que tomar una decisión. Ninguna de las dos respuestas era buena.

—Sí —dijo. Su voz se quebró ligeramente.

La mujer se echó a reír.

—Puede regresar a la cama —la autorizó. Su voz estaba teñida de burla.

Capítulo
27

Por pura coincidencia, más o menos a la misma hora, en lugares diferentes, Adrian y Terri estaban ambos mirando atentamente dos ordenadores que pertenecían a la misma persona, pero para llegar a conclusiones opuestas. Uno vio callejones sin salida. El otro vio posibilidades infinitas.

Lo que Terri descubrió en la máquina colocada sobre la mesa de su oficina fue más o menos lo que esperaba. Algo de pornografía de bajo coste —nada que la sorprendiera por su exotismo excepcional o por sus oscuras tendencias— y una selección de por lo general muy aburridas visitas a sitios web de deportes, salas de chat médicas relacionadas con grupos de apoyo para el alzhéimer, un sitio de apuestas fuera del país y un número predecible de videojuegos *on line,* como póquer y *El Mundo en Guerra.* Wolfe también había pasado bastante tiempo en varios sitios web técnicos para el uso avanzado de ordenadores. Pero, tal como ella lo veía, no había nada en el ordenador que sugiriera siquiera que Mark Wolfe había vuelto al tipo de actividades que habían hecho que lo arrestaran o que pudiera estar ascendiendo en la cadena alimenticia del depredador sexual. Nada que tuviera que ver con la desaparecida Jennifer.

Estaba dispuesta a archivar a Mark Wolfe y su conexión con el futuro padrastro de una niña desaparecida en la categoría de tiempo perdido. Es más, para ella toda la búsqueda de Jennifer estaba casi estancada, a pesar de la insistencia del anciano. Sabía que tenía que profundizar el tema de la tarjeta de crédito devuelta en Maine, pero tenía sus dudas de que eso la condujera a alguna parte.

Terri apagó el ordenador y dejó escapar un lento suspiro. Lo peor de todo era que tenía que devolver el maldito aparato a Wolfe. Levantó el teléfono y llamó a la tienda de artículos del hogar donde trabajaba.

—Quiero hablar con Mark Wolfe, por favor —le dijo a la telefonista—. Soy la detective Collins y llamo porque estoy investigando un caso de abuso sexual.

Hacer que Mark Wolfe se retorciera era una de sus prioridades. No creía que nadie del lugar donde trabajaba conociera sus antecedentes y se preguntó cuánto tiempo pasaría antes de que la telefonista mencionara en alguna charla durante la pausa para tomar café que una detective de la policía había llamado a uno de los vendedores. Esto iba a dar como resultado algunas especulaciones. Y las especulaciones iban a conducir a la difusión entre los compañeros de trabajo de algunos detalles desagradables. Los problemas que ella le estaba causando no le preocupaban en lo más mínimo. Se daba cuenta de que aquélla no era una actitud muy civilizada ni generosa, pero no le preocupaba.

Cuando Wolfe cogió el teléfono, ella fue abrupta en su tono.

—Puede pasar por mi oficina a buscar su ordenador —le informó—. Estaré aquí hasta las seis de la tarde.

Él simplemente lanzó un gruñido a modo de respuesta. Faltaba un rato todavía para que él apareciera, así que empujó el ordenador bruscamente a un lado y sacó el informe sobre la tarjeta de crédito. Marcó el número del banco de Waterville, en Maine.

* * *

Un ordenador, pensó Adrian, es como un espejo de un parque de atracciones. Refleja mucho de lo que alguien realmente es, pero uno tiene que ir más allá de las deformaciones y de las formas borrosas. El rompecabezas consistía en encontrar las claves que lo abrieran.

La madre de Wolfe le había dado algunas de las palabras correctas para abrir archivos cifrados después de que Adrian probara con diferentes combinaciones. *Rosatejidos* había abierto una puerta que contenía una carpeta de fotografías de mujeres jóvenes —todas en diversos grados de desnudez— en poses provocativas. La primera idea que le saltó en la cabeza fue www.niñasporn.com, pero reconoció que eso no era muy exacto. Las fotografías eran provocadoras y estaban llenas de incentivos para la fantasía. Hicieron que Adrian se sintiera incómodo, hasta que se obligó a inspeccionarlas atentamente, y se dio cuenta de que eran solamente *sugerencias* de mujeres que casi eran niñas.

Las modelos, fotografía tras fotografía, estaban afeitadas y se mostraban tímidas, seleccionadas por sus cuerpos inmaduros y sus caras infantiles. Pero sólo parecían jóvenes. Según lo veía Adrian, probablemente todas ellas estaban a pocos días o semanas de haber cumplido los dieciocho años que necesitaban para evitar ser clasificadas como pornografía infantil ilegal. A medida que las recorría, Adrian vio que las imágenes aumentaban en intensidad. Había fotos de muchachos adolescentes copulando con las modelos, junto a fotografías de hombres significativamente mayores, de edad madura y más también, haciendo lo mismo. *La lascivia disfrazada*, pensó.

Los archivos de *Rosatejidos* eran inquietantes, pero, pensó, no el tipo de descarga que hiciera saltar ninguna alarma en un ordenador de Interpol, ni siquiera llamaría la atención de la policía local. Encontró enlaces a sitios llamados www.apenas18.com y www.apenasmayordeedad.com que no se molestó en revisar.

Había otros archivos, unos que le resultaron difíciles de abrir, que le hicieron desear tener la pericia de una persona más joven con la máquina. Probó series de variaciones con *Sandy*. Supuso que la única razón por la que ese nombre había traspasado la niebla de la enfermedad de la madre era porque había sido usado en la casa. Sabía que alguna combinación con esa palabra iba a abrir algo en el ordenador. Pero todas las que probó fueron rechazadas.

El pasado se convierte en presente e influye en el futuro, Adrian lo sabía. Eso era algo así como un mantra para psicólogos. Cosas, hechos, personas, experiencias guardadas en la memoria afectan pasos dados en el presente y los sueños sobre los días por venir. Mark Wolfe, delincuente sexual, no era diferente, sólo que el daño en él era más virulento, y había creado a alguien con potencial. De dónde provenía era un misterio. Dónde residía actualmente estaba claro a partir de la pantalla del ordenador. Adónde lo llevaría, no se sabía.

Escribió la contraseña *mataraSandy* con la esperanza de que abriera un archivo protegido con la lista de todas las contraseñas de Wolfe, y de inmediato saltaron imágenes en la pantalla. Se detuvo en la fotografía de una niña joven, inclinada para aceptar con sus labios la erección de un anciano. Las imágenes le hicieron sentir ganas de lavarse las manos y tomarse un vaso de agua helada.

Adrian empezó a apartarse del asiento frente a su mesa. Pensó que debía buscar un libro de poesía, leer algún verso sutil y con rima, algo que tuviera una cualidad inmaculada y honorable. Quizá algunos sonetos de Shakespeare o Byron, se sugirió él mismo interiormente. Versos que hablaran del amor de un modo sedoso y puro, imágenes que crearan pasión, no fotografías de hombres peludos que imponen sus energías acumuladas a mujeres que estaban más cerca de ser niñas.

Se movió en su asiento, pero se detuvo cuando escuchó que su hijo le susurraba en la oreja:

—Pero, papá, todavía no has buscado con suficiente profundidad. Todavía no.

Adrian se dio media vuelta rápidamente, con los brazos extendidos, como si pudiera abrazar al fantasma de su hijo y apretarlo contra su pecho, pero estaba solo en la habitación. La voz de Tommy, sin embargo, parecía estar precisamente a su lado.

—¿Qué es lo que estás viendo? —le preguntó su hijo con voz musical. Era Tommy en versión niño de nueve años. Cuando su hijo era pequeño no había nada que a Adrian le gustara más que escuchar una llamada suya. Su voz era una invitación a compartir algo con él, y tenía la calidad de algo precioso, como una joya.

—Tommy, ¿dónde estás?

—Estoy aquí. Justo a tu lado.

Era como escuchar una voz que atraviesa una niebla espesa. Adrian quería desesperadamente poder extender la mano por entre las nubes y tocar a su hijo. *Sólo una vez más*, pensó. *Eso es todo. Sólo una vez. Un solo abrazo.*

—¡Papá, presta atención! ¿Qué es lo que estás viendo?

—Es sólo un poco de pornografía repugnante —respondió Adrian. Se sentía un poco avergonzado de que su hijo estuviera mirando las mismas cosas que él.

—No, es más que eso. Mucho más.

Adrian se debió de mostrar confuso, porque pudo escuchar que su hijo suspiraba. Era como una bocanada de viento que soplaba a través del silencio de la casa.

—Vamos, papá, conecta lo que eres con lo que estás viendo.

Esto no tuvo sentido para Adrian. Era un científico. Era un estudioso de la experiencia. Eso era lo que había enseñado durante tantas décadas. En la pantalla frente a él había cuerpos retorcidos. Desnudez. Todo explícito. Todo el misterio del amor eliminado, actos reducidos a pornografía explícita, de indudable realidad.

—Tommy, lo siento, no comprendo. Es mucho más difícil ahora. Las cosas no concuerdan como deberían...

—Lucha contra ello, papá. Hazte más fuerte. —La voz de Tommy pareció cambiar, iba y venía—. Toma más de esas pastillas. Tal vez te ayuden. Obliga a tu mente a que recuerde cosas.

Tommy niño. Tommy adulto. Adrian se sentía zarandeado entre los dos.

—Estoy intentándolo.

Hubo un titubeo momentáneo, como si Tommy estuviera pensando en algo. Adrian quería poder verlo, y sus ojos empezaron a nublarse con lágrimas. *No es justo,* pensó. *Puedo ver a los otros, pero ahora que se trata de Tommy, no quiere mostrarse.* Era un poco como el gran acertijo que todos los padres conocen, el de que un día miran a la criatura que educaron y él o ella ha crecido para convertirse en un ser independiente y entrar en un mundo propio que resulta extraño e incomprensible. *Las personas a las que más amamos se convierten en desconocidos para nosotros,* pensó.

—Papá, cuando lees un poema... —Adrian giró en su asiento, como si pudiera llegar a ver alguna imagen de su hijo moviendo los ojos de un lado a otro por la habitación—. ¿Qué es lo que tratas de ver en las palabras?

Suspiró. La voz de Tommy sonaba opaca y distante; dolía escucharlo. Pudo sentir un hormigueo en la piel.

—Yo quería estar ahí, contigo. No puedo soportar que hayas muerto en algún sitio en el otro extremo del mundo y que yo no estuviera allí para ti. No puedo soportar no poder hacer nada al respecto. No puedo soportar no haber podido salvarte.

—La poesía, papá. Piensa en los poemas.

Suspiró otra vez. Miró la fotografía de Tommy que tenía encima de su escritorio. Ceremonia de entrega de diplomas del instituto de secundaria. Una foto tomada mientras su hijo no miraba. Estaba sonriendo, con todas las posibilidades de este mundo y ninguno de los dolores y problemas que fueron una parte inevitable de él. Adrian casi creyó que la fotografía le estaba hablando, en ese preciso momento, sólo que la voz de Tommy era insistente y llegaba desde detrás de su cabeza.

—¿Qué ves en los poemas?

—Palabras. Rimas. Imágenes. Metáforas. Arte que evoca ideas. Seducción. No sé, Tommy, qué es lo que…

—Piensa, papá. ¿Cómo puede un poema ayudarte a encontrar a Jennifer?

—No lo sé. ¿Es posible?

—¿Por qué no?

Adrian pensaba que todo estaba invertido. Tommy había sido su único hijo y había sido él quien lo protegía, lo alentaba y lo conducía, y en ese momento era como si el niño fuera él y Tommy supiera cosas que él ignoraba. Sólo que, se daba cuenta, era realmente él mismo quien sabía las cosas, pero eran difíciles de alcanzar, así que Tommy estaba ahí para guiarlo, aun cuando su hijo estuviera muerto. Se preguntó por un momento: *¿Están siempre preparados para ayudarnos los muertos?*

—¿Qué ves?

Regresó al ordenador.

—Sólo fotografías.

—No, papá. No tiene que ver precisamente con la imagen. Es igual que un poema, se trata de la manera en que la imagen es percibida.

Adrian aspiró con fuerza. Recordó esas palabras. Durante años había dado un curso muy concurrido en la universidad, *El miedo y sus usos en la sociedad moderna,* en el que no sólo se examinaba la naturaleza del miedo fisiológicamente sino que también se extendía a las películas y las novelas de terror y la manera en que el miedo era convertido en parte de la cultura popular. Era un curso del semestre de primavera para graduados y alumnos avanzados, muy apreciado por estudiantes que habían pasado demasiadas tardes inclinados sobre ratones blancos de laboratorio, y que estaban encantados de estar sentados escuchando a Adrian hablar sobre películas como *Tiburón*, *Viernes 13* y *Fantasmas* de Peter Straub. Tommy había citado las palabras con las que puso fin a la última clase.

—Sí, Tommy, lo sé, pero…

—Jennifer, papá.

—Sí. Jennifer. Pero cómo esto se…

—Papá, piensa bien. Concéntrate.

Adrian buscó, en un rincón de la mesa, un cuaderno de papel amarillo para tomar notas. Levantó una pluma y escribió:

«Jennifer escapa de casa».

«Jennifer es raptada en la calle por unos desconocidos».

«Jennifer desaparece».

«Nadie pide rescate por Jennifer».

«Jennifer está perdida».

Era como un poema en una página. *Jennifer desaparecida.* Adrian miró las imágenes desnudas en la pantalla. Las modelos no estaban copulando porque quisieran, ni porque lo desearan, ni siquiera porque buscaban placer. *Dinero. O exhibicionismo. O ambas cosas.*

—Pero no pidieron rescate, ¿verdad, papá? —La voz de Tommy había bajado hasta no ser más que un susurro. Parecía estar resonando en algún lugar dentro de su cabeza.

—Pero cómo alguien puede hacer dinero con… —se detuvo. El mundo entero hacía dinero con el sexo.

—Relaciona las cosas, papá. Relaciónalas. —Era como si Tommy le estuviera suplicando—. Cada una de esas personas es real. ¿Cómo llegaron allí? ¿Qué tratan de conseguir? ¿Quién gana? ¿Quién pierde? ¡Vamos, papá! ¿Si tú estuvieras perdido en un bosque, qué harías?

Se sentía estúpido. Sentía que no sabía nada y estaba atrapado en una especie de fango cerebral.

—Tendría que guiarme yo mismo para salir… —empezó, pero Tommy lo interrumpió.

—Un guía. Alguien que sabe cómo encontrar el norte geográfico. Tú sabes quién es —dijo Tommy—. Pero no va a ser fácil que él te diga lo que necesitas saber. Hace falta ayuda. Hace falta persuasión.

Adrian asintió con la cabeza. Cerró el ordenador y lo metió en un bolso. Buscó su chaqueta y se la puso. Miró el reloj de pulsera y verificó la hora. Eran las seis y media. No sabía si era de día o de noche, pero esperaba darse cuenta cuando saliera. No sabía por qué lo sabía, pero estaba seguro de que Tommy no lo iba a acompañar. *Tal vez venga Brian,* pensó. Buscó a Cassie, ya que no le vendría mal una palabra de apoyo y estímulo. *Ellos dos eran mucho más valientes que yo,* pensó. *Mi esposa. Mi hijo.*

Un instante después pudo sentir que Cassie lo arrastraba.

—Aquí estoy, aquí estoy —se excusó él, como si ella estuviera impaciente. Recordó que cuando eran jóvenes, a veces él estaba trabajando, absorto en algún estudio psicológico, o en algún texto científico, o tratando de elaborar alguno de sus poemas, y ella entraba en la habitación donde él estaba para cogerlo de la mano sin decir palabra y con una leve inclinación de cabeza y una risa lo llevaba a la cama para hacer relajadamente el amor. Pero esta vez había otra necesidad mucho más urgente y podía sentir que ella lo arrastraba insistentemente en esa dirección.

* * *

Estaba oscuro y podía escuchar voces que se alzaban encolerizadas a través de la puerta. Los gritos parecían provenir principalmente de Mark Wolfe, mientras su madre gemía lastimeramente a modo de respuesta. Escuchó atentamente durante varios minutos, de pie fuera, dejando que el frío de la noche se deslizara dentro de su piel. La puerta amortiguaba la pelea lo suficiente como para que él pudiera darse cuenta de la intensidad de la discusión, pero no del tema, aunque suponía que tenía algo que ver con el ordenador que llevaba en el bolso.

Adrian se preguntó si debía esperar una pausa, y luego simplemente llamó a la puerta. De inmediato los gritos cesaron. Golpeó otra vez y dio un paso hacia atrás. Esperaba que la cólera lo sacudiera como una ola en la playa cuando la puerta se abriera. Oyó la cerradura que se abría y la luz lo bañó cuando la puerta se abrió de golpe.

Hubo un momento de silencio.

—Hijo de puta —exclamó Mark Wolfe.

Adrian asintió con la cabeza.

—Tengo algo que le pertenece —le informó.

—A la mierda. Démelo. —Mark Wolfe lo agarró, como si al sacudir a Adrian por la chaqueta pudiera recuperar el ordenador.

Adrian no sabía quién le estaba gritando instrucciones en la oreja —¿*Brian*? ¿*Tommy*?— pero se tambaleó hacia atrás, evitando que el delincuente sexual lo agarrara, y de pronto se dio cuenta de que tenía la automática nueve milímetros de su hermano en la mano, y le estaba apuntando directamente a Wolfe.

—Tengo preguntas para hacer —dijo Adrian.

Wolfe retrocedió. Miró el arma. La presencia de la nueve milímetros pareció arrojar un manto de calma sobre su rabia.

—Apuesto a que usted ni siquiera sabe cómo usar eso —lo desafió con voz ahogada.

—Sería poco prudente por su parte poner a prueba esa teoría —respondió Adrian en tono pedante. Le sorprendía todo el hielo que había en cada una de sus palabras. Pensó que debía estar asustado, nervioso y tal vez afectado por su enfermedad, pero parecía curiosamente concentrado. No era una sensación del todo desagradable.

El arma captaba toda la atención de Wolfe. Parecía encontrarse indeciso entre echarse hacia atrás y salir de la línea de fuego, o saltar hacia delante y tratar de quitársela por la fuerza. Estaba inmóvil como la imagen detenida de una cámara. Adrian levantó un poco el arma y apuntó a la cara de Wolfe.

—Usted no es policía. Usted es profesor, por el amor de Dios. Usted no puede amenazarme.

Adrian asintió con la cabeza. Se sentía extraordinariamente sereno.

—Si yo le disparara, ¿cree usted que a alguien le importaría un rábano? —le preguntó—. Soy viejo. Tal vez estoy un poco loco. Cualquier cosa que me ocurriera a mí sería irrelevante. Pero su madre…, bueno, ella le necesita, ¿no? Y usted, señor Wolfe, usted todavía es joven. ¿Cree que por algo así vale la pena morir? Usted no sabe ni siquiera qué es lo que quiero.

Wolfe vaciló. Adrian se preguntaba si el delincuente sexual alguna vez había visto un arma. Adrian parecía haber entrado en algún extraño mundo paralelo, ajeno a la atmósfera enrarecida del mundo académico que él conocía. Éste era mucho más real. La sensación debería ser agresiva y aterradora, pero no lo era. Creyó que podía sentir a su hermano muy cerca.

—Usted vino aquí y robó el ordenador de mi madre. —Adrian no dijo nada—. ¿Qué clase de monstruo es usted? Ella está enferma. Eso se nota. No tiene control sobre sí misma… —Se detuvo. Gruñó como un perro lastimado—. Quiero que se lo devuelva. Usted no tiene derecho a llevarse el ordenador de mi madre.

—¿El ordenador de quién?

Adrian usó el cañón del arma para señalar al bolso.

—Tal vez debería llevárselo a la detective Collins. Puedo hacerlo. Sé que ella tiene más experiencia en estas cosas que yo. Estoy completamente seguro de que ella va a descubrir para qué lo ha estado usando usted. Estará realmente interesada en los archivos *Rosatejidos* y los archivos *mataraSandy,* ¿no? De modo que, realmente, usted elige. ¿Qué debo hacer?

Wolfe permanecía en la entrada, tambaleándose indeciso sin decidirse a atacar. Adrian podía ver que su cara se retorcía. Pensó que los hombres que llevaban vidas secretas, ajenas a la existencia cotidiana, odiaban tener que abrir cualquier ventana que pudiera mostrar quiénes eran realmente y qué querían de verdad. Todos esos pensamientos perversos que lo inundaban por dentro, ocultos a la mirada de las autoridades, de los amigos, de la familia. Se daba cuenta de que Mark Wolfe estaba al borde de la furia. Adrian vio que tragaba con fuerza, el rostro todavía con expresión de cólera, pero con la voz ya controlada.

—Muy bien. Es mía. Es privada. —Wolfe escupía cada palabra.

—Usted puede recuperarla —le dijo Adrian—. Pero primero quiero algo de usted.

—¿De qué se trata? —gruñó de mala gana el delincuente sexual.

—Quiero que me dé información —respondió Adrian.

Capítulo
28

E l bebé empezó a llorar otra vez. Lastimeramente. Mucho más fuerte que antes.

Jennifer fue arrancada de su semisueño por el sonido que traspasaba las paredes. No sabía durante cuánto tiempo había estado dormitando..., podrían haber sido doce minutos o podrían haber sido doce horas. El día y la noche ya no se diferenciaban. La oscuridad constante, impuesta por la venda, había destruido su sentido del tiempo. Estaba constantemente desorientada. Era como esos momentos de vigilia en los que algún sueño particularmente vívido y preocupante parece permanecer en la conciencia. Tembló, alerta al sonido.

Entonces hizo algo que nunca había hecho antes. Agarró con fuerza al *Señor Pielmarrón* y bajó los pies de la cama, como lo haría cualquiera al despertarse por la mañana. A pesar de estar unida a la pared por la cadena, empezó a moverse, como si al dar un paso en una dirección o en otra pudiera acortar la distancia y calcular de dónde venían los llantos del bebé.

Se vio a sí misma como un animal que trataba de identificar alguna amenaza sólo olfateando el aire. Se dijo que debía usar los pocos sentidos de que disponía lo mejor que pudiera. No se dio cuenta de inmediato de la importancia que tenía esta pequeña actividad, pero pareció fortalecerla.

El volumen de los gritos aumentó. Y entonces, con la misma rapidez, cesaron, como si la tristeza que los había provocado hubiera sido eliminada. Se movió de un lado a otro, siempre encadenada a la pared, pero en el espacio vacío entre el inodoro y la nada, la cabeza todavía inclinada hacia donde ella calculaba que era el origen del llanto y de pronto tuvo conciencia de un nuevo sonido, algo muy diferente.

Eran risas. Más que eso, eran niños que se reían.

Se detuvo tratando de contener la respiración. Los ruidos de los juegos parecían alejarse y acercarse, como si dieran unos pasos hacia ella y luego se retiraran. Recordó las épocas en que era retenida en un aula del colegio de primaria por alguna travesura, castigada mientras el resto de la clase salía corriendo al recreo. Los ruidos de los juegos entraban por una ventana abierta demasiado alta para que ella pudiera ver, pero fuertes como para poder imaginar a los niños jugando. Fútbol. Tú la llevas. Saltar a la cuerda. Colgarse de las barras en el gimnasio. Todos los juegos rápidos que ocupan los recreos.

Jennifer no estaba segura de si los sonidos eran reales o simplemente algo que provenía de su memoria. Estaba confundida; sabía que estaba en un sótano apartado, pero repentinamente parecía que también estaba atrapada en algún colegio que sólo existía en su pasado.

Mientras se inclinaba hacia el ruido, como si fuera arrastrada hacia él, las risas de pronto desaparecieron. Vaciló. *¿He oído realmente eso?*

Inclinó la cabeza, y otra vez pudo escuchar los sonidos débiles de los juegos. Parecieron aumentar de volumen. Se dijo que aquello *no podía ser real.* Pero mientras escuchaba, los sonidos parecían tan nítidos que no estaba segura. Estaba dominada por las dudas.

Los ruidos parecían estar tan cerca que creyó poder tocarlos. Le hacían señas, invitándola a participar. Extendió su mano libre tentativamente. Se dijo a sí misma que si pudiera apoderarse de un sonido directamente en el aire, acariciarlo, manipularlo, podía de alguna manera volverse parte del sonido. Era un error imaginar que el sonido podía sacarla de allí. Pero parecía tentador y posible. Estiró la mano hacia delante, con los dedos extendidos con esperanza. Sabía que estiraba la mano en la nada, sólo en el aire viciado del sótano, pero no podía evitarlo. El sonido estaba tan cerca...

Donde no esperaba nada... una sensación suave, como de papel.

Jennifer ahogó un grito, retiró la mano. Era como tocar un cable con electricidad. *¡Ahí hay alguien!* Esa certeza atravesó su conciencia.

Escuchó un susurro bajo, áspero. Venía de la oscuridad, como el relámpago que atraviesa un cielo caluroso de verano. Era como una cicatriz encima del bebé distante y los ruidos del patio de recreo. *Uno nunca está solo.*

Entonces hubo una explosión en la oscuridad de su visión, cuando la mujer le dio un fuerte puñetazo en la mandíbula. El dolor rojo y el golpe repentino arrojaron a Jennifer hacia atrás, para caer en la cama, casi tirando al suelo al *Señor Pielmarrón*. El puñetazo la anonadó más que cuando el hombre la había golpeado en la cara en la calle de su casa, porque esto constituía un tipo totalmente diferente de sorpresa. Estaba lleno de desprecio. Era brutal.

Jennifer no supo si sollozar o no. Se acurrucó en posición fetal sobre la cama. Podía sentir el gusto salado de las lágrimas y de la poca sangre que le salía del labio. La habitación se había vuelto caliente y eléctrica.

—Ésta es la segunda vez que usted me obliga a golpearla, Número 4. No me obligue otra vez. Puedo hacer cosas mucho peores. —La voz de la mujer continuó con el tono monótono al que Jennifer había llegado a acostumbrarse. No lo comprendía. Si la mujer estuviera enfadada o frustrada, su voz habría sido aguda o tensa, pero Jennifer no podía comprender cómo podía parecer tan serena.

Así es como habla un asesino, pensó. Su cuerpo entero se estremeció de miedo. Aguardó, esperando otro golpe, pero éste no llegó. En cambio escuchó que la puerta se cerraba con un ruido sordo.

Se quedó en esa posición, escuchando, tratando de separar los sonidos, aunque su corazón palpitante y el zumbido en la cabeza casi opacaban todo lo demás. Necesitó hacer un esfuerzo tremendo —podía sentir que los músculos del abdomen y de las piernas se tensaban— para detener los avances de la desesperación. Tal vez la mujer simplemente cerró la puerta y estaba todavía junto a la cama, con la mano recogida, lista para dar otro golpe.

Jennifer se ahogó en el aire viciado. Podía percibir diferentes partes que requerían de su atención. La parte herida. La parte asustada. La parte desesperada. Y finalmente, la parte de la *lucha*. Esta última se las arregló para acallar a las otras, y Jennifer sintió que su pulso se serenaba. Todavía sentía la barbilla magullada, pero el dolor se desvanecía.

La ropa que lleva se arruga cuando se mueve, recordó Jennifer. *Sus pies hacen ruidos cuando se arrastran sobre el suelo de cemento. Siempre respira hondo antes de hablar, especialmente cuando susurra.* Lentamente, con determinación, Jennifer eliminó sus propios sonidos para concentrarse en escuchar sólo los de la mujer.

El silencio la sobrecogió. Estaba sola a pesar de lo que la mujer había dicho. A pesar de la cámara que ella sabía que estaba mirándola. Las risas felices del patio de recreo en segundo plano desaparecieron. Hubo un momento de tranquilidad y más tarde escuchó otra vez al bebé que lloraba en la distancia, para luego detenerse súbitamente.

* * *

El hombre de negocios de Tokio bebió el whisky tibio y suave que había sido rebajado con agua mucho antes de que los cubi-

tos de hielo se derritieran en el vaso. La botella de la que había sido servido era costosa, pero dudaba de que el licor fuera algo más que una marca local, barata, y frunció el labio con desagrado. Tenía un iPhone en una mano y la bebida en la otra. Estaba sentado en una galería al aire libre, en un sillón de mimbre que se metía en su piel desnuda. La prostituta tailandesa estaba situada diligentemente entre sus piernas, atendiéndolo con un entusiasmo claramente falso, como si nada en el mundo fuera más erótico que complacerlo. Él odió cada falso quejido y gemido que hacía. Odió el sudor que brillaba sobre su propio pecho. No sabía el nombre de la muchacha, ni le importaba saberlo. Se habría aburrido tocándola, si no hubiera sido por las imágenes que estaba mirando en la pantalla del teléfono.

El hombre de negocios era de edad madura y en su casa tenía una desaliñada esposa y una hija que tenía más o menos la misma edad que la muchacha tailandesa que se ocupaba de él con la lengua y que la Número 4, pero no pensaba en su propia hija.

Observaba la pequeña pantalla del iPhone. Serie # 4 le estimulaba. El repentino puñetazo en la cara de la Número 4 lo había excitado. Había sido inesperado y dramático, y le había pillado por sorpresa. Se movió en su asiento y bajó la mirada de la pantalla hacia el pelo negro azabache de la joven tailandesa. Unió a ambas en su mente, la prostituta y la Número 4. Se dio cuanta de que apretaba su propia mano en un puño, mientras consideraba la posibilidad de golpear a la niña sólo para ver lo que se sentía.

Las ideas de dolor y de placer se mezclaban desordenadamente en su cabeza y estiró la mano para abrir sus dedos y pasarlos entre el pelo de la niña. Quería retorcerlo para que gritara. Pero se detuvo. La Número 4, se dio cuenta, apenas había hecho un pequeño ruido cuando fue golpeada. En otras ocasiones, la Número 4 había llorado y alguna vez gritó o llegó a lanzar un chillido, pero esta vez, cuando fue golpeada, había caído hacia atrás, manteniendo un silencio estoico.

Su disciplina era algo que había que admirar profundamente. Se reclinó en su asiento y cerró los ojos. Por un momento trató de imaginar que la niña tailandesa se había esfumado y que era la Número 4 quien se ocupaba de su entrepierna.

Respiró con fuerza. Se sintió estimulado en todo su cuerpo y se entregó a las fantasías con una renovada pasión.

* * *

—¡La Número 4 tiene la mandíbula de un boxeador profesional! —exclamó—. Maldición. —Linda estaba molesta. Le dolía la mano y Michael no se mostraba tan comprensivo como ella esperaba. Al golpear a Jennifer se había cortado el dedo meñique contra los dientes de la adolescente. Le salía sangre de un corte cerca de la uña, y la chupó mientras se quejaba. Michael estaba sonriendo, cosa que a ella no le gustó.

Él revisaba el botiquín de la granja, buscando algún antiséptico y una tirita.

—Si cierras la mano y le das un puñetazo —sugirió—, sería mejor que usaras guantes protectores. Hay algunos en la mesa junto al ordenador principal. —Encontró lo que estaba buscando—. Esto puede dolerte —advirtió mientras hacía gotear un poco de agua oxigenada en el corte—. ¿Sabías que la boca es uno de los lugares del cuerpo más peligrosos y llenos de bacterias?

—Has pasado demasiado tiempo frente al Discovery Channel. —Linda hizo una mueca.

—¿Y que el dragón de Komodo en esa isla del Pacífico puede matarte de un mordisco no porque sea venenoso, sino porque la infección que produce en realidad no puede ser curada con los antibióticos modernos?

—¿Animal Planet? —Linda hizo otra mueca cuando el desinfectante cayó sobre la herida—. Entonces la próxima vez que tú creas que ella necesita ser disciplinada, tal vez sea mejor contratar una maldita lagartija.

—Lo siento —se disculpó Michael. Cambió inmediatamente el tono. Solícito. Sensible. Lamentándolo. Observó el corte ya limpio—. Es bastante profundo. Tal vez podrías coger la camioneta e ir a urgencias a que te den uno o dos puntos. Pero el hospital más cercano probablemente está a unos cuarenta y cinco minutos de viaje. Yo puedo controlar la situación aquí hasta que vuelvas.

Linda sacudió la cabeza.

—Si aplico un poco de presión —sugirió ella— cerrará la herida. —Linda ajustó una toalla pequeña sobre la herida y atravesó el dormitorio hacia una ventana—. No hay que salir de aquí —continuó Linda decididamente—. No a menos que necesitemos realmente algo. No tiene sentido dejar que nadie nos vea.

Permaneció en ese lugar por un momento, mirando por la ventana de la granja. Era la última hora de la tarde y una ligera brisa movía las hojas que habían empezado a brotar en la hilera de árboles que delimitaba el sendero de grava. A su derecha había un establo rojo desgastado por el sol y la lluvia donde habían guardado el Mercedes y lo habían cubierto con una lona impermeable. La camioneta abollada de Michael estaba aparcada fuera. Ella pensaba que ese vehículo hacía que pareciera gente corriente de aquella zona, como un par de vaqueros baratos y una camisa, cuando, en verdad, eran de seda y de alta costura.

Adoraba el mundo de ilusión en el que entraron para *Serie # 4.* Eran una agradable pareja joven que había alquilado una granja realmente aislada en un remoto e ignorado lugar de Nueva Inglaterra. Le habían dicho al agente inmobiliario que Michael estaba terminando de preparar su doctorado y que ella trabajaba en escultura. Esta mezcla de lo académico y lo artístico había puesto fin a cualquier pregunta acerca de la necesidad de soledad, que era su principal deseo. Nombres falsos. Falsos antecedentes. Prácticamente toda la transacción fue hecha por Internet. El único contacto físico había tenido lugar cuando Linda pasó por la oficina del agente inmobiliario y pagó en efectivo un alquiler de seis meses. Alguien con una mente suspicaz podría haber dudado del fajo de billetes de cien dólares que ella había sacado, pero en una economía devastada, la imagen del dinero en efectivo detenía casi cualquier pregunta.

Nadie había podido verlos descargar su costoso equipo audiovisual. No había nadie tan cerca como para poder escuchar los ruidos de las obras cuando Michael preparaba el estudio donde la Número 4 iba a ser filmada. Nada de vecinos moviéndose ruidosamente en las inmediaciones y trayéndoles algún guiso de bienvenida. Nada de amigos. Nada de conocidos. No participaban de ningún otro mundo que no fuera *Serie # 4*. Ella no quería que nada del mundo exterior se entrometiera en el suyo. Para Linda, la sensación de poseer y controlar un mundo por completo formaba parte del placer.

Levantó el dedo a la luz que venía a través de la ventana. Esperaba que no le quedara ninguna cicatriz. Una ráfaga de cólera se apoderó de ella, rabia de que la Número 4 le hubiera dejado sin querer una marca en la piel. Cualquier defecto en su cuerpo la asustaba. Esperaba ser siempre perfecta.

—Estoy bien —afirmó. Aunque no estaba segura de creer en lo que decía. En ese momento quería herir a la Número 4 de alguna manera inolvidable.

—Déjame vendarte el dedo —ofreció Michael.

Ella estiró la mano y él la cogió como un novio ante el altar. Con ternura. No más risas. Lo puso a la luz y lo secó pasándole algodón. Luego le levantó la mano, como si fuera un cortesano medieval, y la besó.

—Creo —dijo ella lentamente, dejando finalmente ver una sonrisa— que ha llegado la hora de que la Número 4 aprenda algo nuevo.

Michael asintió con la cabeza.

—¿Una nueva amenaza? —quiso saber él.

Linda sonrió.

—Una amenaza vieja, pero reinventada.

Capítulo
29

A drian hizo un gesto con el arma hacia el interior de la casa. El peso del arma parecía fluctuar: ligero, casi etéreo en un momento; de hierro, pesado como un yunque, en otro. Trató de obligarse a repasar la lista para mayor seguridad: *¿Cargador completo en la culata?* Listo. *¿Proyectil en su sitio?* Listo. *¿Seguro quitado?* Listo. *¿Dedo en el gatillo?* Listo.

¿Listo para disparar?

Dudaba de que pudiera hacerlo, a pesar de sus amenazas y aun teniendo en cuenta la cantidad de daño que Mark Wolfe estaba claramente dispuesto a producir en niños inocentes. Escuchó la voz de Brian que le susurraba en la oreja: *Si le disparas, te arrestarán y no quedará nadie para buscar a Jennifer; habrá desaparecido para siempre.*

El práctico argumento de abogado era de su hermano. El tono era el de su hermano. Pero sabía que Brian no estaba con él, no en ese momento. *Estoy solo,* pensó. Luego se contradijo: *No, no estoy solo.* Luchó contra su propia confusión.

Adrian observó la manera furtiva en que el abusador sexual pareció escabullirse retrocediendo hasta la sala de estar. Se sentía casi sobrecogido de estar en presencia de un hombre a quien le preocupaban tan poco las consecuencias de sus deseos. La gente normal tiene en consideración las consecuencias. Los Mark Wolfe de este mundo no. Piensan sólo en sus propias necesidades.

De pronto, la nueve milímetros pareció ponerse fría al tacto, y luego, un instante después, casi al rojo vivo, como si acabara de salir de un horno muy caliente. Apretó la culata. *Pero tal vez yo soy igual.* Continuó aleccionándose con cada paso hacia delante.

Aquel hombre tenía una gran sonrisa que Adrian pensó que era indicativa de una enfermedad que él sólo podía imaginar. Por lo menos su propia enfermedad tenía un nombre, un diagnóstico y un esquema identificable de demencia y desintegración. La compulsión de Mark Wolfe parecía entrar en una esfera diferente, una en la que la medicina perdía el control y era reemplazada por algo mucho más oscuro. Pero a la vez pensó que ambos estaban condenados.

—Está bien, viejo —dijo Wolfe con burlona familiaridad—. Deje de dar vueltas con el arma y dígame qué es lo que quiere saber. —Entró en la sala de estar. Había poco en su voz que indicara que se sintiera terriblemente amenazado por Adrian, a pesar del arma que se movía en el aire entre los dos—. Pero primero quiero ese ordenador.

Adrian vaciló.

—Es importante, ¿no?

—Lo es, profesor, es privado.

—¿Acaso no forma parte de las condiciones de su libertad, señor Wolfe, que usted no se permita ver algunas de las cosas que hay en este cordenador? ¿En qué clase de problemas se metería si mi amiga la detective revisara estos archivos, en vez de los archivos del ordenador que usted le dio?

Wolfe sonrió. Una sonrisa fija que no tenía nada que ver con el buen humor.

—Usted no estaría aquí, con esa arma en la mano, si no supiera ya la respuesta a esa pregunta.

Rose entró en la sala de estar detrás de él. Tenía un trapo de cocina en la mano y sonrió cuando vio a Adrian.

—Oh, Marky, tu amigo ha vuelto —exclamó con entusiasmo. Rose o bien no había visto la automática en la mano de Adrian o bien no comprendía por qué la tenía, o tal vez ni siquiera sabía lo que era, porque no lo mencionó.

Wolfe mantuvo sus ojos sobre Adrian.

—Así es, mamá —replicó lentamente—. Mi buen amigo el profesor ha venido a visitarnos otra vez. Y ha traído tu ordenador.

—¿Vamos a mirar juntos nuestros programas? —preguntó ella.

—Sí, mamá. Creo que por eso ha venido el profesor. Quiere sentarse con nosotros a ver la televisión. Puedes empezar a hacer punto ahora.

Rose sonrió y se dirigió a su sillón. En pocos segundos se había acomodado y el sutil castañeteo de las agujas de punto se integró al sonido ambiente de fondo.

—No le muestro mis cosas personales —explicó Wolfe—. Aunque eso no puede entrar en su cabeza. De todos modos hago que se acueste antes de conectarme.

Conmovedor, pensó Adrian. *Esconde su enfermiza pornografía a su madre. ¡Qué hijo tan bueno!*

—Bien… —comenzó Adrian.

—Usted tendrá que esperar —informó Wolfe—. Ésta es mi casa, y es la hora de mi programa.

Adrian asintió con la cabeza. Fue a sentarse en un destartalado sofá.

—Esperaremos juntos —aceptó. El arma seguía en su mano, apuntando al pecho de Wolfe.

—Usted lo sabe —comentó lentamente Wolfe, con una ligera sonrisa que le arrugaba la cara—, las personas como yo no son realmente peligrosas. Somos sólo… curiosos. ¿No se lo ha dicho el doctor West?

No es peligroso… ¡Qué mentira!, gritó Adrian interiormente. Pero en lo exterior mantuvo lo que él esperaba que fuera un inexpresivo rostro aséptico.

—No he hablado con el doctor West sobre usted —replicó Adrian. Un rápido gesto de sorpresa revoloteó en los ojos de Wolfe.

—Eso es interesante —comentó el abusador sexual. Se sentó pesadamente frente a Adrian y cogió el mando a distancia del televisor. Lo apuntó a la caja con el cable debajo de la ancha pantalla plana y farfulló—: Porque el buen doctor me parece que es casi igual que usted.

—¿Qué quiere decir? —preguntó Adrian cuando un menú con diversos canales apareció en la pantalla.

—Quiere aprender —explicó Wolfe. Un rápido estallido de risa salió a través de sus labios—. Sólo que él no necesita apuntarme con un arma al pecho para encontrar lo que quiere.
—Adrian se sintió mareado. Quería ayuda. Necesitaba ayuda. Pero todos sus visitantes muertos permanecían en silencio. No creía que esa sensación fuera a durar. *Alguien me va a ayudar.* Estaba seguro. *No me dejarán estar solo demasiado tiempo.*

—¿En qué piensa, profesor? —preguntó Wolfe repentinamente—. ¿Una reposición de MASH o tal vez del viejo *Show de Mary Tyler Moore*? Mi madre realmente no entiende el humor de *Los Simpsons*.

No esperó una respuesta. Apretó un botón y la pantalla se llenó de helicópteros verde oliva del Ejército dando vueltas en una ladera de California del Sur que simulaba ser Corea en 1950. La conocida música salió de los altavoces.

—Oh, bien —dijo Rose con entusiasmo—. Son Ojo de Águila y el mayor Burns. —Las agujas de hacer punto hicieron clic enérgicamente cuando se inclinó hacia el televisor.

—Puede recordarlos —informó Wolfe—. Puede recordar los nombres de los programas y de los actores. Pero no el nombre de su hermana. Ni el de ninguno de mis primos. Son todos desconocidos ahora. Por supuesto, no vienen con tanta regularidad como Alan Alda y Mike Farrell. Nadie lo hace. Sólo estamos nosotros dos. Completamente solos. Salvo por las personas en la pantalla. Son sus únicos amigos.

Adrian pensó: *Podría haber dicho lo mismo de mí*.

El delincuente sexual se movió un poco en su asiento para seguir la acción en el programa, ignorando a Adrian, como si él y el arma no estuvieran ya en la habitación. Pero Wolfe se puso tenso cuando Adrian cambió de sitio el bolso con el ordenador de Rose y lo puso en el suelo, entre sus pies. No sabía cuánto tiempo iba a poder sostener el arma quieta en la mano, y se preguntaba si no sería como el lastre de un submarinista, que podía arrastrarlo hacia algún abismo.

* * *

Estuvieron sentados toda la noche viendo viejas series de televisión. Los protagonistas de una serie de médicos en un hospital militar se convirtieron en personajes de una graciosa comedia familiar. A eso siguió otro programa de los viejos tiempos. Y otro. Durante dos horas, las payasadas llenaron la pantalla. Rose se reía con frecuencia, de vez en cuando coincidía con una secuencia cómica, pero también en cualquier otro momento. Mark Wolfe estaba relajado en su asiento, ajeno al arma que apuntaba en su dirección. Adrian se movió en el sofá, mitad prestando atención a las comedias, mitad atento a Wolfe. Nunca había retenido antes a nadie a punta de pistola. No le parecía estar haciéndolo bien, pero no estaba seguro de que eso fuera muy relevante.

Toda la escena parecía surrealista. Se sentía como si estuviera en algún escenario de una obra de teatro vanguardista, pero no había ningún apuntador para ayudarlo con el texto. La sintonía final de *Cheers* llenó la habitación y Mark Wolfe cogió el mando a distancia y apagó el televisor.

—Es suficiente por hoy, mamá —ordenó—. El profesor y yo tenemos que terminar con nuestros asuntos. Es hora de que te acuestes.

Rose parecía triste.

—¿Eso es todo por esta noche? —preguntó.

—Sí.

La mujer suspiró y volvió a meter la labor en la bolsa de tela. Levantó la vista.

—Hola —saludó a Adrian—. ¿Usted es uno de los amigos de Mark?

Adrian no respondió.

—A la cama, mamá —insistió Wolfe—. Ahora estás cansada. Tienes que tomar tus pastillas e irte a dormir.

—¿Es la hora de acostarse?

—Sí.

—¿No es la hora de la cena?

—No. Ya has cenado antes.

—Entonces tenemos que ver nuestros programas ahora.

—No, mamá. Por esta noche es suficiente.

Mark Wolfe se puso de pie. Se acercó a su madre y la ayudó a levantarse del sillón. Luego se giró hacia Adrian, quien todavía sostenía el arma apuntándolo, aunque su propósito parecía haberse disipado entre las risas grabadas de las comedias de televisión y Rose, que a veces recordaba cosas y a veces no.

—¿Va a seguir vigilándome? —quiso saber Wolfe—. ¿O quiere esperar hasta que vuelva?

Adrian se puso de pie. Sabía que dejar a Wolfe fuera del alcance de su vista era un error, aunque el porqué era algo que se le escapaba en esta escena de teatro del absurdo. Sonrió a Rose.

—Vamos entonces —invitó Wolfe, llevando a su madre de la mano.

Adrian tuvo la impresión de que estaba siendo invitado a entrar en una suerte de ritual más bien secreto, como un antropólogo que se gana finalmente la confianza de alguna remota tribu de indios del Amazonas. Observó desde cierta distancia mientras el hijo controlaba a su madre, que se preparaba para meterse en la cama. La ayudó a quitarse la ropa hasta el límite de la decencia; le puso la pasta de dientes sobre el cepillo. Ordenó una serie de pastillas sobre la mesa para ella y le alcanzó un vaso de agua. Se aseguró de que usara el inodoro, esperando pacientemente en la puerta del baño y haciendo preguntas como *¿Has usado papel higiénico?* y *¿Has tirado ya de la cadena?* Luego la metió en la cama. Todo ello con Adrian, el arma todavía en la mano, a poca distancia. Era como si fuera invisible.

Pocas cosas de las que había visto en su vida lo asustaron tanto como observar el ritual de Rose para irse a la cama. No era que ella se portara como una niña, pero sí que pensó eso. Lo que ocurría era que las rutinas cotidianas de la vida habían perdido la conexión con su pensamiento. En cada acción, en cada momento pequeño reflejaba su pérdida de contacto con el mundo. Rose desplegaba lo que Adrian temía que estaba preparándose para él. *Será lo mismo, pero peor, para mí.*

Se quedó atrás, incómodo. Era como si estuviera irrumpiendo bruscamente en algo tan íntimo que no podía ponerle un nombre.

Mark Wolfe, el abusador sexual, hasta besó la frente de su madre tiernamente. Cuando apagó la luz del dormitorio, miró a Adrian.

—¿Lo ve? —preguntó, pero se trataba de una pregunta que no requería respuesta porque Adrian claramente *podía verlo*—. Esto es así siempre. Todas las noches.

Wolfe pasó junto a él, empujándolo para salir de la habitación.

—Cierre eso —farfulló, señalando con la mano hacia la puerta del dormitorio. Adrian se giró y echó una última mirada a la mujer que yacía como un bulto en la oscuridad llena de sombras—. Tal vez muera esta noche mientras duerme —comentó Wolfe—. Pero probablemente no. —Adrian apartó a Rose de su mente y lo siguió.

—Esa policía —continuó Wolfe—, la que vino con usted antes, es como todos los otros policías con los que alguna vez he tropezado. Les gusta acosarme. Llevarse mi ordenador.

Ver las revistas que tengo. Controlar mi terapia. Fastidiarme en mi trabajo. Asegurarse de que no estoy haciendo algo que no les gusta, como merodear alrededor de un colegio o el patio cuando los alumnos están en el recreo. Quieren tratar de sacar de mí lo que soy. —Se echó a reír—. No tiene muchas probabilidades.

Adrian combatió la incertidumbre. De manera ingenua había imaginado que un delincuente sexual como Wolfe querría cambiar. No se le había ocurrido que lo contrario estaba posiblemente más cerca de la verdad.

Wolfe miró a Adrian.

—Así que usted quiere dar un paseo por mi vida, ¿no? —El abusador sexual no esperó una respuesta. Simplemente se dirigió a la sala de estar. Se acercó a la ventana y bajó las persianas—. Usted sabe que todos los días me levanto y voy a mi trabajo, simplemente como un obediente recluso en libertad condicional, ¿no?

Adrian asintió con la cabeza. Mantuvo el arma apuntando hacia delante.

—Y ahora usted me ha visto con mi madre. Viendo series de televisión antiguas y cambiando pañales para adultos. Realmente bonito, ¿no? —Adrian sospechaba que el arma había temblado en su puño. Trató de serenar su mano—. Usted no va a dispararme —dijo Wolfe—. Es más, usted va a aceptar lo que yo quiero, porque de otra manera no lo ayudaré. Y usted necesita ayuda, ¿no, profesor? —dijo esto en un tono burlón y agresivo.

Adrian se mantuvo en silencio. No comprendía por qué el arma no asustaba a Wolfe. Trató de resolver esta ecuación en su cabeza. El arma era el estímulo apropiado: *muerte dolorosa y violenta.* La reacción debería haber sido de inmediato clara e instantáneamente identificable: *miedo desenfrenado y sobrecogedor.* Que no fuera así le confundía.

—Así que ha llegado el momento de una pequeña negociación, profesor.

—No hago tratos con personas como usted —respondió débilmente Adrian. Esto era deplorablemente inadecuado, pensó.

—Seguro que sí negocia. En el momento en que llamó a mi puerta, usted estaba vendiendo algo. O tal vez usted quería comprar algo. Sólo tenemos que acordar los términos del intercambio antes de pasar a la mejor parte.

Wolfe parecía demasiado relajado para ser un hombre al que apuntaba una pistola.

—Quiero que me devuelva el ordenador de mi madre. Por razones obvias. El disco duro es mío y sólo mío. Cosas personales. Ahora bien, dígame qué quiere usted, y podremos acordar el precio.

—Tengo que encontrar a alguien.

—Está bien. Contrate a un detective privado.

—Yo soy ese detective privado —respondió Adrian.

Wolfe dejó escapar una risa breve y áspera.

—Usted no tiene aspecto de serlo, salvo por esa pieza de artillería pesada que no deja de mover para todos lados. Para empezar, usted debería saber, profesor, que tiene que poner las dos manos sobre el arma. Eso la estabilizará y le permitirá apuntar con más precisión. —Wolfe sonrió—. Ahí tiene. Una buena información, y ni siquiera le voy a cobrar por eso.

Adrian se debatió entre dos ideas opuestas en su cabeza. Podía bajar el arma, guardarla, empezar a negociar. O podía tratar de amenazar a Wolfe como imaginaba que haría Terri Collins, pero no creía que tuviera la firmeza de la policía para hacer que eso fuera creíble. Estaba atrapado, tratando de considerar sus opciones, cuando escuchó que Brian susurraba: *Usa lo que fuiste, y lo que eres, y lo que serás... Eso podría funcionar.*

Asintió con la cabeza y sintió que su hermano le ayudaba a estabilizar el arma en su mano. Levantó el arma y apuntó a Wolfe directamente. Apuntó con el cañón y colocó lentamente su dedo sobre el gatillo. Puso un ligero temblor en su voz.

—Estoy enfermo —comenzó a decir Adrian en voz baja—. Estoy muy enfermo. Voy a morirme pronto.

Wolfe lo miró con curiosidad.

—Su madre…, ¿cuánto confía usted en ella? ¿Usted cree que sabe lo que está haciendo? Si fuera ella la que agita esta arma de un lado a otro, ¿hasta qué punto estaría usted seguro de que ella no fuera a apretar el gatillo sin querer y hacerle un maldito agujero grande y hermoso en su cara sin saber cómo ni por qué lo ha hecho? E incluso si sólo le pegara un tiro en el estómago y usted tuviera quizá una mínima posibilidad de sobrevivir, ¿cree que ella sabría lo suficiente como para llamar al servicio de urgencias, el 911? ¿O piensa más bien que se pondría a hacer punto y ver la televisión?

Los ojos de Wolfe se entrecerraron y su cara perdió la sonrisa burlona.

—Bien —dijo Adrian lentamente—, lo que yo tengo es algo parecido a lo que tiene su madre. Sólo que es peor. Me induce a hacer toda clase de cosas que son totalmente erráticas y no entiendo del todo por qué las hago. —Adrian habló rápidamente, con un tono de voz que subía y bajaba como una ola—. Por eso hay muchas posibilidades de que en un segundo a partir de ahora olvide por qué estoy aquí y tal vez este cañón, como usted ha expresado con tanta elocuencia, señor Wolfe, se dispare, porque yo habré olvidado por qué lo necesito a usted y solamente recordaré que es un delincuente sexual de campeonato y un pedazo de excremento que merece ir al infierno directamente. Soy exactamente así. Inestable. Como estar sobre la cubierta resbaladiza cuando las olas mueven la nave. Y no tengo mucho tiempo para ir de un lado a otro.

Wolfe pareció retroceder ligeramente. *Eso debe hacerle pensar y alterarlo*, bufó Brian alegremente. *Bien hecho, Audie. Has logrado hacerle perder el equilibrio. Ahora lo tienes cogido.*

—Está bien, profesor. —Wolfe hacía cálculos tan rápidamente como Adrian—. Dígame qué necesita.

—Quiero una visita guiada por su mundo. El mundo de la noche.

Wolfe asintió con la cabeza.

—Es un lugar grande. Un lugar enorme, profesor. Tengo que tener más detalles.

—Una gorra rosa —respondió Adrian. Algo disparatado. Pero iba a mantener a Wolfe inquieto. Dio un paso adelante, con el arma a la altura de los ojos, usando ambas manos—. ¿Esto es lo que usted me aconsejaba? —preguntó—. Sí. Ya veo. Ésta parece una manera mucho mejor de sujetar el arma.

Wolfe se puso tenso. Adrian vio una chispa de miedo en su rostro.

—Usted no me matará.

—Probablemente no. Pero parece un riesgo tonto de su parte. —Se produjo un silencio momentáneo en la habitación. Adrian supo lo que el abusador sexual iba a decir después. Realmente sólo había un camino lógico. Y lo que él estaba pidiendo no era tan terrible.

—Está bien, profesor. Hagámoslo a su manera.

Una concesión. Probablemente una mentira, pero Adrian pensó que había logrado mantener el equilibrio de la autoridad en la habitación. Era la casa de Wolfe y estaban entrando en su territorio. Pero el misterio de Adrian —¿cómo de imprevisible era realmente?— venció la practicidad fría y directa del delincuente sexual. Adrian nunca había pensado que fuera particularmente astuto, pero esto lo hizo sonreír. Su demencia mortal era un poco más poderosa que los deseos psicópatas de Wolfe. Adrian pensó que en ese momento sólo tenía que poner esos dos elementos juntos.

Adrian empujó el bolso con el ordenador hacia el delincuente sexual.

—Muéstreme —ordenó.

—¿Qué le muestre qué?

—Todo.

Wolfe se encogió de hombros y le hizo un gesto a Adrian señalando el sillón a su lado. El sillón de su madre. Luego cogió el ordenador con ansiedad y puso los dedos sobre el teclado. Adrian pensó en un lanzador de béisbol caminando por detrás del montículo, frotando la dura pelota, preparándose para un lanzamiento crucial.

El tiempo se disolvió en una cascada de imágenes. Eran todas diferentes, y a la vez todas iguales. Razas, edades, posiciones, las perversiones inundaron la pantalla de la televisión, después de que Wolfe conectara algunos cables al ordenador portátil de Rose. Como un maestro que dirige una orquesta, Wolfe le mostró a Adrian el submundo de Internet, un océano interminable y abrumador de sexo. La pasión fingida, todo tenía que ver con lo explícito, nada de relaciones verdaderas. Wolfe era un guía experto. Un Virgilio para todas las preguntas de Adrian. Adrian no supo cuánto tiempo habían estado en eso. Se sentía a la deriva. Y el malestar ante la intimidad explícita que aparecía frente a él se disipó rápidamente. Se sentía helado por la repetición interminable de todo eso.

Wolfe hizo clic en un par de teclas, y las imágenes en la pantalla cambiaron. Una mujer envuelta en apretado cuero negro los miró, invitándolos a una habitación para la sumisión. El coste de admisión era un pago único de 39,99 dólares.

—Observe con atención, profesor —lo orientó Wolfe. Escribió una nueva serie de instrucciones y una segunda mujer vestida de cuero reemplazó a la primera. Estaba ofreciendo el mismo tipo de sumisión, sólo que su precio era de 60 euros y hablaba en francés. Otra serie de rápidos golpes de tecla y una tercera mujer vestida de cuero apareció frente a ellos, ofreciendo en japonés y a cambio de yenes exactamente lo mismo que las otras. La lección no fue ignorada por Adrian.

—Bien, profesor, usted tiene que decirme qué está buscando. Específicamente. —El delincuente sexual sonrió. Evidentemente se estaba divirtiendo. Wolfe fue haciendo clic de un sitio a otro. Niños. Ancianos. Personas gordas. Tortura—.

¿Qué es lo que le intriga, profesor? ¿Qué le fascina? ¿Qué le entusiasma? ¿Qué es lo que tal vez hace que su sangre se altere un poco? Porque sea lo que sea, está por ahí, en algún sitio.

Adrian asintió con la cabeza, pero esta aceptación se convirtió rápidamente en una negativa subrayada con otro movimiento de la cabeza.

—Dígame en qué está interesado usted, señor Wolfe.

Wolfe se movió en su asiento.

—No creo que compartamos los mismos deseos, profesor. Y no creo que usted quiera acompañarme en mi camino hasta tan lejos.

Adrian vaciló. Había usado el arma para llegar hasta donde estaba. Pero cuando miró los ojos de Wolfe, creyó que el delincuente sexual no le dejaría entrar a su propio mundo confidencial, ni siquiera con la amenaza expresada con la pistola. *Tiene que haber otro camino,* pensaba.

Podía sentir a su hermano detrás, como si Brian estuviera paseando de un lado a otro rápidamente en aquel pequeño espacio, dándole vueltas al dilema en su mente. Podía escuchar el taconeo de los pasos de su hermano que resonaba contra un suelo de madera dura, aunque había alfombras por todos lados en la casa del delincuente sexual. Adrian sintió que Brian se detenía para inclinarse hacia delante y susurrarle algo al oído, como un consejero de la corona.

Tiéntalo, Audie. Sedúcelo.

Eso es más fácil de decir que de hacer.

—Pero ¿cómo? —Debió de haber dicho esto en voz alta, porque vio que la ceja de Wolfe se alzaba en un gesto de sorpresa.

¿Quién de vosotros dos lo sabe?

Adrian asintió con la cabeza.

—Eso tiene sentido —aceptó. *No sabe realmente por qué estoy aquí.*

—¿Con quién está hablando? —preguntó Wolfe nervioso.

Explícaselo, Audie.

—Le ayudará saber por qué estoy realmente aquí —le respondió Adrian a su hermano.

Wolfe se movió en su asiento. Estaba a menos de un metro de Adrian y la nueve milímetros, pero el arma ya no parecía preocuparlo. Un nerviosismo diferente se deslizó en su voz.

—¿Está bien, profe? ¿Necesita un descanso?

—Tengo que encontrar a Jennifer. Jennifer es joven. Dieciséis años. Es hermosa.

—No entiendo —dijo Wolfe—. ¿Ahora me está hablando a mí?

—Jennifer ha desaparecido —continuó Adrian—. Pero está en alguna parte. Tengo que encontrarla.

—Esa Jennifer, ¿es su nieta o algo por el estilo?

—Tengo que encontrarla. Soy responsable. Yo debí haber impedido que se la llevaran, pero no fui lo suficientemente rápido. No me di cuenta de lo que ocurría, señor Wolfe. Estaba exactamente delante de mí, y estuve ciego.

—¿Alguien robó a esa muchacha Jennifer?

—Sí.

—¿Fue por aquí?

—Sí. Justo frente a mi casa.

—¿Y usted dice que la conozco? Eso no tiene sentido. No me dejan ni acercarme a muchachas de esa edad.

—Usted no sabe que la conoce, pero la conoce. Usted está conectado con ella.

—No tiene mucho sentido lo que dice, profesor.

—Sí tiene sentido. Lo que ocurre es que usted no entiende de qué manera. Todavía no.

Wolfe asintió con la cabeza. De algún modo eso parecía razonable.

—Y la policía…

—Están buscando. Pero no saben dónde.

Wolfe parecía frustrado y un poco agitado. Señaló el ordenador.

—Y usted cree que está aquí en algún lugar.

Adrian asintió con la cabeza.

—Es el único lugar para buscar que ofrece alguna posibilidad mínima de esperanza. Si alguien raptó a Jennifer para usarla y luego matarla, no hay ninguna oportunidad de salvarla. Pero si alguien la raptó para hacer algo…, dinero tal vez…, antes de eliminarla, bueno, entonces…

—Profesor, si esa chica está actuando en películas pornográficas o posando para grabaciones de este tipo, o está involucrada en esta industria, diablos, no hay manera de encontrarla sentados. Una aguja en un pajar. Hay millones de sitios, con millones de chicas, dispuestas a especializarse en lo que sea que a cualquiera se le ocurra pensar, ofreciéndose a hacer cualquier cosa. Todo lo que existe bajo el sol está aquí, en alguna parte. Quiero decir, no hay ninguna manera de encontrarla.

—Ella no va a estar dispuesta, señor Wolfe. No se mostrará deseosa.

Wolfe vaciló, con la boca ligeramente entreabierta. Entonces asintió con la cabeza.

—Eso limita la búsqueda —reconoció.

Adrian miró a su alrededor en la pequeña sala, como si buscara una de las voces para orientarlo, y estaba tratando de precisar qué decir, sin decir demasiado. Cuando habló, lo hizo con una voz baja y feroz.

—Lo tengo. —Redujo su campo de visión para fijarlo intensamente sobre el delincuente sexual. Podía escuchar a Brian que lo alentaba desde el fondo—. Así que usted tiene que mirar fotografías. Es lo único que le queda disponible, ¿no es así, señor Wolfe? Las fotografías no son precisamente como la realidad…, pero por el momento son un sustituto aceptable, ¿no? Y luego usted deja volar su imaginación. Eso le ayuda a controlar las cosas, ¿no, señor Wolfe? Porque usted tiene que ganar tiempo. Usted no puede ir a la cárcel otra vez, no ahora, porque su madre lo necesita. Pero el gran deseo to-

315

davía está ahí, ¿no? No puede esconderlo. Así que usted tiene que hacer algo porque esas necesidades simplemente no desaparecen, ¿verdad? Y eso es lo que le proporciona el ordenador. Una oportunidad de fantasear y especular, como para equilibrar un poco las cosas, hasta que algo en su vida cambie y usted pueda volver a hacer lo que quiere hacer. Además, usted no se siente tan mal por esto, porque usted va a su trabajo, ve a su terapeuta y cree que lo tiene completamente convencido, ¿no? Porque ha llegado a la conclusión de que él es muy curioso respecto de todo este sexo oscuro, y usted puede convencerlo de cualquier cosa. Se trata de poder controlar, ¿no, señor Wolfe? En este momento, usted tiene todas estas cosas en su vida bajo control y está esperando el momento adecuado para poder volver a hacer lo que más le gusta por encima de cualquier otra cosa.

Adrian se detuvo. *¡Haz que te lo muestre!* Brian estaba furioso, justo a su lado.

—Abra uno de esos archivos personales —ordenó Adrian. El arma apareció otra vez. Pero esta vez parecía brillar en su mano y, si era necesario, estaba decidido a usarla.

Wolfe debió de percibir lo mismo. Su cara expresaba odio, pero era la expresión más débil que había logrado desde que le abrió la puerta a Adrian. Miró el ordenador y luego a la pantalla del televisor. Tocó algunas teclas. Una fotografía de una niña muy joven —tal vez de once años— apareció en la pantalla. Estaba desnuda, mirando esquivamente como si invitara con una mirada perspicaz, una mirada que habría sido profesional en la cara de una mujer con el doble de su edad. Wolfe respiró con fuerza.

—Usted cree que me conoce, ¿no, profesor?

—Conozco lo suficiente. Y usted lo sabe.

Hizo una pausa.

—Hay lugares —explicó lentamente— que satisfacen intereses poco usuales. Lugares muy recónditos. Usted no va a querer explorar esas zonas.

—Pues sí quiero —aseguró Adrian—. Allí es donde estará Jennifer.

Wolfe se encogió de hombros.

—Usted está loco —dijo.

—Lo estoy, es verdad —respondió Adrian—. Tal vez eso sea bueno.

—Si esa chica ha sido secuestrada, profesor, e incluso si está en algún lugar por ahí... —hizo un gesto hacia el ordenador—, sería mejor que pensara que está muerta. Porque eso es lo que ocurrirá tarde o temprano.

—Todos moriremos tarde o temprano —respondió Adrian—. Usted. Yo. Su madre. Para todos llega el momento de morir. Pero éste no es el momento de Jennifer. No todavía. —Dijo esto con una convicción que no se apoyaba en nada que no fuera pura especulación.

Wolfe pareció estar a la vez intrigado y decepcionado, como si las dos sensaciones encontradas lucharan en su interior.

—¿Qué cree usted que puedo hacer yo? —preguntó, aunque la pregunta había estado resonando en la habitación durante toda la noche.

Adrian pudo sentir las manos de su hermano sobre sus hombros, agarrándolo fuerte, empujándolo ligeramente hacia delante.

—He aquí lo que quiero, señor Wolfe. Quiero que use su imaginación. De la misma manera en que lo hace cuando pasa junto al patio de un colegio durante un recreo...

Wolfe pareció ponerse tenso como una soga de la que están tirando.

—Quiero que se ponga en el lugar de otra persona. Quiero que piense qué haría usted si tuviera a Jennifer. Quiero que me diga qué haría con ella, y cómo, y dónde, y por qué. Y quiero que imagine que a su lado hay una mujer. Una mujer joven, que lo ama, y que quiere ayudarlo. —Wolfe escuchaba atentamente—. Y quiero que imagine de qué manera podría hacer dinero con Jennifer, señor Wolfe.

—Usted quiere que yo...

—Quiero que usted sea lo que es, señor Wolfe. Pero con más intensidad.

—Y si lo hago, ¿qué obtengo?

Adrian hizo una pausa, pensando. *Dale lo que quiera*, sugirió Brian.

—¿Pero qué es eso? —exclamó Adrian. Wolfe volvió a mirarlo extrañado.

Sólo hay una cosa. Es lo que todos los que son como él quieren, dijo Brian con seguridad.

Privacidad, pensó Adrian.

—Lo que *no voy a hacer* es contarle a la detective lo que usted está haciendo. Y no le diré nada sobre el ordenador de su madre. No le diré nada a nadie sobre eso. Y después de que usted encuentre a Jennifer para mí, puede volver a ser quien realmente es y esperar el día en que usted haya conseguido engañar a todo el mundo y ya nadie le preste atención.

Wolfe sonrió.

—Creo, profesor, que finalmente hemos llegado a un acuerdo con el precio.

Capítulo
30

Terri Collins pasó la mañana atrapada entre las imágenes en blanco y negro, con grano, de una cinta de vídeo de seguridad de la estación de autobuses y escuchando las confusas mentiras de un par de estudiantes de segundo año de universidad que trataban sin éxito de dar explicaciones por los ordenadores, televisores y Playstations que habían sido descubiertos en la parte de atrás de su automóvil por un policía espabilado. Los había detenido por exceso de velocidad. *¿Qué clase de ladrones idiotas se alejan del lugar del robo corriendo irreflexivamente por encima de los límites permitidos de velocidad?*, se preguntó ella. Había tenido que separar a los dos jóvenes, interrogarlos repetidas veces y esperar a que sus historias dejaran de coincidir, lo cual era inevitable que ocurriera.

La estupidez inherente de estos robos la aburría. Sabía que tarde o temprano uno de los dos hombres —casi eran unos niños— abandonaría al otro y dejaría al descubierto todo el estúpido plan. Iban a pasar una o dos noches en la cárcel, y luego el sistema jurídico encontraría alguna manera de liberarlos. Pero iban a tener que dar algunas explicaciones a la familia y a sus futuros empleadores. Esto entraba directamente en la categoría de *la mala suerte de todos los inexpertos,* pensó. Aceleró el papeleo.

La sacó por un rato de las imágenes de ese vídeo que la fascinaba y la molestaba profundamente, tanto por lo que mostraba como por lo que no mostraba.

Principalmente: nada sobre Jennifer.

Había necesitado una serie de llamadas para dar con la persona que había encontrado la tarjeta de crédito de la madre de Jennifer en Lewiston, en Maine, y llamar a la seguridad de Visa. Aquella estudiante universitaria contaba una historia que tenía poco sentido pero que era indudablemente verdadera. La estudiante había estado en Boston con dos compañeras de habitación y un amigo visitando a unos viejos amigos del instituto de secundaria. Habían tomado un autobús nocturno de regreso a su propio instituto. Perfectamente normal.

El relato se apartaba de lo racional cuando la estudiante contó que había encontrado la tarjeta de crédito ajena en su mochila. No reconoció el nombre en la tarjeta. Cómo había llegado al bolsillo exterior de su mochila seguía siendo un misterio para ella.

La mayoría de los jóvenes universitarios simplemente la habría tirado en cualquier parte, pero ésta se había tomado la molestia de llamar al número de seguridad de 24 horas impreso en la tarjeta. El departamento de seguridad del banco emisor, a su vez, llamó a Mary Riggins.

El billete de autobús que habían comprado con la tarjeta era para ir a Nueva York. La Meca de los chicos que escapaban de casa en la Costa Este. Para la detective eso no tenía sentido. ¿Por qué no tirar la tarjeta simplemente? *¿Un error?* Entonces pensó: *Despistar.* Alguien había calculado el riesgo de usar la tarjeta y había valorado lo fácil que habría sido sólo informar de manera anónima acerca de la tarjeta robada. Podía haber usado un nombre falso y un teléfono público después de comprar ese billete para Nueva York. Visa simplemente le habría dicho que la destruyera y habría anulado el número. Pero quienquiera que esta persona fuera, quería retrasar las cosas.

Preguntó tres veces a la estudiante universitaria si ella o alguno de sus amigos recordaba haber visto a una adolescente de las características de Jennifer en la estación de autobuses. La respuesta siempre fue que no.

—¿Viste a alguien más? ¿Alguien que llamara la atención? ¿Alguien sospechoso?

No. No. Y no.

La imaginación de Terri se revolvía. Sintió que detrás de su fría resolución de detective se escondía una oleada de preocupación. Una rara combinación se había producido en su imaginación. Ese día había pasado tanto tiempo hablando con el más tonto de los delincuentes, y ahora se preguntaba si no estaba, en realidad, tratando con el más inteligente de los delincuentes.

La cinta de seguridad carecía de claridad. El ángulo de grabación, desde muy arriba, realmente no se prestaba para la precisión. Lo que podía ver era a un hombre que usaba el quiosco de autoservicio a la hora en que la transacción estaba marcada en el billete de autobús. No era identificable por las imágenes capturadas por la cámara, aunque organismos policiales más sofisticados tenían equipos para mejorar fotos que podían darle una visión mucho más clara.

En una imagen posterior, vio al mismo hombre sentado aparte, esperando el autobús. Agachado. La gorra hacia delante, dando sombra a su rostro. En pocas palabras, un hombre que sabía que lo estaban filmando y tomaba medidas para evitar ser reconocido actuando al mismo tiempo de una manera que no llamara la atención.

Vio un trío de estudiantes, que ella supuso que eran los viajeros de Maine, que se ponían en la fila delante de la venta de billetes. Vio a un hombre diferente —podía distinguir una barba, pero el otro hombre estaba afeitado— que se deslizó por detrás. Este hombre en realidad no se dirigía al despacho de venta de billetes. Se apartó, pero no para dirigirse a una ventanilla con menos gente o a una máquina expendedora automática. Hasta donde podía distinguir, salió de la estación por la entrada del frente, no por el área de carga trasera. El hombre no llevaba ningún bulto, salvo una pequeña mochila en el hombro.

Terri volvió a pasar toda la cinta. No vio a Jennifer.

La revisó atentamente, tratando de memorizar cada imagen del primer hombre y luego del barbudo, el segundo hombre. Comparó su físico, la manera de caminar, la manera en que cargaban los hombros y cómo ambos se escondían debajo de sus gorras. Trató de imaginar al hombre que Adrian le había descrito. No había elementos suficientes como para estar segura de que el hombre en el vídeo de seguridad en blanco y negro con mucho grano y el hombre vislumbrado en la calle eran la misma persona.

Pero, insistió en su mente, cualquier otra conclusión era disparatada.

Terri dejó de lado el informe de robo con allanamiento de morada y reunió toda la información que tenía sobre la desaparecida Jennifer. Era un revoltijo de piezas sueltas, menos parecido a un rompecabezas que a los restos de un accidente de avión, donde los investigadores juntan todo aquello que no ha sido destruido, lo que está retorcido y con marcas de quemaduras y lo que es reconocible, que pueda indicarles algo concreto acerca de lo que ocurrió.

Una adolescente rebelde que se ha fugado.

Un anciano.

Una camioneta de reparto quemada.

Ninguna petición de rescate.

Ningún uso del teléfono móvil.

Un billete de autobús hacia ningún lugar.

Un hombre que se disfraza en el lugar donde Jennifer debía haber estado.

Terri se movió en su asiento. Podía sentir que su escepticismo de detective se alejaba de ella. Hay un sentido especial de la desesperación que afecta a los detectives de la policía cuando se dan cuenta de que se enfrentan al peor tipo posible de delito, el que implica el anonimato y la maldad. Los delitos se resuelven debido a las conexiones —alguien ve algo, alguien sabe algo, alguien dice algo, alguien deja algo en la escena del crimen— y al final emerge una imagen bien definida. Siempre hay alguna conexión elemental que define el rumbo del detective.

La desaparición de Jennifer desafiaba esa teoría.

Si había algo bien definido en lo que sabía, era que no sabía qué hacer. Pero era igualmente obvio que tenía que hacer algo que fuera más allá de lo que había estado haciendo. Miró la superficie de su mesa, como si ese «hacer algo» tuviera que ser algo obvio. Luego levantó la cabeza y observó el cubículo a su alrededor, decorado con fotografías de su familia y algunas coloridas acuarelas y dibujos con ceras hechos por sus hijos, yuxtapuestos con informes policiales grises y fríos y avisos del FBI.

Creía haber hecho todo de la manera apropiada. Había hecho todo lo requerido por los parámetros del departamento. Había hecho todo lo que cualquier funcionario hubiese hecho. Nada de eso la había conducido un paso más cerca de Jennifer.

Terri se inclinó hacia delante, como si tuviera un calambre en el estómago. Jennifer estaba desaparecida. Terri imaginó a la adolescente sentada delante de ella en uno de sus intentos previos de fuga: hosca, poco comunicativa, esperando enfadada que su madre y el novio llegaran y la devolvieran al lugar del que estaba ansiosa por escapar mientras Terri la sermoneaba acerca del error que había cometido. Se dio cuenta de que el momento de salvar a Jennifer había sido aquél. Lo único que tenía que haber hecho era haberse inclinado sobre el escritorio y decirle: «Habla conmigo, Jennifer» y abrir algún tipo de línea de comunicación.

¿Qué estaba haciendo ahora? Archivando papeles e informes, tomando declaraciones inútiles de un profesor jubilado trastornado, entrevistando a un delincuente sexual que no parecía tener ningún lazo real con la fugitiva, enviando requerimientos de «aguja en un pajar» y «disparos en la oscuridad» a otros organismos de la policía. Pero, Terri se daba cuenta, estaba simplemente esperando el día en que un cazador recorriendo oscuros bosques en busca de venados encontrara los restos del esqueleto de Jennifer, o que su cuerpo en descomposición quedara enganchado en el sedal de un pescador que explorara un lago en busca de una perca.

Si tenía esa suerte. Terri pulsó algunas teclas del ordenador y la imagen del hombre en la estación de autobuses apareció en la pantalla delante de ella. La amplió haciendo clic con las teclas del ordenador hasta que la fotografía llenó toda la pantalla.

Muy bien, se dijo a sí misma, *creo que voy a descubrir quién eres.* Esto era más fácil pensarlo que llevarlo a cabo. Pero cogió el teléfono para llamar al laboratorio de la policía del Estado. Podían usar algún software de reconocimiento de imágenes sobre la cinta. Tal vez tuviera suerte, pero lo dudaba. Era consciente de que ése era un paso que podría no ser aprobado por sus superiores. Algo que le importaba, pero no tanto.

* * *

Mark Wolfe cruzó rápidamente el macadán negro del aparcamiento hacia su automóvil, donde Adrian lo estaba esperando. Adrian podía sentir la presencia de Brian a su lado; casi podía escuchar la respiración agitada de su hermano, y se preguntó por un instante por qué estaría nervioso. Brian, Adrian lo sabía, tenía siempre todo bajo control y nunca estaba ansioso, nunca preocupado. Hasta que se dio cuenta de que era su propia respiración dificultosa la que estaba escuchando.

Al acercarse a Adrian, el delincuente sexual miró preocupado a su alrededor. Adrian tuvo la rara impresión de que Mark Wolfe era sumamente seguro dentro de su propia casa, pero fuera, en la intemperie, necesitaba levantar la cabeza en busca de depredadores cada pocos segundos, como cualquier animal de la pradera. Eso era un retroceso, imaginó Adrian. Wolfe era el depredador.

Wolfe tenía una sonrisa torcida.

—Se supone que no debo hacer una pausa demasiado larga en el trabajo —dijo—. No me gustaría perderme la venta de algún aparato importante. Eh, profesor, ¿no necesita un televisor de pantalla grande y sistema de sonido envolvente? Hay una oferta y puedo conseguirle un descuento. —Esto fue dicho sin ninguna sinceridad.

—Esto no va a llevar mucho tiempo —respondió Adrian. Sacó una copia de la octavilla de personas desaparecidas que le había dado la detective Collins y se la dio a Wolfe—. Ésa es la persona que estoy buscando —indicó.

Wolfe miró la fotografía.

—Es… encantadora. —La palabra «encantadora» podría haber sido un sustituto de «está a punto». Parecía obsceno viniendo de la boca de Wolfe. Adrian sintió que se estremecía—. ¿Se ha escapado de casa, dice?

—No. No dije eso. Dije que se ha fugado antes. Pero ahora ha sido raptada.

Wolfe leyó los detalles en la octavilla, y los repitió en voz baja.

—Un metro sesenta y cinco…, sesenta kilos, pelo rubio rojizo, sin marcas distintivas… —Se detuvo—. Usted lo sabe, con mi… —vaciló—, con mis antecedentes, si algún policía me encontrara con esta octavilla en las manos, sería tan malo como… —Se detuvo otra vez.

—Tenemos un trato —le recordó Adrian—. Usted no quiere que yo vaya a la policía y empiece a hablar del otro ordenador y de lo que hay en él.

Wolfe asintió con la cabeza, pero su respuesta fue mucho más escalofriante que la naturaleza de su acuerdo:

—Sí, lo entiendo. Así que ésta es la chica que usted cree que están usando. Voy a explorar en la web.

—La alternativa es, usted lo sabe…

—Sí. Que haya sido violada y asesinada. O peor.

Wolfe tembló ligeramente. Adrian no sabía si aquél era un movimiento involuntario provocado por la repugnancia o por el placer. Cualquiera de las dos explicaciones parecía posible. Tal vez los territorios definidos de ambas sensaciones existían simultáneamente dentro de Mark Wolfe. Adrian sospechaba que ése era el caso.

—Mire, toda esa mierda de las películas *snuff*, usted sabe que es todo una mitología de leyendas urbanas. Totalmente falso. Sandeces. Mentira.

Repitió las palabras para dar énfasis, pero producía la sensación contraria. *Mira detrás de las palabras, mira detrás de la manera en que está de pie, el tono que usa, la forma en que cambia de posición.* Adrian pensó que eso era lo que Cassie le hubiera dicho, y fue como si los pensamientos en su cabeza tuvieran el tono musical de la voz de ella.

Adrian miró al delincuente sexual y luego levantó la mirada. El cielo por encima de ellos era una amplia extensión despejada de color azul, una promesa de que volvería el buen tiempo. A gran altura, atravesando el cielo, se podía ver la estela de vapor blanca que un reactor trazaba en línea recta contra el pálido fondo. Gente que viaja a gran velocidad hacia destinos variados. Se dio cuenta de que nunca volvería a viajar en avión, nunca iba a tener la oportunidad de visitar algún sitio diferente, exótico. Estaba sobrecogido por el camino directo por el que el avión volaba con tanta facilidad; le pareció estar envuelto en una especie de fango de enfermedad y duda. Deseó saber exactamente qué pasos dar, en qué dirección y cuántos kilómetros de viaje le quedaban.

Audie, ¡presta atención! Escuchó las palabras duras de su hermano, haciendo que su mirada bajara del cielo. *Vamos, Audie, ¡concéntrate!* Era como si Brian lo estuviera empujando desde atrás.

—¿Está bien, profesor?

—Estoy bien.

—Bueno, el lío es tratar de determinar lo que es real y lo que no lo es. Ése es el problema con Internet. Es un espacio donde la mentira, la fantasía y toda clase de cosas engañosas simplemente existen junto a información real, sólida. Es difícil separarlas. Hasta en el mundo del sexo. ¿Qué es lo real? ¿Qué no lo es?

—Películas *snuff*.

—Como ya he dicho, una gran mentira. Pero... —Wolfe vaciló. Se detuvo en las palabras, como si saboreara cada una de ellas antes de hablar, y añadió—: Pero todos esos mitos..., bueno, simplemente crean la oportunidad. ¿Me entiende, profesor?

—Explíquemelo.

—Bien, las películas *snuff* no existen. Pero en cuanto el FBI o Interpol dice: «Las películas *snuff* son una leyenda urbana...» en lugar de hacer que eso sea la última palabra, sólo sirve para alentar a la gente para que intente hacerlas, profesor. Éste es el asunto respecto a Internet. Existe para hacer algo a partir de algo distinto. Uno dice que algo es falso, y otra persona, tal vez en el otro extremo del mundo, de inmediato está tratando de demostrar lo contrario. Por ejemplo, el homicidio pornográfico de verdad no existe, pero... Uno abre el diario por la mañana y ¿qué lee? Algunos muchachos tal vez en Europa oriental se filmaron a sí mismos mientras mataban a golpes a alguien. Por diversión. O tal vez algunos tipos en California se filmaron cuando mataban a una muchacha que viajaba a dedo después de obligarla a hacer toda clase de cosas. O..., bueno, usted sabe lo que quiero decir. Un terrorista toma a un rehén y le corta la cabeza mientras lo filman. Y aparece en Internet. Bueno, la CIA y los militares están atentos a eso. Pero ¿quién más? Está allí para que lo vea cualquiera.

—¿Qué es lo que usted me está diciendo?

—Estoy diciendo que si la pequeña... —Miró la octavilla y una sonrisa lujuriosa estalló en su rostro antes de continuar—.

Jennifer está siendo usada, tiene sentido. Y podría suceder en la casa de al lado o al otro lado del mundo.

—¿De qué manera va a buscar? —quiso saber Adrian.

—Hay maneras. Uno sólo sigue apretando las teclas. Podría costar algo de dinero.

—¿Dinero? ¿Por qué?

—¿Usted cree que la gente explota a otra gente por nada? ¿Tal vez sólo porque les gusta? Seguro que algunos lo hacen. Pero hay otros que quieren ganarse unos dólares. Y para entrar a esos sitios, bueno...

—Pagaré.

Wolfe sonrío otra vez.

—Puede ser caro...

Otra vez escuchó a su hermano haciendo resonar órdenes en su oreja. Metió la mano en el bolsillo posterior y sacó la billetera. Cogió una tarjeta de crédito y se la dio a Wolfe.

—¿Qué alias voy a usar? —preguntó el delincuente sexual.

Adrian se encogió de hombros. No veía cuál era la necesidad de ocultar nada.

—«Psicoprof» —respondió—. Y guarde un registro escrito de cualquier movimiento que haga. Cualquier gasto fuera de eso y voy directamente a la policía.

Wolfe asintió con la cabeza, pero incluso ese movimiento podría haber sido una mentira. A Adrian realmente no le preocupaba. *No voy a vivir tanto como para preocuparme por esas facturas.* Pudo escuchar a Brian que resoplaba, como si aquello fuera divertido.

—Tiene que moverse con rapidez. No sé cuánto tiempo puede tener ella.

Wolfe se encogió de hombros.

—Si es el juguete de alguien, y él quiere compartirla...

—Él y ella... —interrumpió el profesor.

—Correcto. Dos personas. Eso podría facilitar las cosas. De todos modos, si quieren compartirla, bien, eso es bueno, porque eso es lo que usted quiere, porque estará ahí, accesible en algún lugar.

Se rió otra vez. Pensó que Wolfe tenía el tipo de risa que atravesaba las paredes, como un arma disparada a quemarropa, antes de retroceder hacia una risita tonta y cínica, como si siempre tuviera un secreto adicional que no estaba dispuesto a compartir.

—Usted tiene algo a su favor, profesor... —continuó sin abandonar su sonrisa.

—¿Qué es?

—Eso es lo que el mundo es ahora. Nada ocurre realmente en secreto. Todos quieren mostrarse. ¿Cómo era aquello de que todos somos famosos durante quince minutos? Pues bien, ¡es verdad!

Warhol, pensó Adrian. *Un delincuente sexual que cita a Warhol.*

—Hay un problema, sin embargo.

¿O era Marshall McLuhan? De pronto Adrian no podía recordar. Tal vez fue Woody Allen. Se esforzó por concentrarse en Wolfe.

—¿Y cuál es?

—Uno se acerca, trata de derribar la vieja barrera electrónica y quienquiera que la tenga simplemente puede darse cuenta de que alguien la está buscando y entonces, de repente, ella se convierte en mercancía peligrosa.

Adrian respiró hondo.

—Y la mercancía peligrosa... —El delincuente sexual siguió hablando, pero Adrian advirtió que su voz había cambiado, de modo que sus labios se movían con las palabras, pero éstas sonaban como si fuera su hermano quien las pronunciaba. Adrian se dijo que no debía de parecer confundido, sino como si estuviera escuchando—. Bien —dijo Wolfe lentamente—, no sé cómo hace usted, pero cuando algo se pone feo en mi nevera, lo tiro.

Capítulo
31

Jennifer estaba sobre la cama, los ojos cerrados con fuerza detrás de la venda, tratando de imaginarse su habitación, en su casa. Había empezado a ver en su mente las cosas que recordaba, detallando cada ángulo, cada forma y cada color con la precisión de un dibujante. Juguetes. Fotografías. Libros. Almohadones. Pósteres. La mesa estaba colocada de tal manera, los colores de su cubrecama eran rojo, azul, verde y violeta, todos con las formas entrelazadas de una colcha de parches. Sobre una cajonera había una instantánea de diez por quince de ella en un partido de fútbol juvenil cabeceando una pelota.

Se tomó su tiempo, localizando y relacionando cada elemento; no quería olvidar ni el menor de los objetos. Disfrutaba de cada recuerdo: la trama y los personajes de un libro que leyó cuando era niña, la mañana de Navidad cuando recibió su primer par de aros para orejas perforadas. Era como estar pintando lentamente su pasado en su mente. Le ayudaba a recordar que había sido la Número 4 sólo durante unos pocos días, pero durante años había sido Jennifer. Era una lucha constante.

La venda, a pesar de que ella se las arreglaba para echar una ojeada por debajo para tener una ligera imagen de su prisión, parecía ser el límite de su existencia. A veces, cuando despertaba, tenía que hacer un enorme esfuerzo para recordar algo de su pasado. Lo que podía sentir, oler, escuchar —todo lo que había memorizado de su habitación-prisión y lo que sabía que estaba siendo grabado por la cámara— era lo único que le quedaba. Tenía miedo de que el día anterior no hubiera existido Jennifer. Y de que no hubiera una Jennifer al día siguiente. Sólo existía la Jennifer de ese preciso momento.

Sabía por dentro que estaba en una batalla campal para sobrevivir, sólo que no sabía qué era lo que estaba tratando de derrotar. Podría haber sido más fácil ser como un marinero perdido navegando a la deriva en un mar de invierno. Por lo menos así, pensaba, sería obvio que tenía que luchar contra las corrientes y las olas, y que si no lograba mantenerse a flote, iba a ahogarse.

Interiormente, sollozó. En el exterior, mantuvo la calma.

Sólo tengo dieciséis años, se decía a sí misma. *Una estudiante de secundaria.* Sabía que no conocía demasiado del mundo. No había viajado a lugares exóticos ni había visto paisajes desconocidos. No era una soldado, ni una espía, ni siquiera una delincuente, ni alguien que pudiera tener alguna experiencia que la ayudara a comprender su encarcelamiento. Eso debía haberla paralizado, pero curiosamente no era así. *Sé algunas cosas*, se dijo. *Sé cómo defenderme.* Aun cuando eso era una mentira, no se preocupaba. Estaba decidida a usar lo poco que sabía para ayudarse a sí misma.

Una parte de su defensa requería que imaginara todo sobre la vida de la que había formado parte. Lo bueno y también lo malo. El enfado contra su madre, su desprecio por el hombre que parecía destinado a convertirse en su padrastro... Estas cosas simplemente la ayudaban a alimentar su decisión.

Junto a la cajonera hay una lámpara de pie, de metal, negra con una pantalla roja. La alfombra es una manta multicolor que cubre una vieja y manchada moqueta de pared a pa-

red color marrón. La peor mancha está donde derramé sopa de tomate que se suponía que no debía sacar de la cocina, pero la saqué. Ella me gritó. Me dijo que era una irresponsable. Lo cual era cierto. Pero de todos modos discutí con ella. ¿Cuántas peleas hubo? ¿Una por día? No. Más. Cuando vuelva a casa, ella me va a abrazar y me contará cuánto lloró cuando desaparecí y eso me hará sentirme mejor. La echo de menos. Nunca creí que fuera a decir esto. La echo de menos. Su pelo se está poniendo gris ahora, sólo algunos mechones que olvida teñir y no sé si debo decírselo. Podría ser guapa. Debería ser guapa. ¿Seré yo guapa alguna vez? Tal vez está llorando ahora. Tal vez Scott está ahí. Lo odio todavía. Mi padre ya me hubiese encontrado, pero no puede. ¿Scott está por lo menos buscándome? ¿Alguien está buscándome? Mi padre me está buscando, pero está muerto. Detesto eso. Me lo robaron. Cáncer. Ojalá pudiera yo hacer que el cáncer ataque al hombre y a la mujer. El Señor Pielmarrón lo sabe. Lo voy a poner en la cama a mi lado. Él recuerda cómo es la habitación. ¿Cómo vamos a salir de aquí?

Jennifer sabía que la cámara iba a captar cualquier cosa que ella hiciera. Sabía que el hombre y la mujer —no estaba segura de cuál le daba más miedo— podrían estar mirando. Pero silenciosamente —como si siendo silenciosa pudiera no atraer la atención— comenzó a pasar la punta de los dedos sobre la cadena alrededor de su cuello y la argolla donde estaba unida a la pared.

Un eslabón. Dos. Sintió cada uno. Eran suaves al tacto. Podía imaginarlos. Serían plateados y brillantes. Probablemente habían comprado la cadena en una tienda para mascotas. Los eslabones no eran pesados y fuertes como para un pitbull o un doberman. Pero probablemente eran lo suficientemente fuertes como para retenerla. Se llevó la mano detrás de la cabeza y encontró el lugar donde la cadena estaba enganchada a una argolla atornillada a la pared. Revoque de yeso, supuso. Muro en seco.

Una vez, después de una pelea con su madre —por haber llegado más tarde de la hora permitida— había lanzado un pisapapeles contra la pared. Había golpeado con un ruido sordo y sólido para luego caer al suelo, dejando un gran agujero. Su madre tuvo que llamar a un albañil para que lo arreglara. Los muros en seco no son fuertes. Tal vez podía arrancar la argolla. Pudo sentir que sus labios se movían al hacerse esa pregunta, pero ningún sonido resonó en la habitación a su alrededor. *El hombre habrá pensado en eso*, según creía ella. *No lancé ese pisapapeles como una niña*, se recordó Jennifer a sí misma. *Mi padre me enseñó a lanzar cuando era niña. A él le encantaba el béisbol. Me regaló la gorra de los Red Sox. Me enseñó la manera correcta de hacerlo. Llevar hacia atrás con fuerza el brazo. Doblar en el codo. Hombro firme. Acompañar el lanzamiento. Bola rápida. Justo en el borde.*

Sonrió, sólo un poquito, y se detuvo porque no quería que la sonrisa fuera captada por la cámara. *Tal vez puedo ser un pitbull pequeño*, pensó.

Jennifer recorrió con sus dedos el collar de cuero en su cuello. *Comprado probablemente en la misma tienda para mascotas.* Imaginó la conversación: *¿Y qué tipo de perro es el que quiere atar con esto, señora?* Se imaginó a la mujer de pie junto al mostrador. *No lo sabes,* pensó Jennifer. *No tienes ni idea de qué clase de perro puedo ser. Ni de lo fuerte que puedo morder.*

Con la uña empezó a raspar el collar. Al tacto daba la sensación de ser de cuero barato. Pudo sentir un pequeño candado, del tipo de los que se usan para asegurar el equipaje. Se suponía que servía para mantener el collar en su lugar. Raspó un poco más fuerte, sólo lo suficiente como para poder localizar el cuero raspado. Tal vez, pensó, podría llegar a cortarlo.

Se dijo a sí misma que tenía que haber pasos para lograr la libertad. Primero, tenía que soltarse. Luego tenía que atravesar la puerta. ¿Estaba cerrada con llave? Tenía que subir para salir de la habitación del sótano en la que la estaban reteniendo. *¿Dónde están las escaleras? Tienen que estar cerca.* Tenía que encontrar una puerta en el exterior. Luego iba a tener que correr. No importaba en qué dirección. *Se trataba sólo de alejarse.* Se dio cuenta de que ésa era la parte fácil. *Si puedo liberarme lo suficiente como para ponerme a correr, nadie podrá atraparme. Soy rápida. En todos los terrenos, en toda clase de juegos, yo era la más veloz. El entrenador de carreras a campo traviesa quería que yo corriera en el instituto de secundaria, pero le dije que no. Sin embargo podía ganarles a todas las otras muchachas y a la mayoría de los muchachos también. Todo lo que necesito es la oportunidad de hacerlo.*

Jennifer bajó las manos de la cadena y el collar y empezó a acariciar a su oso. Le susurró al *Señor Pielmarrón:*

—Sólo un paso y después otro. Lo lograremos. Te lo prometo.

Su voz resonó en la habitación y le sorprendió haber hablado tan alto. Por un instante, creyó que lo había gritado. Luego pensó que habría sido un susurro. Cualquiera de las dos cosas era posible. Resonó alrededor de ella, llenando sus orejas de sonido hasta que un ruido diferente atravesó su conciencia.

Alguien estaba en la puerta. Tembló, inclinó la cabeza hacia el ruido. Se mordió el labio. No había oído una llave en la cerradura. No había escuchado un cerrojo al abrirse. Trató de recordar las otras veces que la puerta se había abierto. *¿Había escuchado algo diferente? No, estaba segura, era sólo el ruido del picaporte al girar. ¿Para qué le servía ese dato?*

Antes de tener siquiera la milésima de segundo necesaria para responder a su propia pregunta, escuchó la voz del hombre:

—Póngase de pie. Quítese la ropa interior.

Michael y Linda eran conscientes de que *Serie # 4* no era simplemente sobre sexo, sino que también se trataba de posesión y de control. El componente sexual era fundamental y, según creían, el punto de apoyo del que dependía el éxito del espectáculo. Michael había pasado horas estudiando cada escena de la película *Hostel*, que él pensaba que se había desviado hacia baños de sangre que redujeron su público a adolescentes, que daban un mayor valor a lo brutal. Cuando la sangre empezaba a salir a chorros, la tensión se disipaba.

Linda, por su parte, consideraba que esas películas eran repugnantes y en lugar de verlas se había puesto a leer, para luego releer, casi todos los libros sobre Patty Hearst y el Ejército Simbiótico de Liberación que pudo encontrar. Lo que la fascinaba era la manera en que la heredera millonaria había sido transformada psicológicamente en Tania, la veterana revolucionaria. Si bien no necesitaban que la Número 4 empuñara, estando aturdida, un arma descargada y participara en un mal concebido asalto a un banco y se adhiriera a un plan revolucionario para alimentar al pueblo, lo que Linda encontraba fascinante era la manera en que Hearst había sido llevada a abandonar su propia identidad. Aislamiento. Amenaza constante. Abuso físico. Presión sexual. Cada etapa había ido desarmando la identidad de quien había sido Patty Hearst para convertirla en esa hoja en blanco que sus captores habían explotado.

Éstos eran elementos que ella sabía que podían ser manipulados en su espectáculo. Simplemente suponía que la fascinación de ella era la misma que la de todos los espectadores alrededor del mundo. A diferencia de Michael, que mantenía una distancia fría y clínica respecto del espectáculo y de las personas que estaban pagando para tener acceso a la Número 4 las veinticuatro horas del día, ella sentía que compartía algunas de las pasiones de todos ellos.

Por supuesto, cuanto más se sentía empujada en esa dirección, más cruel se volvía. Quería poseer tanto como hacer daño a la Número 4. A veces, cuando Michael estaba dormido, se deslizaba fuera de la cama, se envolvía una manta alrededor del cuerpo desnudo y se iba junto a los monitores a mirar. La aceleración en su corazón era como la de las personas anónimas que miraban. Era una clase diferente de intimidad. La excitaba de una manera que sus relaciones sexuales con Michael no podían repetir. Su respiración salía en breves estallidos. Sentía un deseo feroz de tocarse, lo cual se volvía más eléctrico todavía con su negativa a hacerlo.

Se lo negaba a sí misma para que cuando se lo diera a Michael fuera todavía más apasionado. Sabía que esto le sorprendía —el temerario desenfreno que mostraba— pero él mantenía la boca cerrada y actuaba.

El reloj de virginidad había sido idea de ella. Era un simple añadido. Un reloj automático en la señal de salida. Se les pedía a los espectadores que apostaran por el momento exacto en que la Número 4 iba a ser forzada por sus captores enmascarados a entregar su virginidad. Era un poco como una porra en una oficina, sólo que no era un partido de fútbol o de baloncesto por lo que estaban apostando. Se trataba de una violación.

No había ninguna manera de decir cuándo iba a ocurrir. Pero comprometía a los espectadores de una manera interactiva. Cuando los detalles del reloj y la manera de hacer una apuesta *on line* aparecieron por primera vez en el sitio web, el número de correos electrónicos dio un salto impresionante de inmediato.

A muchas personas les gusta la lotería, pensaba Linda. *El asunto clave es mantener una tensión casi constante.*

Como siempre, durante toda *Serie # 4,* la sugestión era primordial, mezclada generosamente con acción. Linda tenía absolutamente clara en su sensibilidad la idea de que debían mantener a todos los espectadores lejos tanto del aburrimiento como del clímax. Todo consistía en hacer que la gente que miraba quedara involucrada en la estructura de la historia de la Número 4 para que, además de la lujuria, estuvieran fascinados con los giros y retorcimientos, como si el encarcelamiento de la Número 4 fuera una telenovela real, y a la vez irreal, desarrollándose delante de ellos.

El reloj de la virginidad era sólo un pequeño cambio que se había incluido. Aparecía en una esquina al otro lado del habitual reloj que marcaba la duración de *Serie # 4*, que iba contando sin detenerse las horas que Jennifer había estado bajo su control.

* * *

—Bien —dijo Michael. Su voz era ronca e intensa. La Número 4 estaba de pie, rígida a un lado de la cama, tímidamente, casi como un soldado en posición de firme, salvo por sus manos, que trataban de cubrir su desnudez como había hecho antes, cuando se bañó.

Él sabía que eso era involuntario por parte de ella. También sabía que esa actitud esquiva iba a electrizar a la mayoría de los espectadores. Estaban tan acostumbrados a ver el entusiasmo por desnudarse, ese ser explícitos de la industria de la pornografía, que la reticencia de la Número 4 a mostrar lo que ellos querían ver sería estimulante.

—Las manos a lo largo del cuerpo, Número 4 —ordenó fríamente.

Podía ver su escalofrío. Se movió ligeramente hacia la izquierda, sólo para estar seguro de que no estaba obstruyendo la visión de la cámara, y mucho más cerca. Quería que la Número 4 percibiera su presencia. Tal vez que sintiera su respiración contra la mejilla. Confiaba en que Linda continuara moviendo la cámara para hacer tomas alrededor. Ella no era tan buena como él para la cinematografía, pero sabía lo suficiente como para cambiar los ángulos de grabación.

Acaríciala con la cámara, pensó Michael. Estaba tratando de enviar este mensaje a Linda e imaginó que lo había logrado. Cuando se trataba de ese tipo de cosas, funcionaban en una frecuencia instintiva.

—Mire directamente hacia delante.

La Número 4 hizo lo que se le decía. Se estaba mordiendo el labio. Esperaba que Linda lograra un primer plano de eso.

—Tenemos algunas preguntas más, Número 4 —empezó. Ella no asintió con la cabeza, pero él vio que su cabeza se volvía ligeramente hacia él—. Díganos, Número 4, ¿cómo imaginaba que iba a ser su primera vez?

Tal como él había sospechado, la pregunta la pilló desprevenida. Su boca se abrió ligeramente, como si las palabras estuvieran por saltar afuera, pero se detenían en sus labios.

Él la ayudó con la respuesta.

—¿Creyó que se iba a enamorar? ¿Creyó que iba a ser algo romántico? ¿A la luz de la luna, en alguna tibia noche de verano en la playa? ¿Delante de una chimenea encendida, en alguna cabaña acogedora, protegida del frío del invierno que se queda en el exterior? —Sonrió. Las imágenes habían sido idea de Linda—. ¿O tal vez una suerte de apareamiento rústico en la parte posterior de un automóvil? ¿O en alguna fiesta rodeada por otros adolescentes, donde usted iba a ceder debido a la insistencia, o al licor, o tal vez a alguna droga?

La Número 4 no respondió.

—Díganos, Número 4. Queremos saber cómo imaginaba usted que iba a ser.

—Yo nunca, no... —empezó de manera vacilante.

—Por supuesto que sí lo imaginó, Número 4 —gruñó Michael. Puso tanta amenaza en su voz como pudo—. Todo el mundo lo hace. Todos lo imaginan. Sólo que la realidad nunca es como la fantasía. Pero queremos saber, Número 4. ¿Con qué soñó usted?

La miró mientras ella se ponía tensa.

—Pensaba que me iba a enamorar —respondió lentamente.

Michael sonrió debajo de la máscara que llevaba.

—Cuéntenos, Número 4. Cuéntenos qué piensa del amor.

Jennifer hizo una pausa. Se dijo a sí misma: *No es Jennifer la que está desnuda delante del mundo. Es la Número 4. No sé quién es ella. Es otra persona. Alguien diferente. Yo todavía soy yo. Ésta es otra persona, la que habla.* Luego pensó para sí: *Dale lo que quiere.* Empezó a mentir.

—Había un muchacho en mi instituto, su nombre era...

El hombre dio un paso adelante rápidamente y le agarró la barbilla. Su mano era fuerte, apretaba salvajemente. Jennifer respiró hondo. Estaba paralizada. Podía sentir la presión que aumentaba en la mandíbula. No era tanto el dolor, sino lo súbito del movimiento lo que la sobresaltó y la asustó. Pero cuando él apretó más, el dolor comenzó. Podía ver colores detrás de su venda, un caleidoscopio de rojos y blancos y finalmente un dolor negro y profundo.

—No. Nada de nombres, Número 4. Nada de lugares. Nada de pequeños detalles que usted crea que alguien podría escuchar y hacer que vengan a buscarla. No se lo diré otra vez, Número 4. La próxima vez le haré daño realmente.

Ella pudo percibir su fuerza. Era como tener un nubarrón oscuro moviéndose sobre ella. Asintió con un gesto. Pudo sentir que la mano que le agarraba la cara la soltaba lentamente, y fue como si la sensibilidad le fuera restituida en todo el cuerpo. Fue como si volviera a tener conciencia de que estaba desnuda, volvía a recordarlo a medida que el dolor se alejaba.

—Continúe, Número 4. Pero con cuidado.

Pudo darse cuenta de que él no se había apartado más de unos treinta centímetros. Seguía moviéndose cerca de ella. No quería que volviera a golpearla. De modo que inventó.

—Era alto y flaco. Y tenía una sonrisa boba que realmente me gustaba. Le gustaban las películas de acción y era muy bueno en clase de Lengua. Creo que escribía poesías y usaba una gorra rara en invierno con solapas que le cubrían las orejas, así que parecía un elefante sin trompa...

El hombre se rió por un momento.

—Bien —aceptó—. ¿Y usted qué imaginó, Número 4?

—Pensé que si me invitaba a salir, iba a dejar que me besara después de la primera cita.

—Sí. ¿Y?

—Y si me invitaba a salir otra vez, lo besaría otra vez y a lo mejor dejaba que me acariciara los pechos. —Sintió que el hombre se acercaba más, deslizándose. Él hablaba con voz suave, como un susurro, casi como si su cólera hubiera desaparecido para ser reemplazada por algo que sólo ellos dos podían compartir.

—Bien. Cuénteme más, Número 4. ¿Qué iba a ocurrir en la tercera cita?

Jennifer seguía mirando hacia delante. Sabía que estaba mirando hacia la cámara. Sospechó que al usar la palabra «pechos» la cámara había enfocado los suyos. *Salvo,* insistió para sí misma, *que no son míos. Son de la Número 4.* Detrás de la venda, Jennifer entrecerró los ojos, tratando de imaginar a algún muchacho adolescente que en realidad no existía.

Nunca nadie la había invitado a salir. Y aparte de una fiesta donde jugaron a «la botella» cuando tenía doce años, nadie había querido besarla nunca. Por lo menos, nadie que ella supiera. Eso había hecho que a veces pensara que no era guapa. Nunca se le había ocurrido que lo contrario podría ser la causa verdadera; que era demasiado guapa, demasiado diferente y demasiado rebelde, y que todas estas cosas intimidaban, lo cual había empujado a sus compañeros de clase hacia objetivos más fáciles.

Inventó. Elaboró a partir de las fantasías previas a quedarse dormida. De películas. De libros. A partir de cualquier cosa, algo, un romance fácil de recordar.

—Si él volvía a llamarme otra vez, y yo pudiera organizar bien las cosas..., un lugar donde pudiéramos estar solos y que fuera tranquilo…, pensé que podríamos… —vaciló—, podríamos llegar a hacerlo todo.

—Continúe, Número 4.

—Quería que fuera en una habitación. En un dormitorio de verdad. No en un sillón ni en un coche, ni en un sótano. Quería que ocurriera lentamente. Pensé que iba a ser como un regalo que yo estaba entregando. Quería que fuera especial. Y no quería que él desapareciera después. No quería que él tuviera miedo.

El hombre se acercó más a ella. Podía sentir que se movía alrededor de ella. Cuando sus dedos le tocaron el brazo, casi gritó. Estaba tensa, aterrorizada.

—Pero no será así, ya no, ¿no es cierto, Número 4? Este muchacho de su instituto… no está aquí, ¿verdad? ¿Y usted cree que alguna vez él sabrá el regalo que se perdió?

No respondió. Sintió que las puntas de sus dedos le rozaban ligeramente la piel. Le recorrían el cuerpo como si estuvieran dirigiendo la atención a cada una de las partes. Los hombros. Bajando por la espalda y por las nalgas. Alrededor de su cintura para detenerse en la parte plana de su vientre. Y luego abajo. Se estremeció. Con alguien a quien amara, Jennifer sabía que eso habría sido erótico. Con aquel hombre, pudo sentir que la oscuridad la envolvía. Tiritó y tuvo que luchar contra el deseo de retroceder.

—¿Quiere usted que todo termine pronto, Número 4?

—No sé…

¿Quiere usted que todo termine pronto, Número 4?

Jennifer vaciló. ¿Un «sí» le invitaría a que la poseyera ahí mismo? ¿La arrojaría al suelo para imponerse sobre ella? ¿Un «no» sería un insulto? Las dos respuestas producirían el mismo resultado. Respiró hondo para contener la respiración, como si el hecho de ahogarse pudiera ayudarle a ver cuál era la respuesta correcta, si es que existía una respuesta correcta. Le temblaron los hombros.

¿Qué iba a quedar después? ¿Tendría ella algún valor?

—Responda a mi pregunta, Número 4.

Tomó aliento.

—No —dijo.

Él seguía hablando en susurros.

—Usted dijo que quería que fuera especial.

Ella asintió con la cabeza. El hombre siguió hablando en voz baja, lleno de odio contenido, no de amor.

—Lo será. Sólo que no será especial de la manera en que usted lo pensó. —Se echó a reír. Entonces ella sintió que él retrocedía—. Pronto —agregó—. Piense en eso. Muy pronto. Podría ocurrir en cualquier instante. Y será duro, Número 4. No será de ninguna manera parecido a lo que usted alguna vez imaginó.

Y entonces le oyó atravesar la habitación. Un segundo más tarde, otro ruido: la puerta que se abría para luego cerrarse.

Permaneció de pie, todavía desnuda. Esperó lo que parecieron varios minutos sin moverse. Luego, cuando el silencio creció alrededor de ella hasta convertirse en un grito, respiró lentamente y tanteó buscando su ropa interior. Se la puso y regresó a la cama. Podía sentir que el sudor le caía por debajo de los brazos. No era el calor lo que lo producía. Era la amenaza. Encontró a su oso y le habló en un susurro.

—Esto no nos está pasando a nosotros, *Señor Pielmarrón*. Le está pasando a otra persona. Jennifer todavía es tu amiga. Jennifer no ha cambiado.

Deseaba de verdad poder creer lo que estaba diciendo. Comprendió que algo estaba en equilibrio, tambaleándose de un lado a otro. Un balancín de identidad. No sabía si iba a poder mantenerlo. La habitación más allá de la venda debía de estar girando. Se sentía mareada y ruborizada, como si en cada parte por la que las manos del hombre habían pasado él hubiera dejado marcas rojas, cicatrices. Apretó con más fuerza al *Señor Pielmarrón*. *Lucha contra lo que puedas luchar, Jennifer. Lo demás no importa nada.*

Asintió con la cabeza, como si estuviera de acuerdo consigo misma. Luego insistió en lo más profundo de sí: *Ocurra lo que ocurra, no significa nada, no significa nada, no significa nada. Sólo una cosa es importante: seguir con vida.*

Capítulo
32

Adrian pasó gran parte del fin de semana encerrado en su casa; no era un cerrojo ni una cadena con candado lo que le impedía salir, sino su enfermedad. Apenas durmió, y cuando lo hizo, fue perturbado por vívidos sueños. Buena parte del tiempo estuvo paseándose erráticamente de habitación en habitación, deteniéndose sólo para hablar con Cassie, que no le respondía, o para suplicarle a Tommy que apareciera para poder abrazarlo otra vez. Esa idea seguía pasando por su cabeza *una vez más una vez más una vez más* pero a pesar de sus ruegos, su hijo permanecía en silencio e invisible.

Cuando se espiaba a sí mismo en el espejo creía estar viendo una sombra. Estaba vestido con la parte de arriba de un gastado pijama y unos descoloridos vaqueros, como si hubiera sido sorprendido a medio camino de estar vistiéndose o desvistiéndose. Tenía el pelo enmarañado por el sudor. Su barbilla estaba sombreada por pelos grises de varios días.

Se sentía como atrapado en medio de una discusión, como si hubiera una parte de él, fuerte y constante, que le decía que olvidara todo, mientras que la otra mitad insistía en que mantuviera la cabeza clara, que controlara sus pensamientos y organizara sus recuerdos. Una parte gritaba y chillaba mientras que la otra hablaba con serenidad, en voz baja. De vez en cuando, esta parte razonable de su personalidad le recordaba que comiera algo, que fuera al baño, que se cepillara los dientes, que se diera una ducha, que se afeitara. Las pequeñas rutinas de la vida que todos consideran actividades normales, para Adrian se estaban poniendo cada vez más difíciles, incluso desalentadoramente complicadas.

Quería pasar la responsabilidad a su esposa. Cassie era siempre buena para recordar todas las citas de ambos. Tenía una memoria excelente para los nombres de las personas que conocía en fiestas. Recordaba las fechas, los lugares, el clima y las conversaciones con la exactitud de un taquígrafo. Él siempre se había maravillado ante su habilidad para recordar al instante lo que él consideraba que eran los aspectos más triviales de la vida. Su propia imaginación estaba atiborrada con las muchas mediciones realizadas en los experimentos del laboratorio, o con palabras que podría tratar de unir en un poema. Era como si no le quedara más espacio en el cerebro para recordar el nombre de la esposa de un adjunto del cuerpo docente a quien había conocido en una barbacoa del departamento celebrada el fin de año, o cuándo había que cambiar el aceite al Volvo.

Se preguntaba si todos los artistas estaban tan atentos a los detalles. Le parecía que tenía sentido que así fuera. Cassie siempre sabía dónde iba cada línea, cada color en cada dibujo o pintura. Tommy había desarrollado la habilidad de su madre para recordar nombres y lugares sin esfuerzo. Le había ayudado para su trabajo de fotógrafo. Tal foto fue hecha a tal velocidad, con tal apertura de diafragma, con tal iluminación. Era enciclopédico en lo que a su oficio se refería.

Estaba seguro de que cualquiera de ellos habría sido mejor para buscar a Jennifer. Ellos habrían unido los detalles, habrían relacionado las observaciones con los hechos. Serían como Brian, capaces de unir cosas pequeñas para hacer una imagen más grande.

Estaba celoso. Todos eran mejores detectives que él.

Una vez más, Adrian dirigió la mirada hacia el espacio donde reposaba la silla favorita de Cassie, la Reina Ana, donde ella debía haber estado sentada, pero no lo estaba. Se sentía muy solo.

Era vagamente consciente de que su casa estaba dando las mismas muestras de abandono que él. Sabía que los platos se estaban acumulando en la pila de la cocina. Sabía que la ropa sucia se iba juntando en el lavadero. Sabía que la aspiradora y la fregona lo estaban llamando a gritos, aunque no sabía exactamente qué clase de lengua podrían usar esos aparatos. Una suerte de voz metálica sin cuerpo, como los anuncios en los trenes o en las estaciones de autobuses.

Se decía que tenía que mantener su mente funcionando, de modo que, después de ponerse de pie abruptamente en el centro del comedor y gritar: *¡Mira, Cassie! ¡Maldita sea! ¡Tienes que ayudarme a recordar estas estupideces!*, cogió una escoba y empezó a barrer. Como no pudo encontrar el recogedor, empujó la tierra debajo de la alfombra. Esto le hizo reír y sintió la desaprobación de su esposa. Escuchó los ecos de una fantasmal amonestación como *Oh, Audie, cómo puedes hacer eso,* pero ella no apareció, y se sintió como un niño pequeño que se las había arreglado para no ser pescado en alguna pequeña infracción a las reglas del hogar. Culpa y placer mezclados.

Luego abandonó la escoba, dejándola caer en el suelo. Fue a la cocina. Se las arregló para hacer funcionar el lavavajillas con una carga de cosas sucias, y luego puso en marcha la lavadora. Se sintió sumamente complacido consigo mismo después de haber medido el detergente, ponerlo en el recipiente correcto y luego apretar la serie correcta de botones para poner en marcha las dos máquinas de lavar. Era un trabajo extraordinariamente rutinario e irrefrenablemente solitario.

Todo aquello era injusto, argumentó consigo mismo. Los necesitaba y no estaban ahí. Y entonces, cuando la lavadora empezó sus rítmicos ruidos, llenándose de agua y burbujas de jabón para limpiar su ropa, se dio cuenta de que sí estaban.

Nunca estaba solo. Todas las personas a las que quería y por las que se preocupaba estaban junto a él.

En ese instante comprendió que escucharlos no tenía que ver con ellos. Tenía que ver consigo mismo. Dio media vuelta bruscamente, girando sobre sí mismo como si hubiera sido sorprendido por un ruido. Cassie estaba detrás. Su cara se llenó con una gran sonrisa; era la Cassie joven. Llevaba un vestido de verano suelto y vio que estaba embarazada, muy avanzada, tal vez sólo le faltaban días, no, minutos para el anuncio de la llegada de Tommy a su mundo. Estaba de pie junto a la pared, apoyada contra la puerta de la cocina. Le sonrió, y cuando él dio un paso con la mano extendida ansiosamente, ella negó con la cabeza y señaló hacia un lado sin decir una palabra.

—Cassie —imploró—, te necesito. Tienes que estar aquí conmigo para ayudarme a recordar…

Ella sonrió otra vez. Siguió señalando hacia un lado. Adrian no entendía bien qué era lo que estaba señalando, y se acercó más a ella, con los brazos muy abiertos.

—Ya sé que no siempre fue todo perfecto. Sé que había peleas, momentos tristes, frustración y que solías quejarte por estar encerrada en un pequeño pueblo universitario donde nunca pasaba nada y que te merecías ser una artista ilustre en alguna ciudad y que yo te retenía. Sé todo eso. Y recuerdo que fue duro, especialmente cuando Tommy pasó por sus etapas de rebeldía y peleábamos por eso y por lo que debíamos hacer. Pero ahora lo único que quiero recordar es lo que era maravilloso y grandioso, lo que era ideal…

Ella señaló otra vez a un lado, y él pudo advertir la exasperación en sus ojos, como si su discurso largo y egoísta no fuera importante. Su gesto era una exigencia. Esos ojos negros, pudo verlos, que podían resonar como truenos cuando ella quería.

—¿De qué se trata? —preguntó él.

Ella sonrió y echó hacia atrás su cabeza otra vez, agitando su pelo largo como si fuera un niño que no podía comprender del todo algo terriblemente simple en el aula, como dos más dos o la forma del Estado de Massachusetts.

—Qué... —Él miró, insistente. Y entonces vio lo que ella estaba señalando. El teléfono en la pared de la cocina. Adrian escuchó con atención, y lentamente, como el volumen de un equipo de música estéreo que estaba siendo ajustado, escuchó un lejano campanilleo que se hacía cada vez más fuerte y más chillón. Levantó el auricular y se lo llevó a la oreja.

—¿Hola?

—Profesor, ¿está esperando que yo llame? ¿Quiere que nos encontremos? He hecho algunos avances.

Era el delincuente sexual. Inconfundible tono de voz. Como petróleo espeso burbujeando al salir a la superficie, pensó.

—Señor Wolfe.

—¿Y quién esperaba que fuera?

—¿La encontró?

—No exactamente. Pero...

—Bien, ¿de qué se trata? —Adrian pensó que su voz tenía una fuerza del tipo «nada de compromisos». Se preguntó de dónde le vendría.

—Creo, profesor, que usted podría querer ayudar ahora. He encontrado algunos... —Se detuvo. Wolfe vaciló—. Bien, he descubierto algunas cosas dignas de ver —informó—. Y creo que usted podría ser la persona que tiene que verlas.

Adrian miró a su esposa. Se estaba acariciando el vientre expandido. La mano giraba en círculos sobre la barriga hinchada. Le miró y asintió convencida con un gesto de la cabeza. No necesitó decir: Ve, Adrian.

—Muy bien —aceptó—. Iré.

Colgó el teléfono. Quería abrazar a su esposa, pero ella le hizo un gesto señalando la puerta. Date prisa, dijo finalmente con su voz cantarina. Se sintió extremadamente feliz de oírla hablar. El silencio le había asustado. *Siempre tienes que ir deprisa, Audie. No sabes cuánto tiempo te queda.*

Le miró el vientre. Lo que él recordaba eran los últimos días antes de que naciera su único hijo. Ella tenía calor, se sentía incómoda, pero todas las cosas que debían haberla puesto irascible e impaciente parecían haber sido escondidas en alguna caja secreta. Transpiraba con el calor del verano y esperaba. Él le llevaba agua con hielo y la ayudaba cuando quería levantarse del sillón. Él permanecía a su lado por la noche fingiendo dormir, atento a sus movimientos, tratando de encontrar una posición cómoda. No había en realidad ninguna manera de expresar compasión en aquel momento, porque realmente no había nada para compadecer y eso no habría hecho más que enfadarla. Ella ya se esforzaba demasiado para mantener sus emociones bajo control.

Adrian dio un paso adelante.

—No puedes recordar sólo las cosas buenas —le dijo Cassie—. Había muchos problemas también. Como cuando Brian murió. Eso fue malo. Estuviste bebiendo en exceso durante semanas, y culpándote a ti mismo. Y después, cuando Tommy… —Se detuvo.

—¿Por qué tú…? —Él empezó a hacerle la pregunta que había estado flotando durante las últimas semanas de su vida, pero no pudo. Vio que Cassie había bajado la vista hacia su propia cintura, como si pudiera ver todo lo que iba a venir y eso la hiciera feliz e irremediablemente triste a la vez. Y entonces Adrian pensó que eso debía ser lo que él sentía a cada instante, tanto en su cordura como en su demencia.

Pensaba que se había equivocado al seguir viviendo después de que Tommy y Cassie murieran. Ése había sido su tiempo. Debió haberlos seguido inmediatamente, sin vacilar. Pero seguir viviendo había sido un escape cobarde.

Cuando volvió a mirar a Cassie, ella estaba negando con la cabeza.

—Lo que hice estuvo mal —confesó lentamente—. Pero también estuvo bien.

Eso tenía y no tenía sentido. Como psicólogo, comprendía que el pesar podía provocar un estado casi psicótico y suicida. Había literatura importante en su campo acerca de este tema. Pero cuando miró a su esposa, al otro lado de la habitación, y la vio tan jovial, tan hermosa y reflejando todas las posibilidades que tenían cuando empezaron la vida juntos, no había estudios clínicos en ningún lugar del mundo que le ayudaran a comprender por qué ella había hecho lo que hizo, como había ocurrido cuando él tuvo que superar el impacto prolongado del trastorno de estrés postraumático que no le había permitido sentir otra cosa que no fuera la pérdida y la culpa por la muerte de su hermano.

Adrian cerró los ojos, tratando de ver en su imaginación los momentos que pasaron juntos al apretar con fuerza los ojos. Quería preguntarle por qué le había dejado solo, y luego pensó que había dicho las palabras, porque la voz de ella atravesó su ensoñación.

—Cuando Tommy murió, me convertí en una sombra —comenzó ella—. Yo sabía que tú eras lo suficientemente fuerte como para ver que había quedado algo por lo cual vivir. Pero yo era débil. Y pensé que si continuaba viviendo, eso te mataría a ti. Yo no podía estar en una casa donde había tanto dolor y tantos recuerdos. Todo me recordaba a él. Incluso tú, Audie. Especialmente tú. Te miraba y lo veía a él. Era como si me arrancaran algo de dentro. De modo que conduje el automóvil demasiado rápido una noche. Me pareció lo correcto.

—Nunca fue lo correcto —replicó Adrian. Abrió lentamente los ojos, disfrutando de la visión de su esposa joven—. Nunca podría ser lo correcto. Yo te habría ayudado. Podríamos haber encontrado algo juntos.

Cassie se tocó el vientre. Sonrió.

—Ahora me doy cuenta de eso.

—Estabas equivocada —le dijo él—. Si yo parecía fuerte, era porque tú estabas conmigo. No debiste dejarme.

Asintió con la cabeza, todavía sonriendo.

—Acerca de eso, sí. Estaba equivocada.

—Te perdono —espetó Adrian con firmeza. Quería llorar—. Oh, Zarigüeya, te perdono.

—Por supuesto que me perdonas —respondió Cassie con total naturalidad—. Pero no puedes desperdiciar estos momentos conmigo. Tienes tareas más importantes. ¿No ves que hay otra madre en algún lugar, la madre de Jennifer, que siente lo mismo que yo?

—Pero… —empezó, y luego se detuvo.

—Ve a lavarte y a arreglarte. No puedes ir con ese aspecto —sugirió Cassie.

Adrian se encogió de hombros y fue al baño, se enjabonó la cara y sacó la maquinilla de afeitar. Se cepilló los dientes y se lavó la cara. Luego se dirigió rápidamente a su dormitorio. Rebuscó en los cajones hasta que encontró un par de pantalones limpios de pana, ropa interior limpia y un jersey que pasó un veloz examen olfativo. Se puso la ropa rápidamente, sabiendo que Cassie le estaba mirando.

—Me estoy apresurando —se excusó.

Podía oír su risa.

—Adrian, hacer las cosas rápidamente nunca fue tu fuerte —se burló ella—. Pero tienes que acelerar el paso.

—Está bien, está bien —respondió, un poco exasperado—. Ese hombre hace que me sienta sucio, Cassie. Es difícil darse prisa para ir a verlo a él.

—Sí, pero es lo más cercano a una respuesta que tienes. ¿Quién sabe mejor cómo empezar un fuego: un incendiario o un bombero? ¿Quién es mejor para matar, el detective o el asesino?

—Tienes razón —aceptó Adrian mientras lanzaba un gruñido al atarse el cordón del zapato—. Mucha razón.

—Juegos. Rompecabezas. Laberintos. Juegos mentales. Adrian, mira todo eso tal como mirabas todo. Partes que se van uniendo y te van diciendo algo. Trabaja duro, Audie. Haz que tu imaginación trabaje para ti.

Pensaba que su esposa evidentemente tenía razón. Suspiró deseando quedarse un rato más para obtener más respuestas a todas las preguntas para las que ya conocía las respuestas, en lugar de salir a la noche para tratar de encontrar respuestas que estaban escondidas. Se desplazó con dificultad hasta la puerta, se puso una chaqueta de *tweed* y salió al brillante sol momentáneamente sorprendido de que la oscuridad de medianoche que había esperado fuera en realidad una clara mañana.

* * *

Aquello estaba en contra de la política departamental, pero era el tipo de regla que era violada con frecuencia y rara vez se hacía cumplir. Terri Collins se había llevado el archivo del caso Jennifer Riggins a su casa el fin de semana, esperando que todos aquellos detalles sin conexión entre sí pudieran conducirla a alguna parte. Se sentó con el sobre en el regazo mientras sus hijos jugaban fuera con sus amigos, haciendo un nivel aceptable de ruido y, afortunadamente, sin lágrimas por cualquier conflicto hasta ese momento.

Su propia frustración se había duplicado. Los técnicos de la policía del Estado habían logrado mejorar el vídeo de seguridad sólo lo suficiente como para que algunos detalles de las facciones fueran identificables, pero de manera muy limitada. Si supiera el nombre de aquel hombre, podría resultar útil en un tribunal judicial. Tal vez podría haberle permitido hacer algunas preguntas difíciles, en caso de haber tenido a ese hombre sentado delante de ella. Pero en cuanto a identificar quién era, qué estaba haciendo en realidad en la estación de autobuses y si tenía alguna conexión con la desaparición de Jennifer, eso era relativamente imposible. Tal vez si tuviera acceso a un sofisticado software antiterrorista y bancos de datos, eso podría haber significado algo. Pero no tenía nada de eso.

Reconoció el clásico dilema del policía: si alguna otra cosa hubiera proporcionado un sospechoso, con un nombre y un enlace con el delito, retroceder para acumular pruebas era un proceso difícil, pero posible. Pero observar un fotograma confuso y apenas enfocado sacado de un vídeo de seguridad y tratar de adivinar si este individuo anónimo tenía algo que ver con una desaparición en otra parte del Estado, y quién podría ser, y por qué estaba allí...

Terri dejó de mirar la imagen y la apartó. *Imposible,* concluyó. Pudo escuchar algunas ollas y cacerolas que resonaban en el jardín trasero, sonidos que sólo tienen sentido para padres de niños pequeños. Utensilios de cocina usados para hacer música o para hacer hoyos. El suelo estaba blando a causa de la primavera, y supo que una tormenta de barro iba a entrar en la casa junto con los niños.

Volvió a mirar su archivo. Callejones sin salida y conexiones improbables. Había muy poco como para continuar, y a lo poco que tenía le faltaba sentido. Sacudió la cabeza y deseó tener la perseverancia del profesor. *Podría tener razón,* pensó Terri, *pero sigue siendo imposible.* Asesinos en serie de Gran Bretaña en los años sesenta. Una pareja en una furgoneta en una calle de un barrio periférico. Una pesadilla aleatoria. Una desaparición de cartón de leche.

Imaginó que su carrera estaba a punto de encontrarse tan mal como estaba Jennifer Riggins. Pronosticar aquello era algo terrible —comparar su cheque de fin de mes con la vida de una joven de dieciséis años— pero de todos modos no pudo apartarlo de su imaginación. *Tal vez el profesor tiene razón en todo,* se dijo a sí misma. *Pero todavía no está claro qué puedo hacer al respecto.*

Por un segundo se sintió enfadada. Deseó no haber oído hablar nunca de Jennifer Riggins. Deseó no haber respondido a los primeros intentos de la adolescente de escapar de su casa. De ese modo su nombre nunca habría sido vinculado con el registro oficial de las desventuras de la adolescente. Deseó haberse negado a aceptar el aviso del agente de guardia que la llamó para que fuera a la escena de la última fuga. Deseó no haber tenido nada que ver con la familia que estaba a punto de pasar por todas las terribles incertidumbres que el mundo moderno puede producir.

Cerrar la herida es una expresión que se usa mucho, se dijo a sí misma, *como si de alguna manera eso pusiera las cosas en su lugar.* Cuando debemos enterarnos de qué les pasa a nuestros hijos, aceptar una enfermedad o asimilar un ataúd que vuelve de Irak o de Afganistán envuelto en una bandera. Alguien dice que hemos cerrado la herida y parece que fuera como sacar una tarjeta que dice: «Sal en libertad de la cárcel», pero no es así. Nada es nunca tan conciso y simple.

Hubo un súbito estallido de voces, el comienzo de un grito que venía desde fuera, pero terminó con la misma rapidez. Descubrió que estaba pensando en su ex marido. Suponía que él estaba entre dos misiones. Esperaba que llamara. Podría querer una visita, uno de sus poco frecuentes controles sobre los hijos. Ella trataba intensamente de mantenerlos alejados de él.

Terri cerró el puño con fuerza. Estaba mirando la octavilla de la desaparecida Jennifer. Dejó caer abruptamente el archivo al suelo y casi le da una patada. Absolutamente ninguna pista para seguir. Ningún indicador que señale una dirección u otra. Ninguna ruta obvia para seguir. Ninguna huella sutil para examinar.

Suspiró y se puso de pie. Fue a la ventana y miró despreocupadamente hacia fuera, a los niños que jugaban. Le pareció que todo era sumamente normal para una mañana de fin de semana. Supuso que no se podía decir lo mismo de la familia Riggins.

Respiró hondo y se dio cuenta de que pronto iba a tener la tarea de decirle a Mary Riggins que estaban paralizados hasta que no apareciera alguna prueba concreta de los hechos. Aquélla no era una conversación que estuviera ansiosa por mantener. La policía tiene mucha experiencia y habilidad para dar malas noticias. Es como un arte eso de dar los detalles de la sobredosis o del accidente o del homicidio: ofrecer información a la familia de la víctima sin agobiarla con los caprichos inesperados de la vida. El contenido emocional de estas conversaciones era mejor dejarlo en manos de sacerdotes y terapeutas. De todas maneras, le iba a corresponder a ella decirle a Mary Riggins que estaba en un callejón sin salida, lo cual probablemente quería decir que Jennifer, si todavía estaba con vida, también se encontraba en un callejón sin salida. Le parecía injusto para ella.

Terri pensaba que en la vida se podía prevenir una cierta cantidad de tragedias. Pero las personas son pasivas. Dejan que las cosas se acumulen hasta el desastre. Ella se ocupaba de sus propios hijos. Ella no era así, estaba segura. Había tomado medidas para evitar que algo pudiera salir mal.

Pensar en eso le daba seguridad, aunque sabía que era sólo verdad en parte.

—Nos gusta decirnos mentiras a nosotros mismos —susurró para sí. Reunió todo el material y decidió que vería a Mary Riggins y a Scott West ese mismo día. No les daría nueva información, y dejaría que empezaran a ver lo que Terri pensaba que era inevitable que pasara: Jennifer había desaparecido.

No le gustaba usar la expresión «para siempre». A ningún policía le gusta. De modo que no dejó entrar esa palabra en su vocabulario previsto.

Capítulo
33

Jennifer estaba soñando despierta, un poco con su casa antes de que su padre muriera, un poco sobre comidas y bebidas. Lo que más deseaba era una Coca *light* fría y un sándwich de mantequilla de cacahuete, aguacate y semillas germinadas. De pronto escuchó una explosión repentina, una puerta distante que se cierra de golpe, y voces que discutían cada vez más fuerte. Como cuando escuchó al bebé que lloraba y luego los ruidos de niños jugando. Estiró la cabeza hacia aquellos ruidos sin cuerpo, tratando de entender exactamente qué era lo que decían, pero las palabras se le escapaban en el torrente de ruidos; no así las emociones. Alguien estaba muy enfadado.

Más que alguien, dos personas, se corrigió. El hombre y la mujer. *Tienen que ser ellos.*

Giró su cabeza a derecha e izquierda, con los músculos tensos. Era sólo vagamente consciente de que ella podría ser la causa de la discusión. Prestó atención y escuchó que el enfado agudo se alejaba y se acercaba a los umbrales de su capacidad para entender, y se percibió a sí misma tratando de apoderarse de cada ruido, tratando de descifrar lo que estaba ocurriendo.

Podía entender las obscenidades: *¡Mierda! ¡Maldito! ¡Puta!* Cada palabra de borde afilado la hería. Sólo comprendía frases sueltas: *¡Te lo dije! ¿Por qué alguien iba a escucharte? ¡Crees que lo sabes todo, pero no es así!* Era como meterse en medio de una historia cuyo fin es incierto y el comienzo ya pasó hace mucho tiempo.

Se quedó helada sobre la cama, alerta, con el *Señor Pielmarrón* en sus brazos. El tono de la discusión parecía ir en aumento, para luego disminuir, subir otra vez y luego volver a bajar, hasta que de pronto oyó el ruido de un vaso que se hacía añicos. En su mente imaginó una habitación, un vaso de whisky lanzado que choca y se destroza contra una pared haciendo saltar por el aire los pedazos de vidrio. A esto le siguió de inmediato un ruido seco y sordo, y casi un grito. *La ha pegado,* pensó.

Luego dudó. *Tal vez ha sido ella quien le ha golpeado a él.*

Trataba de aferrarse a cualquier señal de seguridad que pudiera atravesar las paredes de su prisión, pero no llegaba ninguna. Cualquier cosa que estuviera ocurriendo fuera de su oscuridad era violenta e intensa. Era como si en algún lugar más allá de ella las cosas estuvieran en erupción, la tierra estuviera temblando y el techo amenazara con derrumbarse. Apenas se dio cuenta de eso cuando sacó las piernas de la cama y se puso de pie junto a la pared más cercana. Apoyó la oreja contra el tabique, pero eso parecía hacer que los ruidos perdieran intensidad y se alejaran. Dio unos pasos en varias direcciones diferentes, tratando de precisar de dónde venían los ruidos, pero al igual que en todos los otros juegos de la gallinita ciega a los que había jugado desde que llegó a aquella habitación, los ruidos quedaron fuera de su alcance.

Jennifer hizo cálculos en su cabeza. *Un bebé llora. Sonidos de juegos en un patio de colegio. Una fuerte pelea.* Todo esto tenía que tener algún sentido. Cada elemento tenía que ser parte de un retrato que tal vez le dijera dónde estaba y tal vez qué le iba a pasar. Todo era parte de una respuesta. Se movió trastabillando por la habitación, justo hasta el límite de la cadena, tratando de encontrar algo en el aire delante de ella que pudiera tocar, que la llevara a algún tipo de entendimiento.

Desesperadamente quería levantarse el borde de la máscara y mirar, como si el hecho de ver pudiera permitirle entender. Pero estaba demasiado atemorizada. Cada una de las veces en que había echado una mirada a escondidas —vio la cámara que la miraba de manera implacable, documentando cada una de sus respiraciones, observando su ropa doblada sobre una mesa, viendo los parámetros de su celda— había sido una mirada rápida y subrepticia. Cada vez había tratado de ocultar lo que estaba haciendo para que el hombre y la mujer no se dieran cuenta y no la castigaran. Pero hubo algo inquietante, algo profundamente atemorizante en la pelea. Otro ruido de algo que se rompía llenó la habitación. *¿Una silla? ¿Una mesa? ¿Alguien que rompía platos?*

Se tambaleó. Todas las peleas que había tenido con su madre parecían envolverla. Trató de medir el significado que habían tenido aquellas peleas. Sólo podía pensar en una lección: *Después de una pelea, la gente se vuelve mala. Quiere hacer daño. Quiere castigar.* Se estremeció ante la idea de que quienquiera que fuera la próxima persona que atravesara la puerta de su prisión sólo iba a tener rabia contenida, y ella sería donde esa rabia iba a ser descargada. Esta idea le hizo retroceder sobre la cama, como si ése fuera el único lugar donde podía estar a salvo.

Se acurrucó. El miedo y la incertidumbre se apoderaron de ella. Podía sentir las lágrimas que se iban formando y su respiración era una serie de pequeños estallidos bruscos, como si fuera lo que fuese esa pelea, la involucrara a ella. Quería gritar: *¡No he hecho nada malo! ¡No es mi culpa! ¡He hecho todo lo que han querido!*, aun cuando estas protestas no fueran del todo verdad. Estaba envuelta por la oscuridad de su venda, pero no podía esconderse. Retrocedió, temerosa del próximo ruido, fuera éste la puerta o más insultos u otra cosa que se rompía.

Y entonces escuchó el tiro.

* * *

Dos estudiantes de los primeros años en el segundo semestre en la universidad de Georgia estaban holgazaneando en su habitación en la sede de Tau Epsilon Phi cuando el inconfundible ruido del disparo de un arma de fuego estalló en los altavoces. Un estudiante estaba acostado en una cama de metal debajo de un cartel de reclutamiento del Ejército que instaba a los lectores con esta frase: «Sé todo lo que puedas ser». Estaba hojeando un ejemplar de una revista llamada Dulce y Joven, *mientras su compañero de habitación estaba sentado frente a un portátil Apple sobre una mesa de roble desgastada por el uso y llena de marcas.*

—¡Jesús! —exclamó el primer estudiante a la vez que se sentaba en la cama—. ¿Alguien ha disparado a alguien?

—Ha sonado como un disparo.

—¿La Número 4 está bien? —preguntó de inmediato el otro.

—Estoy mirando —respondió su compañero de habitación—. Parece que está bien.

El primer estudiante era flacucho y de piernas largas. Usaba los vaqueros planchados y una camiseta que recordaba unas vacaciones de primavera en Cancún. Cruzó la habitación rápidamente.

—¿Está asustada?

—Sí. Asustada. Como siempre. Aunque tal vez un poco más.

Los dos varones jóvenes se inclinaron hacia delante, como si al acercarse a la pantalla pudieran entrar en la pequeña habitación donde la Número 4 estaba encadenada a la pared.

—¿Y el hombre y la mujer? ¿Se sabe algo de ellos?

—Todavía no. ¿Te parece que uno de ellos ha disparado al otro? Recuerda que no hace mucho tenían aquella enorme pistola que agitaban en la cara de la Número 4.

Pero sabían que debían esperar. Ellos, como muchos de sus compañeros de clase, habían crecido con los videojuegos, y estaban acostumbrados a pasar horas delante de una pantalla de ordenador siguiendo el desarrollo de algún drama interactivo como Grand Theft Auto o Doom.

—Obsérvala. Fíjate si escucha otra cosa.

Los dos compañeros de habitación no se daban cuenta de que imitaban los movimientos de ella, estirando la cabeza, inclinándose hacia los ruidos. En algún lugar de los pasillos de la casa de la fraternidad, alguien puso música rock cristiana, lo cual hizo que ambos compañeros de habitación lanzaran maldiciones al unísono. Escuchar lo que estaba ocurriendo en el pequeño mundo de la Número 4 era fundamental.

—Eso va a hacer que se mee de miedo —dijo uno de ellos—. Va a tener que usar el inodoro.

—Nooo…, usará al oso. Va a empezar a hablarle al oso otra vez.

En la pantalla, el ángulo de la cámara cambió a un primer plano de la cara de la Número 4. Se podía ver la preocupación y la tensión en la fuerza de su mandíbula, aun con los ojos ocultos. Ambos compañeros de habitación imaginaron que a la Número 4 se le había puesto la piel de gallina por el miedo. Ambos querían extender la mano y acariciarle el vello de los brazos. Era como si pudieran estar en la habitación con ella. Su habitación en la residencia de estudiantes parecía tan calurosa y sofocante como la celda de la Número 4. Uno de los estudiantes la tocó en la pantalla.

—Creo que está jodida —dijo uno.

—¿Por qué?

—Si el hombre y la mujer están peleando realmente, tal vez sea porque tienen algún desacuerdo respecto a todo el espectáculo. Tal vez se trata de la violación. Tal vez la mujer está celosa porque el hombre se lo quiere hacer con la Número 4...

Ambos miraron el reloj que corría en un rincón de la pantalla.

—¿Hiciste nuestra apuesta? —le preguntó de pronto su compañero de habitación.

—Sí. Dos veces. La primera fue demasiado rápida. Perdimos. Fue tu culpa. Sólo porque tú no hubieras perdido el tiempo si la Número 4 estuviera aquí... —Se detuvo, y ambos estudiantes se rieron—. De todos modos, ya sabes que lo van a estirar. Así es el negocio. Ahora creo que hemos apostado a una hora mañana o al día siguiente.

—Muéstramelo.

El primer estudiante hizo clic en un par de teclas y la imagen de la Número 4 en su habitación en un instante quedó comprimida en una pantalla más pequeña. Un solo mensaje apareció en el resto de la pantalla. Era un texto en letra Bodoni negrita y cursiva que decía: «Bienvenido, TEPSARETOPS. Ha apostado por la HORA 57. Quedan 25 horas antes de que su apuesta entre en juego. La hora de su apuesta es compartida con otros 1.099 abonados. El bote total es actualmente de más de 500.000 euros. Hay horas de apuesta todavía disponibles. ¿Quiere apostar otra vez?». Debajo del mensaje había dos recuadros: SÍ y NO.

El estudiante movió el cursor al recuadro del SÍ y se volvió hacia su compañero de habitación, quien negó con la cabeza.

—No... Creo que mi tarjeta está cerca del máximo. No quiero que mi familia empiece a hacer preguntas. Les dije que ésta era una web de póquer de fuera del país y me dieron un sermón realmente largo y extremadamente aburrido para decirme que dejara de apostar.

—Seguramente lo siguiente que harán será hablarte de un programa de doce pasos y te preguntarán si vas a la iglesia los domingos.

Se encogió de hombros, movió el cursor a NO e hizo clic. La Número 4 volvió de inmediato a llenar la pantalla.

—¿Sabes? Esto sería mucho mejor en una pantalla LED gigante.

—Qué bueno. Llama a tu familia.

—Es impensable que me dejen comprarla. No con las notas que he sacado el último semestre.

—¿Y? —dijo el primer estudiante, mientras se echaba hacia atrás—. ¿Qué va a pasar después? —Miró el reloj de pared—. Tengo ese maldito seminario sobre los usos y abusos de la primera enmienda en media hora. Odio perderme algo. —No se refería a perderse una clase.

—Siempre puedes ir y después ver lo que te has perdido en la ventana «Ponerse al día». —El estudiante hizo clic en otro par de teclas y relegó otra vez la imagen en tiempo real de la Número 4 a una esquina. Como antes, apareció un mensaje escrito en letra Bodoni negrita y cursiva. Decía: «Menú» y contenía varias imágenes más pequeñas. Cada una tenía un título como «Uso del inodoro» o «La Número 4 come» o «Conversación # 1».

—Sí, pero odio eso. Lo divertido es seguirlo en tiempo real. —Levantó una pila de libros de texto—. Mierda. Tengo que irme. Si pierdo otra clase, me costará medio punto en la nota.

—Entonces vete.

El estudiante metió los libros en una mochila y cogió una desgastada sudadera de un montón de ropa sucia. Pero antes de irse se agachó y besó la imagen de la Número 4 en la pantalla.

—Te veo en un par de horas, querida —saludó adoptando un falso acento sureño. En realidad él era de un pueblo pequeño cerca de Cleveland, en Ohio—. No hagas nada. Por lo menos, no hagas nada que yo no haría. Y no dejes que nadie te haga nada. No hasta dentro de veinticinco horas.

—Sí. Sigue con vida y sigue virgen mientras mi estúpido compañero de habitación va a su clase para que no lo expulsen y no termine ganándose la vida haciendo hamburguesas.

Ambos se rieron, aunque no era del todo una broma.

—Avísame si ves algo. Envíame un mensaje de texto de inmediato.

—Seguro.

Su compañero de habitación acarició la pantalla y se acomodó en el sillón delante del ordenador.

—Eh —exclamó—, tu asqueroso y húmedo beso ha dejado una marca en la pantalla. —El otro le hizo un gesto insultante con el dedo y se fue.

El estudiante que se quedó en la habitación volvió a la Número 4. Le encantaba la cantidad de recursos a los que ella podía apelar, pero al mismo tiempo no quería perderse la violación cuando ésta efectivamente ocurriera. Se preguntaba si iba a ser rápida y violenta, o una teatral y prolongada seducción. Sospechaba que sería esto último. Se preguntaba si ella se iba a entregar y dejar que las cosas ocurrieran, o si iba a pelear, a arañar y a gritar. No estaba seguro de qué reacción le iba a gustar más. Por un lado, le gustaba ver al hombre y a la mujer dominando a la Número 4. Por otro, más bien le gustaba alentar al perdedor, como era evidentemente el caso de ella. Eso era lo que él y su compañero de habitación adoraban de Serie # 4. Todo era predecible, y a la vez totalmente inesperado.

A veces se preguntaba si habría otros estudiantes en el campus que pagaran por ver a la Número 4. Tal vez todos la amamos, supuso. Le recordaba un poco a una chica que había conocido en el instituto de secundaria. O tal vez a todas las que había conocido en el instituto. De lo único que estaba seguro era de que la Número 4 estaba condenada.

El disparo podría marcar el principio del fin, especuló. Pero tal vez no lo fuera. No podía saberlo. Pero sí sabía que al final iba a morir. Esperaba con ansiedad cómo se produciría el desenlace. Era un seguidor de los vídeos de la yihad y de las imágenes de sangrientos accidentes automovilísticos en You-Tube, y lo que realmente quería en la vida era aparecer en Su-

pervivientes o en *algún* otro reality show *de la televisión en el que, estaba completamente seguro, ganaría el premio del millón de dólares.*

La Número 4 estaba temblando otra vez. Él había llegado a prever su pérdida de control corporal. Eso le decía que su miedo no era fingido. Le encantaba eso. Tanto de lo que veía era falso… Las estrellas pornográficas fingían los orgasmos. Los videojuegos simulaban las muertes. Los programas de televisión simulaban el drama.

No era así en whatcomesnext.com. No era así con la Número 4.

A veces, pensaba que ella era la cosa irreal más real que jamás había visto. Sus especulaciones se interrumpieron abruptamente. Había un movimiento en la habitación. Vio que la Número 4 se volvía ligeramente. La cámara mostró una panorámica con ella.

La puerta se estaba abriendo.

✳ ✳ ✳

Jennifer tembló al escuchar el ruido.

Pudo escuchar el crujido que le decía que la mujer con el traje de seguridad estaba entrando en la habitación. Pero en lugar de moverse lentamente, sus pasos sonaban precipitados. En un momento estaba en la puerta y un instante después estaba moviéndose alrededor de Jennifer, con el rostro apenas a unos centímetros de su cara.

—Número 4, escuche con atención. Haga exactamente lo que yo le diga.

Jennifer asintió con la cabeza. Podía sentir la ansiedad en la voz de la mujer. Los habituales tonos fríos y modulados se habían acelerado. Su voz era más aguda; aunque susurraba, se notaba. Pudo sentir que la mujer había acercado los labios a su frente, de modo que la respiración tibia resbaló sobre la cara de Jennifer.

—Usted no va a hacer ningún ruido. Ni siquiera va a respirar demasiado fuerte. Debe permanecer exactamente donde está. No se mueva. No haga el menor ruido hasta que yo regrese. ¿Comprende lo que estoy diciendo?

Jennifer asintió con la cabeza. Quería preguntar por el disparo, pero no se atrevió.

—Quiero escucharla, Número 4.

—Comprendo.

—¿Qué es lo que comprende?

—Ningún ruido. Nada. Sólo quedarme en este lugar.

—Bien. —La mujer hizo una pausa. Jennifer escuchaba su respiración. No estaba segura de si eran sus propios latidos o los de la mujer los que se escuchaban, reverberando en la pequeña habitación.

Repentinamente Jennifer sintió que le agarraban la cara. Abrió la boca en un grito contenido. Se quedó paralizada mientras las uñas de la mujer se clavaban en sus mejillas, apretándole con fuerza la piel. Jennifer tembló, luchó contra el impulso de apartar las manos que se apoderaban de ella, trató de endurecerse ante el daño producido abruptamente.

—Si usted hace el menor sonido, morirá —le advirtió la mujer.

Jennifer tembló, tratando de responder, pero no pudo. El temblor que le recorrió el cuerpo debió de ser respuesta suficiente. La mano de la mujer se aflojó, y Jennifer permaneció rígida en su posición, con miedo a moverse.

Lo siguiente que sintió era poco familiar, pero feroz. Era una punta aguda. Empezó en su garganta, y luego continuó hacia abajo por el medio, recorriéndole el cuerpo —el cuello, el pecho, el vientre, la entrepierna —deslizándose en un movimiento constante, marcado por pequeños pinchazos, como si una aguja le fuera tocando la piel. *¡Un cuchillo!*, compredió Jennifer.

—Y me encargaré de que su muerte sea terrible, Número 4. ¿Está claro?

Jennifer asintió con la cabeza otra vez, y la punta del cuchillo le tocó el vientre con un poco más de fuerza.

—Sí. Sí. Comprendo —susurró. Notó que la mujer se apartaba. El crujido de su ropa se desvanecía. Jennifer esperó escuchar que la puerta se cerraba, pero no oyó nada. Permaneció inmóvil en la cama, con el oso abrazado, tratando de entender lo que estaba ocurriendo.

Escuchó atentamente, y justo cuando formulaba el pensamiento de que algo no iba bien, sintió que una mano la agarraba por el cuello y empezó a ahogarse. Podía sentir una fuerza inmensa que le robaba cada gota de aire de su pecho. Tuvo la sensación de que estaba siendo aplastada por una inmensa placa de cemento. El miedo y la sorpresa amenazaban con hacer que se desmayara. El dolor se extendió por detrás de la venda, rojo como la sangre. Pateó, sólo al aire. Subió la mano sin pensarlo, pero sus manos se detuvieron cuando escuchó la voz del hombre:

—Puedo hacerle mucho daño, Número 4. Tal vez puedo hacer que sea peor.

Su cuerpo se estremeció. Creyó que se iba a desmayar en la oscuridad de su venda, y luego se preguntó si no se habría desmayado ya, mientras se ahogaba con hilos de aliento.

—No olvide eso —susurró el hombre.

Se estremeció tanto por el tono de la voz como por el mensaje.

—Recuerde: usted nunca está a solas.

Las manos del hombre súbitamente se aflojaron. Jennifer tosió, tratando desesperadamente de llenar sus pulmones. Su cabeza se tambaleó. No tenía ni idea de que el hombre había seguido en silencio a la mujer al entrar en la habitación. En ese momento todo estaba inconexo, sin sentido. Una pelea, un disparo, eso había creado una escena en su imaginación. Pero ellos dos en la celda juntos actuando al unísono no hicieron más que sumirla en un remolino de confusión. Sintió que giraba y luchó por agarrarse a algo que pudiera detenerla en su caída hacia el fondo del pozo de oscuridad.

—Silencio, Número 4. No importa lo que escuche. Lo que sienta. Lo que usted crea que está ocurriendo fuera. Silencio. Si hace un ruido, será lo último que haga en este mundo, aparte de experimentar un dolor inimaginable.

Jennifer cerró los ojos apretándolos con fuerza. Probablemente asintió ligeramente con la cabeza. No creyó haber hablado en voz alta. Escuchó la puerta que se cerraba. Se dio cuenta de que el hombre había atravesado la habitación sin que ella hubiera podido escuchar nada. Esto era tan terrible como cualquiera de las amenazas explícitas.

Se quedó en la oscuridad, como recubierta de hielo. Una parte de sí quería moverse. Una parte de sí quería echar una mirada. Una parte de sí quería abandonar la cama. Ésas eran las partes peligrosas, las que estaban en guerra contra las partes seguras que le decían que hiciera exactamente lo que le habían dicho. Trató de escuchar al hombre o a la mujer. Ningún sonido la respondió. Entonces escuchó algo conocido, algo que era a la vez horrible y amenazador por sí mismo.

Una sirena. Una sirena de la policía o de los bomberos. Se acercaba rápidamente.

Capítulo
34

Adrian giró bruscamente para evitar al otro vehículo y fue saludado con bocinazos y chirriar de neumáticos. El ruido resonó por todo el interior del Volvo, y no era difícil imaginar las maldiciones enfurecidas y los insultos que lo acompañaron. Miró hacia arriba y vio que obviamente se había pasado una luz roja y había evitado un accidente por un par de metros.

—Lo siento, lo siento, es mi culpa —farfulló—, no vi cuando cambiaba… —Como si el otro conductor, que se alejaba a toda velocidad, pudiera realmente escucharlo, o ver la mirada pidiendo disculpas en su cara.

—Ésa es una mala señal, Audie —dijo Brian desde el asiento del acompañante—. Las cosas están patinando. Tienes que mantenerte atento.

—Es lo que trato de hacer —respondió Adrian, con un toque de frustración mezclado en sus palabras—. Simplemente me distraigo. Le pasa a todo el mundo en algún momento u otro. No significa nada.

—Te equivocas en eso —contestó su hermano—. Tú lo sabes. Yo lo sé. Y probablemente el tipo en el otro coche ahora también lo sabe.

Adrian siguió conduciendo, desviando los temores acerca de su propia capacidad para convertirlos en enfado contra su hermano.

—No sé cómo te atreves a decirme nada —le reprochó después de un segundo o dos—. Quiero decir que eres tú quien nos ocultaba a todos nosotros lo que te estaba pasando, cuando podríamos haberte ayudado.

Brian resopló a modo de respuesta.

—¿Nunca se te ocurrió, hermano querido, que tal vez yo no quería que me siguieran dando más tratamientos? ¿Que tal vez ya había completado mi cuota de psicólogos, medicamentos y charlas, charlas y más charlas, hasta el hartazgo?

—¿Y tú qué sabías? ¿Desde cuándo tenías un título de psicólogo? No te creo.

El sarcasmo en sus palabras alivió un poco la ansiedad de Adrian. Su hermano tenía razón, por lo menos en cuanto a prestar atención y no distraerse mientras conducía. En cuanto a si tenía razón o no en eso de suicidarse, Adrian estaba menos seguro.

—Creo que lo que hiciste fue una cobardía —añadió Adrian con un desagradable tono de presunción en su voz—. Lo único que hiciste fue dejar un lío que yo tuve que tratar de ordenar. —Lo que Adrian quería decir era que Brian, al igual que Cassie y Tommy, lo habían dejado solo con nada más que preguntas. Cada pregunta era un misterio en sí misma. Pero no podía llegar a decir que por miedo iba a estar exigiendo demasiado de su hermano muerto.

Brian se mantuvo callado un momento. La brillante luz de sol del mediodía se reflejó en la ventanilla del automóvil, y luego se desvaneció. Estaban a sólo unas calles de la casa de Mark Wolfe, y Adrian consideró que ya debería estar pensando en lo que iba a decir. Se dijo que un detective de verdad ya estaría tratando de anticipar la razón por la que Wolfe le había pedido que fuera a su casa.

Su hermano se entrometió, volviendo a hablar en voz baja de su propia muerte:

—Lo que yo sabía, Audie, era que había dejado atrás una parte realmente importante de mí. La había dejado en algún lugar donde nunca podría recuperarla, por más que lo intentara. Estaba tratando de llenar un hueco que nunca iba a llenarse. Hacía que todo en mi vida pareciera un encubrimiento. A veces eso es lo que la guerra le hace a uno. No a todos, supongo. Pero para mí..., pues bien, fue así.

Pero eso no es verdad, pensó Adrian. *Ahora entendemos mucho mejor lo que es el trastorno de estrés postraumático. Podría mostrarte los estudios hechos y también podría contarte los casos con éxito. Sólo porque una vez uno pase por dificultades, eso no quiere decir que esté condenado para siempre. La gente sobrevive. La gente lo supera. La gente vuelve a florecer...*, pero no dijo nada de esto porque se daba cuenta de que el momento de haberlo dicho era cuando Brian estaba con vida. No en ese momento.

Pasó de un mundo de muertes a un mundo de leyes. Quedó atrapado entre lo racional y lo irracional, y se pasó todo el tiempo tratando de distinguir entre lo uno y lo otro. Simplemente no pudo hacerlo.

Brian suspiró antes de continuar.

—Como ves, hermano mío, allí estaba yo, que era casi un niño, y ya era experto en matar y morir, y ya sabía, maldita sea, que eso iba a estar dentro de mí para siempre; independientemente de lo que hiciera el resto de mis días, eso nunca me iba a abandonar.

La voz de Brian estaba llena de una suavidad que Adrian apenas reconoció. Su hermano siempre había sido de los que peleaban con fuerza y ferocidad en favor de clientes y de causas, de modo que escuchar su voz tan quebrada por la derrota era algo extraño, imposible. Adrian miró a un lado y ahogó un grito. La cara de Brian estaba surcada de sangre y la pechera de su camisa blanca estaba manchada con un profundo color carmesí. Su pelo estaba enredado y apelmazado. Adrian no podía ver el agujero que había hecho la bala en un lateral de su cabeza, pero sabía que estaba ahí, sólo que fuera de su vista.

—¿Sabes lo que me sorprendía, Audie? Tú siempre eras ese tipo académico e intelectual. Poesía y estudios científicos. Pero yo no tenía ni idea de lo fuerte que eras —continuó Brian, con un tono de voz neutro, periodístico—. Yo no podría haber sobrevivido al hecho de que Tommy muriera allá en Irak. No podría haber continuado después de que Cassie chocara contra aquel árbol. Yo era egoísta. Vivía solo. Lo único que tenía eran clientes y causas. No permitía que entrara gente en mi vida. Eso lo hacía todo mucho más fácil para mí porque no tenía que preocuparme por los que amaba.

Adrian volvió sus ojos otra vez al camino. Controló dos veces para asegurarse de estar dentro del límite de velocidad.

—La casa de Wolfe está allí —informó Brian. Señalaba hacia delante. Tenía el dedo ensangrentado.

—¿Te quedarás conmigo? —quiso saber Adrian. Su pregunta flotó entre los dos.

—Si me necesitas, allí estaré —respondió Brian. Algo del viejo Brian, del Brian seguro de sí mismo, directo, fuerte, reapareció. Adrian vio que su hermano empezaba a sacudirse la pechera de su camisa, como si las manchas de sangre fueran migas de pan—. Mira, Audie, tú puedes manejar a este tipo. Sólo ten en mente lo que todo detective sabe: *Siempre hay algo que relaciona todo*. Hay algo por allí que te dirá por dónde buscar a Jennifer. Tal vez ya está ahí y va a aparecer pronto. Sólo tienes que estar preparado para descubrirlo cuando pase como un rayo. Exactamente como ese automóvil en el semáforo. Tienes que estar listo para entrar en acción.

Adrian asintió con la cabeza. Detuvo el coche en un lado de la calle y miró hacia la casa de Mark Wolfe.

—Mantente cerca —dijo, esperando que su hermano muerto pensara que era una orden, cuando en realidad era un ruego.

—Siempre estaré tan cerca como tú quieras —respondió Brian.

Adrian vio que Wolfe estaba de pie en la entrada, observándolo. El delincuente sexual saludó con la mano en dirección a él, como cualquier buen vecino en una mañana de fin de semana.

* * *

Adrian se sorprendió por lo alegre que parecía el interior de la casa de Wolfe. Las cosas estaban limpias y cuidadosamente ordenadas. La luz del sol entraba por las persianas abiertas. Había olor a primavera en la casa, probablemente impuesto por una generosa ración de aromatizador enlatado. Wolfe hizo un gesto hacia la sala de estar, que ahora ya le resultaba conocida. Cuando Adrian avanzó, la madre de Wolfe salió de la cocina. Saludó a Adrian afectuosamente, con un beso en la mejilla, aunque evidentemente no tenía recuerdo alguno de sus visitas anteriores. Luego se dirigió tan apresurada hacia una habitación trasera para «ordenar un poco y doblar la ropa recién lavada» que Adrian pensó que era una especie de comportamiento arreglado de antemano. Imaginó que Wolfe había aleccionado cuidadosamente a su madre sobre qué decir y qué hacer cuando llegara Adrian.

Wolfe observó a su madre irse por un pasillo y cerró una puerta de la habitación de atrás cuando ella desapareció.

—No tengo mucho tiempo —dijo—. Se pone intranquila cuando la dejo sola durante demasiado tiempo.

—¿Y cuando usted va a trabajar?

—No me gusta pensar en eso. Una de sus amigas se pasa por aquí a menudo. Tengo una lista de mujeres que ella conocía antes de que todo esto empezara a ocurrir que están dispuestas, de modo que las llamo tantas veces como puedo. A veces la sacan a pasear. Pero debido a mis… —vaciló—, mis problemas con la ley, a la mayoría de ellas no les gusta que las vean por aquí. Así que contrato al muchacho de un vecino para que venga después del instituto y eche un vistazo un par de minutos. Los padres del chico no saben que tenemos este arreglo, porque si lo supieran, probablemente se lo prohibirían. De todos modos ella no puede recordar su nombre nueve de cada diez veces, pero le gusta cuando él pasa a verla. Me parece que cree que el niño soy yo, sólo que hace veinte años. De todos modos, eso me cuesta diez dólares por día. Le dejo un sándwich para la comida…, todavía puede comer ella sola, pero no sé cuánto tiempo más durará eso, porque si se ahoga… —Se detuvo. El dilema en que se encontraba era obvio.

Adrian no estaba muy seguro de qué tenía que ver todo eso con él, pero oyó la voz de Brian que le susurraba al oído y le decía: *Tú sabes lo que viene a continuación de esto, ¿no?*

Segundos más tarde, Wolfe se giró hacia Adrian.

—Sé que teníamos un acuerdo, pero… —Adrian pudo escuchar la risa sofocada de su hermano— necesito más. La promesa de que usted no irá a la policía no es suficiente. Necesito que me pague por lo que estoy haciendo. Se requiere mucho tiempo y energía. Yo podría estar haciendo horas extra en mi trabajo, ganando un poco más de dinero.

Wolfe se trasladó a la sala de estar. Sacó el ordenador portátil de su madre de la bolsa de costura y empezó a conectarla a la pantalla grande de televisión.

—¿Qué le hace pensar…? —empezó Adrian, pero fue interrumpido.

—Sé todo sobre usted, profesor. Sé muy bien cómo son las cosas con ustedes, los tipos académicos. Son ricos. Todos ustedes tienen dinero guardado en algún lugar. Todos esos años recibiendo subvenciones del gobierno para investigar, todos los beneficios que reciben del Estado. Sus colegas en la escuela de negocios probablemente les orientan para que realicen buenas inversiones. Ya se sabe…, ese Volvo viejo. La ropa desgastada. Usted puede dar la impresión de no tener ni un céntimo, pero sé que tal vez tiene millones escondidos en alguna cuenta.

Adrian pensó que las personas que decían «Lo sé todo» sobre algo o alguien, en general no sabían nada. Pero se guardó esta opinión.

—¿Qué es lo que está buscando?

—Mi parte. Unos honorarios adecuados por mi tiempo.

Brian estaba susurrando instrucciones en el oído de Adrian, quien podía percibir un cierto regocijo en la voz de su hermano. El placer de todo abogado: poner trampas.

—Esto me suena a extorsión.

—No. Es un pago por servicios prestados.

Adrian asintió con la cabeza. Todo lo que hizo fue seguir las claras indicaciones de su hermano, que le daba instrucciones rápidas. *¡Pídele el teléfono!* Adrian hizo lo que se le decía.

—Bien. ¿Tiene usted un teléfono móvil para que pueda hacer una llamada? Me temo que nunca llevo uno conmigo.

Wolfe sonrió. Metió la mano en el bolsillo y sacó el teléfono. Se lo dio a Adrian.

—Llame —dijo.

Empieza a mentir. Adrian se quedó momentáneamente confundido respecto a lo que su hermano quería decir, pero vio sus propios dedos que marcaban los números en el teclado. Por un segundo, pensó que la mano de Brian estaba guiando la suya. Marcó el 911.

Ya sabes por quién tienes que preguntar, dijo Brian con energía.

—La detective Collins, por favor.

Wolfe asintió con la cabeza.

—Tal vez la he encontrado —dijo rápidamente, casi nervioso—. Pero si alguien contesta a esa llamada, tal vez no la haya encontrado.

Adrian vaciló, escuchó un «Hola» distante y de inmediato colgó el teléfono.

Eso va a dificultar las cosas, dijo Brian en voz baja. *Presta atención. Ya he hecho esto antes. Primer paso: haz que sea más concreto.*

—Bien, señor Wolfe, ¿cuál de las dos es? ¿La ha encontrado o no?

Wolfe sacudió la cabeza.

—No es tan simple.

—Sí lo es.

Bien, aprobó Brian.

—¿La ha encontrado? —insistió Adrian.

—Sé dónde buscar.

—Eso no es lo mismo.

—Así es —replicó Wolfe—. Pero está cerca.

Está bien, Audie, sigue así. Estás controlando la situación.

—¿Tiene alguna propuesta? —preguntó abruptamente Adrian.

—Sólo quiero ser justo.

—Eso es una declaración. No una propuesta.

—Profesor, los dos sabemos de qué estoy hablando ahora.

—Bien, señor Wolfe, entonces ¿por qué no me explica lo que piensa usted que es *justo*?

Wolfe vaciló. Estaba sonriendo. Tenía una expresión que lo hacía parecerse a la vieja versión de Disney del Gato de Cheshire, que se desvanecía en la nada, dejando solamente su enorme e inquietante sonrisa llena de dientes en la pantalla de cine. Adrian recordó haber visto *Alicia en el país de las maravillas* con Tommy, y luego recordó haber pasado unas cuantas horas tratando de explicarle a su hijo pequeño que la probabilidad de que él cayera en el agujero de la madriguera de un conejo hacia un mundo donde una Reina Roja quisiera cortar la cabeza a la gente sin juicio era muy pequeña. Cuando su hijo era pequeño le asustaba la fantasía, no la realidad. Podía ver un programa sobre ataques de tiburones en California o sobre leones hambrientos en el Serengeti y estaba fascinado. Pero las orugas que fuman en narguile hacían que diera vueltas y vueltas gritando en la oscuridad en lugar de dormir.

Audie, ¡no dejes que tu mente se disperse! Brian era insistente. Alerta.

—¿Sabe, profesor? No estoy completamente seguro. ¿Cuánto cree usted que vale mi tiempo?

—Pues bien, usted mismo puso el precio. Lo mismo que una hora extra en su trabajo.

—Pero éste es un trabajo especializado. Muy especializado. Eso requiere… —vaciló— algo más de lo habitual.

—Señor Wolfe, si usted va a tratar de sacarme algún dinero, por favor, sea preciso.

Bien, le alentó Brian. *Eso le va a descolocar.* Adrian pensó que su hermano muerto sabía mucho más sobre psicología criminal de lo que él nunca había sospechado que podría saber.

—Bueno —continuó Wolfe—, ¿cuánto vale para usted?

—El éxito es invalorable, señor Wolfe. No tiene precio. Pero, por otro lado, no estoy dispuesto a pagar por el fracaso.

—Póngale un precio —sugirió Wolfe—. Quiero saber hasta qué punto debo esforzarme.

—Usted simplemente va a cambiar cualquier cifra que yo proponga en algún momento más adelante. Si yo digo mil, diez mil o un millón, usted simplemente va a duplicarlo o triplicarlo cuando tenga algo para mí. ¿No es así?

Wolfe se quedó desconcertado por un instante. Adrian sabía que había marcado un tanto. No podía creer que estuviera negociando fríamente acerca de la desaparición de Jennifer. Le sorprendía.

—Le diré una cosa, señor Wolfe: pondremos una recompensa. Esto es como esos viejos carteles de «Se busca vivo o muerto» de las películas de vaqueros. Digamos veinte mil dólares. Ésa es una suma importante. Si usted consigue información que conduzca a encontrarla y traerla a su casa (si eso es así), entonces yo le pagaré veinte mil dólares. Ayude a salvar a Jennifer, y conseguirá un montón de dinero. No consiga nada, y usted no recibirá nada. Ése es su incentivo financiero. Si yo fuera usted, no llevaría sus patéticos esfuerzos de extorsión a la família de ella ni a nadie más, porque la policía sería menos comprensiva que yo, y usted acabaría en prisión. Pero yo soy un poco diferente, estoy un poco loco… —Adrian sonrió como podría hacerlo el malo de la película—, así que le permitiré que me saque un poco de dinero.

—¿Cómo puedo confiar en usted? —quiso saber Wolfe.

Adrian dejó escapar una risa áspera.

—Ésa, señor Wolfe… —puso toda su fuerza estentórea y académica en sus palabras, de modo que sonó como un conferenciante pomposo en un estrado—, es, por supuesto, una pregunta que también yo me hago.

Wolfe parecía consternado.

—Usted no es muy bueno en esto, ¿verdad, señor Wolfe?

—¿Bueno en qué? Cuando se trata de ordenadores y de navegar en la web, soy un maldito experto…

—No. Me refería al oficio de delincuente.

Wolfe sacudió la cabeza. Regresó a su ordenador.

—No soy un delincuente. Nunca lo he sido.

—Podemos debatir eso en alguna otra ocasión.

—No es un delito, profesor. Lo que me gusta. Es sólo… —Se detuvo, pero si fue porque se dio cuenta de lo estúpido que parecía o no, Adrian no podía saberlo—. Muy bien, profesor. Mientras nos entendamos entre nosotros… Veinte mil dólares.

Adrian esperaba alguna amenaza adicional, algo como «si usted no me paga, yo le…» pero no estaba muy seguro de lo que cualquiera de ellos podía llegar a hacer. Wolfe quería el dinero, pero sabía que Adrian podía echarse atrás en cualquier momento. Le pareció que estaban perfectamente equilibrados. Ambos tenían necesidades. Así que jugarían a ese juego.

No tenía idea ni siquiera de si tenía veinte mil dólares depositados en alguna cuenta bancaria, ni de si le pagaría algo a Wolfe. Lo dudaba. Pudo sentir la mano de Brian sobre su hombro y escuchó la voz de su hermano: *Él lo sabe también, Audie. No es estúpido. Así que eso quiere decir que va a hacer otra jugada. Tienes que estar preparado para cuando él la haga.*

Wolfe no se dio cuenta de la lenta inclinación de cabeza de Adrian.

—No soy una mala persona —dijo Wolfe—. A pesar de lo que esos policías digan.

Adrian no respondió. Deseaba que Brian le suministrara rápidamente alguna réplica ingeniosa, pero el otro se mantuvo en silencio. Adrian se preguntó si Brian estaba tan sorprendido como él por el comportamiento del delincuente sexual.

—Yo no soy el villano aquí —continuó Wolfe, casi repitiéndose. Estaba hablando en voz baja, como si no le importara realmente lo que Adrian pensara.

—Nunca he dicho que lo fuera —replicó Adrian. Ésa era una mentira y se sintió como un tonto por decir tal cosa en voz alta.

Las teclas del ordenador sonaban como el redoble de un tambor que conducía a una sinfonía.

—¿Ésa es ella? —preguntó Wolfe repentinamente.

* * *

Era la última hora de la tarde y Terri Collins estaba sentada en su automóvil fuera de la casa de los Riggins, reuniendo fuerzas para caminar hasta la entrada y dar malas noticias. Sobre el tronco de un árbol cercano alguien —supuso que había sido Scott— había clavado, con grapas, un cartel casero con la imagen de Jennifer y la palabra «DESAPARECIDA» en letras mayúsculas. En un sitio decía «Vista por última vez» y en otra parte «Si alguien la ve, por favor llamar al», seguida por los números de teléfono. No era distinto del tipo de carteles que la gente del extrarradio hace para perros y gatos perdidos. Sólo que esos animales probablemente ya habían sido atropellados por un automóvil o incluso habían servido de alimento a los coyotes que ocupaban las áreas boscosas cercanas, a los que les gustaba hacer caer a los perros pequeños en trampas fratricidas.

Le sorprendía un poco que no hubieran llamado todavía a los canales de televisión. La inclinación natural de las personas como Scott era convertir una desaparición en un espectáculo. Mary estaría delante de las luces y las cámaras, con los ojos llenos de lágrimas, retorciéndose las manos, rogándole a «quien fuera» que «simplemente dejara libre a la pequeña Jennifer». Eso, Terri lo sabía, era tan inútil como patético.

Terri recogió algunos documentos de la policía y copias de las hojas de «Búsquedas» dedicadas a personas desaparecidas. Una colección que daría la impresión de que se había estado ocupando del caso, cuando lo que realmente representaba era frustración tras frustración. Había dejado en su oficina todo lo referido a la cinta de seguridad de la estación de autobuses, y todo lo relacionado con sus conversaciones con Adrian Thomas.

* * *

Exhaló despacio y volvió a mirar hacia la casa de los Riggins. Se preguntaba qué haría ella si uno de sus hijos llegara a desaparecer. Quedaría atrapada, se dio cuenta, entre el deseo de apartarse de cada recuerdo que hubiera quedado grabado en toda la casa y la imposibilidad de abandonar la esperanza de que tenía que permanecer allí esperando, en caso de que lo improbable ocurriera y el niño perdido apareciera de regreso en la puerta.

Imposible decidir, pensó. *Tanto dolor e incertidumbre...*
Deseó ser mejor en lo que tenía que hacer.

Cuando bajó de su automóvil y caminó por la acera hacia la casa de los Riggins, la sorprendió el aislamiento. Había gente fuera en las otras residencias aprovechando las últimas horas del día para rastrillar las hojas muertas que quedaban del invierno, o sembrando plantas perennes en los jardines, que finalmente comenzaban a revivir con la primavera. Podía escuchar los ruidos de máquinas eléctricas y cortadoras de césped, mientras la gente ponía en marcha los inevitables proyectos típicos de una casa de las afueras que habían sido pospuestos durante los oscuros y breves días que acaban de pasar.

La casa de los Riggins, en contraste, no daba ninguna señal de actividad. Ningún ruido. Ningún movimiento. Parecía una casa que había sido azotada por los vientos fuertes y dañada por las garras del invierno.

Golpeó y escuchó pasos antes de que la puerta se abriera. Allí apareció Mary Riggins. Nada de saludos. Nada de cortesías.

—Detective... —empezó—, ¿alguna noticia?

Pudo ver a la vez esperanza y horror en los ojos de Mary Riggins. Terri miró detrás de ella. Scott West estaba ante un ordenador. Dejó lo que estaba haciendo para mirar a la detective.

—No —respondió Terri—. Me temo que no. Sólo quería ponerla al día acerca de lo que hemos hecho. —Y luego preguntó—: ¿Usted no ha recibido nada? ¿Algún contacto? Algo que pudiera...

Se detuvo cuando vio el vacío en los ojos de Mary Riggins.

La hizo pasar al comedor, donde Scott West le mostró una página de Facebook y un sitio web con su nombre que había abierto para recibir información sobre Jennifer. Hasta ese momento, ninguno de esos sitios había producido demasiado, pero Terri diligentemente recogió todas las respuestas en ambos sitios. Sabía que Facebook iba a cooperar con cualquier investigación de la policía, y también sabía que podía seguir cualquiera de las conexiones del sitio web si parecía prometedora.

El problema era que la mayoría de las respuestas eran del tipo *Rezamos por su alma. Jesús sabe que no hay niños perdidos, sólo niños a los que Él ha llamado* o *Me encantaría que se hubiera perdido por toda mi cara. Mmmm.* Estas réplicas vagamente obscenas eran totalmente predecibles, tan predecibles como las respuestas religiosas. También había algunos mensajes del tipo *Sé exactamente dónde está,* pero todos éstos parecían querer dinero antes de dar más explicaciones. Terri hizo un recordatorio mental de pasar al FBI cualquier cosa que oliera remotamente a extorsión.

Observó todo el material y se dio cuenta de que podía dedicar su vida entera a rastrear cada respuesta. Ése era el problema de abrir esas puertas, desde el punto de vista de un detective. Si hubiera alguien por ahí que en realidad supiera algo, sería difícil distinguirlo de los locos y los pervertidos que eran atraídos con tanta facilidad por las desgracias ajenas. *Al mundo le gusta redoblar la tragedia,* pensó Terri. *Parecería que con el primer golpe no es suficiente. Hay que añadir punzadas e insultos a la herida.*

Se preguntaba si ésta era una característica única de Internet. Cuando uno sacaba a la luz algo personal, abría la puerta a los extraños.

—¿Cree usted que algo de esto puede ayudar? —preguntó Scott.

—No lo sé.

Él miró la pantalla del ordenador.

—Yo sí —dijo sombríamente. Scott vaciló mientras miraba al otro lado de la habitación. Mary Riggins había ido a traer café para los tres—. Hice esto para ella. Le hizo pensar que estaba ayudando a hacer algo para encontrar a Jennifer. Es un poco como recorrer en automóvil todo el vecindario, como si pudiéramos encontrarla como se encuentra un par de guantes tirados a un lado de la calle. Pero no servirá de nada, ¿verdad, detective?

—No lo sé —mintió Terri—. Podría ayudar. Hay casos en los que ha servido. Pero también...

Scott la interrumpió para terminar lo que ella estaba diciendo, como era un hábito en él:

—Lo más común es que sólo sea un ejercicio fútil, ¿no, detective?

Terri se preguntó por un instante qué clase de persona usaba expresiones como «ejercicio fútil» en una conversación. Mantuvo una mirada serena e inexpresiva mientras hacía un gesto de asentimiento con la cabeza. Scott parecía tener unos cimientos en la realidad que se manifestaban como una especie de crueldad insensible, desconectada. Imaginó que esto le venía de sus sesiones de terapia.

—Estoy tratando de ayudarla a enfrentar los hechos —explicó—. Han pasado días. Días y días y días y días. Las horas pasan, estamos sentados aquí, como si estuviéramos esperando que sonara el teléfono y fuera Jennifer diciendo: *Hola, ¿podéis pasar a recogerme por la parada del autobús?* Pero esa llamada en realidad no va a producirse. No hemos sabido nada. Es como si la tierra se hubiera tragado a Jennifer.

Scott se reclinó en su silla y agitó la mano en el aire.

—Esto es un mausoleo. Mary no puede simplemente sentarse en la oscuridad el resto de su vida, esperando.

Terri pensaba que era exactamente lo que Mary debía de estar haciendo. Todos siempre quieren que las demás personas sean objetivas hasta que se trata de su propio hijo, cuando es él quien está involucrado. Entonces no hay realidad. Sólo existe la posibilidad de hacer lo que se puede.

Y eso siempre será así, se dio cuenta.

No creía que hablar sobre enfrentar los hechos tuviera ningún sentido. Pero se daba cuenta de que se encontraba del lado equivocado de la ecuación que estaba siendo escrita en el hogar de los Riggins. Aceptó una taza de café de la mano de Mary Riggins, y la observó cuando se sentó delante de ella. *Ahora envejecerá rápido*, pensó Terri. *Cada palabra que yo pronuncie sólo añadirá más años a su corazón. Tendrá cuarenta años cuando yo empiece a hablar y cien cuando termine.*

—Ojalá tuviera buenas noticias —comenzó a decir en voz baja.

Capítulo
35

El ruido de sirena llegó a un volumen aterrador, lo cual hizo que Jennifer imaginara que estaba exactamente al lado de su celda, antes de detenerse de golpe. Pudo escuchar los ruidos sordos y graves de varias puertas de automóvil que se cerraban de golpe. Esto fue seguido de inmediato por un tableteo, como de una ametralladora sobre una puerta lejana. No escuchó efectivamente que nadie gritara: *¡Policía! ¡Abran!,* pero su imaginación llenó el hueco, especialmente cuando escuchó pasos apresurados que resonaban como una cadencia de tambor que venía de un piso superior.

Permaneció inmóvil, helada, pero no porque eso fuera lo que le habían dicho que hiciera, sino más bien porque estaba sobrecogida por pensamientos e imágenes que se formaban en algún sitio en la oscuridad, precisamente delante de ella. La palabra «rescate» se adhirió vagamente a su corazón.

Jennifer ahogó un grito, un estallido repentino desde dentro que se convirtió en un sollozo. Esperanza. Posibilidad. Alivio. Todas estas cosas, y muchas más, la atravesaron como la corriente de un río sin freno, una corriente de entusiasmo.

Sabía que la cámara la estaba observando, y si la cámara estaba captando cada movimiento que ella hacía, sabía que la imagen estaba apareciendo en alguna pantalla en algún lugar.

Pero, por primera vez, en ese momento había otra persona que podría verla. Alguien que no era ni el hombre ni la mujer. No alguien anónimo y sin cuerpo. Alguien que podría estar de su lado. *No*, pensó, *alguien que está totalmente de mi lado*.

Jennifer se volvió ligeramente en dirección a la puerta de la celda. Se inclinó hacia delante, escuchando. Trató de escuchar voces, pero sólo había silencio. Se dijo a sí misma que esto era bueno. En su mente, Jennifer imaginó lo que estaba ocurriendo.

Han tenido que abrir la puerta de entrada. No se puede no abrir la puerta cuando quien está llamando es la policía. Hablaron entre ellos: «¿Es usted...?» y «Tenemos razones para creer que ustedes están reteniendo a una joven aquí. Jennifer Riggins. ¿La conoce?». El hombre y la mujer dirán que no, pero sin conseguir que la policía se vaya, porque los policías no les creen. Los policías se muestran firmes. Nada de tonterías. No están dispuestos a aceptar mentiras. Entrarán por la fuerza y ya deberían estar en alguna habitación de arriba. La policía es precavida, están haciendo preguntas. Educados, pero enérgicos. Saben que estoy aquí, o tal vez sólo saben que estoy cerca, pero no saben aún dónde. Es sólo cuestión de tiempo, Señor Pielmarrón. Estarán aquí en cualquier momento. El hombre está tratando de dar excusas. La mujer está tratando de persuadir a la policía de que no ocurre nada malo, pero la policía no se traga eso. El hombre y la mujer..., ahora son ellos los que tienen miedo. Saben que todo ha terminado para ellos. Los policías sacan sus armas. El hombre y la mujer tratan de correr, pero son rodeados. No tienen por dónde escapar. En un momento, ya mismo, los policías sacan las esposas. Lo he visto en cien películas y en cien series de televisión. Los policías obligan al hombre y a la mujer a tumbarse en el suelo y los esposan. Tal vez la mujer empezará a llorar y el hombre dirá palabrotas: «Mierda, mierda...», pero a los policías no les importa. Para nada. Han escuchado esas cosas antes un millón de veces. Uno de ellos estará diciendo: «Tiene derecho a guardar silencio» mientras los otros empiezan a separarse para buscarnos, Señor Pielmarrón. Presta atención, los oiremos en cualquier momento. La puerta va a abrirse y alguien dirá: «¡Dios!» o algo así, y luego nos ayudarán. Cortarán la cadena de mi cuello. «¿Estás bien? ¿Estás herida?». Romperán la venda. Alguien gritará: «¡Necesitamos una ambulancia!» y otro nos estará diciendo: «Tranquila ahora... ¿Puedes moverte? Cuéntanos qué te han hecho». Y les contaré todo, Señor Pielmarrón. Les diré todo. Tú puedes ayudarme. Y luego, antes de que nos demos cuenta, me ayudarán a vestirme y este sitio estará lleno de enfermeros y más policías. Y yo estaré en medio de todo. Alguien me dará un teléfono móvil y mamá estará allí. Estará llorando porque está muy feliz y quizá esta vez la perdone un poquito, porque de verdad quiero ir a mi casa, Señor Pielmarrón. Sólo quiero ir a mi casa. Tal vez gracias a todo esto podamos empezar de nuevo. Sin Scott. Tal vez un nuevo instituto, con nuevos compañeros que no sean tan malos, y todo será diferente a partir de ahora. Será como cuando papá todavía estaba vivo, sólo que él no estará ahí, pero podré sentirlo otra vez. Sé que él es quien les ha ayudado a encontrarme, aunque esté muerto. Ha sido como si él les hubiera dicho dónde buscar, y vinieron y nos encontraron. Y entonces, Señor Pielmarrón, los policías nos sacarán. Será de noche y habrá cámaras con flashes y periodistas haciendo preguntas a gritos, pero no diré nada, porque me voy a casa. Tú y yo, juntos. Nos pondrán en la parte de atrás de un coche patrulla, y la sirena comenzará a sonar y algún agente de tráfico dirá: «Eres una chica con suerte, Jennifer. Llegamos justo a tiempo. Entonces, ¿estás lista para irte a tu casa ahora?». Y yo responderé: «Sí. Por favor». Y en una o dos semanas, tal vez, alguien de 60 Minutos o de la CNN llamará por teléfono y dirá que van a pagarme un millón de dólares sólo por escuchar la historia de Jennifer, y entonces, Señor Pielmarrón, les contaremos cómo fue todo. Seremos famosos y ricos y todo será diferente a partir de ahora. En cualquier momento van a llegar.

Escuchó atentamente, a la espera de que una parte de la fantasía hiciera algún ruido y le confirmara lo que ella sabía que estaba ocurriendo un poco más allá de su alcance.

Pero no hubo ruido alguno. Lo único que podía escuchar era su propia respiración, rápida, áspera. Le habían dicho que guardara silencio. Sabía que eran capaces de hacer casi cualquier cosa. Había reglas que ella no podía violar. La obediencia lo era todo. Pero aquélla era su oportunidad. Aunque no estaba segura de cómo manejarla.

Cada segundo de silencio era agudo, espinoso. Podía sentir que se estremecía cuando los conocidos espasmos musculares atormentaban su cuerpo. Mantenerse inmóvil era casi imposible. Era como si cada terminación nerviosa por separado, cada uno de los diferentes órganos dentro de ella, cada latido de sangre a través de sus venas tuvieran una exigencia diferente y un programa de acción distinto. Tenía la sensación de que la estaban haciendo girar, era como el primer momento en una montaña rusa, cuando los rieles caen abruptamente, y el vagón de pronto se hunde a gran velocidad en el ruido.

Jennifer esperó. Era una agonía. Se sentía como si estuviera a centímetros de ser rescatada. Estiró la cabeza, tratando de escuchar algo que le permitiera saber qué estaba ocurriendo. Pero el silencio la paralizó. Y entonces pensó: *¡Esto se está prolongando demasiado!* ¡Señor Pielmarrón, *esto se está prolongando demasiado!*

Estaba empezando a dominarla el pánico y consideró todas las cosas que podía hacer. Podía empezar a gritar: *¡Estoy aquí!* O tal vez podía empezar a hacer sonar la cadena. Podía dar la vuelta a la cama, o patear el inodoro. Algo para que quienquiera que estuviera arriba se detuviera, escuchara y supiera que ella estaba cerca.

¡Haz algo! ¡Algo! ¡Algo para que no se vayan!

Ya no podía soportar más, y sacó las piernas por el borde de la cama, pero era como si fueran de goma, estaban débiles, sin fuerza. Se obligó a levantarse. Todo estaba a punto de ocurrir. Sabía que tenía que gritar pidiendo ayuda, tenía que hacer algún ruido estruendoso, un chillido, un grito, algo que pudiera hacer que llegara ayuda.

Jennifer abrió la boca y tomó fuerzas.

Y entonces, con la misma rapidez, se detuvo. *Me van a hacer daño.*

No. La policía te va a escuchar. Ellos te salvarán.

Si la policía no viene, me matarán.

Se le ahogaba la respiración en el pecho. Tenía la sensación de que la estaban aplastando.

Me matarán de todos modos.

No.

Soy valiosa. Soy importante. Significo algo. Soy la Número 4. Ellos necesitan a la Número 4.

Estaba atrapada entre todas esas posibilidades. Todo la asustaba.

Jennifer sabía que tenía que salvarse. Pero detrás de la venda, era como si pudiera ver dos caminos, ambos peligrosamente cerca de un despeñadero, y no podía descubrir cuál de los dos era el camino seguro, el camino correcto, y sabía que cualquiera que escogiera sería un camino sin regreso, el sendero iba a desaparecer detrás de ella. Podía sentir las lágrimas calientes que bajaban por sus mejillas. Quería desesperadamente escuchar algo que le dijera qué camino tomar, pero el silencio la torturaba tanto como cualquiera de las cosas que el hombre y la mujer le habían hecho. Jennifer pensó: *Voy a morir. De una manera u otra, voy a morir.*

Nada tenía sentido. Nada estaba claro. No había ninguna manera de decir con alguna certeza qué era lo correcto o qué era lo equivocado. Apretó al *Señor Pielmarrón* con fuerza.

Y entonces, como si fuera la mano de otra persona que empujaba la suya con insistencia, levantó el borde de la venda.

* * *

—*¡No lo hagas!* —*gritó el cineasta.*

—*¡Sí! ¡Sí! ¡Hazlo!* —*grito su esposa, la bailarina.*

Ambos estaban como pegados delante de la pantalla plana de televisión instalada sobre la pared de ladrillo visto en su loft del Soho. El cineasta era un hombre delgado y enjuto pero fibroso, de casi cuarenta años, que vivía muy bien después de especializarse en hacer documentales sobre la pobreza en el Tercer Mundo, financiado por varias ONG. *Él y su esposa habían sido casados recientemente por un amigo gay que, frustrado, había colgado los hábitos sacerdotales y que probablemente no tenía ningún derecho legal para realizar la ceremonia. Ella era igualmente delgada, con una melena como de Medusa que caía en una cascada de rizos negros. Era una artista que aparecía con frecuencia en clubes nocturnos y en pequeños escenarios, no del tipo de los que aparecían en las listas de la* New Yorker Magazine, *lo cual le daba una dudosa credibilidad, aunque ella secretamente habría preferido ser parte de la corriente principal, donde había más dinero y mayor fama.*

—*¡Tiene que luchar para liberarse!* —*exclamó la esposa entusiasmada.*

Su marido negó con la cabeza.

—*Tiene que ser más lista que ellos. Es como enfrentarse a un hombre con un arma…* —*empezó a decir, pero fue rápidamente interrumpido.*

—*Es casi una niña. ¿Más lista que ellos? Ni pensarlo.*

Ésa era la segunda suscripción a whatcomesnext.com de la pareja. Consideraron que el dinero que pagaban para unirse a la red formaba parte de su trabajo y por lo tanto se lo podía deducir de los impuestos. Película de vanguardia, nuevo estilo de actuación. A menudo, después de mirar a la Número 4, mantenían se-

sudas y profundas conversaciones sobre lo que habían visto, y su relación con el arte contemporáneo. Ambos consideraban que whatcomesnext.com era como una extensión del mundo de Warhol y The Factory, de los que todos se habían burlado hacía décadas, pero que en ese momento habían crecido en la opinión de los críticos y los pensadores a los que ellos seguían.

La Número 4 les fascinaba a los dos, pero colocaban su interés en una esfera intelectual, no queriendo reconocer la naturaleza delictiva o voyeurista de su participación. Ocultaban a sus amigos aquella suscripción, aunque los dos, en algunas de las cenas en las que la conversación giraba en torno a las técnicas de cine y el crecimiento de Internet como lugar donde cine y arte se encontraban, se habían sentido tentados de manifestar el atractivo que ejercía sobre ellos la Número 4 y lo que significaba para ellos. Pero no lo hacían, aunque ambos creían que muchas de las personas que acudían a esas cenas probablemente también estaban suscritas. Había sido así, después de todo, como se enteraron de la existencia del sitio web.

Pero a medida que miraban a la Número 4 a lo largo de los días y las noches de su cautiverio, cada uno había ido estableciendo una relación diferente con ella. El cineasta había sido protector en sus respuestas, preocupado por lo que pudiera ocurrirle, cauteloso, no queriendo que ella hiciera algo que pudiera ponerla en peligro o perturbara innecesariamente el equilibrio. Su esposa, en cambio, quería que la Número 4 llevara las cosas al límite. Quería que la Número 4 corriera toda clase de riesgos. Quería que la Número 4 se plantara ante el hombre y la mujer para defenderse. Ella quería una rebelión, mientras él prefería que fuera prudente y obediente.

Ambos creían que lo que le gritaban a la pantalla día y noche era la única manera posible para que la Número 4 sobreviviera. Habían discutido frecuentemente sobre esto, lo cual les llevaba a hundirse cada vez más en la narrativa que rodeaba a la Número 4. Ambos querían que su enfoque estuviera justificado. La esposa había celebrado a gritos como un éxito cuando la Número 4 espió por primera vez por debajo de la venda. El cineasta había saltado con los puños apretados efusivamente cuando la Número 4 había permanecido inmóvil a pesar de las amenazas del hombre.

El cineasta decía:

—Ésa es realmente la única manera en que ella puede controlar algo. Tiene que ser un misterio.

La bailarina respondía:

—Tiene que crear su propia historia. Tiene que hacerse cargo de cada pequeña cosa que pueda. Ésa es la única manera que ella tiene de recordar quién es y de asegurarse que el hombre y la mujer la vean como una persona y no como una cosa.

—Eso nunca ocurrirá —replicaba el marido.

Ésta —como todas las otras conversaciones— parecía ser el principio de una discusión, pero siempre terminaba con él acariciando la pierna de su esposa y ella acurrucada junto a él. La fascinación como un juego erótico preliminar.

En ese momento, en su loft, después de una elegante cena con una costosa botella de vino blanco, miraban, medio desnudos, atrapados por el drama unos momentos antes de irse a la cama.

—¡Ésta es su oportunidad, maldita sea! —dijo la esposa casi gritando—. ¡Aprovecha el momento, Número 4! ¡Apodérate de él!

—Mira, estás equivocada, simplemente muy equivocada —replicó el cineasta, con el volumen de su propia voz que aumentaba mientras miraba la pantalla—. Si no los obedece, podría quedar expuesta a casi cualquier cosa. Les entrará pánico. Podrían...

Se detuvo. Su esposa estaba señalando una esquina de la pantalla. La Número 4 había levantado ambas manos hacia el collar, en su cuello. Este movimiento había atraído su atención. Abruptamente, el ángulo en la pantalla cambió a una vista desde arriba, ligeramente detrás de la Número 4 y se mantuvo en esa posición. El cineasta observó este cambio, supo instintiva-

mente qué significaba y se inclinó ansioso hacia delante. Pero la
bailarina estaba señalando otra cosa.

* * *

Jennifer metió al *Señor Pielmarrón* bajo su brazo y se llevó las manos al cuello y a la cadena. Comprendió que tenía tres opciones: hacer algún ruido; tratar de correr; no hacer nada y rogar que llegara la policía.

Lo primero era precisamente lo que le habían dicho que no hiciera. No tenía ni idea de si los policías arriba podrían escucharla. Hasta donde ella sabía, su celda era a prueba de ruidos, para el caso de que ocurriera lo que estaba pasando. Pensó que el hombre y la mujer habían planeado tantas cosas que ella tendría que hacer algo inesperado. Esta idea la aterrorizaba.

Comprendió que estaba en un precipicio. Evaluó todo, pero una energía desesperada la sobrecogió.

Jennifer empezó a tirar del collar de perro. Sus uñas rasgaban y se clavaban. Apretó los dientes. Paradójicamente, no se quitó la venda. Era como si hacer dos cosas prohibidas fuera demasiado como para que ella las hiciera a la vez.

Sintió que las uñas se le rompían; sintió que la piel del cuello se le irritaba. Respiraba como un buceador atrapado debajo de las olas, buscando una bocanada de aire. Hasta el último gramo de fuerza que le quedaba fue concentrado en el ataque al collar. El *Señor Pielmarrón* se le escapó de las manos y cayó al suelo, a sus pies. Debajo de la venda sollozaba de dolor. Quería gritar, y en el instante en que abrió ampliamente la boca, sintió que la tela comenzaba a romperse. Ahogó un grito y se arrancó salvajemente el collar.

Y de pronto, se soltó.

Jennifer sollozaba, casi cayéndose de espaldas sobre la cama. Sintió el tintineo de la cadena al caer al suelo. El silencio la rodeaba, pero interiormente a Jennifer le parecía que sonaba una gran sinfonía de ruidos discordantes, como cuando se pasa la uña por una pizarra o como si el motor de un reactor estuviera pasando a pocos centímetros de su cabeza. Apretó las manos contra las orejas, tratando de alejar esos ruidos.

Intentó calmarse; la libertad repentina hizo que se mareara. Era como si la cadena la hubiera estado sosteniendo, como los hilos de una marioneta, y entonces, abruptamente, sus piernas se volvieron de goma y sus músculos ondearon como una bandera rota movida por una ráfaga de viento. Cientos de ideas le pasaron por la cabeza, pero el miedo rechinante las oscurecía todas. Temblorosa, alzó una mano y se quitó la venda.

Quitarse el trozo de tela negra fue como mirar directamente al sol. Levantó la mano y parpadeó. Le lagrimeaban los ojos y creyó que estaba ciega, pero con la misma rapidez comenzó a recuperar la vista, luchando por enfocar como una cámara de cine.

Lo primero que hizo fue quedarse congelada en esa posición. Miró directamente a la cámara principal, a poca distancia de ella. Quería hacerla añicos, pero no lo hizo. En cambio, bajó la mano en silencio y recogió su oso de peluche. Luego lentamente se volvió hacia la mesa donde había visto su ropa cuando había espiado por debajo de la venda antes.

La ropa había desaparecido.

Se tambaleó un poco, como si la hubieran abofeteado. Una ola de terror y náusea amenazaba con dominarla y tragó con fuerza. Había contado con que tendría su ropa, como si ponerse los vaqueros y una sudadera desgastada fuera como dar un paso de regreso a su vida anterior, mientras que estar allí de pie en la celda, casi desnuda, simplemente fuera una continuación de la vida a la que había sido arrojada. Trató de darle sentido a esta división, pero no pudo. En cambio, giró la cabeza a izquierda y derecha, buscando, esperando que simplemente la hubieran cambiado de lugar. Pero la habitación estaba vacía, salvo por la cama, la cámara, la cadena abandonada y el inodoro portátil.

Había una parte de ella que quería tranquilizarse —*Está bien, está bien... Puedes correr tal como estás*—, pero si esta idea entró en su imaginación, fue a escondidas. Dio un paso adelante. Jennifer se repetía a sí misma: *Sal de aquí, sal de aquí*, sin pensar qué haría después. Lo único que tenía era la vaga idea de liberarse de algún modo, y llamar a gritos a los policías de arriba. Interiormente, su fantasía cambiaba con cada pequeña cosa que ocurría. En ese momento ella tenía que encontrarlos a ellos, no al revés.

Respiró hondo y caminó por el suelo de la celda, con los pies descalzos golpeando contra el cemento. Pasó junto a la cámara y estiró la mano hacia la puerta. *Que no esté cerrada con llave, que no esté cerrada con llave.*

Su mano apretó el pomo. Giró. Pensó: *Oh, Dios mío.* Señor Pielmarrón, *somos libres.*

Delicadamente, tratando de ser tan silenciosa como le era posible, abrió la puerta. Se puso tensa a la vez que se decía a sí misma: *Prepárate. Vamos a correr. A correr con fuerza. Rápido. A correr cada vez con más fuerza y más rápido de lo que jamás lo hayas hecho.*

Tuvo tiempo para respirar una sola vez, un solo vistazo al lugar donde estaba. Vio un viejo sótano oscuro y sombrío, lleno de olor a humedad, una ventana con marco de madera llena de cielo nocturno, cubierta de telarañas y escombros cubiertos de polvo.

Una luz, más brillante que cualquier luz que hubiera visto nunca, estalló en sus ojos, cegándola en un instante. Ahogó un grito, abrazada a su oso, tratando de bloquear la explosión. Era como un fuego que avanzaba hacia ella. De pronto todo se volvió completamente negro como una capucha, exactamente como la capucha que la cubrió desde el momento de su cautiverio, la que le ponían en la cabeza, eliminando toda luz. Escuchó la voz severa de la mujer:

—Malas decisiones, Número 4.

Por un segundo luchó desenfrenadamente, pero luego fue arrojada al suelo y sujetada con algo metálico que le infligía mucho dolor. Cualquier terror que hubiera conocido los días anteriores se unió en un horrible y único segundo que pareció dispararse como un gran agujero oscuro.

Después, cayó pesadamente, dominada por la impotencia.

* * *

La bailarina sacudió la cabeza.

—Maldición —exclamó, instantáneamente triste, pero todavía fascinada.

—Maldición —suspiró el marido cineasta—. Te lo dije —susurró en voz muy baja mientras observaban que la Número 4 luchaba impotente.

—Esto está muy mal —dijo su esposa. Pero no apagó la transmisión de la web. En cambio, cogió la mano del marido y se estremeció mientras se acomodaban otra vez en el sillón, totalmente incapaces de apartarse de la pantalla. Siguieron mirando.

* * *

Al mismo tiempo, en la Universidad de Georgia, en la residencia Tau Epsilon Phi, el muchacho de la fraternidad envió un mensaje de texto a su compañero de habitación atrapado todavía en su clase nocturna. Decía: «¡Mierda! ¡Ganamos! Lo están pasando ahora. Te lo estás perdiendo».

Tiró su teléfono a un lado y se concentró en la pantalla. Sus labios estaban secos, su garganta reseca, y le pareció que la habitación de la residencia de estudiantes se había vuelto sumamente calurosa. Estiró la mano y agarró el borde de su mesa, como si necesitara sostenerse para no balancearse de un lado a otro. Sabía que lo que estaba mirando era real —los gri-

tos de la Número 4 de ninguna manera podrían ser falsos—
y se movió en su asiento, a la vez excitado y avergonzado.

En la esquina de la pantalla, frente a él, el reloj de la violación se detuvo por un momento en un número, que destelló
en rojo antes de regresar a cero.

Capítulo
36

No —dijo Adrian—. No. No. No. No —fue repitiendo.

Imagen tras imagen de mujeres jóvenes pasaban en la pantalla. Todas estaban participando de varios actos sexuales, o si no, adoptaban diversas poses para una webcam que las firmaba cubiertas de burbujas de jabón mientras se daban una ducha, desnudas mientras se maquillaban exageradamente o atendían eróticamente a un hombre o a otra mujer. Generalmente un hombre con tatuajes o una mujer de pelo rubio ondulado. Algunas eran nacientes estrellas pornográficas. Otras eran simplemente aficionadas. Había estudiantes de la universidad y prostitutas. Todas parecían jugar para la cámara. Adrian consideró que todas parecían aniñadas y hermosas, y al mismo tiempo misteriosas. Se reprendió interiormente: *Años de estudiar psicología, y no puedes decir por qué alguien se iba a exponer de manera tan íntima para que cualquier desconocido mirara.*

Por supuesto que conocía una respuesta. Dinero.

Adrian giró hacia el delincuente sexual, que estaba ordenando cada anotación. Esperaba que Mark Wolfe se mostrara exasperado y alzara sus manos en gesto de frustración, porque así era como se sentía él, pero Wolfe no hizo nada de eso.

Simplemente continuó apretando teclas en el ordenador y haciendo aparecer imágenes, entrando en un sitio web tras otro, haciendo aparecer una cascada de pornografía en el ordenador. Wolfe tenía el estilo de un maestro, sin dejar de hacer clic, rara vez deteniéndose para echar una mirada prolongada a las fotografías o los vídeos que inundaban la pantalla, haciendo caso omiso del constante gemir y gruñir que salía de los altavoces. Adrian también estaba prestando poca atención a los detalles concretos de cada imagen, como si la repetición entumecedora le hubiera de alguna manera inmunizado contra cualquier cosa que se presentara ante sus ojos, atento en cambio a alguna señal que revelara que habían tropezado con Jennifer.

La voz de Brian le susurró al oído: *Audie, lo que él te está mostrando es el mundo común de la pornografía. Pero el mundo que tú quieres está en algún otro lugar.*

Se movió en su asiento.

—Señor Wolfe —comenzó lentamente—, no estamos yendo por el camino adecuado en este asunto.

Wolfe se detuvo. Apretó la tecla que interrumpía el sonido que salía del ordenador, dejando muda a una chica que apenas parecía tener dieciocho años y se retorcía en lo que Adrian supuso que era la más falsa de las pasiones. Le mostró una lista que había hecho en una hoja de papel. Estaba lleno de direcciones *puntocom* y nombres de sitios web como *Screwingteenagers.com* o *watchme24.com*. Adrian tuvo la impresión de que prácticamente cualquier combinación de palabras sexualmente provocativas se había convertido en un sitio en el mapa de Internet.

—Hay muchos lugares todavía para visitar... —empezó, antes de sacudir la cabeza.

Adrian probó otra vez.

—Éste no es el camino correcto, señor Wolfe, ¿verdad?

—No, profesor —respondió. Wolfe señaló a la mujer delante de ellos—. Y... —dijo lentamente—, como usted probablemente ya se habrá dado cuenta, no muchas de estas personas están siendo obligadas a hacer algo que no quieran hacer.

Adrian miró la pantalla. Sintió que había estado en una pelea visual.

—No, no es eso lo que digo —continuó Wolfe—. Tal vez han sido obligadas porque no tienen dinero, o porque no tienen trabajo, o porque es lo único que saben hacer. O tal vez algo dentro de ellas las obliga porque las excita. Es posible. Pero ése seguramente no es el caso de Jennifer, ¿verdad?

Adrian asintió con la cabeza.

—Sí —continuó Wolfe—. E incluso los aficionados, o los muchachos de instituto que ponen cosas en Facebook, son demasiado mayores para la chica que usted está buscando. Y todos estos sitios…, bueno, para evitar que los arresten, se cuidan mucho de tomar las precauciones para que incluso los adolescentes que toman fotografías con cámaras de teléfono móvil y las esconden de sus padres tengan al menos dieciocho años. Nadie quiere el calor que… —Se detuvo.

Wolfe pareció estar pensando, antes de estirar la mano hacia el suelo, donde tenía una botella de agua. Tomó un trago largo. Luego arrugó las hojas de papel llenas de direcciones en la web que había estado usando como guía.

—Tengo una idea. —Se balanceó hacia atrás en su asiento, pensando, antes de continuar—. Bien, usted conoce la fecha en que la pequeña Jennifer desapareció…, de modo que si está en algún lugar por aquí tiene que ser un mensaje relativamente nuevo. La mayoría de estos otros sitios han estado por aquí mucho tiempo y cambian constantemente lo que ofrecen. Las caras pueden ser diferentes. Pero la acción no lo es. Pero es lo que usted está buscando…

Adrian lo interrumpió.

—Coerción, señor Wolfe. Una muchacha obligada a…

Wolfe cogió la octavilla y observó la fotografía de Jennifer.

—Una chica, ¿eh? Parece guapa…

Adrian debió de mostrar un aspecto particularmente feroz, porque Wolfe levantó la mano, como si quisiera desviar un golpe.

—Muy bien, profesor. Ahora estamos entrando en la parte peligrosa. ¿Está usted seguro de que quiere acompañarme?

—Sí.

—Lugares de verdad oscuros. Observe la mayoría de estas cosas, profesor. Podrían ser explícitas. Hasta podrían resultar repugnantes para algunas personas. O chocantes, diablos, no lo sé. Pero no estarían ahí si no hubiera alguien en algún lugar dispuesto a pagar por la oportunidad de mirar. Y debe de haber muchos «alguien» porque todos los lugares en los que hemos estado están ganando dinero. Encaje a la pequeña Jennifer en ese esquema, y sabremos adónde ir.

—Deje de llamarla «pequeña Jennifer», señor Wolfe. Hace que suene…

Wolfe se echó a reír y completó la expresión:

—¿Trivial?

—Eso es.

—Bien, lo intentaré. Pero usted tiene que comprender algo: la web hace que todo sea trivial. —Wolfe miró los cuerpos entrelazados en la pantalla. Vaciló—. ¿Qué ve usted, profesor?

—Veo una pareja haciendo el amor.

Wolfe sacudió la cabeza.

—Sí, eso es lo que pensaba que iba a decir usted. Eso es lo que prácticamente todo el mundo dice. Mire con más atención, profesor.

Adrian se detuvo. Pensó que era Wolfe quien hablaba, pero luego reconoció la voz de Brian. Pero no estaba sola. Era como si detrás de una alucinación hubiera una segunda…, y se inclinó hacia delante tratando de separar los tonos hasta que se dio cuenta de que Tommy le estaba haciendo eco a Brian.

—Muéstrate más profundo —escuchó. Por un momento, se sintió confundido. No estaba seguro de dónde había venido la insistencia. Entonces se dio cuenta de que tenía que ser Tommy. Quiso lanzar una carcajada de alegría. Casi había abandonado toda esperanza de volver a escuchar a su hijo otra vez.

Muéstrate más profundo, escuchó por segunda vez. *Piensa como un delincuente. Ponte en los zapatos de la rata. ¿Por qué corren por un pasillo del laberinto y no por el otro? ¿Por qué? ¿Qué obtienen y cómo lo ganan? Vamos, papá, tú puedes hacerlo.*

Adrian susurró el nombre de su hijo. Sólo el hecho de decir la palabra «Tommy» le llenaba con una mezcla de emociones, amor y pérdida, ambas girando en su interior. Quería preguntarle a su hijo: *¿Qué estás diciendo?* Pero las palabras se perdieron en su lengua cuando la insistencia de Tommy lo interrumpió:

Los asesinatos de Moors, papá. ¿Qué fue lo que hizo tropezar a los asesinos?

—Se expusieron.

Adrian fue de un lado a otro dentro de su cabeza.

¿Qué significa eso, papá?

—Eso quiere decir que se habían confiado demasiado y no estaban pensando en las consecuencias cuando dejaron su anonimato.

¿No es eso lo que deberías estar buscando?

La voz de su hijo parecía confiada, decidida. Tommy siempre había tenido el don de expresar un control total, incluso cuando las cosas se estaban desintegrando. Ésa era la razón por la que era tan buen fotógrafo de guerra. Adrian volvió a mirar la pantalla.

—Eh, profesor… —Wolfe parecía alterado.

Adrian empezó a hablar como un estudiante interrogado por un maestro.

—Lo que veo es a alguien que, por cualquiera que sea la razón, quiere estar en esa pantalla —dijo—. Veo a alguien que está jugando según ciertas reglas, con deseo de actuar. Veo a alguien que no ha sido obligado a dañarse.

Wolfe sonrió.

—Eso ha sido poético, profesor. Lo mismo creo yo.

—Veo explotación. Veo comercio.

—¿Ve usted el mal, profesor? Muchas personas dirían que ven depravación y algo espantoso y horrible casi al mismo tiempo. Y entonces dejarían de buscar.

Adrian sacudió la cabeza.

—En mi campo no hacemos juicios morales. Sólo evaluamos los comportamientos.

—Seguro. Como si yo me creyera eso… —Wolfe se mostró divertido, pero en realidad no era irritante. A Adrian le pareció que había pasado algún tiempo considerando quién era y qué le atraía. Cuando Wolfe regresó al teclado del ordenador, Adrian escuchó a Brian que le susurraba en la oreja: *Bueno, así que es un pervertido y un degenerado, pero, ¡quién lo hubiera imaginado!, no es un psicópata. ¿No es eso de lo más sorprendente?*

La risa de Brian se desvaneció mientras Wolfe apretaba algunas teclas y la pantalla se llenaba de rojo y negro. Era un primer plano de un calabozo repleto de látigos, cadenas y una cama de madera negra, donde un hombre que llevaba una máscara de cuero ajustada a la piel estaba siendo golpeado sistemáticamente por una corpulenta mujer, también vestida con cuero negro. El hombre estaba desnudo y su cuerpo se estremecía con cada golpe. Si se trataba de placer o de dolor, era algo que Adrian no podía distinguir. *Tal vez ambas cosas*, pensó.

—Este tipo de lugar oscuro —precisó Wolfe.

Adrian observó por un instante. Vio que el hombre se estremecía.

—Sí. Ya veo. Pero éste…

—Es sólo un ejemplo, profesor.

Adrian permaneció en silencio un momento.

—Tenemos que ajustar los criterios de búsqueda.

Otra vez, Wolfe asintió con la cabeza.

—Exactamente. Así es.

Quería preguntar: *¿Dónde busco?*, esperando que Tommy o Brian lo supieran, pero lo frustraron con su silencio.

—Tenemos que buscar cautivos —sugirió. Wolfe parecía estar pensando mientras Adrian continuaba—. Tres personas. Los dos secuestradores y Jennifer. ¿Cómo *enrolan* gente para lo que han hecho? Tienen que hacer dinero. De otra manera, ésta sería una búsqueda inútil. Así que consígame el dinero, señor Wolfe. Encuéntreme la manera en que alguien usaría a una chica que ha secuestrado en la calle.

Adrian era insistente. Su voz tenía una autoridad que desafiaba su enfermedad. Podía escuchar a su hermano y a su hijo en algún recoveco de su cabeza, con ecos de un aplauso.

Wolfe regresó al ordenador.

—Póngase cómodo —ofreció en voz baja—. Esto va a ser difícil, especialmente para un tipo viejo como usted.

—¿Y para usted no es difícil, señor Wolfe?

El delincuente sexual sacudió la cabeza.

—Territorio conocido, profesor. Ya he visto todo esto antes. —Continuó moviendo los dedos sobre el teclado—. ¿Sabe? Cuando se es como yo, no es que uno se dé cuenta de inmediato qué es precisamente... —vaciló— lo que a uno le atrae. Se necesita una cierta exploración. A medida que la mente se te va llenando de imágenes y pasiones, pues bien, uno las va buscando. Uno viaja mucho con la cabeza, y luego con los pies. —Se encogió de hombros—. Así es como generalmente lo atrapan a uno. Cuando uno no está seguro de lo que está buscando. Una vez que uno lo sabe, y quiero decir que uno realmente lo sabe, pues bien, profesor, entonces uno es libre, porque puede planear las cosas con un propósito concreto.

Adrian dudaba de que alguno de los profesores en su antiguo departamento pudiera haber ofrecido un análisis tan sucinto de los enredados temas emocionales que rodean a una gran cantidad y variedad de delitos sexuales y comportamientos desviados.

Wolfe se detuvo repentinamente, con un dedo listo encima de una última tecla.

—Tengo que saber que usted va a apoyarme —dijo bruscamente—. Tengo que saber que puedo contar con usted, profesor. Tengo que estar seguro de que todo esto queda entre nosotros.

Adrian oyó de pronto que Tommy y Brian lo alentaban: *Sigue adelante y miente*.

—Sí. En eso usted tiene mi palabra.

—¿Podrá soportar una violación? ¿Podrá ver que matan a alguien?

—Pensaba que usted había dicho que las películas *snuff* no existían.

Wolfe negó con la cabeza.

—Yo le dije que en el mundo de lo razonable no existían. Son una leyenda urbana. En el mundo de lo *no razonable*, bien, tal vez existan. —Wolfe respiró hondo y continuó—: Como sabe, si alguna vez yo fuera atrapado con estas cosas en el ordenador, o si algún policía que monitoree estas cosas pudiera rastrearme, pues bien, yo estaría…

Se interrumpió. Adrian no tuvo que llenar el hueco con la palabra obvia.

—No. Soy yo quien le pide que haga esto. Si surge algo…, como por ejemplo la policía…, yo asumiré toda la culpa.

—Toda la culpa.

—Sí. Y usted puede decir la verdad, señor Wolfe. Que yo estaba dispuesto a pagarle para que me guiara.

—Sí, sólo falta que ellos me crean. —Wolfe farfulló estas palabras y Adrian se dio cuenta de que el delincuente sexual estaba balanceándose al borde del precipicio. Por una parte, conocía los problemas en los que podría estar metiéndose, incluso con la protección de Adrian. Por la otra, Wolfe quería seguir adelante. Los lugares a los que se estaban dirigiendo eran destinos que Wolfe deseaba alcanzar y la búsqueda de la «pequeña Jennifer» emprendida por Adrian le estaba dando una especie de retorcido *permiso*. Adrian podía darse cuenta de esto viendo la manera encorvada en que el delincuente sexual se inclinaba sobre el teclado.

—Muy bien, profesor, ahora estamos entrando en las sombras. —Su voz parecía un poco aguda, cargada de energía. Apretó la última tecla y en la pantalla aparecieron niños pequeños. Estaban jugando en un parque en un día soleado. Al fondo, Adrian pudo ver edificios antiguos y calles adoquinadas. Ámsterdam, supuso. Mark Wolfe pareció temblar en ese momento, un movimiento involuntario que Adrian sólo captó por el rabillo del ojo. Luego ambos hombres tragaron con fuerza, como si sus gargantas se hubieran secado de pronto, aunque por razones diametralmente opuestas—. Parece todo muy inocente, ¿no, profesor?

Adrian asintió con la cabeza.

—No lo será en un minuto.

El día soleado y el parque se disolvieron en una habitación de muros blancos con una cama.

—Pues bien, mirar esto o ser dueño de esto, incluso pensar en esto —informó Wolfe, inclinándose ansiosamente hacia delante—, es algo completa y asquerosamente contrario a la ley.

—Siga adelante —ordenó Adrian, que esperaba que fuera Brian quien lo obligaba a continuar, aunque no había escuchado ni una palabra insistente pronunciada por la alucinación en varios minutos. Era como si hasta el brusco abogado muerto también hubiera sido intimidado por lo que aparecía en la pantalla.

* * *

Durante horas, los dos hombres pasearon por un mundo informático que tenía reglas diferentes, moral diferente y que apuntaba a aspectos de la naturaleza humana que estaban fríamente descritos en los libros de texto. Era poco lo que no había existido durante siglos, salvo el sistema de entrega y las personas que lo hacían. Adrian podría haberse sentido perturbado por lo que veía, pero había en él un cierto distanciamiento clínico. Era un explorador con un único propósito, y todo lo que pasaba frente a él que no se ajustara a su teoría de dónde estaba Jennifer era descartado de inmediato. Más de una vez, al moverse incómodo con la aparición de algún horrible abuso, se consideró afortunado por ser un psicólogo, afortunado por estar perdiendo la razón y la memoria simultáneamente. Era como si estuviera doblemente protegido, capaz de mirar cosas que daban nuevo sentido a la palabra «terrible» porque esas cosas iban a desaparecer de su interior en lugar de convertirse en pesadillas.

A través del largo día y entrada la noche, la madre de Wolfe aparecía de vez en cuando en la puerta de la sala de estar, pidiendo de manera vacilante que se le permitiera ver «sus programas», pero era de inmediato apartada del medio por su diligente hijo. Al final, él le preparó un poco de comida y la metió en la cama, siguiendo el ritual nocturno acostumbrado, disculpándose por haberse apoderado de la televisión y prometiéndole una muy larga sesión adicional de comedias para el día siguiente. Wolfe se había mostrado reticente a robarle esos momentos a su madre.

Adrian advirtió su cariño, pero también notó que Wolfe parecía lanzarse con placer sobre las imágenes que iba encontrando. A veces Adrian decía:

—Pasemos a otra cosa… —pero Wolfe era lento para responder, sin deseos de apartarse de aquello. Wolfe parecía tan estimulado como cauteloso. Adrian suponía que el delincuente sexual nunca había estado sentado junto a otra persona cuando recorría los mundos de la web.

Era, pensaba Adrian, agotador de una manera que entumecía. Vieron a niños. Vieron perversiones. Vieron muerte. Todo parecía real, aun cuando estuviera falsificado. Todo parecía falso, aun cuando fuera real. Adrian comprendía que la línea que separa la fantasía de la realidad era más que difusa. No había ya ninguna manera en que él pudiera saber si lo que estaba viendo había ocurrido en realidad o si había sido elaborado con la destreza de un maestro en efectos especiales de Hollywood. Un terrorista que ejecuta a un rehén..., eso tenía que ser real, pensó, pero eso ocurría en un mundo de tinieblas.

Wolfe continuó apretando teclas, pero estaba aflojando el ritmo. Adrian imaginó que estaba cansado por el solo hecho de estar al borde del precipicio de tantos de sus propios deseos. Era tarde.

—Mire —dijo Wolfe—, tenemos que hacer una pausa. Comer algo tal vez. Tomar un café. Vamos, profesor, descansemos un poco. Vuelva mañana y seguiremos buscando.

—Unos cuantos más.

—¿Tiene usted idea de cuánto dinero se ha gastado ya? —le preguntó Wolfe—. Sólo por entrar a estos sitios web. Uno tras otro. Quiero decir que llevamos miles...

—Siga —insistió Adrian. Señaló con el dedo una lista que había aparecido en la pantalla: hagodetodo.com seguido de tusjovenesamigos.com y whatcomesnext.com.

Wolfe hizo clic en el último y se incorporó bruscamente.

—Mire eso. Piden muchos dólares por ingresar. Éste es un sitio caro —explicó—. Deben de estar ofreciendo algo *especial*. —Esta última palabra fue pronunciada con una suerte de energía llena de entusiasmo.

Sólo había una inscripción en rojo sobre fondo negro y una lista de precios, aparte del reloj de duración y el título: *Serie # 4*. Ninguna señal acerca de qué era lo que el sitio estaba vendiendo, lo cual le indicó a Adrian que los visitantes ya sabían de qué se trataba. Esto le intrigó. En ese mismo momento, Wolfe señaló el reloj de duración.

—¿Eso no concuerda más o menos con la desaparición de su chica? —preguntó.

Adrian hizo unos rápidos cálculos. Coincidía. Se sintió repentinamente lleno de un diferente tipo de entusiasmo del que percibía que se había apoderado del delincuente sexual.

—Entregue el dinero —ordenó.

Wolfe escribió el número de la tarjeta de crédito de Adrian. Los dos hombres esperaron a que llegara la autorización. La habitación de pronto se llenó con la *Oda a la alegría* de Beethoven mientras el pago era aprobado.

—Eso está bien —dijo Wolfe mientras escribía «Psicoprof» como nombre de usuario y cuando un indicador de comandos pidió una contraseña, escribió «Jennifer»—. Bien, profesor, veamos lo que tenemos aquí.

Otro clic y una imagen de webcam dominó la pantalla. Una mujer joven, con la cara escondida por una capucha, estaba sentada en una cama. Estaba sola en una sencilla habitación de sótano y estaba temblando de miedo. Estaba desnuda. Tenía las manos esposadas a una cadena larga, fijada a una pared.

—Guau —exclamó Wolfe—. Eso sí que es algo. —Debajo de la imagen aparecieron estas palabras: «Saluda a la Número 4, Psicoprof».

Adrian miró fijamente la imagen. Sus ojos recorrieron la piel de la muchacha buscando alguna señal delatora que pudiera ayudarlo. No vio nada.

—No puedo precisar —dijo, como si respondiera a una pregunta que no necesitaba ser dicha en voz alta. Se puso de pie y se acercó al televisor, como si al hacerlo pudiera ver algo más claro. La habitación en la pantalla del televisor estaba llena de los ruidos de la respiración pesada y difícil, y de los sollozos amortiguados.

—Mire allí, profesor. En el brazo…

Adrian vio el tatuaje de una flor negra en el brazo de la joven. Mientras él miraba, Wolfe se acercó. Señaló la pantalla, tocándola con su mano como si pudiera acariciar a la persona que mostraba. Adrian vio lo que el otro estaba señalando.

Una delgada cicatriz de una operación de apéndice en el lado derecho de la niña.

—Pero parece tener la edad correcta, ¿no, profesor?

Adrian cogió la octavilla de personas desaparecidas. No había mención alguna de un tatuaje o de una cicatriz quirúrgica. Vaciló. Vio el teléfono móvil de Wolfe sobre la mesa y lo cogió.

—¿A quién está llamando? —quiso saber Wolfe.

—¿A quién cree? —respondió Adrian. Marcó un número pero sus ojos estaban fijos en la muchacha temblorosa y desnuda que tenía delante de sí.

* * *

Terri Collins atendió al tercer timbrazo. Todavía estaba sentada delante de Mary Riggins y de Scott West, tratando de elaborar la misma explicación por centésima vez. Mary Riggins parecía tener una provisión inagotable de lágrimas que habían sido derramadas generosamente durante las horas que Terri había estado sentada junto a ella. Esto no sorprendió a la detective. Sabía que ella habría hecho lo mismo.

El identificador de llamadas en su teléfono móvil mostró el nombre de Mark Wolfe. Esto la sorprendió. Era muy tarde y no tenía demasiado sentido. Los delincuentes sexuales nunca llamaban a la policía. Era al revés.

Le sorprendió cuando escuchó la voz de Adrian.

—Detective, disculpe que la moleste tan tarde… —empezó. Su voz sonaba curiosamente precipitada. Terri Collins recordó que Adrian le había parecido en general inestable y vacilante en las ocasiones en que habían estado juntos. «Apresurado» no era la palabra que ella habría usado para describirlo en ninguno de sus encuentros.

—¿De qué se trata, profesor? —Su tono era brusco. Las lágrimas de Mary Riggins parecían ser la prioridad en ese momento.

—¿Jennifer tenía una cicatriz de una operación de apéndice? ¿Tenía tatuada una flor negra en el brazo?

Terri empezó a responder, pero se detuvo.

—¿Por qué lo pregunta, profesor?

—Sólo quiero estar seguro de algo —contestó.

¿Seguro de qué?, pensó ella. Esto le hizo sospechar, pero no profundizó. No quería ser cruel con el anciano trastornado, pero no quería distraer a la madre y al padrastro con algo que pudiera ser malinterpretado como una esperanza. Se volvió hacia Scott y Mary:

—¿Jennifer tenía alguna cicatriz o tatuaje que podría no haber mencionado? —Hizo la pregunta tapando con su mano el micrófono del teléfono.

Scott respondió rápidamente:

—Absolutamente no, detective. ¡No era más que una niña! ¿Un tatuaje? De ninguna manera. Jamás se lo habríamos permitido, por mucho que ella hubiera insistido. Además, era menor de edad, así que no podían hacerle uno sin nuestro permiso. Y jamás tuvo una operación, ¿no es cierto, Mary?

Mary Riggins asintió con la cabeza.

Terri Collins habló en el teléfono.

—No a ambas preguntas. Buenas noches, profesor. —Desconectó la línea, tenía varias preguntas resonando dentro de ella, pero las respuestas iban a tener que esperar. Debía liberarse del pesar de aquella habitación, y no estaba segura aún de cómo hacerlo con elegancia. La mayoría de los policías eran realmente hábiles para retirarse apenas dado el golpe, pensó. No era su caso.

* * *

Adrian colgó el teléfono con un clic. Siguió mirando la pantalla.

—No he podido averiguar demasiado… —dijo.

Wolfe se estaba dirigiendo al teclado.

—Mire —señaló—, tienen un menú. Verifiquemos por lo menos eso. —Hizo clic primero en un título de sección que decía: «La Número 4 come», lo que les ofreció una nueva pantalla. En ella, la joven estaba lamiendo un tazón de avena. Ambos hombres se inclinaron hacia delante, porque en estas imágenes la capucha había sido reemplazada por una venda. Les ofrecía otras facciones para examinar. Wolfe levantó la octavilla de personas desaparecidas y la colocó al lado del televisor—. No sé, profesor. Bueno, ningún tatuaje, pero, por Dios, el pelo parece casi el mismo...

Adrian miró atentamente. Línea del pelo. Línea de la mandíbula. Forma de la nariz. La curva de los labios. La longitud del cuello. Sentía que sus ojos ardían con imágenes. Se puso tenso cuando vio que la bandeja de comida era retirada por una persona enmascarada y vestida con un traje de seguridad. *Una mujer*, pensó, mientras calculaba su altura y sus formas, aunque estaban escondidas por los pliegues de la ropa.

Cuando Tommy le habló, la voz pareció venir desde su interior: *Papá...*, *si quisieras ocultar quién es quién cuando eso se viera en el mundo, ¿no tomarías algunas precauciones?*

Por supuesto, pensó Adrian.

—Señor Wolfe, ¿usted sabe algo sobre tatuajes falsos? ¿O de maquillaje como el que se usa en Hollywood?

Wolfe miró de cerca el televisor. Tocó la cicatriz de la operación de apéndice.

—Tengo una de ésas. Parece igual. De modo que ésta no me parece falsa. Pero ése no es el asunto, ¿verdad? —Hizo clic en el título de sección que decía: «Entrevista con la Número 4». Vieron a la joven acercándose a la cámara. La persona con el traje de seguridad la estaba interrogando. Ambos escucharon que le decía a la lente: «Tengo dieciocho años».

Wolfe resopló.

—Ni pensarlo. La están obligando a decir esas tonterías. Tiene fácilmente dos años menos.

Adrian pensó que en toda su vida había conocido muy pocas personas tan hábiles como Mark Wolfe para reconocer la edad precisa de una adolescente.

Wolfe hizo clic en una sección titulada: «La Número 4 trata de escapar». Vieron cuando la joven se arrancaba el collar y la cadena que la sujetaban por el cuello. Justo en el momento que se quitaba la venda, el ángulo de la cámara cambiaba, de modo que quedó detrás de ella, oscureciendo las facciones de su rostro.

—Sí, escapar, seguro —comentó Wolfe con cinismo—. ¿Ve cómo la cámara de delante se apaga y ahora sólo podemos verla desde atrás? No se le puede ver la cara, ¿verdad? Alguien sabe lo que está haciendo.

Adrian no respondió. Estaba tratando de concentrarse en otra cosa. Era como si hubiera un trozo de memoria flotando en su imaginación y no pudiera alcanzarlo para poder examinarlo.

Wolfe miraba mientras la joven se dirigía a una puerta. Desde atrás, la cámara la seguía. Hubo un destello de luz y un hombre enmascarado se metió en la imagen. Allí terminaba la sección.

—La siguiente es «La Número 4 pierde su virginidad», profesor. Mi conjetura es que se trata de sexo explícito. Tal vez se trate de una violación. ¿Usted quiere ver eso?

Adrian negó con la cabeza.

—Vuelva a la pantalla principal. —Wolfe lo hizo. La joven encapuchada permanecía inmóvil en una posición. Adrian tenía mil preguntas para hacer, todas acerca de quién, de por qué y de cuál era el atractivo de todo ello, pero no las hizo. En cambio, simplemente giró y examinó la cara de Wolfe. El delincuente sexual se estaba inclinando hacia delante. Fascinado. La luz en los ojos del hombre le decía prácticamente todo lo que tenía que saber. Podía darse cuenta de la compulsión cuando ésta aparecía ante sus ojos.

Adrian quería la darse vuelta y mirar hacia otro lado, pero no podía. De pronto, escuchó un coro de voces —hijo, hermano, esposa—, todas gritando cosas opuestas entre sí, pero todas diciéndole *mira y observa*. El ruido en su cabeza estaba aumentando el volumen, subiendo lentamente, algo sinfónico, envolvente. Era un poco como si muchas personas estuvieran presenciando la misma cosa peligrosa en el mismo aterrador momento —como el accidente de un automóvil fuera de control deslizándose en una calle angosta— y gritando la misma advertencia, pero usando palabras diferentes y lenguajes diferentes, de modo que sólo podía percibirse la sensación de alarma. Había gritos dentro de su cabeza y se tapó las orejas con las manos, pero no sirvió de nada. Sus gritos se multiplicaron de manera dolorosa. Lo único que podía hacer era mirar la pantalla y a la joven aparentemente atrapada allí.

Y mientras Adrian miraba, vio que ella extendía la mano a ciegas, buscando a su alrededor, hasta que su brazo flaco se envolvió alrededor de una forma familiar, que ella abrazó sobre su pecho que subía y bajaba.

Una vez había visto un osito de peluche viejo, gastado y hecho jirones, un juguete de niño atado de manera incongruente a una mochila. Pero ahora estaba envuelto por unos brazos vacilantes e impotentes.

Capítulo
37

En zapatillas y ropa interior, Linda estaba instalada delante de la mesa de los ordenadores, ocupándose con diligencia de los asuntos urgentes de *Serie # 4*. Su traje blanco de seguridad había sido arrojado descuidadamente al suelo cerca de la cama. Se había recogido el pelo oscuro con horquillas, de modo que parecía un poco una secretaria de oficina desnuda a la espera de que el jefe regresara de una reunión para darle una sorpresa. Sus dedos se movían veloces sobre el teclado de una calculadora. Se ocupaba de ingresar lo correspondiente del bote en las cuentas de quienes habían acertado la hora exacta de la violación. Su clientela esperaba el pago rápido de sus apuestas, pero además ella sentía que tenía una obligación. Había muchas maneras en que Michael y ella podrían haberse quedado con el dinero de los abonados ganadores, pero eso le resultaba desagradable e injusto. La honestidad, estaba segura, era una parte esencial de su éxito. Era importante que los clientes repitieran, como lo era la publicidad boca a boca. Cualquier mujer de negocios buena lo sabía.

Michael estaba en la ducha, y podía oírle cantar fragmentos al azar de diferentes melodías. Nunca parecía tener rima o razón alguna para las canciones que escogía; un fragmento de música country se mezclaba con un aria de ópera, seguido por algo de Dead o de Airplane: «¿No quieres alguien para amar…? ¿No necesitas a alguien para amar…?». Parecía enamorado del *rock and roll* de los años sesenta.

Ella lo acompañó tarareando, mientras miraba uno de los monitores. Dado que la venda había sido descartada y la Número 4 estaba otra vez debajo de la capucha, era más difícil para Linda evaluar su estado de ánimo. La Número 4 permanecía acurrucada en posición fetal, y podría muy bien haberse quedado finalmente dormida. Hasta donde Linda podía darse cuenta, la Número 4 ya no sangraba más. Necesitaba un baño, pero, lo que era más importante, la chica necesitaba un descanso.

Todos lo necesitaban. Se preguntaba si alguno de los abonados a *Serie # 4* se daba realmente cuenta del esfuerzo continuo y el trabajo agotador que Michael y ella dedicaban a todo eso para hacer que aquella función de teatro en la web llegara al último acto. Tenían que luchar contra su propia fatiga mientras prestaban constantemente atención a cada detalle imaginable. Y la creatividad. *Serie # 4* requería todo eso y más todavía. Era un trabajo duro. Que fuera asombrosamente rentable, pensó Linda, era algo totalmente aparte. En última instancia, whatcomesnext.com tenía que ver con la dedicación que ambos ponían.

Los diseñadores de videojuegos, el mantenimiento de sitios de pornografía… estaban a cargo de grandes empresas convencionales que daban trabajo a docenas de personas, o más. Ninguna de ellas se acercaba siquiera al grado de provocación que ella y Michael habían inventado por su cuenta. Esto hacía que se sintiera orgullosa.

Escuchó a Michael sonriendo mientras él asesinaba una melodía tras otra. Pensó que si no estuvieran realmente enamorados, no podrían hacer esto. Linda sacudió la cabeza. No pudo evitarlo. Se rió a carcajadas, justo cuando él salía de la ducha.

A lo largo de los años que habían estado juntos, había memorizado cada paso rutinario que Michael daba en el baño.

Sacaba una toalla gastada y se secaba, quitándose por frotación los residuos de su tarea con la Número 4. Reaparecía con la piel brillante, renovado, un poco enrojecido por el vapor caliente, y desnudo. Podía imaginar su cuerpo flaco y alargado mientras se secaba el pelo. Luego se quedaba frente al espejo y arrastraba dolorosamente un peine por entre sus rizos enredados. A veces, después se afeitaba. Con el pelo desenredado y el cutis fresco salía del baño y la miraba con su atractiva sonrisa torcida.

Será siempre hermoso, pensó Linda. *Y yo estaré siempre hermosa para él.*

Linda revisó los monitores otra vez. Nada de la Número 4, salvo el ocasional tic como de conejo. Quería hablarle a la imagen en la pantalla, tanto como ella sospechaba que querían hacerlo los abonados: *Pasaste la peor parte, Número 4. Bien hecho. Sobreviviste. Y no habrá sido todo tan malo. No dolió tanto. Yo pasé por lo mismo una vez. Todas las mujeres lo pasan. Y de todos modos, habría sido mucho peor en el asiento trasero de un coche, o en un sórdido hotel barato o en el sofá del comedor una tarde antes de que tus padres regresaran a casa del trabajo. Pero no es el mayor desafío con el que habrás de enfrentarte. Ni remotamente.*

Mientras escuchaba el ruido sordo de los pies de Michael sobre el suelo de madera al caminar, Linda echó una rápida mirada a las listas del chat. Había cientos de respuestas esperando. Lanzó un suspiro, sabiendo que ambos iban a tener que ocuparse de todos ellos en algún momento, porque esas respuestas iban a servir de guía para sus próximas jugadas. *¿Querían ver más? ¿Querían que todo terminara? ¿Estaban cansados de la Número 4? ¿O todavía seguían fascinados?*

Calculó que el final se estaba acercando para la Número 4, pero no estaba del todo segura. La Número 4 había sido, de lejos, el sujeto más intrigante que habían tenido, si la cuenta bancaria de ambos y la cantidad de personas atraídas por este espectáculo eran los métodos adecuados para este tipo de mediciones. Linda sintió una punzada de tristeza.

Odiaba ver que las cosas llegaban a su fin. Desde que era una niña había odiado los cumpleaños, la Navidad, las vacaciones de verano, no por lo que había hecho o recibido en esas ocasiones, sino porque sabía que fuera cual fuese la diversión y la emoción que los acompañaba, tenían que terminar. En más de una ocasión se había sentado cuando era niña en los duros bancos de la iglesia a escuchar a algún sacerdote, de pie junto a un féretro, recitar un palabrerío falso acerca de la vida eterna. Su madre. Sus abuelos. Finalmente su padre, que la dejó helada y sola en el mundo hasta que llegó Michael. Eso era lo que detestaba, los finales.

Volver a la normalidad la decepcionaba. Incluso si la normalidad iba a ser una sofisticada playa de veraneo con una bebida helada en la mano y dinero en el banco, siempre era algo a lo que no le agradaba demasiado regresar. En cierto modo, ya estaba poniéndose impaciente y quería empezar a planear *Serie # 5*.

Se reclinó en su escritorio, con los ojos todavía recorriendo los monitores, pero en realidad pensando acerca de quién podría ser su próximo sujeto. La Número 5 tenía que ser diferente. La Número 4 había puesto el estándar demasiado alto, pensó, y su próximo espectáculo iba a tener que superar lo que habían hecho en las últimas semanas. Estaba extraordinariamente orgullosa de ello. Había sido gracias a su insistencia que se habían apartado de las prostitutas que habían recogido para las primeras tres series para apuntar a alguien totalmente inocente y significativamente más joven. Alguien *sin experiencia,* había insistido ella. Alguien *nuevo*.

Y al azar, recordó haber exigido. Completamente aleatorio. Habían pasado horas recorriendo tranquilas áreas del extrarradio en varios vehículos robados, pasando por colegios, institutos y centros comerciales, acechando en las cercanías de las pizzerías, tratando de descubrir a la persona adecuada para apoderarse de ella en el momento justo. Había sido peligroso, pero ella siempre supo que iba a ser gratificante.

Michael, en realidad, fue quien dijo que *Serie # 4* debía ser la peor de las pesadillas de la clase media. Él había dicho que con el impacto de la sorpresa se alimentaría todo el drama. Y había tenido razón. Sus ideas. Los cambios introducidos por él. Eran la mejor de las parejas. Sintió que el deseo se hinchaba dentro de ella y levantó una mano para acariciarse lentamente el pecho.

Detrás de ella, escuchó los conocidos ruidos de pasos que salían del baño. Se alejó rápidamente de los ordenadores y se soltó el pelo, agitando la cabeza de manera seductora. Se quitó veloz su poca ropa y cuando Michael entró en la habitación, se arrojó, riéndose tontamente, sobre la cama. Giró hacia él y dobló el dedo, haciéndole señas para que se acercara. Él sonrió y de buena gana caminó hacia ella.

Linda sabía que lo que Michael había hecho con la Número 4 era una parte esencial del trabajo. Era fundamental que ella se asegurara de que él nunca pensara en eso como en otra cosa que no fuera una obligación que cumplía por ella. Nada de placer. Nada de emoción. Nada de pasión. Todo eso le pertenecía a ella.

Esto era lo importante, pensó cuando extendió la mano para abrazarlo. Quería envolverlo con sus brazos y sus piernas, envolverlo con cada uno de sus músculos, poseyéndolo de la manera más profunda que pudiera, cubriéndolo ella misma como si fuera una ola inmensa y poderosa en la playa. Tenía que asegurarse de que lo único que él pudiera sentir, lo único que él pudiera oler, lo único que él pudiera escuchar fuera a ella, a sus caricias y a sus latidos.

—Bien —dijo Michael mientras era arrastrado hacia ella. No pudo evitar una gran sonrisa—. Bien, bien, bien…

Ella se detuvo para acariciarle la mejilla con la mano. Ella no tenía que pedir amor. Ella lo veía. Lo que él había hecho antes era sólo un buen negocio.

Linda levantó sus labios hacia los de Michael. Solamente por un segundo el siguiente *trabajo* difícil se le cruzó por la mente. Pero sabía que Michael también se ocuparía de ello. Sabía que ella iba a tener que ayudar. Siempre lo hacía. Pero ella confiaba en que él hiciera la parte más difícil. *El amor y la muerte*, pensó, *son un poco la misma cosa.*

Luego se entregó a todas las emociones explosivas que reverberaban dentro de ella, cerrando fuerte los ojos, con deleite juvenil.

* * *

—Eh, Lin... —señaló Michael, mientras apretaba algunas teclas en el ordenador—, ¿qué te parece si hacemos sonar esto realmente fuerte? —Él se había levantado de la cama después de haber hecho el amor, y fue atraído magnéticamente hacia los ordenadores y los monitores de las cámaras.

El sistema de altavoces llenó la habitación con el sonido de alguien que cantaba. Era muy country, Loretta Lynn envolviéndolo todo con *En lo alto de una montaña,* que tenía un ritmo y una actitud sencillos, embriagadores y amigables, que arrastraba al oyente con cada nota más al interior de la meseta de Ozark o las montañas Blue Ridge.

Linda se encogió de hombros.

—¿No quieres usar el llanto de bebé o el colegio otra vez?

—No —aseguró Michael—. Pensaba en algo diferente. En algo muy imprevisto y un poco loco. Dudo que la Número 4 alguna vez haya escuchado música country anticuada. —Hizo una pausa y pulsó algunas otras teclas. De pronto los gemidos de Chris Isaak cantando «Hicieron algo malo, muy malo...» llenaron la habitación.

—Nuestro hombre Kubrick —señaló Linda—. Eso es parte de la banda sonora de su última película.

—¿Crees que servirá?

Linda hizo un pequeño gesto con la cara.

—Creo que ya está totalmente desorientada, totalmente perdida. No creo que tenga la menor idea de dónde está, y ya ni siquiera de quién es. La música…, aunque eso la machaque…, no sé…

—No tenemos muchas opciones de audio disponibles —explicó Michael—. Tengo algunos que no hemos usado, pero…

Linda se levantó desnuda de la cama y fue a su lado. Le masajeó los hombros.

—Creo… —empezó.

Él la miró.

—He estado mirando los chats —dijo Michael.

—Yo también.

—Tal vez estamos cerca del final —sugirió. Destacó algunos de los comentarios en el monitor delante de ellos: *No se detengan. ¡Hagan que vuelva a pagar! ¡Háganlo otra vez! Y otra vez. Y otra vez.*— Hay muchos como éstos —continuó Michael—. Pero estos otros…

Se detuvo y los dos se inclinaron hacia delante para leer las palabras en la pantalla. *Creí que iba a luchar más… La Número 4 ya está rota. La Número 4 está terminada. Kaput. Finito. Frita. La Número 4 está acabada. No puede volver. No puede avanzar. Sólo hay una salida para ella ahora. Eso es lo que quiero ver…*

Las idas y venidas entre los clientes parecían reflejar una sensación de pérdida, como si por primera vez vieran imperfecciones en la figura ideal de la Número 4. Al principio, había sido exquisita porcelana fina; ahora estaba rajada y rota. El hecho de estar encadenada en la habitación, sabiendo lo que podría ocurrir, previéndolo, había alimentado las fantasías de los espectadores. Una vez que lo inevitable había ocurrido, era como si ella hubiera quedado sucia y estaban listos para pasar a lo que siempre habían sabido que iba a venir después.

Linda dejó de masajear el hombro de Michael y lo apretó con toda su fuerza. Él estaba asintiendo con la cabeza. Amaba muchas cosas en Linda, pero la principal de ellas era su habilidad para decir tanto sin palabras. En un escenario, pensó él, habría sido algo especial.

—Empezaré a hacer el guión del final —dijo—. Tenemos que tener cuidado.

Ambos sabían que incluso con toda la planificación que habían puesto en ello, la popularidad de la Número 4 había creado una situación en la que el último acto tenía que ser especial.

—Tenemos que ser inolvidables —sugirió Linda lentamente—. Quiero decir que no podemos terminar de golpe, así como así. Tenemos que hacer algo que la gente jamás olvide. De esa manera, cuando pongamos en marcha *Serie # 5*…

Michael se echó a reír. Linda los conducía a ambos de manera creativa, lo cual, pensó, es una manera especial de hacer el amor. Una vez había leído un artículo largo y profundo sobre el artista Christo y su esposa, Jeanne-Claude, que lo acompañaba cuando inventaba muchos de sus inmensos proyectos, como cubrir grandes cañones con telas color naranja o envolver islas con anillos rosados de plástico, para luego, algunas semanas después, retirar todo para que aquello que una vez fue arte, volviera a ser lo que había sido antes. Michael pensaba que aquellos dos podrían comprender lo que él y Linda habían logrado.

Cortó la música que salía por los altavoces.

—Muy bien —concluyó burlonamente, como si estuviera haciendo una broma que sólo ellos dos pudieran apreciar—. Nada de Loretta Lynn para la Número 4.

* * *

Jennifer ya no podía decir si estaba consciente o no. Los ojos abiertos eran una pesadilla. Los ojos cerrados eran una pesadilla. Se sentía deteriorada, como si una sanguijuela estuviera lentamente chupando toda la vida de la sangre de sus venas. Nunca había pensado demasiado en lo que se podría sentir al morir, pero estaba segura de que eso era lo que le estaba pasando. Si comiera, eso no haría nada para impedirle morir de hambre. Si bebiera, no iba a impedirle morir de sed. Estaba abrazada al *Señor Pielmarrón*, pero en ese momento le susurraba a su padre:

—Ahí voy, papá. Espérame. Llegaré pronto.

Sólo la habían dejado entrar una vez en su habitación en el hospital. Ella era pequeña y estaba asustada. Él estaba atrapado en su cama, envuelto en las sombras del final de la tarde, rodeado de máquinas que hacían ruidos extraños, tubos que salían de sus brazos delgados, esqueléticos. Él había sido capaz de levantarla y de hacerla volar por el aire, pero los brazos que en ese momento veía no podrían haber tenido ni siquiera fuerza para acariciarle el pelo. Era su padre, pero no lo era, y ella se había sentido atemorizada y confusa. Había querido tocarlo, pero tuvo miedo de que se rompiera en pedazos ante la menor caricia. Había querido que él sonriera, que le dijera que todo iba a ir bien. Pero él ni siquiera podía hacer eso. Sus ojos se entrecerraban y parecía entrar y salir de un estado de somnolencia. Su madre le había dicho que eso era por las drogas que le estaban dando para el dolor, pero ella pensó que era la muerte que simplemente estaba probándolo, como si fuera un traje. La habían sacado rápidamente de la habitación, antes de que las máquinas anunciaran lo inevitable. Recordó haber pensado que ese hombre en la cama no era el hombre que ella conocía como su padre. Tenía que tratarse de un impostor.

Pero en ese momento, pensó, lo mismo le había pasado a ella. Todas las partes que daban forma a Jennifer habían sido borradas.

No había escapatoria. No había ningún mundo fuera de la celda, ni nada más allá de la capucha en su cabeza. No había ninguna madre, ningún Scott, ningún instituto, ninguna calle en su barrio, ninguna casa, ninguna habitación con sus cosas. Nada de lo que una vez había existido. Sólo existían el hombre y la mujer, las cámaras. Siempre había sido así. Había nacido en la celda e iba a morir allí.

Imaginó que se estaba volviendo como su padre en el hospital. Se iba consumiendo lenta, inexorablemente. Jennifer recordó un momento anterior, cuando su padre se había acercado ella para decirle que estaba muy enfermo.

—Pero no te preocupes, hermosa. Soy un luchador. Voy a pelear como un demonio. Y tú puedes ayudarme. Voy a derrotar esto con tu ayuda. Juntos.

Pero no fue así.

Y ella no había podido ayudarle. Ni un poco. Lo lamentaba. Le había dicho que lo sentía centenares, miles de veces en su cabeza, donde guardaba todos sus recuerdos.

Por primera vez durante todo su confinamiento, de pronto ya no sintió necesidad de llorar. No había lágrimas en sus mejillas. Ningún sollozo esforzándose por salir a través de su garganta. Los músculos en sus brazos y piernas, en la espalda rígida, todos se habían relajado. Por mucho que su padre hubiera luchado, no había nada que pudiera hacer. La enfermedad era sencillamente demasiado poderosa. Era lo mismo para ella. No había nada que pudiera hacer.

Sólo tenía una idea más. Si tuviera la posibilidad de pelear y morir, eso sería mejor que simplemente dejar que la mataran. De esa manera, cuando viera a su padre otra vez, podría mirarlo a los ojos y decirle: *Lo intenté con la misma fuerza que tú, papá. Pero eran demasiado fuertes para mí.* Y luego él podría decirle a ella: *Pude verlo. Pude verlo todo. Sé que lo hiciste, hermosa. Estoy orgulloso de ti.*

Eso sería suficiente para ella, le dijo en silencio a su oso.

Capítulo
38

Adrian sintió como si una corriente eléctrica hubiera reemplazado la sangre en sus venas. Miró la pantalla del televisor y sintió que se le iban muchos años, y supo que ya no podía tolerar más seguir siendo viejo, seguir estando enfermo y confundido. Tenía que encontrar la parte que había quedado perdida bajo capas y capas de años de edad y de enfermedad.

—¿Quiere que pruebe otra página web? —preguntó Wolfe.

Le resultó difícil a Adrian precisar si su voz reflejaba el agotamiento de esa hora de la noche o un deseo genuino de pasar a otra cosa. Wolfe todavía seguía inclinado hacia la imagen de la muchacha encapuchada en la pantalla. Adrian comprendió que Wolfe, aun cuando ése no era su terreno, decididamente iba a regresar a whatcomesnext.com tan pronto como Adrian lo dejara solo. La voz de Wolfe revelaba un sonido seco y ansioso, como la de un hombre sediento que ve entusiasmado un oasis cercano. Era como si la fascinación, como un olor fuerte, hubiera sido liberada en la habitación.

Adrian vaciló. Podía escuchar a Brian que casi le gritaba al oído que tuviera cuidado, palabras que lo obligaban a ser muy cauto. El abogado y hermano muerto estaba casi desesperadamente exigiendo algo contradictorio: *¡Muévete rápido, pero con mucho cuidado!*

—Mire —dijo Adrian lentamente, como si eso añadiera sustancia a su mentira—, no creo que éste sea el lugar que buscamos…

—Bien —respondió Wolfe estirando la mano hacia el teclado.

—Pero está cerca. Quiero decir que esto es lo que tenemos que estar buscando.

Wolfe se detuvo. Siguió dejando que sus ojos absorbieran la imagen en la pantalla. No importaba lo cansado que estuviera, ni si estaba agotado, o hambriento, o sediento, o distraído por alguna otra cosa de la vida…, a él lo impulsaban los recursos infinitos de la compulsión. A Adrian le intrigaba ver cosas que había estudiado y reproducido en pruebas clínicas ante sus ojos. Casi se deja arrastrar por una curiosidad académica, pero de inmediato los chillidos de su hermano volvieron a reorientar su atención.

—No puede estar cerca, profesor. Es la pequeña Jennifer o no.

—Lo entiendo, señor Wolfe —dijo Adrian haciendo caso omiso de las palabras «pequeña Jennifer»—. Es que sólo la vi un momento y no estoy del todo seguro. —Estaba seguro, sólo que no quería decirlo en voz alta.

—Bien, ese tatuaje… o es de verdad o es falso. Lo mismo se puede decir de la cicatriz. Cuando ella le dice a la cámara que tiene dieciocho años, bien, es verdad o es una mentira, y para mí es una gran mentira. Pero dígame usted, profesor, cuál es. Usted es el experto en esas cosas. De todos modos, es tarde y creo que tendríamos que terminar por hoy.

Verdad o mentira. Adrian todavía necesitaba la ayuda del delincuente sexual. Echó un vistazo a la figura con capucha en la pantalla. Quienquiera que fuese, vivía atrapada en una distante orilla del río. Dependía de él encontrar un puente.

—Sólo una cosa para comprender a lo que nos estamos enfrentando: si yo quisiera saber dónde está ubicado este sitio web, ¿cómo...?

Trató de hacer que su pregunta sonara inocente y no mostrara un interés especial, pero se dio cuenta de que era totalmente transparente. Insistió de todos modos, contando con que la fatiga de Wolfe lo ayudara a ocultar su interés.

—Quiero decir, hemos estado navegando de un lado a otro, pero ¿cómo sabremos adónde ir físicamente para encontrar a Jennifer una vez que la descubramos en la web?

Wolfe dejó escapar una leve sonrisa desdeñosa de incredulidad, sin que sus ojos en ningún momento se apartaran de la pantalla.

—No es tan difícil —respondió—. Sólo que depende de alguna manera de las personas que han montado el el sitio.

—No entiendo —dijo Adrian.

Wolfe habló como un maestro de instituto realmente cansado a un estudiante más interesado en aprobar la materia que en las matemáticas.

—¿De lo delincuentes que sean?

Adrian se meció de un lado a otro.

—¿Eso no es como preguntar si una mujer está un poco embarazada, señor Wolfe? Una o bien...

Wolfe giró en su asiento, y miró a Adrian con una expresión resueltamente fría.

—¿Usted no ha estado prestando atención, profesor?

Adrian permaneció en su asiento, totalmente desconcertado. Su silencio se convirtió en una pregunta a la que Wolfe parecía ansioso por responder.

—¿Hasta qué punto quieren que el mundo sepa que están haciendo algo ilegal?

—No demasiado —contestó Adrian.

—Error, profesor, error, error, error. El mundo de las sombras. Ahí, uno necesita credibilidad. Si la gente piensa que usted respeta totalmente la legalidad, bien, ¿dónde está la gracia de eso? ¿Dónde está la emoción? ¿Dónde está el límite?

Adrian se quedó sorprendido por la notable exactitud del delincuente sexual acerca de la naturaleza humana.

—Señor Wolfe —observó cautelosamente—, usted me impresiona.

—Debí haber sido profesor, igual que usted —replicó. La cara de Wolfe se frunció en una sonrisa que Adrian realmente esperó que fuera diferente de la sonrisa perversa que usaba cuando estaba dedicado a satisfacer sus deseos—. Está bien, profesor, usted comprende que cada sitio tiene una dirección IP, un nombre único para el servidor que lo pone en ese lugar, ¿no? Hay un programa muy simple que da las coordenadas de GPS para cada servidor. Podemos buscar éste muy rápidamente, pero…

—¿Pero qué? —quiso saber Adrian.

—Estos tipos…, los delincuentes, los terroristas, los banqueros…, como usted quiera llamarlos, también lo saben. Hay programas que uno puede comprar para mantener el anonimato mientras mira o transmite…, sólo que…

—¿Sólo qué?

—Bien, sólo que no es del todo así. Todo puede ser descifrado al final. Depende realmente de la perseverancia de quienquiera que esté buscándolo a uno. Usted puede encriptar las cosas; si uno es una sociedad anónima, o el Ejército, o la CIA, se vuelve muy sofisticado en cuanto a esconder cosas. Pero si uno es un sitio como éste —señaló a la niña encapuchada—, bien, no quiere esconderse. Uno quiere que las personas lo encuentren. Pero no las personas incorrectas. Como la policía.

—¿Cómo se evita eso? —preguntó Adrian.

Wolfe se pasó lentamente las manos por la cara, antes de volver a ponerlas encima del teclado.

—Piense como un delincuente, profesor. Ya han conseguido que usted pague la cuota de suscripción. Así que se quedan por aquí sólo el tiempo necesario para llenar la vieja cuenta bancaria. Y luego..., ¡puf!..., se retiran, escenario vacío, huida veloz, antes de haber atraído el tipo de atención que menos les conviene.

Adrian miró la pantalla, vio el reloj de duración de *Serie # 4*. Respiró hondo. Recordó —o podría haber sido Tommy que susurraba los detalles en su mente— los asesinatos de Moors y pensó: *Riesgo*. La mitad —tal vez más— de la emoción de las parejas de asesinos proviene del riesgo. Era lo que alimentaba la relación y la llevaba más profundamente hacia la perversión. Miró el televisor. La inmensa pantalla estaba ocupada por la muchacha encapuchada. Todo peligro acentúa la pasión. Su cabeza se tambaleó. Adrian se sentía golpeado y retorcido por lo que sabía y por lo que veía. Trató de fortalecerse interiormente, de mantener el control.

Wolfe empezó a apretar teclas. La niña encapuchada desapareció, fue reemplazada por un sitio web de búsqueda. Siguió apretando teclas, entonces se detuvo, mientras miraba la información que salía ante ellos. Wolfe escribió una secuencia de números en un cuaderno. Entonces fue a un segundo buscador y tecleó los números en espacios convenientemente dispuestos. Apareció una tercera pantalla, en la que se pedía una importante cantidad de dinero para la investigación.

—¿Quiere que lo ponga en marcha? —preguntó Wolfe.

Adrian levantó la vista, de manera no muy diferente del turista que observa la Piedra Rosetta, sabiendo que era la clave de varios idiomas, pero sin poder comprender cómo.

—Supongo que sí.

Esperaron que llegara la autorización para su tarjeta de crédito, como habían hecho antes. Al cabo de unos segundos estaban accediendo a un sitio que también requería nombre de usuario y contraseña. Wolfe escribió el ya conocido «Psicoprof» seguido por «Jennifer».

—Vaya, esto sí que es interesante... —exclamó Wolfe.

—¿El qué?

—Alguien sabe manejarse muy bien con los ordenadores. No me sorprendería si hubiera un pirata informático de primera fila conectado con este sitio.

—Señor Wolfe, por favor, explíqueme…

Wolfe suspiró.

—Mire esto —señaló—. La dirección IP cambia. Pero no demasiado rápido…

—¿Qué?

—Es posible cambiar la dirección IP de un lugar a otro, especialmente operando a través de sistemas de servidores en el Lejano Oriente o en Europa oriental, que son muy difíciles de ubicar porque se ocupan de actividades menos que legales. Por supuesto, el problema de hacer eso es que uno levanta una bandera roja electrónica, profesor. Si usted hace que su sitio cambie de dirección IP cada dos o tres minutos, pues bien, entonces resulta bien claro para cualquier tipo de Interpol (y todavía más para sus ordenadores) que alguien está haciendo algo desagradable, lo cual, como usted puede imaginar, atrae la atención. Y cuando uno quiere darse cuenta, ya tiene al FBI, la CIA, el MI6 y la policía estatal alemana o francesa por todo su pequeño sitio de pornografía. Pero uno no quiere que eso ocurra. No, señor. De ninguna manera quiere eso…

—Entonces…

—Quienquiera que haya organizado este sitio debe haberlo sabido. Entonces, sólo tiene una media docena de servidores a su disposición. Mire, va saltando de uno a otro alternando entre ellos.

—¿Y eso qué quiere decir?

—Quiere decir que es un problema rastrearlo. Y mi conjetura es que si uno hace una búsqueda de GPS en todos ellos, sólo va a encontrar un montón de ordenadores instalados en un apartamento vacío en Praga o en Bangkok. Pero su transmisión principal proviene de algún otro lugar. Eso le llevaría a la policía, o al grupo Delta que trabaje para la CIA si estuviéramos hablando de terroristas, algún tiempo para descubrir el verdadero *dónde*. ¿Me sigue?

Adrian miró la pantalla. *El verdadero dónde.* Pensó que el delincuente sexual parecía sorprendentemente instruido.

—¿Ninguna de las direcciones IP está aquí, en Estados Unidos? —preguntó.

Wolfe sonrió.

—Ah —reaccionó lentamente—. Ahora sí, finalmente, el profesor está aprendiendo. —Hizo clic en algunas teclas—. Sí —dijo—. Dos. Una en… —vaciló— Austin, en Texas. A ése lo conozco. Es un servidor de pornografía grande. Maneja docenas de sitios del tipo «Mírame» con webcams y docenas de sitios de «Envía fotos tuyas y de tu novia haciendo el amor». Déjeme ahora ver dónde están listadas las otras direcciones de IP… —Apretó las teclas, y luego dijo—: Maldición. —Adrian observó las coordenadas GPS que encontró el ordenador—. Ése es un sistema de cable de Nueva Inglaterra —informó Wolfe.

Adrian pensó por un momento, y luego dijo en voz muy baja:

—¿Dónde es eso, señor Wolfe?

Un rápido repiqueteo como de ametralladora llenó la habitación. La pantalla cambió y nueva información GPS llegó a la pantalla.

—Pues si usted quiere saber desde dónde está transmitiendo a la web whatcomesnext.com, este programa se lo dirá. —Wolfe apretó otra serie de teclas. Una nueva serie de ubicaciones de GPS apareció en el ordenador. Adrian miró atentamente, memorizando los números. Se dijo a sí mismo: *Regístralos bien. No los olvides. No le muestres nada a él.*

—¿Me he ganado mis veinte mil dólares? —quiso saber Wolfe—. Porque, profesor, ya es tarde.

—No lo sé, señor Wolfe —mintió Adrian—. Es un proceso fascinante. Estoy impresionado. Pero coincido con usted. Es muy tarde y, usted lo sabe, ya no soy tan joven. Nos encontraremos mañana y podemos continuar con esto.

—El dinero, profesor.

—Necesito estar seguro, señor Wolfe.

Wolfe hizo clic en las teclas y la muchacha encapuchada volvió a aparecer en la pantalla delante de ellos. Ambos hombres miraron con atención. Ella cambió de posición, llevando las piernas debajo de su cuerpo, como si estuviera temblando de frío.

El delincuente sexual se movió ligeramente, como alguien que mira dos cosas a la vez y le preocupa que alguna pueda escapársele. Adrian consideró que simplemente debía seguir mintiendo, aunque sabía que Wolfe no le creía demasiado, si es que le creía algo.

—Traeré una parte. Considérelo parte de sus honorarios, señor Wolfe. Aunque dudo que hayamos encontrado lo que estoy buscando.

Wolfe se echó hacia atrás, estirándose como un gato que se acaba de despertar. Era poco probable que le importara en lo más mínimo «la pequeña Jennifer» o Adrian o alguna cosa que no fuera lo que a él le interesaba. Adrian —o más precisamente su tarjeta de crédito— había abierto algunos nuevos caminos para que Wolfe viajara.

—Aunque ésa no sea la pequeña Jennifer —reflexionó Wolfe—, sea quien sea realmente, se trata de alguien que necesita ayuda, profesor. Porque no creo que lo que viene después para esta jovencita sea demasiado agradable. —Wolfe se rió—. ¿Entiende? —preguntó—. Un juego de palabras un poco trasnochado. No me sorprende que el lugar se llame *whatcomesnext,* que traducido del inglés quiere decir «qué viene después».

Adrian se puso de pie. Echó una última mirada a la chica encapuchada, como si al dejarla allí la estuviera entregando a una suerte de ser maligno. Mientras miraba, le pareció que ella le tendía la mano a través de la pantalla, directamente a él. Como si fuera uno de sus poemas, empezó a repetir en silencio las coordenadas del GPS una y otra vez. Al mismo tiempo, en algún lugar en el fondo de su cabeza, podía escuchar a Brian que daba órdenes: *¡Haz esto! ¡Haz aquello! ¡Vamos, andando! ¡El tiempo se escapa!* Pero no fue hasta que escuchó el susurro de su hijo muerto que decía: *Tú sabes lo que estás viendo* que se obligó a apartarse de la imagen y salió lentamente de la casa del delincuente sexual.

Capítulo
39

Michael estaba sentado en una tambaleante mesa de formica blanca, toda marcada, que tenía una pata apenas unos milímetros más corta que las otras. Había un ordenador portátil frente a él. Estaba tomando notas para lo que él llamaba la «fase final». La mesa que se tambaleaba le irritaba, así que sacó una pistola de nueve milímetros de su cinturón, extrajo una bala e hizo una cuña debajo de la pata más corta para estabilizarla.

—¡Señor Arregla-todo! —gritó Linda al pasar por una habitación adyacente.

Michael sonrió y continuó con su trabajo. A través de la ventana, encima de un fregadero lleno de platos y vasos sucios, podía ver el cielo azul sin nubes de la tarde. Por suerte, el terreno del bosque todavía estaría blando varias horas por las primeras lluvias de la estación y por el lento proceso de la nieve en derretirse. En Nueva Inglaterra el verano tarda mucho tiempo en llegar. Hacia allí iba a dirigirse. No estaba exactamente seguro de cuándo…, tal vez al día siguiente o al otro…, pero muy pronto.

Pensó que la Número 4 ya se estaba haciendo vieja. No vieja en términos de años, sino vieja en términos de interés. Si bien siempre existía la posibilidad de que se les ocurriera un nuevo giro como para prolongar la historia, también sabía que a los clientes había que satisfacerlos, pero con tensión. Había que tener tanto un final como una promesa. Linda se lo había explicado.

—Los clientes que repiten son el alma de cualquier empresa.

A él le gustaba su tono de voz de ejecutiva, que usaba generalmente cuando estaban desnudos. La contradicción entre sus relaciones sexuales desenfrenadas y las observaciones precisas y bien planeadas de ella le excitaba.

Quería levantarse de su silla, ir y abrazarla. Ella generalmente se conmovía cuando él daba muestras espontáneas de afecto, como enviar una tarjeta el día de San Valentín. Michael estaba ya medio levantado de su asiento cuando se detuvo.

Más planificación. Menos distracciones. Fuerte final para Serie # 4.

Casi se ríe con una carcajada. A veces ser sexy consiste simplemente en terminar con el trabajo.

Se alejó de la ventana y se puso a diseñar el final de *Serie # 4.* Marcó en el mapa una ruta que lo llevaría muy dentro del Parque Nacional Acadia de Maine, a más de trescientos kilómetros de la granja. Era un área espectacularmente salvaje que ellos dos habían explorado hacía dos veranos como un par de aficionados estilo muesli, germen de trigo y aire libre: venados y renos, águilas volando por los aires, ríos rápidos y espumosos llenos de salmones y truchas salvajes, y totalmente aislada. Necesitaban intimidad.

El Parque Nacional estaba atravesado en todas direcciones por viejos y abandonados caminos de leñadores que se adentraban profundamente en tierras vírgenes. Necesitaban acceso para camiones, aunque ello implicara viajar por viejos caminos apenas usados en años, llenos de piedras y baches.

Era un lugar adecuado para que la Número 4 pasara los próximos años. Con pocas posibilidades de ser encontrada alguna vez... y si algún excursionista extraviado llegaba a encontrar huesos secos y blancos desenterrados por la fauna silvestre..., pues bien, a esas alturas ya estarían en *Serie # 5* o tal vez incluso en *Serie # 6*.

Luego Michael identificó todas las delegaciones de policía a lo largo de su ruta. Había ubicado las rutas de patrulla de todos los cuarteles de policía del Estado a lo largo de su camino, así como los departamentos de policía locales que cubrían las áreas rurales por las que iba a pasar. Había incluso revisado al personal y los horarios de operaciones de todos los lugares donde estaban ubicados los guardabosques del parque. Hizo una investigación por Internet acerca de los controles de tráfico en la Asociación Estadounidense de Automóviles, e identificó las horas en que era menos probable ser detenido circulando. Era el tipo de preparativos que disfrutaba, haciendo listas, realizando rápidas búsquedas con el ordenador. A veces pensaba que debía haberse dedicado a escalar montañas como jefe de expediciones a los picos más altos y peligrosos. Era meticuloso y se sentía lleno de la energía que le daban los números. Eso le daba una sensación de precisión acerca de la muerte.

También hizo una lista del equipo adecuado —pala, sierra, martillo, pico, cable— para las últimas escenas de la Número 4. No sabía si en realidad iba a usar todo lo que puso en la lista, pero era de los que quería estar preparado para cualquier contingencia. Volvió a revisar la minivideocámara de alta definición Sony de mano que iba a llevar consigo en el último paseo de la Número 4. Llevaba baterías de repuesto y cintas adicionales, así como un trípode pequeño sobre el que podía instalar la grabadora. Hizo una nota para no olvidarse de rociar la abrazadera de conexión con lubricante WD-40 para asegurarse de que funcionara bien.

Cuando terminó con todos los detalles, después de repasar cada elemento dos o tres veces en su cabeza, se apartó de la mesa y fue a buscar a Linda.

Estaba junto a los monitores, bostezando y estirándose agotada, observando a la Número 4 sin demasiado entusiasmo.

Michael se detuvo. Pudo darse cuenta de que la parte de ella que sintonizaba con la Número 4 estaba desconectada.

Él tenía dos listas, una para él y otra para ella. Se las puso delante. Linda leyó ambas rápidamente, asintió con la cabeza, aunque se sintió repentinamente incómoda al darse cuenta de que él tendría que salir de la granja para comprar varias cosas.

—¿Te vas ya? —preguntó.

Michael miró el monitor en el que la Número 4 estaba acurrucada.

—Éste parece un buen momento —dijo.

—No tardes demasiado.

—Todavía hay detalles de la última escena que hay que cerrar —respondió Michael.

En su mano ella tenía otra hoja de papel..., un guión parcial que Michael había escrito el día anterior. Había añadido algunos elementos por su cuenta, como un productor que repasa el primer borrador de un guionista. Los márgenes de la página estaban llenos de anotaciones con la pequeña y elegante letra de Linda.

—Lo sé —confirmó—. Todavía no me gusta del todo lo que tenemos.

Lo acompañó hasta la puerta y ambos vacilaron. Era la primera vez que se separaban desde el comienzo de *Serie # 4*. En efecto, mientras había durado, apenas habían salido, de modo que la brisa y la temperatura templada que llenaba el aire claro eran embriagadores, envolventes, y ambos aspiraron esa claridad.

Michael miró a su alrededor, a la vieja granja. Era un lugar viejo, polvoriento, y cada vez iba a ser peor.

—Tenemos suerte de no habernos pasado toda la serie estornudando y tosiendo en este viejo basurero —señaló—. No me va a entristecer salir volando de este lugar.

Linda le apretó la mano.

—No tardes demasiado —le pidió.

—No te preocupes. ¿Necesitas algo del pueblo?

Ella negó con la cabeza.

—No. Está todo bien. —Echó una mirada al entorno. Árboles alineados en una zona distante, oleadas de hierba verde cubrían un prado que se extendía por detrás, hasta más allá del destartalado establo rojo desteñido donde habían aparcado su Mercedes. Rejas rotas de madera y alambre de púas oxidado cercaban los terrenos con prederas donde alguna vez habían pastado vacas u ovejas. El largo sendero de tierra y grava que iba hasta la granja serpenteaba por entre restos dispersos de bosque, que escondían de su vista la carretera principal y formaban un túnel en algunas partes. La casa vecina más cercana estaba a más de un kilómetro y medio de distancia, y apenas era visible a través de la maleza y las ramas de los árboles.

Como tantos lugares en Nueva Inglaterra que caen en el abandono, el paisaje parecía antiguo e idílico, a la vez que gastado y agotado. En eso consistía precisamente la belleza de todo aquello, pensó Linda; oculto en toda aquella antigüedad y desgaste, habían creado un mundo ultramoderno. El entorno era un camuflaje perfecto para lo que estaban haciendo.

—Mira, no quiero que la Número 4 lo oiga cuando pongas en marcha la camioneta. Ese vehículo hace demasiado ruido. El motor, la carrocería, el tubo de escape, todo hace ruido. Así que cuenta hasta noventa antes de mover la llave de contacto. Eso me dará tiempo suficiente para poner algo que la distraiga.

Michael pensó que Linda a menudo preveía los pequeños problemas importantes.

—Muy bien —dijo—. No puedo creer que critiques mi camioneta, ha sido totalmente fiable… —bromeó, y ambos sonrieron como una pareja de amantes que se divertía con la broma—. Está bien. Noventa segundos y arranco… —Ambos empezaron a contar, pero Michael empezó desde noventa y estaba contando hacia atrás, mientras que Linda comenzó con uno y siguió. Se rieron tontamente como un par de alumnos de primaria.

—Otra vez… —dijo él—. Pero de noventa hacia atrás…

Ella estaba sacudiendo la cabeza, echando hacia atrás su pelo en la brisa. Luego empezó a contar en voz alta, mientras se daba la vuelta rápidamente y se dirigía a la granja. Michael atravesó el suelo húmedo y embarrado hacia la vieja camioneta, contando en silencio cada paso. Se estaban divirtiendo otra vez. Podían ver que *Serie # 4* llegaba a su fin y esto les hacía sentirse aliviados y a la vez excitados.

Todavía contando en voz alta, Linda se sentó ante la mesa principal de los ordenadores y presionó algunas teclas. Primero hizo funcionar el ruido de alguien que golpea con fuerza una puerta, que no era nada más que el ruido de un vecino enfadado al que habían grabado hacía muchos años, lo cual hizo que la Número 4 se revolviera súbitamente en la cama. Esto fue mezclado de manera instantánea con los roncos acordes iniciales de *Communication Breakdown* de Led Zeppelin. La Número 4 se cubrió las orejas con las manos, lo cual era difícil de hacer con las esposas y las cadenas que imponían nuevos límites a su libertad, pero fue posible.

* * *

Michael se dio prisa en la tienda de artículos para el hogar y en la ferretería empujando un enorme carrito color naranja y comprando muchos de los mismos materiales que había usado para quemar la furgoneta robada. No le gustaba salir de la granja y especialmente detestaba tener que dejar a Linda sola con la Número 4. No era que pensara que pudiera ocurrir algo, o que surgiera algún problema que Linda no pudiera manejar; era más bien que *Serie # 4* les pertenecía a ambos. No se sentía cómodo teniendo que perderse algún momento del proceso.

Arrojó las compras en la parte trasera de la camioneta como si fuera uno más de todos los aficionados al *hágalo usted mismo* o de los ayudantes de contratistas que salían de la tienda junto a él. Sabía que las tiendas de esa cadena tenían cámaras de seguridad junto a las puertas, en los pasillos y en el aparcamiento. Se dejó la gorra puesta y bajó la barbilla. Se levantó el cuello de la camisa. No quería que ninguno de los artículos fuera seguido hasta ahí, y no quería que ningún policía revisara la cinta y pudiera identificar la camioneta.

Todo tenía que ser borrado. Era una lucha continua la de identificar hasta el más pequeño de los elementos que pudiera servir de eslabón hacia ellos. ¿Pelo enredado en un peine? Eso podría proveer ADN. ¿Huellas digitales sobre la superficie resbaladiza de una mesa? Le preocupaba que algún policía pudiera relacionarlas con sus antiguos antecedentes por arresto cuando era adolescente. ¿El recibo de una cara tienda de cámaras de última tecnología de Nueva York? Siempre pagaba en efectivo, cualquiera que fuera el precio. ¿Los discos duros de sus ordenadores? Necesitaban atención especial para su destrucción. *Trabajo duro,* pensaba, *el de asegurarse de que absolutamente nada se quede olvidado cuando uno desaparece.*

Michael se detuvo en una estación de servicio y cargó combustible tanto en su camioneta como en media docena de bidones de plástico rojo. Llenó todos los depósitos. *Tumbas para cavar, senderos para quemar,* pensó. Había que comprar billetes. Sabía que tenía que hacer coincidir horarios y distancias con vuelos de aerolíneas y kilómetros de automóvil.

Desmontar *Serie # 4* era tan difícil como su planificación. Los tiempos eran complicados. Todo lo que él había construido tenía que ser desarmado y borrado. Mucho trabajo, pensó, y esfuerzos coordinados. No alcanzaban todas las horas del día para cumplir con todo.

Condujo de regreso respetando religiosamente el límite de velocidad. Al acercarse, Michael no pudo imaginar qué aspecto habría tenido aquel lugar cuando había sido una granja en funcionamiento. Michael se preguntaba si el sitio quedaría embrujado después de que se fueran. La casa era perfecta para una rica pareja de ciudad en busca de un retiro de fin de semana aislado, naturaleza dominada en una tierra que había sido de cultivo, donde podían recibir invitados y ver películas en formato Blu-ray, sin tener la menor idea del verdadero drama que había sido creado en ese mismo sitio. Esa pareja común y a la moda no iba a tener pista alguna de lo que había ocurrido en ese mismo lugar. Estalló en una breve carcajada. Los fantasmas probablemente les iban a defraudar.

Detuvo la camioneta cerca de la fachada, girándola cuidadosamente para que quedara apuntando hacia el camino de entrada. Dejó la llave de contacto puesta. Le gustaba la camioneta y le iba a entristecer abandonarla. No pensó en lo que tenía que hacer con la Número 4. Como la camioneta, ella era en ese momento un producto que se estaba acercando al final de su vida útil. Por un instante, su mente se desconcentró. Le costó recordar el nombre real de la Número 4. *Janis, Janet, Janna..., no, Jennifer.*

Sonrió. Jennifer. *Adiós, Jennifer,* pensó.

* * *

Linda se meció en su elegante sillón de oficina. En el monitor, la Número 4 estaba otra vez acurrucada en la cama. No hacía nada, salvo temblar de miedo, que era más o menos lo que Linda había esperado. El ruido repentino de golpes en la puerta y luego el heavy metal habían empujado a la Número 4 a un estado todavía mayor de confusión, si eso era posible. La personalidad, la energía, la excitación que la Número 4 había causado se deslizaba para alejarse poco a poco. Sencillamente ya no quedaba mucho de ella, y Linda tenía la sensación de que la clientela iba a empezar a desconectarse.

No estaba segura de si aquellas dos inyecciones de sonido eran una buena idea. Los abonados preferían el ruido de la respiración pesada de la Número 4, que ella sospechaba que consideraban como un tipo de música. Por otro lado, *todos* parecían revigorizarse cada vez que usaban algunos de los otros efectos sonoros de desorientación. Éstos desataban sus fantasías, como las desataban en la Número 4. Linda se propuso recordar que en el futuro debían aumentar la variedad de los ruidos adicionales. Patios de recreo y bebés llorando eran buenos, las sirenas de la policía eran excelentes, pero tenían que ampliar su repertorio. La Número 5 tenía que estar rodeada de mundos falsos en constante cambio.

Linda pensaba que aprendían algo nuevo con cada serie cuando recogió el borrador de Michael para las últimas horas de *Serie # 4*. Se iban haciendo cada vez mejores en lo que hacían, pero no estaba del todo satisfecha con la manera en que él había pensado el desenlace. No tenía la pasión necesaria. *Malos recuerdos,* pensó Linda. *La Número 4 se merece una despedida mejor.*

La Número 1 había muerto accidentalmente. La soga que habían usado para sujetarla se enredó y la estranguló cuando se cayó de la cama en medio de una pesadilla. Michael y ella no habían estado prestando la suficiente atención y eso hizo que su primera serie tuviera un final prematuro. Esa muerte realmente había tenido como consecuencia que intensificaran la atención que dedicaban a seguir en los monitores todas las actividades. Pero a pesar de sus planes, la Número 2 había muerto fuera de pantalla. Su guión inicial había sido combinar violación y homicidio según los cánones tradicionales de las películas *snuff*, pero se convirtió en una feroz pelea de gatos, y Linda se había visto obligada a cortar la transmisión para ayudar a Michael con el cuchillo. Había sido algo descuidado y grotesco; algo indigno de su profesionalidad. *Un enorme desorden que hubo que limpiar,* recordó Linda. Había dejado un sabor decididamente ácido en sus bocas, y había sido una decisión comercialmente muy mala.

Habían sido más cuidadosos con la Número 3. Habían pasado horas trabajando hasta en los más mínimos detalles de su muerte, sólo para sentirse estafados cuando ella de pronto se descompuso. Linda sospechaba que de algún modo estaba relacionado con las palizas que le habían administrado. Realmente habían puesto demasiado énfasis en los aspectos físicos de la sumisión. Estos errores eran la razón por la que habían sido mucho más cautelosos con la Número 4. Hacer doler, pero que no *duela*. Torturar, pero sin *tortura*. Abusar, pero sin *abusar*.

Estaba orgullosa del éxito que habían obtenido.

El dilema, sin embargo, Linda se daba cuenta, era que hasta el momento nunca en realidad el fin se había desarrollado delante de la cámara tal como estaba diseñado, mientras todos miraban, pegados a los ordenadores y a las pantallas de televisión. Sabía que la clientela quería esto…, es más, lo exigía. Querían acción. No querían accidentes ni transmisiones interrumpidas y excusas, y por cierto no querían que la Número 4 simplemente dejara de moverse, se ahogara con un poco de sangre y muriera como había ocurrido con su predecesora. Pero tampoco querían que Michael la ejecutara delante de la cámara. Incluso Linda encontraba que eso era desagradable. Eso los convertiría en poco más que terroristas. Tenían que ser mucho más sofisticados.

Linda echó un vistazo a la mesa donde estaba su colección de armas. El comienzo de una idea tomó forma en su imaginación. Se puso de pie, fue a la mesa y cogió un revólver Magnum 357. Con un experto movimiento de muñeca, abrió el tambor y comprobó que estaba cargado. Con una sonrisa, volvió a poner el arma sobre la mesa y cogió un cuaderno. Garabateó algunas notas, repentinamente entusiasmada. *Un desafío*, pensó. Un desafío único para los espectadores. Pero aún más para la Número 4.

Linda levantó la cabeza. Desde fuera llegó el ruido de la camioneta que llegaba. Volvió a la tarea de escribir, mientras pensaba: *A Michael le va a encantar esto*.

Era como un regalo.

Capítulo
40

Adrian podía percibir que Cassie se estaba moviendo justo detrás de su cabeza. Se reclinó en su asiento y sintió que sus dedos le acariciaban el pelo. Luego ella lo envolvió con sus brazos, cogiéndolo como a un niño. Le estaba canturreando, como en otro tiempo hacía con Tommy cuando era niño y tenía fiebre. Era probablemente una canción de cuna, pero no podía descubrir cuál era la melodía. De todos modos, lo calmó, así que cuando escuchó que ella le susurraba: *Ya es hora, Audie. Es hora...*, él estaba listo.

Mark Wolfe ya no era importante. La casa del delincuente sexual, su madre, su ordenador —todos los sitios explícitos e inquietantes que habían visitado electrónicamente— parecían ir deslizándose dentro de un remoto escondrijo. La detective Collins ya no era importante. Ella estaba limitada por los procedimientos y demasiado preocupada por las cosas equivocadas como para realmente ayudar. Mary Riggins y Scott West ya no eran importantes. Estaban esposados por la arrogancia, la incertidumbre y por abrumadoras emociones. La única persona que quedaba y estaba buscando activamente a Jennifer era Adrian, y él sabía que se estaba tambaleando sobre el precipicio de la demencia.

Quizá la demencia sea una ventaja, pensó. Su esposa muerta, su hijo muerto y su hermano muerto se mezclaban desordenadamente con la imagen de la muchacha encapuchada que extendía la mano a través de la pantalla del ordenador directamente hacia él. Era como escuchar dos instrumentos que tocaban la misma pieza musical, pero en diferente clave y en octavas diferentes.

Se esforzó de mala gana para salir del abrazo de su esposa. Podía sentir que sus manos se apartaban de su piel, dejándola ardiendo con el recuerdo de tiempos más felices.

—Ya tienes lo suficiente como para seguir —dijo ella, empujándolo.

—Creo que sí.

En un trozo de papel había escrito las coordenadas del GPS para el sitio web whatcomesnext.com. Fue a su propio ordenador y vaciló.

—Adrian, amor mío… —lo engatusó Cassie a la vez que lo empujaba hacia delante—, creo que tienes que darte prisa.

Bajó la mirada y vio que sus manos iban hacia el teclado. Cassie estaba dirigiendo sus dedos. *Toca una E. Aprieta una R. Deletrea una palabra. Haz clic con el ratón.* Pensó que se había quedado atrapado entre dos mundos. Al principio la enfermedad sólo había ido descascarando cosas simples que la mayoría de las personas daban por supuestas. En ese momento se las estaba robando al por mayor. Interiormente, se puso tenso. Se dijo que era sólo cuestión de ponerse duro y resuelto. Farfulló:

—No te vas a detener. No vas a vacilar. Harás esto tal como eras capaz de hacerlo.

El sonido de su propia voz resonó en su estudio lleno de libros, casi como si sus palabras fueran gritadas al borde de un profundo cañón.

Adrian dejó las dudas a un lado y buscó en Google Earth. Una dirección subió a la pantalla. Usó eso para llegar a un listado de bienes inmuebles. Una docena de fotografías en color de una vieja y destartalada granja de dos pisos aparecieron frente a él. También estaba el nombre y número de teléfono de un agente inmobiliario. Hizo clic en la imagen sonriente del agente, y vio que se ocupaba de muchas propiedades. Cada uno de los lugares era descrito en términos entusiastas, deseables. Adrian no se creyó mucho de lo que veía. Podía darse cuenta de que Cassie miraba por encima de su hombro. Ella seguramente tampoco se creía lo que leía.

—Lugares aislados —comentó Cassie—. Lugares feos y pobres que esperaban que aparecieran personas más ricas para establecerse en ellos y empezaran a gastar dinero y salvaran a todos los que ya estaban ahí.

Adrian también se daba cuenta de eso, y asintió con la cabeza.

—Éstos son lugares en los que a nadie le importa un comino lo que cada uno hace —continuó Cassie—, siempre que uno lo haga sin molestar y todos hayan recibido su pago. Nada de vecinos entrometidos o policías curiosos, supongo. Sólo unos cuantos sitios tranquilos y apartados de los caminos más frecuentados.

Adrian apretó el botón de imprimir y su impresora empezó a zumbar.

—Especialmente las fotografías. Vas a necesitar las fotografías —insistió Cassie. Era como si le recordara que no olvidara algo en la tienda de alimentación.

—Lo sé —respondió Adrian—. Aquí las tengo.

—Ahora tienes que irte —lo urgió Cassie. Había un tono de *Esto no se discute* en su voz que él recordaba de los tiempos en que Tommy se metía en problemas. Esto no era algo que ocurriera a menudo, pero cuando ocurría, Cassie dejaba a la artista de lado y se volvía severa como un pastor metodista vestido de negro. Se puso de pie y cogió un abrigo del respaldo de una silla.

—Necesitas algo más —dijo ella.

Adrian asintió con la cabeza porque comprendió exactamente de qué estaba hablando. Se sintió complacido de que sus pasos por la habitación parecieran firmes. Nada de oscilaciones de borracho, nada de pasos inseguros. Nada de la inestabilidad de un anciano. Echó una larga mirada por la casa, de pie en la puerta de entrada. Los recuerdos parecían una cascada estruendosa de ruido a su alrededor, cada ángulo, cada estante, cada espacio y cada centímetro le hacían recordar con fuerza días que habían pasado. Se preguntaba si alguna vez regresaría a su hogar. Al detenerse, oyó que Cassie susurraba junto a él:

—Necesitas un poema —dijo en voz baja—. Algo estimulante. Algo valiente. «Media legua, media legua, media legua adelante», o «Éste es el día de San Crispín…».

Adrian oyó que los poemas resonaban en su interior, y le hicieron sonreír. *Poemas sobre guerreros.* Salió a la luz de la mañana temprano y se dio cuenta de que por alguna razón incomprensible su esposa permanecía a su lado, súbitamente separada de la residencia que habían compartido. No comprendió por qué ella ya no seguía encerrada dentro, pero el cambio le hizo feliz y le entusiasmó. Pudo sentir que se colocaba junto a Brian y supuso que Tommy tampoco estaba lejos.

Adrian y su pasado muerto atravesaron rápidamente el jardín hacia su viejo Volvo, que lo esperaba en la entrada.

* * *

La voz de Adrian desde el teléfono móvil de Mark Wolfe se había quedado grabada en algún lugar intranquilo de la mente de Terri Collins desde el instante en que la había escuchado. No podía ver razón ninguna que le permitiera unirlos a ambos en la tarea de hacer preguntas sobre tatuajes y cicatrices.

Iba hacia su oficina. Era la hora punta de la mañana y las calles principales estaban llenas de gente y de coches, incluso en aquel tranquilo y pequeño pueblo universitario. En la lista mental de cosas para hacer de Terri, descubrir qué estaba haciendo el profesor estaba en el primer puesto. No era precisamente que él pudiera estropear su investigación, ya que ésta estaba paralizada. Miró a su alrededor a la gente detrás del volante de sus automóviles, y disminuyó la velocidad hasta detenerse para permitir que un autobús escolar maniobrara entre los carriles y aparcar delante de un colegio de primaria.

Esto hizo que se acordara que debía aumentar la presión sobre Mark Wolfe. En realidad no veía ninguna manera de poder causarle los suficientes problemas como para que él hiciera las maletas ese mismo día y se llevara todos sus perversos deseos a alguna otra comunidad donde alguna otra fuerza policial local tuviera que ocuparse de él; «Pasar la basura» era la frase que la policía usaba para este tipo de traspaso jurisdiccional de responsabilidad. Pero el día en que su madre fuera enviada a un hogar geriátrico, ése sería el día en que se aseguraría por completo de que Mark Wolfe empezara a pensar que mudarse era una muy buena idea.

Pasó por delante del colegio y echó una rápida mirada hacia el lugar donde vio que el autobús amarillo depositaba su carga. Un par de atareados maestros dirigía a los indisciplinados niños hacia la entrada. El comienzo de un día típico. Sabía que sus propios hijos ya estaban dentro, pero a pesar de eso esperaba poder llegar a verlos por un instante. Los imaginó dirigiéndose ruidosamente a sus asientos en un aula. Tendrían clases de Arte y de Matemáticas, tendrían algún recreo, pero en ningún momento ninguno de los niños tendría la más remota sospecha de que ahí cerca, en la periferia, acechaban toda clase de peligros. Es imposible proteger a cada niño de cada cosa que puede dañarlos. No por ello se sentía menos responsable.

Las oficinas centrales de la policía estaban a sólo media docena de calles de la escuela, y metió su coche en el aparcamiento de la parte de atrás. Sacó su bolso, su placa y su arma. Pensó que el profesor requeriría otra severa charla, mitad recomendación, mitad amenaza, del tipo *aléjese de los asuntos policiales.* Fuera, el clima era templado. *Robos con allanamiento de morada,* pensó. El aumento de la temperatura vespertina alentaba invariablemente las intrusiones por la noche. Este tipo de delitos era frustrante, porque las pérdidas no eran grandes y por lo general las compañías de seguros requerían montañas de papeleo y la paz interior de las víctimas quedaba casi destruida en el futuro inmediato. Toda esta iniciativa ilegal terminaba produciendo como consecuencia un dolor generalizado para todos.

Terri Collins entró en las oficinas centrales totalmente segura de que iba a pasarse el día cogiendo informes y tal vez yendo a alguna casa o negocio para inspeccionar una ventana hecha añicos o el marco de una puerta de cocina astillado. Sus ojos se posaron primero en el sargento de turno, instalado detrás de unos paneles de vidrio de seguridad en una mesa en el vestíbulo principal. El sargento tenía barriga y pelo gris, pero una manera fácil de ocuparse de los ciudadanos que entraban con paso firme por la puerta principal para quejarse por perros que iban sin correa, estudiantes que orinaban en arbustos públicos, automóviles aparcados donde no debían y otras cosas por el estilo. El sargento les señalaba una docena de sillas de plástico rígido alineadas contra una pared. Eso era lo que se consideraba el área de espera.

—Este tipo te está esperando —informó el sargento a través de su vidrio de seguridad. Terri vaciló cuando Mark Wolfe se puso de pie. Tenía el aspecto de estar alterado, mal dormido, desencajado. Ella lo atajó antes de que él pudiera hablar:

—¿Por qué el profesor Thomas usó su teléfono móvil para llamarme?

Wolfe se encogió de hombros.

—Le he estado ayudando con una investigación, y me lo pidió…

—¿Qué clase de investigación?

Wolfe miró para todos lados. Bajó la voz:

—Ésa es la razón por la que estoy aquí. Quiero decir que debí olvidarme del asunto, pero el viejo…

—Señor Wolfe, ¿qué clase de investigación?

—Le he estado ayudando a buscar a esa muchacha. La pequeña Jennifer. La que desapareció.

—¿Qué quiere decir con eso de «ayudándolo»? ¿Y qué quiere decir con «buscar»?

—Él cree que la niña va a aparecer en algún sitio web de pornografía. Tiene algunas teorías muy extrañas acerca de por qué la secuestraron y… —Wolfe se detuvo.

Eso carecía de sentido para Terri Collins, especialmente eso de las «teorías muy extrañas».

—Entonces, ¿por qué está usted aquí? Podría haberme llamado.

Wolfe se encogió de hombros.

—El viejo no apareció —explicó Mark Wolfe—. Me dijo que iba a venir a mi casa esta mañana para que pudiéramos avanzar un poco más. Hasta llamé a mi trabajo para decir que estaba enfermo, maldito sea, además se suponía…

—¿Qué se suponía? —preguntó Terri con brusquedad.

—Le he estado mostrando muchas cosas en Internet. —Wolfe habló lentamente, con cautela—. Él quería ver…, bueno, ya sabe, algunas cosas muy raras. Como él es psicólogo… ¡Por el amor de Dios, yo sólo le estaba ayudando! Él no tenía la menor idea de cómo navegar ni por dónde…

—Pero usted sí —agregó Terri rígidamente.

Wolfe le dirigió una mirada de *qué otra cosa podía hacer yo.*

—No me malinterprete. Le tengo una especie de cariño al viejo bastardo —explicó Wolfe con una curiosa especie de afecto—. Mire, usted y yo sabemos que está loco. Pero un loco decidido, no sé si me entiende… —Wolfe vaciló, evaluando la inexpresiva cara de póquer de Terri. Pareció cambiar de estrategia y siguió hablando con fuerza—: Tengo que hablar con usted —dijo—. Pero en privado.

—¿En privado?

—Sí. No quiero meterme en problemas. Mire, detective, estoy tratando de ser el bueno en todo esto. Podría haberme quedado en mi casa y mandar todo a la mierda, usted lo sabe, pero no lo he hecho. He venido a contarle las cosas. El profesor está muy vacilante. Diablos, tenía que haberlo visto... —Wolfe miró a Terri para ver si estaba de acuerdo—. Y bueno, me preocupé por él, ¿no? ¿Es eso tan terrible? ¿Por qué me trata con tanta dureza?

Terri se mantuvo en silencio. No estaba segura de creer que el delincuente sexual se había convertido repentinamente en un ciudadano correcto y bondadoso para la comunidad. Pero algo lo había llevado a las oficinas centrales de la policía, y fuera lo que fuese ese algo, tenía que ser un poderoso incentivo, porque un hombre como Mark Wolfe nunca querría tener nada que ver con la policía.

—Muy bien —accedió—. Podemos hablar en privado. Pero primero me va a decir por qué.

Wolfe sonrió de una manera que la puso todavía más recelosa.

—Bien —dijo—, mi conjetura es que nuestro amigo el profesor está a punto de ir disparar a alguien.

En realidad Wolfe no sabía si esto era verdadero o no. Adrian había pasado tanto tiempo agitando su pistola semiautomática en la cara del delincuente sexual que no era difícil llegar a esa conclusión. A decir verdad, Wolfe creía que si uno consideraba la posibilidad de que el profesor disparara el arma de manera accidental mientras apuntaba en un ángulo amplio dentro del cual se hallara otra persona, entonces las probabilidades de muerte aumentaban significativamente.

* * *

Fueron en coche a la casa del profesor, aunque Wolfe insistió en que no iban a encontrarlo allí. Tal como le había dicho a la detective, el automóvil ya no estaba allí y la puerta de entrada estaba abierta y sin echar la llave. Sin vacilar, Terri Collins entró con Mark Wolfe detrás de ella. Una parte de ella se dio cuenta de que estaba violando una regla del departamento muy bien definida, la otra estaba dominada por la curiosidad.

Fueron recibidos por el desorden. Terri no prestó atención a eso, aunque se dio cuenta de que él se había desintegrado más desde la primera vez que lo había visitado. Cualquier apariencia de tratar de ordenar o de limpiar había desaparecido. Ropa, platos, desechos, periódicos cubrían todas las superficies. Parecía que hacía apenas unos minutos había pasado una tormenta por dentro de la casa.

Ella levantó la voz:

—¿Profesor Thomas? —Aunque sabía que no estaba dentro, cruzó el comedor, repitiendo—: Profesor Thomas, ¿está usted aquí? —Mientras Wolfe entró en una habitación lateral. Ella le gritó a Wolfe—: ¡Eh, quédese conmigo! —Pero él la ignoró.

—Esto es lo que usted realmente tiene que ver —le gritó Wolfe a su vez.

Fue adonde estaba él y vio que ya estaba sentado delante de un ordenador en el estudio del profesor. Wolfe tecleaba furiosamente.

—¿Qué es lo que va a mostrarme? —quiso saber ella.

—Supongo que usted quiere ver el sitio web que le puso en tal estado de excitación. Me dijo que no era el lugar que buscaba, pero luego la llamó a usted para preguntarle por la maldita cicatriz y el…

—Sí, el tatuaje, continúe… —Se inclinó sobre la pantalla del ordenador.

La página de bienvenida de whatcomesnext.com apareció ante ellos. Wolfe escribió la contraseña «Jennifer». «Bienvenido, Psicoprof» apareció antes de que la joven mujer llenara la pantalla. A Terri Collins le pareció una imagen borrosa, temblorosa, como desenfocada, aunque pudo sentir que se le aceleraba el pulso, de modo que era más probable que fuera ella quien dificultaba una visión más clara, no la transmisión de alta definición.

Vio a una mujer joven desnuda, encadenada a una pared, esposada y acurrucada en posición fetal, abrazada a un muñeco de peluche. La figura de la mujer joven estaba parcialmente mirando a un lado de la cámara, de modo que precisar los detalles de su cuerpo era difícil, y una capucha oscura le ocultaba la cara. Terri pudo ver el tatuaje de la flor negra en el brazo delgado, escuálido, pero no la cicatriz por la que el profesor Thomas había preguntado.

—¡Dios mío! —exclamó—. ¿Qué es esto?

—Es una emisión de una webcam en vivo —explicó Wolfe. Sonaba un poco como el profesor—. La gente quiere que todo sea en vivo, inmediato. Sin retrasos. Satisfacción inmediata.

Terri continuó mirando, tratando de compaginar la idea de la mujer joven con su recuerdo de Jennifer, repitiendo precisamente, de manera inconsciente, lo que Adrian había hecho antes.

—Tiene que ser una actriz —dijo Terri, sin poder creérselo.

—¿Se lo parece? —Wolfe resopló—. Detective, usted no sabe nada de este…

Hizo clic en las teclas que hicieron aparecer el menú. Escogió una sección al azar, y de pronto ambos estaban viendo a la muchacha cuando se bañaba, tratando de esconder su desnudez de miradas entrometidas. La figura de un hombre entraba y salía de la imagen que transmitía la cámara. Esta vez, Terri vio la cicatriz también.

—Eso no coincide… —dijo en voz alta, aunque había vacilación en su voz.

—Sí —replicó Wolfe. Habló rápidamente, excitado—: Eso es lo que usted le dijo al profesor anoche, sólo que a mí me pareció muy obvio que él no la creyó. O pensó que estas marcas eran como un maquillaje de Hollywood.

—Necesito ver su cara —continuó Terri. Su voz había bajado casi hasta convertirse en un susurro.

—Se puede —sugirió Wolfe—. Más o menos. La mantienen enmascarada. —Hizo clic en la sección en la que entrevistaban a la Número 4. Había un poco de distorsión en la voz de ella cuando respondía a las preguntas y Wolfe explicó, como experto que era—: Probablemente alteraron un poco la emisión de audio para que se pueda escuchar pero sin poder identificar el tono de voz de ella.

Terri mantuvo la mirada en la chica con la venda en los ojos, prestando cuidadosa atención a cada palabra que decía. Pensó en las veces en que ella misma estuvo sentada delante de Jennifer. Trató de escuchar algo en la voz que confirmara que su recuerdo de Jennifer y lo que estaba viendo eran la misma persona. *Tiene que ser ella,* pensó, asombrada, incluso cuando escuchó las palabras «Tengo dieciocho años» que salían de la boca de la muchacha.

—Dónde… —empezó a decir ella.

—Ése es el asunto —informó Wolfe—. No está en Los Ángeles, ni en Miami, ni en Texas. Este maldito sitio web está a más o menos dos horas de aquí.

¿Se necesitan dos horas para llevar a alguien al purgatorio?, se preguntó Terri.

—Tengo las coordenadas de GPS —continuó Wolfe—. Al igual que el profesor. Probablemente ahí es adonde se dirige. Es más, apostaría que es así. Sólo nos lleva un poco de ventaja. Pero apuesto a que el viejo no va conduciendo tan rápido.

No. Irá rápido, pensó Terri. No lo dijo en voz alta. Sacó su teléfono móvil como si fuera a llamar, pero Wolfe sacudió la cabeza.

—Él no es tan moderno —dijo, respondiendo a la pregunta obvia.

—Muy bien entonces. Pongámonos en marcha —ordenó Terri.

Wolfe hizo clic con el ratón y el sitio web se cerró con un alegre «Adiós, Psicoprof».

Ambos salieron corriendo de la casa de Adrian y atravesaron el sendero de entrada y llegaron al automóvil de Terri, casi siguiendo paso a paso el mismo camino que Adrian había recorrido poco tiempo antes. Si hubieran actuado con más lentitud y se hubieran quedado fascinados delante de la pantalla del ordenador por unos segundos más, habrían visto a la niña encapuchada que se ponía en tensión repentinamente alarmada al abrirse la puerta de su celda.

Capítulo
41

Jennifer volvió a encogerse, aunque con la espalda contra la pared y encadenada a la cama, no había ningún lugar donde pudiera retirarse. Escuchó los sonidos ya conocidos de la mujer que cruzaba la habitación. Se sentía golpeada, violada y hambrienta. La hemorragia entre sus piernas se había detenido, pero seguía irritada y dolorida. Se daba cuenta de que no era más que un esqueleto que se aferraba a una vida imaginaria, y cuando se movió, esperó oír los ruidos de sus huesos al chocar entre sí.

Supuso que el hombre estaba al lado de la mujer, aunque no podía oírlo. Él siempre se movía en silencio, lo cual la habría aterrorizado todavía más, sólo que ella había pasado ya la línea que existía entre la racionalidad y el miedo. Ya no era posible tener *más* miedo y por lo tanto, curiosamente, apenas estaba asustada. Pensó: *Cuando uno sabe que se está muriendo, no hay nada realmente por lo que estar asustado. Mi padre no tenía miedo. Yo no tengo miedo. Ya. Cualquier cosa que me vayan a hacer, bien, adelante y que la hagan. No me importa. Ya no.* Podía sentir que la mujer se movía cerca de ella. Le pareció que la mujer estaba volando sobre ella.

—¿Tiene sed, Número 4? —preguntó la mujer.

Jennifer sintió de pronto que su garganta era como de arena. Asintió con la cabeza.

—Entonces beba, Número 4.

La mujer puso una botella de agua en su mano. La capucha todavía tenía la pequeña abertura cortada sobre la boca, por donde fue drogada el primer día en que se convirtió en la Número 4. Maniobró para llevar la botella a sus labios, y cuando lo logró, de todos modos el agua se derramó por la capucha hacia el pecho y por un momento no sintió que se refrescaba, sino que pensó que se iba a ahogar. Contuvo la respiración y no dejó de beber de la botella de agua hasta que se vació. Pensó que probablemente contenía drogas, y eso sería bienvenido, ya que cualquier cosa que anulara su percepción del dolor y de lo que sea que estuviera a punto de pasarle le parecía aceptable.

—¿Mejor, Número 4?

Jennifer asintió con la cabeza, aunque era mentira. Nada estaba mejor. De pronto casi fue dominada por el deseo de gritar: *Mi nombre es Jennifer,* pero ya ni siquiera podía formar esas palabras con la lengua y empujarlas para atravesar sus labios secos. Incluso después de beber el agua, seguía estando muda.

Hubo una pausa momentánea, y Jennifer escuchó un ruido chirriante de madera que se arrastraba sobre el suelo de duro hormigón. Supo de qué se trataba. El hombre silencioso había movido la silla de entrevistas a la posición acostumbrada. A los pocos segundos, la mujer confirmó esa idea.

—Me gustaría que usted se colocara en el extremo de la cama. La silla en la que usted se sentó antes está ahí. Por favor, encuéntrela y siéntese. Relájese. Mire hacia delante.

Las órdenes de la mujer eran sencillas, dichas casi en voz baja. Para su sorpresa, Jennifer pudo escuchar una modulación en la voz de la mujer. La monotonía extenuante, que había sido tan severa durante todos los días de su cautiverio, se suavizó. Era casi tan amistosa como la voz de una recepcionista de oficina, como si la mujer le estuviera pidiendo a Jennifer que no hiciera nada más complicado que tomar asiento para esperar el comienzo de una cita concertada hacía mucho tiempo.

No confiaba de ninguna manera en este nuevo tono. Sabía que seguía siendo odiada. Esperó poder responder odiando con la misma intensidad.

—Ha llegado el momento de algunas preguntas adicionales, Número 4. No muchas. Esto no será largo.

Jennifer se tambaleó y gateó para bajar de la cama; las cadenas que la retenían tintinearon mientras se dirigía a la silla. Se llevó al *Señor Pielmarrón* con ella, como un soldado que trataba de arrastrar a un amigo herido fuera de la línea de fuego. Ya no le importaba su desnudez ni la cámara que recorría su cuerpo con insistente curiosidad. Tanteó en el aire hasta que encontró el asiento y se deslizó hacia él, mirando hacia delante, al lugar donde sabía que estaba la cámara que la enfocaba.

Se produjo una pausa momentánea, antes de que la mujer preguntara:

—Díganos, Número 4, ¿sueña usted con la libertad?

La pregunta la sorprendió. Al igual que en las otras ocasiones en que la mujer sondeó sus sentimientos, Jennifer no podía darse cuenta de cuál era la respuesta correcta.

—No —respondió lentamente—. Sueño con que las cosas vuelvan a ser como eran antes de llegar aquí.

—Pero usted nos dijo que despreciaba esa vida, Número 4. Usted nos dijo que quería escapar de ella. ¿Fue una mentira?

—No —replicó Jennifer rápidamente.

—Yo creo que sí lo fue, Número 4.

—No, no, no —insistió Jennifer, suplicando, aunque no sabía por qué suplicaba.

La mujer vaciló antes de continuar.

—Número 4, ¿qué cree usted que va a ocurrirle ahora?

Jennifer tuvo la sensación de que había dos Jennifer en el cuarto, habitando en el mismo espacio. Una de ellas estaba mareada, con la cabeza dando vueltas, confundida por los pequeños cambios en el tono de la mujer, mientras que la otra estaba fría, casi endurecida por los sentimientos congelados, sabiendo que sin importar lo que dijera, o hiciera, estaba cerca del final, aunque no quería imaginar cómo sería ese final.

—No lo sé —respondió.

La mujer repitió la pregunta:

—Número 4, ¿qué cree usted que va a ocurrirle ahora?

Exigir una respuesta a esa pregunta era algo tan cruel como todo lo que le había ocurrido, pensó Jennifer. Responder era peor que ser golpeada, encadenada, humillada, violada y filmada. La pregunta la obligaba a mirar hacia el futuro, lo que tenía el impacto emocional equivalente a ser cortada con una hoja de afeitar. Jennifer se dio cuenta de que vivir el momento era algo terrible. Pero la especulación era peor.

—No lo sé, no lo sé, no lo sé —dijo. Las palabras se aceleraban, estallaban desde su pecho en un tono agudo que desafiaba la sordina impuesta por la capucha.

—Número 4, permítame intentarlo una última vez. ¿Qué...?

Jennifer la interrumpió.

—Creo —respondió rápidamente— que nunca... —disminuyó la velocidad de sus palabras— saldré de aquí. Creo que estaré aquí por el resto de mis días. Creo que éste es mi hogar ahora, y que no hay mañana ni día siguiente. Que no hubo ayer, ni antes de ayer. No hay ni siquiera un nuevo minuto esperándome. Sólo hay esto. Aquí. Ahora. Eso es todo.

La mujer permaneció en silencio unos segundos, y Jennifer imaginó que o bien le había gustado lo que había escuchado, o lo odiaba. A Jennifer no le importaban ninguna de las dos opciones. Se las había arreglado para responder sin decir *voy a morir,* que era la única respuesta verdadera.

Entonces la mujer se echó a reír. Ese sonido traspasó directamente a Jennifer. Fue casi doloroso.

—¿Usted quiere salvarse, Número 4?

Qué pregunta tan tonta, pensó Jennifer. *No puedo salvarme a mí misma. Nunca he tenido la oportunidad de salvarme a mí misma.* Pero mientras estas palabras resonaban en su imaginación, su cabeza asintió con movimientos hacia arriba y hacia abajo.

—Bien —aceptó la mujer. Se produjo otro breve titubeo—. Tengo una petición, Número 4 —continuó la mujer.

¿Una petición? ¿Quiere un favor? Imposible. Jennifer se inclinó ligeramente hacia delante. Sus terminaciones nerviosas estaban en tensión. Cada palabra que la mujer decía era para engañarla de algún modo, pero no estaba segura de cuál era el engaño.

—¿Hará usted lo que yo le pida? —continuó la mujer.

Jennifer asintió con la cabeza otra vez.

—Sí. Haré cualquier cosa que me pida. —No le pareció tener otra alternativa.

—¿Cualquier cosa?

—Sí.

La mujer hizo una pausa. Jennifer esperó alguna nueva manera de provocarle dolor. *Ella va a golpearme. Tal vez el hombre me viole otra vez.*

—Deme su oso, Número 4.

Jennifer no comprendió.

—¿Qué? —replicó.

—Quiero el oso, Número 4. Ahora mismo. Entréguemelo.

Jennifer casi se deja dominar por el pánico. Quería gritar. Quería correr. Era como si le pidieran que entregara su corazón o que dejara de respirar. El *Señor Pielmarrón* era lo único que le recordaba a Jennifer que era Jennifer. Podía sentir el áspero pelaje sintético del juguete contra su piel desnuda. En ese instante, parecía más intenso, como si el peluche se hubiera adherido a su cuerpo, se hubiera fusionado con ella. *¿Entregar al* Señor Pielmarrón? Se le cerró la garganta. Se ahogó, abrió la boca y se meció hacia atrás en su asiento, como si le hubieran dado un fuerte puñetazo en el pecho.

—No puedo, no puedo —gimió Jennifer.

—El oso, Número 4. Así tendré algo para recordarla.

Podía sentir las lágrimas que brotaban en sus ojos, y la náusea que le llenaba el estómago. Creyó que iba a vomitar. Podía sentir los pequeños brazos del juguete de peluche que la agarraban como si fuera un bebé. Quería caer en un agujero y esconderse de esta traición.

—El oso, Número 4. Ésta es la última vez que se lo pido.

No sabía qué otra cosa podía hacer. Lentamente, empujó al *Señor Pielmarrón* alejándolo de su pecho para ponerlo delante. Le dolían los hombros y temblaba sin poder contener los sollozos. Sintió que la mano de la mujer rozaba la suya cuando le quitó al *Señor Pielmarrón*. Trató con fuerza de acariciar la piel del juguete mientras se le escapaba de las manos. Su soledad era completa. Sólo las palabras *Lo siento, lo siento, lo siento, adiós, adiós, adiós* se formaban en su mente. Apenas escuchó las siguientes palabras de la mujer.

—Gracias, Número 4. Ahora, Número 4, creemos que ha llegado el momento del final. ¿Esto resulta aceptable para usted?

La pregunta la sofocó. Se sentía más desnuda que nunca.

—¿Aceptable, Número 4?

Señor Pielmarrón, *lo siento. Te fallé. Todo es culpa mía. Lo siento tanto... Quería salvarte.*

—¿El momento de terminar, Número 4?

Se dio cuenta de que ésta seguía siendo una pregunta que exigía una respuesta. Jennifer no sabía qué responder. *Si dices que sí, mueres. Si dices que no, mueres.*

—¿Le gustaría ir a su casa ahora, Número 4?

El poco aliento que quedaba dentro de ella llegó bruscamente a su garganta. Pensó que era caliente, húmedo y ferozmente frío, como una tormenta de nieve, ambas cosas al mismo tiempo.

—¿Le gustaría que ya hubiera terminado? —insistió la mujer.

—Sí… —logró decir Jennifer con un chillido, sollozando.

—¿El final entonces, Número 4?

—Sí, por favor… —suplicó Jennifer.

—Muy bien —dijo la mujer.

Jennifer no podía comprender ni creer lo que estaba ocurriendo. Fantasías de libertad se amontonaban en su imaginación. Estaba temblando y de pronto sintió las manos de la mujer sobre las suyas. Fue como tocar un cable con electricidad y su cuerpo entero se estremeció. La mujer lentamente abrió las esposas, dejándolas caer al suelo ruidosamente. La cadena tintineó, como si también hubiera caído. Jennifer se sentía mareada, casi descompuesta, se movió de un lado a otro, como si la cadena y las esposas la estuvieran manteniendo erguida.

—La capucha sigue en su sitio, Número 4. Usted sabrá cuándo puede quitársela.

Jennifer se dio cuenta de que había levantado sus manos hasta la tela negra que le cubría la cabeza. De inmediato obedeció, dejando caer las manos en su regazo, pero estaba terriblemente confundida. *¿Cómo se iba a dar cuenta?*

—Delante de sus pies estoy poniendo la llave para que usted abandone este lugar —explicó lentamente la mujer—. Esta llave abrirá la única puerta cerrada que la separa de la libertad. Por favor, quédese sentada durante varios minutos. Usted debe contar en voz alta. Entonces, cuando usted crea que ha pasado suficiente tiempo, puede encontrarla y decidir si considera que ya es tiempo de volver a su casa. Puede tomarse todo el tiempo que quiera para llegar a esa decisión.

La cabeza de Jennifer se tambaleó. Comprendía la parte de «quédese sentada» de la orden, y eso de «usted debe contar». Pero el resto de las órdenes no tenían sentido. Permaneció inmóvil en su posición. Escuchó a la mujer que atravesaba la celda y abría la puerta. Esto fue seguido por el ruido de una puerta cerrándose y una llave girando.

Su imaginación parecía afiebrada, llena de imágenes. Se suponía que la llave estaba justo delante de ella. Pensó: *Se están yendo. Se están escapando y sólo quieren que yo espere hasta que se hayan alejado. Eso es lo que hacen los delincuentes. Tienen que huir. Eso está bien. Puedo jugar a este juego. Puedo hacer lo que piden. Sólo váyanse. Déjenme aquí. Yo estaré bien. Puedo encontrar la manera de regresar a mi casa.*

—Uno…, dos…, tres… —susurró. No podía evitarlo. La esperanza la envolvía, junto con la culpa. *Lo siento,* Señor Pielmarrón, *deberías estar conmigo. Debería llevarte a casa a ti también. Lo siento.*

Tuvo una convulsión. De pies a cabeza. Imaginó que el *Señor Pielmarrón* iba a ser colocado delante de una cámara para ser torturado en lugar de ella. Pensaba que nunca se iba a perdonar a sí misma por haber entregado al oso. No creía que pudiera irse a casa sin él. Sabía que no podría reencontrarse cara a cara con su padre sin él; aun cuando su padre estuviera muerto, esa imposibilidad no parecía un obstáculo. Sus músculos se tensaron, duros como el metal.

—… ¡Veintiuno, veintidós! —Se dijo a sí misma: *Deja que pase bastante tiempo. Déjalos correr. Déjalos irse. Nunca los volverás a ver.* Tenía sentido para ella. *Ya han acabado conmigo. Todo ha terminado.* Empezó a sollozar de manera incontrolada. No se permitió formar las palabras *voy a vivir* en su mente, pero ese sentimiento creció dentro de ella, siguiendo el ritmo de los números de su reloj interior.

Cuando lenta y concienzudamente había contado ya hasta doscientos cuarenta, no pudo soportar más. *La llave,* se dijo. *Encuentra la llave. Vete a casa.*

Todavía sentada, se agachó, inclinándose, estirando la mano, como un penitente religioso que enciende una vela devocional en un altar delante de ella. Buscó a tientas y sus dedos encontraron algo sólido, metálico. Jennifer vaciló. No se parecía al tacto a ninguna llave que ella hubiera tocado antes. Estiró un poco más la mano y tocó algo de madera.

Las puntas de sus dedos recorrieron la forma de la llave. Algo redondo. Algo largo. Algo horrible. Retrocedió bruscamente, abrió la boca casi ahogada, como si sus dedos se hubieran quemado. Pensó: *Los gritos del bebé. Eran una mentira. Los niños jugando. Eran una mentira. El ruido de una pelea. Era una mentira. Los policías en el piso de arriba. Eran una mentira.*

Una llave para quedar libre. La peor mentira de todas. No era una llave para abrir una puerta lo que había a sus pies. Era una pistola.

Capítulo
42

Adrian tomó al menos tres desvíos equivocados y una vez se perdió totalmente en una serie de caminos llenos de baches que serpenteaban por entre pequeños pueblos que habrían tenido el encanto de Norman Rockwell si no hubieran estado oscurecidos por un insistente trasfondo de tiempos difíciles y pobreza. Demasiados automóviles oxidados sobre bloques de cemento en jardines laterales, demasiada maquinaria de granja abandonada junto a cercas destartaladas. Pasó junto a establos que no habían sido pintados en una docena de años con techos vencidos por demasiadas nevadas de duros inviernos, junto a caravanas de doble ancho adornadas con antenas parabólicas. Carteles pintados a mano ofreciendo *auténtico* jarabe de arce o *auténticos* utensilios de indios americanos aparecían cada pocos kilómetros.

Iba por caminos que conducían a destinos no demasiado concurridos. Caminos que eran más bien tortuosas huellas de dos carriles angostos que se alejaban de las partes de Nueva Inglaterra que se muestran en los folletos turísticos. Grandes grupos de árboles formando bosques enredados se extendían alejándose de las autopistas, alternando con praderas de un verde vibrante. Campos que en otro tiempo habían contenido vacas lecheras y ovejas entre las filas de árboles. Aquéllas eran partes ignoradas del país por las que la gente pasa apresuradamente pensando sólo en llegar a algún otro lugar, a alguna costosa casa de veraneo a orillas de un lago o a un caro apartamento en alguna pista de esquí. Se vio obligado más de una vez a retroceder después de detenerse a un lado del camino para estudiar detenidamente el viejo y usado mapa de papel que había sacado de la guantera. La verdad era que no tenía un plan definido.

Su rumbo caprichoso, lleno de errores de anciano que correspondían a alguien veinte años mayor que él, le había retrasado significativamente. Sabía que debía darse prisa. Apretaba el acelerador como quien está desesperado por llegar al hospital, haciendo por momentos saltar hacia delante el coche, para luego frenarlo de golpe cuando le parecía que podía perder el control en alguna curva cerrada. No cesaba de repetirse a sí mismo que no debía volver a equivocarse de camino. *Equivocarme en un desvío podría ser fatal,* se dijo. A veces dejaba escapar recomendaciones gruñendo en voz alta:

—Sigue, no te detengas…

Adrian trataba de seguir pensando en Jennifer, pero incluso esto le resultaba esquivo y difícil. Era como si hubiera imágenes que chocaban unas con otras: *La decidida Jennifer con la gorra rosa de los Red Sox; la Jennifer sonriente de la fotografía de la octavilla de personas desaparecidas que estaba en el asiento junto a él; la Jennifer con los ojos vendados y casi desnuda que miraba a la cámara mientras era interpelada por un interrogador oculto.*

Sabía qué Jennifer iba a encontrar cuando localizara la granja.

Lo que quedaba del razonable profesor de psicología, en otro tiempo director del departamento, esa parte suya totalmente respetable, le decía que debía llamar a la detective Collins y comunicarle dónde se encontraba y qué estaba haciendo. Eso habría sido lo prudente. Podría incluso llamar al delincuente sexual. Wolfe o Terri Collins ciertamente podrían tener una idea mucho mejor de cómo proseguir que la que él tenía.

Pero había decidido dejar de ser razonable en el mismo momento en que se puso en camino con su coche aquella mañana. No sabía si su comportamiento podía ser atribuido a su enfermedad. *Tal vez,* consideró. *Tal vez esto es sólo la parte más disparatada de todo el asunto cuando se manifiesta y lo domina todo. Tal vez si tomara un puñado de esas pastillas que no surten ningún efecto me estaría comportando de manera diferente. Tal vez no.*

Adrian disminuyó drásticamente la velocidad del viejo Volvo; estaba deslizándose por una pequeña carretera secundaria de dos carriles, mirando a derecha e izquierda en busca de algo que le indicara que estaba cerca. Esperaba que apareciera una camioneta veloz en alguna curva, haciendo sonar la bocina e insultándolo por conducir de manera tan peligrosa. Se preguntaba si debía haber llamado al agente de bienes inmuebles, haber conseguido información más precisa, incluso haberle pedido que se encontrara con él y le mostrara el camino. Pero en su interior una voz insistente le decía que todo lo que estaba haciendo era mejor hacerlo solo. Sospechaba que Brian estaba detrás de este consejo. Siempre había sido un tipo autosuficiente que confiaba sobre todo en sí mismo y muy poco en los demás. Tal vez Cassie, también ella tenía la actitud propia del artista de ser en todo momento ella misma. Por cierto no había que descartar la contribución de Tommy, que siempre había sido maravillosamente independiente.

Condujo el Volvo a un lateral del camino, a un espacio reservado para que el autobús escolar diese la vuelta, y lo detuvo, haciendo crujir los neumáticos sobre la grava suelta. De acuerdo con su desgastado mapa, con las coordenadas del GPS que había obtenido y con la información de la página de bienes inmuebles, el camino que conducía a la granja estaba unos cuatrocientos metros más adelante. Adrian miró en esa dirección. Un único y vapuleado buzón azul, inclinado como un marinero borracho después de una noche de juerga, marcaba una entrada solitaria.

Su primer impulso fue simplemente conducir, bajar del coche y llamar a la puerta. Empezó a poner el automóvil en marcha, pero una mano le tocó el hombro y escuchó a Tommy, que susurraba:

—No creo que eso funcione, papá.

Adrian se detuvo.

—¿Qué te parece, Brian? —preguntó. Usó el mismo tono que habría usado cuando presidía una larga y tediosa reunión del cuerpo docente y daba paso a las quejas y opiniones, que siempre eran abundantes—. A Tommy no le parece bien ir directamente a la puerta de entrada.

—Escucha al muchacho, Audie. Generalmente los ataques frontales son fácilmente rechazados, incluso cuando cuentas con el elemento sorpresa. Y además, realmente no tienes ni idea de qué es lo que puedes encontrar…

—Entonces ¿qué…?

—Sigilo, papá —intervino Tommy, aunque todavía seguía hablando en voz muy baja—. Lo que tienes que hacer es acercarte sigilosamente.

—Creo que éste es el momento de moverse con cautela, Audie —añadió Brian rápidamente—. Nada de prepotencia. Nada de exigencias. No es el momento para un repentino ataque del tipo *Aquí estoy yo; dónde está Jennifer*. Lo que necesitamos es un reconocimiento del terreno.

—¿Cassie? —preguntó en voz alta.

—Escucha lo que te dicen, Audie. Ellos tienen mucha más experiencia que tú en este tipo de operaciones.

No estaba seguro de que eso fuera completamente verdad. Era cierto que Brian había conducido una compañía de hombres por la selva en una guerra, y Tommy había filmado muchas operaciones militares. Pero Adrian imaginó que Jennifer era más bien como una de sus ratas de laboratorio. Ella estaba en un laberinto, y él observaba el desarrollo del experimento. Esta idea tenía un cierto sentido para él. Encontrar un lugar desde donde pudiera mirar, a un paso de distancia, parecía algo natural.

Adrian observó detenidamente las imágenes del sitio web del agente inmobiliario. Luego las guardó y las metió en el bolsillo interior de su abrigo. Estaba casi bajando del coche cuando oyó que Cassie susurraba:

—No te olvides…

Adrian sacudió la cabeza y farfulló:

—¡Concéntrate! —Calculó que su capacidad para pensar correctamente había descendido tal vez a un cincuenta por ciento. Tal vez todavía menos que eso. Sin las advertencias de Cassie, habría estado perdido—. Lo siento, Zarigüeya —respondió—. Tienes razón. La necesitaré. —Extendió la mano hacia la parte de atrás del automóvil y levantó del asiento la Ruger nueve milímetros de su hermano muerto.

El peso del arma le resultó reconocible. Pensó que él le había dado mucho más uso al arma que Brian. Su hermano sólo la usó una vez… para suicidarse. Adrian la había usado para *casi* suicidarse, y luego para amenazar varias veces a Mark Wolfe, y en este momento podría tener motivo para usarla otra vez. Trató de meterla en el bolsillo de su cahqueta, pero no cabía. Trató de meterla en el cinturón de los pantalones, pero lo que parecía tan fácil en la televisión y para las estrellas de cine, hacía que se sintiera desequilibrado, y tuvo la sensación de que podría caérsele y perderla. De modo que, agarrándola fuerte, mantuvo el arma en la mano.

Adrian levantó la cabeza. Una ligera brisa se movía por entre las ramas de los árboles. Rayos de sol y oscuras sombras se movían de un lado a otro. Cruzó al trote el camino y empezó a andar hacia la entrada. Una bandada de cuervos negros como el carbón se elevó ruidosamente desde un sanguinolento banquete en el camino cuando él los sobresaltó. Se alegró de que no apareciera nadie, porque una parte de él pensaba que tenía un aspecto totalmente ridículo y otra parte de él pensaba que parecía totalmente loco.

* * *

Terri Collins conducía a toda velocidad, llevando su pequeño automóvil mucho más allá de cualquier límite que pudiera ser seguro. Mark Wolfe iba agarrado al asidero encima del asiento del acompañante con una sonrisa salvaje en su cara y los ojos muy abiertos en lo que podría interpretarse como una emoción de montaña rusa. Los kilómetros pasaban por debajo de las ruedas. Durante gran parte del camino habían viajado en silencio, quebrado sólo por la voz seductora y metálica del GPS dando instrucciones que venían de una aplicación de su teléfono móvil.

No sabía cuánto tiempo habían recuperado para alcanzar al profesor. Bastante. *¿Suficiente?* Estaba segura de que aquello era una emergencia, pero se habría visto en dificultades para explicar exactamente por qué era tan urgente. *¿Impedir que un profesor de psicología medio loco le disparara a alguien inocente?* Eso era posible. *¿Encontrar a una adolescente fugitiva que estaba siendo explotada en un sitio web de pornografía?* Eso era posible. *¿Ninguna de esas dos cosas y yo haciendo el papel de tonta?* Probablemente.

En un momento, Wolfe se había reído. Había estado yendo a una velocidad cercana a los ciento cincuenta kilómetros por hora, y él encontraba que eso era increíblemente divertido.

—Un agente de tráfico me habría arrestado a mí, con seguridad —dijo—. Y se habría sorprendido mucho al revisar mi matrícula y mi licencia de conducir. Los tipos con antecedentes como los míos nunca pueden evitar una multa por exceso de velocidad sólo hablando. Pero usted tiene suerte.

Terri no pensaba que tuviera suerte. Es más, le habría gustado mucho que un automóvil de la policía estatal apareciera detrás de ella. Eso le habría dado una excusa para pedirle ayuda.

No estaba segura de necesitar ayuda. Tampoco estaba segura de no necesitarla. Le parecía que estaba embarcada en una curiosa búsqueda, acompañada por un muy desagradable Sancho Panza, siguiendo a un Don Quijote que no tenía siquiera la pobre conexión con la realidad del literario caballero andante.

La voz del GPS les hizo salir de la carretera interestatal hacia caminos secundarios. Ella conducía su automóvil tan rápido como aquellos angostos caminos se lo permitían. Sus neumáticos se quejaban. Wolfe se tambaleaba en el asiento del acompañante, arrastrado primero a la derecha, luego a la izquierda, por la fuerza de cada movimiento.

Un cambiante paisaje de idílico aislamiento pasaba rápidamente por las ventanillas. Los bosques y los campos deberían haber parecido tranquilos y bellos, pero en cambio aparentaban estar escondiendo secretos. Por un momento ella recordó que se había saltado totalmente el orden y los procedimientos. El pueblo donde trabajaba tenía sentido para ella. Tal vez no todo era ideal, pero comprendía todos los oscuros trasfondos, de modo que no le parecían temibles. Este viaje estaba todo envuelto en ideas oscuras que iban más allá de todo lo que alguna vez había experimentado en sus años como policía. Tal vez no en su época de víctima, sin embargo. Sacudió la cabeza, como si estuviera respondiendo a una pregunta, aunque ninguna había sido formulada.

Mark Wolfe estaba mirando las indicaciones.

—Quince kilómetros por este camino —dijo—. En realidad, quince kilómetros y seiscientos metros, según esto. Y luego una vuelta más, otros seis kilómetros y medio, y deberíamos estar ahí. Suponiendo que estos datos sean correctos. A veces Mapquest no es muy preciso. —Se echó a reír—. Nunca me imaginé que iba a ser el copiloto de una policía —dijo.

* * *

Adrian encontró un sendero que parecía paralelo al de la entrada, a través de los árboles que señalaban el lateral del camino a la granja. Esquivó los troncos caídos y tropezó en la esponjosa tierra húmeda. Los ásperos arbustos tironeaban de su ropa, y a los pocos minutos, el sendero se estrechaba y se hacía cada vez más enredado, hasta que se encontró luchando contra los brotes de la primavera.

Avanzaba zigzagueando, con espinas que le enganchaban los pantalones y le herían las manos, apartando arbustos, girando a la derecha, luego a la izquierda, tratando de mantenerse en un sendero que por momentos aparecía abierto y accesible, para luego, unos metros más adelante, volverse intransitable. Adrian no quería reconocer que estaba perdido otra vez, pero sabía que se estaba viendo obligado a tomar direcciones que lo alejaban del lugar adonde quería ir. Luchó por mantener intacto su sentido de la orientación mientras se abría camino por entre los espesos arbustos. Esperaba que Brian le dijera cuánto peor era la selva en Vietnam, pero a su lado sólo podía escuchar la respiración fuerte, rápida y exhausta de su hermano. Cuando se detuvo un momento para descansar, se dio cuenta de que estaba solo.

Se sentía en una trampa. Quería empezar a disparar la nueve milímetros, como si las balas pudieran abrirle el camino. El sudor goteaba de su frente incluso con aquella temperatura templada. Era como estar en una pelea, y él daba golpes, apartando ramas de su cara, pateando espinas que se agarraban a sus pantalones.

Adrian se tomó un segundo para mirar hacia arriba. El cielo azul parecía iluminar su camino. Se obligó a seguir adelante, aunque se daba cuenta de que el concepto «adelante» podría haber significado a un lado o incluso hacia atrás. Daba vueltas en el mismo sitio, derrotado por el enredado bosque. Por un segundo se sintió dominado por el miedo, pensando que se había metido en un lugar del que nunca podría salir y en el que estaba destinado a pasar cualquiera que fuese el tiempo que le quedaba en esta tierra, perdido entre un espeso montón de árboles y arbustos, condenado por una sola mala decisión.

Quería dejarse llevar por el pánico, gritar pidiendo ayuda. Se agarró de unas ramas y se empujó en cualquier dirección que pudiera seguir. Arrancó madera muerta y tropezó más de una vez. Aquella lucha le hacía sangrar; podía sentir rasguños en las manos y atravesándole la cara. Maldijo su edad, su enfermedad y su obsesión. Y entonces, con la misma rapidez con que el bosque había parecido atraparlo, sintió que éste se abría, soltándolo poco a poco.

Repentinamente, los espacios se hicieron más amplios. El suelo debajo de sus pies se hizo más firme. Las espinas parecieron dejar de lastimarlo. Adrian miró hacia arriba y vio la salida. Siguió adelante, como un hombre que se está ahogando y abre la boca en busca de aire cuando su cabeza atraviesa la superficie del agua. La línea de árboles se interrumpió, dando paso a un embarrado campo verde. Adrian cayó de rodillas como un suplicante, pleno de agradecimiento. Respiró con rapidez, tratando de calmarse y darse cuenta de dónde estaba.

Una pequeña elevación se extendía frente a él y trepó por un lado, sintiendo la luz del sol en la espalda. Había un ligero olor a tierra húmeda. En la cima, se detuvo para orientarse. Para su asombro, pudo ver el establo y una granja debajo. Metió la mano en su abrigo, sacó el montón de folletos de bienes inmuebles y comparó nerviosamente las fotografías con lo que estaba viendo. *Ya he llegado,* pensó repentinamente.

Su zigzagueante lucha en el bosque lo había llevado más allá de la casa, que estaba en un pequeño declive cercano. Estaba frente a un lado de la casa, casi en la parte de atrás, con el establo más cerca de él. Estaba por lo menos a cincuenta metros de ambos edificios. Todo era espacio abierto. Un campo embarrado que en otro tiempo había sido un lugar para el ganado.

No pidió consejo a su hermano.

En cambio, Adrian se puso de rodillas y luego se echó sobre el suelo blando y empezó a arrastrarse hacia el sitio donde estaba absolutamente seguro de que iba a encontrar a Jennifer.

Capítulo
43

Las dos muchachas adolescentes estaban sentadas una al lado de la otra en el borde de una cama individual, en un dormitorio notable por su colección de pequeños juegos de té y de animales de peluche rosados vestidos con volantes. Las chicas miraban atentamente la pantalla del ordenador. Tendrían una diferencia de menos de un año, incluso semanas con respecto a la edad de la Número 4.

Delante de ellas, sobre el escritorio, había un revólver niquelado de calibre 32 de cañón corto. El metal brillante reflejaba las imágenes del ordenador. El arma estaba totalmente cargada y no tenía el seguro puesto. Servía de pisapapeles para una pila de documentos escaneados y de correos electrónicos impresos, mensajes de texto y páginas de MySpace. Mezcladas con todo eso había un par de notas manuscritas en papel pautado, que habían sido dobladas media docena de veces hasta convertirlas en un fajo y que luego habían sido desdobladas para que se pudieran leer los mensajes garabateados en ellas.

Una de las muchachas tenía un ligero sobrepeso. La otra usaba gafas gruesas. Ninguna de estas características tendría que haber significado nada especial, pero para ellas dos lo significaban todo.

Los papeles debajo del arma eran el resultado de un regis-tro detallado de seis meses de agresiones cibernéticas. «Ramera» y «Puta» estaban entre las cosas más delicadas que les decían. También había algunas fotos horribles y vergonzosas, retocadas con Photoshop, que las mostraban en diversos actos sexuales con algunos muchachos anónimos. Que retrataran hechos que no ha-bían tenido lugar en realidad era irrelevante. Quienquiera que hubiera manipulado las imágenes era muy hábil, pues cualquiera que las viera habría tenido que mirar con sumo cuidado para darse cuenta de que eran falsificaciones. Ninguno de sus compa-ñeros de clase en el instituto lo había hecho cuando las fotos fue-ron distribuidas por correo electrónico y teléfonos móviles. Ellos sabían que las fotografías eran falsas, pero no les importaba.

Las dos chicas estaban en silencio. Miraban la pantalla.

El arma había sido robada a la madre de la chica con so-brepeso. Era una secretaria ejecutiva divorciada que a menu-do trabajaba hasta muy tarde y tenía que cruzar, mucho después de que hubiera oscurecido, el enorme aparcamiento de la empresa hasta su automóvil, lo cual había sido su explica-ción para necesitar un arma. Al principio, la madre había in-tentado incluir a su hija en el curso de defensa personal al que ella había empezado a acudir pero que nunca terminó. En ese momento, la madre estaba en su mesa, atendiendo llamadas telefónicas y preparando el itinerario para el próximo viaje de negocios de sus jefes. Creía erróneamente que la pistola estaba en el fondo de su cartera Fendi de imitación y que su hija esta-ba en una clase de Álgebra.

De mala gana, la joven con gafas apartó la mirada de la pantalla. Echó un vistazo a una hoja de papel amarillo pálido con una elaborada cenefa de flores que tenía apretada en su mano. Era una nota de suicidio conjunta, que ambas habían elaborado. Habían querido asegurarse de que todos supieran quiénes las habían estado acosando; juntaron todos los nombres que pudieron, con la fantasía de que las personas que las ha-bían llevado al suicidio fueran a la cárcel para siempre. No te-

nían la menor idea de lo improbable que iba a ser ese resultado, pero eso las había ayudado a seguir adelante con el pacto.

En la nota no mencionaban la fascinación de ambas por whatcomesnext.com. No hablaban de las horas que habían pasado siguiendo a la Número 4. No contaban de qué manera le habían suplicado, habían tratado de engatusarla para luego sollozar con ella al ver que le ocurrían cosas terribles.

La Número 4 se había convertido en ellas, y ellas en la Número 4. Así que cuando empezaron a formular sus planes en llamadas telefónicas avanzada la noche, con los ojos llenos de lágrimas, habían estado de acuerdo en un detalle clave: si la Número 4 moría, ellas también iban a morir.

Comprendían que eran mucho más afortunadas que la Número 4. Se tenían la una a la otra para acompañarse. Ella sólo tenía a su oso, y en ese momento hasta eso había desaparecido, aunque podían ver en qué lugar del suelo lo había dejado la mujer, algo que la Número 4 no podía apreciar debajo de su capucha.

Mientras miraban, vieron que la Número 4 levantaba el arma del suelo de la celda. La jovencita con sobrepeso imitó los movimientos de la Número 4, extendió la mano y agarró el calibre 32 por la culata. En realidad no sabían si querían que la Número 4 se pegara un tiro o no. Sólo sabían que ellas iban a hacer lo mismo. Cualquier cosa que ella hiciera, la repetirían. Cualquier pensamiento acerca de si lo que estaban haciendo era correcto o no, inteligente o estúpido, se había perdido en su decisión de dejar que el futuro de la Número 4 definiera el de ellas. La chica de gafas se inclinó, cogió la mano de su amiga y la apretó de modo tranquilizador. Por un momento se preguntó por qué su amistad no era suficiente para ayudarlas a atravesar el instituto de secundaria, incluso con las cosas que les hacían para molestarlas permanentemente y toda aquella crueldad. No podía responder a esta pregunta en particular. Sólo sabía que en los siguientes minutos tendría muchas otras respuestas.

*** ***

Jennifer cogió el revólver, sorprendida por lo pesado que era. Nunca antes había tenido un arma mortal en su mano y tenía la idea equivocada de que algo capaz de matar debía ser ligero como una pluma. No sabía nada sobre cómo manejarla, ni cómo abrir el tambor, ni cómo cargarla ni de qué manera amartillarla. No se daba cuenta de si el seguro estaba puesto o no, ni tampoco de si en el arma había una bala o seis. Había visto bastante televisión como para saber que probablemente lo único que tenía que hacer era apuntar el arma a su cabeza y apretar el gatillo hasta que ya no tuviera que volver a hacerlo.

Una parte de ella le gritaba por dentro: *¡Termina con todo! ¡Hazlo! ¡Termina con esto ya!* Sus propios sentimientos, tan severos, la hicieron respirar hondo.

La mano le tembló un poco y calculó que debía actuar rápido porque no tenía manera de saber qué podría hacerle la pareja si llegaba a vacilar. De alguna manera, eso de *Pégate un tiro para que no te lastimen* tenía un curioso tipo de lógica. Pero al mismo tiempo tenía que revisar todos los aspectos de cada movimiento: *Extiende la mano. Coge el arma. Levántala con cuidado. Detente.* Como si los últimos minutos debieran ser realizados a cámara lenta.

Se sentía completamente sola, aunque sabía que no era así. Sabía que ellos estaban cerca.

El mareo hacía que su cabeza diera vueltas. Se encontró reviviendo las cosas que le habían pasado desde el secuestro en la calle, otra vez fue golpeada, otra vez fue violada, otra vez se burlaron de ella. Al mismo tiempo, se estaba llenando de imágenes inconexas de su pasado. El problema era que cada uno de estos recuerdos, los buenos y los malos, los divertidos y los difíciles, todos parecían estar retirándose poco a poco por un túnel, de modo que cada vez se le hacía más difícil poder verlos.

Era como si Jennifer estuviera yéndose finalmente de la habitación y la Número 4 fuera la única persona que quedaba. Y la Número 4 sólo tenía una alternativa a su disposición. *La llave para irse a casa.* Así fue como la llamó la mujer. Matarse era lo que más sentido tenía. No vio ni imaginó que hubiera otra alternativa.

Pero de todas maneras, vaciló. No comprendía de dónde venía la combinación de resistencia y reticencia, allí estaba, dentro de ella, gritando, llena de miedo, discutiendo, luchando contra el impulso de terminar con la Número 4 en ese momento. Ya no podía decir qué hacer que fuera valiente. *¿Pegarse un tiro o no?* Vaciló porque nada estaba claro.

Entonces Jennifer hizo una cosa sorprendente, algo que ella no podría haber explicado pero que chilló en su cabeza como algo necesario e importante para hacer sin demora.

Puso el arma cuidadosamente sobre su regazo y alzó las manos. Empezó a desatar la capucha que le cubría la cabeza. Ella no lo sabía, pero aquello tenía todo el falso romanticismo de Hollywood propio del espía valiente que mira de frente al pelotón de fusilamiento y se niega a que le venden los ojos para poder afrontar la muerte cara a cara. La capucha estaba muy ajustada, y tuvo que hacer un gran esfuerzo para desatar los nudos que la mantenían en su sitio. Un extraño pensamiento acerca de pasar directamente de un tipo de oscuridad a otra rebotó de un lado a otro dentro de ella. Fue un trabajo lento, ya que sus manos temblaban de manera desenfrenada.

* * *

Fue Linda quien primero vio lo que la Número 4 estaba haciendo. Ambos, como prácticamente todos sus abonados, estaban pegados a sus monitores, observando el ritmo lento, pero así y todo delicioso, del final de la Número 4. Era inevitable. Era atractivo. Las salas de chat y mensajes instantáneos sobre el último acto estaban llenas de abonados tecleando furiosamente textos sobre lo que estaban viendo. Las respuestas producían un frenético estrépito electrónico. Abundaban los signos de admiración y las bastardillas. Las palabras corrían como agua escapada de una presa.

—¡Santo cielo! —exclamó Linda—. Si se quita eso... —En un mundo dedicado a la fantasía, la Número 4 había inyectado sin quererlo una realidad con la que tenían que lidiar. Linda no había previsto esto, y de pronto se vio hundida en un mar de temores y oleadas de preocupación—. No debí haberle quitado las esposas de las muñecas —murmuró Linda, furiosa—. Debí haber sido más explícita.

Michael fue hacia el teclado y agarró una palanca. Estaba a punto de apagar la cámara principal que enfocaba directamente la cara, pero se detuvo.

—No podemos estafar a los clientes —reaccionó súbitamente—. Van a exigir ver su cara. —Lo único que podía ver era la rabia que se iba a desatar si la Número 4 hacía lo que se esperaba que hiciera, pero tenían que ocultar el último acto con un trabajo de cámara ingenioso y con ángulos indirectos para las tomas—. No sirve —farfulló Michael—. Querrán que todo esté absolutamente claro.

—¿Acaso debemos...? —empezó Linda, pero se detuvo—. Tuvieron una imagen como un destello cuando creyeron que iba a escapar. Tal vez pasaron uno o dos segundos antes de que la transmisión pasara al plano desde atrás...

—Sí. Y las respuestas fueron muy claras. No les gustó que le cubriéramos los ojos. Querían ver —respondió Michael.

—Pero... —Linda hizo una pausa por segunda vez. Podía prever todas las consecuencias de lo que Michael decía—. Eso es un maldito riesgo de gran magnitud —susurró—. Si la policía llega a ver esto, y tú bien sabes, Michael, que lo hará tarde o temprano, puede congelar la imagen. Ampliar la fotografía. Sabrán a quién estarán viendo. Y eso podría, no sé cómo, pero podría de alguna manera hacerles saber a quién buscar.

Michael era completamente consciente de los peligros de permitir que en el momento de morir los clientes vieran quién era en realidad la Número 4. Pero la alternativa parecía peor. Todas las otras habían muerto más o menos de manera anónima, con sus verdaderas identidades ocultas hasta el final del espectáculo. Pero tanto Michael como Linda conocían perfectamente la pasión y la intimidad que los clientes habían desarrollado con la Número 4. Estaban mucho más preocupados. De modo que era mucho lo que se arriesgaba mientras la Número 4 seguía luchando con los nudos que mantenían la capucha en su lugar.

—No se da cuenta —observó Linda hablando lentamente— de que tal vez podría simplemente romper la venda. Sería más rápido que lo que está haciendo. Eso podría ser bueno. Visualmente, quiero decir.

—Espera. Sigue mirando. Puede darse cuenta. Debemos estar listos. Podríamos tener que interrumpir rápidamente la transmisión de la cámara principal. No me gusta la idea, pero tal vez debamos hacerlo.

Michael mantuvo los dedos sobre las teclas correspondientes. Linda estaba a su lado. Él había considerado la posibilidad de grabar la escena final en la granja para transmitirla más adelante, después de haberse deshecho de la Número 4 y de haber borrado todos los rastros. Pero sabía que esto iba a enfurecer a los abonados. En la seguridad de sus propios hogares delante de sus pantallas de ordenador, ellos querían desesperadamente saber. Y eso requería que ellos pudieran ver. Michael sentía que sus músculos se endurecían con la tensión. *No puede haber retrasos*, pensó. *Simplemente tendremos que ocuparnos de las cosas a medida que ocurran.* La incertidumbre le daba energía a la vez que le preocupaba. Echó una mirada a Linda, e imaginó que ella estaba siendo acosada más o menos por esos mismos pensamientos. Luego volvió a mirar a la Número 4, mientras él y Linda se aferraban a lo que podían ver y a lo que ellos estaban enviando al cibermundo.

Él respiró hondo.

Por primera y única vez en *Serie # 4*, Michael y Linda vacilaban. Era como si la incertidumbre que había atrapado a la Número 4 durante todo el espectáculo finalmente les hubiera afectado a ellos también. Su propia confianza en sí mismos vacilaba y, también por primera vez, se inclinaban sobre la pantalla sin tener ninguna idea concreta de lo que iba a venir después.

* * *

El barro se endurecía sobre su ropa, le cubría las manos y hacía que la empuñadura de la nueve milímetros se volviera resbaladiza. El intenso olor a tierra llenaba las narices de Adrian mientras avanzaba serpenteando, un pie primero, después el otro, avanzando pacientemente hacia la granja. El sol brillaba directamente sobre él y pensó que si alguien miraba por alguna ventana, podría descubrirlo, aun en esa posición de bajo perfil. Pero siguió gateando, avanzando de manera inexorable, atravesando el espacio abierto lo más directamente que podía, con los ojos fijos en su objetivo.

No se puso de pie hasta que llegó a la esquina del establo, donde podía esconderse detrás de la pared, ocultándose de la casa. Respiraba pesadamente, no por el esfuerzo, sino por la sensación de que se estaba lanzando de cabeza a una ineludible pelea que combinaba su enfermedad con todos sus fracasos como marido, como padre y como hermano. Quería volverse hacia sus fantasmas y decirles que lo sentía, pero con la poca sensibilidad que le quedaba, sabía que tenía que seguir avanzando. Vendrían con él sin importarles las absurdas disculpas que les ofreciera.

En su interior, algo le decía que Jennifer estaba a sólo unos pocos metros. Mientras se deslizaba por el borde del establo y espiaba cautelosamente a su alrededor, se preguntaba si alguien en su sano juicio habría llegado a esa misma conclusión. Podía ver la parte de atrás de la granja. Había una sola puerta que supuso que conducía a una cocina. En la parte delantera, por lo menos de acuerdo con las fotografías que tenía, había un viejo porche que probablemente en otros tiempos había tenido un columpio o una hamaca, pero que en ese momento no era más que otro techo que dejaba pasar el agua.

No se escuchaba ningún ruido. No había ningún movimiento. Nada que indicara que había alguien dentro. Si no fuera por la vieja camioneta estacionada delante, habría pensado que el lugar estaba abandonado.

Las puertas, lo sabía, estarían cerradas con llave. Se preguntó si podría usar la empuñadura de la nueve milímetros para entrar por la fuerza. Pero el ruido era su enemigo y un ataque frontal... Bueno, su hermano ya había explicado que eso sería un error. La idea de fallar a pesar de estar tan cerca lo asustó. Eso le había pasado con todas las personas a las que había amado, de modo que decidió no cometer el mismo error.

Adrian siguió inspeccionando la casa. En la puerta de la cocina había una serie de peldaños de madera destartalados con una barandilla que estaba rota. Pero justo al lado, apenas por encima del nivel del suelo, había una pequeña ventana manchada de barro. En su casa había una igual: un único panel angosto de vidrio que dejaba entrar un poco de luz al sótano.

Adrian hizo un cálculo: *Si el hombre y la mujer que raptaron a Jennifer son como la mayoría de las personas, habrían pensado en cerrar con llave la puerta principal y la puerta posterior, y también en cerrar las ventanas de la sala de estar, el comedor y la cocina. Pero se habrían olvidado de la ventana del sótano. Siempre me ocurría a mí. No a Cassie. Puedo entrar por ahí.*

Tenía que correr rápido para cruzar el breve trecho de espacio abierto. Tan rápido como pudiera. *¿Sistema de alarma?* No en una casa tan vieja, se mintió esperanzado. *Corre li-*

gero, se recomendó a sí mismo. Luego iba a lanzarse por debajo de la casa para tratar de abrir la ventana del sótano.

No era un gran plan. Si no funcionaba, no sabía qué iba a hacer como alternativa. Pero se consoló un poco al pensar que había pasado su vida académica sin prejuzgar los resultados de los experimentos. Era algo que había enseñado una y otra vez a generaciones de estudiantes de postgrado: *Nunca hay que anticiparse al resultado, porque entonces no verán el verdadero significado de lo que ocurre y no podrán percibir la emoción de lo inesperado.*

Antes había sido psicólogo. Y cuando era joven, había sido corredor. Apretó los dientes, respiró hondo y se lanzó hacia delante. Adrian corrió, moviendo desenfrenadamente los brazos, hacia la granja, hacia la ventanita cerca del suelo.

Capítulo
44

Todavía avanzaban rápido por el angosto camino secundario de dos carriles cuando Mark Wolfe descubrió el automóvil de Adrian abandonado en el ensanchamiento destinado a permitir dar la vuelta al autobús escolar. Terri Collins frenó de golpe cuando el delincuente sexual exclamó:

—¡Ah! ¡Ahí está!

Pero de todas maneras pasó a gran velocidad junto al viejo Volvo y tuvo que hacer un giro en U con los neumáticos chirriando antes de detenerse junto al automóvil.

A ella le temblaban las piernas cuando saltó fuera del coche. Demasiada ansiedad, demasiada velocidad al límite; se sentía un poco como alguien que había virado bruscamente para evitar un accidente y sentía que el chorro de adrenalina rápidamente se disipaba. Wolfe saltó del asiento del acompañante y se quedó junto a ella.

No había señales de Adrian. Terri se acercó al Volvo con cuidado. Examinó el terreno alrededor del vehículo de manera muy parecida a como lo haría al analizar minuciosamente la escena de un crimen. Miró con atención por el cristal. El interior del vehículo estaba lleno de cosas. Un viejo vaso de café de Telgopor. Una botella de agua mineral a medio terminar.

Un *The New York Times* de hacía varios meses y un ejemplar de *Psychology Today* de hacía un año. Había incluso un par de multas por mal estacionamiento hacía tiempo olvidadas. El automóvil estaba sin llave, y abrió la puerta para seguir revisando el interior, como si algún elemento dejado allí fuera a decirle algo que ella aún no supiera.

—Parece que ha estado aquí y ya no está —dijo Wolfe lentamente, alargando cada palabra con un falso acento sureño para cortar la tensión. Terri retrocedió. Giró y miró hacia el camino. La mirada en sus ojos preguntaba: *¿Dónde?*

Como si se dispusiera a responder, Wolfe trotó de vuelta al automóvil de la detective y sacó los mapas y el teléfono móvil. Hizo una rápida inspección y apretó algunas teclas antes de señalar hacia el camino con árboles a los costados. Era como dar instrucciones de una sombra a otra sombra.

—Por allí —dijo—. Ése es el lugar adonde se dirige. Por lo menos de acuerdo con todo esto, es allí. No siempre se puede confiar en esta información. Por cierto, no parece un lugar desde donde realmente se pueda originar una muy sofisticada transmisión para la web.

—¿Cómo cree usted que es el aspecto que deben tener esos lugares? —preguntó Terri. Había una cierta tensión en sus palabras.

—No lo sé —respondió Wolfe—. ¿Centros comerciales abiertos de California? ¿Estudios de fotografía de grandes ciudades? —Luego sacudió la cabeza, como si estuviera respondiendo a un argumento todavía no formulado—. Por supuesto, tal vez no para el tipo de transmisión que estos tipos están haciendo. —Wolfe siguió los ojos de Terri—. Supongo que el viejo siguió a pie —sugirió.

Terri miró detenidamente hacia delante y vio el destartalado buzón que marcaba la entrada a la granja, tal como había hecho antes Adrian.

—Tal vez decidió acercarse a ellos sigilosamente —dijo Wolfe—. Tal vez en realidad sabe lo que está haciendo y simplemente no nos lo ha revelado ni a usted ni a mí. De cualquier modo, no sabe exactamente qué clase de recepción va a tener allí, pero en cualquier caso, no será para nada amistosa.

Terri no respondió. Cada vez que Wolfe hacía una observación que reflejaba la suya, o tenía algún grado de exactitud, sentía una mezcla de desagrado y enfado. Que estuvieran en los límites de un territorio en el que él pudiera saber un poco más que ella era algo que la enfurecía. Se alejó rápidamente, haciendo cálculos. Ella se enfrentaba más o menos al mismo dilema que había enfrentado Adrian.

Sacó el teléfono móvil de las manos de Wolfe. Había procedimientos bien claros para este tipo de cosas. Su departamento estaba permanentemente dando a conocer largos memorandos que destacaban los enfoques legales correctos para ocuparse de delitos en el momento en que se estaban cometiendo. El proceso de la investigación: recolección y clasificación de pruebas, informes presentados por triplicado. Su jefe tendría que haber sido informado. Habría que haber conseguido órdenes judiciales. Tal vez incluso debía haberse puesto en contacto con el SWAT, si es que al menos había un equipo SWAT local. Lo dudaba. Conseguir que un equipo bien entrenado llegara a ese lugar habría requerido varias llamadas telefónicas y largas explicaciones, y aun así, tendrían que venir desde los cuarteles de la policía estatal más cercanos, es decir, a una distancia de unos treinta minutos, tal vez más. Rara vez se necesitaba el servicio de armas y tácticas especiales en la Nueva Inglaterra rural. Además, cuando llegaran, iban a tener que ser informados acerca de la situación. *Hay un profesor jubilado de la universidad y posiblemente chiflado con un arma cargada en algún lugar por aquí.* Dudaba que pensaran que algo así requiriera la presencia de chalecos antibalas, armas automáticas de gran potencia y planificación al estilo militar.

Así que nada de SWAT, pensó. Además, no tenía ni idea de si la policía local tenía más de un coche patrulla de guardia, y podría estar a kilómetros de distancia. Sabía que estaba muy lejos de su jurisdicción y que era mejor contar con ayuda local. A decir verdad, sabía que, legalmente, tenía que tener ayuda local. Sólo acercarse agresivamente a la puerta de entrada podría ser tan peligroso como cualquier cosa que Adrian estuviera haciendo. Estaba atrapada en una red de indecisiones. Los pasos en falso eran inevitables, esperaba que se le anticiparan, pero se daba cuenta de que se había comprometido a hacer algo. Sólo necesitaba un momento para decidir qué, pero cada momento que se tomaba podía ser el último de los que disponía para actuar.

Maldijo en voz alta:

—¡Maldición! —Absorta en su propia toma de decisiones, evaluaciones y elecciones imposibles, apenas escuchó el ruido de una explosión lejana.

—¡Dios! —exclamó abruptamente Wolfe—. ¿Qué diablos ha sido eso? —Pero él sabía cuál era la respuesta a su pregunta.

* * *

Adrian avanzaba como un cangrejo, agachado, pegando su espalda contra las tablas exteriores de la casa. Podía sentir que el sudor se acumulaba en su frente y goteaba por debajo de sus brazos. Estaba como atrapado por un reflector; el calor y la luz intensa eran abrumadores. Llevaba la nueve milímetros en la mano derecha y se deslizó hacia delante hasta que llegó a la ventana del sótano. Estaba extremadamente atento a los ruidos y olfateaba el aire como un perro. Sintió que estaba más vivo en ese momento de lo que lo había estado en semanas o incluso meses.

Se puso de rodillas en el suelo blando y dejó el arma. En su interior le rogaba al dios que protegía a los ancianos y a los adolescentes. *Por favor, que esté abierta. Por favor, que sea éste el lugar correcto.* Metió los dedos por debajo del borde del marco de la ventana y tiró. Se movió. Medio centímetro.

Adrian se deslizó por el lateral, mirando hacia la ventana, tratando de tener un mejor agarre en el marco. Tiró otra vez, y al hacerlo escuchó un ruido como un crujido o algo que se rajaba, luego la madera vieja, desgastada y podrida cedió. Otro centímetro.

En ese instante se le rompieron las uñas, y sintió un dolor agudo en las manos. Astillas de madera le herían las puntas de los dedos, y al mirar vio que la sangre ya empezaba a salir de los cortes y rasguños. Cerró los ojos y le dijo al dolor que desapareciera, que tenía cosas más importantes que hacer en ese momento. Era como tener una agria conversación con una parte de su cuerpo, y decidió que, ocurriera lo que ocurriese, haría caso omiso de todo malestar a partir de ese momento.

Pudo agarrar la ventana por tercera vez y se echó hacia atrás, usando toda la fuerza que le quedaba. Oyó que la madera se rajaba, para luego soltarse. Cayó hacia atrás. Se puso de pie y agarró el marco. Lo levantó.

La ventana era estrecha y pequeña. No medía más de treinta centímetros de alto por cincuenta de ancho. Pero estaba abierta.

Adrian se agachó otra vez. No se le había ocurrido pensar que tal vez no podría pasar por ese pequeño espacio y por un momento trató de medir sus hombros sobre la abertura. Se dijo que no importaba su tamaño, que lo mismo iba a entrar a la fuerza. *Pieza redonda, agujero cuadrado*, no importaba. Miró hacia dentro del sótano, mientras sus ojos trataban de adaptarse a la luz que entraba sobre sus hombros. Su primera impresión fue que el sótano allá abajo estaba oscuro, abandonado, y olía a vejez y humedad. Pero al recorrer con su mirada los rincones, vio un cableado de alta tecnología que serpenteaba a través del techo. Ninguno de los cables estaba cubierto de polvo, como todo lo demás.

Miró con mayor atención y vio que había paredes levantadas sobre un rincón y que los trastos irreconocibles acumulados a lo largo de muchos años habían sido empujados para dejar sitio a la construcción. La pared del frente tenía una sola puerta de madera barata, y un cerrojo. Parecía una construcción frágil y rápida que había sido interrumpida mucho antes de la etapa de pintura y decoración.

Era una celda. Le hizo pensar en una versión más grande de las jaulas que había usado para las ratas del laboratorio.

Adrian buscó a tientas y cogió su automática. Se dio cuenta de que iba a tener que contorsionarse para poder entrar. Con suma cautela metió las piernas por la pequeña abertura. No había ninguna manera de abrirla más, de modo que fue chocando arriba y abajo, echado boca arriba, tratando de bajar, hasta que hizo pasar los hombros y luego la cabeza. Alguien con cuerpo delgado y fibroso, un gimnasta o un artista de circo, habría entrado al sótano sin dificultad. Pero Adrian no era nada de eso. Luchó para mantener el equilibrio, tratando de descender como un montañero que se hubiera quedado sin cuerda.

Sabía que el silencio era fundamental. Estiró la punta de los pies hacia el vacío. Se balanceó unos pocos centímetros a la derecha, y luego a la izquierda, tratando de encontrar algo sobre lo que pudiera caer, pero sus pies se agitaron inútilmente en el aire. Podía sentir que sus manos agarradas al marco de la ventana comenzaban a deslizarse. No sabía a qué distancia estaba el suelo. Podían ser unos cuantos centímetros, pero tenía la sensación de estar balanceándose encima de una grieta de trescientos metros de profundidad. Sentía que la gravedad lo arrastraba. Respiró hondo y cayó.

Golpeó sobre el suelo de cemento duro. Se le torció el tobillo al caer y el dolor se apoderó de su pie. Pero el ruido de su caída y su repentino jadeo entrecortado de dolor fueron tapados por un súbito grito agudo de sufrimiento animal que vino desde detrás de la puerta cerrada con cerrojo de la celda.

* * *

El último nudo se deshizo, y Jennifer se dio cuenta de que la capucha estaba suelta. Sólo era cuestión de levantarla y retirarla. Vaciló. Ya no le importaba si estaba violando alguna de las reglas. Ya no tenía miedo de lo que el hombre y la mujer pudieran hacerle. Sólo le quedaba una alternativa. Pero estaba enredada en un nudo de pensamientos que de algún modo le decían que no quería ver su mundo en sus últimos momentos. Sería como estar de pie al borde de su propia tumba mirando hacia el agujero abierto en la tierra que estaba esperándola. *Éste es el momento en que la Número 4 se muere. Tal como se espera que ocurra.*

Pero entonces esos sentimientos fueron reemplazados por una ira abrumadora que le brotaba desde dentro, sin límite y con la fuerza del agua que sale de una cañería rota. No era que quisiera seguir ofreciendo pelea…, esa oportunidad había desaparecido minutos, horas, días antes. Era más bien que no podía soportar no ser quien realmente era en el momento de su último aliento. De modo que…

Gritó.

Sin palabras. Sin una frase. Sin nada más que un gran grito de decepción y de rabia. Fue un sonido que reunía todo lo que iba a echar de menos de la vida en los años venideros para concentrarlo en un grito largo y estirado de desesperación. Fue amortiguado por la capucha, pero de todos modos llenó la habitación y atravesó las paredes y también el techo.

Jennifer fue apenas consciente de que el sonido le pertenecía. No tenía ni idea de por qué lo había dejado escapar. Pero cuando el grito fue desapareciendo de sus labios, levantó la mano y se arrancó la capucha.

Tal como ocurrió al final de aquel breve momento estupendo en que creyó que estaba escapando, la luz la cegó. En un primer momento, pensó que el hombre o la mujer la alumbraba con un reflector. Pero casi de inmediato se dio cuenta de que no era más que la iluminación habitual de la celda. Parpadeó con rapidez. Se protegió los ojos con su mano libre, y luego se frotó la cara. Toda la habitación pareció envuelta en un silencio diferente al anterior. Tuvo que esforzarse para escuchar su propia respiración agitada, que salía en breves estallidos.

Tardó unos segundos en adaptar la vista, el sonido y el oído, pero cuando lo hizo, vio el arma y le pareció mucho más fea que cuando la había descubierto a sus pies y tan sólo podía reconocerla al tacto. Era negra azabache y maligna, y brillaba bajo las fuertes luces del techo. Apartó la mirada y de pronto vio al *Señor Pielmarrón* tirado displicentemente a un lado de la habitación, un montoncito retorcido y marrón de algo inútil. No se explicó por qué no había oído a la mujer cuando dejó caer el juguete, pero sin pensarlo se puso de pie de un salto y atravesó esa corta distancia para cogerlo y abrazarlo contra su pecho. Permaneció así, balanceándose de alegría. Ya no estaba sola. Entonces regresó de mala gana a la silla de las entrevistas, se dejó caer sobre ella y cogió el arma.

Jennifer y el *Señor Pielmarrón* miraron a la cámara. Ella quería tirarla de una patada, pero él no. Una vez más, miró a su alrededor. Todas la paredes eran sólidas. La puerta estaba cerrada con llave, lo sabía. No había ninguna salida. Nunca la había habido. Había sido una tonta al imaginar alguna vez que existía una manera de salir de la habitación, aparte de la que estaba a punto de seguir.

—Lo siento —susurró, disculpándose ante sí misma y ante su compañero. Esperó que nadie más la escuchara.

Levantó el arma y empezó a temblar. Le temblaban las manos y agarró al oso con más fuerza todavía, como si el *Señor Pielmarrón* pudiera ayudarla a tranquilizar sus músculos tensos y aquietar las manos temblorosas. Se puso el arma en la cabeza. Esperaba estar haciéndolo bien. Miró al objetivo de la cámara.

—¿Están filmando esto? —preguntó.

Su tono fue débil. Quería sonar desafiante, pero no podía encontrar la fuerza dentro de ella. La cubrió una inmensa oleada de tristeza y derrota, ahogando todos sus pensamientos acerca de lo que alguna vez fue Jennifer. *Ya todo ha terminado,* se insistió a sí misma.

—Mi nombre es Número 4 —le dijo a la cámara. Tenía demasiado miedo de disparar y tenía demasiado miedo de no disparar, y en ese titubeo momentáneo, escuchó algo que la confundió todavía más. Era una sola palabra que increíblemente parecía venir al mismo tiempo de algún lugar lejano y de alguno sumamente cercano. Fue como un recuerdo olvidado hacía mucho que resonó en la habitación alrededor de ella.

—¿Jennifer?

* * *

Michael se inclinó súbitamente sobre el monitor del ordenador.

—¿Qué diablos ha sido eso? —preguntó rápidamente. Linda se apretujó junto a él.

—¿Has hecho sonar algún efecto especial? —quiso saber.

—¡No! Estaba mirando, como tú. ¡Mierda! ¡Como todo el mundo!

—Entonces ¿qué…?

—¡Mira a la Número 4! —señaló Linda.

* * *

Jennifer estaba temblando desenfrenadamente, como una vela deshilachada que ondeaba con una fuerte brisa. Le temblaba el cuerpo de pies a cabeza. El arma, apuntándole a la frente, se veía un poco inclinada hacia abajo, y la cabeza vuelta hacia donde se había escuchado su nombre.

—¿Jennifer?

Quería gritar: *¡Aquí estoy!;* pero no confiaba en haber escuchado realmente lo que imaginaba. Se dijo: *Son ellos. Están mintiendo otra vez. Es sólo otro sonido falso.* Pero lentamente se movió en su asiento y miró hacia la puerta. Escuchó que el picaporte giraba y la puerta comenzó a abrirse.

Jennifer se dio cuenta de que esta vez ella tenía un arma. *Han venido a matarme,* imaginó. Apartó el arma de su frente y la apuntó hacia la puerta. *Le daré a uno de ellos,* Señor Pielmarrón. *Por lo menos me llevaré a uno de ellos conmigo.* Miró el cañón del arma. *¡Mátalos! ¡Mátalos!*

La puerta se abrió lentamente.

Adrian espió desde el otro lado. Lo raro era que no sabía qué esperar. Se decía una y otra vez que la había visto en la calle, y luego en fotografías en su casa. La había visto en el ordenador con Mark Wolfe a su lado. Había visto la habitación y la cama, las cadenas y la máscara, de modo que debería haber podido imaginar lo que habría al abrir la puerta, pero todas esas cosas desaparecieron. Sintió que estaba abriendo una puerta hacia una página en blanco. Lo único que pudo recordar fue mantener preparada su propia arma.

Lo primero que vio fue el arma que apuntaba directamente hacia él. Su primer instinto fue saltar hacia atrás y sus músculos se contrajeron como los de una mangosta que descubre a una cobra preparada para atacar, pero entonces escuchó la voz tranquila de su hijo que venía desde alguna profundidad en su interior diciéndole: *Es ella.*

—Tommy —susurró con su propia voz, a lo que siguió rápidamente—: ¿Jennifer?

La pregunta quedó suspendida en el aire viciado del sótano.

Ella permaneció sentada. Desnuda, con un brazo alrededor del oso, el otro apuntando tembloroso el arma a Adrian mientras éste, indeciso, daba un paso adelante. Sintió el dolor que venía de su pie probablemente roto, pero, fiel a su promesa, hizo caso omiso.

Jennifer sabía que se esperaba que ella dijera algo, pero no podía formar las palabras adecuadas en su cabeza. Sabía que algo había cambiado, pero no podía darse cuenta de qué.

Algo parecía muy diferente y no lograba relacionarlo con todo lo que había pasado antes. Hizo grandes esfuerzos para que su cabeza pudiera discernir qué podría ser. Todo parecía un sueño, algo irreal, como los ruidos de los niños que jugaban o el bebé llorando, pero de pronto se dijo a sí misma que no confiara en lo que veía. Tenía que ser una alucinación. Todo era falso.

Vio el pelo gris de Adrian. *Eso no encaja.* Vio una cara vieja y arrugada. *Ése no es el hombre. Ésa no es la mujer.* Que la persona que se había deslizado para entrar a la habitación, y en ese momento estaba delante de ella, fuera alguien diferente no hizo más que aumentar su pánico. Estaba luchando contra cientos de sensaciones en su interior, todas vagamente relacionadas con el terror.

—Jennifer —dijo lentamente la persona delante de ella. Pero esta vez no dijo su nombre como una pregunta, sino como la confirmación de un hecho.

Jennifer tenía la garganta seca. El arma en su mano parecía pesar cincuenta kilos. Una parte de ella gritaba: *¡Es uno de ellos! ¡Mátalo! ¡Mátalo ahora antes de que él te mate a ti!* El cañón del revólver se movía de un lado a otro mientras ella luchaba consigo misma. La idea de que alguien hubiera venido a ayudarla parecía imposible y demasiado peligrosa como para aceptarla. *Es mucho más seguro disparar.*

Adrian vio el arma, vio que los ojos de la adolescente se abrían de par en par y supo que la joven estaba en una especie de conmoción de víctima. Pensó en todos los años que había pasado estudiando el miedo en el aislamiento de un laboratorio. Ningún experimento había sido tan electrizante como ese preciso momento en la pequeña celda, delante de una muchacha desnuda con los ojos desorbitados que él había esperado que estuvieran vendados, pero que lo estaba apuntando con el lado dañino de un gran revólver. Todas sus verdades científicas, reunidas a lo largo de tantos años, no significaban absolutamente nada. La realidad frente a él era lo único verdadero. Comprendió en ese instante que él debía parecerle a ella tan aterrador como todo su entorno.

Sabía que ella iba a apretar el gatillo, como una rata de laboratorio que había aprendido a tocar una campana para ser salvada de una trampa. El sentido común le dijo que se echara a un lado y se escondiera. *No, papá, sigue avanzando. Tal como hice yo*, le susurró Tommy. *La única manera es avanzar.*

Aunque imaginaba que podría estar dejando que filmaran su propia muerte, Adrian se movió por la habitación. Toda su educación y toda su experiencia le gritaban que encontrara algo adecuado que decir y así tener la oportunidad de salvar ambas vidas. Era como estar tan desnudo como ella.

—Hola, Jennifer —dijo muy lenta y serenamente. Su voz era apenas un poco más que un susurro—. ¿Ése es el *Señor Piel-marrón?*

El dedo de Jennifer se tensó sobre el gatillo y respiró hondo. Entonces miró al oso. Las lágrimas empezaron a brotar de sus ojos, quemándole las mejillas.

—Sí —respondió. Su voz no era más que un chirrido—. ¿Ha venido usted para llevarlo a casa?

Capítulo
45

Dentro del enorme y moderno apartamento frente al parque Gorki en Moscú, la esbelta joven y su compañero de pecho musculoso estaban solos en la gran cama. Fuera, las parpadeantes luces de la ciudad perforaban la oscuridad de la noche, pero en el apartamento, el único brillo provenía de un televisor de pantalla plana instalado en la pared. Ambos estaban desnudos observando atentamente la llegada inesperada de un anciano a la cambiante imagen de la conocida celda improvisada con la adolescente. Se habían abonado a Serie # 4 mientras durara.

Las sábanas de seda estaban enredadas alrededor de la pareja, pero no a causa de hacer el amor; la joven, tan atrapada por la acción en la pantalla como lo estaba el hombre, se había aferrado a la ropa de la cama más de una vez mientras miraba. No habían hablado mucho durante la última hora, aunque ambos sentían que mucho había ocurrido entre ellos. El hombre —en parte delincuente, en parte empresario— había farfullado la marca y el calibre de las armas que había visto, el Colt 357 Magnum que la Número 4 sostenía con fuerza y la Ruger nueve milímetros que pudo ver en las manos del anciano.

A la pareja le parecía fascinante este nuevo personaje, incluso angelical, y sus propios pulsos se aceleraron tratando de comprender qué significaba su aparición. El hombre pensó fugazmente en escribir en el teclado de su ordenador exigiendo saber quién era esa persona, pero no podía apartarse de lo que estaba ocurriendo. Sus pensamientos sobre la exigencia interactiva se borraron inmediatamente cuando su amante le cogió la mano y la llevó con fuerza hacia su pecho, como había hecho la Número 4 con su oso de juguete.

Hasta hacía unos minutos habían pensado que iban a presenciar la muerte de la Número 4. Desde el principio ambos habían creído que su destino era morir. Pero lo que estaba ocurriendo iba más allá de cualquier guión que pudieran haber imaginado. El hombre había pensado que poseía a la Número 4, tal como poseía sus pinturas de un valor incalculable, su Rolex de oro, su Mercedes grande y su avión Gulfstream. Pero en ese momento sentía que ella se le estaba escapando de entre los dedos, y para su enorme sorpresa no estaba enfadado ni decepcionado. Se sorprendió a sí mismo alentándola a que siguiera adelante, pero sin poder saber con qué objetivo. Su amante sentía más o menos lo mismo, pero ella se adaptó mucho más rápidamente a ese cambio radical. Le susurró algo a la pantalla, tal como lo había hecho con aquel hombre cuando estaban abrazados, pero en lugar de palabras apasionadas, le dijo en la lengua rusa de los campesinos de su infancia:

—¡Huye, Número 4! ¡Huye ahora! Por favor...

* * *

A Michael le resultaba totalmente incomprensible todo lo que estaba ocurriendo. Todo estaba previsto en un guión, pero esto no. Todo estaba planeado, pero esto no. Él siempre sabía con mayor o menor precisión qué iba a ocurrir después de cada nuevo elemento, pero en ese momento no lo sabía. Miraba los monitores como si estuviera observando algo que sucedía en otra parte, en algún lugar del mundo, y no a pocos metros de distancia en una habitación bajo sus pies.

Linda fue poco más rápida en su rección. Su primera idea fue que el detective de fantasía de sus pesadillas —parte Sherlock Holmes, parte Miss Marple y parte Jack Bauer— finalmente se había hecho realidad. Pero con la misma velocidad, lo descartó, porque podía darse cuenta desde el ángulo de la cámara B que quienquiera que fuese el que estaba en la celda con la Número 4 no era policía, aunque tuviera un arma en la mano.

Linda saltó hacia una ventana y rápidamente inspeccionó el mundo fuera de las paredes de la granja. Vio que no había ninguna flota de coches de policía con sirenas, ni había ningún megáfono pidiendo que se rindieran. No había ningún helicóptero dando vueltas por encima de ellos. No había nadie.

Giró hacia las pantallas.

—Michael —le informó—, ¡quienquiera que sea este endemoniado personaje, está solo! —Mientras hablaba, dio un salto al otro lado de la habitación, hacia la mesa sobre la que estaban las armas.

Michael estuvo inmediatamente a su lado. Hizo un rápido inventario de la colección de armas y luego puso la AK-47 en las manos de ella. Sabía que el cargador de treinta tiros estaba lleno y metió otro en el bolsillo de sus pantalones. Abrió con un movimiento seco un revólver para asegurarse de que también estuviera totalmente cargado, y metió esta segunda arma en el cinturón de los vaqueros de ella. Cogió la escopeta calibre 12 y rápidamente empezó a meter cartuchos en la recámara. Pero después de llenarla y cerrarla con un solo movimiento seco y enérgico de abajo hacia arriba, en lugar de agarrar una de las pistolas semiautomáticas de la mesa, sacó una pequeña cámara Sony de alta definición.

—Tenemos que tener todo esto grabado en vídeo —dijo. Cogió uno de los ordenadores portátiles y un cable que rápidamente conectó desde la cámara a una entrada en el ordenador. Sabía que iba a tener que manejar demasiadas cosas a la vez —la escopeta, la cámara y el ordenador—, pero transmitir las imágenes era fundamental. En la mente de Michael matar y filmar eran dos cosas que se habían unido en algo de igual importancia.

Linda comprendió de inmediato. Nunca habría *Serie #5* si no ofrecían el final de la Número 4. Sus clientes necesitaban un final. Necesitaban ver, aunque cinematográficamente hablando el resultado no fuera perfecto. Esperaban un final, aun cuando no fuera precisamente el que Michael y Linda habían preparado.

Ambos estaban sobrecogidos por la preocupación y la sorpresa, pero también por un tipo creativo de emoción. En la mente de Linda, mientras quitaba el seguro de su arma automática, lo que estaban haciendo era verdadero arte. Imaginó una actuación que nadie que estuviera mirando iba a olvidar jamás. Provistos de armas mortales e impulso artístico, Michael y Linda corrieron hacia las escaleras que conducían al sótano. Sus pies resonaban con gran estruendo contra las tablas del suelo de madera desgastada.

* * *

El coro de fantasmas llenó su cabeza con órdenes dichas en voz baja, todas urgentes, todas susurradas. *Con delicadeza. Ten cuidado. Extiende la mano…* Adrian no podía precisar si era Cassie quien hablaba, o Brian, o incluso Tommy. Tal vez todos ellos, como si estuvieran reunidos cantando villancicos.

—Sí —dijo lentamente—. Creo que el *Señor Pielmarrón* tiene que volver a casa ahora. Creo que Jennifer también tendría que venir. Yo los llevaré a los dos ahora.

El arma en la mano de la adolescente bajó súbitamente a un lado. Miró a Adrian con curiosidad.

—¿Quién es usted? —preguntó Jennifer—. No le conozco.

Adrian sonrió.

—Soy el profesor Adrian Thomas —se presentó. Esto parecía una presentación muy formal, dadas las circunstancias—. Pero puedes llamarme Adrian. Tal vez no me conozcas, Jennifer, pero yo te conozco a ti. Vivo cerca de tu casa. A sólo unas pocas calles de distancia. Te llevaré a tu casa, ahora.

—Eso es lo que deseo —dijo ella. Le ofreció el arma—. ¿Necesita esto?

—Déjala por ahí —indicó Adrian.

Jennifer obedeció. Dejó caer el arma sobre la cama. Sintió una súbita tibieza, como si volviera atrás en el tiempo, cuando era una niña que jugaba fuera un día caluroso de verano. Se volvió dócil. Todavía estaba desnuda, pero tenía a su oso y a un desconocido que no era ni el hombre ni la mujer, de modo que fuera lo que fuese lo que iba a ocurrirle en ese momento, estaba dispuesta a aceptarlo. Pensó que ya podría estar muerta. Quizá, se dijo a sí misma, en efecto, ya había apretado el gatillo del arma y aquel anciano era en realidad sólo una especie de acompañante y guía que iba a llevarla con su padre, que estaba ansioso esperando que ella se reuniera con él en algún mundo mejor. Un guía para la transición entre la vida y la muerte.

—Creo que ha llegado el momento de irnos —sugirió Adrian. La cogió con cuidado de la mano. Adrian no tenía ni idea de lo que debía hacer luego. Un policía de la televisión estaría hablando fuerte, haciéndose cargo de todo, blandiendo su propia arma y salvando la situación como lo hacían en Hollywood. Pero el psicólogo que había en él le dijo que por mucha prisa que hubiera, tenía que actuar con delicadeza. Jennifer estaba sumamente débil. Sacarla de la celda y de la granja era como transportar un cargamento inestable y extraordinariamente valioso.

Adrian la condujo por la puerta hacia el sótano húmedo y oscuro. No tenía ningún plan concreto de lo que debía hacer. Había estado tan concentrado en encontrar a Jennifer que ni se le había ocurrido pensar realmente en lo que debía hacer después. Esperó que sus fantasmas le dijeran qué pasos debía dar. Tal vez ya lo estaban haciendo, pensó, mientras ayudaba a la adolescente a salir de allí.

Ella se apoyaba en él como si estuviera herida. Él cojeaba por la lesión en el pie. Podía sentir que algunos huesos crujían dentro de su zapato y supo que se había fracturado. Apretó los dientes.

Mientras salían de la celda escucharon el aterrador golpeteo de pasos que se movían con rapidez, directamente encima de ellos. Jennifer se detuvo de inmediato, y se dobló como si le hubieran dado un golpe en el estómago. Desde muy dentro de su pecho salió un sonido... No era un grito, sino un ruido que parecía un gorgoteo de desesperación, gutural, primitivo, lleno de terror.

Adrian giró en la dirección en la que venía el ruido. En un rincón del sótano había una escalera de destartalados peldaños de madera. Él había tenido la vaga idea de que iba a llevar a Jennifer arriba, fuera del sótano, y salir a través de la cocina afuera de la casa, como si fueran de pronto invisibles y como si no hubiera nadie que fuera a oponerse a su partida. Estaban a muy poca distancia del pie de la escalera.

Mientras escudriñaba el lugar, vio un súbito rayo de luz que se movía veloz por la sombra sobre la pared. Oyó el ruido de un crujido, y supo que era la puerta de arriba que se abría. Mientras seguía con la mirada fija en la luz, fue bruscamente arrastrado hacia atrás.

Era Jennifer, que lo agarraba del brazo y tiraba de él. Quienquiera que fuese el anciano, tenía que ser mejor que el hombre y la mujer, y ella sabía que eran ellos dos quienes los esperaban arriba de la escalera. Empujada por el instinto de supervivencia, arrastró a Adrian hacia dentro del sótano. Adrian se dejó arrastrar hacia atrás. Ya no sabía qué más hacer. Y mientras vacilaba, diciéndose a sí mismo interiormente que tenía que pensar algún plan, el mundo alrededor de ellos estalló.

Una cascada de balas rugió escaleras abajo. El sótano quedó envuelto por el ruido y el humo. Proyectiles de 7,62 milímetros de gran potencia rebotaban contra las paredes de cemento y zumbaban con rumbo azaroso por el aire polvoriento. Los escombros volaban por el aire alrededor de ellos; era como si el estrecho y pequeño espacio del sótano estuviera siendo salvajemente demolido.

Adrian y Jennifer avanzaron de costado, agachados contra la pared más alejada de los tiros. Ambos gritaron como si hubieran sido alcanzados por las balas, pero no fue así. Que no fuera así parecía imposible y afortunado a la vez, pero Adrian podía darse cuenta de que el ángulo de disparo escaleras abajo limitaba la eficacia de las descargas, aun cuando los proyectiles de uso militar estallaran contra las paredes y el suelo, e iluminaran las sombras y la oscuridad.

La única ruta de salida que quedaba era la que Adrian había usado para entrar. La pequeña ventana del sótano brillaba con la luz exterior. Llegar a ella era arriesgado, pues si la persona que disparaba bajaba sólo tres o cuatro escalones, podría cubrir todo el sótano. El único lugar para esconderse sería volver a la celda de Jennifer, pero Adrian sabía que la adolescente no iba a retirarse a ese lugar, ni él podría pedirle que lo hiciera. No podía pedirle que regresara. Aun cuando la celda fuera el único lugar seguro —y eso era cuestionable—, Jennifer nunca iba a verlo de esa manera. Estaba acurrucada junto a él, abrazada a su oso y al brazo de Adrian, gimiendo.

Una segunda descarga resonó escaleras abajo, los silbidos de los disparos atravesaban el aire ya espeso. El humo comenzaba a envolverlos con sus olores amargos y también el polvo levantado. Ambos tosieron. Era difícil respirar.

Una salida. Una salida solamente. Con suavidad retiró los dedos de Jennifer, que estaban clavados en su brazo. Ella estaba aterrada y no quería soltarse, pero cuando él señaló con su arma hacia la ventana, la chica pareció comprender.

—Tenemos que llegar allí —susurró él, su voz áspera en medio del ruido de las armas automáticas.

En un primer momento los ojos de Jennifer estaban nublados por el miedo. Pero cuando miró hacia la ventana —tal vez a unos dos o tres metros sobre la pared— su visión se aclaró, y Adrian pudo ver que ella había comprendido. También pareció endurecerse, casi como si hubiera envejecido abruptamente en ese preciso instante, pasando de la infancia inocente a la adultez, todo debido a la cascada de disparos.

—Puedo hacer eso —dijo en voz baja, mientras asentía con la cabeza. Debería haber gritado por encima de los disparos de las armas, pero Adrian comprendió su respuesta con la claridad que proporciona el peligro.

Él se alzó desde el lugar donde se habían acurrucado contra una pared y empezó a agarrar los muebles viejos y abandonados, objetos ya deformados que alguna vez habían formado parte de la vida en la granja —un lavabo roto, un par de sillas de madera— y los arrojó desesperadamente al otro lado del sótano, lanzándolos contra la pared debajo de la ventana. Tenía que encontrar una cantidad suficiente como para poder escalar sobre ellos hasta la ventana. Su pie fracturado le dolió tanto que por un momento se preguntó si no habría sido alcanzado por un disparo. Luego cayó en la cuenta de que no importaba.

* * *

En la parte alta de la escalera, Michael estaba registrándolo todo con la cámara por encima del hombro de Linda mientras ella iba haciendo las descargas del AK-47, teniendo cuidado de que no pudieran reconocerla. Las explosiones los dejaban sordos, y cuando ella se detuvo, ambos se inclinaron hacia delante. Él dudaba que hubieran llegado a matar a la Número 4 y al anciano. Tal vez los habían herido. Indudablemente les habían dado un gran susto. Michael tenía muy en cuenta el arma en la mano del anciano. Calculó que la Número 4 podría estar armada con el Magnum que le habían dado para su suicidio ante las cámaras.

Estaba tratando de ser lógico y de evaluar todas las circunstancias, aun cuando la adrenalina palpitaba en su interior y mantenía el ojo derecho pegado al visor.

—El arma que le diste a la Número 4… —dijo en voz baja, con la esperanza de que el micrófono de la cámara no enviara más que unas cuantas palabras sueltas a Internet—. ¿Cuántos proyectiles?

—Sólo el que ella necesitaba —replicó Linda a la vez que se apoyaba la AK-47 en la cadera y aflojaba el dedo del gatillo. Sabía que si bajaba unos escalones, podría cubrir con mucha más eficacia el sótano, pero el ángulo sería muy difícil para que Michael filmara detrás de ella. Como una operadora de cámara que prepara las tomas para una complicada secuencia de acción —por ejemplo con coches deportivos, explosiones y actores corriendo atropelladamente en todas direcciones—, hacía rápidos cálculos en su cabeza—. Si les metemos prisa… —empezó a decir ella, pero él la interrumpió.

—Escucha —señaló—. ¿Qué es ese ruido? —Los dos se esforzaban por comprender lo que escuchaban. En sus oídos sentían el eco provocado por las explosiones de un arma automática disparada muy cerca. Era como tratar de leer letras pequeñas en una habitación con poca luz. Les llevó unos segundos darse cuenta de que lo que estaban escuchando era el ruido de muebles empujados por el suelo de cemento y lanzados contra una pared. En un primer momento Michael imaginó una barricada y pensó que el anciano y la Número 4 iban a tratar de esconderse y defenderse.

Reconstruyó mentalmente el sótano, tratando de *ver* el sitio más ventajoso para una trinchera individual improvisada para un par de ratas acorraladas. Y mientras lo hacía, *vio* la pequeña ventana llena de telarañas. La ventana era la única vía de escape que quedaba, o, si Linda y él llegaban allí primero, el sitio desde el que hacer funcionar tanto su cámara como todas las armas que llevaban.

Tocó el hombro de su amante y se llevó un dedo a los labios en el gesto universal que indica cautela y silencio. Le hizo un gesto a Linda para que lo siguiera, pero no antes de soltar otra descarga de su arma. Ella lo hizo y barrió con la AK-47 de un lado a otro por el estrecho pasillo del hueco de la escalera, haciendo llover balas en el sótano hasta que vació el cargador. Sacó el segundo cargador del bolsillo de Michael y lo puso de un golpe en su sitio, echó el pestillo hacia atrás, lista para disparar. Luego corrió tras él.

* * *

Terri Collins necesitó unos segundos para darse cuenta de lo que estaba ocurriendo. Desde donde estaban ella y Mark Wolfe, detenidos junto al automóvil de Adrian, los ruidos del tiroteo parecían venir de un televisor en una habitación cercana. Aunque amortiguado por la casa, el ruido de los disparos de las armas automáticas era inconfundible. Ella había pasado muchas horas en su viejo automóvil esperando, entre las quejas de los niños pequeños, mientras su ex marido hacía prácticas de tiro en un polígono militar donde vaciar cargadores de cien proyectiles sobre blancos fijos con forma de terroristas era la norma, más que la excepción.

Se volvió hacia Mark Wolfe. Reconocer eso fue como si la atravesara una descarga de electricidad.

—¡Llame pidiendo ayuda! —gritó.

Él empezó a ocuparse del teléfono móvil mientras Terri corría veloz a la parte de atrás de su automóvil. Abrió de golpe el maletero y sacó un chaleco antibalas negro que guardaba allí. Se lo había regalado su vecina Laurie hacía muchos años, cuando todavía desempeñaba sus funciones en un coche patrulla, y no lo había usado ni una vez después de abrir el paquete una mañana de Navidad.

—Deles la dirección correcta —le gritó por encima del hombro—. Dígales que necesitamos a todo el mundo. Avise de que hay armas automáticas involucradas. ¡Y una ambulancia! Si es necesario, dígales que hay un oficial herido..., eso hará que se muevan con rapidez. —Apretó los cierres de velcro, ajustando el chaleco contra el pecho. Lo sintió excesivamente pequeño y estrecho. Luego cargó la pistola.

Escuchó una segunda descarga de disparos distante. Sin pensar en lo que estaba haciendo, empezó a correr. Sabía que tenía que llegar al lugar donde se estaban produciendo los disparos. Su última orden a Wolfe fue:

—Espere aquí. ¡Dígales hacia dónde he ido! —Moviéndose lo más rápido que pudo, con el arma sujeta con fuerza entre las manos, Terri corrió hacia el camino de entrada a la vieja granja.

Wolfe telefoneó en busca de ayuda mientras ella desaparecía por la curva del camino. Cuando la agente de guardia de la policía local atendió la línea, su mensaje fue concreto y preciso.

—Envíe ayuda —dijo—. Mucha ayuda. Hay una detective de la policía en un tiroteo.

Le dio la dirección a la agente, y escuchó que la mujer, asustada y ya casi sin aliento, decía:

—Se necesita un tiempo para que la policía del Estado llegue a esa dirección. Al menos quince minutos.

—No tenemos quince minutos —respondió secamente, mientras colgaba. *Nunca ha tenido que ocuparse de una llamada como ésta,* pensó. Wolfe levantó la vista, los ojos dirigidos hacia Collins. El bosque junto a la entrada era demasiado espeso como para que él pudiera seguir su avance, era como si la oscuridad se la hubiera tragado de pronto. Se debatía en una duda. Le había dicho que esperara y la mitad cobarde en él estaba completamente dispuesta a quedarse en un sitio seguro y dejar que, fuera lo que fuese que estaba ocurriendo, ocurriera sin ninguna otra participación más por su parte. Pero este sentido natural de la autopreservación estaba en guerra con la otra mitad de su personalidad, la mitad que quería *ver* y estaba dispuesta a correr toda clase de riesgos para satisfacer ese irrefrenable deseo.

Todo lo importante en su vida tenía que ver con *estar disponible*. Respiró hondo y empezó a correr detrás de la detective, aunque no dejaba de repetirse a sí mismo, al ritmo de cada zancada, que debía mantenerse atrás, escondido, y dejar que todo se desarrollara frente a él. *Mantente cerca,* insistió para sí mientras sus piernas se estiraban corriendo por su cuenta, *pero no demasiado cerca.*

* * *

Adrian hacía equilibrio sobre los muebles viejos y ayudó a Jennifer a subir junto a él. Podía sentir que toda aquella estructura construida en medio del pánico se balanceaba y amenazaba con desplomarse. Metió su arma en el bolsillo, esperando que no se le cayera, y unió sus manos formando un escalón para la adolescente desnuda. Ella levantó el pie y puso una mano sobre el hombro de Adrian para mantener el equilibrio, pero sosteniendo a su oso con la otra. Con un gruñido esforzado, la alzó hasta la ventana. Ella se agarró al marco. Adrian la vio extender la mano que sostenía al oso y lanzar el juguete hacia fuera, mientras se agarraba de la madera astillada. Jennifer se tambaleó por un instante, y luego, pateando y trepando como un pez que salta de un lado a otro sobre la cubierta de un barco, se esforzó para subir y salir.

Adrian respiró aliviado. Estaba un tanto asombrado por lo que había hecho. No sabía cómo se las iba a arreglar para trepar él esa misma distancia. Desde donde estaba situado —como un ave sobre una rama inestable— buscó algo para agregar al montón y tener el apoyo necesario. No vio nada. La resignación comenzó a roerle el estómago. *Ella puede correr. Estoy atascado aquí. Me gustaría salir, pero no puedo…*

Y cuando estos pensamientos derrotistas comenzaron a dominarlo, escuchó una voz desde arriba.

—¡Profesor, rápido! —Jennifer, que había desaparecido a través de la ventana, estaba en ese momento inclinada otra vez hacia el interior, mitad dentro, mitad fuera, estirando su brazo flaco hacia él. Él no creía que ella pudiera tener ni remotamente la fuerza como para ayudarlo.

¡Maldición, inténtalo, Audie! ¡Inténtalo!, le estaba gritando Brian al oído.

Adrian miró hacia arriba. Pero esta vez no era la adolescente quien se asomaba por la ventana extendiendo la mano, era Cassie. *Vamos, Audie,* le rogó. No vaciló. Trató de coger su brazo, se apoyó en la pared y empujó con los dos pies, el fracturado y el otro, con toda la fuerza que pudo. Sintió que la pila de muebles crujía bajo él y por un momento pareció flotar en el aire. Pero con la misma rapidez con que apareció esa sensación, se sintió golpear contra el cemento, y creyó que estaba cayendo, hasta que se dio cuenta de que no era así, que estaba sujeto al marco de la ventana, con las uñas sangrando clavadas en la madera. Movía los pies desenfrenadamente. No creía que ella tuviera la fuerza para hacer lo necesario, pero sintió que era levantado, en parte por la adolescente que lo agarraba del cuello de la chaqueta, en parte por la poca fuerza que le quedaba y en parte por todos sus recuerdos. *Alas,* imaginó.

Y de pronto vio la luz del sol arriba. Gateó a través de la ventana, con Jennifer arrastrándole los últimos centímetros.

El anciano y la adolescente desnuda se desplomaron exhaustos contra la pared de la casa. Ella bebía el aire fresco como si fuera el champán más fino, con la luz del sol cayendo sobre su cara. Se estaba diciendo a sí misma: *Sólo un poco más de esto, y luego puedo morir, porque este sabor es maravilloso.*

Adrian se recompuso para poder organizar sus ideas. La seguridad de la hilera de árboles estaba cerca del lado más alejado del establo, en el otro extremo del mismo espacio abierto por el que había corrido antes. Si lograban llegar hasta allí, podrían esconderse. Cuando agarró el hombro de Jennifer y empezó a señalar desesperadamente hacia la dirección en la que debían ir, un estallido de balas de la AK-47 explotó en la pared encima de sus cabezas y rompió el suelo cerca de sus pies. Montones de tierra volaron sobre sus caras, astillas de madera y revoque cayeron como lluvia sobre sus cabezas. Era como estar dentro de un tambor que alguien golpeaba enloquecidamente. Saltaron hacia atrás, uno junto al otro, y Jennifer comenzó a gritar otra vez, aunque su voz no era lo suficientemente fuerte como para alzarse por encima del insistente rugido de la ametralladora. Parecía que el mortal martilleo del arma salía de su boca abierta.

Linda y Michael se habían separado. Ella había ido a la parte de atrás, y estaba apuntando el rifle desde una esquina de la casa, lo cual le daba un buen ángulo de tiro sobre ellos dos. Era difícil disparar con precisión sin exponerse ella misma, de modo que dejó que fuera el volumen de fuego el que hiciera la tarea.

Michael había ido al frente, más allá de su vieja camioneta, lo cual le daba suficiente protección como para seguir filmando. Había bajado la escopeta para levantar la cámara de alta definición, dejando el ordenador portátil sobre el techo de la cabina del vehículo. Lo único que podía pensar era: *¡Qué espectáculo!*

Jennifer estaba gritando y agitaba las manos mientras las balas llovían a su alrededor. Estaba apretujada contra Adrian. Él tenía el antebrazo sobre la cara, como si eso pudiera defenderlo de la lluvia de fuego de las armas automáticas. Tenía los ojos cerrados y esperaba morir en cualquier momento.

¡Audie, escúchame! ¡Esto no ha terminado! Giró y vio al Brian de Vietnam, un joven oficial de hombres en pie de guerra, apenas un poco mayor que Jennifer, que le hacía gestos. La ropa de combate de Brian estaba cubierta de mugre, y llevaba puesto su casco. Cubierto de sudor y sucio, se arrojó al suelo sobre el vientre mientras ponía un cargador en su M-16. Su rostro estaba tenso, decidido y a medias sonriente. Brian no parecía asustado en lo más mínimo. *¡Vamos, Audie! ¡Devuelve el fuego, maldición! ¡Devuelve el fuego!*

Brian descargó una frenética ráfaga, con su arma funcionando totalmente en automático. Adrian de pronto vio que el ángulo de la casa desde donde Linda estaba disparándoles estallaba en fragmentos. Una ventana se hizo añicos y los vidrios saltaron a la luz del sol. Miró bien y vio que había sacado la pistola nueve milímetros de su hermano del bolsillo y de alguna manera había podido ponerse de rodillas. Las balas que golpeaban la casa eran las suyas. *¡Sobresaliente!*, gritó Brian. *No dejes que te rodeen, Audie. ¡Mantén el fuego así, protegiéndote!*

Linda se tambaleó hacia atrás, conteniendo un grito. Un disparo había roto el marco justo encima de su cabeza y sintió que una astilla le cortaba la cara. Abrazó la pared para mantenerse fuera de la línea de fuego y se tocó el rasguño. Vio sangre en la punta de los dedos. Eso la enfureció.

Adrian apretó el gatillo, una y otra vez. Los casquillos usados volaban a su alrededor. Escuchó que Tommy le gritaba en la oreja: *¡Ahora, papá! ¡Ahora es la oportunidad de ella!* Mientras disparaba le gritó a Jennifer:

—¡Ahora! ¡Ahora! ¡Corre hacia allí! ¡Vete!

Jennifer en realidad no entendía lo que estaba diciendo, pero el sentido era claro: *Ve hacia el establo. Úsalo para protegerte. Corre hacia el bosque. Huye. Escóndete. Escapa de la muerte.*

Se puso de pie de un salto, y sin vacilar salió corriendo. Corrió lo más rápido que pudo, tan rápido como nunca imaginó que podía correr, con toda la fuerza y la rapidez que en algún momento esperó poder tener cuando estaba todavía atrapada en su celda. Podía sentir el viento, que la acariciaba como el aliento de un huracán soplando por detrás, empujándola hacia delante mientras se lanzaba hacia la seguridad del establo.

Adrian se esforzó para ponerse de pie detrás de ella. Corrió también, pero la suya era una carrera con cojera, de anciano, con su pie fracturado que le hacía trastabillarse a cada paso. Iba disparando mientras corría, tratando de darle a la esquina, con la esperanza de que algún disparo afortunado, lanzado sin apuntar, pudiera dar en el blanco. Sólo llegó a mitad del camino cuando una explosión súbita e inmensa como un rayo lo levantó y luego lo lanzó sin esfuerzo alguno al suelo. Su cara chocó con un ruido sordo contra la tierra húmeda. Pudo sentir el gusto de la tierra, los oídos le zumbaban, y el dolor le recorrió las piernas hacia arriba, hasta la mitad de su cuerpo y finalmente hasta su corazón, que él creyó que se iba a detener de golpe. No pudo formar las palabras «Me han herido» en su cabeza, aunque eso era lo que había ocurrido.

Su vista estaba desenfocada y oscurecida, como si de pronto hubiera caído la noche. Se preguntaba si Jennifer habría dado el primer paso hacia la seguridad del establo. Esperaba que Cassie, Brian y Tommy la condujeran el resto del camino, porque sabía que él ya no podía más. Cerró los ojos y escuchó un sonido maligno. Un clic-clic. No sabía que se trataba del ruido que hace una escopeta cuando se expulsa un cartucho usado y se coloca uno nuevo en la recámara, pero sabía que era el sonido de la muerte.

* * *

Mientras Adrian se lanzaba a correr por el espacio abierto, Michael había instalado ya la cámara en el capó de la camioneta. Había colocado el botón en automático, para que continuara filmando. Era como un toque personal del director, una imagen en un ángulo agudo. Cuando avanzó, el plano que estaba tomando la cámara era el de su espalda. Sabía que él seguía siendo anónimo. Lo único que la clientela iba a poder ver sería su espalda. Hizo un solo disparo con su escopeta calibre 12. Los perdigones de acero golpearon a Adrian en los muslos y las caderas, levantándolo y dejándolo caer al suelo con la fuerza de un violento placaje merecedor de tarjeta roja de un jugador profesional de fútbol americano.

Michael expulsó cuidadosamente el cartucho usado y levantó el arma hasta el hombro, apuntando con calma a la figura caída en el suelo frente a él. *Pongamos fin a esta función,* pensó.

No escuchó a la persona detrás de él hasta que la orden en voz muy alta atravesó el aire.

—¡Policía! ¡No se mueva! ¡Suelte el arma!

Se quedó estupefacto. Vaciló.

—¡He dicho que suelte el arma!

Esto sencillamente no formaba parte de lo que había imaginado. Los pensamientos se amontonaban en su cabeza. *¿Dónde está Linda? ¿Quién es ésta? La Número 4 está acabada. ¿Qué está ocurriendo?* La catarata de preguntas rebotaba hacia recónditos lugares en su interior, lugares que estaban vacíos y eran irrelevantes. En vez de hacer lo que se le ordenaba, Michael giró bruscamente sobre sí mismo, dirigiendo el cañón de la escopeta hacia el extraño ruido de alguien tratando de darle órdenes a él. No tenía ninguna otra intención que no fuera disparar de inmediato a quienquiera que fuese para volver a ocuparse del mucho más urgente e importante asunto de terminar *Serie # 4*.

No tuvo la menor posibilidad de hacer nada.

Terri Collins estaba agachada en posición de tiro cerca de la parte posterior de la camioneta. Tenía ambas manos sobre su pistola, y había apuntado cuidadosamente. A ella le dio la impresión de que Michael se movía a cámara lenta al cambiar de posición la ancha espalda sobre la que había apuntado para mostrar en ese momento su pecho. No podía comprender por qué no había dejado caer la escopeta. No tenía la menor posibilidad de hacer nada.

La detective no había tenido ocasión en todos sus años como miembro de la fuerza policial de sacar su arma de la funda en otro momento que no fuera durante las prácticas en el polígono de tiro. Ahora, esta primera oportunidad era en serio, y ella trataba de recordar todo lo que se suponía que debía hacer, y debía hacerlo bien. Sabía, según su entrenamiento, que no existía una segunda oportunidad. Pero el arma parecía tener voluntad propia para ayudarla. Parecía apuntar y disparar por su cuenta; apenas tenía conciencia de haber apretado el gatillo. *No cometas ningún error. Derriba al sujeto.* La pistola de la detective rugió. Disparó cinco veces, tal como le habían enseñado.

Los proyectiles de acero chocaron contra Michael. La fuerza de los disparos a corta distancia lo levantó para arrojarlo hacia atrás. Estaba muerto antes de que sus ojos pudieran ver por última vez el cielo.

Terri Collins exhaló con fuerza. Dio un paso adelante, mareada. La cabeza le daba vueltas, y sentía los nervios filosos como navajas. Había clavado los ojos en la figura delante de ella. Un enorme charco de sangre había reemplazado su pecho. La imagen del hombre al que había matado la hipnotizaba. Podría haber permanecido inmóvil en esa posición, a las órdenes de un hipnotizador, si no hubiera sido por un súbito grito.

Linda se dio cuenta de la muerte de su amante desde su posición en el otro extremo de la granja. Una única y espantosa imagen. Vio a la mujer policía de pie, por encima de Michael. Vio la sangre. Era como si lo más importante de su vida hubiera sido arrancado salvajemente de su corazón. Corrió veloz hacia él, sus ojos llenos de lágrimas y pánico, gritando:

—¡Michael! ¡Michael! ¡No! —Mientras corría, seguía disparando las últimas cargas de la AK-47.

Balas de gran potencia se estrellaron sobre Terri Collins. Chocaron contra su chaleco, haciéndola girar como la peonza de un niño. Pudo sentir que su propia arma salía volando de su mano cuando una de las balas le golpeó la muñeca. Otra le dio mientras caía, justo encima de la parte superior del chaleco, cortándole la garganta como un cuchillo.

Aterrizó sobre la espalda, los ojos fijos en el cielo. Podía sentir sangre caliente que le gorgoteaba sobre el pecho, ahogándola, y cada vez le costaba más seguir respirando. Sabía que debía estar pensando en sus hijos, en su hogar y todo lo que iba a echar de menos, pero entonces el dolor la cubrió como una sábana, negra e irreversible, sobre los ojos. No tuvo tiempo para decirse a sí misma *No quiero morir* antes de exhalar su último suspiro.

Linda todavía seguía corriendo. Arrojó a un lado la ametralladora y sacó la pistola que Michael le había puesto en el cinturón. Quería seguir disparando, como si el hecho de disparar sobre la mujer policía muerta para matarla una y otra vez pudiera hacer retroceder el tiempo y lograr que Michael volviera a la vida.

Fue directamente a su lado. Se echó sobre su amante, abrazándolo para luego levantarlo, como la María de Miguel Ángel acunando al Jesús crucificado. Le pasó los dedos por la cara, tratando de quitarle la sangre de los labios, como si eso pudiera curarlo. Dejó escapar un aullido de dolor.

Y entonces el dolor fue reemplazado por una rabia ciega. Sus ojos se entrecerraron con un odio sin freno. Se puso de pie y empuñó su pistola. Podía ver el lugar del suelo donde yacía el anciano. No sabía quién era ni cómo se las había arreglado para llegar allí, pero sabía que él era el culpable absoluto de todo. No sabía si estaba vivo o no, pero sabía que no merecía seguir con vida. Sabía también que la Número 4 tenía que estar cerca. *Mátalos. Mátalos a los dos. Y luego puedes matarte para estar con Michael para siempre.* Linda levantó el arma y apuntó cuidadosamente hacia el cuerpo del anciano.

Adrian sólo podía ver lo que ella estaba haciendo. Si hubiera podido moverse, gatear de algún modo para ponerse a salvo o coger su propia arma y apuntar, lo habría hecho, pero no podía hacer nada de eso. Lo único que podía hacer era esperar. Pensó que estaba bien si recibía un disparo y moría ahí mismo, siempre que Jennifer se salvara. Eso era lo que él mismo había querido hacer desde el principio. Pero su suicidio había sido interrumpido cuando vio que la raptaban en su calle, y eso no había sido correcto, eso había estado muy mal, y por lo tanto había hecho todo lo que su esposa muerta, su hermano muerto y su hijo muerto habían querido. Todo aquello había sido parte de su propia muerte, y no le molestaba de ninguna manera. Había hecho todo lo que había podido y tal vez Jennifer ya podía correr y escaparse, para luego crecer y seguir viviendo. Todo había valido la pena.

Adrian cerró los ojos. Escuchó el rugido de la pistola. Pero la muerte no llegó unas milésimas de segundo más tarde.

Todavía podía sentir la tierra húmeda contra su mejilla. Podía sentir su corazón que seguía bombeando y el dolor de sus heridas que le recorría todo el cuerpo. Hasta podía sentir su enfermedad, como si de manera insidiosa se estuviera aprovechando de todo lo que había ocurrido y en ese momento estuviera requiriendo toda la atención. Todos los músculos que él había usado para mantenerla en su lugar se habían soltado. No entendía por qué, pero podía sentir que los recuerdos se alejaban y la razón lo abandonaba. Quería escuchar a su esposa sólo una vez más, a su hijo, a su hermano. Quería un poema que le facilitara el paso a la locura, a la falta de memoria y a la muerte. Pero lo único que podía escuchar dentro de sí era una cascada de demencia que caía estruendosamente, borrando las pocas partes de Adrian que se aferraban a la vida.

Abrió y cerró los ojos para mantenerlos luego abiertos. Lo que vio parecía una alucinación mayor que las de su familia muerta. Linda estaba boca abajo en el suelo. Lo que quedaba de su cabeza manaba sangre.

Y detrás de ella estaba Mark Wolfe. Tenía en la mano la pistola de la detective Collins. Adrian quería reírse, porque pensaba que morir con una sonrisa tenía un cierto sentido. Cerró los ojos y esperó.

* * *

El delincuente sexual inspeccionó la carnicería alrededor de la casa y dijo:

—Santo cielo, santo cielo, santo cielo —una y otra vez, aunque las palabras no tenían nada que ver con la fe ni con la religión, pero sí con la conmoción. Levantó la pistola de la detective una segunda vez, sin realmente apuntar a nada, antes de bajarla, porque era obvio que no iba a necesitarla otra vez. Vio el ordenador portátil sobre el techo de la camioneta y la cámara grabando fielmente todo lo que había en su ángulo de visión.

El silencio parecía total. Los ecos de los disparos se fueron desvaneciendo.

—Santo cielo —repitió otra vez. Bajó la mirada hacia la detective Collins y sacudió la cabeza.

Caminó lentamente hacia el cuerpo de Adrian. Se sorprendió cuando los ojos del anciano se abrieron. Wolfe se daba cuenta de que estaba gravemente herido, y no creía que pudiera sobrevivir. De todas maneras, habló de un modo alentador cuando se agachó junto a él:

—Usted sí que es un pájaro viejo y fuerte, profesor. Manténgase firme.

Wolfe escuchó el ruido de las sirenas que se acercaba rápidamente.

—Ésa es la ayuda, que ya está llegando —le informó—. No se rinda. Estarán aquí en un momento. —Estaba a punto de añadir: *Usted me debe mucho más que veinte mil dólares*, pero no lo hizo. En cambio, lo que se amontonó en su mente en ese preciso momento fue un estallido de orgullo y un descubrimiento realmente maravilloso: *Soy un grandioso héroe. Un gran héroe. He matado a alguien que ha matado a una policía. Nunca más van a volver a fastidiarme sin razón, independientemente de lo que haga. Soy libre.*

Las sirenas sonaron más cerca. Wolfe apartó la mirada del profesor herido, y lo que vio hizo que incluso su propia boca se abriera de asombro. Una muchacha adolescente completamente desnuda apareció detrás del destartalado establo. No hizo ningún intento de cubrirse, aparte de apretar su osito de peluche cerca de su corazón.

Wolfe se puso de pie y se echó a un lado cuando Jennifer cruzó el espacio abierto y se arrodilló junto a Adrian, mientras el primer coche patrulla de la policía del Estado entraba por el camino a la granja. Wolfe vaciló, pero luego se quitó su abrigo liviano. Lo envolvió alrededor de los hombros de Jennifer, en parte para cubrir su desnudez, pero sobre todo porque quería tocar la piel de porcelana de la joven. Su dedo le rozó el hombro, y suspiró cuando sintió la conocida, profunda y desenfrenada descarga eléctrica.

Detrás de ellos, los patrulleros se detenían haciendo que los neumáticos chirriaran mientras bajaban oficiales agitando armas, gritando órdenes y tomando posiciones detrás de las puertas abiertas de los vehículos. Wolfe tuvo el buen sentido común de arrojar al suelo la pistola de la detective y levantar las manos en una rendición que no era en lo más mínimo necesaria.

Jennifer, sin embargo, parecía no escuchar ni ver otra cosa que no fuera la respiración ronca que provenía del anciano. Le cogió la mano y la apretó con fuerza, como si pudiera pasarle un poco de su propia juventud simplemente a través de la piel.

Adrian abrió y cerró los ojos nublados para luego dejarlos abiertos y mirarla como un hombre que despierta de una larga siesta, sin saber muy bien si seguía soñando. Sonrió.

—Hola —susurró—. ¿Quién eres?

Epílogo
El día del último poema

El profesor Roger Parsons leyó todo el trabajo de final de semestre, luego lo leyó por segunda vez, y finalmente escribió, con lápiz rojo, «Sobresaliente, señorita Riggins», al final de la última página. Se tomó un segundo para pensar lo que iba a escribir después. Tenía la mirada en el cartel de la película *El silencio de los corderos*, enmarcado, autografiado y colgado en la pared de su oficina. Había estado dando su curso de Introducción a la Psicología Anormal para posibles candidatos a especialistas en Psicología durante casi veintidós años, y no podía recordar un trabajo final mejor. El título era *Conducta autodestructiva en jóvenes adolescentes* y la señorita Riggins había deconstruido varios tipos de actividades antisociales comunes entre los adolescentes y las había ubicado en matrices psicológicas que estaban mucho más elaboradas de lo que él podía esperar de un estudiante de primer año.

La joven, sentada siempre en la primera fila del aula, la primera en hacer preguntas rápidas y acertadas al final de cada clase, evidentemente había leído todos los artículos sugeridos y muchos más libros de los que él había puesto en la lista del programa de estudios del curso. De modo que escribió: «Por favor, venga a verme en cuanto pueda para hablar de su futuro en la carrera de Psicología. Además, tal vez le interese realizar prácticas clínicas en verano. Generalmente esto es para estudiantes de cursos superiores, pero podríamos hacer una excepción esta vez».

Luego le dio la calificación máxima. Recordaba que en muy pocas ocasiones había dado una nota tan alta en todos sus años de docencia y nunca antes en un curso introductorio. El trabajo de la joven señorita Riggins estaba evidentemente a la altura de los que esperaba recibir de los estudiantes de distintos niveles que cursaran sus seminarios avanzados sobre anormalidades.

El profesor Parsons puso el informe encima de la pila que pensaba devolver después de la próxima clase, que sería la última antes de que comenzara el receso de verano. Le costó leer otro trabajo y empezar otra vez con el proceso de evaluación. Y cuando lo hizo, una gran mueca le cubrió el rostro a la vez que dejaba escapar un gruñido, pues el siguiente trabajo tenía un error de ortografía ya en la segunda oración del párrafo inicial.

—¿Nunca han oído hablar del corrector ortográfico? —farfulló—. ¿No se molestan en releer su trabajo antes de entregarlo? —Con un gesto teatral, puso un dramático círculo rojo sobre el error.

* * *

Jennifer salió apresurada de su clase de Tendencias Sociales en la Poesía Moderna y cruzó rápidamente al otro lado del campus. Todos los jueves cumplía con una rutina establecida, y aunque sabía que iba a haber algunos cambios esta última vez, quería asegurarse de atenerse a ella lo máximo posible.

Su primera parada fue en un pequeño puesto de flores en el centro del pueblo, donde compró un ramo barato de flores variadas. Siempre escogía los colores más brillantes, más vibrantes, incluso en pleno invierno. Ya hiciera mucho frío o estuviera soleado y templado como era aquel particular comienzo de verano, quería que el ramo se destacara.

Recibió las flores de la agradable vendedora, que la conocía gracias a sus muchas visitas, pero nunca le había preguntado por qué compraba flores con tanta regularidad. Jennifer sólo supuso que la mujer había visto por casualidad dónde las dejaba. Regresó rápidamente afuera, al sol de media tarde, dejó caer las flores sobre el asiento de su automóvil y atravesó el pueblo para dirigirse a las oficinas centrales de la policía.

Por lo general siempre había sitio para aparcar cerca, y las pocas veces en que las calles habían estado atestadas, los oficiales de guardia le habían hecho señas para que entrara en el aparcamiento privado de la policía. Aquel último día tuvo suerte y encontró fácilmente una plaza libre, justo delante de la entrada al moderno edificio de ladrillo y cristal. No se molestó en poner monedas en el parquímetro, simplemente bajó de un salto con las flores en sus manos.

Cruzó la ancha acera hacia la puerta de entrada. Justo fuera había una enorme placa de bronce colocada de manera muy visible sobre la pared. Tenía una estrella dorada arriba que reflejaba los rayos del sol, y resaltaba la inscripción en relieve:

En memoria de la detective Terri Collins.
Muerta en cumplimiento del deber.
Honor. Dedicación. Devoción.

Jennifer puso las flores debajo de la placa y permaneció allí un momento en silencio. A veces recordaba a la detective sentada delante de ella con ocasión de alguna de sus frustradas fugas, tratando de explicarle por qué eso de escaparse no era una buena idea, cuando en realidad ella misma claramente no lo creía. Le decía a Jennifer que había otras salidas. Que sólo tenía que buscarlas con ahínco. Eso era cierto, tal como Jennifer había aprendido en los tres años que habían pasado desde que la detective había muerto al rescatarla. A menudo susurraba ante la placa:

—Estoy haciendo exactamente lo que usted dijo, detective. Debí haberle hecho caso. Usted siempre tuvo razón.

Más de un oficial de policía la había oído por casualidad decir esto, o algo similar, pero ninguno jamás la había interrumpido. A diferencia de la florista que la esperaba los jueves, ellos sabían por qué Jennifer estaba allí.

* * *

—Es jueves, debe de ser día de poemas —dijo la enfermera en un tono musical, amistoso y acogedor. Levantó la vista de los papeles y de la pantalla del ordenador en la mesa principal. Estaba justo al lado de las amplias puertas de un chato y poco atractivo edificio, cerca de una de las calles principales que conducían al pequeño pueblo universitario. Las puertas habían sido diseñadas para dejar pasar sillas de ruedas y camillas, y estaban equipadas con cerraduras eléctricas que se abrían con un zumbido cuando alguien presionaba el botón adecuado.

—Sin la menor duda —respondió Jennifer, sonriendo a su vez.

La enfermera asintió y sacudió la cabeza, como si hubiera algo de felicidad y a la vez de tristeza en la llegada de Jennifer.

—¿Sabes, querida? Tal vez él ya no comprenda demasiado, pero realmente espera con ansiedad tus visitas. Me doy cuenta. Simplemente parece estar un poco más atento los jueves, esperando que llegues.

Jennifer se detuvo. Giró por un segundo y miró afuera. Podía ver la luz del sol que caía por entre las ramas de los árboles que se balanceaban con la brisa, con el verde intenso de sus hojas luchando contra las ráfagas de viento sin llegar a esconder del todo el cartel delante del edificio: «Centro Valle de Internamiento Prolongado y Rehabilitación».

Volvió a mirar a la enfermera. Sabía que todo lo que le decía era mentira. No estaba *un poco más atento*. Se estaba deteriorando cada vez más, semana tras semana. *No*, pensó Jennifer, *con cada hora que pasa se pone peor*.

—Yo también me doy cuenta —replicó, sumándose a la mentira.

—¿Y… a quién has traído para la visita de hoy? —preguntó.

—W. H. Auden y James Merrill —respondió Jennifer—. Y Billy Collins, porque es muy gracioso. Y un par más, si tengo tiempo.

La enfermera probablemente no reconocía a ninguno de los poetas, pero actuaba como si cada una de esas elecciones fuera la más adecuada a las circunstancias.

—Está allí, en el jardín de atrás, querida —le informó.

Jennifer conocía el camino. Saludó con la cabeza a otros miembros del personal con los que se cruzó. Todos la conocían como la chica de la poesía de los jueves y su regularidad era más que suficiente para que ellos la dejaran absolutamente tranquila.

Encontró a Adrian sentado en una silla de ruedas, en un rincón a la sombra. Estaba ligeramente inclinado de la cintura para arriba, como si estuviera observando algo exactamente frente a él, aunque el ángulo de su cabeza le indicó a Jennifer que no podía ni siquiera ver la hermosa luz del sol de la tarde. Le temblaban las manos y los labios, como si fueran síntomas de párkinson. Su pelo estaba ya totalmente blanco, ralo y enredado. El buen estado físico en el que en otro tiempo había confiado se había desvanecido hasta desaparecer. Sus brazos eran como palos, sus piernas delgadas se movían nerviosamente. Estaba esqueléticamente flaco, y no había sido afeitado, de modo que el gris de la barba crecida oscurecía sus mejillas hundidas y la barbilla. Sus ojos eran opacos. Si reconocía a Jennifer, no había manera de que ella pudiera darse cuenta.

Buscó una silla y la puso cerca del viejo profesor. Lo primero que dijo fue:

—Voy a obtener la más alta calificación en mi especialidad…, no, en nuestra especialidad, profesor. Y el próximo año será lo mismo. Seguiré con eso todo el tiempo que sea necesario, y todo lo que usted empezó, yo lo voy a terminar, se lo prometo.

Había dado vueltas en su cabeza a este discurso durante varios días. No le había dicho estas cosas antes. Principalmente, se había ocupado de decirle las cosas más simples, como que había terminado secundaria en el instituto y que había entrado a la universidad, y luego le contaba acerca de los cursos que estaba siguiendo y lo que pensaba de los profesores que alguna vez habían sido sus colegas. A veces le hablaba de un nuevo novio o de algo tan simple como el nuevo trabajo de su madre y sobre lo bien que se había recuperado después de romper su relación con Scott West.

Pero sobre todo le leía poesías. Había llegado a ser muy buena en la entonación, el ritmo y el lenguaje. Encontraba sutilezas en los versos y las capturaba para ofrecérselas al anciano, aun cuando sabía que él ya no podía escuchar ni comprender nada de lo que ella dijera. Jennifer sabía que lo importante era *el hecho de decirlo*.

Extendió la mano y cogió la de él. La sintió fina como papel. Había hecho algunas investigaciones y las había confirmado en conversaciones con el personal del centro de rehabilitación. El profesor Thomas estaba simplemente deslizándose de manera inexorable hacia la muerte. No había nada que nadie pudiera hacer para aliviar su tortura, salvo contar con la esperanza de que, a medida que sus funciones cerebrales se fueran desvaneciendo, él no padeciera ningún dolor.

Ella sabía que él sufría. Sonrió al hombre que la había salvado.

—Pensaba que hoy tal vez estaría bien un poco de Lewis Carroll, profesor. ¿Le gustaría? —Un pequeño hilo de baba apareció en la comisura de los labios. Jennifer cogió un pañuelo de papel y lo limpió con mucha delicadeza. Pensaba que él había estado demasiado cerca de la muerte; la terrible enfermedad y las graves heridas del tiroteo tendrían que haberlo matado, pero no había sido así, aunque le habían dejado lisiado. No parecía justo.

Metió la mano en su mochila y sacó un libro de poemas. Echó una mirada rápida a su alrededor. Algunos pacientes en sillas de ruedas estaban siendo empujados por el jardín cercano, admirando las flores dispuestas en hileras, pero en la terraza los dos estaban solos. Jennifer pensó que no iba a tener un mejor momento para leerle al profesor. Abrió el libro, pero las primeras líneas las dijo de memoria:

—«Brillaba, brumeando negro, el sol; agiliscosos giroscaban los limazones».

El libro de poesía era grueso —una recopilación de generaciones de poetas ingleses y estadounidenses— y ella había deslizado una pequeña jeringuilla entre sus páginas. La jeringuilla había sido cogida hacía seis meses en una visita al servicio médico del campus, con un simple juego de manos mientras tosía declarando un falso caso de bronquitis.

La jeringuilla estaba llena con una mezcla de fentanilo y cocaína. La cocaína había sido obtenida fácilmente de uno de los muchos estudiantes que «trabajaban» para seguir en la universidad. El fentanilo fue más difícil de conseguir. Era una droga fuerte para enfermos de cáncer, un narcótico que se usaba para ocultar la dureza de la quimioterapia. Le había llevado algunos meses hacerse amiga de una muchacha que vivía en su mismo piso, cuya madre estaba sufriendo un cáncer de mama. En una visita de fin de semana a su casa en Boston, Jennifer se las había arreglado para robar media docena de pastillas de un botiquín. Eso era más que una dosis letal. Le iba a detener el corazón en pocos segundos. Se había sentido muy mal por el robo y por traicionar la confianza de su nueva amiga. Pero era inevitable. Tenía una promesa que cumplir.

Siguió recitando mientras subía la manga del profesor.

—«¡Cuídate del Galimatazo, hijo mío! ¡Guárdate de los dientes que trituran y de las zarpas que desgarran!». —Jennifer echó una última mirada a su alrededor para asegurarse de que nadie viera lo que estaba haciendo.

—«¡Zis, zas y zas! ¡Una y otra vez zarandeó tijereteando el gladio vorpal!».

No tenía experiencia en poner inyecciones, pero no creía que eso fuera un problema. El profesor ni se movió cuando la aguja traspasó su carne y encontró una vena.

* * *

Nada quedaba de la imaginación de Adrian salvo un gris opaco. Podía ver una luz difusa, podía escuchar algunos sonidos, entendía ciertas palabras incomprensibles que resonaban dentro de una de sus partes escondidas por la enfermedad. Pero todas esas cosas, que juntas habían hecho de él lo que era, estaban en ese momento dispersas y rotas. Y de todos modos, súbitamente, todas las aguas opacas en su interior parecieron juntarse como una ola, y se las arregló para levantar la cabeza apenas un poquito, y ver figuras que a gran distancia le hacían señas. La enfermedad y la edad quedaron de lado, y Adrian avanzó corriendo. Estaba riéndose.

* * *

—«¡¿Y hazlo muerto?! ¡¿Al Galimatazo?! ¡Ven a mis brazos, mancebo sonrisor! ¡Oh día fabuglorioso! ¡Aleluya! ¡Aley!».

Jennifer observaba atentamente, su mano en el pulso del anciano. Se desvaneció. Cuando estuvo completamente segura de que lo había liberado tal como él la había liberado a ella, cerró el libro de poesía. Se agachó, le besó en la frente y repitió en voz baja:

—«¡Oh día fabuglorioso! ¡Aleluya! ¡Aley!».

Volvió a poner la jeringuilla y el libro de poesía en su mochila y luego empujó la silla del profesor hasta un sitio luminoso en la terraza y lo dejó allí. Le pareció que se le veía sereno.

Al salir, le dijo a la enfermera de guardia:

—El profesor Thomas se ha quedado dormido al sol. No he querido molestarlo.

Pensó que era lo menos que podía hacer.